Vivendo sob o fogo

Marina Tsvetáieva
Vivendo sob o fogo
CONFISSÕES

SELEÇÃO, ORGANIZAÇÃO E PREFÁCIO *Tzvetan Todorov*
TRADUÇÃO DO RUSSO E DO FRANCÊS *Aurora Fornoni Bernardini*

Martins Fontes

O original desta obra foi publicado com o título *Vivre dans le feu: confessions.*
© 2005, Éditions Robert Laffont / Susanna Lea Associates.
© 2008, Martins Editora Livraria Ltda., São Paulo, para a presente edição.

Preparação: Laura Rivas
Revisão: Huendel Viana, Simone Zaccarias e Dinarte Zorzanelli da Silva
Projeto gráfico e capa: Renata Miyabe Ueda
Diagramação: Negrito Produção Editorial
Produção gráfica: Demétrio Zanin
Produção editorial: Eliane de Abreu Santoro

Dados Internacionais de Catalogação na Publicação (CIP)
(Câmara Brasileira do Livro, SP, Brasil)

Tsvetáieva, Marina, 1892-1941.
  Vivendo sob o fogo : confissões / Marina Tsvetáieva ; seleção, organização e prefácio Tzvetan Todorov ; tradução Aurora Fornoni Bernardini. – São Paulo : Martins, 2008. – (Coleção Prosa)

  Título em francês: Vivre dans le feu : confessions
  Bibliografia.
  ISBN 978-85-99102-29-9

  1. Autores russos – Século 20 – Biografia 2. Tsvetáieva, Marina, 1892-1941 I. Todorov, Tzvetan, 1939-. II. Título. III. Série.

07-5613   CDD-891.784092

Índices para catálogo sistemático:
  1. Autores russos : Século 20 : Biografia   891.784092

Todos os direitos desta edição reservados à
MARTINS EDITORA LIVRARIA LTDA.
R. Prof. Laerte Ramos de Carvalho, 163
01325-030 São Paulo SP Brasil
Tel.: (11) 3116 0000   Fax: (11) 3115 1072
info@martinseditora.com.br
www.martinseditora.com.br

Este livro é dedicado aos editores dos escritos íntimos de Marina Tsvetáieva em russo, Lev Mnúchkin e Elena Kórkina.

SUMÁRIO

NOTA À EDIÇÃO BRASILEIRA 9
PREFÁCIO – *Uma vida sob o fogo* 11
O PRESENTE VOLUME – T. Todorov 71

I. Rússia (1892 – 1917)

1. *Primeiros passos* 79
2. *Escolha de identidade* 105

II. Rússia soviética (1917 – 1922)

3. *A morte de Irina* 137
4. *Vida literária e amorosa* 185

III. Alemanha e Tchecoslováquia (1922 – 1925)

5. *Partida da Rússia* 235
6. *Idílios cerebrais, paixões terrestres* 271
7. *Nascimento de Mur* 321

IV. França (1925 – 1939)

8. Primeiros contatos 355
9. Próximos e distantes 377
10. O ofício 413
11. Escrever em francês 457
12. Ser e existir 507
13. A vida de família 537
14. Um amor na Suíça 585
15. O crime de Serguei Efron 625
16. Em sursis 643

V. União Soviética (1939 – 1941)

17. A volta 675
18. Tentativa de vida 709
19. O fim 743

BIBLIOGRAFIA 751
ÍNDICE ONOMÁSTICO 755

NOTA À EDIÇÃO BRASILEIRA

Conforme os leitores terão ocasião de verificar, o conhecido crítico Tzvetan Todorov organizou os escritos de Marina Tsvetáieva (cartas e páginas dos diários) para *Vivendo sob o fogo* articulando-os cronologicamente e por temas, acompanhando-os com suas próprias observações (sempre dadas em itálico) e fazendo-os preceder por um alentado prefácio, no qual constam alguns poemas de Marina.

Tanto esses poemas como os escritos da poeta foram fornecidos em russo à Martins Editora Livraria e do original russo foram traduzidos, com exceção de duas cartas de Marina escritas por ela originalmente em francês (capítulo 11, "Escrever em francês") – a primeira a Anna de Noailles e a segunda a André Gide –, que, ao lado da tradução para o português, devido ao uso às vezes curioso que a poeta faz do idioma, foram deixadas também no original francês.

AURORA FORNONI BERNARDINI

PREFÁCIO
Uma vida sob o fogo

Marina Tsvetáieva (1892-1941) é uma das maiores escritoras do século XX e seu destino é um dos mais trágicos. Ele está inextricavelmente entretecido na história contemporânea da Europa, marcada por duas guerras mundiais e pelo advento de dois regimes totalitários. Dessangrada pela Primeira Grande Guerra, a Rússia – seu país – torna-se palco da Revolução de Outubro, que a mergulha no caos e na penúria, antes de submetê-la à guerra civil e ao terror. Uma das filhas de Tsvetáieva morre de fome e inanição. Seu marido combate os Vermelhos nas fileiras dos Brancos e acaba entre os emigrados. Ela abandona o país para se reunir a ele. Mais tarde, quando a família já está instalada em Paris, ele muda diametralmente de lado: torna-se agente secreto soviético e se vê envolvido em um assassinato; novamente ela se sente na obrigação de acompanhá-lo. De volta à Rússia, a família inteira sofre a mais brutal das repressões. O golpe fatal será dado pela invasão alemã de 1941: privada de qualquer possibilidade de seguir vivendo, Tsvetáieva dá fim a seus dias.

PREFÁCIO

Ao longo de toda a vida, a descrente Marina nunca pára de se confessar. Ela o faz através das cartas que escreve, ora aos amigos mais íntimos, ora a desconhecidos. Ela continua seu monólogo nas mensagens encerradas em seus cadernos de rascunho. Além disso, vai preenchendo diários e mais diários de notas sucintas sobre tudo o que sente, tudo o que pensa. Essas confissões ficaram desconhecidas para o público: a morte brutal não permitiu que Marina fizesse delas um livro. *Vivendo sob o fogo* é a culminação dessa paixão; ele coroa a realização de um de seus desígnios na forma de uma narrativa estonteante sobre ela mesma e sua existência, mas também sobre seu tempo. Não será exagero ver neste livro sua obra mais acabada: esta vida-escritura – uma bio-grafia em sentido estrito – é tão ambiciosa quanto sua prosa, quanto seus poemas, e ainda mais tocante do que eles.

Como reconhecer um grande escritor? Pelas palavras que ele consegue encontrar para expressar aquilo que antes dele não pudera ser descrito. É um mestre da palavra, é verdade, mas que não se contenta em jogar com a linguagem. Seu objetivo é bem mais ambicioso: o rigor das palavras é um meio, para ele, de chegar à verdade das coisas. Este é o desafio que se encerra na vocação do poeta e que Tsvetáieva soube desvelar: ouvir o mundo e descobrir as frases que permitem aos outros, os seus leitores do dia e de sempre, compreender e dar nome a suas próprias experiências. Sobre seu túmulo ela teria desejado ver escrito: "Estenógrafa do Ser" (p. 143)[1]. Com

---

[1] Os números entre parênteses, precedidos de "p.", remetem às páginas do presente volume. As remissões aos outros textos de Tsvetáieva indicam o volume de suas obras completas em russo (número romano) e a página

certeza o grande escritor compõe belos versos, produz imagens arrebatadoras, conta histórias que encantam, mas possui também uma ambição mais elevada: pensar intensamente e dizer – com a maior das urgências – a verdade. Esse pensar não toma, entretanto, a forma de doutrina, e isso faz com que ele possa se dirigir a todos e não apenas aos sábios. Tsvetáieva sabe disso e é por isso que diz: "Não sou uma filósofa. Sou uma poeta que também sabe pensar" (p. 358), ou ainda: "em vez de uma CONCEPÇÃO DO MUNDO – tenho uma SENSAÇÃO DO MUNDO" (p. 524). Ela nos leva além da literatura ao dar vida a uma forma de existência reveladora dos aspectos ocultos da condição humana.

Entre os grandes escritores ela ocupa um lugar todo especial. De fato, é raro encontrar um autor que saiba, de maneira tão intensa, dar a impressão de ter vivido e escrito em permanente contato com o absoluto. Há uma palavra que parece feita para designar o estado de espírito que a caracteriza sempre: *incandescente*. Ela sabe mergulhar no mais fundo e se elevar até o mais alto; indo até o âmago de suas experiências, ela consegue revelar seu sentido universal e fazer com que as experimentemos como próximas, como nossas. Graças a seu amor pelo extremo, ela pode desvelar a nosso olhar aquilo que pressentimos apenas vagamente.

Mas por que este título, *Vivendo sob o fogo*? Porque essa imagem, volta e meia, aparece nos escritos de Tsvetáieva para designar o que ela considera o modo de viver que lhe condiz. Desde muito moça, ela já declarava: "Que vá para o diabo a

---

correspondente (número arábico). As referências adicionais poderão ser encontradas na bibliografia.

constituição, é ao fogo de Prometeu que eu aspiro!" (p. 93). Em outro momento, aparece em seu diário uma expressão – ela pensa na lendária salamandra que sabe resistir às chamas e nela vê uma imagem de si própria: "É tão bom viver no meio do fogo!" (p. 139). Alguns meses mais tarde, ela retoma a idéia num poema e se identifica, então, com outro animal fabuloso, a fênix: "Só no fogo eu canto!" (I, 425). As personagens que morreram na fogueira, Joana d'Arc, Savonarola, Giordano Bruno, fascinam-na. A um de seus correspondentes ela escreve: "Serei fogo" (p. 139), e a um outro: "Em mim – tudo é incêndio!" (p. 295). Mas por que o fogo? Porque esse elemento encarna o máximo de intensidade, a alma aquecida a frio – extremo sem o qual Marina não pode viver. Sua existência inteira é uma aspiração ao absoluto, que ela persegue, ao mesmo tempo, com a obstinação incessante de "escavar o verso" cada vez mais fundo, de chegar o mais perto possível da perfeição, e com o tipo de relação que ela estabelece com os seres que lhe são próximos, uma vez que seu ideal permanece sempre o mesmo: o amor tresloucado, a confiança absoluta, a lealdade inquebrantável. Ao fazer isso, ela nos oferece um dom. O sentimento de júbilo que se experimenta quando em contato direto com a beleza – tão evanescente e, no entanto, tão indispensável –, ela nos permite tocá-lo com o dedo e levá-lo embora conosco.

Quando se fala em Tsvetáieva não se pode separar a vida da obra: "não se trata de modo algum de viver e escrever, mas de viver-escrever, e escrever – é viver" (p. 421). Essa continuidade deve ser entendida em vários sentidos. Escrever é viver: do que valeria a poesia se fosse apenas um jogo do espírito? Para escrever, o poeta se serve de todo seu ser. Pouco antes de morrer, Marina repara, com amargura: "Chamam-me para que eu leia meus poemas. Sem compreender que cada verso – é amor, que se eu tivesse passado toda minha vida lendo os poemas desse jeito – não teria escrito nem uma estrofe sequer. 'Que versos lindos!' Não são os versos infelizmente – que são lindos'"* (p. 732). A poesia não é uma questão de palavras, mas de experiência de vida, que deve ser aprofundada e aclarada para que o poema atinja seu fim.

Ao mesmo tempo, viver é escrever. Em primeiro lugar, no sentido mais prático: toda a vida de Tsvetáieva se organiza em torno desta necessidade imperiosa: ter o tempo necessário para afastar-se com seu caderno. É verdade que essa é a escolha dos escritores profissionais, mas, por outro lado, é uma experiência facultada a todos. Para Tsvetáieva, a escrita é o meio de descobrir um sentido no decurso da vida de todo dia. É assim que ela diz a uma de suas correspondentes: "Não amo a vida enquanto tal; para mim ela só começa a significar alguma coisa, ou seja, adquirir peso e sentido – quando é transfigurada, ou seja – na arte" (pp. 356-7). Essa transfiguração não é exclusiva dos que são artistas por profissão, ela pode ocorrer – sem se manifestar exteriormente – na consciência de cada um.

Enfim, a própria vida pode ser estruturada como uma obra, dobrar-se às mesmas exigências às quais se dobra o poeta: tanto uma como o outro aspiram ao máximo de beleza, de riqueza, de intensidade.

Em sua arte, Tsvetáieva voa tão alto quanto quer. Mas, como o espírito só existe em função do corpo, ela deve, também, levar uma vida material – e nesta os sucessos são mais

---

* O uso que Marina Tsvetáieva faz do travessão é muito peculiar. Na tradução procurou-se conservá-lo, na medida do possível. (N. de T.)

raros. Reconhecida e, ao mesmo tempo, contestada por seus contemporâneos russos, ela dificilmente consegue obter uma remuneração satisfatória por seus poemas e se vê obrigada, desde a Revolução de 1917 até sua morte, em 1941, a viver em extrema miséria. Ela se dirige às pessoas a sua volta, entretanto, com exigências tão elevadas, que suas expectativas só podem ser frustradas. O mundo não se deixa transfigurar facilmente em quadros harmoniosos, e a experiência de Tsvetáieva termina em catástrofe. A personagem do passado à qual seu destino mais faz pensar é Vincent van Gogh. Tal como o gênio do pintor, o gênio da poeta é explosivo. Tal como ele, ela vive uma existência ao mesmo tempo miserável e exaltada, na busca obstinada do absoluto. Ambos escolhem dar fim à vida com o suicídio.

Há, entretanto, duas grandes diferenças entre eles. A primeira é o sexo. Mulher, Marina Tsvetáieva aceita o papel secundário das mulheres, o de tomar conta dos outros. Além disso, diferentemente da maioria das mulheres de seu tempo, que querem se consagrar à criação artística, ela escolhe – apaixonadamente, como em tudo o que faz – ser mãe. É difícil imaginar Van Gogh preparando o almoço de todo dia para algumas pessoas, aquecendo mamadeiras, cerzindo meias e camisas, mantendo o fogo aceso na lareira, levando as crianças para passear no parque e acompanhando suas lições – tudo isso sem parar de produzir suas obras-primas...

A segunda diferença vem do contexto histórico no qual vivem os artistas. A França de 1880 podia não ser um país particularmente hospitaleiro para o pintor holandês desprovido de meios, tampouco um porto de paz social; mas chega a parecer uma paragem idílica quando comparada com as turbulências que atravessariam a existência de Tsvetáieva. O destino dessa

estada na França. As revistas dos emigrados russos pagam suas contribuições, mas muito modestamente – os próprios recursos para essas publicações são parcos. Os raros saraus em que ela lê seus textos dão-lhe algum ganho suplementar. Esse equilíbrio financeiro é tão frágil que, quando deixa de receber a bolsa da Tchecoslováquia, Tsvetáieva se vê na contingência de depender da generosidade de alguns amigos mais próximos. Estes formam um pequeno grupo que lhe paga, todo mês, uma quantia módica. Mas às vezes esquecem, ou não estão, ou passam também por dificuldades. A situação material da família torna-se, então, patética: todo o dinheiro disponível vai para o aluguel e as dívidas. Para se alimentar é preciso andar pelas feiras e recolher os restos que os vendedores deixaram lá, no fim do dia. Ália, já crescida, tricota chapéus e cachecóis para vender e ajudar a família a sobreviver. O tema da miséria é onipresente nesse período da obra de Tsvetáieva, em que ela tem de suplicar, enternecer, mendigar. "Não há dinheiro para nada, comemos o que compramos fiado na venda; não temos como ir à cidade, ora vai Serguei Iákovlevitch, ora Ália. Amanhã ninguém irá, sobrou apenas o dinheiro do selo – é o último" (p. 518). Como podia ela ter em alta estima toda essa parte da vida que lhe era negada?

A solução que ela encontra – sabemo-lo agora – consiste em não esperar uma recompensa nesta vida, e isso lhe permite suportar corajosamente as privações. Sua existência interior se abastece de outras fontes, que poderiam ser assim enumeradas: amores fugazes, criação poética, vida familiar.

nhum deles. Num dia ela saúda a força poética de Maiakóvski, que visita Paris, e toda a imprensa de direita começa a boicotá-la. Se, no dia seguinte, ela lê em público poemas consagrados ao massacre da família real, os jornais de esquerda não querem mais publicá-la. Ela pode declamar seus poemas em reuniões organizadas pelos amigos da União Soviética, como em outras, convocadas por seus inimigos: a única coisa que importa é que ela seja verdadeira para consigo própria. É por isso que Tsvetáieva prefere se apresentar como "nem nossa, nem de vocês" (p. 628). É que a vocação do poeta não é a de julgar, mas a de amar a totalidade do mundo para poder dizer a verdade: "o ódio político não é dado ao poeta" (v, 524).

Sua marginalidade no seio da emigração tem conseqüências diretas na existência quotidiana da família. É preciso dizer que o próprio Efron se revela pouco apto à vida prática: inscreve-se na Universidade de Praga, depois freqüenta diferentes cursos na de Paris, mas nunca consegue encontrar um trabalho estável. Atirando-se de um projeto a outro, permanece um eterno diletante e, como se não bastasse, é acometido de muitas doenças que lhe impedem qualquer esforço prolongado. Longe de se tornar o protetor de Tsvetáieva, ou seu mecenas, ou, ao menos, um intermediário útil entre o mundo da criação no qual ela se move e o dos negócios, onde ele poderia encontrar do que prover a sua família, ele fica a cargo da mulher. Tsvetáieva não pode ignorar isso: suas preocupações constantes provêm, em grande parte, "da ausência de alguém, a meu lado, que se ocupe de meus negócios" (p. 418). Seus honorários, é preciso dizê-lo, não são elevados. Em Praga, ela conseguiu obter uma bolsa, oferecida pelo governo tcheco aos artistas russos emigrados, que consegue conservar durante os primeiros anos de sua

PREFÁCIO

ou de confusão, da beleza dos *kolkhózy* (as cooperativas agrícolas), ela retruca: é um direito do homem – e mais ainda do poeta – *ficar de lado*. Ora, a vida com o povo e pelo povo, na Rússia, tal como a define o partido, tornou-se uma obrigação. O indivíduo já não tem mais lugar, enquanto ele é tudo para o país. "Tenho o direito, por viver apenas agora e uma única vez, de não saber o que é um *kolkhoz*, da mesma forma que os *kolkhózy* não sabem – o que sou – eu. Igualdade – isso é que é a igualdade" (p. 409). Tsvetáieva sabe que jamais poderá se unir ao coro que canta louvores. A única lei à qual ela submete sua obra é a da verdade, uma vez que ela decidiu se tornar uma "estenógrafa do Ser".

Contudo, sua insubmissão ao coletivo estende-se também a esse grupo particular que é o da emigração russa. Ela não se identifica com os russos Brancos, ainda que agora faça parte deles. Ela aspira apenas à identificação consigo própria – e isso é tudo. É isso que ela escrevia a uma correspondente suíça: "Entendo-me mal com a emigração russa, vivo quase que só com meus cadernos – e minhas dívidas – e se, vez por outra, minha voz se faz ouvir, é sempre a *verdade*, sem cálculo nenhum". Com isso, o exílio de Tsvetáieva se torna uma condição existencial: "no estrangeiro – 'a russa', na Rússia – 'a estrangeira'" (p. 390).

Essa forma de se manter apartada não convém aos representantes mais influentes da emigração, homens públicos, jornalistas, escritores, que gostariam que as escolhas políticas de cada um determinassem seus gestos. Tsvetáieva será, portanto, constantemente exposta a mal-entendidos e desconfianças. Era inútil à emigração contar com partidos diferentes de direita e de esquerda. Por princípio, Tsvetáieva não se reconhece em ne-

numerosos conterrâneos seus. Depois da derrota do Exército Branco, seu marido, Serguei Efron, refugiou-se em Praga, onde Marina decide alcançá-lo, depois de ter restabelecido contato com ele. Graças à ajuda de alguns amigos, ela consegue obter um visto de saída e, em maio de 1922, deixa a Rússia, levando consigo a pequena Ália. Depois de alguns meses em Berlim, onde ela reencontra Efron, eles partem para Praga. Três anos mais tarde, a família – que conta agora com mais um filho, Gueórgui, apelidado Mur – transfere-se para Paris, onde Tsvetáieva ficará por mais quatorze anos (ela irá morar, mais exatamente, nos subúrbios de Praga e nos arrabaldes de Paris).

A ruptura de Tsvetáieva com a Rússia soviética é menos ditada por razões estritamente políticas do que por considerações familiares e por exigências de sua filosofia de vida. Ela sempre imaginou a si própria como indivíduo e não como membro dócil de um grupo, tanto em relação a sua classe, quanto a seu sexo ou a sua profissão. Na Rússia soviética, o coletivo apagava seu ser individual: Tsvetáieva compreende que seu lugar já não é ali. É o projeto metafísico do comunismo que lhe é completamente estranho: "não se trata de política, mas do 'homem novo' – inumano, meio-máquina, meio-macaco, meio-carneiro" (p. 563). Sua falta de respeito para com as convenções da vida pública torna-a particularmente inapta para as novas condições: "não posso assinar uma carta de saudação ao grande Stálin, porque *não* fui *eu* quem o qualificou de grande e – mesmo que ele seja – não se trata de minha grandeza e – talvez o mais importante – detesto qualquer tipo de igreja oficial triunfante" (p. 627).

O poeta, tal como Tsvetáieva entende a vocação, é decididamente inapto para viver segundo essas novas normas. A Pasternak, que tenta convencê-la, num momento de depressão

PREFÁCIO

vivem com uma série de mediações. Mergulham nas relações sociais, nas amizades, nas distrações, nas obrigações, que não conduzem diretamente ao céu, mas podem ajudar a dele se aproximar. Tsvetáieva nada tem – completamente despojada, ou melhor, esfolada viva, ela se confronta com o absoluto. Ela não sabe relacionar o quotidiano e o sublime, não pode "construir a *vida* a partir do *amor*, a partir da eternidade – do fragmentário dos dias" (p. 341). Ela cumpre seu dever de mulher e de mãe, mas, ao mesmo tempo, escolhe exilar-se na alma e deixar que a existência vá para onde for, mesmo que seja para a catástrofe. Essa é a inflexão mais poderosa que a Revolução imprimiu à existência de Tsvetáieva. O país em que ela vivera até os 25 anos deixava a uma poeta mulher como ela a possibilidade de levar uma existência à margem, sim, mas decente, como a de um ser criativo que preserva sua liberdade individual e ganha sua vida sem ter de se sujeitar. Mas, na Rússia soviética, no regime totalitário que estava se implantando, será que ela poderia fazer uma escolha verdadeira, uma vez que ela decidiu não perder sua relação com o céu? Quando a sociedade é quem controla a vida, que caminho resta àqueles que não querem se alinhar sob a bandeira vermelha, senão o de uma ruptura ainda mais radical entre interior e exterior?

Tentativa de exílio

Diante do poder soviético, Tsvetáieva só tem uma saída: o exílio. O exílio dentro de si mesma, que é o que irão praticar, em grande número, seus compatriotas; ou o exílio fora do país, solução que escolheram ou a que foram obrigados outros

"materialidade não transfigurada" (p. 358), uma pedra que é sempre preciso empurrar. É a isso que os outros chamam: a vida; com efeito, Tsvetáieva não ama a vida, não é bem-sucedida nesta vida. "Não amo a vida material, jamais a amei" (p. 260). "Não sei viver aqui embaixo!" (p. 260). "Não consigo viver, quer dizer, durar, não sei viver os dias, cada dia" (p. 318).

Por não saber viver esta vida, ela se refugia em uma outra – ao exterior ela prefere o interior; à existência, o ser; à terra, o céu. "Amo o céu e os anjos: lá no alto, com eles, eu saberia viver" (p. 260). No outro mundo ela conhecerá o que é o júbilo, no reino da alma ela será a primeira, no juízo final do verbo lhe será feita justiça. Esse outro mundo, mais concretamente, se chama vida interior, ou mesmo alma. Tsvetáieva deve resignar-se a ficar com ele: habitá-lo é sua "doença incurável". Ela percebe essa resignação como uma escolha livre: "sou forte, de nada preciso, a não ser de minha alma!" (p. 131). "*Sem* alma, *fora da* alma – por acaso preciso de algo???" (p. 446). Ou ainda, como uma impossibilidade de princípio: "a vida que teria suportado minha presença não existe." (p. 422). Mais exatamente, é da própria impossibilidade de viver a felicidade desta vida que Tsvetáieva deduz a necessidade de uma realidade superior. "A vida me empurra cada vez mais (profundamente) para o interior. [...] Viver *não* me agrada, e eu concluo, dessa recusa decidida, que no mundo deve existir alguma outra coisa. (Claramente – a imortalidade)" (p. 374).

O traço característico do universo de Tsvetáieva não é a separação desses dois níveis de existência – afinal, é próprio da espécie humana distinguir entre o ideal e o real. O que torna singular essa "sensação do mundo" é a impossibilidade de estabelecer transições entre ser e existir. As pessoas a sua volta

ter experimentado a tentação. Mas ela descobriu logo que essa postura não a satisfazia. "A literatura? – Não! – Que 'literata' sou eu, se estou pronta a doar todos os livros do mundo – os dos outros e os meus – por uma pequena centelha da fogueira de Joana d'Arc! Não a literatura – a autodevoração pelo fogo" (p. 145). As chamas da fogueira de Rouen queimam mais intensamente do que as de qualquer poema – eis o que o esteta esquece, esse "hedonista cerebral" (p. 288). Ele é possuído pela arte em vez de ser possuído pelo mundo, assim deve ser o poeta que tem por tarefa dizer a verdade. E, com o pretexto de adular a poesia, ele a denigre, pretendendo que ela seja tão-somente uma questão de palavras, de formas, de estranhas sonoridades, esquecendo-se de que o poeta escreve com todo o seu ser. Privilegiando, desse modo, as obras em detrimento dos seres, termina-se, paradoxalmente, por barateá-las. Aquela que decidira amar acima de tudo os indivíduos não pode se permitir tal coisa.

Mas esse ainda não é o efeito mais significativo do choque provocado pela Revolução. De fato, ao mesmo tempo em que recusa o dualismo entre arte e vida, Tsvetáieva instaura e consolida um outro dualismo: entre céu e terra, interior e exterior, ser e existir, vida e imortalidade – dualismo bem mais antigo, pois não vem da revolução romântica, mas daquela dos monoteísmos que opuseram um Deus infinito a um mundo finito. De um lado, portanto, a existência quotidiana (*byt*), desprezível, pois consagrada à mera sobrevivência: é preciso, para si e para os outros (quando se é mulher e mãe), dia após dia, levantar-se, providenciar a água para beber, a comida para comer, a lenha para se aquecer, levar as crianças para tomar ar, banhá-las, cuidar delas quando estão doentes. Tudo isso é

O essencial não se encontra, entretanto, nessa incompatibilidade que ela, como qualquer um de nós, tenta frustrar, mas sim na recusa de uma ruptura entre arte e vida, na unificação de ambas em nome da busca comum do absoluto. Tsvetáieva superou suas veleidades de adolescente adequada ao dogma romântico, que via na arte uma vida mais verdadeira do que a vida; ela superou inclusive o dualismo entre arte e vida e quer que ambas se submetam às mesmas exigências. Napoleão e Hölderlin fazem parte de seu panteão pessoal na mesma ordem de importância, de acordo com seus excessos, potência, gênio. A arte não pode ser colocada fora da vida, e a vida deve tender à lei implacável da arte. "O poema é o ser: de outra forma é impossível" (p. 145).

E a concepção de Tsvetáieva esbarra em dois adversários simétricos: os que desprezam a arte para defender tão-somente os valores da sociedade contemporânea e os que devotam à arte um culto tal que os leva a não se preocuparem com o mundo a sua volta. Tsvetáieva os rechaça a ambos: "Os outros, aliás, são de *duas* espécies. Uns, guardiães da ordem: 'Faça o que quiser com seus poemas – desde que se porte bem na vida'; outros, os estetas: 'Faça o que quiser com sua vida – desde que escreva bons poemas'" (p. 223). Conceder liberdade total a quem cria não decorre de um respeito ilimitado por sua independência, mas, na verdade, de uma forma de condescendência: uma vez que a arte não tem relações com o resto da existência, decide-se por não se preocupar com ela – desde que os poetas não perturbem a ordem estabelecida. É assim que agem, em sua grande maioria, os filisteus.

No entanto, é justamente à atitude oposta, a dos estetas, que Tsvetáieva mais se apega – talvez pelo fato de ela mesma

As mudanças mais importantes notam-se em relação àquilo que Tsvetáieva chama de a "sensação do mundo", que atinge, nesse momento, sua forma definitiva. Entretanto, Tsvetáieva jamais negou seu radicalismo, sua necessidade de "viver sob o fogo", como ela dirá a um de seus correspondentes: "a medida de meu mundo interior tem sido sempre o demasiado" (p. 490). E essa busca de infinito dá-se sempre em duas direções. Por um lado, o amor pelos indivíduos, "a possibilidade, para mim, de amá-lo na *minha medida*, isto é, *sem* medida" (p. 731) e, ao mesmo tempo, a sensação de que os outros precisam dela. Paralelamente, a criação artística: a poesia é uma "escola do absoluto" (p. 428), e a obra de arte permite atingir um rigor e uma densidade que a existência real jamais conseguirá ter, pois a obra foi construída segundo a "lei implacável da necessidade absoluta" (p. 198).

Essas duas maneiras de se aproximar do absoluto obedecem, entre si, a uma hierarquia complexa. Em cada momento preciso, uma é vivida como superior à outra. "Para viver – eu preciso amar" (p. 146), escreve ela certo dia; já num outro: "Tirem de mim a escrita – simplesmente não viverei mais" (p. 374). O amor e a criação são rivais, mesmo que precisem um do outro: o amante vê o ser amado com olhos de poeta, e aquele canta os amores passados ou vindouros. A experiência pessoal de Tsvetáieva é relativamente amarga: "Criação e capacidade de amar são incompatíveis. Ou se vive aqui, ou se vive lá" (p. 319). Ou ainda: "O amor detesta o poeta. O amor não deseja ser magnificado (ele já é magnífico por si só!), ele se considera absoluto, o único absoluto" (p. 369). No fim das contas, entre aventuras amorosas ela escolhe preferencialmente a arte absoluta – mas será uma escolha?

*Repara: um soldado.
É deles? É o nosso?*

*De branco a vermelho:
O sangue o pintou.
De vermelho a branco:
A morte ganhou.*
(1, 576)

Em 1920, nem Brancos nem Vermelhos queriam ouvir esse canto. Eles só sabiam ser a favor ou contra. Um ponto de vista que os abarcasse, aos dois, para eles não podia existir.

A criação e o amor

O decurso da revolução não influencia apenas as posições políticas de Tsvetáieva ou sua experiência de mãe, ele contribui também para transformar seu estilo. Sua poesia torna-se cada vez mais breve e densa, evolui para um "modelo de laconismo" (p. 386) que muitas vezes carece de verbos conjugados. Também tende a desaparecer sua fluidez: o sinal de pontuação favorito de Tsvetáieva passa a ser o travessão, que quebra a frase em seus elementos constitutivos, qual eco de um mundo deslocado, oriundo dos escombros da Primeira Guerra (os travessões de Tsvetáieva lembram também os de Emily Dickinson, poeta que ela parece não conhecer). Junto com as reminiscências da poesia russa clássica, de Púchkin a Blok, encontra-se agora nos poemas de Tsvetáieva um diálogo com a poesia popular, as fórmulas das ruas, os contos tradicionais.

PREFÁCIO

título de "Justificativa do mal". O mal é o bolchevismo, mas, paradoxalmente, como reação a esse mal, algumas qualidades humanas são realçadas: diminui, por exemplo, o apego aos bens materiais e se privilegiam os bens espirituais. Alguns anos mais tarde, ela conclui: "Empurrando a vida para o interior, o comunismo deu à alma uma abertura" (p. 269).

Ao mesmo tempo, porém, Tsvetáieva eleva-se acima do conflito dos dois exércitos, o Branco e o Vermelho, e dá as costas a ambos. Trata-se, agora, de um ponto de vista suprapolítico ou, talvez, simplesmente humano. Ela julga que fanatismo e cegueira se encontram em ambas as facções, assim como a violência e o sofrimento: ao observar a luta encarniçada pelo poder, ela não fica em nenhum dos lados. A energia imensa gasta para finalidades tão fúteis parece-lhe vã, e ela está pronta a chorar pelas vítimas de ambas as partes, não importa de que cor sejam. Um poema de dezembro de 1920 manifesta essa outra atitude diante do conflito ainda vivo:

Da esquerda à direita,
Bandeiras sangrentas,
E cada ferida:
— Mamãe querida!

E isso somente
Eu, bêbada, escuto,
De ventre — a ventre:
— Mamãe querida!

Ao lado deitados —
Parti-los, não posso.

Essa situação terrível atinge diretamente a família de Tsvetáieva. Ela vê suas filhas definharem: tudo o que lhes pode dar para comer é a sopa da cantina pública – que alimenta apenas uma das crianças e, ainda assim, "não passa de água fervida com restos de batatas e algumas gotas de gordura de origem desconhecida" (p. 148). Tsvetáieva ouve falar de um orfanato nos arredores de Moscou ao qual poderá confiar suas filhas para que elas sejam mais bem tratadas e alimentadas. Vai até lá e deixa as meninas. Mas, logo em seguida, descobre que no orfanato a carestia é a mesma e a ela se acrescentam sujeira, doença e brutalidade. "As crianças comem as lentilhas uma por uma, para sentir o gosto por mais tempo" (p. 162). Ália adoece gravemente. Para cuidar dela, Tsvetáieva leva-a para casa. Escreve um relato alucinado dessa vida devastada pela fome. Antes que possa ir buscá-la, a outra filha morre. Tsvetáieva sente-se ainda mais arrasada pelo fato de Irina ter sido sempre a menos amada. Esse acontecimento deixa marcas definitivas; consuma-se a ruptura entre quem ela é agora e a mocinha caprichosa de antes da revolução.

Tsvetáieva tem uma atitude dupla para com o poder bolchevique. Por um lado o condena, pois é ele o responsável pelo desaparecimento de todas as formas de vida que ela amava no mundo de antes. Ele trouxe a desorganização de toda a vida social e material e foi o responsável pela carestia. Reprimiu a oposição e a palavra por meio de uma censura bem pior que a dos tsares; confiou à Tchecá a vigilância da população. Não se deve esquecer, inclusive, que durante todos esses anos Serguei, seu marido, esteve do lado dos Brancos, em luta contra os Vermelhos. Tsvetáieva se descobre interessada pela política e planeja, sem nenhuma declaração de fé, um artigo com o

PREFÁCIO

todo poeta pela revolta. [...] Sem essa paixão pelo que excede, não existe o poeta. [...] Mas, aqui, os revolucionários cometem um erro: a revolta íntima do poeta não é exterior" (v, 509, 523). A vitória dos bolcheviques em novembro de 1917 não se parece com uma revolução poética – é o mínimo que se pode dizer. O que ela traz para a vida de Tsvetáieva, como para a de milhões de habitantes da Rússia, não é a realização de chavões bombásticos (o triunfo do povo, o poder aos sovietes), mas, antes de tudo, o desfazimento, a destruição. Questiona-se a propriedade privada, tomam-se os bens, rompem-se os elos entre uma geração e outra. Do dia para a noite, Tsvetáieva, como tantos e tantos, encontra-se sem recursos. O homem não é mais dono de si mesmo, deve dirigir-se ao Estado, transformado progressivamente no único empregador do país. Uma vez que tudo lhe pertence, todos só podem contar com ele. Os indivíduos já não dependem um do outro, mas dependem do poder estatal, mediador, impessoal e, portanto, incontrolável. Como os operários e os camponeses, os poetas devem servi-lo.

A esse rompimento do laço social, soma-se logo outra ameaça: a carestia. A guerra civil entre Vermelhos e Brancos causa grande desordem, as colheitas são destruídas, os camponeses são despojados dos víveres que lhes restavam e não ousam nem sequer semear. Um relatório da Tcheká, a polícia política, diz: "Ninguém mais trabalha, as pessoas têm medo". Os habitantes das cidades grandes descobrem a nova face da revolução – a fome. Em seus diários, Tsvetáieva escreve: "viram passar um cachorro que levava o cartaz: 'Abaixo, Trótski e Lênin – ou eu serei comido!'" (p. 142). O patriarca Tíkhon faz com que nas igrejas seja lida uma pastoral que diz: "A carniça tornou-se comida para a população esfomeada e, mesmo assim, é difícil de encontrar".

sas, porque ela vem de uma família rica, sem preocupações materiais imediatas.

Essa vida poderia ter continuado indefinidamente – poderia ter sido a sua vida, em que seria uma autora de qualidade no meio de muitos outros. Mas assim não o quis a Revolução de Outubro.

Como grande parte dos poetas desse tempo, Tsvetáieva não se opõe, por princípio, à idéia da Revolução. A de 1905, afogada em sangue, havia despertado seu entusiasmo juvenil a ponto de ela escrever com seriedade a seu amado: "É justamente a possibilidade de uma revolução iminente que impede meu suicídio" (p. 83). Na mesma carta declarava sua fascinação pela guerra – momento de máxima intensidade – com acentos nietzscheanos: "Se houvesse uma guerra! Como a vida ficaria palpitante, cintilante! Aí sim se poderia viver, aí sim se poderia morrer!" (p. 86). Essa ilusão juvenil, porém, não dura, e o mundo real retoma seus direitos. O que atrai Tsvetáieva na idéia de revolução é a ruptura dos elementos, a recusa da ordem existente, a audácia do não-conformismo. É, enfim, a libertação que cada um deve perseguir em seu próprio espírito; mais ainda, essa libertação deve chegar a uma forma que dê conta da potência primordial – sem eliminá-la, contudo. Os revolucionários profissionais podem entender-se, durante algum tempo, com os poetas – apenas enquanto for necessário destroçar as convenções estabelecidas –; mas seu objetivo não é o de manter sempre viva essa inquietação. Muito pelo contrário, eles visam tomar o poder de seus detentores atuais para torná-lo ainda mais forte, mais constrangedor. Desse tipo de revolução Tsvetáieva nada espera de bom. Alguns anos mais tarde ela irá explicitar a diferença entre as duas atitudes: "A paixão de

rina adota uma atitude que conservará até o fim de sua vida: procurar a mesma plenitude em sua obra literária e em suas relações pessoais. Essa escolha irá separá-la dos outros membros do meio literário – tanto quanto ou quem sabe até mais do que à poesia, ela se prende aos "seus", ou seja, àquele que, em 1912, se tornará seu marido, Serguei (Serioja) Efron, e a sua filha Ália, nascida no mesmo ano.

Os acontecimentos externos não a abalam particularmente. Quando irrompe a Primeira Guerra e a Rússia começa a se mover, Tsvetáieva parece não se dar conta. Alguns anos depois de seu casamento, ela se envolve em aventuras amorosas de tipo bem peculiar. Essas "aventuras"* não entravam em conflito com Serguei, pelo menos por parte dela. São homens e mulheres que ela conhece pouco, mas que pertencem ao mesmo meio artístico e nos quais ela projeta imagens ideais, geralmente bem distantes da realidade. Suas paixões, na maioria das vezes de curta duração, dão lugar ao que ela chama de "idílios cerebrais" e a ciclos de poemas por elas inspirados, e só raramente desembocam em relações físicas. Durante esses anos, Tsvetáieva freqüenta com prazer os meios boêmios do teatro, participa de saraus poéticos, sonha. Em abril de 1917, nasce sua segunda filha, Irina. Quando acontece a revolução de fevereiro e o tsar abdica, encerrando com isso mil anos de monarquia, ela escreve a uma amiga: "Quantidade de projetos de toda espécie – puramente interiores (versos, cartas, narrativa) – e indiferença total sobre onde e como viver" (p. 133). Tsvetáieva pode se permitir essa indiferença, entre outras coi-

---

* Em francês, no original: "engouement", paixão tão excessiva quanto passageira. A palavra foi traduzida, de acordo com o contexto, por "aventuras", "casos amorosos", "amores fugazes". (N. de T.)

mulher ficou imbricado numa das maiores tragédias políticas de nosso tempo: a dos indivíduos aniquilados pela máquina comunista que iniciou sua marcha na Rússia e na Europa. Mas será ela a única responsável pela perda de Marina Tsvetáieva? Não haveria em seu próprio projeto de vida algo que já anunciava o desastre final? *Vivendo sob o fogo* convida a desvendar esse mistério.

O choque da Revolução

Tsvetáieva só encontra seu destino depois da Revolução de Outubro.

Durante os primeiros 25 anos de sua vida, ela teve tempo de fazer muita coisa. Nascida em Moscou, num meio cultivado (seu pai é historiador, ele será o fundador do museu de Belas-Artes de Moscou, e a mãe é uma musicista de talento), ela perde a mãe aos quatorze anos. Uma mãe adorada, mas fonte de sofrimento: Marina não se sente amada. Suas aptidões para a escrita são surpreendentes: basta ler as cartas que ela escrevia aos quinze anos. Freqüenta poetas que a cortejam, escreve poemas. Aos vinte anos, publica sua primeira coletânea, que será notada pela crítica. A vida artística russa está no auge: as revistas, as escolas literárias pululam (mas Marina não se reconhece em nenhuma delas); os pintores assimilaram as lições do Ocidente e se aventuram por novos caminhos; o teatro referve, tal como a música e o balé.

Após ter passado por uma fase juvenil de puro "romantismo", na qual declara estar apaixonada pelo defunto Napoleão II, duque de Reichstadt, a ponto de querer morrer por ele, Ma-

Idílios cerebrais

A paixão invade Tsvetáieva como uma onda. "Eu reconheço o amor pela tristeza incurável, pelo 'ah!' que corta sua respiração" (p. 125). Não se pode dizer que ela precisa disso: "Amar, palavra fraca: viver!" (VI, 165). Entretanto, ela sabe muito bem que essas aventuras, ao mesmo tempo em que lhe são indispensáveis, não a levam propriamente a falar de amor. "Isto é Amor; aquilo não passa de Romantismo" (p. 216), escreve ela, opondo o que sente por Serguei a seus sentimentos por um poeta de passagem. Os romances são aventuras que se desenvolvem segundo um protocolo bem conhecido, cujas prescrições ela sabe de cor. Começam pela escolha de um ponto de fixação: um homem, geralmente mais novo do que ela, se possível doente, de preferência judeu e vítima de perseguição (um elemento de proteção maternal está sempre presente nos sentimentos de Tsvetáieva). Segundo traço característico: esse jovem escreve versos ou ama a poesia; admira, portanto, ou poderia admirar, seus poemas. Essa configuração é suficiente: Tsvetáieva não procura saber mais coisas sobre ele; ela evita deliberadamente, aliás, aprofundar o conhecimento. De uma maneira geral, um breve encontro estabelece a relação ou, melhor ainda, a carta de um admirador. Sem saber nada da pessoa real, ela pode atribuir-lhe todas as qualidades que desejar. Sua imaginação produz um ser magnífico, e ela começa a bombardeá-lo com os poemas que ele lhe inspirou.

O mal-entendido está, assim, presente desde o começo e não tarda a romper o idílio. O infeliz eleito não tem os sentimentos que Marina lhe empresta; sente-se enlevado, mas, ao mesmo tempo, surpreso por provocar essa irrupção verbal;

PREFÁCIO

mantém, por isso, certo distanciamento, que se torna motivo de uma segunda leva de escritos, dessa vez plenos de ressentimento contra o outro, culpado de permanecer terra-a-terra e não participar da paixão celeste que Marina lhe propunha. Sobrevém então a terceira etapa: as ilusões de Marina desvanecem e ela já não encontra nenhum interesse na pessoa que lhe provocou a obsessão, a quem ela termina por assoberbar com toda a sua superioridade. Como ela própria sintetiza: "O mesmo entusiasmo – pena – o desejo de cobrir de presentes (de amor!) – e, do mesmo modo – depois de algum tempo: embaraço – frieza – desprezo" (p. 271).

Recém-chegada a Berlim, antes mesmo de Serguei ter deixado Praga para alcançá-la, Tsvetáieva tinha sido tomada por essa obsessão pelo editor russo Vichniák. Ela dera tão pouca importância à pessoa real, que a "aventura cerebral" acabou tendo um desfecho cômico: quatro anos depois do "rompimento" (de um relacionamento que jamais começara!), ela cruza com ele, uma noite, num sarau em Paris, e não o reconhece. Depois das apresentações e para se justificar, ela protesta: "Mas você tirou o bigode! E está sem óculos!". Vichniák, indignado, por sua vez (mas, em vão), diz nunca ter usado bigode, nem óculos...

Um ano mais tarde, Aleksandr Bakhrakh, um jovem crítico, escreve um artigo dedicado aos poemas dela: desencadeia-se um novo arrebatamento. Marina escreve-lhe primeiro sobre a poesia, depois sobre o amor; ela nunca o encontrará pessoalmente. Durante um verão inteiro ela continua a alimentar o romance epistolar, em que Bakhrakh, estonteado, só pode desempenhar um papel passivo. Depois, repentinamente, ela descobre um novo amor, e a tempestade cessa: anuncia a Bakhrakh que já não o ama mais. Ao encontrá-lo, anos mais tarde, ela o tratará como um rapazola insignificante. Suas obsessões posteriores por jovens poetas como Nikolai Grónski e Anatoli Steiger seguirão por caminhos paralelos. Outras aventuras, mais breves, não deixarão tantos traços em sua escritura. Steiger analisa muito bem o processo, quando responde às cartas de ressentimento que recebe, no fim: "Você é tão rica e forte que as pessoas que você encontra, você as recria por sua conta, a sua maneira; quando o ser delas, autêntico, verdadeiro, assoma à superfície – você se admira com a nulidade daquelas que tinham acabado de receber o reflexo de sua luz – porque este já não mais as ilumina" (p. 623).

A identidade do outro não desempenha nenhum papel nos "casos" de Tsvetáieva. Refletindo sobre a relação amorosa, escreve, em 1933: "Você é eu + a possibilidade de eu me amar. *Você*, a única possibilidade de eu mesma me amar. A exteriorização de minha alma" (p. 317). O outro não passa de um mediador entre ela e si própria, um instrumento do amor por ela mesma. Tsvetáieva não precisa dos outros; ela tem necessidade de um ser que lhe dê a impressão de precisar dela, confirmando-a, com isso, em sua existência. Ela procura menos ser amada que ter um ponto de fixação para seu próprio desejo de amar, que lhe serve como "gancho" para o processo de criação. Ela tem ocasião de se explicar, a respeito disso, com uma amiga: "para mim tanto faz: um homem, uma mulher, uma criança, um velho – conquanto eu ame! Que seja *eu* a amar. Antes, era só disso que eu vivia. Ouvir música, ler (ou escrever) versos, ou simplesmente – ver uma nuvem que passa no céu – e logo surgiria um rosto, uma voz, um nome a quem *dirigir* minha melancolia" (pp. 553-4). Estar apaixonada é o equivalente, para

PREFÁCIO

Marina, a uma droga que lhe permite atingir o êxtase, banhar-se no absoluto – a identidade daquele que provoca esse estado é de somenos importância. Ela precisa do ouvido de alguém, não de um ser inteiro.

As exceções, nesse esquema de engano amoroso, são mais aparentes que reais. Uma delas é a relação que Tsvetáieva vive com o melhor amigo de seu marido, Konstantin Rodziévitch, em 1923. A exceção consiste no fato de que a aventura não é puramente cerebral. Tsvetáieva vive, aqui, uma paixão mundana, que a faz pensar, durante algumas semanas, em pôr fim a seu casamento. "Você realizou em mim um milagre, pela primeira vez senti a unidade do céu e da terra" (p. 302), escreve-lhe. A tal ponto, porém, ela não chegará, pois não quer ferir Serguei e, mais uma vez, trata-se da pessoa errada. Rodziévitch não está vivendo com ela o amor de sua vida. A ligação com Tsvetáieva é uma aventura entre outras na existência desse jovem convencido e ingênuo (só no fim da vida ele irá compreender: o pequeno flerte de 1923 é a razão pela qual seu nome entrará para a história...).

Uma outra exceção aparente, dentro do esquema, é a relação que Tsvetáieva mantém com dois poetas contemporâneos seus, que ela considera à sua altura: Rilke e Pasternak. Ela encontrou Pasternak rapidamente em Moscou, antes de partir; na emigração inicia-se entre ambos uma correspondência de admiração apaixonada: cada um acha o outro um grande poeta. Pasternak põe Marina em contato com Rilke, e entre os três se estabelece uma correspondência durante o último ano de vida do poeta austríaco, em 1926. Ela escreve cartas inflamadas, magníficas, e a admiração pelo autor logo se transforma em amor pelo homem. Rilke parece desejar manter certa distância, não apenas pelo fato de ele ter sempre receado a presença amorosa, mas também por estar (fatalmente) doente de leucemia. Marina nada percebe. Ela ignora soberbamente as reservas discretas de Rilke e acaba decepcionada. Com Pasternak, a relação de admiração amorosa terminará em 1935, quando ele vai a Paris participar do Congresso pela Defesa da Cultura, organizado pelo comitê de propaganda do Komintern: em lugar de um semideus, Marina encontra um homem temeroso que tenta interiorizar os *ukazes* do poder soviético e que – o mais decepcionante de tudo – está preocupado em procurar presentes para a esposa nas lojas parisienses...

À medida que os anos passam, Marina já não espera poder viver novas paixões: "Amo cada vez menos" (IV, 407), escreve ela. Já não procura ser bonita, não se pinta, não tinge os cabelos, que começam a ficar grisalhos. Na hora do balanço, ela é amarga: o amor só lhe trouxe desgostos. "É o meu caminho – desde a infância. Amar: sofrer" (p. 318). Ou ainda: "Para mim o amor é um grande mal" (p. 346). A razão parece ser que, quando se trata de amor, Marina prefere o fracasso ao sucesso, marcada que está pelo que ela chama de "uma paixão pelo amor infeliz, não correspondido, impossível" (V, 71). Ela escolhe a plenitude do desejo e não sua realização – a plenitude do sofrimento e não o vazio da felicidade.

O poder do poeta

A criação poética sempre traz a Marina um sentimento de alegria, momentos de profunda satisfação. E, apesar de todos os obstáculos que ela encontra, conseguirá produzir, durante seus anos de emigrada, um número considerável de textos: novos poemas, novas peças teatrais e principalmente obras de um gênero completamente diferente (não apenas em relação a seu próprio percurso): a prosa memorialista, relatos de um passado transfigurado. Os fracassos amorosos parecem necessários ao sucesso de sua criação. "No amor, só fui capaz de uma coisa: sofrer feito um cão – e cantar" (p. 650), constata. A Rilke ela escrevia: "Quem é capaz de falar de seu sofrimento sem se entusiasmar por ele, quer dizer, sem ser feliz por ele?" (VI, 69). Na realidade, o canto não apenas redime os sofrimentos, mas parece exigi-los, uma vez que só eles provocam o estado de incandescência necessário à criação.

Marina escreve; mas, para existir como escritora, ela tem necessidade de ser publicada e de ser lida. Entretanto, o país onde nasceu e onde sua língua materna é falada não quer ouvir mais nada a seu respeito: como todos os emigrados, ela se tornou uma não-pessoa – mais ainda do que os outros, pois foi considerada simpatizante da família do tsar, à qual planejava dedicar um longo poema. Os escritores soviéticos estimados pelo regime – e por ela também, por sinal – tratam-na com desprezo: para Maiakóvski, ela é demasiado feminina; para Górki, os escritos dela beiram a histeria e a pornografia. Além disso, seu estilo "modernista" não é compatível com aquilo que tende a se tornar a linha oficial da arte soviética. Portanto, sua publicação na Rússia é impossível.

A outra alternativa que se entreabre aos emigrados é a de se integrarem à cultura do país que os acolhe. Observa-se uma grande variedade de casos, de acordo com o tipo de artista. Pintores, músicos ou dançarinos não precisam mudar seu meio de expressão; já para os poetas e os escritores, o caso é bem diferente: eles terão de aprender uma nova língua. É isso que explica, por exemplo, a relativa facilidade com que se integraram às diferentes culturas européias criadores como Rachmáninov, Stravínsky, Prokófiev, Kandínski e Chagall, Lariánov, Gontcharova e Sônia Delaunay, ou ainda Nijínski e Balantchin. Os escritores que já estavam bastante empenhados em sua obra quando emigraram permanecem, via de regra, presos à língua materna e, conseqüentemente, ignorados pelo público do país que os hospeda. Se o nome de Ivan Búnin tornou-se conhecido na França, isso se deve à distinção do prêmio Nobel que recebeu em 1933; mas quem ouvira falar lá de Alekséi Rémizov ou Vladisláv Khodassiévitch? Apenas ensaístas como Berdiáiev e Chestov chegariam a participar da vida intelectual do país onde moraram.

O caso de Marina é um pouco especial: desde criança ela domina o alemão e o francês e sabe, portanto, escrever em ambas as línguas. Quando Rilke lhe envia uma carta, ela não tem a menor dificuldade em responder-lhe na mesma língua, num estilo tão rebuscado quanto o dele. A chegada à França, em 1925, reanima seu francês e logo ela se sente capaz de se expressar nessa língua e de traduzir seus escritos, tanto em prosa, quanto em verso. As anotações em francês multiplicam-se em seus diários; passa para o francês, por exemplo, seu poema *O jovem* [Le gars] (sobre Natália Gontcharova) e sua correspondência, revista, com Vichniák (*Neuf lettres avec une dixième retenue et une onzième reçue* [Nove cartas com uma décima não enviada e uma décima primeira recebida]) e redige em francês textos como "Mon père et son musée" [Meu pai e seu museu], "Le miracle des chevaux" [O milagre dos cavalos], ou, ainda, o ensaio que ela dedica a Natalie Barney, "Lettre à l'amazone" [Carta à amazona].

PREFÁCIO

Marina tentou publicar esses textos na França inúmeras vezes. Enviou-os a revistas como *Commerce*, a NRF ou *Mesures*; nenhuma resposta, só silêncio e indiferença. Escreve a diversos atores da cena literária parisiense, como os escritores Anna de Noailles (de quem traduzira um romance em 1916 para o russo), André Gide, o poeta Charles Vildrac, o tradutor Jean Chuzeville, o crítico Charles du Bos, ou o filósofo Brice Parain. Os contatos que ela estabelece duram algum tempo, mas o resultado é sempre o mesmo: nada. Ninguém tem interesse por sua obra, ninguém percebe o que ela traz para a criação literária.

Muitas razões permitem explicar essa indiferença ou essa rejeição. Uma delas é o sentimento de auto-suficiência próprio da vida literária parisiense, ainda mais forte no período entre guerras do que posteriormente. Paris acredita ser o centro do mundo cultural e não considera indispensáveis as contribuições que poderiam vir dos egressos de outros países (as tentativas de Rilke em francês não suscitam, igualmente, grande entusiasmo). A isso se alia a condescendência habitual para com os escritos de mulheres quando estas – como é o caso de Tsvetáieva – não são nem nobres, nem ricas, nem particularmente bonitas. Além disso, parte da *intelligentsia* francesa, até certo ponto sovietófila (é o caso, por exemplo, de Brice Parain, um dos diretores da NRF), nutre uma desconfiança toda particular para com os autores russos emigrados. Por último, não se pode deixar de reconhecer que a estética literária de Tsvetáieva não corresponde de maneira nenhuma àquela em voga na França: ela não se parece nem com a dos epígonos de Mallarmé, nem com a dos fogosos surrealistas. Disso e de como eles reagem ela tem plena consciência: "É algo novo demais, incomum, fora de qualquer tradição, e nem sequer é surrealista" e comenta: "Que Deus me livre disso!" (p. 476). Seu princípio criador é, com efeito, bem diferente: "O que importa, para o poeta, não é descobrir o lugar mais distante [...]. Mas o mais verdadeiro" (p. 484). Essa dificuldade de percepção é compreensível, mas isso não impede que toda a cena literária francesa ignore a presença, em seu meio, de um autor de talento.

A Rússia e a França eram-lhe vedadas. Só restava a Marina uma única e estreita saída: as publicações em russo para a emigração. Mas, em primeiro lugar, esta mal sobrevive e tem outras prioridades além da prática poética. Ademais, a obra de Tsvetáieva apresenta uma dificuldade dupla: recusada na Rússia devido a seu conteúdo político, poderia escandalizar os leitores da emigração por suas audácias formais; estes desconfiam de qualquer tipo de revolução, ainda mais da poética. Assim, na Rússia seus poemas não podem ser publicados; no estrangeiro, onde seriam aceitos, ninguém quer saber deles. "Aqui estou – sem leitor e, na Rússia – sem livros" (p. 437). A oposição encontra-se, de certo modo, no seio da própria imprensa da emigração, em que as publicações de esquerda – as dos "socialistas revolucionários" – permitiriam o estilo moderno de seus poemas, apesar de marcado por temas "tsaristas"; a imprensa de direita a recusa por razões exatamente inversas.

A dificuldade para aceitarem e reconhecerem Tsvetáieva não é gratuita: é a dificuldade enfrentada por um criador que só ouve a voz de sua própria consciência ou de seu próprio *daimon* sem se preocupar com a expectativa dos leitores, com as pressões do meio literário ou com qualquer outro compromisso. O absoluto que ela procura em sua poesia, ela o pratica também na relação com os leitores: são eles que devem segui-la, e não o contrário. Não há saída em momento algum, em lugar nenhum. Ela não pode culpar as circunstâncias: "Paris não quer nada, a emigração não quer nada – era o mesmo em Moscou, durante a Revolução. Ninguém precisa de *mim*; ninguém precisa de *meu* fogo, que não serve para cozinhar a *kacha*" (p. 529). Tsvetáieva sabe viver no meio do fogo, mas não participar da vida literária.

Seres absolutos

Os amores fracassam; o trabalho não consegue se fazer compreender. Há um outro caminho, segundo ela, superior aos dois primeiros. Com efeito, Tsvetáieva não partilha da idéia romântica segundo a qual a criação artística seria o coroamento das atividades humanas e o poeta seria o substituto moderno do profeta, com obras que tomariam o lugar da religião. "O poeta não é o que há de maior [...]. A esfera do poeta é a alma. *Toda* a alma. Acima da alma há o espírito, que não necessita dos poetas, se há algo de que ele precisa – é de profetas" (p. 427). A poesia ocupa uma posição intermediária, a do purgatório – entre o inferno da vida terrestre e o paraíso do puro espírito. À diferença do credo romântico, Tsvetáieva prefere os seres humanos. "O que mais amo no mundo é o ser humano, o ser vivo, a alma humana – mais que a natureza, que a arte, mais que tudo" (p. 196). A idéia de que ela passará o resto de sua existência a rabiscar papéis, a procurar rimas e a freqüentar apenas as personagens surgidas de sua imaginação lhe é insuportável. "Eu não vivo para escrever versos, eu escrevo versos para viver" (p. 399). Os seres que ela privilegia, porém, não são seres quaisquer: nenhum de seus conhecidos sociais – embora necessários –, nenhum dos objetos de suas aventuras amorosas pode aspirar a esse papel.

Os seres que ela ama incondicionalmente são os que ocupam um lugar cuja natureza é de caráter excepcional e não dependem, portanto, de uma escolha, no fim das contas, arbitrária: seus filhos e o pai deles – Serguei, que no universo de Marina está mais próximo das crianças que dos amantes. Ele não é, aos olhos de Marina, um indivíduo como qualquer outro, falível e atraente; ele é *eleito* – ocupa definitivamente um lugar que não poderá ser de ninguém mais. A ligação com ele não é a de um simples matrimônio, tem algo de milagre e atinge o sagrado. Quando Marina estava no auge de sua paixão por Sônia Parnok, em 1915, assim ela escrevia à irmã de seu marido: "Eu amo Serioja para toda a vida, ele é carne da minha carne, jamais o deixarei" (p. 128). Ao marido ela escreve, em 1921, dez anos após o encontro de ambos e quatro depois de sua separação devido à Revolução: "Seriójenka, se eu morrer amanhã ou se eu viver até os setenta anos – tanto faz – eu sei, como já sabia naquela época, desde o primeiro minuto: – para sempre. – Ninguém mais" (p. 218). Seus encontros com outros homens se situam em outro plano, bem diferente; o dele implica não o amor, mas uma obrigação irreversível. O mesmo diz respeito a Ália, a filha adorada. Marina não se contenta em amá-la, Marina *crê* nela. A ligação que ela tem para com esses seres atinge o absoluto: impõe sua lei a todas as suas pulsões.

Contudo, quando os consortes estão juntos, a vida torna-se difícil, e não apenas porque Serguei é incapaz de contribuir para o bem-estar da família. Para uma mulher como Tsvetáieva, que despreza a existência quotidiana, isso é um inconveniente por certo secundário. Mesmo sem ser de grande ajuda em casa, ela não o recrimina, muito pelo contrário. "Um homem não pode fazer serviço de mulher, não fica bem (para a mulher)" (VII, 63). Bem mais grave é a evolução interior de Serguei. O jovem sensível e frágil de antes da Revolução, o combatente voluntário contra os bolcheviques, passa por uma crise de identidade no momento em que se encontra na emigração. Ele não consegue se integrar à vida social que o envolve, está quase sempre adoentado e é pouco dotado para a vida material. Ao mesmo tempo, porém, não pode se contentar em ser o marido de uma poeta conhecida que vive se apaixonando por qualquer poetinha debutante. Efron precisa construir para si uma identidade e consegue fazê-lo inventando uma nova posição perante a Rússia soviética. Num primeiro momento, ele se afasta dos Brancos mais anti-soviéticos e cultiva uma "terceira via" pró-russa, mas não pró-soviética. Para isso, ele se filia ao movimento eurasiano, grupo de pensadores e de escritores que insistem no elemento não europeu da identidade russa. Aos poucos ele se aproxima das posições soviéticas e acaba retomando o passaporte de seu antigo país. O Branco tornou-se Vermelho. Ele só pensa em voltar para a Rússia; enquanto espera a permissão, ele anima, em Paris, a "União para o Repatriamento".

Para Tsvetáieva, que vive à parte da divisão política entre Brancos e Vermelhos, o mais importante não é a mudança de orientação nas convicções de seu marido: para ela, a sinceridade e a fidelidade contam mais do que o conteúdo dos ideais políticos, e Marina não tem dúvidas quanto à honestidade de Serguei. O que a perturba sobremaneira, ao contrário, é o lugar que ocupam na vida dele esses empenhos políticos que ela considera fúteis. Torna-se cada vez mais difícil a comunicação com uma pessoa cuja razão de viver está exclusivamente no âmago dessa realidade material, da qual ela procura se afastar por princípio. Trata-se de uma incompatibilidade filosófica. "Diferença principal: seu lado social e sociável – e o meu gênio (de lobo) solitário. Ele não consegue viver sem jornais e eu não consigo viver em uma casa e em um mundo onde o ator principal é o jornal. Estou completamente por fora desses acontecimentos nos quais ele está completamente mergulhado" (p. 553).

Mesmo que Tsvetáieva continue respeitando certas qualidades de Efron – seu altruísmo, sua honestidade –, ela não consegue mais se entender com ele, seja sobre o mundo, os regimes políticos, a educação das crianças ou a organização do dia-a-dia. Compreende agora que se casou cedo demais, aos dezoito anos. E, uma vez que decidiu que a ligação seria irreversível, ela não pode se esquivar dessa vida de recriminações perpétuas em que ambos se magoam mutuamente. Ela aceita Serguei por piedade – o que aconteceria a ele, sem ela? Ele permanece com ela provavelmente pelo mesmo motivo. Sentem-se presos pela duração de sua união, pelas lembranças de sua miséria partilhada, mas isso não basta para dar sentido à vida em comum. Tsvetáieva expressa, às vezes, o remorso por não ter partido, mas não consegue se decidir a fazê-lo.

Aos vinte anos, teve sua filha Ália, que logo se tornou parte do absoluto: Ália é a "metade de minha vida" (p. 109), um "milagre" (p. 147). Durante os primeiros anos de infância da menina, Tsvetáieva encheu apaixonadamente cadernos e mais cadernos com palavras de Ália, observações sobre Ália. Nos anos terríveis da pós-Revolução, ambas vivem em um singular estado de simbiose. Tsvetáieva leva Ália consigo para todos os lugares. A menina de sete ou oito anos fala como a mãe, escreve como ela e compõe versos difíceis de distinguir dos de sua mãe. Depois, na época da emigração, as duas continuam sempre juntas. Em 1925, na manhã seguinte ao nascimento de Mur, Tsvetáieva escreve: "Se tivesse de morrer agora, sentiria [...] principalmente pelas crianças, por isso – humanamente – antes de tudo, sou mãe" (p. 346).

Mas o tempo passa, e as crianças mudam. Ália cresceu, e Marina costuma pedir-lhe para que ajude em casa, pois não tem dinheiro para contratar uma empregada. Serguei está sempre ausente ou ocupado em ler seu jornal. Ália quase não freqüenta a escola para ficar em casa ajudando a mãe nos trabalhos domésticos e cuidando de seu irmãozinho. Quando chega aos vinte anos, porém, a situação torna-se insustentável. Ela recrimina a mãe por tê-la condenado a lavar a louça e a limpar a casa; as discussões são freqüentes, e ela chega a tentar o suicídio. Além disso, Ália compartilha da nostalgia do pai pela União Soviética e trata com condescendência a mornidão política da mãe. A ruptura será brutal e definitiva: Ália abandonará a casa e, pouco tempo depois, voltará sozinha para a União Soviética.

Tsvetáieva permanece em Paris com Mur (e Serguei). O amor que ela sente pelo filho nada tem a ver com o que ela nutre em suas obsessões amorosas, em que o outro só serve como mediador para que ela se aproxime de si mesma ou encontre uma inspiração poética. Assim ela escreve sobre Mur: "Vou amá-lo – tal como ele for: não por sua beleza, nem por seu talento, nem por sua semelhança – pelo fato de ele *existir*" (p. 346). A mãe, diz ela, faz mais do que amar o filho, "ela é ele" (v, 414). Quando cresce, Mur também faz suas escolhas: ele opta, como a irmã, pelo mundo soviético novo – ainda mais desejável por ser distante (ele acredita que nada podia ser pior do que a miséria vivida no subúrbio parisiense) – e, tal como o pai, não larga os jornais. Mas, também como tantos outros garotos, ele gosta dos jogos e dos carros, dos anúncios e das pequenas ocorrências. Isso tudo tem o condão de exasperar Tsvetáieva. "Ele tem duas paixões: O ESTUDO e A DIVERSÃO, meus dois grandes aborrecimentos [...]. Sempre senti aversão pelos jornais; Mur – se *compraz* neles" (p. 557). Tsvetáieva continua intensamente ligada ao filho, mas sabe que essa situação de vida não vai durar e que chegará a vez de Mur partir também. Ela não se imagina no papel de avó. Assim ela conclui: "Quando Mur estiver crescido (como Ália) – não poderei nem sequer pensar *naquela* função. Em dez anos estarei absolutamente só, na soleira da velhice. E terei tido – do começo até o fim – uma vida de cão" (p. 415). Tsvetáieva escreveu essa frase em 1931.

Enquanto isso, a vida familiar, que devia ser um refúgio de paz, um lugar de segurança, tornou-se um pequeno inferno. Mesmo assim, Tsvetáieva não renega suas convicções: mais que ser humano ela é, antes de tudo, mãe, e a maternidade permanece sua experiência mais marcante. "A única coisa que sobrevive ao amor é o Filho" (v, 485). É preciso simplesmente se resignar à idéia de que o amor dos filhos deixa de ser recíproco depois de algum tempo – deve-se dar sem a intenção de receber. "É preciso doar tudo aos filhos, sem nenhuma esperança *para você* – nem mesmo a esperança de que eles se voltem para agradecer, porque isso é assim, porque de outra forma é impossível." Ela gosta de evocar uma velha balada francesa que conta como a amante de um jovem pediu a ele o coração de sua mãe. Ele o arranca, mas, ao voltar correndo para a bem-amada, ele tropeça, o coração cai e a balada revela:

PREFÁCIO

Eis que seu coração lhe diz:
— Você se machucou, meu petiz? (p. 582)

É assim que transcorre a tentativa de Tsvetáieva de viver no exílio: o amor dos homens tornou-se impossível, as publicações reduziram-se a um fio, a vida familiar está restrita ao mínimo. Quando, depois de quatorze anos em Paris, Tsvetáieva deixa a França, escreve um poema que evoca o destino de Mary Stuart, outra exilada célebre que deixou a França para morrer violentamente em seu país (um poema atribuído à própria Mary Stuart está presente em seu espírito: *Combien j'ai douce souvenance/ De ce doux pays de France...* [Como tenho doce lembrança/ Desse doce país de França...].

DOUCE FRANCE

> *Adieu, France!*
> *Adieu, France!*
> *Adieu, France!*
> Mary Stuart

Mais doce que a França
Província não há.
Por toda lembrança
Duas gemas me dá.

Que ficam paradas
Dos cílios à entrada.
Adeus sem franquia
À Stuart, Maria.

5 de junho de 1939 (II, 363)

A tragédia final

A vida na emigração não é nada fácil. Apesar de tudo, é relativamente estável e, embora frágil, tal equilíbrio tem suas vantagens. Ele será rompido por uma ação violenta que Tsvetáieva não esperaria nunca: um assassinato político no qual seu marido, Serguei Efron, foi envolvido. Esse acontecimento será o estopim da tragédia final de sua vida e terá três atos.

1. *O crime*. Tsvetáieva conhece a nova ligação entre Efron e a União Soviética. Mas o que ela não conhece é o alcance dessa devoção. Em 1931, Efron requereu um passaporte à Embaixada Soviética, que lhe foi concedido, mas sem a autorização para retornar ao país de seus sonhos: o ex-oficial do Exército Branco terá, antes, de dar provas de sua conversão no local onde se encontra, entrando para o serviço da polícia política secreta soviética, o NKVD. Efron aceita a proposta com entusiasmo: ele acredita que o engajamento lhe permitirá corrigir o erro que fora a recusa da Revolução e a luta precedente contra ela. Num primeiro momento ele não recebe nada por isso (a miséria da família continua), mas, a partir de 1934, ele é admitido (a família pode sair de férias durante o verão). Rapidamente ele se torna chefe do grupo: seu trabalho consiste em recrutar outros agentes para que cumpram as ordens emitidas. Desempenha bem a primeira tarefa: estabelece uma rede de algumas dezenas de pessoas fiéis, basicamente antigos combatentes brancos decepcionados, como ele, com a vida na emigração e que sonham com um mundo novo – entre eles Rodziévitch, antigo amante de Tsvetáieva. Eles são encarre-

PREFÁCIO

gados de vigiar os "inimigos da URSS", ou seja, outros exilados brancos ou trotskistas emigrados mais recentemente. Por ocasião da guerra da Espanha, eles organizam a partida – oficialmente proibida na França – de voluntários que vão se reunir às brigadas internacionais. A "União para a Repatriação", da qual se ocupa Efron, serve-lhes de fachada legal.

Então, em 1937, aparece um "inimigo" bastante especial. Trata-se de um antigo agente do NKVD, um tal Ignace Reiss, que teve a imprudência de dizer publicamente seu desencanto. Ele deve ser punido, e a célula de Efron é encarregada do trabalho preparatório. Reiss deverá ser descoberto e atraído para uma emboscada em Genebra. Lá, dois assassinos vindos de Moscou enchem-no de balas. Entretando, os auxiliares deixaram rastros; a polícia suíça os investiga e descobre que todos eles levam à rede de Efron. Este, alertado, recebe ajuda de seus superiores para desaparecer: um táxi leva-o ao porto de Le Havre, onde embarca num navio soviético pronto para partir.

De um dia para o outro a vida de Tsvetáieva desestabiliza-se. De nada adianta argumentar que ela não compartilha das prioridades do marido; em 1925, ela dizia de Dzerjínski, fundador da Tcheká, a precursora do NKVD: "Eu sei que Dzerjínski é um carrasco. [...] Ele é a encarnação de meu ódio" (v, 271-3). Isso não é razão suficiente para que ela abandone o marido num momento de desgraça: para ela, os seres sempre contaram mais do que os ideais políticos. O que interessa saber, para ela, é se Efron é uma pessoa honesta e desinteressada. Ela pensa que sim, e tem provavelmente razão: Efron é um crente, não um aproveitador. Além disso, ele é procurado tanto pela polícia francesa, que quer interrogá-lo, quanto pelos emigrados russos, furiosos por sua traição. Tsvetáieva não hesita e dá prova da maior lealdade para com ele, chegando a prestar falso testemunho para protegê-lo.

Em Paris, acompanhada apenas do filho de doze anos, ela vive uma situação insuportável. Seus recursos, já exíguos, reduzem-se a nada; as publicações francesas continuam fechadas, e os jornais russos pensam, agora, em proibi-la. A imprensa da emigração estigmatiza as ações de Efron e de seu grupo; como ela não pertence à facção nem se junta ao coro, também é excluída. Apenas alguns amigos fiéis continuam a manter contato com Tsvetáieva; outros emigrados preferem evitá-la. Nesse momento, a embaixada soviética lhe faz uma proposta: ela deverá requerer um passaporte soviético e cessar qualquer colaboração com a imprensa da emigração. Em troca, receberá uma pequena pensão e as cartas de seus familiares da União Soviética serão enviadas para ela via mala diplomática; depois de lidas, ela terá de destruí-las (a versão oficial, que ela deverá sustentar, é de que Efron partiu para lutar na Espanha).

Tsvetáieva não tem escolha. Mesmo assim, ela hesita: politicamente é bem mais lúcida que seu marido, um apaixonado, e sabe que não haverá vida para ela na União Soviética. Mas o que a França lhe reservaria, por acaso era vida? O fiel da balança, no fim, será a hierarquia dos valores aos quais ela decidiu aderir, sendo o mais importante o devotamento à família. Ália partiu. Serguei, também. Mur tem apenas um desejo: partir, alcançar o pai e a irmã; ver, finalmente, com seus próprios olhos, o país maravilhoso de que tanto ouviu falar. A confidente mais fiel de Tsvetáieva, a literata tcheca Anna Teskova, comentará sua partida nos seguintes termos: "Se não fosse por Mur, ela não teria ido para a União Soviética". A própria Tsvetáieva, numa carta dirigida ao Ministro do Interior soviético, motiva sua decisão desta forma: "As razões de minha volta ao país – a aspiração de toda a minha família para retornar: a de meu marido – Serguei Efron, de minha filha – Ariadna Efron (foi ela quem partiu primeiro, em março de 1937) e de meu filho Gueórgui, nascido no exterior, mas que, desde a infância, sonhava com a União Soviética" (p. 692).

No entanto, a volta à Rússia não será imediata. As autoridades soviéticas não a informam de seus projetos. Tsvetáieva tira Mur da escola e passa o dia inteiro com ele. Consagra seu tempo a seus arquivos: copiar o que ela considera essencial e abandonar o resto. Durante o verão de 1938 é intimada pela embaixada a deixar seu alojamento e instalar-se num hotel. Em setembro acontece a conferência de Munique, que sela o destino de sua querida Tchecoslováquia; em março de 1939, as tropas alemãs ocupam Praga. Tsvetáieva reage a esses acontecimentos com seus últimos ciclos de poemas; a situação internacional ameaçadora reforça seu abatimento. Um de seus poemas diz:

> [...]
> *Oh, montanha escura,*
> *Há sombra em toda a esfera!*
> *De devolver-Te a fatura*
> *Já é tempo – sem espera.*
>
> *Recuso-me – a ser.*
> *Da não-gente, no abrigo*
> *Recuso-me a viver.*
> *Com os lobos no cio*

Recuso-me – a ser.
Com os cações, na ravina
Recuso-me a correr –
Abaixo – na corrente da espinha.

Sequer quero o buraco
Da orelha, e o olhar confuso.
Ao Teu mundo insensato
Só digo que – recuso.
(II, 360)

Por fim, em junho de 1939, Tsvetáieva recebe a ordem de deixar de imediato a França, sem nada dizer a ninguém, e embarcar num navio prestes a partir rumo a Leningrado. Em 1917, quando a guerra a separara de Serguei, sem saber se iria revê-lo, ela havia feito uma promessa: "Se Deus realizar este milagre – deixar você viver, eu o seguirei como um cão" (p. 137). Em 1922, saiu da Rússia para reencontrá-lo. Agora, em 1939, ela volta para a Rússia atrás dele, "como um cão".

2. *A volta*. Alguns dias após a chegada a Moscou, Tsvetáieva descobre que sua irmã, com cuja ajuda ela contava, já não está mais lá, fora deportada para um *gulag*. Ália nada lhe dissera a respeito. Efron estava instalado junto com outros velhos membros do NKVD numa espécie de casa de campo nos arredores de Moscou. Mais doente do que nunca, é incapaz, mais uma vez, de assegurar a vida da família. Tsvetáieva escreve: "Eu começo a compreender que Serioja é completamente impotente, em tudo" (p. 688). A casa onde estão não tem o

mínimo conforto; Tsvetáieva vê de novo, diante de si, montes de pratos sujos para lavar, enquanto os homens se perdem em discussões políticas. Não há condições para ela escrever, mas propõem-lhe realizar algumas traduções de poemas em francês para uma revista. Ália, por sua vez, está cheia de entusiasmo com sua nova condição: vive na cidade, com o namorado.

Tsvetáieva está deprimida, mas nem desconfia dos choques que ainda lhe reserva o destino. O primeiro deles chega no final de agosto: Ália é detida quando vai visitar os pais. A detenção, para eles sem sentido, está ligada, na verdade, a um plano complexo. Stálin e o novo chefe do NKVD, Béria, estão preparando um grande processo para implicar os chefes do partido bolchevique; para tanto eles precisam de um homem que possa servir de pivô para liquidá-los. Efron será esse homem, escolhido a dedo por ter o perfil conveniente de ex-Branco, logo, suspeito. Para que ele aceite, começam prendendo sua filha, que é torturada sem interrupção durante três semanas, ao final das quais acaba por "confessar": sim, ela é espiã francesa; sim, trabalhou sob as ordens do pai, agente imperialista. Uma vez arrancada a confissão, os agentes do NKVD detêm Efron e a maioria de seus velhos colaboradores. Entra-se facilmente na lógica infernal dos processos de Stálin: todos os acusados são antigos agentes do NKVD, inclusive Ália (assim como seu namorado, mas ele não é detido); outros agentes da mesma organização os torturam até eles admitirem ser inimigos da União Soviética – coisa que cada um deles sabe ser falsa. E, como se pode imaginar, todos, um após o outro, confessam.

Todos, menos um: Efron. Esse homem, fraco e incapaz a vida inteira, responsável pelas condições miseráveis em que viveu sua família durante décadas e por seu retorno à boca da fera, de repente dá mostras de ter o estofo de herói. Por mais que o torturem e o reduzam a um trapo, ele nada diz senão a verdade. Sim, ele foi espião – mas a serviço da União Soviética. Sim, ele recrutou outros membros – mas por conta do NKVD. Em particular, ele se recusa a proferir qualquer palavra que possa incriminar a mulher. Essa insólita resistência determinará seu porvir. Enquanto Ália é logo julgada e enviada ao *gulag* por "espionagem e atividades anti-soviéticas", ninguém do grupo dele é condenado imediatamente, apesar da "confissão" de todos seus antigos colaboradores e co-réus. Eles são mantidos na prisão até a invasão alemã, em 1941. Depois disso, o processo político perde a atualidade, eles passam por uma condenação sumária e são fuzilados. Efron por último, depois da morte da própria Tsvetáieva...

Nesse meio-tempo, Tsvetáieva se desdobra para ajudar os familiares presos. Abandona a *datcha* sinistra e se une ao exército de mães, esposas e irmãs que fazem fila às portas das prisões para obter notícias de seus entes queridos ou tentar remeter-lhes pacotes e dinheiro. Durante algum tempo ela não tem notícia nenhuma, mas, depois, consegue algumas poucas informações; nunca uma visita. O pai e a filha não estão na mesma prisão, as esperas são intermináveis. Tsvetáieva escreve também uma longa carta a Béria, na qual clama pela inocência do marido: há dez anos que ele se devota ao culto da União Soviética! Essa carta é um documento tocante. Mesmo escrevendo ao Ministro do Interior com o objetivo de ajudar o marido aprisionado, ela não pode evitar seu estilo literário. Ela nada simula, nada dissimula; sem fazer a menor profissão de fé comunista, contenta-se em escolher fatos de sua biografia que possam transmitir uma boa impressão. Quanto a Serguei, "é um homem de uma grande pureza, um grande espírito de sacrifício e senso de responsabilidade" (p. 701). A candura de Tsvetáieva tem algo de patético.

Alguns meses mais tarde, Marina esforça-se por preparar uma coletânea de poemas para ser publicada na União Soviética. O primeiro poema da coletânea é de 1920, dedicado a Efron, de modo que o livro inteiro se apresenta como uma homenagem ao marido. Algumas estrofes do poema permanecem como eram, outras são escritas e reescritas. Tsvetáieva tenta condensar em quatro linhas o que ela sente por Efron: trinta anos de vida em comum, separações, reuniões, brigas, reconciliações. O caderno de rascunho contém quarenta versões dessa estrofe. Especialmente a terceira linha faz Marina sofrer: ela deve expressar em poucas palavras um sentimento superlativo. Entre as versões descartadas, há as seguintes: "Não há outro como você no mundo inteiro", "Pois tu és meu Alá, e eu, o teu Maomé", "Pois sem você eu morro! morro! morro!", sendo esta a versão final:

> [...]
> *E aos troncos que têm cem invernos,*
> *E a todos, que saibam – afinal! –*
> *Te amamos! Te amamos! Te amamos! –*
> *Escrevi – no arco celestial.*
> (1, 538)

Tsvetáieva não é do tipo que esconde a quem se dedica, sobretudo quando o objeto de seu devotamento está ameaçado. Ela e a filha reconciliam-se: tão logo Ália parte para o *gulag*, Marina escreve-lhe regularmente e passa a lhe enviar encomendas.

O resto de sua vida quotidiana é de frustrações e cuidados domésticos. Ela tem grande dificuldade em encontrar um alojamento em Moscou e um trabalho que lhe permita sobreviver. Faz traduções poéticas a partir de versões literais; ela é tão cuidadosa que é capaz de passar dias inteiros sobre uma única estrofe, e o trabalho não rende muito. Os encontros com os escritores que ela estima são decepcionantes: Pasternak ajuda-a um pouco, mas está preocupado com suas próprias mazelas, e o encontro com Akhmátova – pela primeira vez na vida de ambas – acaba em mal-entendido. Tsvetáieva ainda tem algumas aventuras passageiras, mas não crê nelas realmente.

Os velhos amigos desapareceram ou se mudaram, e ela não encontra em si mesma a energia e o desejo suficientes para fazer novas amizades. Escreve à filha, no campo: "Estou chegando à conclusão de que o afeto pelas pessoas é uma questão de tempo. Para a gente se apegar a alguém, é preciso conviver, e para isso eu já não tenho nem tempo, nem vontade, nem força" (p. 742). A vida interior ainda está viva, mas ela não encontra mais nenhum apoio fora dela. A coletânea de poemas que prepara com a esperança de ver publicada é descartada: censuraram-na por manifestar um espírito hostil ao mundo soviético. Não escreve mais novos textos. No começo de 1941 redige esta quadra, seu penúltimo poema:

> *É hora de tirar os enfeites,*
> *É hora de mudar as palavras,*
> *É hora de apagar o lume*
> *Que pende no portão...*
> (ii, 368)

3. *O impasse*. No dia 22 de junho de 1941 a Alemanha invade a União Soviética; dois meses mais tarde os tanques alemães se aproximam de Moscou e a cidade é bombardeada. Tsvetáieva está desesperada de medo por seu filho, que, por ter se tornado membro da "defesa passiva" da cidade, deve passar a noite toda sobre o telhado da casa olhando o céu e jogando longe as bombas de iluminação que caem em cima dele. Como numerosos outros escritores, ela decide deixar Moscou rumo ao outro extremo do país. Ela toma um comboio que se dirige a uma obscura cidadezinha da República Tártara: Elábuga. Tsvetáieva e Mur chegam lá no dia 18 de agosto, sem meios, sem casa, sem trabalho. O que fazer? Tsvetáieva está diante de uma situação cuja gravidade não pode ser dissimulada: ela precisa tomar uma decisão. Será que vale a pena viver assim? Se não há mais fogo na vida, para que viver?

A resposta nunca foi evidente para Tsvetáieva. Aos dezoito anos ela escrevia a um correspondente: "Só receio uma única coisa neste mundo – os momentos em que a vida se congela dentro de mim" (p. 96). No ano seguinte, declarava a outro amigo: "Preciso ser muito forte e acreditar em mim, senão viver torna-se impossível!" (VI, 55). E se um desses momentos de impotência chegasse? Sozinha, em Paris, em 1937, ela mal conseguia encontrar um sentido para sua existência. "Há tempo que eu não vivo – porque esta vida – não é vida, mas uma protelação sem fim. Preciso viver o dia de hoje – sem direito a um amanhã: sem direito ao sonho do amanhã! Eu, que sempre, desde meus sete anos, vivi da 'perspectiva'" (p. 652). Nessa situação ela só quer uma coisa: "dormir, *não* ser" (p. 658).

Guerra e desocupação multiplicaram por dez as dificuldades habituais da existência quotidiana. Que trabalho ela poderia fazer naquela vila perdida, já que conhecia apenas os sortilégios da palavra? Parece que lhe propuseram um trabalho de educadora (por ser mulher e mãe, deveria saber cuidar de crianças!), mas ela não se acha em condições. O escritório local do NKVD a convoca, poderiam contratá-la como tradutora do alemão; ela descarta a possibilidade. Fica sabendo que os escritores de uma cidadezinha próxima terão uma cantina e se candidata à vaga de lavadora de pratos: isso, ao menos, ela já fez muitas vezes em casa! Mas os escritores hesitam: será que a camarada Tsvetáieva apresenta todas as garantias ideológicas necessárias?

As dificuldades materiais, contudo, não são as fontes principais de seu abatimento. O que pesa mais é a impossibilidade de recorrer àquilo que lhe dava a sensação de viver: amor, criação artística, família.

Tsvetáieva não tenta mais seduzir. Entretanto, permanece sempre uma grande necessidade, a de viver com os seres que ela ama e que lhe fazem sentir que necessitam dela. "Sem isso (o amor), sinto fome e frio, não tenho vida" (p. 709), diz ela a uma correspondente; e a uma outra: "Quando não amo – não sou eu" (p. 730). A um terceiro, ela explica com mais detalhes que o amor, para ela, significa o mesmo que o sangue sacrificial para as almas errantes do Hades – a única maneira de se sentirem vivas: "eu mesma só existo quando *ele* existe, [...] minha outra vida é uma vida ilusória, a vida das sombras do Hades que não beberam o sangue: uma *não*-vida" (p. 712). Com a chegada da idade é mais difícil encontrar companheiros. Tsvetáieva encontra muitas pessoas apaixonadas por sua poesia – nenhuma, por ela. Suas tentativas de estabelecer amizades intensas são fadadas ao fracasso.

PREFÁCIO

Vinte anos antes, Tsvetáieva se perguntava se chegaria o dia em que não teria mais vontade de escrever. A resposta se mostrou ser "sim". Os fatos estão todos encadeados: "uma vez que terei deixado de escrever poemas, quem sabe um dia eu possa deixar de amar. Então, morrerei. [...] Acabarei, com certeza, me suicidando" (p. 745). De fato, nos últimos anos passados na França, depois da partida de Serguei, alguma coisa se quebrou dentro dela e, pela primeira vez, ela não escreve mais. "Há uma série de razões para isso, mas a principal é: *à quoi bon* [para quê]?" (p. 647). Quando retorna à Rússia, ela volta a ter o mesmo sentimento, exacerbado: *"Escrevi o que tinha de escrever*. Claro, poderia continuar, mas posso perfeitamente *não* fazê-lo" (p. 722). Se não há mais seres para serem amados, se não há mais leitores possíveis, para quem escrever? A quem se dirigir?

Fundamental para ela, mais ainda do que as obras e os amores, são – já o vimos – seus vínculos de sangue. Alguns anos antes, ao escrever a Pasternak, ela lembra sua hierarquia interior: admira e respeita infinitamente esses mágicos da palavra, como Pasternak, Rilke, Proust, mas sabe que não se parece com eles – eles se preocupam mais do que tudo com sua alma divina, mas ela é um simples ser humano: "Quando eu estiver para morrer, não terei tempo de pensar nela (quer dizer, em mim), demasiado ocupada que estarei em saber se os que vão me acompanhar à minha última morada, os meus queridos, já comeram, se não gastaram tudo o que tinham com todos aqueles remédios" (p. 411).

Esses seres queridos, diferentes de todos os outros, já não estão mais lá – não porque ela se afastou deles, brigou com eles ou os perdeu provisoriamente de vista, como acontece na vida, mas porque, dessa vez, eles foram tragados e triturados por esse monstro impessoal, o Estado comunista. Com Ália e Serguei presos, Tsvetáieva perdeu grande parte de sua razão de viver. Tampouco sabia se iria reencontrá-los. Um ano após as prisões, ela escreve em seu diário: "Ninguém vê – ninguém sabe – que há um ano (aproximadamente) procuro com os olhos – um gancho, mas não há, pois há luz elétrica demais... Não há um único lustre... Há *um ano* que tiro as medidas – da morte. Tudo – é monstruoso e – terrível. Engolir – a mesquinharia, saltar – a hostilidade, a imemorial aversão *pela água*. [...] Não quero – *morrer*, quero – *não ser*". Mas, logo ela se recompõe: "Bobagem. Por enquanto precisam de mim..." (p. 689).

Mur precisa dela mais que todos. Entretanto, como toda criança, ele cresce e se distancia da mãe cada vez mais. Tsvetáieva, ao pressentir isso, atemoriza-se. No navio que os conduz à Rússia, ela o vê sempre em companhia dos outros, distraído com eles, sem se preocupar com a mãe, e diz para si mesma: é o meu porvir. A cada ano essa inquietação aumenta, e, em janeiro de 1941, ela anota em seu diário: "O que me resta, senão me preocupar com Mur (saúde, futuro, os dezesseis anos que chegam, com passaporte e responsabilidades)?" (p. 734). Mas chegam principalmente com a independência e a necessidade de se libertar da mãe.

O momento em que Tsvetáieva se sente dispensável na vida dos outros ocorre quando ela está em Elábuga, no final de agosto de 1941; a partir de então, a decisão de morrer está tomada. Em suas três cartas de adeus não há nem amor, nem literatura, apenas preocupações com Mur. Uma dessas cartas é endereçada a um escritor que ela conhece e a quem ela pede que cuide de Mur como se fosse seu filho. A segunda é dirigida às testemunhas de sua morte, a quem suplica que acompanhem o filho até a casa desse escritor; depois acrescenta: "Eu quero que Mur viva e estude. *Comigo ele estaria perdido*" (p. 746), como se ela fosse um obstáculo e não um estímulo para o desabrochar do filho, esse ser que ela ama por si próprio, e não por ela. Enfim, a última carta é dirigida ao próprio Mur. Nela, Marina repete o amor que sente pela a família, Serguei, Ália, que ela amou até o último minuto, e por ele próprio ("amo você loucamente"); depois, tenta se explicar: "teria sido cada vez pior". Mur deve deixá-la; ela só pode provar-lhe seu amor sacrificando-se. É a isso tudo que ela chama de estar "num beco sem saída" (p. 747).

Quando Mur chega em casa, encontra a mãe enforcada. Nessa isbá de camponeses há ganchos à vontade. Seu corpo será atirado num canto do cemitério e nenhuma lápide marcará seu túmulo. Não será possível escrever nela: "Aqui jaz a estenógrafa do Ser". Alguns dias mais tarde, Mur diz: "ela fez bem, ela teve motivos para se suicidar: era a melhor solução e eu dou-lhe plena e inteira razão" (p. 749).

O tocador de flauta

Em 1925, ano do nascimento de seu filho, Tsvetáieva havia composto um longo poema, uma "sátira lírica", *O encantador de ratos*, interpretação pessoal da célebre lenda do tocador de flauta de Hamelin. Fiel às versões anteriores bem conhecidas, o poema encadeava os episódios principais: a invasão da cidade pelos ratos, sua eliminação graças ao tocador de flauta, a recusa em se lhe dar a devida recompensa (o casamento com a filha do prefeito), a vingança do flautista, que arrasta consigo todas as crianças de Hamelin. Tsvetáieva confere à lenda, entretanto, uma interpretação satírica e alegórica, que faz de seu poema uma espécie de precursor de *A revolução dos bichos*, de Orwell. Os moradores da cidade, conduzidos pelo prefeito e por seus conselheiros, encarnam o triunfo do *byt*, a existência quotidiana execrada por Tsvetáieva: são os filisteus saciados que se refestelam em sua mediocridade. Os ratos são invasores dinâmicos, revolucionários – em uma palavra (sugerida, mas não escrita por Tsvetáieva), os bolcheviques. Uma vez tomado o poder na cidade de Hamelin, os ratos acabam, por seu turno, se aburguesando: tornaram-se tão fartos e corrompidos quanto os habitantes de outrora, deixaram-se atrair pelos prazeres ligados exclusivamente a sua posição. O tocador de flauta e, mais ainda, a própria flauta, que no poema possui uma grande autonomia, encarnam os valores opostos à existência quotidiana: o ser e aquilo que o faz viver, a música e a poesia.

Esse esquema, bastante romântico, da superioridade da arte sobre a vida é, entretanto, perturbado pela ambigüidade do gesto último do flautista: livrar dos ratos a cidade é, de fato, um ato louvável, mas o que dizer do rapto das crianças? Os adultos talvez tenham recebido o castigo que mereciam, mas por qual motivo as crianças teriam de ser punidas pelos malfeitos deles e condenadas a desaparecer nas águas do lago, quando acreditavam ir ao paraíso? Tsvetáieva parece sugerir que o poder da arte e da poesia é imenso, mas não necessariamente benéfico: ele pode redundar em bem ou em mal.

Tsvetáieva escreveu esse longo poema sem imaginar, é claro, que seu próprio destino ilustraria uma nova versão da lenda e que ela própria seria uma de suas personagens principais. O tocador de flauta de Hamelin é a força que tira as crianças de seus pais. Esse tocador irá assumir, na vida de Tsvetáieva, três disfarces. O primeiro é o da própria Vida: as crianças crescem, e o amor entre pais e filhos deixa de ser recíproco. Os pais podem ou não ter filhos, mas os filhos não podem deixar de ter pais; portanto, aqueles nada devem a estes. Precisavam dos pais enquanto pequenos; depois de crescidos, porém, precisam que os pais se afastem para deixá-los viver suas vidas. Quando era criança, Ália só vivia para a mãe; adulta, ela faz de tudo para se afastar. Mur segue o mesmo caminho.

O segundo disfarce do tocador de flauta se chama Utopia e se espalha pela Europa durante os anos que se seguem à Primeira Guerra. Não é a poesia ou a arte que, de fato, seduz as crianças européias, mas sim as promessas de um paraíso terrestre formuladas por dois ditadores bigodudos: Stálin e Hitler. Milhares, milhões de jovens se deixarão seduzir pela música desses novos encantadores de ratos: na Alemanha, pelas conclamações do chefe nazista; no resto da Europa, pelas promessas comunistas. Hitler e Stálin tornaram-se artistas providos de um poder que poetas e músicos não podiam nem imaginar – encantadores que não constroem suas obras com sons ou palavras, mas servindo-se de indivíduos e de sociedades: são criadores de homens novos e de povos novos. Tsvetáieva vive essa tragédia em sua própria carne: são seus próprios filhos que se deixam enlevar pelo canto sedutor da propaganda soviética. Tal como na lenda, entretanto, as promessas revelam-se ilusões: as crianças acreditam ir para o paraíso e, na verdade, são engolidas pelas águas do lago.

A última encarnação do tocador de flauta será a História. Os filhos de Tsvetáieva tornaram-se estranhos para a mãe, mas eles ainda vivem em liberdade. Contudo, também essa última consolação lhe será tirada. Serguei, que ela trata como se fosse um filho grande, desaparece nos cárceres soviéticos. Ália é enviada a um campo além do Círculo Polar, com poucas esperanças de retorno. Ainda resta Mur. Mas a guerra começa, dura bastante tempo, Mur cresce e, portanto, tem de combater. Quais as probabilidades de ele escapar com vida? Tsvetáieva teme, não sem razão. Mur será morto no *front*, em julho de 1944, aos dezenove anos. Ele não está sozinho: 25 milhões de soviéticos morrerão nessa mesma guerra.

A história de Tsvetáieva tem uma particularidade a mais em relação à lenda do encantador de ratos: as crianças não se contentam em ir sozinhas para seu fim, mas arrastam consigo a própria mãe. Na França, sua vida era difícil; na União Soviética, torna-se impossível. Ela só voltou para lá por causa dos filhos. Por causa de Ália, a incansável entusiasta, que abraça a nova fé e se alista no batalhão do encantador de ratos, voltando ao paraíso de seus sonhos, a União Soviética. Por causa de Serguei, cujos atos exigiram a fuga. Por causa, enfim, de Mur: sozinho com a mãe e seguro de ter uma visão de mundo mais realista do que a dela – artista sempre com a cabeça nas nuvens –, mal pode esperar para chegar à Terra Prometida e, no auge de seus quatorze anos, impõe o regresso definitivo. Ália inicia o movimento e também o fecha. De volta do *gulag*, depois de dezesseis anos, ela dedicará o resto da vida à publicação dos poemas da mãe, ou seja, a ressurreição dela como autora. Ao mesmo tempo, porém, comete uma última violência, pois ela apresenta a mãe como poeta alinhada às normas soviéticas, das quais apenas um equívoco lamentável a teria afastado.

PREFÁCIO

Morte e ressurreição

Os seres humanos sempre almejaram introduzir algo de sagrado na vida profana e postular a existência de uma entidade que os transcendesse. Há muitos séculos, o absoluto recebeu um nome especial: foi chamado Deus e a ele jurou-se obediência cega – esqueceu-se o fato de que os deuses eram criação dos homens. No momento e no lugar em que Tsvetáieva viveu, os modos de chegar ao absoluto se transformaram e se multiplicaram. Depois de procurá-lo por longo tempo no céu, os homens decidiram trazer esse ideal para a terra: se for preciso se sacrificar, que não seja mais por Deus ou pelo rei cujo direito é divino, mas pelos corpos coletivos, puramente humanos, que são a pátria ou o povo, a classe ou a raça. Boa parte de seus contemporâneos encontrou esse ideal transcendente na Revolução, acreditando que seria possível transformar a ordem social para tornar feliz a humanidade. O resultado já se conhece: os desastres provocados na Europa e no mundo pelo nacionalismo e pelo totalitarismo.

Desde a adolescência, Marina era fascinada pela existência do absoluto e escolheu manter-se próxima dele – "viver no meio do fogo", sem aderir às ilusões de seus contemporâneos. Diante dela abre-se outro caminho. Alguns seres excepcionais – os eleitos que receberam o dom da palavra – encontraram o absoluto na criação poética. Tsvetáieva admira Rilke e Pasternak, ela compartilha esse arrebatamento, mas sabe que em sua escala de valores os seres estão acima das obras. Quando raciocina, não acredita ser possível se aproximar do absoluto por outra via senão a da arte: "O poeta fracassa infalivelmente na procura de qualquer outro caminho que leve à plenitude.

Familiarizado (por sua própria conta) com o absoluto, ele exige da vida o que ela não pode dar" (p. 426). Ela poderia ter se recolhido ao conforto da solução estética, entretanto, nunca deixou de exigir isso das pessoas que lhe eram próximas e é nelas que pensa na hora da morte. Nisso, ela atende às exigências do humanismo contemporâneo, que, de um lado, quis substituir o culto das abstrações pelo culto dos indivíduos particulares e, portanto, proibir o assassinato dos homens em nome da salvação da humanidade; de outro, persistiu em preferir os seres às obras. A própria Tsvetáieva aderiu a esse ideal. Mas o que ela tinha de sagrado para si conservava um traço do passado. Mesmo sabendo que os seres humanos elevados ao plano do absoluto são falíveis e que um único gesto os distingue de todos os outros, Marina os transforma em mestres tão impiedosos como os antigos deuses. Capaz de transformar o relativo em absoluto, submete-se a ele docilmente, como se a isso fosse obrigada por forças exteriores – ela oferece a todos um exemplo a ser seguido, mas se esquece cedo demais dessa origem do sagrado. Ela não consegue assumir o paradoxo da separação entre Deus e a existência humana, que precisa do absoluto quando o mundo só lhe oferece satisfações relativas, e almeja tocar o infinito quando os seres humanos e seus relacionamentos, única encarnação do absoluto, são tragicamente limitados e perecíveis. A vida só conhece o finito e o relativo – apenas a morte é infinita; Tsvetáieva, portanto, só tem a morte como escolha. Por essa razão, pode-se dizer que seu destino final já está, em germe, em sua própria concepção do absoluto; mas também que seu sacrifício nos deixa uma lição que não pode ser desperdiçada.

PREFÁCIO

Seria possível dizer, diante da tragédia de Tsvetáieva, que o absoluto não tem lugar nas relações humanas? Talvez não. Ele não deve ser separado do relativo por um abismo, pois é do abismo que ele vem e apenas uma decisão voluntária pode tirá-lo de lá. "Aos filhos é preciso dar tudo, sem nada esperar", dizia Tsvetáieva: o amor absoluto que se tem para com eles nunca será negado pelos momentos de afastamento ou de desacordo; momentos inevitáveis, uma vez que os filhos deixam de ser crianças. O voto de lealdade feito por Marina aos dezoito anos só é absoluto porque ela decidiu assim – "não importa o que aconteça" (p. 694), escreve em sua carta a Béria. Mas e se a pessoa não é mais a mesma? O agente do NKVD de 1937 provoca as mesmas reações que o frágil adolescente de 1911? Não se trata apenas de exigir o absoluto das relações humanas: Tsvetáieva isola essa construção ideal dos seres reais, exatamente como fazia quando se apaixonava por outras mulheres ou homens. Não é o desejo do céu que causa o problema, é a ausência de um caminho entre céu e terra.

Nem os pais, nem o ambiente onde nascemos podem ser escolhidos: Tsvetáieva deve a ambos a paixão pelo ideal. Não é possível interferir na marcha da História: é ela que leva a Tsvetáieva a Revolução, a destruição, a fome, a emigração, a indiferença dos conterrâneos emigrados e dos literatos franceses para com sua obra. Todavia, somos responsáveis pelo modo como nos relacionamos com os outros. Tsvetáieva aceita com muita dificuldade a imperfeição própria da condição humana e a combate – sem sucesso – ora inventando seres imaginários no lugar dos reais, ora dedicando a certas pessoas um culto que beira o sacrifício. Os outros não podem ajudá-la, pois ela os condenou à impotência. É como se ela se impusesse esta única alternativa: êxtase ou morte (dois absolutos, é verdade). O que ela não pôde conhecer foram as passagens entre o quotidiano e o sublime; é por isso que, quando seus entes queridos lhe são tirados, ela se encontra num impasse.

Em compensação, o absoluto vive em sua obra escrita e é hoje responsável pela imortalidade de sua autora – disso Tsvetáieva tinha certeza. Não serão, porém, suas cartas a parte mais bem-sucedida de sua obra, apesar de nunca terem configurado um projeto literário? Mensagens de amor, de confiança, de desafio, elas são, muitas vezes, tão trabalhadas quanto os poemas, mas guardam, além disso, graças à presença de um interlocutor, uma imagem mais viva de sua autora; é nelas que o "viver-escrever" ou o "escrever é viver" se realiza da melhor maneira. Podemos dizer que a morte de Tsvetáieva elevou essa imagem além da terra e é lá que permanece. Em 1913, ela escreveu um poema pensando na própria morte:

> ... Não é a mim que irão enterrar,
> Não é a mim.
> (I, 176)

Pois ela tinha razão: apenas seus despojos descansam em algum canto do cemitério de Elábuga; a poeta não morreu. Ou melhor: a morte não a impede de continuar a doar, apenas de receber. Jesus também não acreditava em sua morte definitiva: "Pois onde dois ou três estiverem reunidos em meu nome, lá estarei no meio deles" (Mateus, 18:20). Tsvetáieva consagra seu último poema a esse tema: a mensagem da poeta surge no lugar da palavra do profeta. O poema tem uma história. Em março de 1941, Tsvetáieva encontrou um jovem autor, Arseni Tarkóvski, de quem gostou bastante; esboçou-se, então, um movimento de sedução. Tarkóvski escreveu um poema que começa: "Pus a mesa para seis". Os seis são o poeta e seus entes queridos: pai, mãe, irmãos, mulher. Mas justamente aí começa a iluminação de Tsvetáieva. Onde seis pessoas estão reunidas, não em nome dela, mas em nome de sua humanidade comum, a poesia também estará presente, a poesia da qual ela é uma encarnação. "Como você não entende?", pergunta ela ao companheiro:

> *Que seis é esse...*
> *Sete! – pois eu estou no mundo.*

Justamente nisso o destino de Tsvetáieva é diferente do dos outros homens e mulheres, apesar de indicar um caminho que todos podem seguir. Sua imensa pretensão é, ao mesmo tempo, um gesto de humildade.

> *Nada de túmulos! Nada de partidas!*
> *Noivos em festa – a sorte, por tirar.*
> *Como a morte, no almoço prometida,*
> *Eu-vida chego, na hora do jantar.*
> (II, 369)

E todos nós somos convidados.

TZVETAN TODOROV

O PRESENTE VOLUME

Em junho de 1920, no dia seguinte à morte de sua segunda filha, depois de passar meses de fome e frio, Tsvetáieva encontra por acaso um dos grandes poetas e teóricos do simbolismo, Viatchesláv Ivánov, pertencente a uma geração anterior à sua (ele próprio emigrará em 1924 para a Itália). Ivánov, reduzido à miséria, como ela, admira a poesia de Tsvetáieva, mas nesse momento extremo de revelação gostaria de vê-la empreender uma tarefa ainda mais ambiciosa. Ele lhe diz (a transcrição dessa frase é da própria Marina): "Você deve escrever um Romance, um verdadeiro e grande romance. Você tem senso de observação, amor e você é muito inteligente... um romance ou uma autobiografia, o que você achar melhor". O importante é mirar às alturas: "Se for escrever, escreva algo de grande. Não empurro você para os morros, mas para os cumes nevados" (p. 197).

Ivánov tem razão em confiar no talento e na inteligência de Marina, mas ele se engana quando a imagina capaz de escrever um romance. O romance exige o conhecimento de uma pluralidade de consciências; mas Tsvetáieva, que pode chegar infinitamente longe na observação e na análise da consciência, só conhece uma: a dela própria. Nesse sentido, e como para qualquer poeta, mas num grau particularmente elevado, toda a obra é autobiográfica. A grande diferença entre os gêneros literários que ela praticou não está no assunto abordado, que é sempre o de sua própria subjetividade, mas nas modalidades de expressão. E disso ela sabe muito bem. No cabeçalho de suas primeiras coletâneas de poemas, ela escreve: "Tudo isso aconteceu. Meus versos são um diário, minha poesia é uma poesia de nomes próprios" (v, 230). Nos anos seguintes, na década de 1920, mas principalmente na de 1930, ela pratica mais a prosa, contudo o objeto de sua atenção é sempre o mesmo. "Toda minha prosa é autobiográfica", escreve, em 1940 (v, 8). Pode parecer exagero, mas corresponde a uma boa parte dos escritos daqueles anos.

Ao lado dessas duas formas de escritura, poemas e prosa memorialista, Tsvetáieva pratica ainda uma terceira: ao longo de sua vida inteira ela redige confissões que enchem seus diários e suas cartas. Ela tem consciência de que se trata de um terceiro gênero, tão respeitável quanto os dois primeiros e destinado, igualmente, à publicação. Na época de seu encontro com Ivánov, essas anotações nos diários são as que mais lhe importam. "Neste momento, estou apaixonada por meus cadernos de notas" (p. 193). As notas daqueles anos, uma vez revistas, deviam formar um livro do qual ela só publicou fragmentos e que só aparecerá integralmente muito depois de sua morte numa tradução francesa: *Indices terrestres* [Indícios terrestres]. O mesmo acontece com as cartas: assim como ela corrige e refaz as notas dos diários, como se fossem obras, ela redige nos cadernos o rascunho de suas cartas e as reescreve até que fiquem satisfatórias. As cartas a Vichniák são adaptadas e traduzidas para o francês por ela própria (*Neuf lettres*... [Nove cartas...]); mas ela também sabe que sua correspondência com Rilke ou Pasternak é destinada à publicação – mesmo que para tanto precise esperar que se passem os anos, ou até que as pessoas implicadas morram.

Tsvetáieva jamais duvidou do destino de tudo o que escrevia, fossem textos públicos ou privados: "de qualquer maneira, quando eu morrer – tudo será publicado! Cada linhazinha, como diz Ália, cada rabisco!" (p. 245). Não apenas porque esses textos permitem que se conheça melhor a autora, mas pelo fato de eles serem expressamente obras literárias, a ponto de especialistas russos na produção de Tsvetáieva admitirem sua preferência por esse gênero de escritura. Anna Saakiants, autora de uma série de obras sobre Tsvetáieva e editora de suas *Obras completas*, por exemplo, escreve: "Se puséssemos num dos pratos de uma balança os poemas e a prosa de Tsvetáieva e, no outro, as cartas, estas pesariam mais" (VI, 5). A editora dos diários de Tsvetáieva, Elena Kórkina, diz o seguinte: "Achamos que a principal lição deixada por Tsvetáieva não está nem nas cartas, nem nas prosas biográficas, nem no imenso conteúdo de sua poesia lírica, nem mesmo na matéria de seus poemas, mas precisamente em seus cadernos de apontamentos" ("Prefácio" a *Zapisnýe Kníjki* [Cadernos de apontamentos], I, 6).

Não serei eu a decidir essa questão e a atribuir o primeiro lugar às cartas *ou* aos diários, uma vez que este volume integra justamente ambos. A predição de Tsvetáieva está em vias de se realizar: tudo o que ela escreveu já foi ou está sendo publicado. Todavia, os obstáculos foram numerosos, e muitos anos se passaram antes que a publicação se tornasse possível; primeiro a censura soviética, depois a censura mais sutil, porém não menos vigilante, de sua filha, que quis tornar público apenas aquilo que ela julgava ser digno de sua mãe e da União Soviética. Acresça-se a isso o fato de que, em 1975, pouco antes de morrer, Ália selou seus arquivos e proibiu qualquer tipo de consulta antes do fim do século! Hoje essas dificuldades foram superadas e os leitores de russo podem ter acesso à quase totalidade dos escritos de Tsvetáieva.

A leitura dos volumes de cartas e anotações de Tsvetáieva não é, entretanto, algo fácil. Exige o conhecimento de um número considerável de informações das quais dispõem apenas os especialistas, sendo que, por outro lado, ela coloca no mesmo plano o essencial e o acidental. É por isso que optei pela composição do presente volume: uma escolha inevitavelmente subjetiva dos escritos íntimos de Tsvetáieva – que constitui, sim, um livro escrito por ela, mas ao qual ela não deu uma forma definitiva. Dirigindo-se à filha de Rilke, ela espera que um livro assim seja publicado a partir das cartas de seu pai. "Porque Rilke sempre sonhou escrever um livro desses; *ele já está escrito*, só falta compô-lo" (VII, 425). Foi esse preceito que coloquei em prática aqui, encarregando-me de *compor* um livro já *escrito* por ela.

Para se ter uma idéia, pode-se calcular que o presente volume contém cerca de um décimo dos diários e das cartas de Marina Tsvetáieva publicadas em russo (informamos, a esse respeito, que as Éditions des Syrtes empreenderam a tradução integral dos *Carnets intimes* [Diários íntimos] em francês, a ser publicada em breve; agradecemos-lhes pela autorização que nos foi dada para extrair algumas passagens para esta obra). A forma escolhida foi a de reunir uma centena das cartas mais significativas de Tsvetáieva e aproximá-las de um número relevante de trechos dos diários e de outras cartas, não retomadas integralmente. No interior de algumas grandes seqüências cronológicas, os textos são agrupados por suas afinidades temáticas. Para facilitar a leitura, os escritos de Tsvetáieva são acompanhados de um comentário puramente informativo, e incluí também alguns documentos reveladores que datam daqueles mesmos anos. É um volume que passa a existir, sob esta forma, a partir desta edição.

O texto de Tsvetáieva aparecerá aqui em redondo, e os comentários, em itálico[*]. As anotações e os comentários se limitam ao mínimo. Não foi nosso intuito fazer uma obra de erudição, mas permitir a leitura sem entraves da obra de Tsvetáieva. Nisso, segui o que ela dizia: "Tudo o que não é necessário é inútil" (VI, 66). As anotações serão numeradas, e as (raras) notas de Tsvetáieva serão assinaladas pelo símbolo •. O nome de Marina Tsvetáieva será indicado, ao longo do livro, pelas iniciais MT. A tipografia e a pontuação respeitam, na medida do possível, a escolha da autora. Ao final, um índice de nomes próprios reúne todas as pessoas mencionadas por Tsvetáieva.

Nenhum trabalho sobre a obra íntima de Tsvetáieva teria sido possível sem a valiosa contribuição dos editores de seus inéditos em russo, os quais decifraram os manuscritos e interpretaram as numerosas alusões que guardavam. Refiro-me, em particular, ao editor das cartas nas *Obras completas*, Lev

---

[*] Os textos de MT escritos originalmente em francês serão assim mantidos e acompanhados pela tradução em português entre colchetes ou em notas de rodapé. (N. de T.)

Mnúkhin, e à editora dos diários e de outras cartas, Elena Kórkina. Por essa razão e para exprimir-lhes nossa profunda gratidão – a da tradutora Nadine Dubourvieux e a minha –, dedicamos a eles este trabalho.

TZVETAN TODOROV

I
Rússia (1892 – 1917)

1
Primeiros passos

MT *redigiu notas autobiográficas duas vezes: em 1926, "Resposta a uma enquete"; em 1940, "Autobiografia" (texto reunido pela filha depois de sua morte). Ambas são dedicadas a publicações soviéticas; nenhuma delas, porém, será publicada durante sua vida. Aqui estão alguns trechos referentes a sua infância e adolescência.*

Marina Ivánovna Tsvetáieva.
Nascida em 26 de setembro de 1892, em Moscou.

Seus pais:

Influência dominante de minha mãe (música, natureza, poesia, Alemanha. Paixão pela condição de judeu. Um contra todos. *Heróica*). Influência mais secreta, mas não menos forte, de meu pai (paixão pelo trabalho, ausência de carreirismo, simplicidade, renúncia). Influência conjugada de meu pai e de minha mãe: caráter espartano. Dois *Leitmotiven*: a Música e o

Museu. Atmosfera não-burguesa em minha casa; não-intelectual, mas cavalheiresca. Vida num nível elevado. (*Resposta*)
A paixão pela poesia vem de minha mãe; pelo trabalho e pela natureza – de meus pais, dos dois. [...] Minha mãe é a própria força lírica da natureza. Eu sou a filha mais velha de minha mãe, não a preferida. De mim ela tinha orgulho, mas é a segunda que ela amava. Ferida precoce de falta de amor. (*Autobiografia*)

> O pai de MT, Ivan Vladímirovitch Tsvetáiev (1847–1913), dedicou grande parte de sua vida à criação de um museu de Belas Artes, em Moscou. De um primeiro casamento ele teve dois filhos, Valéria (nascida em 1882) e Andrei (nascido em 1890). Depois da morte da primeira mulher, casa-se com Maria Aleksándrovna Meyn (1868–1906); do segundo casamento nascem duas filhas: Marina e Anastassia, ou Ássia (em 1894).
>
> Em uma anotação que data de 11 de junho de 1920, MT descreve a si própria aos sete anos:

Eu: amor apaixonado pela leitura e pela escrita, indiferença para com os brinquedos, amor pelos estranhos, indiferença para com os meus, gênio exaltado até o furor, amor-próprio desmedido, espírito cavalheiresco, precocidade amorosa, comportamento feroz, indiferença à dor, reservada e encabulada em termos de carinho – tudo por bem, nada por mal! – caráter *rebelde*, resistência, obstinação – emoção até as lágrimas por meu próprio canto – palavra – entonação – falta de amor e desprezo pelas crianças de colo – desejo de perder-me, de desaparecer, ausência total de espontaneidade: eu representava para os outros quando me olhavam, *embriaguez* pelo sofrimento (*tant*

pis – tant mieux! [quanto pior – melhor!]), obstinação teimosa (nunca em vão!) – antes romper que se dobrar! – retidão inata na ausência de qualquer temor a Deus (Deus, para mim, começou aos onze anos, não era Deus, era Cristo – depois de Napoleão!) – em geral, ausência de Deus – semicrença, nenhum pensamento sobre ele, amor pela natureza – doentio, saudoso, antecipando a separação, cada bétula é como a governanta que irá embora. Espírito de moleque – gênio de potranca.
Toda – em ângulos, em pontas.

Em 1902, a mãe de MT adoece de tuberculose. Para tentar curá-la, a família parte para o exterior. Entre 1902 e 1903 moram em Nervi, perto de Gênova; entre 1903 e 1904 as crianças vão para um pensionato, em Lausanne; entre 1904 e 1905 para outro em Friburgo, na Alemanha. Finalmente, em 1905, a família volta à Rússia e passa a morar primeiro em Ialta, no Mar Negro, e, depois, em Tarussa, numa datcha que costuma alugar para as férias a 150 quilômetros de Moscou. É lá que a mãe de MT morre, aos 38 anos. A família volta a Moscou, onde MT freqüenta o liceu.

Seus estudos:

Minhas primeiras línguas: o alemão e o russo; a partir dos sete anos, o francês [...]. Minha ocupação favorita, a partir dos quatro: a leitura; a partir dos cinco: escrever. Tudo o que eu amei, amei antes dos sete, depois, nada mais. Aos 47 anos posso dizer que tudo o que eu iria conhecer, conheci antes dos sete, depois, só tomei consciência [...].
Na primavera de 1902, entro num internato francês em Lausanne, onde permaneço um ano e meio. Escrevo versos em francês. Durante o verão de 1904, vou com minha mãe para a

Alemanha, na Floresta Negra, e, no outono, ingresso num internato em Friburgo. Escrevo versos em alemão. Meu livro preferido nessa época é *Lichtenstein*, de Wilhelm Hauff. (*Autobiografia*)

Anotação sobre minha primeira redação francesa (onze anos): *Trop d'imagination, trop peu de logique* [Imaginação de mais, lógica de menos]. (*Resposta*)

Ainda criança, MT descobre as paixões revolucionárias.

Primeiro encontro com a revolução, entre 1902 e 1903 (os emigrados); segundo, entre 1905 e 1906 (Ialta, os SR). Não houve um terceiro encontro. (*Resposta*)

Os "emigrados" são os membros da colônia russa na cidadezinha de Nervi que sonham com a derrubada do regime tsarista. Quando, em 1905, estoura a revolução na Rússia, ela é sufocada radicalmente. Os SR, "socialistas revolucionários", são um partido de esquerda, independente dos bolcheviques. A atração que MT sente por esse movimento desaparece em 1908; ela anota:

Dezesseis anos, ruptura com a ideologia. (*Resposta*)

Durante o verão de 1908, com quinze anos, MT passa uma temporada na vila de Orlovka, onde ela encontra Piotr Ivánovitch Iurkiévitch, três anos mais velho que ela e irmão de sua colega de classe, Sônia. É seu primeiro amor adolescente. De volta a Tarussa, ela lhe envia uma carta (chama-o Piétia ou Pontik – este último é o apelido que se dá ao pointer, cão de caça). O espírito da Revolução de 1905 pode ser notado. A Piotr Iurkiévitch ela escreve:

Tarussa, 22 de julho de 1908.

Quero escrever-lhe com sinceridade e não sei o que vai sair – provavelmente, bobagens.

Em poucos dias você me cativou e eu sinto que acredito em você, não sei por quê.

Ontem me surpreendi vendo o trem partir – até o último instante pensei que isso não fosse "nada", mas, de repente, as rodas giraram e para meu desgosto vejo-me sozinha. Com certeza você há de chamar isso de sentimentalismo – chame como quiser.

Passei quase a noite inteira à janela. As estrelas, a escuridão, o cintilar fraco das luzes dos lugarejos aqui e acolá – sentime tão triste.

Em algum lugar, ao longe, tocava uma balalaica, e esse som, esmaecido pela distância, aumentava ainda mais minha tristeza.

Ontem você se admirava em me ver sentindo tristeza. Num primeiro momento tentei levar na brincadeira – não gosto que invadam minha alma. Mas agora eu digo: sim, costumo senti-la [a tristeza], sinto-a sempre. É por causa dela que procuro as pessoas, me atiro aos livros, chego a beber e procuro, com isso, fazer novas amizades.

Mas quando a tristeza "não passa com a mudança de lugar" (isso me lembra a álgebra, "a ordem dos fatores não altera o produto") – aí vai mal; significa que a tristeza depende de mim e não do que está à minha volta.

Às vezes, muitas vezes até, tenho vontade de abandonar a vida – tudo é tão sempre o mesmo. A única coisa pela qual vale a pena viver – a revolução. É justamente a possibilidade de uma revolução iminente que impede meu suicídio.

Imagine só, bandeiras, "Marcha fúnebre"[1], multidão, rostos cheios de ousadia – que quadro magnífico!

Se eu soubesse que não haveria revolução – não seria difícil deixar a vida.

Olhe a sua volta, Pontik, a promessa de tornar-se, com o tempo, um bom *pointer*, por acaso isso é futuro?

Culto das pequenas coisas[2] por uns – cinismo e amoralismo *à la* Sanin, por outros.

Onde está a beleza? Onde estão o heroísmo, os grandes feitos? Onde se esconderam os heróis?

Por que as pessoas se fecharam em sua concha e vigiam cada palavra, assustadas, cada gesto? Têm medo de tudo – se falam com sinceridade, têm receio de ter "falado demais". Só nos bailes de máscaras é possível dizer a verdade. Ora, a vida não é um baile de máscaras!

Ou, pelo menos, é um baile de máscaras sem a insolência declarada dos verdadeiros bailes de máscaras.

Guardo a melhor das impressões de minha estada em Orlovka. Estou sentada diante da janela aberta – tudo é floresta. Tenho os cadernos de química ao meu lado, que ainda não comecei a estudar, pois minha cabeça está quase estourando.

São nove e meia da manhã. Você deve estar indo, com Sônia, acompanhar Sima[3]. Como eu gostaria de estar junto com

---

[1] "Marcha fúnebre" é uma canção revolucionária muito apreciada pelas irmãs Tsvetáiev, depois da revolução de 1905.

[2] O culto das "pequenas coisas" surgiu em meados de 1880, durante a crise do populismo. Sanin é o herói de um romance epônimo de Mikhail Artsibáchev (1907).

[3] Sima Mussátova, outra colega de MT.

vocês no querido *tarantás** em vez de ouvir os passos de Andrei que briga com Milton⁴ na sala de jantar.

Papai ainda não chegou.

Ontem, no trem, sentia vontade de gritar, mas não adianta a gente se deixar levar. Você não acha?

E você, encontrou aquela minha "porcaria" que podia ser destruída em dois segundos? Você a destruiu?

Depois de conhecer sua família, tudo me parece esquisito aqui em casa. Tem tão pouca alegria; apenas Ássia traz um pouco de vida com suas saídas desesperadas. Na casa de vocês se respira livremente.

Meu querido pontik preto (você sabe se existem pretos?), já sei que vou me sentir entediada sem você. Não há absolutamente ninguém com quem se possa conversar aqui, a não ser com uma conhecida minha – a senhorita química, mas ela é tão chata que perco toda vontade de ficar com ela.

Está vendo? Aos poucos vou encontrando meu jeito de sempre, tão pouco acostumada que estou a falar de verdade com as pessoas.

Tudo o que a gente faz é tão estranho: as pessoas se encontram por acaso, trocam idéias de passagem, às vezes, até umas impressões íntimas e, apesar disso, se separam, estranhas, distantes.

Dê uma espiada numa das revistas que vocês têm na sua casa, uma coisinha à-toa (acho que se chama "Outono" ou "Quadros de outono"). Há uns versos maravilhosos que terminam assim

---

* Tipo de carruagem sem molas. (N. de T.)
⁴ O cachorro da casa.

... "E todos estão sós"...[5]

Você gostou deles? Diga, tem algum problema se eu lhe escrever? Ou será melhor eu endereçar a carta a Sônia? Para mim, tanto faz, mas e para você?

Venha me visitar em Moscou, se quiser, com Sônia (por mim, melhor sem). O endereço ela conhece. Pode ser que brigue logo com você, como com Serguei[6], mas não faz mal.

Ontem você me perguntou sobre o que poderia me escrever. Escreva sobre o que lhe vier à cabeça. Acredite, são as únicas cartas que têm algum valor. E, se não sentir vontade de escrever livremente – não escreva, é melhor.

Estranhei como você não me estrangulou, ontem, quando fiz pouco caso, com Sônia, da "Marselhesa" de Andréiev[7].

Como estão as coisas por aí? Abrace a todos por mim, inclusive Zibelina, Briguento e Consolo[8].

Ah, Piétia, se a gente encontrasse o caminho!

Se houvesse uma guerra! Como a vida ficaria palpitante, cintilante!

Aí sim se poderia viver, aí sim se poderia morrer! Por que será que as pessoas se apressam sempre em criar rótulos?

O próprio Pontik terá logo um rótulo de médico ou de professor, ele será "marido e pai" satisfeito e feliz, conhecerá todas as Evas e as belezas do gênero.

Pequeno quadro de sua vida futura

– Piétia, ei, Piétia!

---

[5] Alusão ao poema "Outono a pé" de Hermann Hesse.
[6] Serguei Iurkiévitch, irmão mais velho do destinatário.
[7] Trata-se de um conto do escritor Leonid Andréiev.
[8] Apelidos dos cachorros, em Orlovka.

— O que é?
— Venha depressa, Tássia não quer dormir sem você, está fazendo birra!
— Mas estou corrigindo as lições de casa.
— E daí? Largue tudo. Ponha um cinco, não merecem mais do que isso. E, aos bons alunos, dê um sete. Não estou brincando, Tássia não quer obedecer de jeito nenhum.
— Não fica bem, querida, com os estudantes...
— Credo, Piétia, você é insuportável. Fica aí, cultivando as idéias bobas de seus estudantes, e, enquanto isso, sei lá o que Tássia vai aprontar!
— Está bem, querida, já vou...
Depois de alguns minutos ouve-se a melodia que não podia faltar: "Dorme, nenê, que o gato vai ninar a Tássia".
— Papai, o que você estava cultivando, que mamãe falou?
— Idéias, benzinho, os estudantes sempre cultivam idéias.
— Ah... são muitas?
— Muitas. O que você quer que papai cante?
— Deus calve o tsar[9], é o que mamãe sempre canta.
— Sim, filhinha, mas durma, rápido, sim?
Retinam os sons do hino nacional
Ad infinitum
Até breve, não se aborreça, aperto com força suas patas.

M. T.

Escreva para Tarussa. Província de Kaluga. Para meu nome.

---

[9] Corruptela infantil do verso "Deus salve o tsar", do hino nacional.

Dê a Sônia esta foto, da parte de Ássia.
Escreva depressa, pois, entre a química, Andrei e a álgebra... só se enforcando!

Durante os meses de julho e agosto, muitas outras cartas serão enviadas ao mesmo destinatário. A carta que segue foi escrita em Moscou no começo do outono: ela fala, entre outras coisas, da paixão de MT pelo filho de Bonaparte, Napoleão II, duque de Reichstadt, e pela sua evocação no L'Aiglon [O filhote de águia], de Edmond Rostand, uma peça de que MT gosta muito e que começou a traduzir no inverno entre 1908 e 1909. (Ao ficar sabendo que a peça já fora traduzida para o russo, destruiu o manuscrito.) Em dezembro de 1908, ela teria pensado em se suicidar, durante uma apresentação de L'Aiglon.

Ao mesmo:

Você sabe, Pontik, eu não consigo decidir: amo você ou o meu desejo de amar? "Viver é duro e frio, o amor ilumina e aquece." Assim dizem as pessoas. Eu queria ver se era capaz ou não de amar. Mas todos os que apareciam eram tão repulsivos, mesquinhos, broncos, que, quando vi você, pareceu-me: "Sim! Esse eu posso amar". E mais ainda – senti que amava você.

Cada dia que passava sem cartas suas e esses últimos dias em Moscou foram desesperadores e tão tristes. Mas agora consegui ficar algum tempo sem pensar em você. Já o duque de Reichstadt, a quem eu amo mais que a todos e a tudo no mundo, não apenas não o esqueço nem por um minuto sequer, mas muitas vezes sinto até vontade de morrer para estar com ele. Sua morte prematura, a auréola fatal que envolve seu destino, o fato, enfim, de que não voltará jamais, tudo isso leva a me inclinar diante dele, a amá-lo loucamente, já que sou incapaz de amar qualquer ser vivente. Sim, tudo isso é estranho.

Por você eu sinto ternura, vontade de lhe fazer carinhos, de passar a mão em seu cabelo, de olhar para seu rosto atraente. Será isso amor? Eu mesma não sei. Agora, diria – sede de carinho, de compreensão, sede de eu mesma ser carinhosa. Mas, se comparo o que sinto por Napoleão II com meu amor por você, admiro-me da diferença enorme.

Pode ser que seja impossível amar os vivos como eu amo Napoleão II. Não sei.

Eu só sinto que morreria feliz por um encontro com ele. Com você – não.

Pontik, considero você tão fino que espero não ser acusada de querer dispensá-lo.

O que foi dito – está dito. Se você acha que foi para me gabar que eu lhe disse tudo isso – você pode me pedir qualquer coisa que me rebaixe. Eu a farei.

Agora, eu não tenho medo de você e não me arrependo de nada do que houve; apenas o coloquei a par das dúvidas que eu tive sobre isso.

Comprei um retrato grande do duque de Reichstadt criança: um pequeno rosto alongado com o olhar desconfiado nos olhos sérios, escuros, e a expressão altaneira dos lábios bonitos, dos cabelos suaves, vaporosos, encastoando a testa alta... A expressão geral do rosto: altiva e triste. Posso ficar olhando durante horas para esse rostinho encantador de criança genial, alquebrada pela vida.

Sinto tamanho entusiasmo, tamanha pena, tamanha admiração, que faria qualquer coisa por ele.

Passei o verão inteiro, toda a primavera anterior, pensando, sonhando, lendo sobre ele. Existe uma peça, um drama chamado *L'Aiglon*, que é meu livro de cabeceira. Todo o destino trágico do filho de Napoleão Bonaparte é expresso ali, em versos penetrantes. Sua infância, as vagas recordações de Versalhes, de seu pai; depois, de sua juventude no meio dos inimigos, na Áustria, todos os seus sonhos com a França, com as batalhas, toda a sua vida jovem e estranha passa diante de nossos olhos. Você lê e sente os olhos cheios de lágrimas e chora de pena por essa maravilhosa criança desconhecida, tão injustamente traída pelo destino.

Sim, um amor como o que sinto por essa criança doente, por esse fantasma – é realmente amor.

Se me dissessem: "Você concorda em ver agora o drama *L'Aiglon* e depois morrer?", eu responderia sem vacilar: "Sim".

Ver essa cabeça aristocrática, essa figura flexível, esses cachos loiros caindo sobre a testa, ouvir essa voz pronunciar suas últimas palavras. – Meu Deus, sem falar na morte, poder-se-ia suportar qualquer tortura!

Eu sei que jamais realizarei meu sonho – vê-lo; por isso o amarei até o fim de meus dias, mais do que qualquer ser vivo.

Pois é, falei demais.

Querido Pontik, não se ofenda, acredite em mim, não é minha culpa se *eu* sou tão instável.

Aperto forte sua mão.

Sua M. T.

P.S.: [*há uma palavra riscada*] Amo você mais do que qualquer ser *vivo* no mundo, consideração na qual não havia pensado.

Na carta seguinte, datada do outono do mesmo ano, a autora se mostra de modo diferente: quem se expressa aqui é um ser criativo, cheio de firmes convicções românticas (ela acabou de completar dezesseis anos). Pode ser que uma nova amizade, com Ellis (pseudônimo de Lev Lvóvitch Kobylinski, poeta, erudito, tradutor de Baudelaire, teórico do simbolismo, "encantador", graças a quem MT será introduzida nos meios literários de Moscou), tenha desempenhado algum papel nisso. Em 1909 Ellis chegará a pedi-la em casamento. Ela recusará, apesar de não romper com ele. A "autobiografia" mencionada na primeira frase da carta desapareceu. Uma outra carta, escrita na mesma época, informa que MT está na p. 411 do manuscrito de sua autobiografia.

Ao mesmo:

Obrigada por sua carta. Fico contente em saber que você leu minha autobiografia.

Não pense, Piétia, que eu o esqueci ontem, mas Ellis é cheio de caprichos e poderia ter começado, já que não sabe de você, a debochar ou mesmo falar qualquer coisa. Por isso não o convidei. Como toda pessoa suscetível, com certeza você teria se irritado e isso seria um prato cheio. Se você tiver interesse e quiser conhecê-lo, vê-lo, espere pelo pior – que talvez não aconteça. Escreva-me a esse respeito – eu lhe informarei quando ele virá a nossa casa.

No momento estou aborrecida comigo mesma. Parece que me comporto, com as pessoas, de modo imperdoavelmente sincero e idiota.

Chuva, chuva, chuva. Os telhados são tão desalentadores com esse aspecto molhado e choroso. O que pode ser pior do que os prédios? As casinhas: implacavelmente regulares, atarracadas, todas parecidas entre si.

O que existia aqui há alguns milhares de anos? As folhas mortas caíam do mesmo jeito, só que no lugar da "casa vermelha com postigos"[10] havia um pântano.

Mesmo assim o outono é bonito. Como é bonita uma folha caindo! Primeiro ela se solta, revoa indecisa, depois vai caindo, caindo, até que, num movimento harmonioso, junta-se, no chão, a suas irmãs – todas terminaram do mesmo modo suas curtas vidas. A queda das folhas – símbolo da vida humana. Nós todos, mais cedo ou mais tarde, depois do rápido rodopiar no ar de nossos pensamentos, de nossos sonhos, de nossas reflexões mais íntimas, acabamos voltando à terra. Todas as alegrias e todas as tristezas do outono estão em sua inelutabilidade. O alpendre amarelo, coberto de lúpulo murcho, a terra negra molhada, as pontezinhas escorregadias, as tristes folhas mortas – coisas ao mesmo tempo desejadas e detestáveis, que acariciam e atormentam.

Estou triste. O "não sei quê" que se sente no ar alegra-me. Pena eu não conseguir, não ousar acreditar que algo se realizará de fato. Não se trata da greve, mas da prontidão para a luta, dormente mesmo nos melhores, da sede de palavras implacáveis e de feitos grandiosos.

Não há mais fogo nas pessoas, elas estão cansadas, apagadas, e não creio que essas mesmas pessoas, satisfeitas e medíocres, possam suscitar uma revolução. As que a criam não são assim, oh, não! Pode ser que essas pessoas só sejam autênticas, ternas e profundas nas obras de Verbítskaia e no *Andrei Kojúkhov* de Stepniák[11]. É possível lutar quando se está ins-

---

[10] Casa da família Tsvetáiev, em Moscou.
[11] Obras de caráter popular e populista.

pirado por alguma leitura, por algum pensamento (impossível inspirar-se nos ideais econômicos e nos verdadeiros marxistas). É possível lutar quando se está inspirado por *um sonho*, um sonho de beleza sobre-humana, de liberdade inacessível, *tão somente inacessível!*
A beleza, a liberdade – uma mulher de mármore a cujos pés sucumbem os eleitos. A liberdade – uma nuvenzinha dourada. Para atingi-la não há outro caminho senão o do sonho que queima a alma por inteiro, que arrasa toda uma vida. Lutar, então, lutarei no momento do levante por uma liberdade inacessível e por uma beleza que não é deste mundo. Não pelo povo, pela maioria, que é limitada, idiota e está sempre errada. Esta é uma teoria na qual se pode confiar e que nunca enganará: estar do lado da minoria, sempre perseguida pela maioria. Ir contra – esse é meu lema!
"Contra o quê?", perguntará você. Contra o paganismo, no tempo dos primeiros cristãos; contra o catolicismo, quando se tornou religião de Estado e foi desprezado por seus seguidores vorazes, imorais, mesquinhos; contra a República, por Napoleão; contra Napoleão, pela República; contra o capitalismo, em nome do socialismo (não, não em nome do socialismo, mas pelo sonho que se esconde sob esse nome); contra o socialismo, quando se estabelecer em nossas vidas, contra, contra, contra!
Não existe nada de real pelo qual valha a pena lutar, pelo qual valha a pena morrer. A utilidade. Que coisa vulgar! O agradável, o útil, o pedantismo alemão, a comunhão com o povo... Que horror, que miséria, que nulidade!
Morrer pela... constituição russa. Ha, ha, ha! Sim, isso soa grandioso. Que vá para o diabo a constituição, é ao fogo de Prometeu que eu aspiro! "Palavras altissonantes", dirá você. Que

seja. As palavras bonitas e altissonantes expressam pensamentos ousados e altissonantes! Eu amo loucamente as palavras, seu aspecto, seu som, sua inconstância, sua imutabilidade. Pois a palavra é tudo! Por uma palavra livre morreram Giordano Bruno, o arcipreste; Avvakum[12], o cismático; pela palavra livre, o espaço, o som da palavra "liberdade", morreram eles.

Palavra livre! Como soa bem!

Pontik, meu querido, meu irmão, querido irmão. Você me compreende?

Imagine Moscou desaparecer de repente, Moscou com seus cinemas, seus bondes a cavalo, seus hotéis, suas carruagens, suas quintas-feiras, seus sábados, todas essas coisas vãs e em seu lugar – o Cáucaso, o mosteiro onde sofreu Tamara[13], as montanhas, os ninhos das águias, as aldeias, os rostos morenos dos circassianos, sua fala gutural, a dança das jovens, os vales, os cavalos, as noites cheias de estrelas, os cumes do Cáucaso e do Elbrus. Mas o Cáucaso selvagem, o Cáucaso virgem de trezentos, quatrocentos anos atrás.

Ser o herói de um livro, galopar durante a noite, cruzar precipícios, enfrentar inimigos. Experimentar, ao menos uma vez, o sentimento da criação solitária, lá no alto, esquecer Moscou, ignorar as reuniões, os KD, os SD[14], o cólera, os cinemas. Você compreende?

Chuva, chuva, chuva. Telhados molhados, folhas amarelas, um realejo que se esfalfa no pátio ao lado...

---

[12] Chefe dos velhos crentes russos do século XVII.
[13] Rainha da Geórgia durante o século XII, célebre por sua beleza e sabedoria.
[14] Partidos políticos russos: o constitucional-democrático (KD) e o social-democrático (SD).

Escreva, Pontik.

Sua M. T.

MT preocupa-se cada vez menos com suas obrigações escolares (ela abandonará o colégio em 1910, durante o sétimo ano, o penúltimo de seus estudos secundários) e, cada vez mais, com arte e poesia. Passa suas férias de 1909 em Paris, onde assiste a cursos na Sorbonne; decidiu morar na rua Bonaparte e tentou ver Sarah Bernhardt atuar em sua peça favorita, L'Aiglon. Durante o outono de 1909 tem um novo caso amoroso com Vladímir Ottónovitch Nilender, especialista em Grécia Antiga e tradutor, que a pede em casamento, mas ela recusa. Apesar disso, ela o ama, e multiplicam-se os poemas que lhe são dirigidos. Durante o verão de 1910, MT e sua irmã passam uma temporada nas proximidades de Dresden, para aperfeiçoar a formação. É de lá que MT escreve novamente a Iurkiévitch, um amigo entre muitos, cuja cultura literária ela quer melhorar.

Ao mesmo:

Weisser Hirsch, 8 de julho de 1910.

Tenho algo importante a lhe pedir, Piétia: leia, por favor, As deusas e Por entre as raças de Heinrich Mann.

Com isso você dará a mim grande alegria e a você próprio – ao menos – algumas horas inesquecíveis, emocionantes.

A leitura de Mann – um navegar por um mar claro, sob um céu azul, numa linda galera com belos remadores, por cidades extremamente pitorescas.

Julgue os alemães não por seus bons burgueses, mas por pessoas como Mann, embora não se possa dizer "pessoas como", uma vez que Mann é único e não se parece com nenhum dos escritores atuais ou passados.

Se pudesse ser comparado a alguém, eu diria que esse alguém poderia ser, talvez, D'Annunzio.

Você conhece as obras deste?

Caso você não conheça – seja bonzinho, leia *O fogo*, *O prazer*, *A virgem dos rochedos*.

Entenda que estou lhe pedindo isso para seu bem, pois já li essas coisas e não tirarei nenhum proveito das leituras que você fizer.

Um dia reparei que há em você uma centelha, Piétia, e eu gostaria que ela *nunca* se apagasse, por nada neste mundo.

Preserve-a! Todos aqueles que dela foram privados deixaram de viver.

Quem nunca a teve nunca viveu.

Mesmo em Orlovka pode-se viver com o coração palpitante.

Mesmo em Paris pode-se viver sem nenhuma emoção.

Tudo depende de nós – não quando somos movidos por desejos cegos, mas quando somos capazes de nos sentir vivos, de perceber cada batida de nosso coração.

Minhas palavras são compreensíveis para você?

A natureza e os livros – não há nada de mais brilhante e elevado. Música, museus, livros, tardes rosadas e manhãs rosadas, vinho, cavalgar desenfreado – isso tudo é indispensável para mim, pois só consigo viver quando sinto em mim o estremecimento de uma emoção intensa.

Todo o resto é ilusão.

Não receio a vulgaridade, pois sei que não a tenho dentro de mim.

Só receio uma única coisa neste mundo – os momentos em que a vida se congela dentro de mim.

É a contrapartida – de cada festa. Sinto-me inerme diante da vida. Além desses silêncios momentâneos, nada me assusta, pois sinto dentro de mim um entusiasmo infinito por cada nuvenzinha, cada melodia, cada curva do caminho.

Pois então, Piétia, eu queria transmitir, a você também, essa capacidade doce de se emocionar sempre.

Gostaria que você, graças a mim, tivesse a vivência de muitas coisas – e não as esquecesse nunca.

Acredite em mim, confie em mim.

Sofri bastante. Lembre-se do que eu disse quanto à contrapartida de cada festa.

Pontik, leia Mann e D'Annunzio e, ao lê-los, pense em mim. Isso me dará uma grande alegria.

Nenhuma pessoa que eu encontre deve ir embora de mãos vazias.

Eu tenho tamanha grandeza em tudo!

Só tem de saber aceitar, escolher.

Eu digo: "nenhuma pessoa"...

Por favor, não pense que eu queira dizer "qualquer um". Não, eu falo só daqueles com quem tenho algo em comum, nem que seja um pouco.

Não se ofenda com minha carta, Pontik, mesmo se você sentir vontade. Isso seria bobagem! Escrevo-lhe em um bom momento. Saiba ver nesta carta meu verdadeiro eu e não se ofenda por aquilo que lhe parecer ofensivo.

Estou lhe escrevendo com o desejo intenso de lhe transmitir meu estado de espírito. Aceite-o, se quiser... Isso é tudo!

M. T.

No outono de 1910, MT decide reunir em um livro seus poemas (um bom número deles dirigido a seu namorado, Nilender). Essa primeira coletânea apareceu no final do ano com o título de Álbum da tarde. A obra foi bem acolhida pela crítica: um dos artigos mais lisonjeiros tem a assinatura de Maksimílian Volóchin, poeta, crítico e pintor, quinze anos mais velho do que ela, que logo substituirá Ellis no papel de seu protetor e irá introduzi-la nos círculos literários mais renomados. Mas não é por isso que ele irá influenciá-la, pois, conforme ela escreverá mais tarde:

Não sofro influências literárias, sofro influências humanas. (*Resposta*)

Volóchin passa a maior parte de seu tempo em Koktebel, na Criméia, com a mãe, a quem todos chamam carinhosamente "Pra"; é de um lugar diferente, no Mar Negro, que lhe escreve MT. Em sua carta de 6 de abril de 1911 lê-se:

Vejo o mar – de longe, de perto, mergulho as mãos – mas sua totalidade não é minha e eu não sou dele. Fundir-se, confundir-se é impossível. Tornar-se uma onda?
Mas então não o amo?
Permanecer humano (ou semi-humano, tanto faz!) é experimentar eternamente a saudade, estar eternamente em suspenso. Deve existir, porém, um *ineinander*[15] mais íntimo. Mas não o conheço!

---

[15] Em alemão, no original: "um no outro".

Alguns dias mais tarde, a Maksimílian Volóchin:

Gurzuf, 18 de abril de 1911.

Para o estimado Maksimílian Aleksándrovitch,
Estou escrevendo enquanto ouço música – minha carta, provavelmente, será triste.
Penso nos livros.
Como compreendo agora os "adultos bobos" que não dão às crianças seus livros de gente grande para ler! Não faz muito tempo que eu me indignava com tal presunção: "as crianças não podem compreender", "é cedo para as crianças", "elas mesmas irão descobrir – quando crescerem".
As crianças – não compreendem? As crianças compreendem demais! Aos sete anos compreende-se *O noviço* e o *Evguêni Oniêguin*[16] melhor e mais profundamente do que aos vinte. Não se trata de falta de compreensão, mas, ao contrário, de uma compreensão demasiado profunda, demasiado sensível e dolorosamente verdadeira!
Cada livro é uma investida na vida da gente! Quanto mais se lê, menos se sabe e se quer viver como nós mesmos.
Pois isso é terrível! Os livros são nossa perdição. Quem leu muito não pode ser feliz. A felicidade é sempre inconsciência, a felicidade é apenas inconsciência.
Ler é exatamente como estudar medicina e conhecer nos mínimos detalhes a razão de cada suspiro, de cada sorriso e – isso soa sentimental – de cada lágrima.

---

[16] *O noviço (Mtsýri)* é um poema longo de Lérmontov (1814–1841) e *Evguêni Oniêguin* é um romance em versos de Púchkin (1799–1837).

Um médico não pode compreender a poesia! Ou ele é um mau médico ou é um hipócrita, pois a ele impõe-se a explicação natural de tudo que é sobrenatural. Ora, neste momento, eu me sinto como esse médico. Olho para os fogos nos morros e me lembro do querosene; vejo um rosto triste e me pergunto a razão – natural – de sua tristeza, talvez, o cansaço, a fome, o mau tempo; ouço a música e vejo as mãos indiferentes que a tocam, uma música tão triste e estranha... E em tudo é assim!

Culpados são os livros e minha profunda desconfiança da vida real. O livro e a vida, o poema e aquilo que o inspirou – grandezas que não têm uma medida comum! E estou tão contaminada por essa desconfiança que vejo, começo a ver – apenas o lado material, natural, de todas as coisas. E esse é o caminho seguro que leva ao ceticismo, que eu não suporto, que é meu inimigo!

Comentam sobre esquecer-se de si. "Foi tirado um elo da corrente, não há nem ontem nem amanhã!"

Feliz daquele que se esquece de si!

Eu só consigo me esquecer de mim quando estou sozinha, lendo um livro, debruçada sobre ele!

Mas é só alguém começar a falar em esquecer-se de si que eu sinto uma desconfiança tão profunda, suspeito tanta coisa ruim, que me afasto imediatamente. E isso não é tudo! Eu posso contemplar uma nuvenzinha e me lembrar da mesma nuvem cobrindo o lago de Genebra e sorrir. E a pessoa que está do meu lado também irá sorrir. Isso sim parece a frase sobre o esquecimento de si, o instante, o "nem amanhã, nem ontem".

É bom o esquecimento de si! Ele está na fortaleza de Gênova[17], eu estou no lago de Genebra, aos onze anos, e ambos

---

[17] Ruína genovesa nas proximidades de Gurzuf.

sorrimos – que compreensão profunda, que penetração na alma do outro, que fusão!

E isso – no melhor dos casos.

A mesma coisa com o mar: solidão, solidão, solidão.

Os livros deram-me mais que as pessoas. A lembrança de uma pessoa empalidece sempre diante da lembrança de um livro – não falo das lembranças de criança, não, apenas das lembranças de adulto!

Mentalmente vivi tudo, captei tudo. Minha imaginação corre à minha frente, sempre. Eu abro as flores ainda em botão, toco grosseiramente as coisas mais tenras e faço isso sem querer, não posso deixar de fazê-lo! Isso significa que não posso ser feliz? "Esquecer-me de mim" artificialmente, não quero. Esse tipo de experiência me repugna. Naturalmente – não consigo, meu olhar para frente ou para trás é agudo demais.

Fica a sensação de uma solidão total, sem remédio. O corpo de outra pessoa – um muro que me impede de ver sua alma. Oh, como eu detesto esse muro!

Não é o paraíso que eu quero, onde tudo é aéreo, beato – amo tanto os rostos, os gestos, a vida quotidiana! E também não quero a vida onde tudo é tão claro, simples e terra-a-terra! Meus olhos e minhas mãos arrancam involuntariamente os véus – tão brilhantes! – de tudo.

> O que é de ouro vai embora,
> Fica a pele de porco, agora![18]

---

[18] Citação de um trecho do conto "A velha casa", de Andersen.

Que tal os versos?
A vida – borboleta sem pó.
O sonho – pó sem borboleta.
E o que é borboleta com pó?
Que pena, não sei.
Deve ser alguma coisa diferente, um sonho encarnado ou a vida tornada sonho. Mas, se isso existe, não é aqui, não é neste mundo!
Tudo o que lhe disse é verdadeiro. Estou atormentada, não sei achar um lugar para mim: vou dos rochedos ao mar, da praia ao meu quarto, do quarto à loja, da loja ao parque, do parque de novo à fortaleza genovesa – e assim o dia inteiro.
Você pode acreditar que, quando toca alguma música, meu primeiro pensamento procura as mãos pesadas e os rostos entediados dos intérpretes?
Não, meu primeiro pensamento nem chega a ser um pensamento – é um embarcar-se para algum lugar, é um dissolver-se em algo...
E o segundo pensamento é sobre os músicos.
É assim que eu vivo.
Aquilo que você escreve do mar alegra-me. Quer dizer que somos marítimos?[19]
Não é que eu tenho um poema justamente sobre isso? – que coincidência feliz!
Fumo como nunca; fico deitada ao sol, não me bronzeio de um dia para outro, mas de uma hora para outra; leio sem pa-

---

[19] Volóchin se interessava muito pelas teorias de Quinton, que afirma a analogia entre o plasma em que a vida nasceu e a água do mar.

rar – queridos livros! Acabo de terminar *Joseph Balsamo*[20] – que livro encantador! Mais do que tudo gostei de Lorenza, que tem duas vidas tão diferentes! O próprio Balsamo é tão nobre e tocante! Muito obrigada pelo livro. Agora estou lendo Madame de Tencin, sua biografia.

Penso em ficar aqui até 5 de maio. Tudo o que escrevi é muito importante para mim. Só não banque o sabichão, quando for me responder – se for me responder! A sabedoria se encontra também nos livros, mas eu preciso da resposta de um homem, não de um livro.

Au revoir, Monsieur mon père spirituel[*]
Pode ser que não haja gramofone[21].

M. T.

No dia 5 de maio de 1911, MT vai a Koktebel, à casa de Volóchin, que costuma receber muitos amigos e conhecidos, numa espécie de colônia de artistas. É lá que, alguns dias mais tarde, ela encontrará Serguei Efron, Serioja, que virá a ser seu marido.

---

[20] Romance de Alexandre Dumas (1849).
[*] "Até breve, senhor meu pai espiritual". (N. de T.)
[21] Nessa época MT pensava em ter um gramofone.

2
Escolha de identidade

Serguei Efron, nascido em 1893, um ano mais jovem que MT, ainda estuda no liceu. Seu pai, Iákov Efron, é judeu russo; a mãe, Elisaveta Durnovo, descende de uma velha família aristocrática russa; ambos desempenharam papel de certa importância nas atividades terroristas dos revolucionários anti-tsaristas. Depois da Revolução de 1905 e de a mãe de Efron sair da prisão, onde ficou durante certo tempo, os pais e mais alguns membros da família emigram para a França, onde o pai morre em 1909. Em 1910, um dos nove filhos, Constantino, e a mãe são encontrados enforcados no apartamento de Paris. O inquérito atesta o suicídio de ambos. Já nessa época Serguei sofre de tuberculose, doença que o acompanhará até a morte.

MT vê nele o homem de sua vida e sente-se feliz. A partir desse momento, ela, que é bastante míope, deixa de usar óculos. No dia 28 de outubro, escreve a Volóchin:

É estranho, Max, sentir-se de repente completamente autônoma. Para mim é uma surpresa – sempre acreditei que outra pessoa organizaria minha vida. Vou agir como fiz com a publicação da coletânea. Irei e farei. Você concorda?

Depois, pensei também que é bobo ser feliz, até mesmo indecente! Pensar assim é bobo e indecente – eis o meu hoje.

No dia 27 de janeiro de 1912, MT e Serguei casam-se, em Moscou. Em fevereiro do mesmo ano aparece a segunda coletânea poética de MT, Lanterna mágica. De março a maio os recém-casados visitam, em viagem de núpcias, Itália, França e Alemanha.

No dia 5 de setembro de 1912 nasce a primeira filha, Ariadna (cujo apelido é Ália). MT escreve em seu diário:

Eu a chamei assim por causa do romantismo e do orgulho altivo que sempre tomaram conta de minha vida.

Durante muitos anos MT encherá diários e mais diários com observações sobre Ália ou transcrições de palavras suas.

Nos anos seguintes (até 1917) MT viverá ora em Moscou e redondezas, ora na Criméia – em Koktebel, na casa de Volóchin ou em Feodóssia [Teodóssia]. É de Koktebel que ela escreve a Mikhail Feldstein, membro do mesmo grupo de amigos, advogado, casado com Eva Adólfovna, nascida em 1884. Mais tarde, ele se casará com a irmã de Serguei, Vera. Será preso em 1938 e morto em 1939.

A Mikhail Feldstein:

Koktebel, segunda-feira, 27 de maio de 1913

Caro focinho de lobo,
Neste momento, a foice brilhante da lua, de pura prata – prata incandescente, destaca-se no céu sombrio. Inúmeros

latidos de cachorros cortam o ar. Entrou uma borboleta que se arrasta sobre a mesa, batendo as asas. Leão[1] diz: "Marina, agora vão entrar morcegos à beça e uma porção de outras sujeiras".

Acabamos de jantar neste instante – foi tumultuado, constrangedor e cansativo. Tumultuado por causa das brigas entre as irmãs, constrangedor por causa das invectivas que Pra lançava contra elas na frente da mãe, e cansativo pelo caráter por demais previsível de tudo o que ia se passar.

Os acontecimentos do dia: lavagem do carro antes da pintura, grande passeio pelas montanhas. Eva Adólfovna, Serioja, Kopa, Tiúnia[2] e eu tínhamos nos separado dos artistas. Que montanhas, que rochedos, que mar! Ficamos sentados, com as pernas suspensas sobre o abismo, bebemos a água que jorrava de um buraco gelado (uma fonte), vimos o mar inteirinho e o mundo também, ou quase. Houve um incidente com Tiúnia. Serioja disse que ele próprio tinha a cintura mais fina do que todas as presentes (cinturas) e, escandalizado pelos protestos de Tiúnia, resolveu medir [a cintura dele mesmo] com o cinto dela. Conseguiu realmente chegar até o último furo, mas, à primeira respiração de Serioja... o cinto estourou de vez – definitivamente, a ponto de a extremidade ir pular a uns cinco passos. Tiúnia xingou Serioja de porco, depois se isolou e durante todo o resto do percurso foi insuportável.

Eva Adólfovna vestia as calças bufantes de Pra e seu caftã tártaro. Ela tinha comprado um maiô azul no Búbni[3] e, depois do passeio, ela e eu tomamos banho de mar.

---

[1] Apelido afetivo de Serguei Efron.
[2] Nomes de amigos moscovitas.
[3] Tambores, nome de um famoso café-bazar à beira-mar, em Koktebel.

Maia[4] tem uma crise de tristeza. Ela já chorou no quarto de Eva Adólfovna, no dela mesma e no de Pra.

– Mas por que então você o escolheu[5]? Afinal, o que você viu nele? Ele é gordo, grisalho*, a gente o tomaria por seu pai! Ele não pode amar ninguém, eu mesma choro por causa disso muitas vezes, posso imaginar como deve ser amargo para você. Então, não ligue para ele! Escolha alguém bem-feito de corpo, bonito, jovem, que possa correr com você, que possa escrever versos com você...

– Mas não posso cuspir nele e pronto...

Penso o mesmo! Pobre Maia!

Pra está cada vez mais encantada com Eva Adólfovna.

Mas pode ser que você já esteja longe de tudo isso.

As cigarras taramelam. Lá fora o tempo é maravilhoso – a noite é imensa, tranqüila.

Eu serei feliz, sei o que é importante e o que não é importante. Eu sei me controlar, sei me soltar, ninguém pode tirar nada de mim. Uma vez dentro de mim – é meu. Acontece com as pessoas o mesmo que com as árvores: a árvore sou eu – sem que ela saiba, assim como a alma de cada um.

Comigo não dá nem para brigar: parece que não apanho nada – e ninguém sabe o quanto levo – do que está no interior.

O leão amarelo e azul (presente de Eva Adólfovna e Piotr Nikoláievitch) tem um olhar de aprovação. Ele está sentado entre o prato do leão, de um lado, e o verdadeiro Leão, de outro.

---

[4] Maia Cuvillier, poeta e amiga de MT, mais tarde esposa de Romain Rolland.

[5] É Maia que está falando com Eva sobre o marido dela própria, Feldstein.

* "Pobre focinho de lobo!".

O carro, tinindo depois de ter sido lavado por aqueles simplórios, foi para a pintura e estará de volta mais ou menos quando você chegar (?), dentro de uma semana.
Lembranças aos dois lobos *brancos*[6].

M. E.

No dia 30 de outubro de 1913 morre o pai de MT, Ivan Tsvetáiev. Em fevereiro do mesmo ano ela publicou, por sua conta, uma seleção de poemas de seus dois primeiros livros intitulada Fragmentos de dois livros. Ao mesmo tempo, ela vive intensamente sua vida familiar. No dia 24 de dezembro de 1913, ela anota em seu diário:

Nunca estive tão bonita, segura de mim e feliz como neste inverno.

E, no dia 21 de janeiro de 1914:

Ália é agora metade de minha vida. O que será mais tarde?

Na primavera de 1914 ela envia duas longas cartas a Vassíli Rózanov, em que descreve detalhadamente o pai, a mãe, o marido e a filha, e faz um balanço de sua própria existência. Rózanov (nascido em 1856) é um importante filósofo e crítico, autor de um ensaio sobre Dostoiévski (uma das amantes de Dostoiévski casou-se com Rózanov) que teve bastante repercussão, intitulado A lenda do grande inquisidor (1894), mas também de livros de aforismos, como À parte[*] *(1912) e Folhas caídas (1913), que vão influenciar o estilo dos diários de MT.*

A Vassíli Rózanov:

---

[6] Referência a outros amigos comuns.
[*] Em russo, *Uediniónni*, "isolado", "à parte", "em solidão". (N. de T.)

Feodóssia, sexta-feira, 7 de março de 1914.

Caro, caro Vassíli Vassílevitch,
Neste momento em todo meu ser há uma espécie de alegria, tornei-me boa, digo a todos coisas agradáveis, não sinto vontade de andar, mas de correr, não correr, voar – tudo isso graças a sua carta para Ássia – maravilhosa, verdadeira – tal como "deve ser"!

Estávamos andando, Ássia e eu, agora mesmo, pela rua principal de Feodóssia – a rua da Itália – e sentíamos por você não estar conosco. Seria tão simples e tão maravilhoso andarmos os três e falando, falando sem parar.

Veja como é estranho: essas são as primeiras, as primeiríssimas palavras que lhe dirijo, você não sabe nada de mim ainda, mas deve acreditar em tudo! Juro que cada palavra é verdade – a mais pura verdade.

Não li nenhum de seus livros a não ser *À parte*, mas me atrevo a dizer que você é – genial. Você compreende tudo e vai compreender tudo; que alegria – dizer isso a você, ir ao seu encontro, ser generosa, não explicar nada, nada esconder e nada temer.

Ah! Como eu o amo e como tremo de entusiasmo pensando em nosso primeiro encontro nesta vida – desajeitada, pode ser, ridícula mesmo, mas verdadeira. Que felicidade você não ter nascido vinte anos antes ou eu – vinte anos depois!

Ouça, o que você falou sobre Marie Bachkírtsev[7] nunca ninguém disse. Ora, eu amo loucamente Marie Bachkírtsev, com uma dor inacreditável. Por causa dela vivi durante dois

---

[7] Pintora russa (1860–1884) residente na França, autora de escritos íntimos (em francês) que, publicados postumamente, tiveram grande sucesso.

anos uma tristeza imensa. Ela é tão viva para mim como eu mesma.

O que escrever para você? Queria dizer tudo de uma vez. Nós não nos vimos durante 21 anos – minha idade. E eu tenho lembranças dos meus dois anos!

Envio-lhe uma seleção de poemas de meus dois primeiros livros que mais me agradam: *Álbum da tarde* (1910 – dezoito anos) e *Lanterna mágica* (1911). Não sei se você gosta de poesia. Se não gostar – leia apenas o conteúdo.

Desde 1911, não publiquei nada de novo. Mas penso em editar, no outono, uma coletânea sobre Marie Bachkírtsev e outra com poemas desses dois últimos anos.

Sim, sobre mim: sou casada e tenho uma filha de um ano e meio – Ariadna (Ália). Meu marido tem vinte anos. Ele é de uma beleza nobre e incomum, magnífico tanto por fora como por dentro. Seu tataravô, do lado paterno, era rabino, e o avô materno – um soberbo oficial de Nikolai I.

Em Serioja encontram-se reunidos – admiravelmente reunidos – dois tipos de sangue: o russo e o judeu. Ele é brilhante, inteligente, nobre. A alma, os modos, o rosto – retrato da mãe. E a mãe era linda, uma heroína.

A família dela era Durnovo.

Amo Serioja infinitamente e para sempre. Adoro minha filha.

Escrevo-lhe tudo isso como resposta ao que você disse a Ássia sobre o casamento.

Agora vou dizer-lhe quem somos nós: você conheceu nosso pai. É Ivan Vladímirovitch Tsvetáiev, depois de cuja morte você escreveu um artigo no *Novo Tempo*[*].

---

[*] Em russo, *Novoie Vrêmia*, famoso jornal da época. (N. de T.)

Mais um elo entre nós. Que felicidade!

Agora é noite. Pensei em você o dia inteiro. Que alegria!

Ouça, quero lhe dizer uma coisa que, com certeza, será horrível para você: eu não acredito absolutamente em Deus e em uma vida depois da morte.

Daí – desespero, o horror à velhice e à morte. Incapacidade total de minha natureza – rezar e se submeter. Amor insensato pela vida, sede febril, convulsiva, de viver.

Tudo o que eu disse é verdade.

Pode ser que por causa disso você me rejeite. Mas não sou eu a culpada. Se Deus existe – foi Ele quem me fez assim. E, se existe uma vida além da morte, nela serei feliz, com certeza.

Castigo – por quê? Não faço nada de propósito.

Envio-lhe alguns de meus últimos poemas. E quero muito que me diga alguma coisa – com toda honestidade. Mas já sei de antemão que os sentirá próximos de você.

De um modo geral, detesto os literatos; para mim, cada poeta – vivo ou morto – é um protagonista de minha vida. Não vejo nenhuma diferença entre um livro e um ser humano, um pôr-do-sol e um quadro. – Tudo o que eu amo, amo com o mesmo amor.

[*Seguem os poemas.*]

Caro Vassíli Vassílevitch, não quero que nosso encontro seja passageiro. Quero que seja para toda a vida. Quanto mais se conhece, mais se ama. Outra coisa: se for me escrever, não tente fazer de mim uma cristã.

Eu vivo de coisas bem diferentes, no momento.

Não se aflija e, principalmente, não entenda isso como "livre pensar". Se você conversasse comigo por uns cinco minutos não precisaria lhe pedir isso.

Termino a carta com o cumprimento mais terno e mais sincero, desejando saúde a você e a sua mulher. Escreva-me sobre sua família, quantos filhos tem, como eles são, que idade têm.

Tudo de bom.

Marina Efron,
nascida Tsvetáieva

Endereço: Marina Ivanovna Efron
Rua Ánnienskaia, casa Redlich
Feodóssia

P.S.: No outono estarei de novo em Moscou.

Queria dizer-lhe ainda algumas palavras sobre Serioja. Ele é de saúde muito fraca, aos dezesseis anos teve um começo de tuberculose. Agora o processo parou, mas a sua saúde ainda é bastante vulnerável. Se você soubesse que jovem ardente, magnífico, profundo ele é! Temo continuamente por ele. Basta a menor emoção e a temperatura dele aumenta, ele é completamente febril – sedento de tudo. Nós nos conhecemos quando ele tinha dezessete e eu, dezoito anos. Depois de três – ou quase três – anos de vida juntos não há a menor sombra de desacordo entre nós. Nosso casamento parece tão pouco um casamento habitual que eu quase não me sinto casada e não mudei em absolutamente nada – gosto das mesmas coisas e vivo como se tivesse dezessete anos.

Nós nunca nos separamos. Nosso encontro – um milagre. Escrevo-lhe tudo isso para que você não pense nele como um estranho. Para mim, ele é o ser mais querido, para a vida toda. Jamais poderia ter amado outro, em mim há tristeza demais e revolta. Apenas ao lado dele posso viver assim – completamente livre.

Nenhum – quase nenhum! – de meus amigos entende minha escolha. Escolha! Meu Deus, como se eu tivesse escolhido!

Bem, termino. Quando você nos vir, Ássia, Serioja e eu – os três tão diferentes! – compreenderá tudo.

E esse encontro vai acontecer!

Obrigada infinitamente, por tudo!

M. E.

Ao mesmo:

Feodóssia, 8 de abril de 1914, terceiro dia de Páscoa.

Querido Vassíli Vassílevitch,
Tudo está hoje tão alegre, com esse sol e com esse vento frio.
Corri pela grande alameda do parque perto das acácias delgadas, o vento despenteou meus cabelos curtos e eu me senti tão leve, tão livre.
Sentei à escrivaninha, peguei a pena e ainda não sei sobre o que vou escrever.

Ália acabou de se aproximar, com seu casaquinho amarelo-claro – cabelos loiros – cacheados e, olhando-me com seus enormes olhos azuis, vivos, diz: "Até logo"; depois, após pensar um pouco, com um sorriso angelical, acrescenta: "i-ó" (o zurro do burro).

Vou lhe escrever sobre papai. Ele nos amava muito e nos considerava "dotadas, capazes e cultivadas", mas se horrorizava com nossa preguiça, nossa independência, nossa ousadia e nosso amor por aquilo que ele chamava de "excentricidades" (eu, aos dezesseis anos, como amava Napoleão, pendurei o retrato dele na estantezinha dos ícones – fizemos ainda coisas muito piores do que essa!). Ássia tinha oito anos, e eu dez, quando partimos para o exterior – tinham acabado de diagnosticar que mamãe sofria de tuberculose. Passamos três anos fora – mamãe, Ássia e eu, sem interrupção. No primeiro ano ficamos todos juntos em Nervi; depois papai voltou para a Rússia, Ássia e eu – fomos para uma pensão em Lausanne e mamãe ficou em Nervi, por mais um ano. Depois de Lausanne moramos – mamãe, Ássia e eu – perto da Floresta Negra. Passamos o verão com papai. No inverno seguinte, Ássia e eu fomos para um pensionato alemão em Friburgo e mamãe ficou longe de nós. O processo da tuberculose (completamente interrompido em Nervi) retomou seu curso e ela foi para um sanatório na Floresta Negra.

Passamos o inverno entre 1905 e 1906 em Ialta. Foi o último inverno de mamãe. Em março ela começou a cuspir sangue, e a doença, discreta até então, desenvolveu-se numa velocidade cruel. Ela dizia: "Quero ir para casa, quero morrer nos Três Lagos [Triokh Prúdni]!" (rua onde ficava a nossa casa).

Mamãe morreu no dia 5 de julho de 1906, em Tarussa, província de Kaluga, onde passávamos os verões de nossa infância. Ela havia previsto a morte muito claramente: "Agora começa a agonia".

Na véspera de sua morte, ela disse a mim e a Ássia: "E pensar que qualquer bestalhão vai ver vocês crescidas, enquanto eu...". E depois: "Só sinto pela música e pelo sol!". Ela sofreu terrivelmente nos três dias que precederam sua morte, não dormiu nem um minuto sequer.

– Mamãe, se a senhora dormisse um pouquinho...
– Dormirei o bastante – no caixão!

Vovó tinha origem principesca polonesa e morreu jovem, aos 26 anos, deixando mamãe, ainda criancinha, aos cuidados de vovô, que a vida inteira se dedicou à filha. A vida de mamãe era apenas vovô e a governanta suíça – uma vida enclausurada, fantasmagórica, mórbida, livresca, que nada tinha de vida de criança. Aos sete anos ela conhecia a história do mundo e a mitologia, sonhava com os heróis e tocava piano admiravelmente.

Praticamente não havia nenhuma criança na região. Mais tarde, uma menina foi morar em casa para cumprir o papel de irmã de mamãe. Mas a menina não tinha personalidade e, apesar de amá-la muito, mamãe continuava sozinha. Ela idolatrou o pai – Aleksandr Danílovitch Meyn – a vida inteira. O amor era recíproco. Depois da morte da mulher – nenhuma outra relação, nenhum outro encontro, para que a filha não tivesse de baixar os olhos na frente dele, quando crescesse e entendesse.

A juventude de mamãe, tal qual sua infância, foi solitária, doentia, revoltada, profundamente encoberta. Heróis: Wallenstein, Possart[8], Luís II da Baviera. Visita, numa noite de lua, o lago onde ele morreu. O anel escorrega do dedo – o lago o engole – noivado com o rei morto. Quando Rubinstein apertou sua mão, ela não tirou a luva durante dois dias. Poetas: Heine, Goethe, Schiller, Shakespeare. – Mais livros estrangeiros do que russos. Aversão – puramente virginal – a Zola e Maupassant, ao romance francês em geral, tão afastado dela.

O espírito de toda sua educação – germânico. Embriaguez da música, *talento enorme* (jamais ouvirei alguém tocar piano e violão como ela), dom para línguas, memória brilhante, estilo magnífico, poemas em russo e alemão, pintura.

Altivez, muitas vezes tomada por frieza, pudor, reserva, *pouca afetividade* (exteriormente), furor na música, nostalgia.

Aos doze anos ela encontrou um jovem – ele se chamava Serioja E. (não sei o sobrenome; as iniciais – as do meu Serioja!) Ele tinha mais ou menos 22 anos. Eles passeavam juntos nas noites de luar. Aos dezesseis anos ela compreendeu, e ele também, que se amavam. Mas ele era casado. Para meu avô, divórcio era pecado. "Você e seus filhos, se você os tiver, ficarão comigo. Ele não existe para mim." Mamãe amava demais o vovô; ela não aceitou se casar nessas condições. Serioja E. partiu para algum lugar afastado. Durante seis anos mamãe viveu com saudades dele. Um aceno de longe, num concerto, duas cartas – isso foi tudo – em seis longos anos. Titia (a governanta suíça com a qual vovô *não tinha* um caso) adorava mamãe, mas nada podia fazer.

Vovô não dizia nada.

---

[8] Ator e diretor alemão de teatro, que ela conheceu em Friburgo, em 1904.

Aos 22 anos, mamãe se casou com meu pai, com a finalidade expressa de servir de mãe a seus dois filhinhos órfãos – Valéria, de oito anos, e Andrei, de um. Naquela época papai estava com 44 anos.

Ela amava muito meu pai, mas sofreu terrivelmente nos dois primeiros anos de casamento por causa do amor ainda vivo de meu pai pela falecida esposa V. D. Ilováiskaia.

"Nós nos casamos sobre um túmulo", escreveu mamãe em seu diário. Ela sofreu muito com Valéria, tentando cativar essa menininha de oito anos, cujo espírito lhe era completamente estranho e que, adorando a mãe, rechaçava brutalmente a "madrasta". – Muito sofrimento! Mamãe e papai eram pessoas completamente diferentes. Cada um com sua ferida no coração. Mamãe tinha a música, a poesia, a saudade; papai, a ciência. Mesmo vivendo lado a lado, suas vidas *não* se fundiram. Mas amavam-se muito um ao outro. Mamãe morreu com 37 anos, insatisfeita, sem estar em paz e sem chamar o padre, embora aparentemente ela não recusasse nada e até apreciasse os rituais.

Sua alma atormentada vive dentro de nós – conseguimos desvelar, porém, aquilo que ela deixou encoberto. Sua revolta, sua loucura, sua sede transformaram-se, em nós, em grito.

Papai nos amava muito. Quando mamãe morreu, tínhamos doze e quatorze anos. Dos quatorze aos dezesseis sonhei com a revolução, aos dezesseis apaixonei-me por Napoleão I e por Napoleão II e vivi um ano inteiro sem ninguém, sozinha em meu pequeno quarto, em meu enorme mundo.

Ássia escreverá a você sobre esse período.

Eu escreverei sobre papai.

Ele morreu no dia 30 de agosto de 1913, de uma doença

cardíaca que aparecera nos últimos anos. Nessa época, recebeu todo nosso amor. Ele tinha sofrido muito, antes, por nossa causa, por não saber o que fazer. Depois de as filhas se casarem, ele ficou muito inquieto por nós. Não conhecia Serioja, nem Boris[9]. Aos poucos, afeiçoou-se a Boris, pois tinha confiança no desejo do rapaz de continuar seus estudos na universidade – isso era essencial para ele.

Ele não conhecia, como pessoas, nem Serioja, nem Boris e não tinha idéia de quem eram aqueles que nós amávamos.

Gostava muito de Ália e de Andriucha, alegrava-se com eles e, pelo que soubemos mais tarde, falava deles para todo mundo. Mas só os viu quando eram muito pequenos, com menos de um ano. Que pena!

Que coisa estranha! Vou contar para você.

Eu tinha chegado a Moscou no dia 15 de agosto para tentar alugar a casa que fora de Serioja e minha.

Papai estava na casa perto de Klin, onde costumava passar o verão em condições magníficas.

No dia 22, fui vê-lo na nossa antiga casa, na rua dos Três Lagos, e no dia 23 fomos juntos até o Mur[10] – ele queria me dar um presente. Eu escolhi uma manta felpuda – marrom de um lado e dourada do outro. Papai era extremamente gentil e afetuoso.

Ao atravessarmos a praça do Teatro, cintilante de flores, ele parou de repente, apontou para um canteiro de malva e disse: "Você se lembra, nós tínhamos malva, no campo", e a voz dele era estranhamente triste.

---

[9] Boris Trukhatchov foi o primeiro marido de Ássia, e Andriucha, seu primeiro filho.

[10] Nome de uma grande loja de departamentos em Moscou.

Fiquei com o coração apertado. Quis acompanhá-lo até a estação, mas ele recusou: "Para quê, para quê? Ainda tenho de passar no museu".

"Meu Deus, e se fosse pela última vez?", pensei, e, para desfazer aquela impressão, marquei uma data – dia 29 – para visitá-lo no campo junto com Ássia.

Meu Deus, meu coração se aperta! Na noite do dia 27 o trouxeram de lá, quase morrendo. O médico falou que 75% das pessoas teriam morrido durante o transporte. Quando entraram, não o reconheci. Um rosto branco, branco, os olhos encovados. Foi muito afetuoso comigo, o tempo todo doce e afetuoso, perguntou-me da casa, ditou-me, com voz abafada, uma carta para seu jovem colaborador favorito. Falava o tempo todo, quando não deveria ter pronunciado uma única palavra. Falava de Serioja, de seus estudos, de sua saúde, de Ália, de Andriucha – "quero poupar 10 mil para cada um deles" – sobre a doença ele dizia: "os médicos exageram" e planejava suas próximas conferências. Falou algo do museu, e Ália pediu-lhe que repetisse – "Sim, o museu Rumiántsev, de onde me mandaram sair!".

Ele viveu ainda dois dias e meio. Durante todo esse tempo falou das coisas mais habituais; pedia que fôssemos nos deitar, que não nos cansássemos; perguntava que tempo fazia. Eu contava alguma coisa a respeito de um castelo feudal:

– Agora acabou o século dos castelos feudais, chegou o século dos que labutam!

Um dia – não, menos! – antes de sua morte ele me perguntou: "Então... você gostou... da manta?".

Meu Deus!

No último dia ele praticamente já tinha perdido a consciência. Morreu às 13h45. Estávamos com Andrei no quarto. Ele respirava com muita dificuldade, sua respiração diminuía um terço por minuto. Respirava forte e em intervalos: "Ah! Ah!".

Do primeiro ao último momento ele nunca cogitou a hipótese de morrer. Morreu sem padre. Por isso, acreditamos que, de fato, ele não percebeu que ia morrer – ele era religioso. – Não, é um mistério. Jamais saberemos se ele sentia ou não a morte.

Considero seu fim extremamente tocante: um heroísmo silencioso – tão sóbrio!

Meu Deus, tenho os olhos cheios de lágrimas.

Todos nós, Valéria, Andrei, Ássia e eu estivemos com ele nos últimos dias, como que por milagre: Valéria, *por acaso*, voltou do exterior; eu, *por acaso*, de Koktebel (para alugar a casa); Ássia, *por acaso*, da província de Voronej; Andrei, *por acaso*, da caça.

Papai, no caixão, tinha um rosto luminoso, *magnífico*.

Alguns dias *antes da doença* dele quebraram-se: 1) a porta de vidro de uma cômoda; 2) uma lanterna pendurada – havia trinta anos! – em seu escritório; 3) duas lâmpadas; 4) um copo. Foi uma espécie de ruído ininterrupto de vidro quebrado.

Eu me tranqüilizava e, mesmo sem acreditar, dizia para mim mesma: "Isso dá sorte". Isso – antes da doença dele.

Mas vou terminando. Ame-nos, a Ássia e a mim. Sentimos muita ternura por você. Alguém me disse que você gosta de fazer "perguntas inconvenientes". Não as faça. As pessoas respondem bruscamente, se ofendem, é ruim para todos.

Li seu *Gente da cor do luar*[*], que senti como algo estranho, inimigo mesmo. Em *À parte*, ao contrário, você era diferente,

---

[*] Em russo, *Liúdi Lúnnovo Svieta*, que também pode ser traduzido como *Gente do luar* ou *Pessoas da cor da lua*. (N. de T.)

encantador, próximo, completamente "nosso". Seja assim com a gente, não faça "perguntas" às quais é impossível responder. – Para quê? Que outros as respondam!

Nós duas compramos *Folhas caídas**. Que bom que há fotografias!

Nós também estamos lhe enviando as nossas.

Caro, caro Vassíli Vassílevitch, agora é a hora do crepúsculo. Mal enxergo o que escrevo. À janela vejo um grande buquê de tulipas silvestres. No quarto ao lado estão pondo Ália para dormir.

O vento sopra pela janela aberta e faz meu cabelo cair na testa. Estou sozinha em casa. Serioja chegará logo. – Compramos *Folhas caídas* e, quando a gente se vir, queremos sua dedicatória.

Ouça, não se aflija se, de todos os seus livros, conhecemos apenas *À parte* – será que somos um público? Ássia, por exemplo, ainda não leu *Dom Quixote*, e só agora, no verão, fui ler *Um herói de nosso tempo*[11], apesar de ter escrito uma redação sobre ele no ginásio**.

Algo enternecedor: o diretor do ginásio masculino daqui o ama muito – livro de cabeceira: seu ensaio sobre "O grande inquisidor". Mesmo num lugarzinho tão afastado como Feodóssia muitos conhecem você – digo isso porque sei.

---

* Em russo, *Opávchie Listia*. (N. de T.)
[11] Romance célebre de Lérmontov.
** O ginásio, na época, compreendia seis anos após a escola primária. (N. de T.)

Comecei a ler seu livro sobre a Itália – maravilhoso.

De uma maneira geral, você pode até escrever de um modo detestável (o seu *Gente da cor do luar*), mas nunca – sem talento.

Você é surpreendentemente inteligente, genialmente inteligente e genialmente sensível. Por exemplo, seu "– não se ofendam –" entre travessões. Meu Deus, Ássia e eu ficamos com lágrimas nos olhos quando vimos os travessões.

– Marina, foi ele mesmo quem os pôs!

Apenas esse tipo de coisa é capaz de me fazer chorar.

Uma coisa engraçada! Há pouco tempo, alguém mostrou-me dois rostos numa revista e, cobrindo as legendas, perguntou-me: "Quem é este? Qual é seu caráter, que tipo de pessoa deve ser?".

– Um diretor de ginásio – um pedagogo, enfim... É uma pessoa seca, astuta...

A mão que escondia os dizeres se retira.

Todo mundo que está a minha volta começa a rir.

Eu leio: "Vassíli Vassílevitch Rózanov!".

Explosão de gargalhadas – ao meu redor.

Envie-nos seus retratos – sem falta! Aliás, com dedicatória – sem falta.

Não é tão difícil "remetê-los" – (ah! Sinto muito, é horrível remeter álbuns. Um verdadeiro pesadelo!).

Bem, tenho de encerrar. Desejo-lhe tudo o que há de melhor. Aperto suas mãos, bem forte. Você estará em Moscou durante o inverno? Ássia pensa em passar o inverno inteiro em Paris, quem sabe até um ano. Ela partiria no outono. Eu e Serioja estaremos em Moscou. Escreva!

M. E.

P.S.: Veio-me à cabeça como teria sido estranho lhe enviar um cartão de visita com votos de feliz Páscoa!

As anotações, em seu diário, da mesma época mostram uma MT segura de si como pessoa e como escritora. Assim, em 4 de maio de 1914, diz:

Não conheço nenhuma mulher mais talentosa do que eu em matéria de poesia. – Deveria dizer – ser humano. [...] "Um segundo Púchkin" ou "a primeira mulher-poeta" – é isso que mereço e quem sabe consiga, ainda em vida [...]. Estou tão certa de minha poesia – como de Ália.

E no dia 12 de maio de 1914:

Estou plenamente convencida de que se um homem conseguir me conhecer inteiramente vai me amar mais do que a qualquer outra. Mas nem todos me conhecem, é por isso que nem todos me amam.

Em julho de 1914 anuncia-se uma primeira ruptura no equilíbrio entre a vida íntima e a vida profissional que as cartas a Rózanov descrevem; equilíbrio estabelecido depois do encontro com Serguei, em 1911 e, mais ainda, depois do nascimento de Ália, em 1912. A trindade marido-filha-criação poética parece não bastar mais. Começam, então, o que podemos chamar de "amores fugazes": paixões efêmeras e intensas que durarão a vida inteira. As características dessas paixões são sempre as mesmas. E, mais que tudo, não interferem no amor por Serguei. Talvez pelo fato de ele ser mais moço que ela, ou órfão, ou doente, ou por sempre admirá-la, ele parece ocupar um lugar próximo ao de Ália, a filha deles, no universo de MT: esse é um compromisso para a vida inteira, nada pode colocá-lo em perigo. As ligações amorosas têm como objeto homens e – menos freqüentemente – mulheres; o fato é que o objeto desses sentimentos é muito mais imaginado do que propriamente observado, conhecido. Isso explica, em parte, a brevidade e a força das paixões: elas desaparecem quando em contato com o mundo real. As aventuras não representam encontros verdadeiros com uma outra pessoa.

Seu primeiro encantamento passageiro diz respeito ao próprio irmão de Serguei, dez anos mais velho do que ele, Piotr Iákovlevitch Efron, chamado Piétia. No passado havia sido ator de teatro e revolucionário; doente, ele também, de tuberculose, foi curar-se em Moscou, mas seu estado era desesperador. MT o conhece no início de julho de 1914, no hospital onde ele estava internado. No dia 10 de julho, ela lhe escreve:

Ouça, meu amor é leve.
Não será doloroso nem incômodo para você.
Entrego-me totalmente àquilo que amo.
Amo com a mesma intensidade – profundamente – a bétula, a tarde, a música, Serioja e você.
Eu reconheço o amor pela tristeza incurável, pelo "ah!" que corta sua respiração.
Para mim você é um rapaz encantador, de quem – ainda que me digam – não sei nada, a não ser que o amo.

E alguns dias mais tarde, a Piotr Efron:

Moscou, 14 de julho de 1914, noite.

Meu menino adorado!
Serioja mexe-se na cama, morde os lábios, geme. Eu contemplo seu rosto alongado, terno e sofrido e compreendo tudo: meu amor por ele e meu amor por você.
Dois meninos! Eis o porquê de meu amor.
De coração puro! E duramente maltratados pela vida. Duas crianças sem mãe!
Eu gostaria de, num abraço *infinito*, unir seus rostos amáveis, seus cabelos morenos e lhes dizer, sem palavras: "Amo a ambos; amem – para sempre!".
Piétenka, dou-lhe minha alma; pego a sua, acredito na imortalidade delas.
A chama que me consome, o coração que dispara quando penso em você – são eternos. A fé surgiu tão inesperada, tão sem limites.
Hoje você falou de sua filhinha. Eu tremia por dentro. Beijei sua mão. – Por que "deixá-la"? – Vou beijá-la sempre e ainda mais, porque me ajoelho diante de seu sofrimento, sinto que você é um santo.
Oh, meu pequenino! Nada posso fazer por você, só quero *que você acredite em mim*. Então meu amor irá lhe dar forças.
Lembre-se: qualquer coisa que eu lhe diga, em qualquer tom – não acredite se não forem ditas com amor.
Se não fosse por Serioja e Ália, sobre quem respondo perante Deus, eu morreria feliz por você, para que você sarasse logo.
Morreria, sim – não duvide – logo – ao primeiro chamado.

Vivendo sob o fogo

Juro pela sua vida, pela de Serioja e pela de Ália, que vocês três são o que tenho de mais santo.

Vou partir em breve. Nada há de mudar.

Se eu morresse – tudo permaneceria como está.

Jamais, por nada neste mundo, deixarei você.

Começou com um minuto de encantamento (em agosto ou início de setembro de 1913) e, em seguida, com um amor eterno.

Amanhã vou trazer-lhe uma cruzinha.

Beijo-o.

M. E.

No dia 28 de julho de 1914 Piétia morre no hospital.

No fim desse mesmo mês estoura a Primeira Guerra; em 29 de julho a Rússia declara mobilização geral. O conflito militar não encontra nenhum eco na poesia de MT, a não ser num poema que data de 1º de dezembro de 1914 sobre sua recusa em vilipendiar a Alemanha, país que se tornou inimigo, mas que ela sempre amou; o poema fala também sobre sua recusa à lei do talião, "olho por olho, dente por dente" (ela lê esse poema em público, mas não será publicado na época).

No final de 1914, MT terá uma nova paixão, mais intensa do que a precedente, pois, pela primeira vez, será uma paixão acompanhada da ligação erótica. O objeto dela é Sophia (Sônia) Parnok, poeta homossexual e sete anos mais velha. A partir de dezembro de 1914, as duas mulheres vivem uma relação tempestuosa. Em março de 1915, Serguei parte para o front como enfermeiro. Durante o verão, MT e Sônia moram juntas. É dessa época a carta que segue, endereçada a Lília, irmã de Serguei.

A Elisaveta Efron:

Sviatýe Gory, província de Khárkov. Parcela do conde, 14, *datcha* Lazúrenko.
30 de julho de 1915.

Cara, cara Lílenka,
Acabei de abrir a janela e para minha surpresa – os pinheiros farfalham. Aqui, apesar de ser a província de Khárkov, é a própria Finlândia: os pinheiros, a areia, a charneca, o frescor, a tristeza.

À noite, quando já está escuro – uma terrível inquietação e angústia: sentamos junto a um lampião de querosene de estanho, os pinheiros farfalham, as notícias dos jornais não nos saem da cabeça – além disso, há oito dias que não sei onde Serioja está, escrevo-lhe sem saber se para Bielostok ou se para Moscou, sem esperança de a resposta chegar rapidamente.

Eu amo Serioja para toda a vida, ele é carne da minha carne, jamais o deixarei. Escrevo-lhe diariamente ou, pelo menos, a cada dois dias; ele conhece minha vida inteirinha, apenas esforço-me para não escrever coisas muito tristes. Tenho um peso eterno em meu coração. Com ele acordo, com ele adormeço.

Sônia me ama muito e eu a amo igualmente – nosso amor também é para sempre e não poderei deixá-la. O dilaceramento vem dos dias que se arrastam; o coração concilia tudo.

A alegria – simples – parece que não a conhecerei jamais, aliás, não é minha natureza. Mesmo a felicidade, não a conheço profundamente. Não sou capaz de fazer mal e não sou capaz de não fazê-lo...

[*Falta o final da carta.*]

Vivendo sob o fogo

A paixão terminará brutalmente em janeiro de 1916, quando Parnok, durante uma viagem a São Petersburgo, abandona a amada, conforme MT relatará mais tarde (cf. capítulo 4).

Durante os meses de janeiro e fevereiro de 1916, MT tem outra relação passageira, desta vez, com o poeta Ossip Mandelstam (nascido em 1891) – encontro mais importante para ele do que para ela. Na mesma época, MT começa a se apaixonar pelo teatro, passando a freqüentar especialmente o Teatro de Câmara de Aleksandr Taírov, onde atua uma outra irmã de Serguei, Vera, e, às vezes, o próprio Serguei.

Em março de 1916, MT envolve-se com Tikhon Tchurílin, também poeta e seis anos mais velho. Serguei começa a suspeitar dessas paixões que se repetem; MT procura a ajuda da irmã dele, Lília, em uma carta que ela escreve no dia 10 de março de 1916:

Venha imediatamente para Moscou. Estou terrivelmente apaixonada por um louco e *não posso* me afastar dele – ele morreria. Serioja quer se alistar como voluntário, já entrou com o pedido. Venha. Isso é – um absurdo, não há um minuto a perder. [...] Serioja está absolutamente decidido e isso é o pior de tudo.

Eu o amo como antes.

Ao receber uma carta de seu namorado de 1908, Piétia Iurkiévitch, MT assim lhe responde:

A Piotr Iurkiévitch:

Moscou, 21 de julho de 1916.

Caro Piétia,
Estou muito contente por você ter se lembrado de mim. A comunicação humana é um dos prazeres mais profundos e mais sutis da vida: você dá o melhor – sua alma – e pega em troca o mesmo, e tudo de uma forma leve, sem as dificuldades e as exigências do amor.

Durante muito tempo – desde a infância, pelo que guardo de minhas memórias mais antigas – tinha a impressão de que eu queria ser amada.

Agora eu sei e digo a todos: não preciso de amor, preciso de compreensão. Isso, para mim, é o amor. Aquilo que chamam de amor (sacrifícios, fidelidade, ciúme) pode ficar para os outros, para uma outra – eu não preciso disso. Eu só posso amar um ser que, num dia de primavera, irá me preterir por uma bétula. – Esta é minha fórmula.

Não esquecerei jamais a revolta que senti nesta primavera por causa de uma pessoa – um poeta[12], uma criatura encantadora, muito amada! – que atravessou comigo o Kremlin e que, sem olhar para as igrejas e para o rio Moskvá, falava sem parar e sobre mim. Eu disse a ele: "Você não compreende, então, que o céu – levante sua cabeça, olhe – é mil vezes mais do que eu? Você acha que num dia como este eu posso pensar em seu amor, no amor de quem quer que seja? Nem em mim eu penso e, pelo que sei, eu amo a mim mesma!".

Tenho outras amarguras com meus parceiros. Entro tão impetuosamente na vida de cada pessoa que encontro e que, por

---

[12] Trata-se do poeta Ossip Mandelstam.

um motivo ou outro, me parece amável, quero tanto ajudá-la, "ampará-la", que ela se assusta – tanto pelo fato de eu amá-la, quanto pela possibilidade de ela vir a me amar, afetando assim sua vida familiar.

Isso não se diz, mas eu sempre sinto vontade de dizer, de gritar: "Ora, meu Deus! Não quero nada de você. Você pode ir embora e voltar, ir embora e nunca mais voltar – para mim tanto faz, sou forte, de nada preciso, a não ser de minha alma!".

As pessoas sentem-se atraídas por mim: alguns acham que ainda não sei amar – outros, que passarei a amá-los intensamente, inevitavelmente; outros ainda gostam de meus cabelos curtos; outros mais, que deixarei que os puxem; todos imaginam alguma coisa, todos exigem alguma coisa – provavelmente outra coisa – esquecendo que fui eu que tomei a iniciativa e que, se eu não tivesse me aproximado, nada disso teria vindo à cabeça deles, visto que sou jovem.

Ora, quero leveza, liberdade, compreensão – não quero segurar ninguém e que ninguém me segure! Minha vida inteira eu a vivi como um idílio com minha alma, com a cidade onde eu vivo, com as árvores à beira do caminho – com o ar. Estou infinitamente feliz.

Tenho muitos poemas; depois que a guerra terminar publicarei dois livros de uma vez. Aqui está um dos últimos:

[*Segue o poema "O dia virá..."* (I, 270)]

Este verão foi muito disperso. Antes Serioja estava em Koktebel, e eu na casa de Ássia (ela teve outro menino – Alekséi); agora nós nos reencontramos. Ele teve um contratempo, está esperando uma convocação. Sinto-me feliz em Moscou, vou com Ália para o Kremlin, ela é uma maravilhosa companheira de caminhada. Olhamos para as igrejas, as torres, os tsares da galeria Aleksandr II, para os canhões franceses. Há pouco ela me disse que queria de todo jeito conhecer o tsar. "E o que você vai dizer para ele?" – "Eu vou fazer uma cara assim!" (e franziu as sobrancelhas). – Eu vivo sem ter a menor idéia de onde estarei daqui a uma semana. Se Serioja for enviado para algum lugar, irei atrás dele. Mas, de uma maneira geral, tudo está bem.

Ficarei contente se você me escrever de novo, caro Piétia, às vezes eu recordo com ternura nosso encontro meio infantil: passeio a cavalo e framboesa seca no mezanino de sua avó, viagem para ir buscar as telas, maravilha da noite estrelada.

Como eu estava triste naquele tempo! Adolescência trágica e juventude bem-aventurada.

Agora, com certeza, não partirei para lugar nenhum. Escreva-me para Moscou. E se você neste momento tem cabelos encaracolados, incline a cabeça, vou dar-lhe um beijo.

M. E.

Em agosto de 1916, MT apaixona-se novamente por Nikodim Akímovitch Plutser-Sarn (nascido em 1881), economista que mesmo depois permanecerá seu amigo fiel. Cada uma de suas paixões dá origem a um ciclo de poemas (que MT endereçará, às vezes, ao eleito seguinte).

Em 14 de abril de 1917 nasce a segunda filha de MT. Ela sonhou que daria à luz um menino, como a própria mãe sonhara antes de seu nascimento; nem sempre consegue esconder sua decepção. O encantamento vivido com Ália não se repete; Irina parece-lhe uma criança difícil, que chora muito, um "demônio". Em maio, escreve em seu diário:

É mais fácil ficar presa dentro de uma jaula com um leão do que num quarto com um bebê.

(Irina, perdoe-me!)

A Revolução de 1917 acaba de acontecer: não há menção a ela nos escritos de MT. No final de abril, na clínica onde ela deu à luz Irina, escreve à cunhada Lília:

Quantidade de projetos de toda espécie – puramente interiores (versos, cartas, narrativa) – e indiferença total sobre onde e como viver. Minha – atual – convicção: o principal – é nascer, depois, tudo se arranja.

Na mesma época, escreve em seu diário:

Indiferença mais do que absoluta para com qualquer tragédia não amorosa (a tragédia de Abraão, de Lúcifer, de Antígona...).

Se a tragédia não é amorosa, ela é – ou uma tragédia ligada ao céu (Abraão, Lúcifer) – ou uma tragédia ligada aos pais (*Rei Lear*, *Antígona*). Sou indiferente às primeiras, as segundas parecem sempre um pouco ridículas.

Uma exceção: a tragédia da maternidade. Mas ela já é quase amorosa.

Alguns meses mais tarde, durante o verão de 1917, ela acrescenta:

O que faço neste mundo? – Eu ouço a minha alma. [...] Nem origem étnica, meu amigo, nem origem de classe. Duas raças: os deuses e o rebanho. Os primeiros ouvem sempre música, os segundos – nunca. Os primeiros são amigos, os segundos, inimigos. Com efeito, ainda existe uma terceira: os que ouvem música uma vez por semana. – "Os conhecidos".

O sentimento de invulnerabilidade, ao qual ela fazia menção alguns anos antes, já não existe mais. Assim ela escreve em seu diário de agosto de 1917:

Deus, ao me criar, disse: "Eu te criei de maneira que tenhas inevitavelmente de quebrar o pescoço. Cuidado, não o quebres!".

Em setembro, ela vai sozinha a Feodóssia para ver a irmã Ássia, que acabara de perder o segundo marido e o filho; ela deixa as duas filhas em Moscou, aos cuidados das irmãs do marido, Lília e Vera. Serguei é recrutado em Moscou pela escola militar. No dia 25 de outubro de 1917, ao estourar a revolução, MT escreve de Feodóssia uma carta a seu marido em que ela menciona de passagem Kerenski num relato de assuntos estritamente pessoais. Acrescenta esta análise de sua pessoa:

Sou o ser mais indefeso que conheço. Abordo com todo o meu ser qualquer passante da rua. E a rua se vinga. [...]
Todos bancam os hipócritas, sou a única *que não consegue*. [...] A amizade é tão rara quanto o amor. Quanto aos conhecidos – não preciso deles.

Durante esses anos MT continua escrevendo poemas que ela publica isoladamente, sem reuni-los em livro. Ela não tem grandes dificuldades materiais, pode viver de sua herança.

II
Rússia soviética (1917 – 1922)

3
A morte de Irina

A Revolução de Outubro tumultuará a vida de MT. Ela pretende reunir-se aos seus em Moscou, onde já começam os enfrentamentos entre os que apóiam o antigo regime (entre os quais, Serguei) e os revolucionários. Ela consegue tomar um trem para Moscou; no caminho escreve, em seu caderno, uma carta para o marido, cujo destino ela ignora, onde se lê esta promessa (2 de novembro de 1917):

Se Deus realizar este milagre – deixar você viver, eu o seguirei como um cão.

Serioja está vivo; MT e ele partem de novo para a Criméia, deixando mais uma vez as filhas em Moscou. No dia 25 de novembro MT resolve ir vê-las; separa-se provisoriamente de seu marido, que entra para o Exército Branco.

Em Moscou, vivendo sozinha com as filhinhas, MT descobre as novas dificuldades materiais da existência. Seus antigos recursos financeiros esgotaram-se. Em novembro de 1918 entra para o Comissa-

riado dos Negócios Nacionais (quer dizer, das populações que fazem parte da Federação Russa) e lá permanece alguns meses; esse trabalho não a impede de consagrar parte essencial de seu tempo à escrita. Em seguida, ela terá fontes de renda irregulares e passará a viver muito precariamente, escapando da fome, do frio e das doenças apenas graças à generosidade de alguns amigos.

Em 1918 liga-se a um grupo de atores do teatro Vakhtángov. Seus amigos se chamam Pavel Antókolski (mais tarde poeta soviético reconhecido), Iúri Zavádski (futuro famoso diretor de teatro), Volódia Alekséiev, Sónetchka Holliday. Complexas relações hétero e homossexuais se estabelecem no interior do grupo. Imersa na vida teatral, MT escreve peças e mais peças: a última e mais longa de todas é consagrada a um episódio da vida de Casanova e se chama Fênix (1919). Sua produção poética, entretanto, não enfraquece. Ela preenche seus cadernos dia após dia com anotações sobre a vida quotidiana; alguns anos mais tarde, extrairá deles alguns fragmentos que, levemente retocados, serão publicados em revistas. Planeja publicá-los em um livro que teria o título de Indícios terrestres (uma versão dele só será publicada bem depois de sua morte). A ambiência amigável desse meio teatral será evocada no último texto longo em prosa de MT, História de Sónetchka (1937). MT está apaixonada por Sónetchka: ela pode amar tanto homens quanto mulheres. Ela escreve em seu caderno (9 de junho de 1921):

Amar apenas mulheres (para uma mulher) ou amar apenas homens (para um homem), excluindo de modo notório o habitual inverso – que horror!

Amar apenas mulheres (para um homem) ou amar apenas homens (para uma mulher), excluindo de modo notório o que é inabitual – que tédio!

E tudo junto – que miséria.
Aqui esta exclamação encontra realmente seu lugar: sejam semelhantes aos deuses!
Qualquer exclusão notória – um horror.

É no decorrer desses anos que se elabora a visão de mundo à qual MT se aterá até o fim de sua vida. Mergulhada numa existência quotidiana desastrosa, ela escolhe viver no absoluto. A imagem pela qual ela o representa é a do fogo, e a essa imagem ela voltará muitas vezes. Nos primeiros dias de janeiro de 1918, ela transcreve em seu diário uma frase de Ália:

As salamandras dançam,
E Marina pensa:
– É tão bom viver no meio do fogo!

Alguns meses mais tarde, por sua conta, ela retoma a imagem (30 de julho de 1918):

A salamandra não é feita de fogo, ela é ininflamável. Que frio demente, para *viver* no meio do fogo!

A frase volta a aparecer em suas cartas: "Serei fogo", escreve a Akhmátova, no dia 17 de agosto de 1921. Outras expressões designam igualmente essa necessidade de intensidade máxima:

Eu inteirinha sou em itálico (*abril de 1920*).
O homem só vê o mundo corretamente na exaltação suprema. Deus criou o mundo em estado de exaltação (N. B.! o homem – com uma exaltação menor, isso é visível), e o homem

que *não está* em estado de exaltação não pode ter uma visão correta das coisas (*11 de abril de 1920*).

A parte dela que entra em contato com o absoluto chama-se alma.

De que preciso neste mundo? De minha emoção, ponto mais alto de minha alma. Da tensão mais forte. Da presença de minha alma. Qualquer meio é o melhor (*21 de agosto de 1918*).

O que sou – eu? [...] Pois, juro por Deus – em mim nada foi capricho, tudo – cada anel! – é absoluta necessidade, *não para os outros*, mas para a minha alma (*21 de abril de 1919*).

Sei quem sou: uma Dançarina da Alma (*novembro de 1919*).

Em minhas veias não corre sangue, mas a alma (*março de 1920*).

Essa escolha tem como conseqüência colocá-la à parte dos outros seres humanos:

Sou completamente *déclassée* [desclassificada]. [...] Estou realmente, *absolutamente*, até a medula, fora de qualquer casta, de qualquer profissão, de qualquer nível. – Atrás do imperador, há imperadores; atrás dos miseráveis – miseráveis; atrás de mim – o vazio (*27 e 28 de agosto de 1928*).

Concretamente, sua existência se estrutura em três patamares. No mais baixo encontram-se as preocupações para sobreviver, as relações sociais, a interação com o poder político. Casada com um com-

batente antibolchevique, MT é bastante crítica quanto ao novo regime. No dia 24 de julho de 1919, ela confia a seu diário o projeto de escrever um artigo ("pela primeira vez em minha vida"), intitulado "Justificativa do mal". O mal é o bolchevismo; paradoxalmente, MT consegue tirar algumas vantagens de sua presença:

O que, por subtração, deu-me o bolchevismo:
[...]
3) A confirmação definitiva de que o céu vale mais do que o pão (provei-o em minha própria carne e tenho agora o *direito* de dizer isso!)
4) A confirmação definitiva de que não são as convicções políticas – em nenhum caso as convicções políticas! – que reúnem e separam as pessoas (*eu tenho* amigos maravilhosos entre os comunistas!).
5) A aniquilação das fronteiras de classe – não pela violência das idéias – mas pela desgraça de todos em Moscou, em 1919 – pela fome, pelo frio, pelas doenças, pelo ódio ao bolchevismo e assim por diante.

Nesses anos em que a paixão revolucionária se desencadeia a sua volta, MT mergulha na leitura de escritos contra-revolucionários que datam da época da Revolução Francesa.

Les Femmes – les Nobles – et les Prêtres [as Mulheres – os Nobres – e os Padres] – aqui está minha Contra-Revolução! Francesa! (*30 de julho de 1919*).

Ela também lê os contos de Andersen:

A Revolução e Andersen. – Absurdo.

E – conclusão: se Andersen foi criado por Deus, a Revolução – e quem mais poderia ser – foi criada pelo Diabo (*novembro de 1919*).

Seus diários relatam as palavras que circulam por Moscou:

Ele diz dos bolcheviques (boa tirada!): "Claro! São condenados – e transportaram para cá a prisão inteira!" (*março de 1920*).

Andrei conta que viram passar um cachorro que levava o cartaz: "Abaixo Trótski e Lênin – ou eu serei comido!" (*10 de abril de 1920*).

MT não faz uma análise política, ela simplesmente reage àquilo que está a sua volta. Ela também tem amigos comunistas, mas suas simpatias não vão, geralmente, nessa direção. Não se trata de unir-se aos Brancos contra os Vermelhos: ela recusa, antes, esse tipo de engajamento. Ela escreve, em 27 de julho de 1919:

Todo meu *credo* político é contido numa única palavra: *frondeuse* [crítica] e, para maior precisão, posso acrescentar outra: *essentiellement* [essencialmente].

O segundo patamar, bem superior ao dos engajamentos políticos, diz respeito aos trabalhos artísticos, ou seja, no caso de Tsvetáieva, à criação poética. Produzir belas obras de arte dá sentido à vida. Ao criar, a poeta não deixa fluir livremente seu eu, mas capta a identidade do mundo e a converte em palavras.

Eu nunca escrevo, sempre transcrevo (como se alguém estivesse ditando).

Sou simplesmente um espelho fiel do mundo, um ser impessoal (*7 de julho de 1919*).

Estenógrafa da Vida. – É tudo o que eu quero que escrevam em meu túmulo (uma cruz!) – apenas da Vida, em maiúsculo, obrigatoriamente. Se eu fosse homem, gostaria que escrevessem: do Ser (*10 de abril de 1920*).

Na mesma época ela escreve em seus diários (incluídos em Indícios terrestres, com um acréscimo que data de dois anos mais tarde):

As duas coisas que prefiro, mais que todas: o canto – e a expressão. (Ou seja, a nota é de 1921: os elementos – e a vitória sobre eles!)

O poeta torna-se, portanto, um representante exemplar da humanidade:

A palavra – segunda pele do indivíduo. Trindade: alma, corpo, palavra. É por isso que só o poeta é perfeito (*1º de dezembro de 1917*).

MT prefere pensar em si mesma como poeta, e não como mulher:

... como mulher sou *impensável*, como poeta – apenas natural. E essa é a minha – (durante um tempo demasiado longo reneguei minhas opiniões!) – única medida – de uma vez por todas! (*28 de julho de 1919*).

Com um vestido velho – sou eu: Ser Humano! Alma! Inspiração! – com um vestido novo – sou uma mulher.
É por isso que eu não uso um vestido novo (*29 de julho de 1919*).

Se comparadas com a intensidade alcançada no trabalho poético, as relações humanas comuns parecem negligenciáveis:

Penso que nasci para a maravilhosa Solidão, povoada de sombras de heróis e heroínas; que não preciso de nada além dela – deles – de mim, que é indigno de mim tornar-me gato e pombo, enrodilhar-me e aninhar-me no peito de alguém; que tudo isso está abaixo de mim (*14 de julho de 1919*).

Nada pode exceder a alegria com a qual eu largo o caderno por um ser humano, senão a alegria de largar um ser humano pelo caderno (*outubro de 1919*).

Encontrei meu lema – em dois verbos auxiliares: *Être vaut mieux qu'avoir* [Melhor ser que ter] (*início de setembro de 1919*).

Être e *avoir* [ser e ter].
Avoir – não atrapalha.
Être – ATRAPALHA.
Mais: Teu *avoir* não atrapalha (não pode atrapalhar) os outros de *être*, nem que seja porque eles usam, ainda que pelas bordas, o teu *avoir* – queiras ou não, eles se encostam.
Teu *être* ATRAPALHA, não deixa os outros adormecerem, porque está claro que ele é um bem e é inacessível. Uma vantagem claramente inacessível.

Aqueles a quem o teu *être* não ATRAPALHA – são eles próprios *essenciais*, ou seja, têm a mesma categoria que a tua: inacessível e inalcançável (*novembro de 1922*).

Meu sonho: jardim de convento – biblioteca de convento – vinho velho da adega de um monastério – calças bufantes à turca [*charovari*] – cachimbo longo – e qualquer um de meus *ex-ci-devant*[*] de setenta anos que venha, todas as tardes, me ouvir e me dizer o quanto ele me ama (*30 de março de 1920*).

Entretanto, esse patamar não é o último. O fato é que o trabalho do poeta não é um trabalho como os outros, que possa ser isolado do resto da existência e admirado de longe. É assim que agem os que MT chama de "estetas". Para ela, na verdade, a separação entre "obra" e "vida" é impossível.

Para cantar os vasos japoneses – ou a ponta da unha de sua amada – ou as faianças (ou – para os futuristas – os arranha-céus), é suficiente, para vocês estetas, aparecer.

Para falar de Deus, da vida, do sol, do amor, é preciso *ser*.

O poema é o ser: de outra forma é impossível (*19 de março de 1919*).

A literatura? – Não! – Que "literata" sou eu, se estou pronta a doar todos os livros do mundo – os dos outros e os meus – por uma pequena centelha da fogueira de Joana d'Arc!

Não a literatura – a autodevoração pelo fogo (*25 de abril de 1920*).

---

[*] "De meus ex-admiradores". (N. de T.)

Este "ser" ocorre também fora da criação poética e atinge seu ponto culminante no amor. O suicídio de seu amigo, o teatrólogo Alekséi Stakhóvitch, leva MT a pensar assim:

Para viver – eu preciso amar, ou seja, estar junto. [...]
Eu preciso de todos, pois sou insaciável. Mas, a maior parte do tempo, os outros nem fome têm, donde esta atenção eternamente tensa: será que alguém precisa de mim?
Stakhóvitch morreu precisamente devido àquilo que me atormenta tanto neste momento (quero morrer): ninguém precisa de mim.
Ninguém tem a idéia *do abismo* que essa coincidência abre em mim (*16 de março de 1919*).

MT sente pela primeira vez esse amor irreversível, inabalável, por aquele com quem ela decidiu viver:

Sempre joguei, a vida toda; salvo com o amor por Serioja (*21 de abril de 1919*).

Se ela não fala dele mais freqüentemente em seus diários é porque o amor por ele pertence a uma outra ordem.

Quase não escrevo sobre Serioja neste caderno. Receio mesmo escrever seu nome. Eis o que é sagrado para mim, na terra (*21 de julho de 1919*).

Essa relação excepcional se estende à criança que tiveram juntos.

O único milagre de minha vida – o encontro com Serioja – e o segundo: – Ália.

Ergo*: o único milagre de minha vida – meu casamento (*31 de março de 1920*).

O casal tem outra filha, Irina. Mas MT não tem por ela os mesmos sentimentos.

Em Ália acreditei desde o primeiro momento, mesmo antes de ela nascer, eu sonhava com ela (estranhamente).
Irina – *Zufallskind*[1]. Não sinto nenhuma ligação com ela. (Perdoe-me, Senhor!) – Como será adiante? (*21 de agosto de 1918*).

Não posso amar Ália e Irina ao mesmo tempo, preciso de unicidade no amor (*28 de agosto de 1918*).

A situação torna-se tensa quando a fome começa a grassar em Moscou e MT encontra-se reduzida à miséria:

A quem dar a sopa da cantina: a Ália ou a Irina?
Irina é menor e mais fraca, mas eu amo mais Ália. Além disso, Irina já está mal de qualquer maneira, enquanto Ália ainda resiste – seria uma pena.
Isso é um exemplo.
O raciocínio (à parte meu amor por Ália) poderia tomar outro rumo. Mas o resultado é o mesmo: ou Irina toma a sopa e Ália fica sem, ou Ália toma a sopa e Irina fica sem.

---

* Em latim, no original: "portanto", "logo". (N. de T.)
[1] Em alemão, no original: "filho do acaso".

Mas o pior é que essa sopa da cantina – gratuita – não passa de água fervida com restos de batata e algumas gotas de gordura de origem desconhecida (*19 de março de 1919*).

No outono de 1919, MT acha que já não pode suprir as necessidades das filhas. Ouve falar de um abrigo para órfãos em Kúntsevo, um lugarejo nos arredores de Moscou, onde as crianças seriam bem alimentadas. Entra em contato com Lídia Aleksándrovna Tamburer, dentista e grande amiga da família Tsvetáiev, dezoito anos mais velha que MT, e decide deixar suas filhas lá, por algum tempo. Em seu diário ela descreve os acontecimentos que sobrevêm, estilizando a forma do relato. A partida para o abrigo dá-se no dia 27 de novembro de 1919.

[1] A partida de Ália para o orfanato

– Então, amanhã esteja pronta um pouco mais cedo. Lídia Aleksándrovna virá por volta das onze. Às duas horas é preciso estar lá.

A silhueta alta, em um magnífico casaco cinza, desapareceu.

Eu olho para Ália. Ela perdeu as forças devagarinho. E, um minuto depois – com uma voz em que tremem todas as lágrimas de seu coração:

– Oh, Marina! Você sabe que toda a minha alma ficará aqui! – Toda, toda! – Eu levarei comigo apenas um pedacinho – para a saudade!

Ela passou os últimos dias escrevendo uma carta para mim no caderno e eu me esforcei por alimentá-la melhor, surrupiando ostensivamente e sem remorso parte da comida de Irina.

Na última manhã – confusão, encaixotar as coisas, loucu-

ra – ela estava sentada à minha escrivaninha e escrevia – suas derradeiras palavras.
– Oh, meu Deus!

– Ália, veja bem, tudo isso é um jogo. Você brinca de órfã. Cortarão seus cabelos, vestirá um vestido comprido – até os pés – sujo e cor-de-rosa – e terá um número em volta do pescoço. Você deveria ter vivido num palácio, mas ficará num abrigo.
– Você compreende como isso é extraordinário?
– Oh, Marina!
– É uma aventura, será a Grande Aventura de sua infância.
– Você compreende, Ália?
– Oh, Marina!
– Para Irina, o vestido de algodão cinza – Ália, não esqueça! Para você, estou pondo as calças azul-marinho, duas camisas... Ália, se alguém bater em você – bata também. Não fique de braços cruzados, senão quebrarão você inteirinha!
– Sim, Marina, e eu espero poder guardar um pouco de comida para você. – Mas, e se, de repente, no Natal, nos derem alguma coisa que não dá para conservar? Frutas em calda, por exemplo? Então eu guardarei todas as ameixas e as esconderei. – Oh, Marina, pena que não se pode secar a comida como as flores!
– Ália, o principal – coma o máximo possível, não tenha vergonha, é você quem deve comer mais. Lembre que é só por causa disso que estou mandando você para lá!
– Sim, Marina, são inimigos – eu comerei mais do que eles! E – sabe, Marina, estou contente assim mesmo de ir para

um abrigo e não para um reformatório. Abrigo – tem algo de mais velho...

De joelhos, arrumo em sua cestinha: um punhado de roupa branca (mesmo assim – vão roubá-la), um caderno – dos velhos tempos – de papel bom, mas sem linhas – durante a noite as fiz – alguns livros: os *Contos biográficos* de Tchistiakov (sobre Byron, Beethoven, Napoleão etc.), *Aladim e a lâmpada maravilhosa* (uma edição antiga de trechos escolhidos, com belas ilustrações), *A viagem maravilhosa de Nils Holgersson pela Suécia*, de Lagerlof e *Lichtenstein*, de Hauff. Esses dois últimos ela já leu e releu – eles serão um pouco da casa materna no exílio. – Acrescento um estojo com um lápis novo apontado e um porta-pena. – Tinta não dá, pode derramar. – E ainda, meu livrinho azul, *A lanterna mágica*, e nele enfio – sem que ela veja – minha fotografia – em Feodóssia – eu tinha 21 anos e me parecia com Charlotte Corday. Depois – no último momento – coloco em seu caderno uma pequena gravura: uma menina com o alaúde. *The lys of the valley*.

Batem à porta. Tiro a corrente. É Lídia Aleksándrovna. Seu rosto magnífico, febril, emerge do enorme capuz da capa que cobria o casaco. – Uma tempestade de neve!

Ponho a roupa nas crianças. Ália usa dois vestidos, um par de calças azuis de tricô que passei a noite remendando, seu eterno casaquinho azul no qual ela parece Mary Stuart. Irina, um vestido cor-de-rosa e um colete branco, sujo. Visto em Ália a capinha que foi encomendada para ela quando tinha dois anos – na época chegava-lhe aos pés, agora, aos joelhos. "Seus olhos são como a capa, a capa – como seus olhos" (eterna exclamação dos passantes, na rua. A capa tem a cor do céu). – Touca azul. Luvas remendadas durante a noite.

Lídia Aleksándrovna pega Irina, eu passo com Ália pela entrada de serviço. Sentamo-nos. Gênia, dos Goldman[2], grita: "Até logo".

Ália está sentada no meu colo e aos poucos vai escorregando. Cobri sua cabeça com meu lenço preto enfeitado de rosas. Ela está calada.
Sua primeira exclamação – ao passarmos por um poste –
– Marina! Uma loja Korolieva[3]!
– Koroliova, corrige Lídia Aleksándrovna.
Irina, no colo de Lídia Aleksándrovna, anuncia, irritando-me, de maneira um pouco pedante e absurda:
– "Sen-tar é mu-i-to bom!" – e canta: Ai, dudu, dudu, dudu...
Passamos de Paklónnaia Gorá... – Neve, neve, neve. – Eu havia esquecido que o céu era tão imenso. – As faixas negras da floresta. Deus sabe por que me vêm à lembrança "As mulheres russas"[4]. Lá, porém, era ainda mais deserto. Ália quase escorregou de vez para o fundo do trenó. Ela está calada. "Ália, você não está com frio?" – "Não, estou muito bem."
Eu ainda não sinto a separação, estou totalmente absorvida pela viagem: a neve desesperadora, o céu grande demais, as pernas já dormentes.

---

[2] A filha dos vizinhos de MT.
[3] Em russo, no original: "Rainha".
[4] Poema de Nikolai A. Nekrássov (1821–1877) dedicado às mulheres dos decabristas.

Em seguida, escarpas, descidas, encostas; o trenó voa. Um parque. Abetos enormes, lagoas geladas, bosques de bétulas. – Oh, como deve ser bonito, aqui, no verão! Neste momento é só uma lembrança ou uma promessa. O inverno, para mim, é como para os bebês, não tem presente. – Abetos imensos, muito tranqüilos, como dançarinas congeladas (o abeto, mais do que qualquer outra árvore, evoca a mulher – é só conferir – é bem isso! Seu *gesto* – todo ele feminino!).

Abetos imensos, embaixo deles seria bom viver.

No fundo de um vale há um clarão amarelo: uma *datcha* – o abrigo. Descemos. Um soldado segura Irina. A primeira coisa que eu vejo: um cachorro preto, sem pêlo e frenético, que come num balde de lixo.

Algumas crianças entram pulando. "Trouxeram mais um menino!" Entramos: está escuro, quente, e tudo é de madeira.

Enquanto Lídia Aleksándrovna se explica com uma caricatura magra de vigilante de abrigo – colocaram Irina sentada numa cadeira – eu e Ália vamos para a cozinha. Há um gato e um cão bege. Grandes caldeirões. Calor. Chegamos bem na hora do almoço. A isso é que se chama "pegar o touro pelos chifres". – Fico contente por Ália.

Ália precisava "ir fazer xixi". – Parece que todas (?) as dependências estão fechadas, é preciso ir atrás de uma moita, na neve.

– Hum!

"É sua filha?" – "Sim" – "As duas são suas?" – "Sim!" Acho que devia ter dito "não", porque as meninas foram inscritas como órfãs de pai e mãe.

Vivendo sob o fogo

Acaba de me dizer isso Lídia Aleksándrovna. Previno Ália. À pergunta das crianças sobre quem sou eu, ela já responde: "Não sei – uma tia qualquer".

Lídia Aleksándrovna consegue dar um jeito de me cochichar no ouvido que a vigilante está surpresa porque as crianças estão tão bem vestidas.

– Por acaso podia ter deixado elas virem todas rasgadas? Passei a noite remendando as calças e o vestido de Ália!

– Pois fez mal, devia ter rasgado – ao contrário.

– Crianças, tragam o sal! – Sal! – Sal!

Sentaram Irina num banco, puseram em sua mão uma colher de pau e sob o nariz – uma cuia. Ela se ajeita, cantarola. Ouço alguém dizer: "Esta menina é bobinha mesmo".

– Hum! Concordo.

As crianças correm para o refeitório. A maioria é mais velha que Ália, veste roupas sujas, compridas, um lugar de roupas remendadas – buracos. Barrigas inchadas. Rostos estúpidos.

– Está na hora de ir embora, agora elas vão almoçar, diz Lídia Aleksándrovna.

– Áletchka, acompanhe-me!

Ficamos em pé, junto à porta. Vejo Ália com o rosto levantado.

– Marina, abaixe-se!

Eu me abaixo.

– Depressa, Marina, – o Leão[5]!

Faço o leão para ela (a cara de leão – herança de Serioja).

– Beijo-a. "Áletchka, não esqueça, amo você, só você..."

---

[5] Apelido de Serioja.

Ela não chora – Não choro. Ao sair, faço o sinal da cruz na porta. – Sentamos no trenó. – Partimos.

– Pois é, é um grande dia hoje! – diz Lídia Aleksándrovna, entusiasmada. – Cubra-se com sua capa! Você reparou quanta sopa distribuíram? E ela não cheirava mal... (Pausa)... Mas *que* rostos!!!

Na casa de Lídia Aleksándrovna havia duas estufas acesas: uma na frente da outra, eu ficava de cócoras ora na frente de uma, ora na frente da outra. Um soldado gentil ia trazendo sem parar novas braçadas de lenha. Volódia[6] fechou os postigos. Depois de comermos, Lídia Aleksándrovna deu-me um bloco, uma caneta, tinta vermelha. "Escreva para Ália." Eu não parava de brincar de soltar fumaça pela boca: ela produzia vapor? – para meu grande espanto, nem uma gota. Eu lamentava que Ália não pudesse ver esse milagre.

À noite, banhei-me na cozinha. Sentada na banheira, fiquei surpresa quando me vi coberta de flocos de aveia queimados. Sem querer, havia enchido a banheira com o balde de lixo. – Sozinha, na água, ri feito louca. – E, de manhã – bem cedinho – saí para ir à estação. Tive de perguntar umas trinta vezes que caminho tomar, mas consegui chegar. Quando saí, tinha certeza de que não iria chegar e que, se chegasse, não conseguiria pegar o trem. Mas cheguei e subi no trem.

Enquanto esperava o trem na plataforma, eu pensava no fato de que todos tinham amigos, família, conhecidos, que to-

---

[6] Sobrinho de Lídia Aleksándrovna Tamburer.

dos chegavam perto uns dos outros, se cumprimentavam, perguntavam alguma coisa – nomes – os planos para o dia – e eu estava sozinha, para todos eles tanto fazia se eu tomasse ou não o trem.

———

E me lembrei de outra plataforma – de nove anos atrás! – mas foi à noite, já tarde – e longe – na província de Ufá. Esperávamos o trem, Serioja e eu. – O outono já estava no fim. – Lembro-me da terrível tristeza nascida do sentimento de nosso duplo abandono – aquele fim do mundo! – a hora adiantada, os silvos dos trens, a plataforma vazia. – Pois bem, agora, esse momento me parece feliz. – Como saber? Pode ser que dentro de nove anos também este momento de solidão na plataforma de Kúntsevo possa me parecer feliz?!

———

Ao chegar ao solo moscovita, rejubilei-me. Havia uma leve nuvem rosada pairando sobre Moscou – um clarão de incêndio sufocado. Meninos vendiam cigarros, e velhinhas – doces folhados. Senti-me feliz durante o caminho todo, até chegar em casa. Passei por uma lojinha e me lembrei de ter comprado ali uns morangos da última vez que voltei de Kúntsevo – era verão. (Toda vez que desço de um trem, tenho a sensação de festa e sempre compro alguma coisa que, em tempos normais, nunca teria me "permitido"). Comprei – pela primeira vez desde a Revolução – um maço de cigarros "Iava" – de 130 rublos, apenas pelo prazer de ter voltado a Moscou (*novembro de 1919*).

O segundo capítulo é anotado, pela primeira vez, no dia 11 de dezembro de 1919, mas será reescrito e completado no dia 4 de janeiro de 1920.

[2] A epopéia de Kúntsevo

Eu descrevi a ida a Kúntsevo.
Dez dias mais tarde, atravessando a praça Sobátchaia, ouvi uma vozinha aguda:
– A sua Ália sente saudades suas, chora.
Olho a meu redor. Um cavalo alazão, um trenó cheio de palha e uma garotinha de uns dez anos, com um lenço na cabeça.
– Você conhece Ália?! Você vem do abrigo? Então, como está Ália?
– Ela chora o tempo inteiro, sente saudade.
Oh, como isso apertou meu coração!
– Mas ela não fez amizade com alguém?
– Ela fez amizade com todos.
– Ela lê, escreve?
– Ela lê e escreve em seu caderno.
– E ela passeia?
– Não, ninguém passeia – agora faz frio.
– Mas alguém bate nela?
– Não, ninguém bate em ninguém.
Combino com a menina que me espere, vou para casa voando, apanho às pressas a carta para Ália que passei tardes escrevendo, entro no quarto das meninas, sem olhar pego a gaiola vazia do esquilo, um carrinho quebrado e alguns outros monstros infantis inúteis postos de lado – depois, para Ália, uma pequena imagem (é antiga, é a Virgem Maria de Íversk) –

um pequeno leão japonês de pedra sobre um pedestal, embrulho tudo isso numa trouxinha, volto correndo à praça Sobátchaia, procuro a diretora da Liga de Ajuda às Crianças – Nastássia Sergueievna – entrego-lhe a trouxinha, a carta e pergunto das crianças.

– Ália é uma menina muito boa, adiantada demais para a idade; poderia dar-lhe doze anos – doze? – Não, dezesseis! Eu não converso com ela intencionalmente, procuro interromper um pouco seu desenvolvimento. Ela fica o dia inteiro lendo, escrevendo, é tão inteligente. Hoje, é verdade, ela chorou um pouco: estava com um livro; um menininho – que ainda não sabe ler – se aproximou, ele também queria olhar. Ela não deixava, então ele pegou o livro...

– E Irina?

– Ah! Irina! Ela é bem mais incapaz, vê-se. Come exageradamente e está sempre com fome, sempre se mexendo, sempre cantando. É só alguém dizer uma palavra que ela a memoriza e começa a repeti-la, sem nenhum nexo. – Lá ela tem um tratamento especial – etc.

Combino com a diretora que em dois dias ela passará para me apanhar.

No dia marcado, espero meia hora, espera interminável. O tempo passa e a diretora não aparece. Vou até a Liga e a encontro lá.

– E então, posso ir com a senhora?

– Não, não pode, temos ainda de ir até o distrito.

Tem algo de frio, no rosto e na voz.

– E as crianças, como estão?

– Sua Ália parece que adoeceu.

– Meu Deus! O que ela tem?

– Não sei, o médico ainda não veio. Febre, dor de cabeça. Hoje nem a deixei sair da cama.
– Um minutinho só. Vou dar um pulo até em casa, escrever uma palavrinha para ela – é pertinho daqui, na rua Boris e Gleb, volto num instante. Dê um beijo por mim a ela e diga-lhe que amanhã estarei lá sem falta...
Vou até em casa, escrevo uma palavrinha – tudo desmoronou dentro de mim – a angústia não é no peito, é no estômago.
Em casa, vagueio pelo quarto – de repente decido que é hoje mesmo que irei. Passo correndo na casa dos Balmont[7] para deixar-lhes o creme de arroz-doce (o alimento enriquecido para as crianças da rua Pretchístenka; os cartões de racionamento das meninas ficaram aqui, depois que elas partiram) – não consigo engolir nada, não adianta, e no abrigo as crianças são alimentadas – entre os Balmont e a estação, como sempre, hesito sobre qual caminho tomar, pergunto mil vezes, sinto dor nos pés (os sapatos já sem salto), cada passo é um tormento – faz frio – estou sem galochas – angústia – e medo – um horror.
Em Kúntsevo vou ver Lídia Aleksándrovna, conto-lhe, ela me tranqüiliza. Já está escuro (eu havia partido com o trem das quatro horas), impossível ir até o abrigo. Pergunto a Lídia Aleksándrovna e a Volódia mil vezes qual é o caminho. – A mesma distância que há entre a rua Boris e Gleb e a praça Lubianka – sempre reto, sempre reto; depois da chaminé da usina de Otchákovo, à direita, lê-se num portão: "Centro-álcool" – ou "Centro-óleo". Mas, antes – o lugarejo de Amínievo.

---

[7] É a casa do poeta russo Konstantin Balmont (1867–1942), amigo de MT.

Anoto todas as curvas; o medo de não encontrar o caminho me distrai um pouco do pensamento de que Ália está doente. – Amínievo – a chaminé de Otchákovo – Centro – e assim adormeço.

Na manhã seguinte, saio às onze horas – havia levantado às oito e já poderia estar com Ália há muito tempo, mas, de um lado, o medo e, de outro, os esforços de Volódia e de Lídia Aleksándrovna em me encher de chá (minha eterna e fatal delicadeza) seguraram-me.

Olho para meu papelzinho – vou. Volódia, que está saindo para cuidar de negócios do Hospital (é médico-chefe), acompanha-me durante um pedaço do caminho.

– Bem, agora, sempre reto, até a chaminé de Otchákovo...

Desço num pulo, agradeço. À direita, os abetos; à esquerda e à frente, os campos desertos. Vou.

No lugarejo de Amínievo as crianças zombam de mim, gritam palavrões. O caminho é cheio de subidas e descidas – uma ladeira íngreme – uma lagoa gelada. Alguém me pergunta se tenho tabaco para trocar.

Sigo adiante, perguntando-me sempre, ansiosa, se é o caminho certo, apesar de haver só um. Finalmente, como que por um milagre no qual não se acredita – a chaminé de Otchákovo. À direita, o portão. Centro.

Vou andando pela imensa alameda. O medo, Deus sabe por que, diminuiu – agora verei Ália! – Passo a pontezinha – depois um declive brusco – o vale que já conheço – o abrigo. Entro. Uma das crianças: "Vossa Ália adoeceu!" – "Eu sei, estou aqui, levem-me até ela, por favor." Atravessamos a longa escadaria interna, amarela, imersa na escuridão. Cheira a pinheiro. Primeiro andar. Uma menina corre diante de mim. "Ália! A tia veio ver você!" Entro. Uma multidão de camas. Não consigo distinguir nada. (Sou completamente míope.)

Um grito: "Marina!".

Sempre sem nada ver, dirijo-me ao fundo do cômodo, guiada pela voz.

Um miserável cobertor de algodão inacreditavelmente sujo. Debaixo dele, os olhos imensos de Ália, inflamados e vermelhos de lágrimas. Rosto febril, coberto de lágrimas. Cabeça raspada. Ália levanta-se: vejo que ela está deitada com sua roupa de lã xadrez.

– Ália!!! O que aconteceu?

E ela, atirando-se em meus braços, aos soluços:

– Oh, Marina! Quantas desgraças! Quantas desgraças! As crianças rasgaram meu caderno – e a capa do livro – daquele que você gosta – e eu não consigo ficar em pé!

Aperto-a contra mim. Não consigo articular uma única palavra. Ela chora.

– Ália! Rasparam seu cabelo?

– Sim, mas eu guardei um cacho para você, está no seu livro, na *Lanterna mágica*.

Ela pega de debaixo do travesseiro meu pequeno volume de veludo azul, abre-o: um cacho dourado de seu maravilhoso cabelo – Stuart! – colocado como marcador de um poema [*o título não está anotado*].

– Mas meu caderno, meu caderno! Marina, acredite, eu não sou culpada, as crianças...

— Álechka, acalme-se, não é nada, tudo isso é bobagem, vou levar você daqui. Elas rasgaram tudo?

— Não, apenas as folhas em branco. E eu tentei me defender! Mas a capa do livro... O caderno consegui amarrar com uma cordinha...

Chama a inspetora — Lídia Konstantínovna — e suplica-lhe que traga o caderno.

Pergunto-lhe sobre a doença de Ália.

(Esqueci de dizer que os doentes são muitos — uns quinze, e há dois ou três em cada cama.)

Parece que o médico não veio nem virá — é longe demais — e não há remédios — nem um termômetro sequer.

Perto de Ália está deitada uma menina de uns cinco anos com a cabeça raspada. Ela faz todas suas necessidades na cama, geme e mexe a cabeça de um lado para o outro sem parar. Num leito adiante, dois meninos, um virado para a cabeceira, outro para o pé da cama. Noutro mais distante — uma menina e seu irmãozinho, Piétia.

Só então vejo Irina, que perambula pelo cômodo. O vestido cor-de-rosa indizivelmente sujo, até os pés, cabelos cortados, o pequeno pescoço magro esticado. Ela perambula entre os leitos.

— Irina! — Levanto [*falta uma palavra*], olho: não, ela não engordou; talvez, ao contrário, emagreceu. O rosto está um pouco diferente — ainda mais sério. Imensos olhos verdes-cinza-escuro. Não sorri. Cabelos rebeldes.

— Marina! Não me leve a mal, mas ela se parece terrivelmente com uma foca. Ter-ri-vel-men-te!, diz Ália.

— Ela é terrível, e esse hábito que ela tem de fazer xixi à noite — queixa-se Lídia Konstantínovna —, não adianta eu fazer ela levantar e colocá-la no penico a cada meia hora, não, ela faz pelo menos três vezes durante a noite, e não há como lavar, o encanamento está quebrado. – Ela pede para ir e quando se senta: "Não quero!". E haja gritos! O que ela quer dizer com isso?! – A mais velha, ao contrário, é até ajuizada demais – O modo como ela escreve! Isso que ela mantém como uma espécie de diário, eu o li. Como ela descreveu nosso Piétia!!!

Dou uma bolacha a Ália, e a Irina, uma batata. Ália conta que Irina não aceita nada das mãos de ninguém, a não ser de Lídia Konstantínovna. Se as crianças lhe dão alguma coisa, ela não a toca: fica lá, olhando. É assim:

– Irina, dê-me a batata!

– Minha batata!

– Irina, dê o Conselho de Kozlóv!

– Minha (!!!) cônsul de Kozlóv!

E assim por diante. As crianças não gostam de Irina, zombam dela. Quando querem levá-la ao penico, ela se joga e bate a cabeça no chão.

Pouco a pouco *compreendo* o horror que é o abrigo: nada de água, as crianças – por falta de roupas quentes – não podendo passear – sem médico nem remédios – uma sujeira incrível – o chão cheio de fuligem – um frio de lascar (o aquecimento não funciona). – Em breve, o almoço.

Lídia Konstantínovna distribui: a entrada – água com algumas folhas de couve no fundo de um prato raso. Não acredito em meus olhos. Prato principal: uma colherada de sopa (normal) de lentilhas, depois, como "suplemento" – uma segunda. Nada de pão. Isso é tudo. As crianças comem as lentilhas uma por uma, para sentir o gosto por mais tempo. Durante a distribuição, no cômodo dos doentes irrompem os sadios para "verificar" – se a inspetora não os estaria enganando com o número de colheradas.

Gelada de pavor, compreendo: de fato – isso é *fome*. Então é esse o arroz com chocolate com o qual me seduziu Pávluchkov! (O médico que fez as crianças entrarem no abrigo.)

Irina, sentindo minha presença, comporta-se bem. Nada mais de "Não quero!" – (a única frase que ela aprendeu no abrigo). Ela deixa que a levem ao penico. Lídia Konstantínovna desfaz-se em elogios.

– Irina, quem veio ver você?

Irina, como sempre, depois de ter me olhado, vira-se. Ela está calada.

Eu mesma dou comida a Ália. As colheres de madeira, enormes, não entram na boca. Ália, apesar da febre, come com avidez.

"E então, de manhã, o que eles dão para vocês comerem?" – "Leite aguado e metade de um biscoito – às vezes, um pedacinho de pão." – "E de noite?" – "Sopa." – "Sem pão?" – "Às vezes pão, mas raramente."

Depois de comer, as crianças choram um pouco menos. "Estou com fome!", não cessa de gemer a vizinha de Ália. "O que ela tem?" – "Ela tem fome." – "É sempre assim que eles dão comida para vocês?" – "Sempre."

Olho pela janela. A neve já não brilha tanto, logo vai cair a tarde. *La mort dans le cœur* [com a morte no coração] – digo adeus. Beijo e abençôo Ália. "Álechka, não chore, voltarei amanhã, sem falta. E levarei você daqui!"

Beijo e abençôo. "Marina, não esqueça meu caderno! Pegue os livros também, senão as crianças vão rasgá-los."

Saio. E, de novo, a alameda – os pilares vermelhos do abrigo – eu os abençôo – e de novo a pontezinha – a lagoa – a neve. Sigo, com um pavor que aumenta, mas o medo de perder meu caminho consegue me distrair um pouco. Dobro à direita, pergunto a um mujique que passa – se aquele é o caminho para Kúntsevo – não, é à esquerda.

E assim – numa imensidão de neve – sozinha – os pés doendo – uma angústia mortal no coração – sigo.

Na casa de Lídia Aleksándrovna já estava escuro. Entrei devagarinho, sentei numa cadeira e comecei a chorar.

A gorda Maria (que tinha sido empregada numa casa de gente rica e me desprezava) trouxe à mesa a comida. Fiquei sentada no escuro; não comia e continuava chorando. Lídia Aleksándrovna, no cômodo ao lado, conversava com Volódia. Depois, chamou-me:

– E então?

– Um pesadelo – respondi em voz baixa, para esconder as lágrimas.

– Ou seja?

– Lá não são alimentados, não são tratados – não há termômetro, nem remédios, nem médico. E não há aquecimento. Ália vai morrer.

O terceiro capítulo que conta os acontecimentos do dia 5 de dezembro de 1919 é igualmente escrito no dia 4 de janeiro de 1920.

[3] Retorno no dia seguinte

Da primeira vez em que fui visitar Ália no abrigo, não estava tão assustada: a preocupação com o caminho desconhecido (não o encontro – jamais – chega a ser idiota) – a boa reputação das casas de assistência para as crianças – certa irrealidade da doença de Ália (nunca a havia visto doente) – sentia-me inquieta – preocupada – mas não com medo.

Na segunda vez, entretanto – depois da primeira visita e da leitura do caderno – e ainda uma noite inteira passada num escritório gelado, sem me trocar e coberta apenas com minha capa – na segunda vez, fui para lá como uma condenada à morte. Neve, neve. A escuridão dos abetos. A morte. Eu caminho como um fantasma, claudicando sobre meus saltos gastos – tempestade de neve. – Agora, o caminho, de tão reluzente, é pouco visível – como conseguirei voltar? – Estou levando para Ália dois tabletes de açúcar e dois biscoitos – Lídia Aleksándrovna os deu para mim – é impossível comprar qualquer coisa em Kúntsevo.

Ah, se pudesse entrar em qualquer isbá e trocar minha pulseira por um pedaço de pão, mas eu tenho um ar tão suspeito – e minha voz ficaria logo tão pouco natural – ou lamuriosa ou insolente demais (é sempre assim, quando vendo alguma coisa) – ninguém irá acreditar que tenho uma filha no abrigo.

A estrada não termina. Oh, não são três verstas, é evidente: são, no mínimo, seis. A tempestade desaba, meus pés afundam na neve fresca.

Um pouco antes de chegar ao abrigo, um mujique que encontro pela estrada se oferece para me levar. Subo em sua carroça. Barba ruiva, olhos azuis vivos – astutos e infantis.

Pergunta se eu trabalho. Sinto uma vaga vergonha – como sempre – e, pressentindo seu juízo caso responda "não", digo que sim. "Onde?" – "Na cooperativa. Meu marido é marinheiro, desapareceu em Sebastópol." – "Bem, bem."

Ali está o "Centro" – desço, agradeço. A aflição que sinto na barriga (*entrailles* [entranhas]) acalmou-se um pouco com a conversa com o mujique, mas agora virou náusea. Obrigo as pernas a irem adiante.

Os pilares vermelhos do abrigo. – Oh, Deus! – sinto-me petrificar.

O edifício. A escada. O cheiro de pinheiro. Um monte de crianças, não consigo distinguir ninguém.

Digo, com voz suplicante: "Vim ver Álechka".

E alguém, no meio das crianças (um menino, parece):

– Álechka está pior! – Álechka morreu!

Já estou no andar de cima. Encostada à parede – Lídia Konstantínovna. Agarro-lhe as mãos, quase a comprimo contra a parede.

– Pelo amor de Deus – pelo amor de Deus – pelo amor de Deus – diga-me: é verdade?

– Que nada – como a senhora se assustou!

– Suplico-lhe!!!

– Que nada, eles estão brincando – são assim mesmo – não fazem por mal.

– Então, nada? Suplico-lhe!!!

– É verdade – eles brincam. Vamos lá!

Com passos imensos aproximo-me da cama de Ália. A cabeça raspada descoberta – os braços estendidos – viva!

– Ália, chorando, de novo! O que você tem? Está pior?

– A cabeça dói muito, e os ouvidos também.

A cama dela está no canto entre duas janelas não calafetadas. Cabeça raspada. Ela passou frio. – Só tem uma camisa no corpo – não a dela – toda rasgada.

Quando passei, vi que hoje tinham lavado o chão.

"Sim, ela chora o tempo todo, sem parar, e aí está: dói a cabeça", diz Lídia Konstantínovna. – Escondendo com dificuldade minha indignação, dou a Ália pó de quinino. "O que a senhora está dando para ela?" – "Quinino." – "Seria melhor não dar, incha o estômago e dá zumbido no ouvido."

"O médico ainda não passou?" "Não – é longe – antes, quando estávamos perto do hospital, eu os levava até lá."

Algumas crianças sararam por conta própria. A todo instante, os que estão bem invadem o quarto, Lídia Konstantínovna os manda embora, mas eles não obedecem. Ália tosse feito doida, a tosse comprida voltou. As veias da testa e do pescoço estão tensas, parecem cordas. O branco dos olhos de Ália é azulado, um pouco mais pálido que a íris – está vermelho sangue.

A inspetora resmunga: "Elas já chegaram com coqueluche, eu falei desde o começo que elas estavam doentes. Agora todos estão tossindo".

Não lembro como, a conversa passou para a escola:

– Ela teimava, teimava, e depois obedeceu, foi à escola. Como pode? – Lá, além de dar o almoço, projetam imagens! No começo ela repetia que não queria escrever sem *iat*[8] e eu dizia: "teremos tempo de chegar até o *iat*, espere um pouco, assista às projeções, você vai aprender alguma coisa, os professores são bons…".

---

[8] Letra do alfabeto cirílico suprimida durante a Revolução, da qual MT fazia muita questão.

E Ália, aos prantos: "Não, eu não fui à escola! Marina, não acredite! Eu fiquei o tempo inteiro no pátio...".

— Bem, bem, tudo isso é bobagem, acalme-se, Álechka, acredito em você...

(Sozinha contra todos! — Por acaso eu não estava certa?)

Preocupo-me em mudar Ália para outra cama – desocupada. As tábuas não se encaixam. Agir como se estivesse em minha própria casa, em um lugar estranho – e ainda por cima cuidar de uma criança que não é a sua – (sim, pois sou uma "tia") é algo completamente contrário à minha natureza – oh, maldita educação!

Mas se trata da vida de Ália – e me obrigo a impor meu ponto de vista. Sinto um vago descontentamento da parte da inspetora.

Finalmente Ália está instalada em outro leito. Lídia Konstantínovna veste-lhe uma camisa limpa, eu – um vestido e uma jaqueta.

— A senhora a agasalha demais, isso não é bom.

— Mas aqui não há aquecimento.

Irina perambula entre as camas. Dou açúcar a Ália. Um ataque de tosse, Ália, com os olhos dilatados de medo, devolve-me o tablete de açúcar que tirou da boca: há sangue.

Açúcar e sangue! Estremeço.

— Não é nada, Álechka, são pequenas veias que se rompem por causa da tosse.

Apesar da febre, ela come avidamente.

— Mas como é, não oferece nada à pequena?

Faço de conta que não ouvi. – Deus! – Tirar de Ália? – Por que foi Ália quem ficou doente e não Irina?!!

Vou até a escada, lá fora, para fumar. Converso com as crianças. Uma menininha: "É sua filha?" – "Sim, minha filha".

No espaço exíguo entre a escada e a parede – Irina, brava, bate a cabeça no chão.

– Crianças, não mexam com ela, deixem-na. Eu decidi não dar atenção, assim ela pára mais rápido – diz a diretora, Nastássia Serguéievna.

"Irina!!!", chamo. Irina levanta-se, obediente. Um segundo depois, desequilibra-se nos degraus da escada. "Irina, sai daí, você vai cair!", grito. "Não caiu, não caiu, e vai cair?", diz uma menina.

"É isso mesmo", digo com uma voz arrastada – tranqüila e maldosa – "não caiu, não caiu – e vai cair. É sempre assim."

"E vai se quebrar toda", confirma a menina, tranqüilizada. Volto para Ália. A vizinha de Ália queixa-se:

– Fome... tô com fome...

Piétia – que tem a mesma idade de Irina – também choraminga.

"Pare de chorar!", diz um dos meninos, "chorar porque está com fome? É bobagem!"

"Hoje, os doentes não terão o prato principal!", anuncia alguém que passou correndo.

– Hoje só batata e não prato principal.

"Terão sim", digo eu obstinada – e horrorizada.

A mesma sopa – a mesma quantidade – sem pão. Novamente os mais crescidos assistem à partilha. Lídia Konstantínovna resmunga: "Podem ver, não vou sumir com nada. Vocês estão pensando o quê? Que sou eu que vou comer?".

(Eu me esqueci de dizer que, com o coração apertado, não

satisfiz ao pedido de Ália: não pude trazer uma colher menor, na casa de Lídia Aleksándrovna só havia colheres de prata.)

Alguém pega Irina no colo e a leva para almoçar. Ela devora a sopa.

Eu espero, espero. Pelo visto, não haverá prato principal. Alguém chega com a notícia de que os doentes receberão um ovo.

As provisões de Ália terminaram. Sento, acabrunhada.

"Seria bom se você dormisse um pouco agora, você me dá pena", diz Lídia Konstantínovna a Irina, "mas não sei onde colocá-la – você ainda vai fazer xixi". Coloca-a atravessada numa cama grande sobre uma espécie de esteira e a cobre com uma capa.

E – três minutos depois – o grito de sobressalto da mesma Lídia Konstantínovna – "Oh, oh, oh! Vai começar de novo!".

Ela agarra Irina e a coloca sobre o penico. Tarde demais.

Depois de algum tempo, Ália pede para fazer xixi. Trago o utensílio com água e a ajudo a se sentar.

Quando Lídia Konstantínovna retorna, ergue os braços:

– Ah! Veja o que a senhora fez! A água que eu trouxe era para lavar! Agora, onde é que vou encontrar água?!

Mantenho-me em um silêncio raivoso.

Ao sair, deixo com Ália meio saquinho de quinino:

– Álechka, você tomará isso de noite – olhe bem, vou pô-lo aqui, não esqueça, – e, dirigindo-me a Lídia Konstantínovna:

– E este pozinho, peço à senhora que o dê a ela de manhã, suplico-lhe, não esqueça.

– Está bem, está bem, só que a senhora está errada em enchê-la de quinino, isso dá zumbido no ouvido.

– Pelo amor de Deus, não esqueça!

— Está bem, está bem, vou colocá-lo no sapato dela.

Olho pela janela: a neve agora está muito menos reluzente. Uma enorme tempestade. Vê-se que logo irá escurecer. Bem que eu queria esperar pelo ovo, mas não posso me demorar mais – já nem sei como voltarei para casa.

— Bem, Ália, que Deus a proteja! – Inclino-me, beijo-a com uma pena infinita. – Não chore, amanhã, sem falta, tiro você daqui – e estaremos juntas de novo – não se esqueça do quinino! Até, alegria de minha vida...

Quando saí, já estava tudo cinza. Lembrei-me da maré alta e baixa – do fluxo e refluxo inevitáveis.

Mesmo que tivesse asas – a escuridão estaria do mesmo jeito à minha frente. – Tempestade de neve. – Com certeza vou me perder e morrerei de frio. Mas é preciso ir em frente, enquanto tiver pernas. Sigo – num desespero tranqüilo – pela estrada que mal se enxerga. As pernas afundam profundamente na neve.

Ando por uns dez minutos, mas continuo em Kúntsevo. Uma voz de uma velha: "Senhorita, aonde vai?" – "Para Kúntsevo." – "Oh, não chegará lá – o caminho foi completamente coberto pela neve. E, agora, vai anoitecer."

— A senhora vai para onde? Para Kúntsevo, também?

— Não. Sou daqui.

A esperança esmoreceu. A velha enverada por uma ruazinha e, de repente, de longe, grita vendo um trenó passar:

— Querida! Pegue-a! Vai também a Kúntsevo! Não vá a pé – está escuro! Você vai para a estação?

— Sim, pego o trem das quatro!

— Venha se quiser, suba se conseguir; só não posso parar o cavalo — estou com pressa!

Subo num pulo enquanto o trenó anda — no primeiro momento não compreendo se estou no trenó ou na neve — não, a neve se move — significa que estou no trenó.

— Salva!

A boa mulher no trenó é uma doméstica, ela vai à estação encontrar seus patrões, tem medo de se atrasar. Conversamos.

Digo-lhe quem sou e por que estou em Otchákovo.

Depois dessa visita, MT toma uma decisão: ela traz Ália, doente, de volta para casa, mas deixa Irina no abrigo. Na luta contra a fome, o frio e a doença, ela é freqüentemente ajudada por um casal, Vera Zviaguíntseva, atriz e mais tarde poeta e tradutora, e seu marido, Aleksandr Erofiéev, economista. Nas cartas que MT lhes envia, pode-se ler a continuação da história. A primeira, que data provavelmente de 17 de janeiro de 1920, parece não ter sido enviada.

A Vera Zviaguíntseva e Aleksandr Erofiéev:

Amigos meus,

Obrigada pelo carinho.

Estou escrevendo para vocês de minha cama. É noite. Ália está com 40,4° de febre — ela teve 40,7°. — É a malária. Durante dez dias esteve quase boa, lia, escrevia; ontem de noite estava com 37° — e, de repente, hoje de manhã, 39,6° — e de noite, 40,7°.

É a terceira crise. – Tenho, agora, a experiência do desespero – eu ia começar uma frase, mas, por superstição, no bom ou no mau sentido, receio terminá-la.

Enfim, queira Deus!

Vivo envolvida por indiferença, Ália e eu estamos completamente sozinhas neste mundo.

Ninguém está mais só do que nós em Moscou inteira!

Todos permanecem à cabeceira da cama das outras crianças, sem ter de sair, enquanto eu – Ália com 40,7º – tenho de deixá-la sozinha para ir procurar lenha no inferno.

Ela não tem *ninguém* a não ser eu, e eu, *ninguém* a não ser ela. – Não se aborreçam, senhores, tomo *não tem* e *tem* no sentido mais profundo: se ela *tem*, morrerá se eu morrer; se ela não morrer – quer dizer que ela *não tem*.

Mas isso é no sentido mais profundo – e não é sempre que vivemos no mais profundo – e tão logo eu voltar a ser feliz – isto é, livre do sofrimento de outrem – eu direi novamente que vocês dois – Sacha e Vera – estão perto de mim. – Eu me conheço.

Nos últimos dias, justamente, estava tão feliz: Ália estava sarando e eu – depois de dois meses – estava escrevendo de novo, mais e melhor do que nunca. Acordava e cantava, andava pelas lojas – uma alegria! – Ália e a poesia.

Estava preparando uma coletânea – de 1913 a 1915 – os versos antigos ressurgiam e chamavam de volta à vida, eu os corrigia, os ordenava, completamente encantada pelos meus vinte anos e por todos aqueles a quem eu amava então: a mim própria – Ália – Serioja – Ássia – Piotr Efron – Sônia Parnok – minha jovem avó – os generais do ano de 1812 – Byron – e – não dá para enumerar a todos!

Mas, de repente, a doença de Ália – e eu *não posso* escrever, não tenho o direito de escrever, pois isso é um gozo e um luxo. Então escrevo cartas e leio livros. Disso deduzo que, para mim, o *luxo* é o ofício para o qual nasci.

Sentirão frio ao ler esta carta, mas compreendam-me, sou um ser solitário – sozinha sob o céu – (pois eu e Ália somos um todo), nada tenho a perder. Ninguém me ajuda a viver, não tenho nem pai, nem mãe, nem avó, nem avô, nem amigos. Estou terrivelmente sozinha, e, por isso, tenho todos os direitos – mesmo o de cometer um crime!

Desde que nasci sou excluída do *círculo dos humanos*, da sociedade. Atrás de mim não há um muro vivo – há uma rocha: o Destino. Vivo observando minha vida – *toda a vida* – a Vida! – Não tenho idade nem rosto. Pode ser que eu seja a Vida mesma. Não temo a velhice, não temo o ridículo, não temo a miséria – a hostilidade – a maledicência. Sob meu envoltório de alegria e de fogo, sou pedra, ou seja, invulnerável. – Mas há Ália. Serioja. – Que eu desperte amanhã com cabelos brancos e cheia de rugas – o que importa! – criarei minha velhice – amaram-me tão pouco mesmo!

Viverei – as Vidas – dos outros.

E, ao mesmo tempo, eu me alegro tanto com cada camisa lavada de Ália, com cada prato limpo! – E com o pão do comitê! E gostaria tanto de um vestido novo!

Deliro. – É preciso dormir. – Verotchka, restabeleça-se e reencontre seus olhos febris – da Vida inteira – suas faces rosadas. – Lembro-me de seu vestido negro e de seus cabelos claros.

Quando estiver de pé, vá ver Balmont pelo mero prazer – apenas a visão dele – sob o cobertor xadrez – é suficiente!

A carta seguinte foi escrita três dias mais tarde.
Aos mesmos:

Moscou, sexta-feira, 20 de fevereiro de 1920.

Meus amigos!
Abateu-me uma infelicidade tremenda: Irina morreu no orfanato no dia 3 de fevereiro, quatro dias atrás. Sou a culpada. Estava tão tomada pela doença de Ália (malária – com acessos repetidos) – e tinha tanto medo de ir ao abrigo (medo de que acontecesse aquilo que aconteceu), que deixei tudo na mão do destino.

Você se lembra, Verotchka, de quando estávamos em meu quarto, sentadas no sofá, ainda lhe perguntei e você respondeu "pode ser" – e eu gritei, cheia de pavor: "Pelo amor de Deus!" – E agora aconteceu e nada poderá mudá-lo. Fiquei sabendo disso *por acaso*, passei pela Liga de Ajuda às Crianças, na praça Sobátchaia, para me informar sobre um sanatório para Ália – e, de repente, reconheci o cavalo de pelagem avermelhada e o trenó com a palha – de Kúntsevo. Entrei, chamaram-me. "A senhora é a cidadã tal e tal?" – "Sim, sou eu." – E disseram-me: "Morreu sem estar doente, de fraqueza". Nem fui ao enterro. – Ália, nesse dia, estava com 40,7° de febre e – para dizer a verdade?! – eu simplesmente *não podia*. – Ah, senhores! – Haveria muito para dizer, aqui. Direi apenas que é um *sonho ruim* do qual eu ainda acho que acordarei. Durante alguns momentos esqueço completamente, alegro-me que a febre de

Ália tenha baixado, ou com o tempo que está fazendo – e, de repente – Senhor, Deus do céu! – Ainda não consigo acreditar! – Vivo com um nó na garganta, à beira do abismo. – Agora compreendo muita coisa: culpado de tudo é meu aventureirismo*, minha atitude leviana diante das dificuldades, enfim – minha saúde, minha capacidade monstruosa de agüentar. Se algo nos é fácil, não percebemos as dificuldades do outro. E – por fim – eu estava tão abandonada! Todos têm alguém: marido, pai, irmão – eu só tinha a Ália e Ália estava doente e eu me deixei levar completamente pela doença dela – e aí Deus me castigou.

Ninguém sabe – apenas uma das moças daqui, a madrinha de Irina, amiga de Vera Efron. Eu havia falado com ela para que desse um jeito de Vera não ir buscar Irina – eu estava me preparando para isso e já tinha até falado com uma mulher que traria Irina – justamente, no domingo.

Oh!

Senhores! Digam alguma coisa para mim, expliquem-me.

Outras mulheres esquecem seus filhos para ir aos bailes – por amantes – por jóias – pela festa da vida. A festa de minha vida são meus versos, mas não foi por eles que me esqueci de Irina – fiquei dois meses sem escrever! E – o que é mais terrível para mim! – eu não me esqueci dela, eu não a esquecia e sempre me afligia e perguntava para Ália: "Ália, o que você acha...?". Durante todo o tempo preparei-me para ir buscá-la e vivia pensando: "Então, é só Ália melhorar e eu vou buscar a Irina!". – E agora é tarde.

---

* Termo várias vezes usado por MT, significando "tendência para aventura". (N. de T.)

Ália está com malária, com acessos muito freqüentes; ela teve febre de 40,5° – 40,7° por três dias seguidos, ora um pouco menos ora um pouco mais. Os médicos falam em sanatório: isso significa – separação. Mas ela vive através de mim, e eu, através dela – como que freneticamente.

Senhores, se acontecer de Ália ter de ir para o sanatório, irei morar com vocês, nem que seja para dormir no corredor ou na cozinha – pelo amor de Deus! – na rua Boris e Gleb não posso ficar, eu me enforcaria.

Ou, então, levem-nos ambas para vossa casa, onde faz calor. Tenho medo de que no sanatório ela também possa morrer, tenho medo de tudo, estou em pânico, ajudem-me!

A malária cura-se com boas condições de vida, vocês dariam o calor, eu, o alimento. Antes daquilo que lhes escrevi no começo da carta, eu havia começado a preparar uma coletânea de poemas (1913–1916) – eu estava tão compenetrada – e, além disso, precisava de dinheiro.

E agora – tudo desmoronou.

Por esses dias um médico virá examinar Ália – o terceiro! – falarei com ele; se ela puder se restabelecer em condições *normais*, eu lhes suplicarei: será possível tirar de seus inquilinos a sala de jantar? A doença de Ália não é contagiosa nem permanente e não lhes trará nenhuma preocupação. Eu sei que estou pedindo uma ajuda exorbitante, mas – senhores! – é porque sei que gostam de mim!

Os médicos falam em sanatório porque a temperatura de manhã aqui em casa não passa de 4° ou 5°, apesar de aquecê-la à tarde e também à noite.

Para a comida, os parentes de meu marido ajudarão e eu venderei meu livrinho com a ajuda de Balmont – daremos um jeito. Por acaso não receberam os víveres de Riazan? – Senhores! Não se assustem com meu pedido, eu mesma vivo num horror permanente, enquanto escrevia de Ália me esqueci de Irina, mas agora voltei a lembrar e estou atordoada.

Bem, um beijo, Vera, espero que fique boa. Se for me escrever, o endereço é: V. A. Jukóvskaia (para M. I. T[svetáieva]) – ou – para Marina, rua Merzliákov, 16, apartamento 29. Não estou registrada aqui. Quem sabe Sachenka passe por aqui? Mesmo que lhe seja difícil deixar Vera sozinha, eu sei.

Beijo a ambos. – Se for possível, não contem – por enquanto – a nenhum de nossos amigos comuns – como um lobo que se esconde em seu covil, escondo minha dor, as pessoas são um fardo.

M. T.

[Acrescentado às margens:]

Além disso, Viérochka, você traria de volta a Ália um pouco de alegria, ela a ama tanto, e a Sacha também, na casa de vocês o ambiente é suave, agradável. Eu fico tanto tempo calada agora – e – apesar de não saber nada, ela acaba percebendo. – Estou apenas lhes pedindo *uma casa* – por um tempo!

M.

Alguns dias mais tarde, ela escreve apenas a Vera Zviaguíntseva:

Moscou, quarta-feira, [25] de fevereiro de 1920.

Viérochka!
Neste momento, você é a única pessoa com a qual quero – posso – falar. Talvez porque você goste de mim.

Estou escrevendo em cima de um piano de cauda, o sol bate em cheio sobre o caderno, meus cabelos estão quentes. Ália está dormindo. Querida Vera, estou completamente perdida e vivo de um jeito *horrível*. Sinto-me completamente como um autômato: aquecer, ir à rua Boris e Gleb procurar lenha – lavar a blusa de Ália – comprar cenouras – não esquecer de desligar o conduto – pronto, já é noite. Ália adormece cedo e eu fico sozinha com meus pensamentos; à noite sonho com Irina, que – parece – viva – e fico tão feliz – para mim é tão natural alegrar-me – e é tão natural que ela esteja viva. Até agora não consigo entender que ela não mais esteja viva, não consigo acreditar, compreendo as palavras, mas não as sinto, tenho sempre a impressão – quando não considero o lado *sem saída* – de que tudo tem remédio, de que isso para mim – no meu sonho – é uma lição, que – e aí eu acordo.

Querida Viérochka.

Neste momento, sinto-me mal com as pessoas, ninguém gosta de mim, ninguém – simplesmente – decididamente – tem pena de mim, sinto tudo o que pensam de mim, é tão pesado. De resto, não vejo ninguém.

Neste momento, preciso de alguém que acredite em mim e diga: "Mesmo assim você é uma boa pessoa – não chore – [Serioja] está vivo – você vai encontrá-lo – vocês terão um filho, tudo ainda pode dar certo".

Agarro-me febrilmente a Ália. Ela está melhor – já sorrio, mas – de repente – 39,3° e, mais uma vez, tudo me é tirado, acostumo-me à morte. – Querida Vera, não tenho futuro, vontade, tenho medo de tudo. Seria melhor – parece – morrer. De qualquer maneira, se S[erioja] não estiver vivo, não poderei viver. Imagine – a vida é tão longa – imensa – tudo é estranho

– cidades, pessoas – e Ália e eu – tão abandonadas – ela e eu. Por que prolongar o sofrimento quando se pode não sofrer? O que me prende à vida? Tenho 27 anos, mas sou como uma velhinha, nunca terei presente.

Além disso, tudo em mim já está roído, devorado por uma grande tristeza. E Ália – é um pequeno broto tão terno!

Cara Vera, escrevo, o sol brilha e choro – porque eu amava tudo no mundo com tanta força!

Se houvesse agora, à minha volta, um círculo de pessoas – ninguém pensaria que *eu também sou um ser humano*. As pessoas vêm, trazem comida para Ália – fico muito agradecida, mas sinto vontade de chorar porque ninguém – ninguém – ninguém, durante esse tempo todo, passou a mão na minha cabeça. – E essas noites! – A luz enfraquecida da lâmpada na parede (o abajur baço, redondo). Ália dorme, a cada meia hora ponho a mão em sua testa – não quero dormir, não quero escrever – até pensar é horrível! – fico deitada no sofá e leio Jack London, depois adormeço, vestida, com o livro nas mãos.

Além disso, Viérochka, o pior de tudo: começo a achar que para Serioja eu – sem Irina – não sou absolutamente necessária – que seria melhor se *eu* morresse – mais digno! – Tenho vergonha de estar viva. – Como vou dizer a ele?

E com que desprezo eu penso em meus versos!

Quanto ao passado – uma tristeza que devora...

A carta é interrompida neste ponto.
No dia 31 de março de 1930, MT comenta em seu diário:

Às vezes contemplo a fotografia de Irina. Um rostinho redondo (outrora!) emoldurado por cachos dourados, uma testa enorme, cheia de sabedoria, olhos sombrios, profundos – ou, quem sabe, vazios – *des yeux perdus* [uns olhos perdidos] – uma graciosa boca vermelha – um nariz redondo achatado – alguma coisa de negróide na estrutura do rosto – um negro branco. – Irina! – Penso pouco nela agora, nunca a amei na realidade, sempre *em sonho* – amava-a quando, chegando à casa de Lília, encontrava-a gordinha e saudável, amava-a naquele outono, quando Nádia (a babá) a trouxe de volta do campo, encantava-me com seus cabelos maravilhosos. Mas a atração da novidade passava, o amor esfriava e eu ficava irritada com seu embotamento (uma cabeça como que tapada com uma rolha), sua sujeira, sua gulodice, de uma certa maneira, eu não acreditava que ela iria crescer – embora eu absolutamente não pensasse em sua morte – simplesmente, era uma criatura *sem futuro*. Com – talvez – com um futuro de gênio?

Irina nunca foi uma realidade para mim, eu não a conhecia, não a compreendia. Mas lembro-me agora de seu sorriso envergonhado – tão indeciso – tão estranho! – um sorriso que ela se esforçava logo por abafar.

E o jeito de me acariciar os cabelos: "Ai-i, ai-i, ai-i" (querida) – e como ela ria – quando eu a pegava no colo (umas dez vezes, em toda a sua vida!).

E um pensamento – não um pensamento, uma frase, que avivando a dor, quase em voz alta, digo a mim mesma:

– Se a própria Irina não quis comer, significa que a dor da morte já estava lá...

Irina! – Como será que morreu? O que será que sentiu? Será que ela se balançava? O que via em sua memória? Talvez, um fragmento da casa da Boris e Gleb – Ália – a mim? Será que ela cantava: "Ai – dudu – dudu – dudu..."? Será que ela compreendia alguma coisa? Qual foi a última coisa que ela disse? E do que ela morreu?

Jamais o saberei.

A morte de Irina é tão terrível, pois poderia tão facilmente não ter acontecido. Se o médico tivesse diagnosticado a malária de Ália – eu teria tido um pouco mais de dinheiro – e Irina não teria morrido.

A morte de Irina é, para mim, tão irreal como a sua vida. – Nada sei de sua doença, não a vi doente, não estive lá quando ela morreu, não a vi morta e não sei onde está seu túmulo.

Monstruoso? – Sim, se visto de fora. Mas Deus, que vê meu coração, sabe que não foi por indiferença que deixei de ir me despedir, no orfanato, mas porque NÃO PODIA. (Não a teria encontrado viva... –)

Irina! Se o céu existe, você está no céu, compreenda-me, perdoe-me, a mim que fui uma mãe tão ruim, que não soube superar a aversão por sua natureza sombria, incompreensível. – Para que você veio ao mundo? – Conhecer a fome – cantar "Ai dudu...", andar pelas camas, sacudir a grade, balançar-se, levar broncas...

Estranha, incompreensível – misteriosa criatura, isolada de todos, não amava ninguém – com olhos tão bonitos! – e um vestido rosa, tão horrível!

Com que roupa a enterraram? – E o casaquinho dela ficou lá.

A morte de Irina é horrível pelo que ela tem de absolutamente contingente. (Se ela tivesse morrido de fome – teria bastado um pedaço de pão! Se de malária – um pouquinho de quinino – oh! – UM POUCO DE AMOR, [*frase inacabada*].

História da vida e da morte de Irina:
Para uma pequena criança neste mundo faltou amor.

[*O restante da página está em branco.*]
Doze anos mais tarde ela escreve em seu caderno (agosto de 1932):

Quand on a un enfant qui est mort de faim, on croit toujours que l'autre n'a pas assez mangé.
On n'a jamais eu un enfant, on l'a toujours*.

---

* Em francês, no original: "Quando temos um filho que morreu de fome, pensamos sempre que o outro não comeu o suficiente. Jamais tivemos um filho, sempre o temos". (N. de T.)

4
Vida literária e amorosa

Entre maio de 1920 e maio de 1922, data de sua partida para o exterior, MT vive um período de criação intensa: mais de uma centena de poemas líricos, sendo que apenas uma pequena parte deles será publicada em 1921, no volume Verstas II. Além desses poemas, há também obras de um novo gênero, longos poemas narrativos cujos temas, às vezes, são tirados do folclore: Tsar-Donzela, em 1920, No meu cavalo de pelagem avermelhada e Egóruchka em 1921, este um esboço para Le gars [O jovem], de 1922.

Ao mesmo tempo, MT escreve apaixonadamente em seus diários, considerando-os às vezes como seu centro principal de interesse. É lá, por exemplo, que ela anota suas impressões de leitura: ao avaliar as obras de outras escritoras, procura captar sua própria identidade. A leitura do livro Corina de Madame de Staël inspira-lhe as seguintes notas (30 de maio de 1920):

Estou terminando Corina. Oswald já ama Lucile, que não levanta os olhos nem mesmo quando está sozinha.

Afasto-me:

Madame de Staël (Corina) não sente a natureza – tudo para ela é mais importante do que a natureza.

Qualquer folhinha abate a condessa de Noailles.

A condessa de Noailles se parece – aqui – com Bettina.

Madame de Staël – com Marie Bachkírtsev.

Nas duas primeiras está *mon âme émotionale*[*].

Nas duas seguintes, – *mon âme intellectuelle*[**].

Em mim está tudo misturado.

Madame de Staël é, antes de mais nada, uma observadora e uma pensadora, nisso ela se assemelha com meus cadernos de anotações. Ela tem a minha coragem.

Pelo fato de ela viver apaixonadamente – *le temps presse*[***] – não tem tempo para as descrições.

O que me diferencia dela: entre tudo *aquilo que não é importante* (uma vez que o importante para ela é – decididamente – o mundo interior) – sente-se mais atraída pela arte, mais atraída por *Laocoon*, por exemplo, do que por uma simples árvore.

A mim – do fundo do coração – *Laocoon* é indiferente, como a arte de uma maneira geral (com exceção da música e da poesia) – e a ciência.

A natureza age em mim de forma incomparavelmente mais forte, a natureza é uma parte de mim, pelo céu eu daria minha alma.

---

[*] Em francês, no original: "minha alma emotiva". MT escreve *émotionale* em lugar de *émotionelle*. (N. de T.)

[**] Em francês, no original: "minha alma intelectual". (N. de T.)

[***] Em francês, no original: "o tempo urge". (N. de T.)

Compreendo: na natureza – é uma simples observação – prefiro o que está no alto: o sol, o céu, as árvores – *tout ce qui plane**. O que não amo na natureza são os detalhes: – *tout ce qui grouille***, não gosto de sua profusão e gosto pouco da terra. (Gosto dela seca feito pedra, para que o pé soe como se calçasse um tamanco.)

Da natureza, provavelmente, gosto do Romantismo, dos Grandes Acordes.

Nem as hortas (detalhes), nem as plantações, nem o cultivo me atraem – não sou Mãe – o céu à tardinha (apoteose onde estão todos os meus deuses!) me embevece mais do que o cheiro da terra na primavera. – A terra lavrada! – Isso não me fascina – diretamente – eu deveria me tornar outra – um outro! – para amar algo assim. Não nasceu comigo. Quando digo "doce terra", "terra acolhedora", vejo grandes, grandes árvores e pessoas embaixo delas.

Essa não é uma atitude artificial – pois não amo a arte! – é minha eterna singularidade – em tudo – como na escolha das pessoas, dos livros, das roupas.

A terra lavrada me é mais próxima do que *Laocoon*, mas não preciso – em geral – nem de uma nem de outro.

A terra lavrada – é, ao mesmo tempo, a Primeira Infância e a Mãe – enterneço-me, inclino-me e sigo meu caminho.

Além disso, na natureza sinto a ofensa – tudo e todos são demasiado indiferentes comigo. Quero, preciso que me amem.

É por isso que os dois choupos diante da escada na entrada de casa me são mais caros que as grandes florestas; bem

---

* Em francês, no original: "tudo o que paira". (N. de T.)
** Em francês, no original: "tudo o que pulula". (N. de T.)

ou mal, eles tiveram tempo, em seis anos, de se acostumarem comigo, de repararem em mim. – Quem os contemplou tantas vezes do alto da escada? – Quanto à expressão: *mes Jardins – Prince de Ligne**, não a troco por todos os jardins nórdicos – e mais o de Semíramis!

Quando me levanto de manhã, não sinto vontade de passear, mas de escrever.

Além disso, os atos – a vida – a escolha de vida da pessoa – falam por si sós.

Assim: a natureza está *ausente* em meus poemas (a não ser nas árvores – nas nuvens – sim, sobretudo, principalmente – no céu!) – Assim: a natureza está *ausente* em meus poemas e, quando me levanto de manhã, não sinto vontade de passear, mas de escrever.

Nada me consome tanto como um dia inteiro em liberdade – sem ter o que fazer. Sou tragada – reduzida a cinzas.

---

* Em francês, no original: "meus Jardins – [do] Príncipe de Ligne". Charles Joseph Ligne, Prince de Ligne (1735–1814): grão-senhor nascido em Bruxelas, autor de grande número de obras sentimentais e pré-românticas. A expressão passou a ser sinônimo de algo de qualidade superior. (Agradecemos a Pascal Ruesch pela informação para compor esta nota.) (N. de T.)

A natureza é o excesso, e qualquer excesso, salvo o humano (humano no singular, não no plural!), me oprime.

Não me dissolvo na natureza, como não *a* descubro, perco-me, caio em seu vazio – m-o-r-r-o.

Amo os campos – as grandes extensões (com um amor pungente, mas amo) – amo os campos como a morte, como a Igreja.

Para os outros, a Natureza é o Ser, para mim, é o Não-Ser.

Em fevereiro de 1922, ela acrescenta em seu caderno sobre o tema da criação feminina:

Para mim, a feminilidade não vem do sexo, mas da criação. [...] Sim, mulher – por ser – feiticeira. E por ser – poeta.

Durante esse período, MT encontra muitos poetas russos, mais velhos do que ela, aos quais dedica admiração e amizade. Ela ouve Blok recitar seus poemas em maio de 1920, corresponde-se com Akhmátova em 1921, torna-se amiga de Balmont, a quem leva comida algumas vezes. Outro grande amigo será o príncipe Serguei Volkónski, neto de um decembrista célebre e literato, cujos livros ela copiará à mão – simplesmente para ajudá-lo (essa amizade, como a de Balmont, continuará na França). Um outro encontro marcante será com Viatchesláv Ivánov (1866–1949), poeta e filólogo, teórico do simbolismo, que emigrará para a Itália, em 1924. Em seus diários, MT transcreve as conversas que teve com ele (1º de julho de 1920).

Hoje – dia maravilhoso. Ele começou ontem. Eu tinha dormido o dia inteiro – isso nunca havia acontecido! – Assim – de repente – por acaso – irresistivelmente – e tão tranqüilo! – e que sonhos! Como nunca – à noite! E essa progressão do adormecimento. À noite, caio na cama como se despencasse até o fundo de um poço – upa, pronto! Adormeço geralmente quando a luz está acesa, duplamente, às vezes – com a do dia! – com um livro na mão, freqüentemente, vestida.

Mas aqui – gritos das crianças do pátio, barulho de bater os tapetes, silêncio repentino, você está quase dormindo, novamente o grito dos pássaros (das crianças), sobressalto: dormi? – não? – o coração bate (como se não existisse o corpo) como se só ele estivesse vivo dentro do corpo.

E a riqueza – a pressa – o excesso – a alternância dos sonhos. Vozes altas, o ruído infindável de uma briga, o sono todinho agitado (é minha alma insone que se vinga do sono) às vezes mesmo sem palavras.

Vôos: enormes edifícios vazios, fiação, perseguições – sou a única a voar! – escadas assustadoras, intermináveis...

E quando você desperta, não pode – não é possível! – não dormir de novo.

Ontem foi assim. Quando, enfim, tendo compreendido que desse jeito nunca mais me levantaria, ainda meio sonolenta, tranqüila e muito pálida, fui tateando até minha mesa – "toc, toc, toc!" na porta (da entrada) – bem de leve.

Puxo a trava (o encosto de uma cadeira, trabalho de Milioti[1]) – Viatchesláv! – Com um grande chapéu preto de aba larga, cachos grisalhos, casaco, algo de um pássaro sem asas.

---

[1] Vassíli Dmítrevitch Milioti (1875–1943), pintor, amigo de MT.

— Aqui estou, vim ver você, Marina Ivánovna! Posso entrar? Não está ocupada?
— Estou muito feliz de ver você.
(Morrendo de alegria! O único sentimento que rivaliza em mim com a perturbação – o Entusiasmo.)
— Só que a casa está uma bagunça, um verdadeiro desastre, um caos, tudo quebrado. Não tenha medo, lá em cima, onde eu fico, está melhor...
— Vamos sentar aqui?
(Ele olha ao redor com um ar desanimado e desconfiado: mesas, sofás pela metade, em todo lugar pés e braços de cadeiras e de poltronas, cântaros, cristais quebrados, poeira, escuridão...)
— Nãao! Vamos lá em cima. Ainda bem que não se enxerga nada, senão...
— Senão eu diria que aqui é como minha casa. Você sabe que também tenho uma vida terrível – desconfortável, tudo quebrado, gente demais...
Entramos.
"Mas onde está sua filha?" – "Ela está na casa de Sologub com Mirra Balmont[2]". – "No Palácio das Artes?" – "Sim."
— Como é desconfortável aqui: escuro, a janela tão pequena. Viver não dá tédio?
— Não, tudo – menos isso.
— Mas vocês estão em dificuldade, não têm dinheiro. Você não tem emprego?
— Não, quer dizer, trabalhei durante cinco meses e meio

---

[2] Mirra Balmont (1907–1970) é a filha do poeta Konstantin Balmont. A casa do conde Sologub foi transformada no Palácio das Artes.

– no Comitê Internacional. O escritório russo era apenas eu. Mas não trabalharei nunca mais.

"De que você vive, então? Onde arruma dinheiro?" – "Por aí – às vezes vendo alguma coisa, ou melhor, vendem para mim, às vezes simplesmente dão-me alguma coisa, agora há cartões de alimentação, assim – nem sei. Ália e eu comemos tão pouco... Nem preciso tanto assim de dinheiro..."

– Mas as coisas que você tem um dia vão acabar, não?

– Sim.

– Você não se preocupa?

– Sim.

– Mas veja, você poderia arrumar qualquer outro serviço...

– Recuso-me categoricamente a isso – não posso ter um emprego. Só posso escrever e fazer algum serviço pesado – carregar pesos, coisas assim. E depois há tantas alegrias: aí está *Corina*, de Madame de Staël, por exemplo...

– Sim, há muitos consolos ideais. Mas você vive só?

– Com Ália. – Lá em cima há outras pessoas ainda, muitas, sempre novas...

– E isso tudo é seu?

– Sim, pedaços, restos. Sinto que você me despreza – só que – pelo amor de Deus! – tentei resistir até o último minuto – mas não posso ficar eternamente atrás das pessoas para ver se roubam ou não. Além do quê, não enxergo nada...

– Ah, você falava da conservação dos objetos? Não – como se pudéssemos preservá-los! E diante de uma atitude tão verdadeiramente filosófica em relação à vida, não apenas não tenho desprezo, como sinto – *admiration**...

---

* Em francês, no original: "admiração". (N. de T.)

— Não se trata de uma atitude filosófica, é apenas o instinto de conservação da alma. — Como estou contente por você não me desprezar!

— Eu disse uma bobagem naquela hora — sobre o fato de você estar desempregada — sempre faço isso.

— Não, não foi uma bobagem, fiquei brava, mas agora passou, estou tão feliz!

— É preciso pensar em alguma coisa para você. Por que você não faz alguma tradução?

— Tenho uma encomenda, agora — para um texto de Musset, mas...

— Poesia?

— Não, prosa, uma pequena comédia — mas...

— Você deve traduzir poesia e não Musset — talvez isso não seja tão importante — mas alguém maior, de quem você goste...

— Mas tenho tanta vontade de escrever algo meu!!! — Sei, o que digo é ridículo, ninguém precisa do que faço...

— Começamos mal — como assim, ninguém precisa disso?

— É isso — ninguém, não apareci na hora certa, na onda certa, mas — preciso disso, é preciso se consolar de uma maneira ou de outra, não posso apenas lavar e cozinhar...

— O que você escreve? Versos?

— Não, os versos não me bastam, só os escrevo quando devo abordar alguém e não tenho outro meio de aproximá-lo de mim. Neste momento, estou apaixonada por meus cadernos de notas: tudo o que ouço na rua, tudo o que os outros falam, tudo o que penso...

— Caderno de notas — isso é bom, mas é apenas um material. Vamos falar mais da tradução. Você não acha que foi bom Balmont ter traduzido Shelley? — Como ele o traduziu — isso é uma outra história. – Ele o traduziu como pôde. – Mas pegar uns versos numa outra língua, vivê-los, senti-los na sua própria – não é menos do que escrever algo seu. É uma espécie de casamento secreto – se – você ama – de verdade. Então, escolha um poeta e traduza – três horas por dia. – Essa será sua disciplina, sem disciplina não se faz nada!

– Entendo perfeitamente, sobretudo o que você diz quanto à disciplina. Mas nunca terei tempo suficiente. Levanto-me: é preciso buscar água – preparar a comida – alimentar Ália – levá-la à casa de Sologub – depois trazê-la de volta – alimentá-la de novo... Você compreende?

Também tenho vontade de ler – há tantos livros magníficos! – Mas o principal: meus cadernos de notas – minha paixão, porque são – o mais vivo.

– Ália, tenho muito medo por ela. Qual é o nome dela: Aleksandra?

– Não, Ariadna.

– Ariadna...

– Você gosta?..

– Ah, sim, gosto muito de Ariadna... – Você está separada de seu marido há muito tempo?

– Serão três anos, logo logo – a Revolução nos separou.

– Como assim?

– Assim: ...

(Eu conto.)

– Ah, pensei que vocês tinham se separado.

– Oh, não! – Meu Deus!!! – Meu sonho é revê-lo!

Falo de minha falta de adaptação à vida, de minha paixão pela Vida:

— *Mais c'est tout comme moi, alors*[*]! Eu também não sei fazer nada.

(O charme indefinível de suas falas estrangeiras, francês e alemão, certa auto-ironia e alguma coisa — uma pontinha — de Stepan Trofímovitch[3].)

— E você, escreve prosa?

— Sim, meus cadernos de anotações...

"Como sua irmã?" — "Não, mais breves e mais cortantes..." — "É que ela queria ser um segundo Nietzsche, queria terminar *Zaratustra*." — "Ela tinha dezessete anos. — Mas você sabe quem escreveu um *Zaratustra*, antes de Nietzsche?" — "?" — "Bettina, Bettina Brentano, você conhece Bettina?" — "Bettina é genial e gosto dela porque ela pertence às 'almas dançantes'." — "Você a define maravilhosamente!" — "Minha mulher — Lídia Petrovna Dmítrievna Zinovieva-Hannibal..." — "adoro o seu *Zoológico trágico* — 'O diabo' sou eu mesmo!" — "Sim, se a conhece, deveria se sentir próxima dela..."

Veja, uma vez — quando ela ainda era mocinha e em circunstâncias completamente inadequadas — durante um baile — ela disse a algum oficial da guarda: "Pode-se dançar insaciavelmente até no monte Gólgota". "Você é cristã?"

— Agora que Deus foi ultrajado, eu o amo.

— Deus sempre foi ultrajado, nós devemos ajudá-lo a *ser*. Em toda pobre mulher que passa, Cristo é crucificado. A crucificação não terminou, a cada hora Cristo é crucificado — pois existe o Anticristo. — Numa palavra, você é cristã?

---

[*] Em francês, no original: "É exatamente como sou, então!". (N. de T.)

[3] Stepan Trofímovitch Verkhoviénski, personagem de *Os Demônios*, de Dostoiévski.

— Acho que sim. — De qualquer maneira, minha consciência está sempre desperta.

— Consciência? Isso não me agrada. É algo de protestante — a consciência.

(Em seu rosto uma careta, como se tivesse sentido cheiro de enxofre de um fósforo aceso.)

— E, além disso — o que mais amo no mundo é o ser humano, o ser vivo, a alma humana — mais que a natureza, que a arte, mais que tudo...

— Você deve escrever um Romance, um verdadeiro e grande romance. Você tem senso de observação, o amor e você é muito inteligente. Depois de Tolstói e Dostoiévski nós não tivemos mais romances.

— Sou ainda muito jovem, pensei muito nisso, meu ardor interno precisa esfriar um pouco...

— Não, esses são seus melhores anos. Um romance ou uma autobiografia, o que você achar melhor — talvez uma auto-biografia, não como sua irmã, mas como *Infância* e *Adolescência*[4]. Quero que você dê — aquilo que há de maior.

— Ainda é cedo para mim — não me engano — por enquanto ainda vejo somente a mim mesma e o que é meu em meu mundo, preciso ficar mais velha, ainda tem muita coisa que me impede.

— Então escreva sobre você mesma, o que é seu, o primeiro romance será marcadamente individual, a objetividade virá depois.

— Meu primeiro — e meu último, pois em todo caso sou uma mulher!

---

[4] Obras autobiográficas de Tolstói.

— Depois de Tolstói e Dostoiévski — o que tivemos? Tchékhov — um passo atrás.
— Mas você gosta de Tchékhov?
Um momento de silêncio e — sem muita certeza:
— Nãao... muito...
— Graças a Deus!!!
— Por quê?
— Porque você não gosta de Tchékhov! — Não o suporto!
— E eu, de tão acostumado a ouvir reprovações e indignações generalizadas como resposta, acabei amolecendo sem querer...
— Cristo! Enfim, apesar de tudo, deve ser possível não amar alguma coisa neste mundo!
— Deixemos Tchékhov de lado com tal ou tal valor — de qualquer maneira, não trouxe nada para o romance. Mas quem depois de Dostoiévski?
— Rózanov, se quiser, mas ele não escreveu romances.
— Não, se for escrever, escreva algo de grande. Não empurro você para os morros, mas para os cumes nevados.
— Tenho medo do arbitrário, de uma liberdade grande demais. Veja as peças, por exemplo: lá, o verso — mesmo o mais suave! o mais flexível — de uma certa maneira — nos guia. Aqui, ao contrário: liberdade total, faça o que quiser, não posso, temo a liberdade!
— Aqui não há nada de arbitrário. Lembre-se de Goethe, do que ele disse, tão cândido e caloroso:
Die Lust zum Fabulieren[5].

---

[5] Em alemão, no original: "O prazer de inventar".

— Tome, aqui está uma folha de papel em branco — *fabuliere**! — Não é tão complicado quanto você pensa, aqui existem leis próprias, ao cabo de algumas páginas você estará amarrada, em algumas situações — [*uma palavra omitida*] — saídas! — Mas pode haver centenas delas — e todas magníficas! — Será preciso escolher, apenas uma, talvez encontrar uma — a centésima primeira. Você começará a sentir sobre si o peso da lei da necessidade absoluta. Tome — por exemplo — a anedota que todos conhecem sobre Tolstói e Anna Kariênina.

— Não a conheço.

— O fato aconteceu realmente. A redação à espera — a edição à espera — mensageiro vai, mensageiro vem — nada de manuscrito. Acontece que Tolstói não tinha idéia do que Anna Kariênina teria feito logo ao chegar em casa. — Isso? — Aquilo? — Uma outra coisa? — Não. — E assim quem procura, não acha, procura ainda — e o livro inteiro lá, parado, mensageiro vai, mensageiro vem.

Finalmente, vai até a mesa e escreve: "Tão logo Anna Kariênina entrou na sala, aproximou-se do espelho e arrumou o véu de seu chapéu...". Ou algo no estilo. — Aqui está.

— A lei implacável da necessidade absoluta. Isso cega, compreendo.

— Não tenha medo da liberdade — repito: não existe liberdade! — Além disso, só se pode ser um verdadeiro escritor passando pela escola do verso.

— Oh, não receie! Alongar-me não é meu caso, pelo contrário, tenho tendência à concisão, à fórmula...

---

* Em alemão, no original: "Invente!". (N. de T.)

— Mas também não pode ser seco, — pode sair esquemático. Mesmo a prosa de Púchkin chega ao limite de quanto é possível ser seco, a gente gostaria de mais detalhes — e não há. O prosador deve possuir a capacidade de ver os outros como a si mesmo e a si mesmo como um outro — assim como uma grande inteligência — você a tem — e um grande coração...
— Oh, quanto a isso!...
— O que você acha de A. Biéli, porque *tout compris*[*] — ele é, com efeito, o único prosador de nossos dias.
— Não o sinto próximo de mim, não é meu, em poucas palavras — não gosto.
— Não gosta de Andriéi Biéli?! — Quero dizer — você me compreende? — Não pessoalmente, não do homem, mas não gostar do prosador, do autor! Não seria desejável que você sofresse a influência dele.
— Eu?! — Não sou pretensiosa, A. Biéli é maior que eu, mas tenho espírito de precisão e não pertenço à raça dos obcecados. Ele está sempre enterrado debaixo de algum tipo de escombro... A cidade inteirinha caiu sobre ele — veja *Petersburgo*[6]...
— E a cidade é em si fantasmagórica!
— Estou cheia de admiração!
(A fala de Viatchesláv é muito mais harmoniosa do que como a reproduzo aqui, mas estou com pressa — já é hora de ir buscar Ália e tenho medo de esquecer.)
— Mas já são dez horas, está na hora de buscar Ália.
— Mais um pouquinho!

---

[*] Em francês, no original: "tudo somado". (N. de T.)
[6] Referência ao romance de Andriéi Biéli, *Petersburgo*, publicado em 1913.

(Não é a primeira vez que ele me lembra do horário.)

"Está na hora de ela dormir." – "Mas lá lhe dão comida e ela se deita sempre cedo, estou tão feliz com você – e só uma vezinha – podemos?"

Ele sorri.

– Vou levar você comigo para Florença!...

(Oh! Deus, você que conhece meu coração, sabe o quanto me custou, nesse momento, não lhe beijar as mãos!)

– Então, meu legado para você: escreva um Romance. Promete?

– Vou tentar.

– Só me preocupo com Ália, pois você, quando começar a escrever...

– Ah, sim!

– O que será dela?

– Nada, ela irá passear, ela é como eu... Não vive sem mim...

– Continuo me perguntando como você poderia partir. Se eu não conseguir ir para o exterior, irei ao Cáucaso. Você viria comigo?

– Não tenho dinheiro e tenho de ir à Criméia.

– E, por enquanto, você deve ir buscar sua filha. Vamos.

– Vou acompanhá-la por um trecho. Você não se importa de eu estar sem chapéu?

Saímos. Tomo a direção oposta à da casa de Sologub – com ele. Na esquina da praça Sobátchaia – ele:

– Bom, agora vá buscar Ália!

– Mais um pouquinho!

Vivendo sob o fogo

Seguem duas páginas e meia em branco.
No dia seguinte, 2 de junho de 1920, MT acrescenta o seguinte comentário:

Um grande romance – isso leva alguns anos. *Vous en parlez à votre aise, ami. – Moi qui n'ai demandé à l'univers que quelques pâmoisons**.

E – antes de tudo – será que acredito nesses alguns anos? E – além disso – mesmo que eles existam – por acaso não são alguns anos de *minha vida*? Será que uma mulher pode considerar o tempo sob a perspectiva de algum empreendimento, seja ele qual for?

Joana d'Arc pôde, mas ela viveu, não escreveu.

Pode-se ir vivendo assim, inadvertidamente – sem ver nem ouvir nada, mas sabendo de antemão que durante alguns anos não verá nem ouvirá nada, a não ser o raspar da pena sobre as folhas de papel, as vozes e os rostos dos heróis que você mesma imaginou – não, é melhor morrer!

Ah, Viatchesláv Ivánovitch, você esquece um pouco quem sou: não apenas a filha do professor Tsvetáiev, boa em história, filosofia e apta ao trabalho (tudo isso eu sou!), não apenas uma inteligência aguda, não apenas um talento que deve realizar alguma coisa de grande – de muito grande – mas, também, uma mulher de quem o primeiro que aparece pode arrancar a pena das mãos, o sopro das costelas!

---

* Em francês, no original: "Você fala disso à vontade, amigo. Eu, que só pedi ao universo alguns delíquios". (N. de T.)

Junto com essas paixões puramente espirituais, MT tem também novos encantamentos amorosos em 1920, pelo pintor Vassíli Milioti e por um outro pintor, Nikolai Vicheslávtsev (1890–1952) e depois, no fim do ano, por Evguêni Lvóvitch Lózman, dito Lann (1896–1958), poeta ligado aos futuristas. Cada encontro inspira ciclos de poemas líricos; além disso, as cartas a Lann contêm um quadro vivo da vida quotidiana em Moscou durante a penúria que se seguiu à guerra civil.
A Evguêni Lann:

Moscou, 29 de dezembro russo de 1920.
[11 de janeiro de 1921]

Caro Evguêni Lvóvitch,
Tenho um grande pedido a lhe fazer: recebi uma carta de Ássia – ela vive em condições terríveis – quase passa fome – faça chegar a ela, por meio de pessoas de confiança, a quantia de cerca de 25 mil rublos; tenho o dinheiro, mas não sei de ninguém que vá para a Criméia e pelo correio – é impossível.

Na primeira ocasião os devolverei a você – Peço-lhe de coração!

O endereço de Ássia: FEODÓSSIA – QUARENTENA – R. ILÍNSKAIA, CASA MEDVEDEV, AP. dos KHRUSTATCHEV, ao nome dela.

Envio-lhe minhas melhores lembranças.

M. T.

Se você fizer isso, avise-me no endereço de Dimitri Aleksandrovitch[7].

---

[7] Dimitri Aleksandrovitch Magueróvski, jurista, amigo em comum.

Eu mal tinha acabado de escrever essas palavras quando – de repente – bateram à porta – é a sua carta!

E Ália: "Marina, as vozes de vocês se cruzaram como duas lanças!".

Obrigada por pensar em nós. – Como estou contente que esteja trabalhando – e como compreendo essa sua sede! – Também escrevo muito, vivo graças à poesia, o medo por Serioja e a esperança de reencontrar Ássia. Transmita a ela, se possível, a carta que mando junto – se houver ocasião – mas que seja rápido – ou, então, envie-a como carta registrada. Preciso que ela receba a carta sem falta.

E permita-me – de quando em quando – incomodar você com pedidos dessa natureza. Não tenho ninguém em Khárkov e, de qualquer maneira, fica a meio caminho da Criméia – se as enviar daqui, é pouco provável que as cartas cheguem, e não aceitam cartas registradas.

Temos um abeto – uma coisa longa e desfolhada, o último abeto da rua Smoliénsk, comprado no último minuto, na véspera do Natal. Serrei a ponta, enfeitei, acendi fundos de vela de três anos atrás. Ália estava doente (malária), admirava da cama e comparava o abeto a uma dançarina (eu – comigo mesma: cortiço!).

RÚSSIA SOVIÉTICA (1917-1922)

Três visitas.
1. Ália e eu estamos sentadas. Escrevemos. – Já é de noitinha. – Uma batida à porta que não está trancada. Eu, sem levantar os olhos: "Entre, por favor!".
Um homenzinho escuro. "Zaks!!! Que bons ventos o trazem? – E que barba é essa?!" – Beijamo-nos.
Meu ex-locatário, comunista convicto (em 1918 – em *Moscou* – ele só comia com o cartão de alimentação) tinha sido bom comigo e com as crianças, adorava as crianças – principalmente as de colo – adorava-as tanto, que, uma vez, não me contive e exclamei: "Você, paizinho, devia ser ama-de-leite e não comunista!".
"Zaks!" – "Vocês – moram – aqui?!" – "Sim." – "Mas é horrível, isso parece (estala os dedos) – um – um – como é mesmo que se chama o lugar onde viviam os porteiros, antes?" – Ália: "Um vão!". Ele: "Não". Eu: "Zeladoria? Guarita?". Ele, iluminando-se: "Isso mesmo – guarita." (Sotaque polonês – leia o seguinte; a aparência é correta, tirando a barba.)
Ália: "Não é uma guarita, é um tugúrio". Ele: "Como vocês podem viver assim? E essa louça! Vocês não a lavam?". Ália: "Por dentro – sim, por fora – não, mamãe é poeta". Ele: "Desculpem-me, mas eu não conseguiria passar nem uma noite aqui". Eu, inocente: "Verdade?".
Ália: "Às vezes nós também passamos a noite fora, quando a desordem é muita". Ele: "E hoje – está em ordem?". Nós duas em coro – categóricas: "Sim".
"Mas isso é horrível! Vocês não têm o direito! Há uma criança aqui!"
"Não tenho nenhum direito." – "Vocês ficam o dia inteiro com a luz acesa, isso faz mal!" – "A clarabóia está cheia

de neve!" Ália: "E se mamãe subir no telhado, ela irá cair". – "E água com certeza vocês não têm?" – "Não." – "Então, arrume um emprego!" – "Não posso." – "Mas, já que escreve versos, leia-os nos clubes!" – "Não me convidam!" – "Nos jardins-de-infância." – "Não compreendo as crianças." – "Mas – mas – mas..." Uma pausa. E, de repente: "O que é aquilo que vocês têm lá?". – "Um tinteiro." – "De bronze?" – "Sim, bronze e cristal." – "É uma coisinha muito bonita – e tão mal cuidada!" – "Oh!" – "Tudo é mal cuidado aqui!" – Ália: "Só a alma que não". Zaks, compenetrado: "Mas isso! Mas isso! Mas isso é uma preciosidade". Eu: "Ah, é mesmo?". – "É uma obra de arte!" – Eu, iluminada subitamente (já começava a sentir-me mal com suas lições merecidas – imerecidas!): "Você o quer de presente?!!". "Oh – oh! Não!" Eu: "Por favor! Eu realmente não preciso dele". Ália: "Nós não precisamos de nada, a não ser de papai – pausa – e do tsar!". Ele, entretido com o tinteiro: "É uma coisa rara". Eu: "Apenas é importado. Fique com ele, peço-lhe!!!". "Mas o que lhe darei em troca?" – "Em troca? – Espere! – Tinta vermelha!" – "Mas..." – "Não consigo encontrá-la em parte alguma. Você pode me dar?" – "O quanto quiser – mas..." – "Você me dá licença? Vou limpá-lo num segundo. Ália, onde está a escova?"

Dez minutos depois – Ália, Zaks e eu – (será que por acaso me tomaram por mulher dele?!) – descemos solenemente pela rua Povárskaia, – seu braço cuidadosamente estendido levava – brilhando a ponto de cegar – o tinteiro. – E nada mais de lições. Estou radiante. – Deu certo!

2. Ália e eu estamos sentadas. Escrevemos. – Já é de noitinha. – Uma batida à porta que não está trancada. Eu, sem levantar os olhos: "Entre, por favor!". Entra um especulador[*] da rua Smoliénsk, que quer trocar tabaco – por painço. (Que tonto!) "Vocês – moram – aqui?" – "Sim." – "Mas é um fundo de quintal!" – "Um casebre", corrijo eu. "Sim, sim, um casebre... Mas, com certeza, vocês, antes..." – "Sim, sim, nem sempre vivemos assim!" – Ália, com altivez: "Tínhamos fogo na nossa lareira, os junkers[**] vinham nos visitar e até um poodle nós tínhamos – Jack. Um dia ele caiu em cheio na nossa sopa!". Eu, explicando: "Ele subiu no sótão e quebrou a clarabóia". Ália: "Depois o roubaram da gente". O especulador: "Mas como vocês chegaram até aqui?". – "Sente-se, fume." (Esqueço que é revendedor de cigarros. – Por delicadeza – ele não recusa.) "Foi aos poucos: primeiro era um sótão – depois virou uma espelunca – depois, um casebre." – "Depois, um chiqueiro", confirma Ália. "Que filha esperta você tem!" – "Sim, ela compreende tudo, desde um ano de idade!" – "Não diga!" – Silêncio. – Depois: "É melhor que eu vá indo, com certeza você precisa escrever e vim incomodar". – "Não, não vá, peço-lhe – não vá embora. Fiquei contente quando você veio, pelo jeito você é uma boa pessoa e preciso tanto de uns cigarros!" – "Não, é melhor eu ir andando." Eu, espantada: "Você está pensando que não tenho painço? Veja – há um saco aqui!". Ália: "E tem mais no cântaro!". Ele: "Ver, eu vejo, só que sua mamãe está agitada". – "Ela não está agitada, está apenas entusiasmada, é sempre assim!" – Ele: "Permita-me recusar". Eu: "Ouça, você

---

[*] Em russo, *spekulant*. Pessoas que praticam mercado negro. (N. de T.)
[**] Alunos da escola militar. (N. de T.)

tem tabaco, eu tenho painço, qual é o problema? De qualquer maneira vou trocar esse painço amanhã, na Smoliénsk – só que, em lugar de tabaco de segunda categoria, vão me dar qualquer porcaria, pó de madeira. – Por favor!".

– Quanto você quer pelo painço?

– Diga você.

– Uns mil rublos?

– Perfeito. – E o tabaco?

– Dez mil rublos.

– Magnífico. Pegue dez libras de painço e dê-me uma de tabaco. Ália traz a balança. – Nós pesamos. – "Mas não tenho onde levá-lo." – "Pegue diretamente do saco." – "Mas sou um estranho, o saco é precioso, você sabe..." – "O saco não é precioso, o ser humano é que é – se você é uma boa pessoa, pegue o saco!" – "Então, permita-me lhe dar uma libra e meia, em lugar de uma."

– Você me deixa confusa!

– Estou lhe pedindo!

Ália: "Marina, pegue!".

Eu: "Você é bom".

Ele: "É a primeira vez que vejo uma pessoa assim".

Eu: "Irracional?".

Ele: "Não – normal. Vou levar de você uma impressão ao mesmo tempo pesada e alegre".

– Só o último adjetivo, por favor!

Ele sorri. Ao se despedir, diz: "Que Deus as ajude!".

Menos de cinqüenta anos, tipo de inspetor de impostos, voz doce, suspiros freqüentes.

Ele também é um pobre de espírito.

Estou radiante. – Deu certo!

---

3. Ália e eu estamos sentadas. Escrevemos. – Já é de noitinha. – A porta – ninguém bateu – escancarada. Um soldado do Comissariado. Alto, magro, um boné do Cáucaso. – Uns dezenove anos.

"Você é a cidadã fulana de tal?" – "Sim." – "Eu vim lavrar uma ata contra você." – "Tudo bem." Ele, achando que eu não tinha entendido: "Uma ata". – "Entendi."

"Devido ao não-fechamento da torneira e ao vazamento da pia entupida da cozinha, o fogão do nº 4 desmoronou." – "Ou seja?" – "A água, penetrando através do soalho, ocasionou gradualmente a erosão dos tijolos. O fogão desabou." – "Ah." – "Você cria coelhos na cozinha." – "Eu não, as outras pessoas." – "Mas *você* é a dona da casa?" – "Sim." – "Você deveria cuidar da limpeza." – "Sim, você tem razão." – "Ainda há um outro andar neste apartamento?" – "Sim, lá há o mezanino." – "Como?" – "Um mezanino." – "Mizimim, mizimim – como se escreve isso – mizimim?" Explico. Ele escreve. Mostra-me. Eu, aprovando: "Exatamente".

"É uma vergonha, cidadã, você é uma pessoa estudada!" – "É aí que está o mal – se eu fosse menos estudada, nada disso tudo teria acontecido – você sabe, escrevo o tempo todo." – "E o que você escreve?" – "Versos." – "Você os faz?" – "Sim." – "Que bom." – Pausa. – "Cidadã, você poderia corrigir a minha ata?" – "Dê para mim. Vou escrevê-la. Você dita e eu escrevo."

Vivendo sob o fogo

– "Contra si própria, é esquisito." – "Tudo bem, assim é mais rápido!" – Escrevo. – Ele se admira com a escrita: a rapidez e a beleza.

– Vê-se logo que você é escritora. Como é possível que com suas capacidades não viva num apartamento melhor? Porque este – se me desculpa a expressão – é um buraco!

Ália: "Um casebre".

Escrevemos. Assinamos. Ele leva a mão à viseira, polidamente. Desaparece.

E, ontem, às dez e meia da noite – pai do céu! – ele, de novo.

– Não tenha medo, cidadã, sou um velho conhecido! Vim vê-la novamente, é preciso corrigir alguma coisa aqui.

"Tenha a bondade." – "Vou incomodá-la mais uma vez."

"Estou a sua disposição. – Ália, limpe a mesa!" – "Talvez você queira acrescentar alguma coisa para se justificar?"

– Não sei... Os coelhos não eram meus... Os leitõezinhos também – e eles já os comeram.

– Ah, então havia um leitãozinho também? Vamos escrever isso.

– Não sei... Não há nada a acrescentar.

– Coelhos... coelhos... E deve fazer bem frio aqui, cidadã. – É de dar pena!

Ália: "De quem? Da mamãe ou dos coelhos?".

Ele: "Bem, em geral... Os coelhos... É que eles roem tudo".

Ália: "Eles roeram até os colchões de mamãe, na cozinha, e o leitãozinho morava na minha banheira".

Eu: "Não escreva isso!".
Ele: "Tenho pena de você, cidadã".
Ele me oferece um cigarro. Escrevemos. Já são onze e meia.
– Claro que antes não viviam assim...
E, saindo: "Poderá ser prisão ou uma multa em dinheiro, na base de cinqüenta mil. – Eu mesmo virei".
Ália: "Com um revólver?".
Ele: "Não tenha medo, senhorita!".
Ália: "Você não sabe atirar?".
Ele: "Saber, eu sei – mas... – a cidadã me dá pena!".

Estou radiante. – Deu certo!

Querido Evguêni Lvóvitch, ficarei feliz se você me enviar seus versos. Que pena que você leu tão poucos para mim!

Desejo-lhe, para o Novo Ano – 1921 – (hoje é justamente a véspera e termino minha carta no dia 31, junto com o ano!) – bastante carne, para sustentar – reanimar! – o espírito.

Quanto ao resto, você já tem tudo – mesmo assim, desejo-lhe ainda o melhor!

Mandarei os poemas. – Ficarei contente ao receber suas cartas. – Não esqueça meu pedido sobre Ássia.

M. T.

[Acrescentado às margens:]
Não terminei a carta de Ássia – vou incomodá-lo um dia desses enviando-a separadamente. E então você poderá remetê-la.

Lann continuará sendo para MT um amigo a quem ela pode confiar suas preocupações.
Ao mesmo:

Moscou, 29 de junho de 1921.

Meu caro Lann,
Acabo de acordar: primeiros pássaros. Acabo de ver em sonho: primeiro Boris, depois Serioja.

Ria com Boris[8] (caminho habitual de minha ternura por ele), via Serioja: ele estava no hospital. Lembro-me da irmã de caridade e dos tampões de algodão. Sonho com Serioja todas as noites e quando desperto: de repente, não sinto vontade de viver – não em geral, mas sem ele.

Para ser o mais precisa possível sobre mim: a vida se foi, deixando o fundo às claras, ou, mais exatamente: a espuma se foi.

. ─────────────────────

Já faz quase um mês que estou sem Ália[9] – é nossa terceira separação mais longa. A primeira vez – quando ela ainda não

---
[8] Boris Trukhatchov, o primeiro marido de Ássia, morto de tifo em 1919.
[9] Ália está com a família Záitsev, amiga de MT que, na ocasião, morava no campo.

tinha um ano; depois quando, após Outubro, viajei, ou melhor, fui levada[10] – e agora.

Não me sinto abatida por causa de Ália, sei que ela está bem, meu coração é justo e razoável – como o dos outros, *quando não amam*. Ela escreve raramente: quando está sozinha, torna-se uma criança, quer dizer, uma criatura que se esquece e que foge da dor (ora, sou a dor na vida dela, *a dor da sua vida*). Escrevo raramente: não quero entristecê-la, cada uma de minhas cartas custa a ela algumas libras de peso a mais, por isso, em quase um mês – apenas duas cartas.

E depois: estou tão acostumada à separação! Como que me acomodei na separação.

Começo a pensar – muito seriamente – que faço mal a Ália. Para mim, que nunca fui criança e que por isso mesmo acabei por sê-lo sempre, a criança – a criatura que esquece e que foge da dor – é uma estranha. Toda minha educação: um clamor em torno do herói. Ália sente-se melhor com os outros: eles foram crianças, depois esqueceram tudo, cumpriram suas obrigações e acreditaram na idéia de que as crianças têm "outras leis". É por isso que Ália ri, com os outros, e, comigo, chora; com os outros engorda, e comigo emagrece. Se eu pudesse deixá-la um ano com os Záitsev, eu o faria – bastaria saber que ela está saudável.

Sem mim, ela não escreverá nenhum verso, é claro, nem chegará perto do caderno, porque os versos – sou eu, o caderno – a dor.

---

[10] MT tem a intenção, nessa época, de instalar-se com Ália na Criméia com a ajuda dos Volóchin. No começo de novembro de 1917 ela foi a Feodóssia.

Vivendo sob o fogo

É uma experiência, e, por enquanto, o resultado é brilhante.

Um dia desses, querido Lann, criarei coragem e enviarei a você meus poemas desses últimos meses, versos que são difíceis de escrever e impensáveis de ler[11]. (Para mim – para os outros.) – Escrevi-os porque tenho ciúmes de minha dor, não falo de S[erioja] a ninguém – nem há com quem falar. Ássia tem muito em que pensar e, depois, *ela não teve S[erioja]*.

Esses versos – uma tentativa de me deixar absorver superficialmente pelo trabalho, o que dá certo durante uma meia hora.

Ontem, Volkónski e eu postamos o manuscrito dele, *Os louros* – pesava cerca de oito libras, todo copiado à mão por mim. – Obrigada, você me ajudou a despachar meu "filhote"! – Ele ama realmente esse manuscrito, como a uma criança – mas como criança, ele mesmo. Vou copiar agora *Peregrinações*[*] e, depois, *A pátria*[**]. Esse é meu preito. Em Volkónski adoro o Velho Mundo, que S[erioja] tanto amava. Como se essas verstas de letras impressas me levassem a S[erioja]. Minha relação com Volkónski é *inumana*, para que não se assuste: literária. – *Amitié littéraire* [Amizade literária].

---

[11] O ciclo "Separação", dedicado a Serguei Efron, será publicado separadamente em 1922.
[*] Em russo, *Stránstvia*. (N. de T.)
[**] Em russo, *Ródina*. (N. de T.)

Eu o admiro de forma resguardada, com um sentimento um pouco parecido à

Die Sterne, die begehert man nicht –
Man freut sich ihrer Pracht![12]

Durante o inverno ele estará em Petrogrado, não poderei visitá-lo, ele se esquecerá.

Ássia mora na rua Pliúchtchikha[13], sob a janela há uma árvore e o rio Moskvá. Os trens roncam e estrugem. Um quarto miserável, alegre, comovente, heróico. Passamos fome em perfeita harmonia: desde março não temos cartão de alimentação. Andriúcha está cheio de compressas, uma bronquite grave. Puerilidade, inspiração, perspicácia intelectual, fragilidade emocional, generosidade – ele tem tudo de Boris. Um menininho encantador, por quem sinto uma pena infinita. Mas não adianta falar disso: ninguém precisa de palavras aqui, mas de leite, pão etc.
É isso que tenho para lhe contar, querido Lann. – Ah, sim! – Circula por Moscou, neste momento, um livro com uns poemas meus que que vêm de longe[14]. Aleksándra Vladímirovna[15] ficaria contente.

---

[12] Citação do poema de Goethe "Trost in Tränen" [Consolo nas lágrimas]: "As estrelas, não se desejam –/ Alegra-se com seu esplendor!".
[13] Anastassia Tsvetáieva havia voltado para Moscou vinda da Criméia, na primavera de 1921.
[14] Trata-se do primeiro número da revista *Annales Contemporaines*, publicada em Paris, em dezembro de 1920.
[15] Esposa de Lann, A. V. Krivstova (1896–1956), tradutora.

Vivendo sob o fogo

Quando penso em você, vejo-o como o primeiro degrau de meu renascer, depois de tantas mesquinharias. Volkónski é o segundo, ninguém mais além – o vazio completo.

Somente para você – de todas as pessoas neste mundo – vai hoje a minha alma. Há algo que liga você a B[oris] e a S[erioja]. Você é uma parte de nossa juventude, a de Ássia e a minha – uma parte *daquela* vida.

Não lhe pergunto se virá, nem quando virá, basta saber que poderei sempre chamar por você.

– Meu último encantamento terrestre!

M. T.

Essas paixões, entretanto, não se confundiam com o amor de MT por seu marido Serioja, de quem ela não tem notícias desde 1918. Ela escreve em seu diário:

Eu costumo dar – como tudo o que faço – por um certo aventurismo da alma – em prol de um sorriso – o meu e o de outrem.

As únicas não-aventuras em minha vida foram apenas Serioja, em alguns aspectos Ália – e eu mesma – a sós comigo mesma.

O que me agrada no Aventurismo? – A palavra (*novembro de 1919*).

Todos os meus amores (a não ser Serioja) – *Idylle – Élégie – Tragédie – cérébrale** (*abril de 1920*).

Ela diz o mesmo aos amigos e escreve esta conversa com a filha Ália como epígrafe da carta de 28 de janeiro de 1921 para Lann:

– Marina! O que você prefere: uma carta de Lann – ou o próprio Lann?
– Uma carta, é claro!
– Que resposta esquisita! – Bom, e agora: uma carta de papai ou papai em pessoa?
– Oh! – Papai!
– Eu já sabia!
– Porque isto é Amor; aquilo não passa de Romantismo!

Ela também escreve a Maksimílian Volóchin, em 27 de março de 1921:

Eu, Max, já não amo mais na-da, na-da, a não ser o conteúdo da caixa torácica humana. Penso constantemente em Serioja, amei muitos, não amei ninguém.

---

* Em francês, no original: "Idílio – Elegia – Tragédia – cerebral". (N. de T.)

Vivendo sob o fogo

No começo de 1921, MT pede a seu amigo Iliá Ehrenburg (1891–1967), escritor soviético que viaja freqüentemente para o exterior, que procure seu marido Serioja entre os emigrados Brancos. MT escreve, então, esta carta que parece nunca ter sido enviada:
A Serguei Efron:

Moscou, 12 de março do ano russo de 1921.

Meu Seriójenka!
Se você está vivo – estou salva.
No dia 18 de janeiro vai fazer três anos que nos separamos. No dia 5 de maio serão dez anos que nos encontramos.
Dez anos atrás.
Ália está com oito anos, Seriójenka!
Assusta-me escrever a você, há tanto tempo vivo paralisada, num terror entorpecido, sem ousar esperar que você esteja vivo – e com o rosto – as mãos – o peito, rechaço a outra possibilidade. – Não ouso. – Eis todos os meus pensamentos sobre você.

Não conheço meu destino, nem Deus, não sei o que eles querem de mim, quais são seus projetos, por isso não sei o que pensar de você. Sei que tenho um destino. – É isso que me assusta.

Se Deus espera de mim submissão – tenho humildade – tenho-a – diante de todos e de cada um! – mas, se ele levar você de mim, levar-me-ia a vida – minha vida, será que por acaso [*incompleto*].

Mas perdoar Deus pela dor de outrem – por sua morte – por seu sofrimento – eu jamais chegaria a um tal grau de baixeza, a uma tão inaudita falta de justiça. – Um outro sofre, e sou eu quem perdoa! Se você quer me ferir, acerte o golpe em *mim* – no meu peito!

É difícil escrever para você.

A existência quotidiana – tudo isso é tão fútil! Só preciso saber de uma coisa – que você está vivo.

E, se você estiver vivo, não posso falar de mais nada: apenas esfriar a cabeça!

É difícil escrever para você, mas o farei, pois há 1/1.000.000 de esperança: e se de repente?! Milagres acontecem!

De fato, no dia 5 de maio de 1911 – dia de sol – vi você pela primeira vez, num banco, junto ao mar. Você estava sentado ao lado de Lília e vestia uma camisa branca. Ao vê-lo, meu coração parou: "Mas é possível ser tão bonito? Ver alguém assim – faz sentir vergonha de andar pela terra!".

Pensei exatamente isso, lembro-me.

Seriójenka, se eu morrer amanhã ou se eu viver até os setenta anos – tanto faz – eu sei, como já sabia naquela época, desde o primeiro minuto: – para sempre. – Ninguém mais.

Vi tanta gente, visitei tantos destinos – não há duas pessoas como você no mundo, é fatal para mim.

Além disso, não quero ninguém mais, todos só me inspiram frieza e desgosto, apenas minha superfície brincalhona, que se comove facilmente, se alegra com as pessoas, as vozes, os olhos, as palavras. Tudo me toca, nada me atravessa, fiz barricadas contra o mundo inteiro – por você.

Simplesmente NÃO POSSO amar ninguém!

Se você estiver vivo – aquele que tentará lhe fazer chegar esta carta – descreverá minha vida exterior. – Não posso. – Não estou com cabeça para isso e não é disso que se trata.

Se você estiver vivo – esse milagre é tão *extraordinário* que nenhuma palavra é digna de ser pronunciada – é preciso alguma outra coisa.

Mas, para que você não fique sabendo a triste notícia pela boca de qualquer um – Seriójenka, no ano passado, em Sretenié [no dia 15 de fevereiro], Irina morreu. Ambas estavam doentes, só pude *salvar* Ália, Irina – não.

Seriójenka, se você está vivo, vamos nos encontrar e teremos um filho. Faça como eu: NÃO lembre.

Não para seu consolo, nem para o meu – mas como simples verdade, digo-lhe: Irina era uma criança muito estranha e, quem sabe, incurável – ela se balançava o tempo todo, quase não falava – raquitismo talvez, talvez – degenerescência – não sei.

Claro, se não houvesse a Revolução –

Mas – sem a Revolução –

Não tome minha atitude por falta de coração. Trata-se – simplesmente – de tornar a vida possível. Estou entorpecida, esforço-me para isso. Mas – o pior de tudo – são os sonhos. Quando sonho com ela – seus cachinhos e seu vestido comprido, todo cheio de manchas – oh, então, Seriójenka, não há consolo, a não ser a morte.

Mas, de repente, o pensamento: e se Seriójenka estiver vivo?

E – como um bater de asas – para as alturas!

Você e Ália – e Ássia também – eis tudo o que tenho de bom.

Se você estiver vivo, lerá logo meus versos, compreenderá muita coisa neles. Oh, Deus, saber que você lerá esse livro – o que eu não daria por isso? – minha Vida? – Mas isso não é nada – eu riria disso, mesmo sob tortura!

Esse livro é sagrado para mim, é aquilo pelo qual vivi, respirei e suportei todos esses anos. – Não é um LIVRO. –

Não vou escrever detalhes sobre a morte de Irina. Foi um inverno TERRÍVEL. Ália ter escapado foi um milagre. Eu a *arranquei* da morte, mesmo estando completamente desarmada!

Não chore por Irina, você não a conheceu, pense que foi um sonho, não me acuse de não ter coração, simplesmente não quero sua dor – tomo-a toda para mim!

Nós teremos um filho, eu sei – um filho maravilhoso, um herói, pois nós dois somos heróis. Oh, como cresci, Seriójenka, e como sou digna de você agora!

Ália está com oito anos. Ela não é alta, tem ombros estreitos e é magra. É você – só que loira. Tem o jeito de um garoto. – Psiquê. – Deus, como precisamos da afinidade com sua raça!

Em muitos pontos você a compreenderia melhor, *mais precisamente* do que eu.

Uma mistura de Lord Fauntleroy e do pequeno Dombey[16] – ela se parece com Gleb[17] – o caráter sonhador do herdeiro e

---

[16] Personagens de *O pequeno Lorde Fauntleroy* (1886), de Frances E. Burnett, e de *Dombey e seu filho* (1848), de Charles Dickens.

[17] Gleb Efron, irmão de Serguei Efron, morreu de coqueluche aos sete anos de idade.

do filho único. Ela é doce até faltar-lhe a vontade – é contra isso que luto obstinadamente e sem sucesso – ela ama pouco as pessoas, é muito perspicaz – mais do que eu! E como as pessoas verdadeiras são poucas, ela ama pouco. Adora a natureza, a poesia, os animais selvagens, os heróis, tudo o que é inocente e eterno. – Ela surpreende a todos, mesmo sendo indiferente à opinião alheia. – Difícil não cobri-la de elogios! – Escreve versos estranhos e magníficos.

Ela se lembra de você e o ama apaixonadamente, todos os seus trejeitos, todos os seus hábitos, como você lia o livro do Pequeno Polegar e como você fumava às escondidas, sem eu saber, e como você a empurrava na cadeirinha de balanço soprando para ela: "Bu-uria!"* – e como comiam docinhos cor-de-rosa com Boris[18] e aqueciam a lareira com Gleb e iluminavam o abeto no Natal – ela se lembra de tudo.

Seriójenka – por ela – você *precisa* estar vivo!

Escrevo-lhe tarde da noite, depois de um dia muito pesado de trabalho, fiquei o dia inteiro recopiando meu livro – para você, Seriójenka! O livro inteiro é uma carta para você.

Há três dias que não levanto a cabeça. – A última coisa que sei de você: por Ássia eu soube que no começo de maio houve uma carta para Max[19]. Depois disso – trevas...

Mas, então –

Seriójenka! – Se você está vivo, viverei custe o que custar, e se não estiver – seria melhor que eu não tivesse nascido!

---

* Em russo, *Búria*, "temporal". (N. de T.)
[18] Boris Trukhatchov.
[19] Maksimílian Volóchin.

Não escrevo: beijo-o, já estou toda em você – a ponto de não ter mais nem olhos, nem lábios, nem mãos – nada, além do alento e do bater do coração.

Marina

MT adotou nos anos precedentes uma concepção de mundo que se firmou baseada sempre na oposição assimétrica entre as preocupações materiais, as convenções sociais, de um lado, e a criação poética, as aspirações espirituais, de outro. Os termos que ela utiliza para designá-la variam, são jogos com as assonâncias da língua russa: khleba (pão) e nieba (céu), briúkha (calças) e dukha (espírito), e principalmente byt (existência) e bytié (ser) – dupla esta de palavras que Volkónski utilizará como título de um livro (publicado em Berlim, em 1924) dedicado a MT. Suas preferências pelos segundos termos das oposições são claras. Ela escreve a Volóchin em 27 de março de 1921:

Escrevo com raiva, é minha vida.

E a Ehrenburg, em 2 de novembro de 1921:

Minha única alegria é a poesia. Escrevo como se bebe – não vinho, mas água. E nessa hora sou feliz, segura de mim.

Mas o "ser" não se confunde com escrever poesia. Acima da arte e da criação há a vida em si e os seres humanos, como ela dizia a Viatcheslav Ivánov. Ela escreve a Lann, por exemplo (26 de dezembro de 1920):

Seus poemas são magníficos, mas você é maior que seus poemas.

Vivendo sob o fogo

E no dia 28 de janeiro de 1921:

Oh, o verbo visivelmente me ama muito, eu sempre o traí, minha vida inteira! – Para proveito do ser humano!

Ela anota em seu caderno, em março de 1921:

Oh, meu Deus! Como explicar que poeta – é antes de tudo uma ESTRUTURA DA ALMA!

Ela escreve a Volóchin, em 20 de novembro de 1921:

Vivendo o verbo, desprezo *as palavras*. A amizade é um fazer.

E, num rascunho de carta a Ehrenburg, ela rechaça, ao mesmo tempo, filisteus e estetas (3 de junho de 1922):

Os outros, aliás, são de *duas* espécies. Uns, guardiões da ordem: "Faça o que quiser com seus poemas – desde que se porte bem na vida"; outros, os estetas: "Faça o que quiser com sua vida – desde que escreva bons poemas".

A morte do poeta Aleksandr Blok, em 1921, inspira-lhe as seguintes reflexões (7 de agosto de 1921):

Penso que ninguém compreende a morte. Quando alguém diz: morte, está pensando: vida. Pois se, ao morrer, o ser humano sente-se sufocar e tem medo – ou – o contrário – [*falta um trecho*] – tudo isso: a sufocação, o medo e [*falta um trecho*] –

é a vida. A morte é quando eu *não estou* aqui. Ora, não posso sentir que não estou aqui. Isso significa que minha morte não existe. Há apenas a morte dos outros: isto é, o vazio de um lugar, um lugar vazio (ele partiu e *vive* em algum canto), quer dizer, novamente a vida e não a morte, *impensável*, enquanto se está vivo. Ele não está *aqui* (mas *está* em algum lugar). Ele *não é* – não, porque não podemos entender nada a não ser através de nós mesmos, qualquer outra compreensão é uma repetição de sons feita por um papagaio.

Penso que o medo da morte é o medo de *estar no não estar* da vida (*bytiia v nebytii*) – no túmulo: estarei deitada e vermes se arrastarão sobre mim. *É por isso também* que pessoas como eu devem ser queimadas.

E ainda – por acaso meu corpo – sou eu? Por acaso é *ele* que escuta música, escreve versos e assim por diante? O corpo só sabe servir, obedecer. O corpo – uma roupa. O que me importa se ela me foi roubada, em que buraco, embaixo de qual pedra a enterrou o ladrão?

Que o diabo o carregue! (o ladrão e a roupa também).

Algumas cartas de MT testemunham que ela levou a sério o conselho de Viatchesláv Ivánov de escrever uma autobiografia (coisa que fará apenas na França, em fragmentos). Como esta, endereçada a Mikhail A. Kuzmin (1875–1943), que ela mal conhece, poeta e musicista, figura da vida literária de São Petersburgo, um homossexual que não esconde suas inclinações. MT conta-lhe, entre outras coisas, o fim de sua relação com Sônia Parnok:

A Mikhail Kuzmin:

Caro Mikhail Alekséievitch,

Sinto vontade de lhe contar meus dois encontros com você, o primeiro em janeiro de 1916 e o segundo – em junho de 1921. Contá-los como a alguém completamente estranho, como eu contava (o primeiro) a todos os que me perguntavam: – "Mas você conhece Kuzmin?" – Sim, nós nos conhecemos, quer dizer, provavelmente ele não se lembra de mim, nós nos vimos rapidamente, uma vez apenas, por uma hora – e havia tantas pessoas... Isso foi em 1916, no inverno, quando estive em São Petersburgo pela primeira vez na vida. Naquela época, tornei-me amiga da família Kanneguisser (meu Deus, Leonid![20]), eles me mostraram São Petersburgo. Como sou míope – a geada havia sido tão forte – tantas estátuas em São Petersburgo – e os trenós voavam tão rápido – tudo se misturou e de São Petersburgo só me restam os versos de Púchkin e de Akhmátova. Ah, não: também as lareiras. Em todo lugar aonde me levaram, enormes lareiras de mármore – robledos inteiros se consumiam! – e ursos brancos no chão (um urso branco – perto do fogo! – que aberração!) e todos os jovens tinham uma risca no cabelo – volumes de Púchkin nas mãos, unhas esmaltadas e cabelos lustrosos também – como espelhos negros. (Em cima – o esmalte e embaixo do esmalte – a i----ia!*) Oh! como amam a poesia! Declamei, nesses quinze dias, mais poemas do quem em toda a minha vida. E lá, ninguém dorme, nunca. Às três da madrugada, toca o telefone. – "Podemos ir

---

[20] Os dois irmãos, Serioja e Leonid (Liônia) terão um destino trágico. Leonid foi fuzilado em 1918, pelo assassinato de Urítski. Seu irmão, Serioja, suicidou-se em 1917.

* "Idiotia" (o russo permite deduzir o termo). (N. de T.)

até aí?" – "Claro, claro, só agora as pessoas começam a chegar." E assim vai – até de manhã. Mas a aurora boreal, parece que não consegui vê-la.

– Como assim...

– Ah, sim, não é lá que tem a aurora boreal – é na Lapônia – o que há lá são as noites brancas. Não, as noites lá são normais, ou seja, brancas, como em Moscou – por causa da neve.

– Você queria contar de Kuzmin...

– Ah, sim, quer dizer, não há nada realmente para contar, nós mal chegamos a trocar umas três palavras. Seria quase como uma visão...

– Ele estava muito pintado?

– Pin-tado?

– Sim: pintado, maquiado...

– Claro que não!

– Garanto a você...

– Não garanta nada, porque não era ele. Com certeza mostraram a você outra pessoa.

– Pois garanto que o vi em Moscou pin... –

– Em Moscou? Então, foi por causa de Moscou, ele deve ter pensado que em Moscou era preciso disso para combinar com os edifícios e as cúpulas. Em São Petersburgo, ao contrário, ele parecia completamente natural: um mulato ou um mouro.

Foi assim que aconteceu. Eu tinha acabado de chegar. Estava com uma pessoa, uma mulher, quer dizer. – Meu Deus, como eu chorava! Mas isso não interessa. Em uma palavra, ela não queria de jeito nenhum que eu fosse àquele sarau e fez de tudo para me convencer. Ela não podia ir – estava com dor de cabeça – e quando tinha dor de cabeça – e tinha sempre dor de cabeça – ficava insuportável. (Um quarto escuro – uma lâmpada azul-marinho – minhas lágrimas...) Mas a minha cabeça não doía – minha cabeça nunca dói! – E eu não queria absolutamente ficar em casa 1º) por causa de Sônia, 2º) porque Kuzmin estaria lá e iria cantar.

– Sônia, não irei! – Por quê? De qualquer maneira, não estou em condições. – Mas sinto muita pena de você. – Lá haverá tanta gente – você vai se distrair. – Não, eu é que sinto muita pena de você. – Não suporto que sintam pena de mim. Vá, vá. Pense, Marina, Kuzmin estará lá e ele vai cantar. – Pois sim – ele vai cantar e quando eu voltar você vai se queixar e eu vou chorar. Não irei, por nada! – Marina! –

Voz de Leonid: – Marina Ivánovna, está pronta?

Eu, sem hesitar: – Num segundo!

Em minha memória, uma grande sala – *galerie aux glaces* [galeria de espelhos]. E no fundo, depois dessa imensidão de assoalho – como numa luneta ao contrário – dois olhos. E alguma coisa cor café. – O rosto. E alguma coisa cor cinza. – A roupa. Compreendo imediatamente que é Kuzmin. Apresentam-nos. Tudo de um francês de outrora e de pássaro. Leveza. Uma voz sutilmente trincada, surda na base e sonora no meio – lugar da fissura. O que dissemos um ao outro – não lembro. Ele recitava versos.

Guardei, do começo, algo a respeito dos espelhos (de lá venha talvez a *galerie aux glaces*?). Em seguida:

Você é tão próximo, tão chegado,
Que nem parece ser o amado.
Talvez, assim, tão afastados
No céu estejam os beatos.
De novo respiro à vontade,
Crendo na perfeição *qual infante*.

Talvez...
(pausa longa)
　　... seja amor?
Mas está assim...
(pausa muito longa)
　　　... tão perto
(pausa curta, quase inaudível, destacando-se, qual estertor)
... da beatitude!

Havia muita gente. Não me lembro de ninguém. Era preciso partir logo. Mal tinha chegado – e já tinha de ir embora! (Como na infância, sabe?) Todos: – Mas Mikhail Alekséievitch ainda vai declamar... Eu, com jeito de mulher de negócios: – Mas, minha amiga me espera lá em casa. – Mas Mikhail Alekséievitch ainda vai cantar. Eu, queixosa: – Mas, minha amiga me espera lá em casa. (?) Alguém ri, de leve e, de repente, não agüentando mais: – Você fala de um jeito como se dissesse: "Meu nenê me espera lá em casa". A amiga pode esperar. – Eu, comigo mesma: Ele que vá pro inferno. O próprio Kuzmin se aproxima. – Fique, então, a gente mal se viu. – Eu, em voz baixa, olhando-o diretamente nos olhos: – Mikhail Alekséievitch, você não me conhece, mas acredite no que digo – *todo mundo* acredita – nunca me aconteceu querer ficar tanto como agora, e nunca precisei tanto ir embora. Mikhail Alekséievitch, amistoso: – Sua amiga está doente? Eu, breve: – Sim, Mikhail Alekséievitch. – Mas, já que você veio... – Sei que se ficar, jamais me perdoarei – e que se partir... – Alguém: – Uma vez que, de qualquer jeito, você não se perdoará – qual é o problema?

Sinto terrivelmente, senhoras e senhores, *mas*...

Havia muita gente. Não me lembro de ninguém. Lembro-me apenas de Kuzmin: seus olhos.

A pessoa que me ouve: Os olhos dele são castanhos, não?

Para mim, são pretos. Magníficos. Dois sóis negros. Não, duas crateras: fumegando. Tão enormes que, apesar da miopia, os vi a cem verstas de distância, tão maravilhosos que até hoje (transporto-me para o futuro e conto aos meus netos) – cinqüenta anos depois – ainda os vejo. E ouço a voz, um pouco surda, com a qual ele pronuncia: "Mas assim *tão* parecida...". E me lembro da canção que ele cantou quando fui embora...
– É isso.

– E sua amiga?

– Minha amiga? Quando voltei, ela dormia.

– Onde ela está agora?

– Em algum lugar na Criméia. Não sei. Em fevereiro de 1916, ou seja, mais ou menos um mês depois, nós nos separamos. Quase por causa de Kuzmin, na verdade, por causa de Mandelstam, que não havia terminado o que tinha para me dizer em São Petersburgo e fora fazê-lo em Moscou. Depois de dois dias com Mandelstam, quando cheguei à casa dela – primeira saída em anos – havia uma outra sentada na cama dela: grande, gorda, morena.

– Havíamos sido amigas durante um ano e meio. Não tenho nenhuma lembrança dela, quer dizer, não faço questão de me lembrar. Só sei que nunca a perdoarei por não ter me deixado ficar naquela noite.

---

14 de janeiro de 1921. Entro na Loja dos Escritores, meu único e debilitado meio de subsistência. Digo timidamente à caixa: "Por acaso a senhora sabe como estão indo meus livros?". (Eu mesma os copio, costuro, vendo.) Enquanto ela se informa, *pour me donner une contenance* [para assumir uma atitude], folheio uns livros que estão sobre a mesa. Kuzmin: *Noites de fora*[21].

Abro: uma lança no coração: Gueórgui[22]. São Gueórgui. *Meu* Gueórgui, que estou escrevendo há mais de dois meses: a vida dele. Inveja e alegria. Começo a ler: a alegria aumenta, termino – [...]. Das profundezas da memória ressurge todo o encontro que acabo de contar.

Abro o livro mais à frente: *meu* Púchkin! Tudo o que – eu – vivo dizendo dele. Enfim, Goethe, aquele sobre quem digo, para considerar o tempo presente: – "Diante de Goethe" –

Só li esses três poemas. Saí de lá levando comigo dor, alegria, entusiasmo, amor – tudo, menos o livrinho que não pude

---

[21] *Nesdiéchnie vetcherá*, coletânea de poemas de Kuzmin, publicada em 1921.
[22] Tal como Kuzmin, MT escreveu um ciclo de poemas sobre São Gueórgui (São Jorge).

comprar porque nenhum dos meus havia sido vendido. E este sentimento: Oh, uma vez que ainda há poemas *parecidos*!

Exatamente como se me houvessem, de repente (da rua Boris e Gleb, em 1921), colocado no alto da mais alta montanha e me tivessem mostrado o horizonte mais distante.

O pretexto exterior desta minha carta, caro Mikhail Alekséievitch, é uma saudação que me transmitiu a senhora Volkova.

[Fim de junho de 1921.]

Em julho de 1921, MT recebeu notícias de Serioja: ele está vivo, em Praga e espera por ela. MT começa a pensar em emigrar, principalmente porque seu relacionamento com os poderes soviéticos não é harmonioso. Um ataque público de Vsevólod Meyerhold, o célebre diretor de teatro, então inteiramente voltado ao projeto bolchevique, testemunha a ambiência em que ela vive: Meyerhold escreve no Jornal do Teatro que "as questões colocadas por Marina Tsvetáieva revelam sua natureza hostil a tudo o que foi entronizado pelo ideário do Grande Outubro". Uma denúncia desse tipo pode ter conseqüências. E durante esse período, ela escreve um ciclo de poemas em homenagem ao Exército Branco! Do mesmo modo, MT não pensa que sua vida como emigrada possa ser fácil. Ela escreve a Ehrenburg, no dia 3 de novembro de 1921:

Você deve me compreender corretamente: o que temo não é a fome, nem o frio, nem [...], mas a dependência. Meu coração sente que lá no Ocidente as pessoas são *mais duras*. Aqui, um sapato rasgado é uma desgraça ou um motivo de glória, lá é uma infâmia. [...] Tomar-me-iam por uma pedinte e me mandariam de volta. – Se for assim, me matarei. – Mas partirei de qualquer jeito, mesmo que só tenha dinheiro para a passagem.

Os argumentos a favor da partida são decisivos. Na primavera de 1922, consegue o visto de saída para ela e para Ália. No dia 11 de maio de 1922, ambas tomam o trem para Berlim.

III
Alemanha e Tchecoslováquia (1922 – 1925)

5
Partida da Rússia

MT e Ália chegam a Berlim no dia 15 de maio de 1922, onde são recebidas por Iliá Ehrenburg e sua mulher. Nessa época, Berlim é um dos principais centros da vida cultural da emigração russa, com a publicação de inúmeros jornais e revistas, editoras e muitos escritores morando na cidade. MT publica logo duas pequenas coletâneas de poemas, Separação e Poemas a Blok, enquanto em Moscou sai uma nova edição de seus poemas, Verstas. Ela estabelece relações de amizade com o poeta e romancista simbolista Andriéi Biéli (1880–1934) e também com autores mais jovens, como Roman Gul (1896–1986) ou Mark Slónim (1894–1976), que permanecerá um de seus melhores amigos durante a emigração.

Desde que chega à cidade, ela se vê envolvida no debate político que se travava na imprensa da emigração. Alekséi Tolstói (1883–1945), romancista e dramaturgo, vive na época em Berlim, mas está tratando de sua volta à Rússia soviética. Ele é o diretor do suplemento literário do jornal berlinense em língua russa, A Véspera [Nakanúnie] – única publicação da emigração difundida na Rússia. No número 6, de 1922, *ele publicou uma carta pessoal recebida de Korniéi Tchukóvski, conhecido literato que vivia na Rússia soviética. Essa carta é, na verdade, a denúncia política de um grupo de escritores reunidos em Petrogrado: eles não são bons soviéticos! A publicação ameaça diretamente a existência desses autores, fato que não parece perturbar Tolstói. MT publica também, em outro periódico da emigração, A Voz da Rússia, uma corajosa acusação.*

Carta aberta a Alekséi Tolstói:

Alekséi Nikoláievitch!

Tenho sob os olhos, no número 6 do suplemento do jornal A Véspera, a carta que lhe foi enviada por Tchukóvski.

Se o senhor não fosse da redação desse jornal, tomaria o fato como um desserviço prestado por algum de seus amigos.

Entretanto, como o senhor é o redator, a hipótese não se sustenta.

Sobram duas possibilidades: ou a carta foi divulgada pelo senhor a pedido do próprio Tchukóvski ou o senhor fez isso por vontade própria e sem o consentimento de Tchukóvski[1].

"Em 1919 fundei a Casa das Artes, organizei um estúdio (junto com Nikolai Gumiliov), organizei leituras públicas, convidei Górki, Blok, Sologub, Akhmátova, Benois, Dobujínski, consegui alojamento para 56 pessoas, uma biblioteca etc. E, hoje, constato que construí um antro. Todos se caluniam, se detestam, fazem intrigas, vagabundeiam – emigrantes, emigrantes!

---

[1] A segunda hipótese será confirmada pelo comunicado de A. Tolstói no suplemento seguinte: "A carta de K. I. Tchukóvski, publicada no número anterior, era uma carta privada, endereçada a mim. Publiquei-a sem ter solicitado a autorização de seu autor. Por isso, as queixas e invectivas devem ser dirigidas somente a mim. Alekséi Tolstói".

É muito fácil para eles parasitar os Volýnski ou os Tchukóvski[2]: recebem alimentação, participam de sessões, *não escrevem nada* e criticam o poder soviético..." – "... Não, Tolstói, você deve voltar para cá com orgulho, com o coração limpo. Toda essa canalha não merece que você *se desculpe* perante ela ou que *se sinta culpado*." (O itálico, pelo visto, é de Tchukóvski.)

Se o senhor divulga essas linhas por amizade a Tchukóvski (a pedido seu) – então o gesto de Tchukóvski é claro: ele não pode não saber que A *Véspera* é vendida em todas as esquinas de Moscou e de São Petersburgo! – O senhor, ao contrário, que levanta esse monte de sujeira, é muito menos claro. Ajudar dessa maneira – é colocar os outros em maus lençóis.

Passemos à segunda possibilidade: o senhor divulga a carta *sem que ninguém o pressione* para tanto. Acontece que em cada ação há um objetivo. De todo modo, esse objetivo não poderia ser prejudicar aqueles que, há quatro anos, têm carregado nas costas fardos que nada tinham de alegórico, como: consciência, cidadania frustrada etc., mas que eram simplesmente, no começo, batatas congeladas, depois, não congeladas; no começo, farinha negra, depois, farinha cinza...

Releio – e:

"Obrigado por seu presente maravilhoso – *Amor, livro dourado*[3]. – Talvez você próprio não possa compreender que tipo de obra bem acabada, cheia de elegância e imortalmente poética é a sua. Só você sabe escrever assim, de forma engraçada e, ao mesmo tempo, poética. É uma obra bem-acabada – exatamente como costumam ser as crianças bem-nascidas: você a

---

[2] Críticos de arte da época, figuras oficiais.
[3] Peça de Alekséi Tolstói, publicada em Berlim, em 1922.

levanta – oh, que pesada ela é, três anos (?) e já tão carnuda! E todos são tapados – poeticamente, ternamente tapados, adoravelmente tapados. Posso imaginar o sucesso que ela terá no palco. Envie-me as resenhas, eu as traduzirei e as passarei aos *Anais Literários* (a revista da Casa dos Literatos) – para que a Rússia saiba de seus sucessos."

Ora, no seu desejo de partilhar sua alegria com seus amigos ocidentais, o senhor poderia ter se limitado a esse trecho.

Ou, então, com efeito, o senhor é uma criança de três anos que nem sequer suspeita da existência, na Rússia, da GPU[*] (antiga Tcheká), nem da sujeição de todos os cidadãos soviéticos a essa mesma GPU, nem do fechamento da *Crônica da Casa dos Literatos*, nem de tantas, tantas outras coisas...

Suponha que uma das pessoas mencionadas, depois de quatro anos e meio passados "sem fazer nada" (por sinal, Blok morreu de tanto fazer nada), queira mudar de ares – que papel irá desempenhar a carta que o senhor publicou em *A Véspera* na sua partida?

À Nova Política Econômica, que pelo visto parece-lhe uma terra prometida, os problemas éticos interessam menos que qualquer coisa: imparcialidade, misericórdia, grandeza de alma em relação ao inimigo.

Alekséi Nikoláievitch: acima das amizades pessoais, das correspondências particulares, das vaidades literárias – existe

---

[*] Abreviação de *Gosudárstvennoie Polititcheskoie Upravlénie* (polícia política estatal), formada em 1922 para substituir a Tcheká, que fora a comissão especial para combater a sabotagem e a contra-revolução, fundada em 1918. A partir de 1923, com a criação da União Soviética, passou a ser designada pela sigla OGPU (Administração Política Estatal Unificada) e sua atuação estendeu-se ao país inteiro. (N. de T.)

o empenho solidário do ofício, o empenho solidário da humanidade.

Cinco minutos antes de minha partida da Rússia (no dia 11 de maio deste mesmo ano) alguém se aproximou de mim: um comunista, eu o conhecia de vista e ele a mim só pelos meus poemas. – "Viajará um *tchekista* em seu vagão. Segure sua língua."

Apertei a mão dele e não aperto a sua.

Marina Tsvetáieva – Berlim, 3 de junho de 1922.

No dia 7 de junho de 1922, o marido Serioja chega de Praga: fazia cinco anos que eles não se viam. Berlim era uma cidade cara e o governo tcheco oferecia bolsas aos escritores e aos estudantes russos emigrados, por isso Serioja inscreveu-se na universidade. A família decide, portanto, instalar-se na Tchecoslováquia; a nova partida acontecerá no dia 31 de julho.

Mesmo Praga é cara demais para eles, que vão morar nos arredores. MT encontra novamente amigos e, aos poucos, passa a fazer parte da vida literária da emigração. Alguns meses mais tarde, ela escreve a uma amiga pintora que se prepara para deixar Berlim e se instalar em Paris.

A Liudmila Tchiríkova:

Mokropsy, 3 de novembro de 1922.

Minha querida Ludmila Evguênievna,

Muitíssimo obrigada por tudo – ontem chegaram as primeiras gafes de Helicon[4]: um livrinho da Akhmátova e uma carta de desculpas.

---

[4] MT apelidou assim o editor Adam Vichniák, proprietário da editora Helicon.

Estou profundamente convencida de que *eu* nada tenho a ver com essas desculpas. – Você foi o cetro de Aaron (?) graças ao qual essa rocha duvidosa verteu algumas lágrimas duvidosas.

– Em suma: um crocodilo. Quanto ao resto – que o diabo o carregue!

Você me ajudou muito, agora terei em mãos meus poemas de antes, que agradam a todos.

Com os novos (palavras sibilinas), o que seria de mim? Ninguém precisa deles, uma vez que foram escritos da outra margem: *do céu*!

Mas vamos falar de você.

Você vai partir. – Aplaudo. – Mas há duas partidas: *de* – e *para*. Eu preferiria a primeira: é um gesto nobre, a mulher tal qual gosto.

Não uma partida: um revôo.

Se, ao contrário, é *para* – ou *com* – fazer o quê, isso também é necessário, embora o seja para depois mudar de opinião três vezes, sacudir a poeira.

A alma cresce com tudo, principalmente – com as perdas.

Você é um ser autêntico e, mais que tudo – jovem; desde nosso primeiro encontro admirei essa conjunção, as pessoas se enganam quando explicam tudo no ser humano pela idade: o ser humano nasce INTEIRO! Repare como, desde a mais tenra idade e – de ano em ano! – nós somos os mesmos, amamos sempre as mesmas coisas. Uma espécie de inocência *imperturbável*.

Mas as pessoas se inquietam, o amor inquieta; aos vinte anos pensamos: despertar de uma nova alma! – não, é simplesmente o despertar da carne, velha história que remonta a Eva. Depois isso passa e, aos sessenta anos, estamos exatamente sob o mesmo céu – somos exatamente a mesma – que aos seis. (Agora estou com seiscentos!)

De uma maneira ou de outra, seja lá quem for a pessoa que você deixará e a outra para quem você vai (ou *o que quer que seja* ou *para o que quer que* seja, uma vez que seu destino está nos sentimentos, não nas pessoas!) – não importa o que você deixe e aonde vá – você irá para a sua alma (*seus* acontecimentos são todos interiores), além do mais, a cidade eterna, que *tantos* viu e *tantos* engoliu, que por bem ou por mal calará tudo o que é exacerbadamente pessoal, será transfigurada.

Você terá o Sena, suas pontes, suas neblinas: os séculos. *Tombeau des Invalides* [Túmulo dos Inválidos] – Deus do céu: Versailles durante a semana, quando não há ninguém, Versailles com suas alamedas, seus lagos, seus Luíses!

Morei em Paris – há muito tempo, aos dezesseis anos; vivia sozinha, austeramente – foi antes um sonho de Paris do que Paris. (Como toda a minha vida é um *sonho* da vida e não a vida!)

Como lembrança minha, vá à rua Bonaparte, 59 bis. Foi lá que morei. A casa foi escolhida em função do nome da rua, pois naquela época, mais que todos e mais que tudo (por sinal, isso nunca passará), eu amava Napoleão.

A rua Bonaparte é encantadora: católica e monárquica (*legitimiste!**) – em cada edifício há um antiquário.

Seria bom se você morasse lá: de acordo com o mapa, en-

---

* Em francês, no original: "legitimista", partidário da dinastia dos Bourbons, destronada em 1830. (N. de T.)

tre as praças St-Germain-des-Prés e St-Germain-d'Auxerrois, bem à margem do Sena – o Quartier Latin.

Uma coisa deve chamar a atenção de modo particular – junto a cada janelinha há um velhinho de 110 anos e uma velhinha de 99.

M. T.

A pequena Ália volta a viver com o pai e a mãe, que pensam em colocá-la em alguma escola. Entretanto, MT hesita, traumatizada pela lembrança da última separação. É assim que ela o explica a uma amiga (M. S. Tsétlina), no dia 8 de junho de 1923:

Uma criança doente – nada há de mais penoso e difícil de suportar. A doença de Ália em 1920 foi o pior momento de minha vida, o único em que não escrevi nenhum poema.

Mesmo assim, no final de 1923, Ália é colocada numa das melhores escolas de língua russa, o Gimnasium Ruske, de Moravska Třebova, na Morávia, onde ela será confiada aos cuidados da família Bogenhardt. Vsevólod Bogenhardt é um companheiro de exército de Serguei Efron. Na época, ele próprio, sua mulher Olga e sua mãe Antonina trabalhavam nessa escola.

A Antonina Bogenhardt:

Praga, 11 de novembro de 1923.

Minha querida Antonina Konstantínovna,
De todo coração, agradeço profundamente pelo telegrama e pela carta. Nesses dias, minha alma se entristeceu de saudades de Ália. Se você soubesse como temo as separações!

Nesse sentido, certamente não sou uma pessoa normal: não por natureza, mas a vida me tornou assim. Durante a Revolução, em 1920, *um mês antes* de receber o cartão de alimentação, minha filha caçula morreu num abrigo e só salvei Ália da morte porque fui muito impositiva. Não queria deixá-las ir para o abrigo, foram *arrancadas* de mim: reprovavam meu egoísmo maternal, prometiam cuidados completos para as crianças, êxito em todos os sentidos – e aí está: dez dias depois – a doença de uma, e dois meses depois – a morte da outra.

Desde então, tenho pavor das separações, o menor motivo – lá vem o velho medo terrível que me enregela: e se, de repente? Conheço todas as suas objeções, sei que Třebova é realmente um paraíso para as crianças, conheço você e seu coração e só lhe escrevo tudo isso para que você conheça a *raiz* dessa anormalidade. Mas, chega de falar dessas coisas tristes. Estou certa de que Ália vai ficar muito bem em Třebova, há tempos ela não é criança, ela teve tão pouca ocasião na infância de simplesmente – se alegrar e agora, tudo de uma vez: amigas, emprego correto do tempo, jogos, estudo. Se continuasse vivendo comigo, teria acabado infeliz; eu mesma nunca fui criança, é por isso que as compreendo mal: das dos outros – tenho medo; das minhas (da minha) exijo exageradamente. "Médico, cura-te a ti mesmo"[5], isso (quanto à educação) se aplica a mim melhor do que a ninguém.

---

[5] Trecho do Evangelho segundo São Lucas (4, 23).

ALEMANHA E TCHECOSLOVÁQUIA (1922-1925)

Estamos tendo as primeiras geadas. Nossa montanha está todinha pelada. Há alguns dias, pela manhã, havia uma cerração tão forte que, quando fui comprar leite na venda, mal conseguia enxergar meus pés, nem onde pisava. Pois, agora, é a mesma coisa; neste momento em que escrevo a você, a janela é uma mancha borrada, não se vê o contorno de nada. Praga, no inverno, convida ao sono. De manhã não se tem vontade de levantar, e à noite não se vê a hora de ir para a cama. Acendemos a estufa, é alegre e rápido. Gosto do calor na chaminé, às vezes me faz lembrar do mar. Sua nova casa é confortável?

Muitas vezes me transporto em pensamento até Třebova, vejo a pequena praça com os grandes paralelepípedos, com os brasões no alto dos portões, os santos que dançam. Lembro-me dos nossos passeios – você se lembra dos cogumelos? E a vasta grama densa, tipo barba-de-bode?

Escreva-me sobre Třebova no inverno. O que fazem os meninos quando não podem jogar futebol? Será que lêem? Ainda falta muito para nevar de verdade. Por acaso montam alguma peça? Quero muito saber de tudo, estou ligada a Třebova.

Vou terminando. Mais uma vez agradeço de coração você e os seus por Ália. Falta só um mês e meio para o Natal, nos veremos em breve. Um beijo e lembranças minhas a Olga Nikoláievna e a Vsiévolod. Como eu gostaria de vê-los todos em Praga!

M. T.

Uma vez instalada nos arredores de Praga, MT pode se dedicar à criação – que é também a principal fonte de sustento da família

Vivendo sob o fogo

(Serguei não trabalha, recebe apenas uma bolsa de estudos). Os anos tchecos são particularmente fecundos: ela escreve numerosos poemas líricos, trabalha nos poemas longos Le gars *e* Egóruchka. *Em 1923, aparecem suas coletâneas* O ofício *e* Psiquê *e em 1924, sua peça de teatro* A fênix, *que tem Casanova como protagonista. Começa igualmente a trabalhar em sua trilogia dramática consagrada a Teseu, cuja primeira parte, "Ariadna", ela conclui. Às vezes, a publicação de seus textos é difícil principalmente por razões políticas. É por isso que ela não consegue editar o livro que projetou a partir de seus diários íntimos, intitulado* Indícios terrestres: Vichniak, *das edições Helicon, só o teria publicado sob a condição de que ela descartasse qualquer menção à vida política. Como ela poderia eliminá-la de sua vida em 1917, 1918, 1919? As idéias de MT são ainda mais difíceis de serem aceitas na medida em que não seguem a linha de nenhum partido. No dia 27 de maio de 1923, ela escreve a Gul:*

> É um livro de vida viva e de verdade, por isso ele é politicamente (ou seja, sob o prisma da mentira), claramente destinado ao fracasso. Nele há comunistas encantadores e membros do Exército branco impecáveis; os primeiros verão *apenas* os últimos, e os últimos apenas os primeiros.

O livro não será publicado. MT comenta em seu caderno esse tipo de situação (1º de janeiro de 1925):

> Extraído de minhas reflexões sobre os redatores e as redações:
> Pois fiquem sabendo que, de qualquer maneira, quando eu morrer – tudo será publicado! Cada linhazinha, como diz Ália, cada rabisco! Então, por que tanta frescura (bancando o

difícil)? A menos que vocês não precisem mesmo [*falta uma palavra*], em vez da simples fama [...], do sol, de uma morte sensacional? Em vez de precisarem de mim *sentada a minha mesa*, categoricamente – de mim *sobre minha mesa*?* (Isso inclusive – será publicado!)

Pouco depois de sua chegada a Berlim, MT estabeleceu um contato epistolar intenso com o poeta Boris Pasternak (1890–1960), que até então não passara de simples conhecido. Ele manifesta sua admiração pelos poemas de MT e envia-lhe sua nova coletânea de versos. Ela, de sua parte, também o admira e tem a impressão de ter encontrado um poeta de força comparável à sua. MT diz isso em um ensaio que lhe dedica e nas cartas que lhe envia dos arrabaldes de Praga (nesse momento, ele está na Alemanha).
A Boris Pasternak:

Mokropsy, 10 de fevereiro de 1923.

Pasternak!
Você é o primeiro poeta que – vejo• – em minha vida. Você é o primeiro poeta em cujo amanhã acredito tanto quanto em meu próprio. Você é o primeiro poeta cujos versos valem menos que o próprio poeta, embora valham mais que os de todos os outros. Pasternak! Conheci muitos poetas: jovens, velhos. Nenhum deles se lembra de mim. Eram pessoas que escreviam versos: escreviam admiravelmente seus poemas ou

---

* Era hábito, na Rússia, velar os mortos sobre uma mesa. (N. de T.)
• Além de Blok, mas ele já não estava entre os vivos! Agora, Biéli – é outra coisa. Essa imagem brilha para mim como que por mágica.

(mais raramente) escreviam poemas admiráveis. Isso é tudo. A marca da labuta, que é a *do poeta*, não a vi em ninguém: ela chameja a uma versta de distância! Rimadores rotulados – vi muitos – e de toda espécie: espécies essas, por sinal, que caem facilmente, ao primeiro sopro *da vida cotidiana*. Eles viveram e (também) escreveram versos – sem visão, sem excessos, economizando em tudo para conseguir algum verso – não apenas viveram: se regalaram. E se regozijaram tanto que se permitiram um verso: um pequeno passeio [...]. Eles eram piores que os não-poetas, pois *sabendo* o que os versos custam aos poetas (meses e meses de abstinência, de usura, de não-ser!), eles exigiam, assim mesmo, dos que estavam a sua volta uma compensação exorbitante: incensório, genuflexões, monumentos em vida. Jamais me senti tentada em opor-me: eu os incensava, galante – e virava as costas. Acima de tudo, eu amava o poeta quando ele tinha vontade de comer ou lhe doía um dente: isso aproximava, humanamente. Eu era a *babá* dedicada aos poetas, a que satisfazia seus pequenos caprichos – mas absolutamente não uma poeta! E não uma Musa! Mas a jovem (e mesmo trágica, às vezes – mas, e daí) – babá! Ao lado de um poeta sempre me esquecia de que – eu mesma – era poeta. E se era ele a lembrá-lo – eu o desdizia.

E o mais engraçado é que vendo *como* eles os escreviam (os versos), eu começava a considerá-los gênios, e a mim – não mais que uma nulidade – uma extravagante da pena, quase uma menina travessa. "Vamos ver: serei realmente uma poeta? Vivo, simplesmente – alegro-me, amo meu gato, choro, enfeito-me – e escrevo poemas. Já Mandelstam, por exemplo, já Tchurílin, estes são poetas." Essa disposição de espírito era contagiosa: tudo passava por mim – e ninguém me levava a sério. É por causa disso que, de 1912 (eu tinha dezoito anos) a 1922, não publiquei nenhum livro, embora tivesse ao menos cinco, manuscritos. É por causa disso que não tenho um nome e nunca terei. (Fato que, por sinal, só me amargura exteriormente: em sete meses, depois de deixar Berlim, ganhei – no mês passado – 12 mil francos alemães, a custa de incansáveis remessas para todo lado. Vivo às custas dos tchecos, caso contrário morreria de fome!)

Mas voltemos a você. Pasternak, você é (de coração) o primeiro poeta em minha vida. Respondo sobre o dia de amanhã de Pasternak com a mesma serenidade que responderia sobre o dia de ontem de Byron. (A propósito: uma iluminação súbita. Você ficará bem velhinho, terá um *longo* percurso, não estrague tudo) – Você é o único de quem posso me dizer contemporânea – e com alegria! – a plena voz! – eu o faço. Leia isso com distanciamento, o mesmo com que escrevo, não se trata nem de mim nem de você, não tenho culpa se você não morreu cem anos atrás, tornou-se quase impessoal e você sabe disso. Não nos confessamos ao padre, mas a Deus. Confesso-me (não me penitencio: dispenso o incenso!) não a você, mas ao seu Espírito. Ele é maior – já ouviu tantos outros! Você é grande o bastante para não ter ciúmes.

Passei o último mês deste outono com você, sem conseguir deixá-lo, *não* com o livro. Foi um período em que eu ia freqüentemente a Praga: pois bem, era a espera do trem na nossa pequena e úmida estação. Eu chegava cedo, durante o crepúsculo, antes de os lampiões serem acesos. Andava de um lado para outro na plataforma escura – bem longe! E havia um lugar – sob a placa de um poste – sem luz, pois era lá que eu chamava por você: "Pasternak!". Longas conversas lado a lado

— desordenadas. Há dois lugares aonde gostaria de ir com você: a Weimar, à casa de Goethe, e ao Cáucaso (o único lugar na Rússia onde *imagino* Goethe!).

Não direi que você me é indispensável, você é *incontornável* em minha vida: não importa qual seja a direção de meus pensamentos, o lampião se ilumina. Eu enfeitiço o lampião.

Então, neste outono, não estava nem um pouco preocupada que tudo se passasse assim, sem você saber e sem você concordar. Não era a *minha* vontade que o convidava, se você quer – pode (e deve!) parar de querer. O querer – um absurdo. Algo *em mim* queria. Depois, convidar sua alma é fácil: ela nunca está em casa.

"Na estação" ou "na casa de Pasternak" era a mesma coisa. Eu não ia à estação, mas a sua casa. E, entenda-me bem, nunca e em nenhum lugar fora dessa versta de asfalto. Deixando a estação, melhor, subindo no trem – deixava você, simplesmente: curta e grossa. Não levava você comigo, para a minha vida. Nunca o provoquei. Quando terminaram as viagens (indispensáveis) para Praga, você também acabou.

Conto-lhe porque isso agora é passado.

E sempre, sempre, sempre, Pasternak, em todas as estações de minha vida, em todos os postes de lampiões de meus destinos, ao longo de todos os asfaltos, sob todas as "linhas diagonais" – sempre será assim: o meu chamado, a sua vinda.

Ainda uma palavra sobre essa aliança. Quando conto alguma coisa a alguém e o outro não a compreende, meu primeiro pensamento (queimadura) – Pasternak! E depois da queimadura – uma certeza. Como voltar para casa, como ir para a fogueira: *sem* verificar.

Por exemplo, de você, sei que ama – entre todos – Beethoven (até *mais* do que Bach!), que você está ligado à música mais apaixonadamente do que à poesia, que você não gosta de "arte", que você mais de uma vez pensou em Paganini e quis escrever algo sobre ele (ainda o fará!), que você é católico (como estrutura espiritual, como raça) e não ortodoxo. Pasternak, eu o leio, mas, como você, não conheço a última página. A propósito, vislumbra-se, ao longe, um convento.

Quero lhe dizer, e você não se ofenderá nem protestará, pois é corajoso e desinteressado, que, em sua obra, há mais do Gênio que do poeta (o Gênio – está em suas costas!), o poeta é vencido pelo Gênio, a ele se entrega, a sua cólera, a sua clemência, ele aceitou o papel de mensageiro, renunciou. (Apenas uma ganância mesquinha haveria de querer combater com um anjo! "Uma auto-afirmação" – quando se trata de auto-devoração pelo fogo!*)

E mais, Pasternak, não quero que o enterrem, quero que o queimem.

Seu livro. Pasternak, tenho uma coisa a lhe pedir. "Assim começam os ciganos..." – dedique esses versos a mim. (Men-

---

* Aqui MT estabelece uma relação, inclusive sonora, entre *samoutverjdiénie* ("auto-afirmação") e *samossojénie* ("autodevoração pelo fogo"). (N. de T.)

talmente.) Ofereça-os a mim. Para que eu saiba que são meus. Para que ninguém ouse pensar que pertencem a ele.

Pasternak, você é um código secreto. Você é completamente cifrado, irrecuperável para o "público". Você é a mensagem cifrada de um rei ou de um chefe de exército. Você é a correspondência entre Pasternak e seu Gênio. (O que um terceiro viria fazer, quando tudo se resume a descobrir encobrindo!*) Se alguém o ama, será por medo: uns, por medo de estar "na esteira" de outro; outros (mais perspicazes) – pelo *faro*. Mas conhecer você!... Mesmo eu, não o conheço, jamais o ousarei, pois o próprio Pasternak muitas vezes não se conhece. Pasternak rabisca algumas letras, mas depois – no impacto de uma visão noturna – num segundo, ele toma consciência para de manhã esquecer de novo.

Mas existe outro mundo, onde seu segredo é uma escrita de criança. Nesse mundo** o lêem brincando. Levante mais alto a cabeça – mais alto! Lá está o seu "Museu politécnico"[6].

Após ter incensado, passo ao arrependimento. – No abençoado verão de 1922 (logo vai fazer um ano), quando recebi seu livro, meu primeiro gesto foi, depois de fechar a última página, escancarar minha coletânea *O ofício* e escrever bem na primeira – preto no branco: o seu nome. – Aqui vemos a sutileza da

---

* Outra vez, MT brinca com o som das palavras: *vskryv – skryt*: abrir o que estava fechado. (N. de T.)

** Alusão provável a pessoas que moram nas alturas (nas montanhas): *Górnie*, no original. (N. de T.)

[6] Sala grande, em Moscou, onde os poetas liam seus versos.

coisa. Na época eu era muito amiga de Helicon[7], que amava (dou de ombros) meus poemas. Era uma nulidade enternecedora, toda de veludo negro; o ciciar do *ch* (meu Deus, pois *gato* em francês é *chat*, agora compreendo!). Veja: escapar das garras desse gato de veludo, dedicar meu *O ofício* a um outro, mais ainda, a um semideus (é assim que o considero, humildemente e em voz alta) – não tive coragem. "Fraqueza minha... Bobagem minha." (É uma canção. Você vai se lembrar da melodia!) E então, com o coração apertado, não pus seu nome. Assim, a página ficou em branco.

(Uma semana depois de minha partida, Helicon, naturalmente, me havia traído e vendido[*] – como um gato: os gatos *não* morrem sobre os túmulos!)

Agora, tomo consciência disso e penso: está certo. Helicon – não conta nada, *O ofício*, por outro lado, já é passado. Dirijo-me a você somente com amanhãs. Então, calma e sem *páthos*, sei apenas de uma coisa: o próximo livro não pode não ser para você. Por acaso uma dedicatória não é o batismo de um navio?

(A propósito, esta carta – uma conversa sobre você, com seu Gênio. Você, não a ouça.)

---

[7] Abraham Vichniák.
[*] Trocadilho entre *predal* e *prodal* ("havia traído"/"havia vendido"). (N. de T.)

E agora, Pasternak, um pedido: não viaje para a Rússia sem me ver. A Rússia é para mim *un grand peut-être* [um grande talvez], quase um outro mundo. Se você fosse para Guadalupe, as serpentes, os leprosos: eu não lhe faria esse pedido. Mas, para a Rússia: sim! – Então, Pasternak, avise-me, vou. Aparentemente – para negócios, na verdade – por você: sua alma, nosso adeus. Você já desapareceu desse jeito uma vez – em Nova Diévitchi, no cemitério: você se furtou *a*... Você não estava mais lá, simplesmente. Essa lembrança me assusta, me desanima – justamente quando luto por... ora, por quê? Por um aperto de mão, nada mais. De um modo geral, duvido de sua existência, mas, ao mesmo tempo, ela se parece demais com um sonho: por aquele caráter de abnegação (descubra o sentido primeiro da palavra!*), pela ausência de dúvida, pela *cegueira* que tenho em relação a você.

Eu poderia escrever um livro sobre nossos encontros, apenas restabelecendo os fatos, *fora* de qualquer ficção. Assim, segura de seu ser, duvido de sua existência, simplesmente: você está ausente. Não perguntarei mais sobre isso, mas espero uma resposta. Não perguntarei mais sobre isso, mas, se você se esquivar de meu pedido (por qualquer pretexto), será uma ferida para toda a vida.

Não é sua partida que receio, é seu desaparecimento.

---

* Em russo, *bezzaviétnost*: "devoção", "abnegação", "coragem sem limite"; contém a palavra *zaviét*: "testamento". (N. de T.)

ALEMANHA E TCHECOSLOVÁQUIA (1922–1925)

Duas vezes em sua carta: "é difícil". Só porque você está com mais pessoas: você, o homem que voa! Vá com os deuses: para as árvores. Não veja ali nenhum lirismo, é um conselho médico. Vive-se bem fora da cidade e, na Alemanha, isso é mais fácil que em qualquer outro lugar. Você terá livros, cadernos, árvores, ar, dignidade, paz. – Ah, sim, há um ponto obscuro em sua carta: você pensa que vivo longe de Berlim por motivos "amargos e constrangedores". Ora, Berlim me defraudou *completamente*, saí de lá desprovida de tudo, com os ossos quebrados e os tendões esticados. Os literatos – uma lepra[*]! Peço a Deus que me permita sempre viver como vivo: um poço em forma de capelinha, o ruído das torrentes, minha rocha particular, cabras, todas as essências das árvores, meus cadernos, sem falar em Serioja e Ália, os únicos seres, além de você e do príncipe Volkónski, que me são queridos!

Minha única pena é não ter ficado em Berlim o suficiente para vê-lo. Se você não partir antes, penso em voltar no começo de maio.

Não ligue jamais para o juízo que as pessoas (os amigos!) fazem de mim, magoei muitos (amei e desamei, adulei e abandonei) – para as pessoas, as divergências são uma questão de amor-próprio que eu – humana ou divinamente – respeito. – Não ouça. – Digo algo pior, bem pior – mas mais justo!

---

[*] Curiosamente, em russo a palavra *prokaza* pode significar também "uma travessura". (N. de T.)

Você ainda vai receber de mim duas cartas: uma sobre os seus versos e os meus, a outra – com uns poemas que lhe são dedicados. Depois, me calarei. Sem chamado, não mais escreverei. Escrever – é entrar sem bater. Minha casa estará sempre a meio caminho da sua. Quando você for me escrever, saiba que seu pensamento será sempre – em resposta. Daí, o seguinte: bater à porta que já foi escancarada, de vez!

Por enquanto, Pasternak – até logo. Sim! Você ainda deve me presentear com uma Bíblia; não a aceitarei de outras mãos.

M. T.

MT, em outra ocasião, planeja ir até Berlim para reencontrar Pasternak (que está lá de passagem), mas o empreendimento lhe parece por demais problemático. A esse respeito ela escreve a seu amigo Roman Gul, que mora em Berlim.

A Roman Gul:

Mokropsy, 11 de março de 1923, novo estilo.

Meu caro Gul!

Meus pensamentos são "um tumulto só" (assim me disse uma vez uma cigana, em Smoliénsk[8] – dei a ela, em troca de sua predição, meus últimos mil rublos!).

Meu poeta – o mais amado, entre todos – Pasternak, é claro – vai partir e não posso ir me despedir dele: não tenho

---

[8] Em Moscou.

nenhum parente agonizante em Berlim e até o dia 18 será difícil inventar algum. Estou muito triste (você está vendo, isso pode acontecer comigo mais freqüentemente do que você pensa! Refiro-me a seu escrito!) – e tenho como único consolo: 1) o fato de que minha vida inteira foi assim; 2) o *Gespräche mit Goethe* de Eckermann[9]. Esse livro, imploro que o compre com as "divisas" que anexo e que o entregue a Pasternak *antes* de sua partida. (Ele parte no dia 18, conforme me escreveu.)

Creio que deve haver muitas edições. Eu tinha uma, maravilhosa, em Moscou. Você a reconheceria logo: é um volume pesado, com caracteres magníficos (góticos), ilustrações (Weimar, desenhos de Goethe etc.). Não sei como lhe pedir que se ponha à procura dessa em particular, não é absolutamente uma raridade, a edição *não* é antiga. Mas não gostaria que fosse uma *Reclam-Ausgabe*[10] (do gênero de nossa *Biblioteca Universal*). É possível, acredito, se informar pelo telefone junto às livrarias?

Eckermann, *Gespräche mit Goethe*. O livro deve ser *grosso*; existem livros com trechos, mas não fazem sentido.

Eu gostaria muito de presenteá-lo também com um bom retrato de Goethe velho. Há uns sépia – não são gravuras, mas parecem. Não tenho idéia se o dinheiro vai dar (devem custar uns 15 mil marcos alemães, o que você acha?). Em todo caso – Eckermann vem em primeiro lugar. Se o dinheiro não der – desconheço totalmente os preços aí – peço-lhe encarecidamente que complete o que faltar. Devolverei imediatamente.

---

[9] *Conversações com Goethe*, de Eckermann.
[10] Coleção popular, barata.

Mais ainda: não sei nada de Pasternak e gostaria de saber mais. (ENTRE NÓS!) Nossa correspondência é – *ins Blaue*[11], sempre receio conhecer a *vida quotidiana* de alguém, na maioria dos casos ela me aflige. Gostaria de saber como é a mulher de Pasternak ("será ela a existência?!" Queira Deus que seja *o ser*[*]!), o que ele fazia em Berlim, por que e para que ele viaja, com quem ele fez amizade etc. Aquilo que você souber – conte-me.

E – mais que tudo – como você deu o livro a ele, o que ele falou e se havia alguém junto. O melhor seria se você lhe entregasse o livro na estação, assim eu ficaria sabendo da despedida. Mas: 1) não ouso pedi-lo (embora para você, como escritor, uma partida desse tipo possa ser curiosa: alguém que deixa uma "vida boa", vale a pena pensar nisso!); 2) pode ser que você tenha o hábito de chegar atrasado à estação? Nesse caso, meu Eckermann se perde! – Seria preciso se informar exatamente quanto ao horário do trem.

Quando for entregar para ele, diga-lhe simplesmente que eu lhe pedi... Você poderia não dizer *do que* se trata (o nome do livro), sempre temo a perturbação do outro, o inevitável instante de CONFUSÃO no interior da estação. Ela é propícia a todo tipo de sentimento (você vê que raposa eu sou!).

E, para terminar esse assunto (dentro de mim, ele apenas se inicia!), querido Gul, não deixe para amanhã. Vou enviar minha carta no dia 12 (segunda-feira), ela não chegará antes do dia 16, você só terá um único dia para fazer tudo. Espero

---

[11] Em alemão, no original: "às escuras".

[*] Jogo de palavras entre *byt*, "modo de vida", "vida quotidiana", e *bytié*, "o ser". (N. de T.)

sua resposta mais do que com impaciência, menos do que com frenesi, algo de intermediário, mas, basta, já disse o bastante.

Segundo motivo de aflição (conseqüência) – já não agüento mais meu livro[12]. Depois do dia 9 (quando fiquei sabendo da partida), desisti dele. Não consigo me recuperar. Estou terrivelmente amargurada: passeio incansavelmente, arejo o coração e a cabeça nas montanhas de Mokropsy! Mas é só escrever uns versos – já fico paralisada de novo. Sinto-me desconcertada também por Helicon (o descarado!) que não me responde se vai ficar com ele ou não. Mas, de qualquer jeito, vou certamente superar tudo e me recompor. O livro é curioso, há duas forças nele, bem claras: a existência (ou seja, a Revolução) e o SER (eu). Não veja aí nenhum convencimento – o ser, aquilo que deveria ser, precisa ter ao menos um canto no mundo – não desfigurado!

E o seu Manfredo[13], que tal? Não tem medo da "síndrome dos partidários do Exército Branco"? Não se trata da centúria negra[*], no livro, mas do furor branco. É pouco provável que na Rússia (se os bolcheviques não se tornaram ovelhas definitivamente – ovelhas mesmo) o deixem passar. Mas, se o mandarem a qualquer lugar da Bulgária – vão atirar aos cães a *Psiquê*[14] inteirinha (quer dizer, eu). – Vejo-me sem saber o que fazer.

---

[12] Trata-se do livro projetado *Indícios terrestres*.
[13] Editora dos emigrados russos em Berlim.
[*] Nome dado a um esquadrão de cossacos antes da Revolução na Rússia. (N. de T.)
[14] Nome de um poema de MT.

Vivendo sob o fogo

Bem, Gul, meu querido, até breve. Você já leu a *Pátria** de Volkónski? Tenho sobre ela um grande artigo[15] que passeia por aí; pode ser que Gleb Struve a tome para o *Pensamento Russo*! Se você encontrar a *Pátria*, leia-a, é um livro MARAVILHOSO, não há outro igual.

Helicon, o tratante, não me manda *O ofício***. Meu único exemplar dei-o a Pasternak, para a viagem. Tão logo o receba, o primeiro livro será o seu. Na próxima carta vou lhe contar uma trapaça infeliz e involuntária que fiz, sem alegria e sem querer – e da qual eu mesma me surpreendi.

Peço-lhe encarecidamente – conte-me em detalhes sobre o livro e a partida!

Sua infatigável perguntadeira.

M. T.

[*Acrescentado à margem:*]

Em caso DESESPERADO pegue um *Reclam-Ausgabe*, mas faça *de tudo* para encontrar a edição boa.

O endereço de Pasternak: Berlim – W. 15 Fasanenstrasse 41 III b/v. Versen.

Em suas cartas e seus diários, MT escreve muitas vezes suas reflexões sobre as relações entre a arte e a vida, o ser e o existir. Assim, ela escreve ao mesmo Gul (28 de março de 1923):

---

* Em russo: *Ródina* (N. de T.)
[15] "O cedro".
** Coletânea de poemas de MT. (N. de T.)

ALEMANHA E TCHECOSLOVÁQUIA (1922-1925)

Minha alma fervia diante de seu amor pela existência quotidiana: meu ódio eterno! [...] – Gul, não amo a vida material, jamais a amei, em particular – as pessoas. Amo o céu e os anjos: lá no alto, com eles, eu saberia viver.

Ou, então, a Tchiríkova, em 7 de abril de 1923:

Estou completamente cansada da vida material. Caem-me os braços só de pensar em quantos chãos há para lavar, quantos já lavados, quantos leites derramados e quantos não, quantos senhorios ou panelas ainda estão à espera. [...] Não sinto nada além de ódio por todos os proprietários desta vida: isso porque não sou como eles. [...] É o pobre – diante dos que possuem, o pobre – diante dos que não possuem (ódio dobrado), sozinho, diante de todos e contra todos. É a alma e o *guisado*, a alma e *o espírito pequeno-burguês*. São essas forças que se chocaram uma vez mais!

Não sei viver aqui embaixo!

Você acredita num outro mundo? Eu – sim. Mas num mundo terrível. Aquele do castigo! Um mundo onde reinam as Intenções. Um mundo onde serão julgados os juízes. Será o dia de minha absolvição, não, é pouco: de meu rejúbilo! Eu estarei lá e rejubilarei. Porque lá não irão julgar pela roupa, que todos aqui têm melhor do que a minha e que fez com que tanto me detestassem nesta vida, mas justamente pela essência que me impediu de me preocupar com a roupa.

Mas esse dia – quem sabe – estará longe? Enquanto isso, tenho sob os olhos uma série de tribunais humanos e jurídicos onde eu sempre estarei *errada*!

Ela escreve ao jovem crítico Aleksandr Bakhrakh:

Tenho horror – ao mundo dos jornais; além de *tudo* aquilo que leva a detestar o jornal, esse cabedal de banalidade humana! – eu o odeio pela *furtividade*, pela infâmia de suas colunas (*27 de julho de 1923*).

Oh, Deus realmente quer fazer de mim uma grande poeta, do contrário Ele não tiraria tudo de mim! (*5 de agosto de 1923*).

Deus quer fazer de mim um deus – ou uma poeta – mas, às vezes, quero ser um ser humano e me debato e mostro a Deus que ele não está certo. E Deus, sorrindo, me libera: "Vai – vive um pouco...".
Assim, ele me deixou ficar com você – por uma horinha (*14 de agosto de 1923*).

E a Pasternak, em 14 de fevereiro de 1925:

Fiz de minha alma minha casa, [...] – nunca de minha casa minha alma. Estou ausente de minha vida, *não* estou em casa. Uma alma em casa – uma alma-em-casa, para mim não tem sentido, simplesmente não o concebo. [...] Trair a existência com minha alma, parece que nunca fiz nada além disso na vida. Trata-se, você compreende, de uma divisão diferente daquela entre marido e amante.

ALEMANHA E TCHECOSLOVÁQUIA (1922-1925)

Mais do que a existir, ela aspira a ser. E chega a isso pela criação artística. Escreve a Gul, em 30 de março de 1924:

Os poemas, Gul, são um terceiro reino, fora do bem e do mal, eles estão tão longe da igreja quanto da ciência. Os poemas, Gul, são a última tentação da terra (da arte – em geral!), sua carne é mais deleitável. É por isso que nós todos, poetas, seremos condenados.

Em seus cadernos, ela anota:

Tudo, a não ser a escrita – não é nada (*10 de setembro de 1924*).

Preciso dos versos como prova: estou viva ainda? Assim se comunica o prisioneiro, batendo no muro para seu vizinho ouvir (*15 de janeiro de 1925*).

Para uma jovem amiga, Ariadna (ou Ádia) Tchernova (1908-1974), que sonha, nessa época, em se tornar escritora, MT analisa a relação entre arte e vida (1º de abril de 1925).

Você, *naturalmente*, será uma artista – não há outros caminhos. Toda a vida no espaço – o mais amplo! – e no tempo – o mais livre! – é *estreita* demais. Você não poderia, mesmo que tivesse com todos os bilhetes para todos os trens expressos do mundo – estar ao mesmo tempo no Congo [...] e nos Urais ou em Port-Said. Você deve viver *uma* só vida, que na maioria das vezes – você não escolheu, uma vida ao acaso. E você não pode amar ao mesmo tempo, ainda que tenha todos os direitos e *todas* as possibilidades interiores, Lord Byron, Heinrich Heine e Lérmontov, reunidos em sua vida (suponhamos um milagre desses!). Na vida, Ádienka, não se tem *nitchevo, nichts, rien*[*]. É por isso que – existe a arte ("em sonho, tudo é possível"). É *de lá* que vem a arte, *minha* vida, tal como a quero, não sem leis, mas submetida a leis superiores, uma vida sobre a terra, tal como a imaginam os crentes – no céu. Não há outros caminhos.

A arte é superior à vida, mas não se opõe a ela: é seu grau mais elevado. Ela escreve a Bakhrakh (5 e 6 de setembro de 1923):

A escolha das palavras é, antes de tudo, escolha e purificação dos sentimentos; nem todos os sentimentos são aproveitáveis, acredite, aqui também é preciso trabalho! O trabalho sobre a palavra é um trabalho sobre si próprio.

Por essa razão, MT é pouco amável com aqueles que ela denomina "os estetas", que separam a arte do ser. Depois de ela ter encontrado o casal de escritores russos Vladisláv Khodassiévitch (1886–1939) e Nina Berbérova (1901–1993), escreve a Bakhrakh (25 de julho de 1923):

"Nós somos poetas" e "nós, os poetas"... e os olhares *significativos* do cúmplice no crime – brrr! – comecei logo a falar de roupas e de divisas. Pode ser que eu seja injusta, mas, em geral,

---
[*] "Nada". (N. de T.)

sou facilmente posta de lado; meu não às pessoas só pode ser comparado ao meu *sim* – aos deuses! Parece que tanto uns quanto outros me pagam na mesma moeda.

Aquele que escolhe a "arte" não merece sua estima mais do que aquele que opta pela "existência quotidiana" (25 de julho de 1923):

Desprezo as belas-letras. Todas essas flores e cartas e *intermezzos* líricos não valem uma camisa remendada a tempo. "Vida quotidiana?" Sim, tão abominável que é pecado deixá-la sobre ombros já tão *exaustos* das asas sem ela.

Ainda ao mesmo (5 e 6 de setembro de 1923):

Quem é você? Um esteta ou um ser humano? Uma nacionalidade ou um ser humano? Uma profissão ou um ser humano?

Uma anotação descreve mais longamente a relação entre o mundo e sua representação (novembro de 1922):

Nunca em minha vida vi as coisas de maneira simples; aos oito anos, no curso preparatório, observando as alunas da oitava série [*ou seja, as que tinham dezoito anos*], acreditava entrever um segredo em cada coisa e atrás de cada coisa, quer dizer, a essência verdadeira daquilo. As alunas da oitava série não guardavam segredos, ou seja, aquela aparência simples – o laço do cabelo, a saia comprida, o sorriso zombeteiro – era de fato sua essência – de fato não havia essência! Entretanto, quando eu mesma me tornei uma aluna da oitava série, passei a olhar para os poetas, os heróis etc., imaginando que ela estaria lá. E, novamente – quando entrei no círculo dos poetas, dos heróis etc., eu estava convencida de que, atrás dos poetas, dos feitos etc. não havia nada, ou seja, de que os poemas eram *tudo* o que eram e que podiam ser, que os feitos eram tudo o que eram e que podiam ser, que o poeta – no melhor dos casos – era igual a seus versos, como a aluna da oitava série era igual – ao seu laço, ou seja, que o visível era igual ao que podia ser visto, que isso era justamente *aquilo que*, por causa de uma veneração infinita – eu nunca soubera (e, apesar de tudo – nunca saberei) – nomear. (Falo sem muita precisão, mas receio que a idéia me escape.)

O laço é um signo, os versos são um signo... Mas – de quê? Dos dezoito anos (a fita do cabelo), mas os dezoito anos – de quê? E mesmo que descobrisse, então, *de que* – isso – seria o signo?

Assim eu via o mundo aos oito anos, assim o verei aos oitenta, embora não o tenha nunca *entrevisto* assim (como a coisa se revelava invariavelmente e simplesmente – ser ela mesma). Porque *é* assim.

A criação poética transcende as divisões que, em geral, regem a vida da humanidade. Da mesma forma, os sexos (a Gul, 27 de junho de 1923):

A divina comédia – *é sexuada? O apocalipse é sexuado? Farbenlehre** *e Fausto* – *são sexuados? Swedenborg inteiro* – *é* sexuado?

---
* *Teoria das cores*, de Goethe. (N. de T.)

ALEMANHA E TCHECOSLOVÁQUIA (1922–1925)

O sexo é aquilo que deve ser superado, a carne é aquilo que *sacudi de mim*.

Und diese himmelschen Gestalten
Sie fragen nicht nach Mann und Weib*.

A base da criação – é o espírito. O espírito *não é* sexuado, está *fora* do sexo. Estou enunciando verdades elementares, mas elas são convincentes. O sexo é o *desemparelhamento*, a criação reúne as metades desemparelhadas de Platão.

Se for sexuado – então, o que são os anjos? Ora, por acaso os anjos (*não* os anjos dentro de nós) não criam?!

Ou, ainda, as nacionalidades (a Gul, em 9 de fevereiro de 1923):

O caráter nacional é *ele também* uma roupa, uma camisa – talvez, pele – quem sabe a sétima (e última), mas *não* a alma.

É isso que determina sua atitude para com a Rússia.

Sou russa tão-somente pela força natural da palavra. Por acaso existem sentimentos russos (franceses, alemães, judeus etc.)? Espaços? Pois Átila também os tinha, as pradarias também os têm. Existem sentimentos temporários (nacionais, de classe), intemporais (divinos: humanos) e pré-temporais (dos elementos). Eu vivo dos segundos e dos terceiros. Mas é im-

---
* Em alemão, no original: "E estas forças celestes/ não perguntam se é homem ou mulher", de acordo com a tradução de Boris Pasternak. (N. de T.)

possível deixar a alma nua – sem corpo – principalmente numa obra grande. A nacionalidade é esse corpo – ou seja, novamente, uma roupa (*julho de 1923*).

Se eu sinto falta da Rússia? *Não*. Não quero voltar, de modo algum (*a Gul, em 30 de março de 1924*).

Na resposta que ela dá, em 1925, a uma enquete que lhe é enviada pela revista Em nossa Própria Opinião *(incentivada, entre outros, por seu marido Serguei Efron), MT tem ocasião de falar mais longamente sobre seus sentimentos para com a pátria e a criação.*

A pátria não é uma convenção territorial, é a imutabilidade da memória e do sangue. Não estar na Rússia, esquecer a Rússia – esse é o temor apenas de quem pensa a Rússia como exterior a si. Aquele que a tem dentro de si – só pode perdê-la quando perder a vida.

Para escritores como Alekséi N. Tolstói, ou seja, escritores puramente de costumes – admitindo-se que escrever seja para eles o fundamental – é indispensável estar na Rússia, pouco importa como, para observar com os próprios olhos e ouvir com os próprios ouvidos os detalhes de cada hora do dia que foge.

Para os líricos, os épicos e os contadores de histórias, presbitas pela natureza própria de sua criação, é melhor ver a Rússia de longe – toda ela – do príncipe Ígor a Lênin – que em ebulição no caldeirão duvidoso e cegante do presente.

Além disso, o melhor lugar para o escritor é aquele onde menos o impedem de escrever (de respirar).

A questão da volta à Rússia não passa de um ponto específico da questão do amor-de-perto ou do amor-de-longe, do amor-olhos-nos-olhos – de uma imagem deformada até sua desaparição, ou do amor em espírito, que reconstitui a imagem. Do amor-até-o-insuportável, todo ele concessão, ou do amor-que-não-suporta – a deformação daquilo que se ama.

– Mas, quando acontece o incêndio, não dá para ajudar de longe.

A única arma que o escritor tem para sua ação – a palavra. Todo outro tipo de intervenção já será um ato de cidadania (Gumiliov[16]). Assim, se no escritor é mais forte o homem – ele tem o que fazer na Rússia. E de forma heróica. Se o artista dominar, então ele irá à Rússia para se calar, no melhor dos casos – se calar, ou (moralmente) melhor – falar entre os muros da Tcheká.

– Mas, mesmo assim, escreve-se na Rússia!

Sim, sob os cortes da censura, sob a ameaça da denúncia literária, e não se pode fazer mais que admirar a vitalidade heróica dos escritores ditos soviéticos que escrevem como a grama que cresce debaixo das tábuas da prisão – contra e apesar de todos.

No que me diz respeito – voltarei à Rússia não como "sobrevivente" tolerada, mas como convidada desejada e esperada.

Aqui, fora das fronteiras do império da Rússia, considero não apenas como o mais vivo dos escritores russos, mas como um tesouro vivo da alma russa e de sua língua – a evidência é

---

[16] Nikolai Stepánovitch Gumiliov (1886–1921), poeta e fundador da escola poética denominada Acmeísmo, foi acusado de ter participado de um complô contra-revolucionário e acabou fuzilado.

tamanha que falar mais é vergonhoso – Alekséi Mikháilovitch Rémizov[17], insuperável para os jovens prosadores russos contemporâneos, a não ser Pasternak. Se eu fosse uma autoridade russa qualquer, atribuiria imediatamente a Rémizov o título de escritor russo do Povo, como à Ermolova[18] – que recebeu o título de artista do Povo em 1921. Para a salvaguarda da Rússia, no seu sentido eterno, Rémizov fez mais do que todos os políticos juntos. Apenas a labuta de um soldado em seu posto pode ser comparada à de Rémizov.

Na Rússia, o maior dos poetas e prosadores (insisto neste último termo) é – afirmo-o – Boris Pasternak, que produziu não uma forma nova, mas uma nova substância e, conseqüentemente – uma nova forma.

Aliás, em geral, na Rússia, o florescimento do verbo (em particular – o poético) é inaudito. Empurrando a vida para o interior, o comunismo deu à alma uma abertura.

---

[17] Alekséi M. Rémizov (1877–1957), emigrado desde 1921, morou em Paris de 1923 até sua morte.
[18] Famosa atriz russa.

6
Idílios cerebrais, paixões terrestres

MT mal saíra da Rússia soviética para encontrar seu marido Serioja, quando sentiu novamente atrações passageiras por outros homens. Estas seguem habitualmente o esquema que a própria MT identificou muito bem e assim descreveu, em março de 1920:

A história com Milioti me lembra incrivelmente o caso com Tchurílin. O mesmo entusiasmo – pena – o desejo de cobrir de presentes (de amor!) – e, do mesmo modo – depois de algum tempo: embaraço – frieza – desprezo.

O primeiro caso amoroso durante a emigração foi Abraham Grigórevitch Vichniák (1895–1943), proprietário da editora Helicon. Ele lhe pediu que traduzisse a novela de Heine, As noites florentinas; ela lhe responde e, em seguida, escreve-lhe um bom número de cartas que permanecem sem resposta (entre junho e julho de 1922, durante a estada dela em Berlim). Esse desencontro deixou vestígios: as cartas de MT, que lhe são devolvidas pelo destinatário. Quatro anos mais

ALEMANHA E TCHECOSLOVÁQUIA (1922-1925)

tarde, em 1926, ela o reencontra em Paris, no decorrer de um sarau em que é celebrado o Novo Ano russo (13 de janeiro), no hotel Lutetia, mas não o reconhece (ou aparenta não reconhecê-lo). Quando ele se apresenta, MT diz não o ter reconhecido pelo fato de ele não ter mais bigodes nem usar mais óculos; entretanto, ele próprio e outras pessoas presentes lhe asseguram que ele nunca usou nem bigodes, nem óculos. Em 1933, ao reler suas próprias cartas, MT decide traduzi-las para o francês, acrescentando-lhes a descrição do encontro posterior e um posfácio, no qual escreve:

Meu completo esquecimento e meu absoluto desconhecimento de hoje nada mais são do que sua presença absoluta e minha absorção completa de ontem. Quanto mais você foi – menos você é. A presença absoluta ao revés. O absoluto só pode ser absoluto. Uma presença assim só pode se tornar uma ausência dessas. Tudo – ontem; nada – hoje.

A esse conjunto ela dá o nome de Nove cartas com uma décima não enviada e uma décima primeira recebida; *ele será publicado pela primeira vez em 1986.*

O "romance" seguinte será construído um ano mais tarde, durante o verão de 1923. MT vive agora nos arredores de Praga e leu uma resenha sobre sua coletânea de poemas O ofício *assinada pelo jovem crítico literário Aleksandr Bakhrakh (1902–1985); ele mesmo afrancesará mais tarde seu nome para Bacherac). Ele vive em Berlim e eles jamais se encontraram. MT escreve para ele e inicia-se uma correspondência. As primeiras cartas referem-se principalmente à poesia de MT e à interpretação que dela faz Bakhrakh; pouco depois, entretanto, irrompem os sentimentos.*

A Aleksandr Bakhrakh:

Mokropsy-Praga, 14-15 de julho de 1923.

Amigo,

De onde virá esse sentimento de ternura quando penso em você? – Não deveria escrever sobre isso. Aliás, não deveria escrever sobre nada: deixar a pena de lado, fixar-me no vazio e ficar contando (ficar narrando!). Depois – a folha branca – e o vazio preenchido. Não seria melhor?

(A propósito, o vazio é um sumidouro, ele nunca se enche. Nisso está seu mérito maior e – para mim – sua atração irresistível!)

Mas há uma coisa que me retém: certo caráter não autorizado da posse, a coação, a conquista.

Você se lembra do bruxo malfazejo de Gógol[1], que provoca a alma de Katerina? Não sou um bruxo malfazejo e não provoco para fazer o mal, mas provoco, e sei disso, e não quero fazê-lo às escondidas. Apenas isso (certo rochedo persistente de uma ética forte!) obriga-me a pegar a pena, ou melhor: ajuda-me, desde a primeira linha, aqui mesmo, a não largá-la!

Estou falando a verdade.

Continuo esta carta de Praga – de uma outra casa e com uma outra alma. (E você dirá, inevitavelmente: "com uma outra tinta!")

Escrevo num subúrbio operário de Praga, ao som de uma música triste de restaurante que, junto com a fumaça, esvai-

---

[1] Trata-se de uma personagem do conto "A terrível vingança", que faz parte da coletânea *Noites na granja perto de Dikanka* (1832).

se pela janela. É o desnudamento da vida, aqui, mesmo o júbilo não é dado à vida, mas à morte. (A propósito, o que é o júbilo? *Nunca* o senti!)

Amiguinho, tenho tantas palavras (tantos sentimentos) em relação a você. É um jogo *encantado*. É um completo *va banque** – de quê? – estou pensando...: *não* do coração, ele é pequeno demais em minha vida! – pode até ser que nem o tenha, por outro lado, há alguma outra coisa, alguma coisa que tenho em grande quantidade e que nunca se esgotará – a alma? Não sei como chamá-la, sei que nada tenho além dela. Pois bem, por esta "última"...

Amiguinho, ela é a liberdade do sonho. Você costuma sonhar? A impunidade, a irresponsabilidade – e a ausência de reservas do sonho. Não o conheço – mas peguei você para minha vida, ando com você pela calçada poeirenta do interior e pelas ruas fumarentas de Praga, conto para você (narro!), não quero, não faço mal para você, quero que você se torne grande e maravilhoso e que, após *me* esquecer, você nunca mais deixe esse mundo – o outro – que é o *meu*!

Está claro? Tudo isso, seguramente – digo à toa, mas às vezes, quando se dizem coisas à toa – é como se se fitasse alguém nos olhos. Se você me responder: não sou grande, nem maravilhoso, nem o serei nunca – acreditarei. Mas essa não

---

* Expressão que significa, *grosso modo*, um empreendimento arriscado que pode colocar tudo em jogo. (Agradecemos a Laura Rivas Gagliardi a pesquisa para esta nota.) (N. de T.)

será a resposta. Há algo em você – justamente, essa penetração de sentimentos – o fato, por exemplo, de você não querer que outros leiam minhas cartas – há algo que indica uma força, uma consciência alerta, uma *cabeça*. Não quero que a alma seja em você um hóspede, eu quero –

Quero de você, meu pequeno – um milagre. Milagre de confiança, milagre de compreensão, milagre de renúncia. Quero que, com seus vinte anos, seja um velho de setenta – e ao mesmo tempo um menino de sete, não quero idade, cálculo, briga, barreiras.

Não sei quem é você, não sei nada de sua vida, com você sou completamente livre, falo com seu espírito.

Amigo, é uma tentação enorme, poucos resistem a ela. Saber não responsabilizar aquilo que é *pessoal* como se fosse – *eterno*. Não desconfiar – de nada. Não levar *uma vida quotidiana*. Ter a coragem de pegar o que aparece. Entrar neste mundo – de olhos fechados.

– Agradeço pelos *iat*[2]. Agradeço por seus cuidados com os editores. Agradeço por sua tentativa com Iakubóvitch[3]. Adie sem falta a remessa dos dois manuscritos, posso enviá-los em seu nome. A prorrogação é indispensável, senão nunca conseguirei. – Mas não um prazo apertado. Ah, sim – *Petrópolis*

---

[2] *Iat*, ou "sinal duro", era usado na ortografia russa antiga, à qual MT era muito afeiçoada.
[3] Ignati Semiónovitch Iakubóvitch, conforme MT diz em uma carta precedente, ajudou na sua partida da Rússia e, naquele momento, estava na embaixada soviética em Berlim.

adotou a nova ortografia? É triste. E A Palavra[4]? – Faço questão de que os *Indícios terrestres* sejam escritos com o *iat*. Tenho muito medo das correções, se você organizasse tudo isso e se fosse possível determinar com antecedência quando sairia o livro (*Indícios terrestres*), eu iria a Berlim para corrigir as provas.
– Antes do outono não será, não é? – Há mais de um ano que eu não vou a Berlim, minhas últimas lembranças são de chorar (se eu soubesse chorar) – desentendi-me confusamente com Ehrenburg, mas apeguei-me muito à mulher dele, além disso, a de Helicon não me suporta (tudo isso – entre nós) – e, sobretudo – estou realmente (exteriormente) desamparada. Tudo isso dificulta muito a viagem. Sou aquele cego que todos os cachorros *guiam*.

Amiguinho, quanto às palavras. Não conheço aquelas que desfazem. O que é uma palavra para reduzir ao nada um *sentimento*? E não atribuo a ela tamanho poder. Para mim – todas as palavras são demasiado pequenas. E a desmedida de minhas palavras é apenas o pálido reflexo da desmedida de meus sentimentos. Não posso deixar de responder a você com meus próprios versos (no ano passado, em julho):

... Para as palavras – há um tempo!
Das profundezas do ouvido

---

[4] A Palavra é outra editora russa que publicava obras na nova e na velha ortografia.

*Seus altos direitos
requer, a vida...*

*Tudo está – no momento.
E agora – minha hora contigo
Findou. Aperto de mão.*

                                                                  M. T.

(*Acrescentado no verso o poema datado de 14 de julho de 1923:* "A uma hora tardia da alma e da noite...".)

Ao mesmo:

Mokropsy, 20 de julho de 1923.

Querido amigo,

É uma boa experiência espiritual, não a sua ou a minha, pessoalmente, mas uma verificação da alma, de seu poder de penetração, de sua potência – de seus limites.

Digamos isso em sã consciência: não há entre nós, no momento, a menor animosidade e asseguro que, enquanto estivermos nas cartas, não haverá nenhuma. A animosidade virá conseqüentemente se surgir dos corpos, de uma confrontação dos corpos: de alguns indícios terrestres, das roupas. (O corpo, não o considero absolutamente como uma metade à parte do indivíduo. O corpo, na juventude, é um enfeite, na velhice – um túmulo, do qual você gostaria de escapar!)

Pode acontecer que a sua voz não me agrade, pode acontecer – que a minha não agrade a você (não, a voz irá lhe agradar, mas um jeito de ser meu – pode ser que – não) etc. De fato, os corpos (nossas quedas, nossos gostos!) não são humanos. Psiquê (a invisível!), nós a amamos eternamente, porque apenas a alma ama em nós aquilo que *não se vê*. Psiquê, nós a amamos com a psique, Helena de Esparta, nós amamos com os olhos (desculpe-me se digo "nós", mas também amo Helena!) – quase que com as mãos – e jamais nossos olhos e nossas mãos haverão de perdoar aos olhos e às mãos dela qualquer mínimo desvio do ideal de beleza*.

Psiquê escapa do julgamento – está certo? Helena está *constantemente* diante dos juízes.

Existe, é claro, um amor-limite (ou seja – sem limite!): "eu te amo, tal como és". Mas como deve ser este *tu*? E este *eu*, pronunciando este *tu*? É, certamente, um milagre. Um milagre – nas forças naturais do amor, mas nas da maternidade – um fato natural. Mas a maternidade é uma pergunta sem resposta, ou melhor – uma resposta sem pergunta, uma resposta *incessante*! Na maternidade há uma única personagem: a mãe, e uma única relação: a dela, caso contrário recaímos no elemento de Eros, ainda que latente.

(Falo do amor filial. – Você está acompanhando?)

Assim, se por ocasião de nosso encontro (nossa confrontação) nós nos sentirmos também impelidos – ou, quem sabe, repelidos – mutuamente, tal como hoje nos sentimos atraídos – as saídas são duas: ou a alma é uma mentira, e os "indícios terrestres" – verdade, ou a alma é verdade, e os "indícios ter-

---

* DE INSENSIBILIDADE!

Vivendo sob o fogo

restres" – mentira, mas uma mentira-*força*, enquanto a alma é verdade-*fraqueza*. (Travessão!) Numa palavra, de uma maneira ou de outra, alguma coisa em nossa correspondência se mostrará a partir de agora, fraqueza ou ofuscamento, um de nós, você ou eu (seria bom se fôssemos *ambos*! Então, seria até engraçado!), erraremos o golpe. A alma *nos conduzirá*.

Ehrenburg e eu fomos separados pela desmedida dos sentimentos: a dele, de princípios, chocou-se com a minha, de forças elementares. Eu exigia uma confiança e uma compreensão monstruosa, *a despeito de* (a evidência o levar a uma deficiência de *visão*!). Ele, afinal – queria o quê? Estava simplesmente indignado e insistia na incompreensão. Você quer um exemplo? As pessoas dessa espécie, com um pensamento aguçado – e em parte vicioso – são muito primárias em seus sentimentos. Para eles, pensamento e sentimento, palavra e ato, ideologia e ordem natural são mundos completamente diferentes e completamente conflitantes. "Com o pensamento compreendo, com o coração – não!" "Eu gosto da coisa *na idéia*, mas detesto-a na mesa." – "Então, deteste-a também na idéia!" – "Não, pois o ato de detestá-la na minha mesa é uma fraqueza." – "Não seria o contrário?" Um sorrisinho zombador e: – "Não sei".

Sempre tive a sensação de que ele considerava uma fraqueza tudo o que havia de valioso nele mesmo, uma fraqueza que ele amava e perdoava. Minhas "bravatas" tinham para ele o papel de fraqueza, todos os meus + (isto é, tudo o que eu amava e defendia ferozmente) não passavam de – *perdoados*. – Dá para entender? Ele, que perdoava a si próprio por ser uma alma viva, perdoava-o a mim também. Mas eu não queria esse perdão. Como com as mulheres: admiram-se seus vícios, mas são perdoadas: "crianças queridas!". Eu não queria ser uma criança querida, uma monarquista romântica, uma romântica monarquista – eu queria *ser*. Ao passo que ele *perdoava* meu ser.

Nisso estava nossa diferença fundamental. No que se refere à vida era completamente diferente. Na vida, ele não me perdoava *nada* – lá, onde justamente era preciso perdoar! Ele exigia (agora me lembro) coisas complicadas e contra minha natureza, nas quais eu teria nadado como num rio: muita gente, tudo em silêncio, tudo a olhos vistos, amores cruzados (nenhum sincero!) – tudo no Prager-Diele*, tudo em tom de brincadeira... Fugi de Berlim como de um pesadelo.

Tudo isso parece bastante inconsistente, um dia, numa conversa, colocarei a "densidade" que falta. Escrever sobre isso não vale a pena.

Não duvido nem por um segundo de sua nobreza fundamental, de sua bondade *doentia* e de sua essência sofredora.

---

* Em alemão, no original. Marina descreve no capítulo anterior a vida cultural russa – muito agitada – em Berlim. Todos os escritores que lá viviam na época, inclusive ela, reuniam-se em alguns cafés próximos à Nollendorfplatz e à Pragerplatz, principalmente num que se chamava Prager Diele. *Diele* significa um tipo de *hall* de entrada. Assim, "Prager Diele" seria como que a entrada da praça de Praga. (Agradecemos a Laura Rivas Gagliardi as informações para esta nota.) (N. de T.)

Já Liubov Mikháilovna é um encanto. É um passarinho. E um passarinho que sofre. Ela tem um coração grande, cheio de humanidade, mas – interditado. Ensinaram-lhe a escapar pelo riso e a erguer pesos, de quebrar os ossos. É uma heroína, mas uma heroína por nada, parecida com aquelas belezas que dançam a noite inteira com 39º de febre. Sinto por ela uma pena profunda, terna, cheia de admiração, mas sem efeito algum.

Quanto a Boris Nikoláievitch[5], eu o amo ternamente. Pena que ele tenha esperado você por nada. É uma criatura solitária. Na vida quotidiana ele é ainda menos adaptado do que eu, completamente louco. Quando estou com ele, sinto que *eu* sou o cachorro, e *ele* – o cego! A fraqueza dos outros (quando é da mesma espécie) faz sarar a nossa. Minhas melhores lembranças de Berlim são com ele. Se tiver ocasião de encontrá-lo, diga-lhe isso.

Você diz que em Berlim me amam. Não sei. Conhecer-me e não me amar – nunca acontece, mas não me conhecer e me amar – é freqüente. Não levo em conta esse tipo de amor. O que me importa não é que amem a mim, mas o que é meu. "Eu" estou incluída no que é meu. Assim sinto-me mais esperançosa, mais ampla, mais eterna.

---

[5] Boris Bugáiev, ou seja, Andriéi Biéli.

ALEMANHA E TCHECOSLOVÁQUIA (1922-1925)

Recebi cinco exemplares de *Psiquê*, precisaria ainda de vinte. Costumavam me dar sempre 25 exemplares. Grjébin não há de querer ser pior *do que todos*! Diga-lhe que falei isso, ele tem uns olhos bondosos de morsa – queixosos. Faça esse apelo a eles.

Prepararei o manuscrito para o dia 1º de setembro, se você estiver em Berlim – vou enviá-lo para você. Você será meu primeiro leitor. Isso me agrada. Se você for uma pessoa de imaginação compassiva (ou – mais exatamente, dolorosa) muitas coisas, nos *Indícios terrestres*, serão difíceis de ler. Esse livro é um espelho e reflete, antes de tudo, o rosto do leitor. Sua profundidade (ou superficialidade) é contingente. *Não* insisto, como sempre – apenas toco.
À *bon entendeur – salut!*[*]

Os poemas (que lhe enviei) foram escritos, creio, um dia antes da carta, acho que no dia 14. Você poderia percebê-lo, mesmo sem a data. Perdoe a juventude algo exagerada do herói, nas duas últimas linhas.
(Espero que você tenha conseguido "esvaziar" o balaio.)

---

[*] Seria o nosso "A bom entendedor, meia palavra basta!". (N. de T.)

A propósito, você gosta das crianças de colo? Das crianças, em geral? – Estou curiosa. –

Que tipo de criança você foi? Crescer foi uma catástrofe? Se você não for preguiçoso e a hora for boa, responda. Não pergunto por mera curiosidade, mas por ser simplesmente um jeito de descobrir você a fundo.

(Com a diferença de que o mau nadador, ao chegar ao fundo, tem medo de não dar mais pé, enquanto para o bom nadador – sempre *dá*.

N. B.! Na água – sou má nadadora! Todos zombam de mim!)

Estou lhe escrevendo tarde da noite, acabei de chegar da estação, fui acompanhar um convidado meu que embarcou no último trem. É verdade que você não conhece a vida daqui.

É um pequeno lugarejo numa montanha, vivemos na última casa, uma simples isbá. Protagonistas de nossa vida: um poço em forma de capelinha, onde vou buscar água (ao pé da colina) normalmente à noite ou bem cedo, de manhã – um cachorro preso – um portãozinho que range. Atrás de nossa casa, há logo o bosque. À direita, uma crista alta e rochosa. A aldeia é toda atravessada por rios. Duas vendinhas, que se parecem com as de nosso distrito. Uma igreja com um jardim que é também cemitério. Uma escola. Duas "restaurações" (assim se chamam, em tcheco, os restaurantes). Música aos domingos. O vilarejo não é de camponeses, mas de pequeno-burgueses: as velhas cobrem a cabeça com um lenço, as jovens, com chapéus. Aos quarenta anos – bruxas.

ALEMANHA E TCHECOSLOVÁQUIA (1922-1925)

Eis, porém, que em cada uma dessas casinhas há uma janela que brilha infalivelmente durante a noite: um estudante russo! Quase passam fome, os preços daqui são inacreditáveis, mas jamais nada ensinará os russos a economizar dinheiro. No dia em que recebem – piqueniques, festas, uma semana mais tarde – ar pensativo. Os estudantes, antigos oficiais em sua maioria, são "jovens veteranos", assim eu os chamo. Estudam como nunca se estudou na Rússia e são os primeiros em tudo, inclusive no esporte. Com raras exceções eles vivem da Rússia, do sonho de servi-la. Temos um coral magnífico, fizeram vir Arkhánguelski[6] de Moscou.

Não vivemos em comunidade (todo mundo é muito ocupado), mas com amizade; ajudamo-nos na necessidade, não há escândalos nem maledicência, mas um grande sentimento de pureza.

É um tipo de colônia, assim o sinto – de colônia que reduz o peso de cada indivíduo separado. Uma espécie de acordo para *viver* (*sobre*viver) – Um empenho solidário. –

Vivo aqui desde 1º de agosto de 1922, ou seja, logo fará um ano. Vou a Praga uma vez por mês – mais raramente – duas. Não tenho o *menor* senso de orientação, até agora não conheço uma única rua. *Guiam-me* em Praga. Além disso, tenho um medo apavorante de automóveis. Em qualquer lugar, sou

---

[6] Aleksandr Andréievitch Arkhánguelski (1846-1924), chefe de coro e compositor que estava em Praga na época.

a mais lamentável das criaturas, como uma ovelha que fosse parar em Nova York.

Você me pede uma foto. Amiguinho, não tenho nenhuma. Há, porém, uma jovem encantadora que gosta de meus versos e que desenha bem; ela volta na terça-feira e então pedirei a ela que faça um croqui de mim para você. Ela já o fez uma vez – e saiu muito bom.

Vou terminando. Suas cartas são uma alegria para mim. Escreva. Escreva tudo o que quiser, olhe-se no espelho e meça a profundidade.
Amiguinho! Tudo isso junto é muito bom – sua juventude, a distância que nos separa e este último verão, tão curto.

Não. Escreverei, só que às vezes é difícil não cair na tentação de falar à queima-roupa, no vazio. Então a pena cai da mão. Hoje, ao contrário, ela me serve fielmente – conforme você está vendo, ainda há, neste mundo, servos fiéis e longas cartas!

M. T.

Ainda tenho de contar tantas, tantas coisas!

Ao mesmo:

Mokropsy, 25 de julho de 1923 (novo estilo).

Querido amigo,
O que aconteceu exatamente entre você e os Ehrenburg?
Não tenho liberdade para lhe expor as razões que motivam essa pergunta, mas sua finalidade é para que eu continue a me portar com você como tenho me portado e para isso só preciso de uma coisa: a verdade, seja ela qual for!
Quero que você seja irrepreensível, isto é, orgulhoso e livre a ponto de enfrentar as repreensões, como um soldado o fogo da metralha: não matarão minha alma!
Ser irrepreensível não é não ter defeitos – é responder por seus defeitos e ter consciência deles a ponto de defendê-los. Assim lido com os meus e assim você há de lidar com os seus.
Imaginemos um sujeito covarde. Só há duas saídas: lutar – ou reconhecê-lo, no começo para si próprio, depois para os outros: "Sim, sou um covarde". E se há *apreço* pelos tais outros, explicar: sou covarde por causa disso, daquilo. E isso é tudo – Simples, não é?
Mas voltemos aos Ehrenburg, os motivos da diferença podem ser dois: a beleza de Liubov Mikháilovna e a ideologia de Iliá Grigórevitch, isto é, sua atração pela primeira e sua repulsa pela segunda. Em ambos os casos – questão de forma, pois nenhuma mulher se ofenderia por agradar e nenhum homem se ofenderia com quem não concordasse com ele. E essa forma foi destruída *por você* – não é isso?
Amiguinho, a destruição da forma é desmedida. É o que faço incansavelmente em meus poemas. Mais jovem – fazia

isso apenas em minha vida! Compreendo tudo. Por isso, seja sincero. Não enfeite as coisas, não se exima, não me subestime e não julgue meu comportamento – por mais superficial que ele seja.

Só guarde uma coisa de minha pergunta: o seu objetivo.

Sobre sua última carta. Nela há certo ar de estetismo, que eu já havia reparado por sinal em seu parecer sobre *Psiquê* e que realmente é insuportável para mim.

Ao falar sobre os versos de "Insônia" e de alguns outros poemas, você formula a suposição de que o poeta fora seduzido ali pela *palavra*. Quando li aquilo, lembro-me de ter sorrido. O mesmo sorriso zombador que dei quando li sua carta. "Doçura do amor", "veneno do amor", "sonho", "conto de fadas", "ilusão" – jogue isso fora! Isso é o arsenal dos estetas. Amar a dor pelo fato de ela ser dor é contra a natureza. Embriagar-se de sofrimento é mentira – ou superficialidade. Tomemos um exemplo: sua mãe está morrendo (um irmão – um amigo – etc.); você, por acaso, se embriaga de sofrimento? Alguém lhe toma a mulher que você ama – oh, *pode* haver embriaguês! Embriaguês pela perda, ou seja, pela *liberdade*. A dor enquanto meio, mas não enquanto fim.

Uma única lei rege, de fato, tanto o mundo físico quanto o espiritual. Aquilo que é mentira em um é irremediavelmente mentira no outro. Você não ama suas feridas, você não se inebria com elas, você quer sarar ou morrer. Mas, no decorrer da doença, aprende muito, e eis que, ao levantar, abençoa a ferida que o tornou um homem. O mesmo acontece com o amor.

Ainda há outra possibilidade: a ferida é penosa, mas ela é tudo o que você tem; a escolha é entre ela e a morte. Prefere sofrer, é claro, mas isso é uma preferência forçada, não sua livre escolha.

Em poucas palavras: livre-se do veneno!

O único veneno que uso com você é a alma humana viva e... a aversão por qualquer outro tipo de veneno!

Sobre o estetismo. O estetismo é a insensibilidade. A essência substituída por indícios. O esteta se esquiva do *matagal* na vida, mas nutre-se dele numa gravura. O estetismo é um cálculo: pegar tudo sem dor, transformar a dor em delícia! Todos têm seu lugar ao sol: o traidor, o violador, até mesmo o assassino – mas não o esteta! Ele não conta. Ele está excluído dos elementos da natureza, ele é um nada.

Meu jovem amigo, não seja um esteta! Não ame as cores – com os olhos, os sons – com os ouvidos, os lábios – com os lábios, *ame tudo com a alma*. O esteta é um hedonista cerebral, uma criatura desprezível. Seus cinco sentidos são fios que não conduzem à alma, mas ao vazio. "Afinidade de gostos" – não se está longe da gastronomia.

Ah, se você estivesse aqui agora, levaria você a meu rochedo e o colocaria bem no alto: reine! E lhe presentearia – com tudo!

Amiguinho, um encontro comigo – não seria amor. Lembre-se disso. Sou velha demais para o amor, é um assunto de crianças. Velha, não devido aos meus trinta anos – aos vinte eu dizia a mesma coisa a seu poeta favorito, Mandelstam:

– O que é "Marina" – quando há Moscou?! – "Marina", quando há a Primavera?! – Oh, você *realmente* não me ama!

Sempre me sufocou, essa estreiteza. Ame *o mundo* – em mim, e não a *mim* no mundo. Para que "Marina" signifique "mundo", e não "mundo", "Marina".

Marina é – por enquanto – um salva-vidas. Um dia eu o soltarei – nade! Eu, viva, não devo ficar entre o ser humano e as forças da natureza. Não há Marina – quando há o mar!

Se, através de minha alma viva, eu conseguir levar você até a *Alma*, através de mim – ao *Todo*, serei feliz. Pois o *Todo* – é a minha casa, eu mesma vou para lá, na verdade, sou para mim mesma – uma pequena estação, fujo de mim mesma!

Doce amigo, não é tão terrível assim. Tudo isso é porque você está aí, e eu, aqui. Quando você me vir, tão alegre e indiferente, logo seu coração se aliviará. Nunca oprimi nem sufoquei ninguém em minha vida; sou apenas um pretexto para que as pessoas vão em direção a elas mesmas. Quando este "em direção a elas mesmas" existe, ou seja, quando *elas mesmas* existem – então – TUDO EXISTE.

Diante da ausência eu nada posso.

Agora, sobre outro assunto. Meus livros estarão prontos para o dia 1º de setembro: *Indícios terrestres*, *Cenas dramáticas* e *O jovem*[*] (poema longo). Diga-me se vale a pena enviá-los a você com antecedência para que você possa organizar tudo e divulgá-los, uma vez que penso chegar por volta do dia 15 de setembro. Não tenho nenhuma vontade de passar todos os meus poucos dias em Berlim junto aos editores. Além do mais, *pessoalmente* – devido à minha indolência e minha educação – dou-me sempre mal com os negócios.

Uma série de perguntas: 1) Você conseguiria obter um visto para eu ficar em Berlim? Quanto isso custaria? (Falo do visto.)

2) Onde poderei me hospedar? (Talvez – Trautenauhaus[7], mas, visto o desentendimento com Ehrenburg, isso não é certo.)

3) Boris Nikoláievitch[8] estará em Berlim na metade de setembro?

4) Você conheceria, em Berlim, alguma senhorita alegre e gentil que goste de meus versos e queira me acompanhar pelas lojas? (aqui, em Praga, conheço três!)

5) Você estaria de acordo em me acompanhar, de vez em quando, aos editores e aos lugares públicos (prazer recíproco?!)?

6) Você tem uma família ciumenta que segue suas pegadas e está pronta a ver em cada mulher (*mesmo* de cabelos curtos!) – uma mulher fatal?!

---

[*] Em russo, *Mólodiets*. O termo significa, ao mesmo tempo, "o jovem" e "bravo, valente". (N. de T.)

[7] O mesmo hotel onde MT hospedara-se em 1922.

[8] Andriéi Biéli.

7) Você promete procurar comigo um relógio masculino, que funcione bem e que não seja caro demais – quero levar um para Serioja, sem falta. Não partirei sem ele.

Saiba que sou cega, boba e desamparada, tenho medo dos carros, medo dos estetas, medo das casas de literatos, medo dos *Wohnungsamt* [escritórios de alojamento] alemães, medo dos *Untergrund*[9], medo dos S-R*, *medo de tudo que há de dia – e de nada que há à noite.*

(À noite – só há as almas! E os espíritos! O resto dorme.)

Fique sabendo que devem me pajear – sem ternura especial e exatamente pelo tempo que eu quiser – mas é inevitável, pois jamais crescerei.

Em poucas palavras, você quer ser – o cachorro do cego?

Ficarei em Berlim por umas duas semanas. Acredito que seja tempo suficiente para brigar com os velhos amigos e fazer amizade com novos.

Sobre seus versos (puchkinianos!) que iniciam a carta.

O dia claro é meu crepúsculo.

É verdade que habitualmente transformo a noite em dia, mas não se esqueça de que, desse modo, o dia *para mim* é já uma *noite* transformada em dia. Complicado, não é?

---

[9] Em alemão, no original: "metrô".
* Socialistas revolucionários. (N. de T.)

Mas – daremos um jeito!

E como é bom: "tão bem, tão certo, mentia pra mim"... Púchkin querido! Ele não me teria amado jamais (dupla ausência de faces rosadas e de erros de gramática[10]), mas teríamos sido amigos até seu último suspiro. Vou levar comigo meus novos poemas, há muitos. E vou conduzir você pela "veia russa". (Que tal a perspectiva?!)

Amiguinho, escreva-me uma vez por semana, isto é – até mesmo todos os dias, mas num único envelope. (Pode-se escrever bem miúdo.) Ou digamos – dois. Mas não três. – Não se ofenda, mas aqui a correspondência passa por outras mãos, de modo que a *finura* das cartas é de certo modo desejável. Não pense nisso, não é importante e não se ofenda, não me importo, escreva o que quiser e quanto quiser, mas miudinho e mande tudo junto, de uma vez só. Mais corretamente: não escreva entre minhas cartas, quer dizer, poste – depois que receber a minha.

Obrigada por Iakubóvitch. Como estou contente! Você não sabe se ele vai ficar muito tempo em Berlim?

---

[10] É assim que Púchkin descreve seu amor pela língua russa no romance *Evguêni Oniêguin*.

Não se esqueça de responder a todas as minhas perguntas sobre Berlim.

Um aperto de mão.

M. T.

[*Acrescentado à margem:*]

Não faça menção na sua carta sobre o que lhe pedi (por carta), responda *pela ação*.

O rascunho de uma carta não enviada consta em seu caderno.
Ao mesmo:

Mokropsy, 30 de julho de 1923

[...] Meu menino, nunca pegue [ou seja – não espere!] – nunca atribua a mim aquilo que notoriamente não pode queimar: pois o próprio gelo queima! Mesmo a impassibilidade queima. Todo absoluto queima. [...]

Agora, de coração aberto: você tem um mundo além do meu: o da ALMA[11]? Significam alguma coisa em sua vida os negócios, o dinheiro, os amigos, as idéias, as guerras, as notícias, as descobertas, as trocas de governo, o esporte, a moda – tudo o que preenche o dia (seria mais simples dizer Os Dias[12]). *Fora do* reflexo deles no mundo da Alma, naturalmente (isso é imaginação!), pois então: e a água não é água e a terra não é terra. Existe, para você, tudo isso *enquanto tal*?

---

[11] Num outro rascunho da mesma carta, há a seguinte variante: "além do meu, quer dizer, o da natureza, o do trabalho, o da solidão".

[12] Título de um jornal da emigração.

"A vida dos negócios", "a vida dos homens", "a vida social", e depois de uma pausa – a vida familiar. (A única sem aspas.) Os passatempos? Os espetáculos? As visitas? As discussões sobre um assunto? As tendências literárias? O futebol? A técnica? As questões da educação pré-escolar? Os congressos? Os destinos da Europa? As conferências de Berdiáiev?

Amigo, se a tudo isso você for indiferente, você estará *vazio* como eu estou. Vazio como a Música. Você, *sem* acontecimentos. Você, sem paredes. Você – fora de você – você [*falta uma palavra*]. Para você, será fácil morrer.

Mas VIVER – será difícil!

Tudo me aborrece. Notoriamente e por antecipação. Quando estou entre as pessoas, fico infeliz: vazia, isto é, cheia delas. Sinto-me esvaziada. Não quero notícias, não quero pessoas me visitando, não quero informações. Depois de meia hora de "conversa" já estou com dor de cabeça (*juro* que tomo aspirina). Torno-me desprezível e hipócrita, falo como um autômato e escuto como um cadáver. Fico *verde*. Sentimento de que as pessoas roubam meu tempo, assediam meu cérebro (em momentos assim sinto-o como um cofre de pedras preciosas!), inundam meu feliz vazio celestial (pois o céu *também* é um recipiente, ou seja, um lugar desmedido *para*) – com todos os dejetos de seus dias, seus negócios, suas desavenças. Transbordo *de pessoas*!

[...]

Amigo, se você não for assim, não será fácil comigo. Se você for assim – para mim *não será fácil* com você. (Melhor e duas vezes melhor – assim.)

Vivendo sob o fogo

No início de agosto, MT sente-se cada vez mais tomada pelo amor de Bakhrakh. De repente, não chegam mais cartas dele, sem explicação. Ela continua escrevendo, mas, principalmente, anota seus sentimentos num "Boletim de doença" que lhe enviará somente no fim do mês, após ter recebido dele uma carta que a tranqüiliza. Em suas cartas, ela tenta precisar a natureza dessa relação.

O que eu perco, perdendo você? Sim, o curso provisório de minha alma, o denominador comum de dias e atos, meu apoio. – De novo, transbordar!
Você era o curso de meu riacho, minha forma, meu torno indispensável. E ainda – minha arvorezinha!
A Alma e a Juventude. Certo encontro de dois absolutos. (Por acaso poderia considerar você um homem?!) Eu pensava – você é a juventude, o elemento da natureza que pode me conter – conter o meu! [...] (*6 de agosto de 1923*).

Eu o recebi não como alguém com nome e sobrenome, mas como o mensageiro da Vida que leva à morte [...] (*10 de setembro de 1923*).

Ela acrescenta este auto-retrato (*10 de setembro de 1923*):

De fato, não sou feita para a vida. Em mim – tudo é incêndio! Posso manter dez relações (boas "relações"!) ao mesmo tempo e assegurar a cada um, do mais profundo de meu ser, que ele é o único. Mas, da parte dele, entretanto, não suporto – a menor tentativa de me olhar de lado. Sinto DOR, você compreende? Sou um ser sem casca e vocês todos estão numa armadura. Todos vocês têm a arte, a vida em sociedade, as amizades, os entretenimentos, a família, a obrigação, e eu, no fundo, NA-DA tenho. Se a pele se solta, por baixo dela há carne viva ou fogo: sou Psiquê. Não me amoldo a nenhuma forma – mesmo a mais ampla de meus versos! Não posso viver. Nada se parece com nada. Só posso viver no sonho. [...] Oh, o tempo inteiro: morrer, por causa de tudo!

No entanto, em meados de setembro de 1923, MT tem outro coup de foudre, desta vez por um homem que, diferentemente de Bakhrakh, com quem ela nunca esteve, vive em Praga e freqüenta a família Efron. Trata-se de Konstantin Rodziévitch. Ela se abre com Bakhrakh:
Ao mesmo:

Praga, 20 de setembro de 1923.

Meu querido amigo,
Junte toda sua coragem em suas mãos e ouça-me: *alguma coisa* terminou.
Agora o mais duro já foi dito, ouça o resto.
Amo outro – não dá para dizê-lo de forma mais simples, mais brutal, mais verdadeira.
Terei deixado de amar você? Não. *Você* não mudou e eu não mudei. Só mudou uma coisa: minha fixação dolorosa em você. Você não deixou de existir para mim, deixei de existir em você. Minha *hora* com você terminou, resta minha eternidade com você. Oh, demore-se um pouco nela! Além das paixões, há ainda a imensidão. Nosso encontro, agora, será na imensidão.

Oh, o calor está ainda lá. Ao deixar de ser minha *desventura*, você não deixou de ser minha *preocupação*. (Não quero lhe escrever de forma mais terna do que *posso* aos seus e aos meus olhos.) Há paixão demais na vida, a vida se foi de minha relação com você: *a urgência*. Meu amor por você (pois ele existe e existirá) é tranqüilo. A inquietação virá de você, de sua pena – oh, entre pessoas autênticas isso não é tão importante: *quem* sofre! Você é meu menino, e sua dor – é minha dor, você está vendo, não lhe estou absolutamente escrevendo o que havia decidido.

No primeiro minuto, decidindo no calor do momento, pensei: "Nem uma palavra! Mentir, prolongar, preservar! 'Mentir?' Mas eu o amo! Não, *mentir*, justamente porque eu o amo, a *ele também*!". No segundo minuto: "Terminar, imediatamente! Uma união licenciosa – que ele se livre disso e deixe de amar!". E, imediatamente em seguida: "Não, melhor uma ferida *limpa* do que uma cicatriz duvidosa. 'Amo' – mentira e '*não amo*' (por acaso isso existe?!) – mentira também, *toda* a verdade!".

– Aí está. –

Como aconteceu? Oh, meu amigo, *como* aconteceu?! Atirei-me, o outro respondeu, ouvi grandes palavras – mais simples do que elas não há – e pode ser que eu as tenha ouvido pela primeira vez em minha vida. "Uma relação?" Não sei. Estou comprometida também com o vento, por entre os ramos.

Das mãos – aos lábios – e onde está o limite? Existe, aliás, o limite? Os caminhos da terra são demasiado breves. O que sairá disso? – não sei. Sei: uma grande dor. Vou ao encontro do sofrimento.

Esta carta é um ato da minha *vontade*. Poderia não havê-la escrito e você nunca ficaria sabendo, uma coisa – aqui, outra coisa – ali, dentro de mim (em meu silêncio!) tudo acontece e tudo canta em uníssono. Mas as mesmas palavras – aos dois, "minha vida" – duas vezes – não, sentiria repugnância por mim mesma. Menino, eu o estimo, desculpe-me por esta ferida.

Agora, o principal: se você *não agüentar* sem mim – aceite minha amizade, minhas mãos protetoras e delicadas. Não as retiro, embora elas não se estendam a você... "A atração é uma espécie de enfermidade[13]." A *enfermidade* passou, a *doença* passou – mas, sejamos justos: a perturbação feminina passou, mas...

> *Jener Goldschmuck und das Luftgewürze*
> *Das sich trübend in die Sinne streut. –*
> *Alles dieses ist von rascher Kürze. –*
> *Und am Ende hat man es bereut!*[14]

---

[13] Citação de Griboiédov em sua peça *A desgraça de se ter espírito*.
[14] Citação aproximada do poema "Geburt Christi" [O nascimento de Cristo] do ciclo *Das Marien-Leben* (1912) de Rilke. Em alemão, no original:

Amigo, não o consolo, sinto-me consternada *comigo mesma*, não sei viver e amar, aqui.

Não sei mesmo o que será melhor para você, mais fácil – definitivamente sem mim, ou comigo pela metade, pese isso, escute. Não o estou abandonando, não posso abandonar o que é vivo, sua vida me é cara, amparo-a. Amo você como a um amigo e ainda – com toda a pureza – como a um filho. Você só precisa se separar da mulher em mim, da mulher jovem e completamente perdida. O que terminou foi apenas a nossa hora.

Tudo isso não é para consolá-lo, nem para me justificar, sei que não há como consolar, nem como me justificar. Não é por mim que quero ser *autêntica* a seus olhos – é por você!

"Foi – passou." Por acaso você poderia ter acreditado nisso?! Não quero que meu menino querido, meu menino amado, minha dor e meu cuidado – minha arvorezinha! – você, a quem realmente amo como uma mãe, não quero que você, aos vinte anos, fique abatido *assim*! Você se restabelecerá logo ("uma relação", "um pássaro na mão" etc.). – Eu, por todo o amor que tenho por você, quero que você se restabeleça de outra maneira.

Nós não estamos separados, nós nos separamos aqui, onde, graças a Deus, não estivemos, você e eu, mas para onde nós íamos. Paro você: fim! Fim do caminho terrestre, do cami-

---

"A jóia de ouro e o perfume/ Que se expande nos sentidos, turvando-se/ Não durou mais que um instante./ E no fim, o arrependimento".

nho material de um corpo a outro, mas não do arco das almas — uma para a outra. *Isso* está claro, para você?

Sobre nossas cartas. Deixo-lhe carta branca. Já não tenho mais o direito de guiar, nem de aconselhar. Se for *mais fácil* para você continuar com minhas cartas — escreva, responderei. Seu amor por mim talvez seja maior do que a vida, quem sabe você seja mais velho e mais sábio do que penso, pode ser que, longe de não-agüentar-sem mim, você o queira! Você — pode — agora — estar — comigo — tanto por fraqueza — quanto por força. Ou pode ser que tudo isso (eu toda!) seja queimado no simples e terrestre ciúme masculino — não sei. Aceito qualquer coisa.

Se quiser (se precisar) responder a esta carta, escreva para o endereço:

Praha Brevnov
Fastrova ulice, č. 323
Slečna, K. Reitlingerova.

Destrua esta carta. (Imploro-lhe!) Quando chegar a hora, ela me arruinará.

Tome cuidado! Em sua resposta (se houver) não dê nenhuma informação referente ao momento que estou vivendo — agora. Escreva de uma forma que eu possa compreender tudo, e os outros — nada. (Lerei a carta sozinha, tal como a estou escrevendo agora.) Não mencione os pacotes que você *me* enviou, apenas a cruz, como eu.

Isso tudo é apenas por precaução. Pode ser que você não me responda, pode ser que seja mais fácil para você deixar a ferida cicatrizar em silêncio. Perdi todos os direitos sobre você. Conserve-os todos, salvo um (*eu!*).

Ame ou esqueça, escreva – ou queime tudo com esta carta, dou-lhe todas as possibilidades.

Neste momento não tenho o direito de pensar em mim.

Não vá para a Rússia.

Que eu sempre saiba onde está você.

Mais uma coisa: se tudo isso não for casualidade – o Destino ainda vai bater às nossas portas. Não ouso dizer mais do que isso.

M. T.

E se *tudo* estiver acabado – obrigada por *tudo*!

ALEMANHA E TCHECOSLOVÁQUIA (1922-1925)

Konstantin Rodziévitch (1895-1988) é um amigo de Serioja; como ele, se alistou no Exército Branco, foi para Istambul e é estudante em Praga: seu destino futuro, conforme veremos, continuará paralelo. A relação entre ele e MT, dessa vez, não se desenrola apenas no imaginário, mas também na realidade: MT vive com ele sua paixão material mais intensa. Assim ela lhe escreve, nos dias 22 e 23 de setembro de 1923:

Pela primeira vez, amo feliz e pode ser que pela primeira vez eu procure a felicidade e não a perda, que eu queira tomar e não dar, ser e não desaparecer!
O outro deve tornar-se Deus [...] – o outro deve nos criar a partir de nós mesmos, *pois* (oh, e não de si próprio!) e isso só é possível, naturalmente, através do amor. O amor: Deus. [...] Você realizou em mim um milagre, pela primeira vez senti a unidade do céu e da terra. Oh, a terra, já a amava antes de você: as árvores. Amava tudo, sabia amar tudo, menos o outro, o vivo. O outro sempre me atormentou. [...] Os outros agiam como estetas: admiravam, ou como fracos: sentiam compaixão. Ninguém tentou *me transformar*. Eles se ofuscavam com minha força em outros mundos: forte, *lá* – fraca, *aqui*. As pessoas reforçavam em mim minha dualidade.

Por sua intensidade erótica, a experiência atual lembra-lhe seus amores com Sônia Parnok. Alguns dias mais tarde, ela escreve a Rodziévitch, em 25 de setembro de 1923:

Com a *amiga* conhecia tudo plenamente. Por que será que, depois disso, eu tenha sido atraída por homens pelos quais sentia incomparavelmente menos? Pelo visto, é a voz da natureza, a esperança secreta de receber tudo aquilo – e incomparavelmente mais! – do *amigo* – por um milagre no qual eu não acreditava – porque ele nunca se realizava. [...]

Eu queria alcançar esse milagre como que apesar do outro, sem seu conhecimento, sem sua participação, faltava a confiança última (Dê-me! Você é meu!) – eu simplesmente não fazia com que o outro entrasse no círculo de meus sentimentos (desses sentimentos). [...] Daí a *quantidade* de encontros e a separação fácil e o esquecimento fácil. No pior dos casos, perdia aquilo que se pode levar consigo: *a alma* do outro – e eu a levava comigo.

Na mesma época, ela acrescenta em seu caderno:

Você é o único que me desejou *totalmente inteira*, que me disse: o amor – existe. É assim que Deus chega à vida de uma mulher.

No começo de dezembro de 1923 a relação será rompida ao mesmo tempo por Rodziévitch e por MT, a quem o marido, Serioja, impôs escolher entre o rival e si próprio, conforme ele conta em dezembro de 1923, numa carta a Maksimílian Volóchin. De sua parte, MT escreve em seu caderno (esta anotação, escrita no dia 5 de dezembro, foi copiada e comentada em 1933):

Minha vida pessoal, ou seja, minha vida na vida (dias e lugares) não se realizou. É preciso compreender e aceitar. Penso que trinta anos de experiência (pois foi *desde o princípio* que ela não deu certo) são suficientes. As causas são muitas. A principal é que eu sou eu. A segunda: o encontro precoce com um ser maravilhoso – que deveria ter sido uma amizade, tomou a forma de um enlace. (Em palavras simples: enlace prematuro com alguém jovem demais. 1933.)

Para Psiquê (na vida de todos os dias) só resta uma coisa: um caminho no meio das almas (no meio dos tormentos). Eu não procurava nada na vida (fora-da-vida tudo me fora dado), a não ser Eros, não um homem, mas um deus, e, exatamente, o deus do amor terrestre. Procurava-o através das almas.

Agora, depois da catástrofe deste outono, toda a minha vida pessoal (na terra) me escapa. Seguir por entre almas e forjar destinos, só se pode fazer em segredo. Lá, onde isso se traduz diretamente por "trair" (e na vida de todos os dias é isso mesmo) – no fim das contas – significa mesmo "trair". Viver "de traições" não consigo, de realidade não consigo, de transparência – tampouco. Meu segredo com o amor foi destruído. Aquele deus, não o encontrarei.

"Uma vida secreta" – o que pode haver de mais doce? (de mais meu!). Como num sonho.

O que não foi nomeado – não existe neste mundo. O erro de Serioja foi o de querer certezas e, querendo isso, cerrar minhas pálpebras, minha vida – o que ela é (uma realidade repugnante, além de uma desordem familiar). Eu, que nunca havia traído a mim mesma, tornei-me traidora para ele.

O direito ao segredo. É preciso respeitá-lo. Sobretudo quando se sabe que o segredo é uma necessidade nata, que nasceu com o outro, que é a respiração do outro. Os nomes nada têm a ver, aqui. Seja sábio, não dê nomes (não pergunte).

Assim – *Schwamm drüber*[15]. Não posso amar sendo observada. A única liberdade que você podia ter dado a mim seria a de – não saber. Ela me foi tirada.

Oh, a questão aqui não é de "comodidades". "Marido" e "amante" – um absurdo. Vida secreta – e vida real. Sou livre. Em sonho. Eu secreto que ninguém conhece. *Minha* vida é também com você. Conhecendo-me, sabia que eu não agüentaria *sem mim* (no outro). Por que, então, falar nele – e nomeá-lo?

Schwamm drüber. –

E assim, a outra vida: na criação. Fria, infecunda, impessoal, indiferente – a vida de Goethe aos oitenta anos.

Isso: sendo carinhosa, suave, alegre – viva entre os vivos! – pronta para reagir a tudo, a me inflamar com tudo.

A mão – e o caderno. Assim – até a morte. (Quando?!) Livro atrás de livro. (Até quando?!) E também: mudar de cidade, de casa, de quarto, fazer as malas, estabelecer-se, esquentar o chá na espiriteira, servir o chá aos convidados. Sim, aos convidados, pois não tenho o direito de fazer outra coisa.

Não amar ninguém! Não escrever versos a ninguém! E não por causa de uma proibição, a liberdade oferecida – não é liberdade – ninguém pode me oferecer meus direitos.

---

[15] Em alemão, no original: "Passemos a esponja".

Os amigos? É muito pouco, é frágil demais, não gosto, não é para mim. Sou "amiga" – e não amigo. *Die Freundin* e não *die Frau*[16]. O projeto de minha vida era: ser amada aos dezessete por Casanova (um estrangeiro!) – ser abandonada – e educar um filho dele, maravilhoso. E depois – amar a todos.

Quem sabe eu consiga em minha próxima vida – em algum lugar da Alemanha. Mas, onde enfiar o resto (a metade, receio) *desta* vida – não sei. Para mim, já deu.

Ela escolhe, portanto, o rompimento com Rodziévitch e a vida com Serioja. A consciência da dor que ela inflige a um ente querido lhe é insuportável. Assim ela escrevia a Bakhrakh em 29 de setembro de 1923:

Fazer mal a outro, não, melhor agüentar eu mesma a dor mil vezes, apesar de ter nascido – para me alegrar. Construir a felicidade sobre as costas dos outros – isso não posso fazer. Não sou uma vencedora.

(Digo o que sei de mais profundo sobre mim.)

E em seu caderno (outubro de 1923):

O indivíduo se inclina diante do abandonado, por piedade – como eu não o compreenderia? Por acaso não fiz o mesmo em minha própria vida, *sentindo pena*, quando não, pior?

Alguns anos mais tarde, ela comentará assim a dolorosa escolha com a qual ela fora confrontada (num rascunho de carta a Pasternak, com data de 1930):

---

[16] Em alemão, no original: "A amiga e não a esposa".

Minha alegria, *minhas* necessidades não significaram nada em minha vida. Mais precisamente: o sofrimento dos outros destruía instantaneamente a própria possibilidade de elas existirem. Serguei sofre, não posso me alegrar com Rodziévitch. O que o impele não é o amor por mim, mas a necessidade que ele tem de mim (a impossibilidade de viver *sem*). Eu *sabia* – e é o que aconteceu! – que Rodziévitch se *safaria*. (Pode ser que o *tenha amado* por isso?!)

A catástrofe só ocorre, realmente, quando para ambos você *é a mais necessária*. Mas isso não costuma acontecer. O tempo conta para mim. Não: *nous serions si hereux ensemble!* mas – *nous étions si malherereux ensemble!**

E, numa carta a uma amiga (a Raíssa N. Lomonóssova, em 31 de março de 1931):

Era eu quem queria partir (há seis anos). A escolha era entre uma *úlcera* (se eu deixasse Serguei) e uma ferida (se eu deixasse o outro). Escolhi corretamente: a ferida. Não posso viver da *minha* felicidade, nunca a levei em consideração, simplesmente, no fundo, geneticamente, *sou incapaz*.

Em janeiro de 1924 ela ainda escreve longas cartas a Bakhrakh. A Aleksandr Bakhrakh:

---

* Em francês, no original: "Nós seríamos tão felizes juntos" e "nós *éramos* tão infelizes juntos". (N. de T.)

Praga, 10 de janeiro de 1924, novo estilo.

Querido amigo,
Quando eu tinha dezesseis anos e você seis, ou por aí, vivia neste mundo uma mulher que era exatamente o contrário do que sou: Tarnóvskaia[17]. E também vivia neste mundo um sujeito de nome Prilúkov — amigo dela e um de seus inúmeros amantes.

Quando sobre a cabeça de Tarnóvskaia — em Nice, em Paris, ou em qualquer lugar, se juntavam as nuvens — e nuvens não de brincadeira, pois ela não brincava — mandava invariavelmente um telegrama a Prilúkov e recebia invariavelmente a mesma resposta: *j'y pense*[*]. (Ela havia se separado de Prilúkov fazia muito tempo. Ele morava em Moscou — ela, em todo lugar.)

Prilúkov é, para mim, a encarnação mais bem-sucedida do amor masculino, do amor — em geral. Se eu fosse homem, seria Prilúkov. Prilúkov me reconcilia *com a terra*, isso já é o céu.

E assim, meu amigo, se você tiver em si mesmo a capacidade de se elevar até Prilúkov, se a *cada* gemido meu — *j'y pense* (sempre, em qualquer lugar), se for vencido o ciúme terrestre, se você me amar como sou, com *tudo* (todos!) que há em mim, se você me amar *mais alto que a vida* — me ame!

---

[17] Maria Tarnóvskaia fora, durante o verão de 1910, a principal acusada (por incitação a assassinato por interesse) num processo famoso da época e bastante comentado pela imprensa.

[*] Em francês, no original: "Penso nisso". (N. de T.)

Dirijo-me aos seus vinte anos – fosse você mais velho – eu não teria esperado isso de você (eu espero). Quero dar-lhe a possibilidade de se tornar AQUELE QUE AMA, a possibilidade de se tornar o próprio amor – através de mim, que seja!

Você fala de amizade. Meu menino, isso é querer se enganar. Que amigo sou eu? Sou uma amiga, não um amigo. Concebida para ser *uma amiga*. Você fala também do amor por outra. Eu – um outro. Você – uma outra. Então, o quê?! Case-se com a outra, "viva" com as outras, *viva* das outras, mas ame – a mim. Senão, nada faz sentido.

Ouça, é claro que espero de você um milagre, mas você está com 21 anos e eu sou poeta. Além disso, no mundo isso *aconteceu*: não o amor recíproco, de um extremo do mundo a outro, mas o amor pessoal, *de um só*. O indivíduo que tomava para si *todo* o amor não queria mais nada a não ser amar. Ele próprio era o Amor.

Eu mesma amei desse jeito o príncipe Volkónski, que tinha sessenta anos e não suportava as mulheres. Eu o amei com total irresponsabilidade, com total abnegação e, finalmente – pude possuí-lo eternamente! Venci pela obstinação do amor. (Ele não aprendeu a amar as mulheres, ele aprendeu a amar o *amor*). Eu mesma amei desse jeito (aos dezesseis anos) o duque de Reichstadt, morto em 1832 e – aos quatro anos – a artista de vestido verde que representava nas *Alegres comadres de Windsor*, a primeira peça de teatro de minha vida. E, antes ainda, aos dois anos, deve ter havido uma boneca de vestido verde na vitrine da galeria envidraçada, uma boneca com a qual eu sonhava todas as noites e que *nenhuma vez* – eu tinha dois anos! – nenhuma vez desejei em voz alta, a boneca da qual, quem sabe, hei de me lembrar na hora da morte.

Eu mesma sou AQUELA QUE AMA. Estou lhe falando com *connaissance de cause (de cœur!)**.

Nem todos podem. Podem: as crianças, os velhos, os poetas. E eu, enquanto poeta, ou seja, *naturalmente*, criança e velha! – vinda ao mundo, logo escolhi para mim *amar o outro*. *Ser amada* – até agora, jamais soube. (Aquilo que todos sabem tão lindamente e tão superficialmente!)

Permita-me, dessa vez, ser Amada, seja você o Amante: DEIXO A VOCÊ A PARTE BOA.

Querido amigo, estou muito infeliz. Eu me separei *do outro*, amando e sendo amada, no mais pleno amor, não me separei – fui arrancada! No auge do amor, *sem esperança* de reencontro, destroçando a vida dele e a minha. Não posso ser a única a amar, pois o amo e não quero, pois o amo. Nada quero, a não ser ele, mas ele *não será*, *nunca*. É a primeira separação desse gênero em minha vida, porque, quando amava, ele queria tudo: *a vida*, a simples vida em comum, o que jamais foi "pensado" por nenhum dos que me amaram. – Seja minha. – E o meu: – é uma pena! –

---

* Em francês, no original: "Com conhecimento de causa (de coração!)". (N. de T.)

Vivendo sob o fogo

No amor, meu amigo, há OS QUE SÃO AMADOS e OS QUE AMAM. E, ainda, uma terceira categoria, mais rara, a dos AMANTES. Ele era amante do amor. Eu, que comecei a amar no dia em que abri os olhos, digo: nunca vi isso. Com ele, teria sido *feliz*. (Nunca pensei nisso!) Queria ter tido um filho dele. (Isso nunca acontecerá!) Separamo-nos para SEMPRE – não como nos livros! – porque *não podíamos ter ido mais além! É isso:* um quarto (qualquer um): ele e eu, juntos, não por uma hora, mas por uma vida. E – um filho.

Eu queria apaixonadamente esse filho (mesmo temendo-o!), e se Deus não o enviou para mim é porque, pelo visto, ele sabe melhor. Eu o desejei até o último momento. A partir daí, não podia ver uma criança sem avivar ferozmente esse desejo. Invejo cada operária do subúrbio, E COMO! – e todas aquelas com quem, tentando me esquecer, ele encurtará ou alongará (e pode muito bem ser que ele já o esteja fazendo!) suas noites terrestres! Porque o negócio dele – é a vida: ou seja, me esquecer. Por isso não posso sequer pedir, como na minha infância: "Deus, faça com que ele não me esqueça" – "que ele me esqueça!" – é isso que devo dizer.

E, amá-lo, não posso (mesmo que ele estivesse ausente!) – porque, embora longe, isso impede de viver, se transforma em sonhos (dirigidos ao amado), em angústia.

Não posso nada para ele, posso apenas uma coisa: *não ser*.

Entretanto, é preciso – *viver* (Serioja, Ália). Mas não há de que – viver. Toda minha vida tem sido um *antes* e um *depois*.

Antes* – todo o meu futuro! O meu futuro – é *ontem*, você compreende? *Não tenho amanhã.*
Resta uma coisa: meus poemas. *Mas*: fora de *mim* (viva!) não são nada para ele (que ama Gumiliov; não sou *sua* poeta!). Portanto, esse caminho torna-se também impraticável. Restam, então, as forças da natureza: o mar, a neve, o vento. Mas isso tudo – leva ao amor. E o amor – só existe por ele!

Amigo, agora você entende por que preciso tanto que você me ame. (Chame isso de amizade, dá na mesma). Na verdade, estou *aniquilada* e apenas o amor de alguém por mim me fará compreender que existo. Como você dirá o tempo todo: "Você... seu... para você", finalmente compreenderei que este *"você"* existe. Antes: "amo, portanto ele existe", agora: "sou amada, portanto...".
Seu amor por mim será uma *boa ação*, quase uma ressurreição dos mortos. Um dia, no momento certo, graças a seu amor por mim pedirei ainda mais. Tudo tem seu tempo.

Há alguns poemas – mas são poucos. Você leu minha *Aventura*[18]? (Na *Liberdade da Rússia*). Vou enviá-la a você. E, depois, parece que alguma coisa de meus *Indícios terrestres* irá sair também. Mandarei. Em fevereiro ou março será publicado

---

* A SEPARAÇÃO.
[18] *Uma aventura*, peça em cinco quadros, publicada no número 18/19 (1923) da revista *Liberdade da Rússia*.

aqui em Praga meu conto *O jovem*[19]. É uma das minhas coisas favoritas.

Tão logo me chegue sua resposta, eu lhe mandarei uma oferta (um conselho, uma exigência, um pedido) que dirá respeito a você e a mim igualmente. Algo de que você vai gostar. Mas, antes de dizer o que é, preciso de sua resposta.

Rua Bonaparte, 52 bis[20]. Entre a praça St-Sulpice e St-Germain-des-Prés. Muitas vezes, pensativa, eu entrava pelo portão oposto, e a zeladora, com um sorriso zombeteiro: "*Mademoiselle se trompe souvent de porte**". (Assim, pode ser que, em vez de cair no inferno, eu alcance o paraíso!) Amor por Napoleão II e – ao mesmo tempo – por um certo Monsieur Maurice, dezoito anos, no último ano do colégio. E, ainda – por Mademoiselle James, *professeur de langue française*, mulher de uns trinta anos, de olhos endiabrados.

– *Aimez-vous Edmond Rostand, Madame?***

(Eu, tão empolgada... e meu bom senso me impedia de chamá-la de Mademoiselle.)

Ela, inquieta:

– *Est-ce que j'ai une tête à aimer Rostand?****

---

[19] *Mólodiets* (*O jovem*) será publicado na primavera de 1925.

[20] Erro de número de MT: 59 *bis*.

* Em francês, no original: "A senhorita se engana freqüentemente de porta". (N. de T.)

** Em francês, no original: "A senhora gosta de Edmond Rostand?". (N. de T.)

*** Em francês, no original: "E eu lá tenho cara de quem gosta de Rostand?". (N. de T.)

Não, a *tête* dela nada tinha de Rostand, mas, antes, algo de animalesco, antes: uma pequena cabeça de cobra com a testa baixa: Carmen!

Então eu, dezesseis anos, de boa família e de ingenuidade total, sem poder me segurar, beijava-lhe as mãos:

– *Quelle drôle de chose que ces jeunes filles russes! Êtes-vous peut-être poète en votre langue?**

Então, até a próxima carta.

Sabia que o último verso que lhe dediquei (assim ele ficou, sem os versos que o precedem!) era:

"ATÉ LOGO: ATÉ O PRÓXIMO SOFRIMENTO!"

M. T.

O relacionamento com Bakhrakh também tem um fim curioso. Durante os primeiros meses de sua estada em Paris, junto à família dos Tchernóv, MT o encontra, pela primeira vez. Ela não o confunde com outra pessoa, como fizera com Vichniak, mas também não o recebe com muita consideração, associando-o a um "esteta" – categoria de pessoas que ela não estima. Em 1932, assim descreve esse encontro em seu caderno:

Epílogo a um de meus "Idílios cerebrais"

Começo: 1926. (Eu havia chegado a Paris no dia 2 de novembro de 1925.) Carta de A. Bakhrakh pedindo um encontro.

---

* Em francês, no original: "Que coisa engraçada, essas jovens russas! Você é poeta em sua língua?". (N. de T.)

Combinado. Um moço alto, tipicamente judeu – particularidade – a altura. Não tipicamente alto, mas tipicamente judeu – um varapau. Com olhos grandes (ou óculos), grandes orelhas, grandes lábios. Sentamos na cozinha dos Tchernóv, *todos* os Tchernóv (e os não Tchernóv, quer dizer, com eles, somos uns doze) e comemos chouriços (o "pudim" – de La Villette) – com purê.

– Isso que você está comendo – é lingüiça feita com sangue. É muito saudável: sangue condensado. No pedaço que você comeu – é interessante, verdade? – há um tonel inteiro de sangue, bem, não exatamente um tonel, mas, por aí. Por sinal, esse tipo de lingüiça é vendido por metro – aqui foram uns bons dois metros – só que diminui bastante de tamanho. Aliás, os matadouros estão bem próximos, o que é bem prático. Ainda está quente.

A. B. – Hum...

E assim por diante – num estilo comercial e elevado, bastante preciso, interessante, cheio de bondade e mesmo paciência – como respondendo às perguntas detalhadas dele (sobre a lingüiça).

Em poucas palavras: não saímos da lingüiça.

(Agora – e somente agora – vejo que a brincadeira não foi muito feliz: devido ao fato de ser judeu – e ao sangue; na época não havia atinado, e *ele* – sabendo como eu era – também não: estou certa disso. Outros poderiam fazer a ligação, mas não havia – maldosos. Todos nos divertíamos inocentemente (menos ele). Agora sinto uma pontinha de pena ao me lembrar: acho que foi a única vez em minha vida em que estive com todos – contra um (como também, um ano mais tarde, ou por aí, quando estive com todos – a favor de um só: Lindbergh[21]: *toutes proportions gardées!**). Mas meu objetivo era – mistificação pura: depois *daquela* torrente de lirismo, mostrar-me – uma idiota, que só se preocupava com chouriços. Enfim: se não o poupava, tampouco me poupava, uma vez que não houve, em seguida, *nenhuma* explicação. Pode ser que, aturdido pelo encontro, ele não tenha percebido nada senão: muita gente, conversas sobre nada do que ele esperava...

MT medita muitas vezes sobre sua dificuldade em viver com os outros. Ela escreve em seus cadernos:

Não amo as pessoas, mas as almas; não os acontecimentos, mas os destinos. [...] Não me sinto bem com as pessoas porque elas me impedem de escutar: minha alma – ou simplesmente o silêncio (*28 de outubro de 1922*).

Coloco a amizade mais alto que o amor; não a coloco, ela se põe mais alto simplesmente: a amizade fica em pé, o amor, deita-se. [...] Tudo no mundo me toca mais que minha vida pessoal (*abril de 1923*).

---

[21] Em maio de 1927, Charles Lindbergh atravessa o Atlântico de avião pela primeira vez. Esse acontecimento inspira a MT o *Poema do ar*.

* Em francês, no original: "Guardadas as devidas proporções". (N. de T.)

Eu sou você + a possibilidade de amá-lo.
(Você é eu + a possibilidade de eu me amar. *Você*, a única possibilidade de eu mesma me amar. A exteriorização de minha alma. 1933) (*4 de julho de 1924*).

Queridos! E se eu me ocupasse também de mim, pois nenhum de vocês se ocupou o suficiente comigo? (*24 de julho de 1925*).

Orgulhar-se, ofender-se, invejar, ter ciúme, ter pena, AMAR... tudo acontece com as pessoas, vem das pessoas. Existem paixões que vêm – de si próprio?
Conheço só um sentimento que vem de si próprio, só uma paixão: a angústia*. Em todo lugar, sempre, sem ninguém, nem de [*frase incompleta*] (*maio de 1925*).

E a algumas amigas:

Odeio a vida em sociedade: quantas mentiras em volta de cada verdade! Quantas paixões e anseios humanos! Quanta saliva incontinente! Em situações semelhantes eu me subtraio de todas as maneiras, à vista de meus próximos, não se mostrar – é ser enterrada viva. As pessoas perdoam tudo, menos ser solitário (*a M. Tsétlina, em 8 de junho de 1923*).

Temo que minha desgraça (meu destino) esteja em mim; não amo verdadeiramente, até o fim, isto é, *sem* fim, não amo,

---

* A palavra russa *toská* significa também "tristeza", "melancolia", "saudade". (N. de T.)

não sei amar a não ser minha alma, isto é, a tristeza... Vertida e jorrada em todas as direções, pelo mundo inteiro e além de seus confins. Em tudo – ser humano e sentimento; não me sinto à vontade – como em um quarto qualquer – antro ou palácio. Não consigo viver, quer dizer, durar, não sei viver os dias, cada dia – sempre vivo *fora* de mim. Essa doença é incurável e se chama: alma.

E todas essas pessoas tão razoáveis, tão respeitadoras, por perto. Para elas, sou uma poeta, isto é, alguma eminência, por quem sentem consideração. Não passa pela cabeça de ninguém – amar! Agora, eu, que só tenho isso na cabeça (exatamente, na cabeça!), afora isso, não preciso das pessoas, já tenho todo o resto (*a O. Kolbassina-Tchernova, em 8 de janeiro de 1925*).

Ou, falando de outro amigo, Mark Slónim:

Por causa dele me senti mal (e, provavelmente, ainda me sentirei!) – Meu Deus! Quem ou o que não me fez estar mal, nesta vida, fez – o *não*-mal? É o meu caminho – desde a infância. Amar: sofrer. "Amo – sofro." Mesmo se alguém apreciasse minha alma como a menina dos olhos – sofreria: sempre – por causa de tudo. Essa é ainda minha sina maior (*à mesma, em 10 de maio de 1925*).

E ainda à mesma, em 9 de junho de 1925:

Só amei em minha vida de longe, fora de qualquer comparação, porque era algo nos ares, mas não se vive no ar; ao pôr o pé na terra, sou inevitavelmente preterida. Sim, nesta mesma terra que eu piso.

Mas a terra me é indispensável, como a Anteu: para me afastar dela. É por isso – *que eles estão certos.*

Como se ela fosse condenada a escolher entre viver e criar, assim escreve a Bakhrakh:

Meu *não* às pessoas só tem como igual meu *sim* – aos deuses! Uns e outros parecem me dar *la monnaie de ma pièce*[*] (*25 de julho de 1923*).

Criação e capacidade de amar são incompatíveis. Ou se vive aqui, ou se vive lá (*29 de setembro de 1923*).

---

[*] Em francês, no original: "o troco na mesma moeda". (N. de T.)

7
Nascimento de Mur

Depois do rompimento com Rodziévitch, MT novamente mergulha na criação poética. Em 1924 ela escreve o "Poema da montanha" e, em seguida, o "Poema do fim", numerosos poemas líricos e prosa crítica e continua seu trabalho na trilogia dramática consagrada a Teseu. Sua vida sentimental está arruinada, mas ela leva adiante uma correspondência ao mesmo tempo literária e afetiva com Boris Pasternak, único poeta que ela considera seu igual. Aparece também, em sua vida, uma nova figura, a da mulher-confidente. Sua primeira encarnação será Olga Elissiéevna Kolbássina-Tchernova (1866–1964), escritora e jornalista, cujo ex-marido é um dos socialistas revolucionários de maior destaque. Elas se conheceram em Praga, mas, em novembro de 1924, Olga e suas filhas partem rumo a Paris; MT dedica-lhe muitas cartas que descrevem todos os aspectos de sua vida e, em particular, as difíceis condições materiais, a luta quotidiana contra a miséria. Ela escreve também a Ádia, a filha mais velha de Olga.

Depois da primavera de 1924, MT engravida e, no fim do outono de 1924, Ália deixa de ir à escola e fica em casa. Em janeiro de 1925, MT escreve a sua confidente:

ALEMANHA E TCHECOSLOVÁQUIA (1922-1925)

A Olga Kolbássina-Tchernova:

26 de janeiro de 1925.

Hoje, para mim, é um dia excepcional de festa – estou *sozinha* em casa. (Serioja foi à recepção de Tatiana e Ália à casa de Irússia). Sensação completamente maravilhosa, como a de uma leve embriaguez. Imediatamente dez anos mais jovem. Você, certamente, não vai me acusar de traição, você conhece o grau, ou melhor, a infinidade de minha afeição, você conhece – mas isso eu falava sobre os outros, e agora, estou comigo simplesmente – estou *fora*. Eu (sim, eu!) arrumei o quarto de maneira exemplar, arrumei e reorganizei tudo, conforme se deve, uma sopa no fogão, e dentro – uma alegria tranqüila. Há pouco eu dizia aos Istseliénov (perda completa de tempo, pois são *Kulturprodukt* [produto da cultura]) que passarei a amar inevitavelmente cada cidade, cada buraco, cada casebre onde eu viva, mas que esse é um amor – na direção errada – por clara impossibilidade de não amar o lugar onde vivo. É por isso que devo, mais do que qualquer outro, *escolher* as cidades. A propósito, uma discussão viva com ele (ela não tem o dom da palavra) sobre a Papauchek[1] (ela). – "Perdôo-lhe tudo, pelo amor ao teatro!" – "Não se trata de teatro, trata-se de atores, de algum ator de outros tempos, de lembranças da infância." E ele, seco: – "Não sss-sei". Toda a discussão levava à conclusão de que o "amor pela arte" implica – a ausência de artificialidade, o caráter de recém-nascido, a essencialidade ou, mais

---

[1] Os Papauchek, tal como os Istseliénov, emigrados russos em Praga, pertenciam ao meio artístico e literário.

exatamente – só pode surgir de lá, como a própria arte. O recém-nascido que acaba de nascer – eis o que é a arte. Quer dizer, meu sangue, que vem dos meus antepassados (caráter de recém-nascido) + minha alma. Istseliénov não compreendia nada, dizia que a Papauchek havia lido muitos livros. – "O Petruchka, de Gógol, também leu."[2] Se fosse possível brigar com ele – teríamos brigado. Mas ele é *Kulturprodukt*, sem vigor.

Recebi, de S. M. Volkónski, seu novo livro – um romance – *O último dia*. Um volume enorme de seiscentas páginas. Não há enredo – o curso da vida – não há par amoroso – alto e distante – há um pensamento, uma maneira de formular, um senso agudo de observação e uma anedota brilhante. As personagens – secundárias – principalmente as mulheres, são muito bem-sucedidas. Não vejo para o livro um grande sucesso, é fluido demais, não muito incisivo. Se passar pela sua mão – não deixe de comprá-lo, tenho muita curiosidade de saber sua opinião. Serioja, por exemplo, ao ler a passagem sobre a Rússia Soviética (que não escapa de alguns leves absurdos), compara-a imediatamente com a de Kravsnov[3]. Mas ele não leu o livro inteiro. Minha correspondência com Volkónski se extingue, exige muita munição, uma atenção extremamente aguda, toda a responsabilidade disso recai sobre mim, ele é apenas um eco, ele se limita a responder. Agora, já não nos

---

[2] Petruchka é o servo de Tchítchikov em *Almas mortas*.
[3] Piotr Nikoláievitch Kravsnov (1869–1947) escreveu um romance intitulado *Da águia bicéfala à bandeira vermelha* (Berlim, 1921–22).

vemos há dois anos e nossas vidas são tão diferentes: ele – ora está em Roma, ora em Capri, ora em Paris ou em outro lugar – sozinho, livre, fora da rotina – e eu... –

Penso em Paris e logo surge a pergunta: tenho o direito? Na verdade, vim para o exterior para encontrar Serioja. Sem mim, ele se acaba – simplesmente por não saber viver. Você se lembra do estado lastimável em que ele estava na casa do monge? Sei que esta vida será a derrota para a minha alma, a ausência desmedida *de pretextos para alcançá-la*, uma lacuna – mas tenho direito a ela (à alma)? Sinto mais pena da vida dos outros que da minha alma, isso é algo muito forte dentro de mim. Ainda há uma questão, Ália – para ela também é difícil, embora ela não compreenda. Apenas trapos e baldes – como desenvolver-se aqui? Única distração – recolher galhos secos. Não sou absolutamente pelo teatro e pelas exposições – ela terá tempo para isso! – sou pela infância, isto é, *também* pela alegria: o lazer! Assim, do jeito que as coisas estão, ela não tem tempo para nada: arrumação da casa, compras na venda, carvão, baldes, comida, lição, galhos secos, sono. Sinto pena dela, pois é de uma nobreza extraordinária, nunca se queixa, sempre se esforça para tornar as coisas mais fáceis e se alegra com a menor coisinha. Uma surpreendente facilidade para a *renúncia*. Mas isso não é para seus onze anos, pois aos vinte ela será terrivelmente amarga. A infância (a capacidade de alegrar-se) não volta.

Hoje cortei seu roupão cor-de-rosa – você está lembrada? Aquele de tipo japonês que você pôs de lado, todo feito de retalhos – para fazer uma fronha. Fiquei costurando o dia inteiro. Estou escrevendo à noitinha. Na primeira ocasião enviarei a você o cobertor. Queria mandá-lo pela senhora Kátia, mas não deu tempo. Quem sabe mande pelo correio. Estou com remorsos por ter deixado você descoberta.

Um beijo. Escreva.

M. T.

Logo após o nascimento de seu filho Mur, MT anuncia a novidade a sua confidente.
À mesma:

Cara Olga Elissiéevna[4],

Ontem, domingo, 1º de fevereiro, ao meio-dia, nasceu meu filho Boris – contrariamente a toda espera e previsão, em Všenory. *Nada* estava pronto – depois de meia hora, apareceu *tudo*. Salvaram-me, literalmente. O pequeno é loiro, com os traços regulares, gordinho.

Beijo você e Ádia, com ternura.

M. T.
Všenory, 2 de fevereiro de 1925.

Alguns dias mais tarde, ela descreve suas impressões.
À mesma:

---

[4] Esta cartinha de MT encontra-se no verso da carta que Serguei Efron escreveu à mesma pessoa.

Všenory, 8 de fevereiro de 1925, uma hora da manhã.

Cara Olga Elissiéevna,
Eu e o menino estamos no nosso oitavo dia. O rosto dele, de acordo com a opinião de todos, é o meu retrato; nariz reto, fendas longas e estreitas dos olhos (os cílios e as sobrancelhas, por enquanto, são loiros), claramente – a boca é minha e, de uma maneira geral – é um Tsvetáiev. Você se lembra de quando previu um filho parecido comigo? Aí está, aconteceu. Uma filha teria seguramente puxado Serioja.

O menino é encantador, toda a expressão de seu rosto é tranqüila, lembra a de Stepun[5] depois de uma aula bem dada. Come bem e – imagine só – tenho leite o bastante para ele!!! Surpreendo-me a mim mesma e aos outros.

Tudo vai bem comigo, tudo se passa conforme o esperado, mas o jovem Altschuler (o irmão de K. I. Eleneva), que *nos salvou*, a mim e ao pequeno (nasceu desmaiado, e Altschuler levou vinte minutos para reanimá-lo – respiração artificial) – insiste para que eu fique de cama por mais tempo. Ontem (dia 7), sentei-me pela primeira vez. Ainda não leio nada – poupo os olhos. O máximo da gentileza – Bulgákova[6] e outra senhora, que conheço há pouco tempo. Gentis pelo *silêncio*. Já Andréieva[7] é uma fúria, está apaixonada pelo moleque, como uma cigana por um menino loiro. Ela chega às seis horas da

---

[5] Fiódor Augústovitch Stepun (1884–1965), filósofo e escritor expulso da Rússia em 1922, amigo de MT.

[6] Maria Serguêievna Bulgákova (1898–1979), amiga de MT, se casa com Konstantin Rodziévitch, em 1926.

[7] Anna Ilínitchna Andréieva (1883–1948), uma das mais fiéis amigas de MT, viúva (em segundas núpcias) do escritor Leonid Andréiev. Savva, mencionado mais adiante, é filho dela.

tarde e vai embora à meia-noite. Boa, estranha e agitada. Ela atrai e repele, igualmente.

Vacilo entre Boris (eu) e Gueórgui (Serioja). Se o chamar Boris, ficarei com remorsos por causa de Serioja, se o chamar Gueórgui – não estarei cumprindo a promessa que fiz a Boris Pasternak. Você conhece a minha *dualidade*, o que me aconselha?

Não temos babá e em breve não teremos mais tantas visitas. – É difícil. – Ainda estou muito fraca e Ália sozinha não dará conta. Serioja não consegue parar em pé, ele fará três exames na semana que vem. Há pouco, quando nossa babá provisória (a vendedora de carvão) foi embora, ele passou a noite em claro, com o nenê. Está extenuado.

Temos um berço – maravilhoso, dobrável, americano, comprado de uns russos por cinqüenta coroas. Por enquanto ele dorme num cesto (o cesto de Moisés!), presente de Andréieva. Durmo com o cobertor dela e com a camisola que ela me deu. Ela está disposta a me dar qualquer coisa, *por ser eu quem o amamenta*. É um amor cheio de ameaças confusas, já houve alguns atritos. Ela é muito *difícil*.

ALEMANHA E TCHECOSLOVÁQUIA (1922-1925)

Estou deitada no segundo cômodo, de onde tudo foi retirado. O dia inteiro, pelas janelas – a montanha irradiante com todas as gradações da luz. Agora é noite, e Serioja, a carvoeira e o menino dormem. (A carvoeira em cima dos leões e dos macacos de Ália que ficaram lá, num canto.) Ália passou esses dias todos (anos!) dormindo na casa dos Andréiev, com os quais ela *não* tem "contato".

As questões de dinheiro estão incertas: em julho termina a bolsa de Serioja e ele não tem emprego. Quanto aos gastos, são naturalmente muito elevados, por mais que façamos restrições. Serioja, por exemplo, precisa de um quarto só para si, nem que seja por um mês. – Duzentas coroas para a parteira daqui, que veio *depois* de tudo acontecido e outras duas vezes. – Para a carvoeira – dez dias a quinze coroas – cento e cinqüenta coroas. E assim por diante. Não sei como conseguiremos.

Você recebeu o resto da bolsa por intermédio de Kátia? Não se esqueça de responder.

Da próxima vez, contarei tudo mais detalhadamente e de forma mais legível – estou escrevendo à noite e com o lume coberto, às escuras.

Por enquanto, beijo você e Ádia e fico aguardando sua carta. Ália não escreveu porque corre o dia inteiro atrás dos afazeres. Estamos na primavera e as aveleiras estão cobertas de brotinhos.

M. T.

No dia 12 de fevereiro de 1925, MT escreve em seu caderno:

Meu filho Gueórgui nasceu no dia 1º de fevereiro de 1925, num domingo ao meio-dia, durante uma tempestade de neve. No momento exato de seu nascimento, no chão, perto da cama, o álcool pegou fogo e ele apareceu numa difusão de chamas azuis. *Sonntags- Mittags-* e *Flammenkind*[8].

Ele nasceu completamente sem respirar[*] – foram necessários mais de vinte minutos para reanimá-lo. Salvou-nos a vida, a dele e a minha, G. I. Altschuler, que hoje, dia 12, está realizando o último exame.

No dia anterior (31 de janeiro) Ália e eu estávamos em Řevnicy, no dentista. A sala de espera estava – cheia de gente e, como não tínhamos nenhuma vontade de esperar, fomos passear e chegamos, andando bem devagarinho, quase até Karlov Tyn. Voltamos para Řevnicy e, depois, sem esperar pelo trem, ao longo do rio e através dos campos, até Všenory.

Passamos a tardinha com Serguei, na casa de A. I. Andréieva a olhar retratos antigos e fotografias em cores e voltamos para casa por volta das duas horas da manhã – ainda li, na cama, um capítulo do *David Copperfield* de Dickens: "Eu nasço"[9].

---

[8] Em alemão, no original: "O filho do domingo, do meio-dia e das chamas".

[*] *Óbmorok* significa desmaio, desfalecimento devido à apnéia. (N. de T.)

[9] Primeiro capítulo do romance de Dickens.

ALEMANHA E TCHECOSLOVÁQUIA (1922-1925)

Às oito e meia da manhã o pequeno começou a dar sinal de si. No começo, eu não compreendia – não acreditava – mas fui logo persuadida – porém não concordei com as inúmeras exortações de "fazer de tudo para ir a Praga". Eu sabia que, apesar de meu caráter espartano, devido à freqüência das dores – nem chegaria à estação. Começou então a louca corrida de Serioja por Všenory e Mokropsy. O quarto transbordava de mulheres e ficou irreconhecível. A babá dos Tchírikov lavara o chão, tudo o que havia de inútil (o quarto inteiro!) foi retirado, vestiram-me com a camisola de Andréieva, colocaram a cama no meio do cômodo, borrifada em volta com álcool (que pegou fogo – no momento *preciso*!). O movimento, em parte, distraiu-me. Às dez e meia G. I. Altschuler chegou e ao meio-dia nasceu Gueórgui. Seu silêncio não me impressionou logo: eu olhava para o álcool que acabava de queimar. (O grito desesperado de Altschuler: – Não se mexa de jeito nenhum!!! Deixe que queime!!!)

Finalmente, ao ver aquele movimento repetido *metodicamente*, como num sonho, para cima e para baixo, perguntei, por cima da cabeça dele:

"Por que ele não está gritando?". Mas, mesmo assim, não tive medo.

Que era um menino soube-o por V. G. Tchiríkova, que assistiu ao parto: "É um menino – e bonito!". Mentalmente, disse logo a mim mesma: – Boris!

Afinal, ele respirou. Banharam-no. A "parteira" chegou à uma hora. Se não fosse por Altschuler estaríamos mortos – talvez não eu, mas a criança, sem dúvida.

Jamais esquecerei sua voz boa e penetrante: "Vai nascer logo, Marina Ivánovna...".

[*Algumas linhas em branco.*]

Dizem que me saí bem. De qualquer maneira, nem um único grito. (As mulheres todas: – Mas grite, afinal! – Para quê? – E apenas uma, entre elas (– E então?) a meu fraco: "Está doendo". – "É preciso que doa." A única fala inteligente, pois ela me amava mais do que todas – A. I. Andréieva.) Os que haviam ficado no cômodo ao lado afirmaram que se não soubessem o que estava acontecendo – ninguém teria adivinhado.

Sonntagskind – saberá compreender a linguagem das plantas e dos animais. *Mittagskind* – mas em *Mittag* já há *Sonntag*: o zênite. *Flammenkind*:

> *Flamm' wird alles was ich fasse*
> *Kohle – alles was ich lasse –*
> *Flamme bin ich sicherlich!*[10]

E (orgulho materno) – um fogo particular: azul. [...]
Parece-me que, pela primeira vez em minha vida, experimento a beatitude. [...]
Presenteio meu filho com meu lema: NE DAIGNE*! Ele me veio de repente à cabeça, alguns dias antes de seu nascimento, referente a mim, sem que eu pensasse nele. (Será que ele *pensou* em mim?) Fui eu quem *encontrou* o lema, pelo qual fico feliz e orgulhosa mais do que por todos os meus poemas juntos.
Ne daigne – com o quê? Sim, com relação a nada que

---

[10] Em alemão, no original: "Chama torna-se tudo o que pego/ Carvão – tudo o que deixo –/ Chama sou seguramente!". Trata-se de uma citação modificada de *Gaia ciência* de Nietzsche (Prelúdio, 62). Em lugar do termo "chama" no primeiro verso, Nietzsche diz "luz".

* Em francês, no original: "Não seja condescendente". (N. de T.)

rebaixe, seja lá o que for. Não sou condescendente com me rebaixar (ao medo, à vantagem, à dor pessoal, às considerações existenciais – e às economias).

Esse lema também irá me ajudar na hora da morte.

De novo, a sua confidente, a Kolbássina-Tchernova:

Všenory, 14 de fevereiro de 1925.

Querida Olga Elissiéevna,
Quem atrapalhou a história da viagem? Serioja pensa que foi a Samoilovna (N. B. Você tem duas delas: *une à Paris, l'autre à Prague**). Se *não* é Biéloborodova, nem um dos poderosos desse mundo ou alguém que gravita em volta deles – não ouça e não venha. Caso Liátski encontre a possibilidade de prolongar o prazo de seu empréstimo, o fará mesmo sem você, se não for isso, sua presença temporária de nada adiantará. Pois, de qualquer maneira, você partirá de novo e, mais uma vez, será necessário receber por você – Praga é tão pequena – sabemos de tudo. Essa viagem agora, na minha opinião, será apenas desperdício de dinheiro. Com efeito, os tchecos pagam um adiantamento a alguns, mesmo *na ausência deles*. A Teffi, a Balmont e a mais alguém[11], tudo depende, portanto, da boa vontade por parte deles e de a sorte estar do seu lado (!).

Essa foi a voz da razão, mas agora –
Ficaria incrivelmente feliz se você viesse – estou sozinha

---
* Em francês, no original: "Uma em Paris, outra em Praga". (N. de T.)
[11] O governo tcheco pagava indenizações a alguns emigrados russos que deviam, em princípio, residir na Tchecoslováquia.

como nunca. Nos arredores da cidade é tão bonito, é quase primavera. Passearíamos com o carrinho e *sem* o carrinho. (A famosa pergunta: "O que há de melhor além de uma jovem com um bebê nos braços?". – "A mesma jovem *sem* bebê.") A propósito, pior que o bebê é – o carrinho. Você se lembra de como Skortzov ficava nervoso? (Segundo você: Chtcheglov, Iástrebov, Perpiélkin[12] etc.)

E sabe de onde receberei o carrinho? Adivinhe! – Da *Liberdade da Rússia*. Os redatores decidiram oferecer a sua futura colaboradora um "equipamento de base". – Uma graça, não é? – Recebi uma carta oficial, batida à máquina com a assinatura dos quatro (pelo Inocente[13] – um X). Antes de ontem estiveram em nossa casa Margarita Nikoláievna e Irússia[14], trouxeram uma porção de coisas para o bebê – maravilhosas. Nem Ália nem Irina tiveram um enxoval assim. – O enxoval de um príncipe. – Mas lembro e sempre hei de lembrar que a primeira pedra foi a sua: o casaquinho (marrom-claro, com o debrum azul) é o meu favorito entre todos.

Temos também uma banheira – pessoas que não conhecíamos a emprestaram por tempo indeterminado. O bebê já toma banho há alguns dias.

Quanto à babá, as coisas estão assim: a carvoeira optou finalmente por ter seus dias e noites em paz, ou seja, foi embora. Achar alguém em Praga *é impossível* – ninguém quer trabalhar fora da cidade. Em Všenory e arredores também não há nin-

---

[12] Amigos comuns em Praga.

[13] É assim que MT chama um dos redatores do periódico, Evséi A. Stálinski.

[14] Margarita Nikoláievna Lébedeva (1880–1958), médica, e sua filha Irina (Irússia) são amigas fiéis de MT.

guém, as velhas ficam perto da estufa, e as jovens, nas fábricas. Alguém – de décima mão – indica certa "mãe de estudante", mas ainda não se sabe onde ela está, qual sua idade, qual seu gênio. Creio que se trate de uma amiga de juventude de Kondákov. Passei minha primeira noite com o bebê – sozinha! – estou orgulhosa. Consegui, assim mesmo, dormir seis horas. No tempo restante, o mudei de lado, fiz-lhe carinho, ajeitei suas roupinhas, fumei, comi pão e li *Pedro*, de Merejkóvski.

A propósito, o menino chama-se definitivamente Gueórgui. Já que é uma alegria – que seja uma alegria inteira. Em segundo lugar, ceder é mais fácil que insistir. Em terceiro – não quero introduzir Boris Pasternak na família e fazer dele um bem em comum. Há nisso uma certa perda de direito sobre ele. Refletindo, você compreenderá.

Seu afilhado chama-se, então, Gueórgui. Padrinho ele ainda não tem: Volkónski é velho demais, Zavádski é velho demais, Tchírikov é velho demais. Na verdade, não tenho nenhum amigo homem jovem! E com um padrinho velho – a não ser pelo nome e como símbolo – não dá para viver: "Vou murchar – você vai brotar". O padrinho (ou a madrinha) deve ser entendido como uma espécie de apoio, de companheiro de viagem – senão não passará de um "sopre e cuspa"[15]! Volkónski está com 65 anos – um sopro completo e se escolher um jovem, será um "cuspe" (eu, cuspindo no padrinho), pois rompo facilmente as amizades:

O pássaro anseia pelo arvoredo
Apesar do grão que o alimenta:

---

[15] Parte do ritual do batismo ortodoxo.

Tirei você do lodo onde estava –
E ao lodo de onde vem o reconduzo.

Estamos pensando em realizar o batismo no dia 23 do abril russo (dia 6 de maio – pelo novo estilo), dia de São Egor e dia dos cavaleiros de São Jorge. Ele já estará "crescido" (três meses).

———————————————

Mas sabe você o que é nascer profundamente desmaiado? Foram precisos vinte minutos para reanimá-lo. (Na transcrição de Lelik, que escutava o que não devia: "Nasceu à força!".) Se não fosse domingo, nem Serioja em casa, nem Altschuler – teria morrido. Eu também, talvez. O jovem Altschuler realmente nos salvou. Sem ele – não um conhecedor, mas que tem conhecimentos (nós, eu).

Gosto de ver frustrada a profecia de V. Záitseva e dos Rémizov ("Se não for menino – será menina!"). E você está completamente certa quanto àquilo que eu queria: quis esse menino, encomendei-o para mim. E você foi a primeira a me fortalecer no meu direito à existência dele – não de modo feminino – mas bem virilmente! – E previu *meu* filho, parecido comigo. Há muito tempo, em Ilovišči. Recordo-me perfeitamente.

———————————————

Só me levantei há quatro dias. Sinto as pernas ainda bambas. Entro na vida aos poucos, isto é, descasco as batatas, limpo a estufa *et cetera*. Não levanto nenhum peso, comporto-me razoavelmente. "Invejo" as montanhas, pela janela – uma maravilhosa vermelhidão de carvalhos no azul. Mas como não consigo "ficar sentada ao ar livre" – simplesmente não saio – para evitar a tentação.

Há muitas coisas curiosas sobre A. I. Andréieva. Ela não suporta você, secretamente (como você a ela – abertamente). Ela é obstinada, pesada, extravagante, imprevisível e completamente incompreensível. Indiferente aos homens, indiferente à aparência (à sua beleza), indiferente aos livros, sem obsessão pelo escritor e marido finado. Os filhos? Um verdadeiro time, pior do que eu. *Amar* mesmo, acho que só Savva. Não sabe conversar. Banal, nunca. Durante os nove primeiros dias (de praxe!) sua presença foi contínua – ajudou, mandou, cansou, encheu com sua pessoa (sua fúria e seu amor) a casa inteira. No décimo dia desapareceu – sem deixar rastros. Ália, que dormiu na casa deles até ontem, diz que ela está costurando um vestido preto com enfeites coloridos.

É uma *cigana*, garanto a você. Fora das normas e da civilidade.

Agradeça à querida Ádia pela carta. Se tiver um tempinho, escreverei. Obrigada por postar a carta para Moscou, vou enviar em breve para você uma que escrevi para Boris Pasternak, logo após esta. Como gostaria de poder enviar também *O jovem*! Está sendo editado. Quando for enviar para você, mandarei também um exemplar para Boris Pasternak – quem sabe surja outra oportunidade – mesmo que seja daqui a um mês, conquanto lhe chegue. Em Praga não tenho a quem pedir – sou uma Santa Helena que todos os navios evitam.

Duas vezes veio me visitar a senhora Teskova, a presidente da EDNOTA[16]. Menos de cinqüenta anos, grisalha, bem-apessoada, olhos azuis – uma espécie de Catarina II. Ela está encantada com o menino: "Se vocês morassem em Praga, vocês teriam uma babá por meio período". Ela indaga sobre os mundos de onde ele teria vindo. De acordo com as teorias de Steiner, o espírito – durante todos os nove meses em que a criança se encontra no útero da mãe – está forjando um corpo. A evidência (individual e não racial!) dos traços testemunha o grau de desenvolvimento do espírito. – Boa teoria, agrada-me.

Ofereceu-me ontem uma babá da Armada Spasy[17] – foi uma proposta dela, pode ser que isso nem exista. Uma babá tipo soldado, melhor seria então um ordenança! Imagino sua indignação quanto ao fato de eu fumar e – em geral – quanto a mim mesma!

Acredito que a única babá confiável – seja eu mesma. Hoje, por exemplo (continuo a carta no dia 15), dormi duas horas e meia – Gueórgui, pelo visto, por consideração aos convidados, dorme de dia e grita de noite. ("Noite perdida.") Li Dickens, enxagüei as fraldas, fumei, andei. Serioja terá um exame com

---
[16] União tcheco-russa: instituição destinada a ajudar os russos emigrados, onde Anna Teskova preside a comissão cultural. Ela se tornará uma grande confidente de MT e destinatária de um grande número de cartas.
[17] Em tcheco, no original: "Exército da Salvação".

uma sumidade daqui – o filólogo eslavista Niderle, e nesta mesma semana com Kondákov e mais alguém. Ele dá banho no menino e se encanta com ele, mas *ça n'avance pas ses affaires*[*]. Como o céu está cheio de nuvens! Paris! – Como está longe! – Uma *outra* vida. (A nossa, você a conhece.) Por enquanto não consigo me ver lá. Aquela primavera em Smichov foi uma delícia! A nossa montanha, passeios ao luar, a Páscoa (você se lembra de minha raiva?!). Sinto essa montanha e a primavera como minha última mocidade, o fim de *mim-mesma*: *Denn dort bin ich gelogen, wo ich gebogen bin!*[18]. E – exatamente dez anos atrás. Que não vão voltar.

Ah, o dinheiro! Se nós o tivéssemos, você teria feito a viagem – não para cuidar de mim – dou um jeito – mas para me lembrar quem sou eu, para rirmos juntas, simplesmente! Começo a me convencer de que a mulher conveniente é tão rara quanto o homem conveniente, se não mais. Há tantos deles a minha volta e – ninguém!

Sonho com Karlov Tyn[19], mas ele também é inacessível: amamento a cada duas horas (meu leite é pouco e o pequeno não agüenta muito tempo) – não dá tempo de dar uma volta.

---

[*] Em francês, no original: "Isso não adianta em nada para ele". (N. de T.)

[18] Em alemão, no original: "Pois eu sou desmentida lá onde eu sou dobrada" (retirado de "O livro da vida monástica", em *O livro das horas* de Rilke).

[19] Nome de um bairro de Praga, próximo ao castelo.

Mas, de uma maneira geral, estou feliz evidentemente. Tudo isso é uma questão de dias. E tenho sempre diante de mim o anel de Salomão: "*Isso* também passará".

Um beijo a você e a Ádia. Uma lembrança cordial a Ólia e a Natacha. Escreva, mas não venha a Praga nem por causa da Samoilova nem por mim.

M. T.

Duas semanas mais tarde, à mesma:

Všenory, 29 de fevereiro [*de fato, 1º de março*] de 1925.

Querida Olga Elissiéevna,

Você já recebeu minha carta com uma outra para Pasternak e você já sabe que o nenê se chama Gueórgui. Seus argumentos são iguaizinhos aos meus: literalmente. Volkónski tem uma fórmula precisa (ele fala do espaço abolido na música e ele mesmo não sabe que está falando de algo incomparavelmente maior): "*A vitória pela recusa*". (N. B. Isso não lhe lembra nada? O pequeno Gueórgui[20]? Chebeko, que levava os cães do tsar para passear, não ela, mas a autora das *Memórias*, a ama, a "pérfida Chebeko", era sua inimiga e por isso tomou parte no atentado de 1º de março. "Ralfa, a soberana e Ralfa, do soberano" – no dia do assassinato – você lembra?)

---

[20] O pequeno Gueórgui é filho do tsar Aleksandr II e da princesa Iurévskaia, de condição social inferior à do tsar. Varvara Ignátievna Chebeko, dama de honra de Gueórgui, o teria envolvido em uma série de intrigas, por ter ciúme dele. A ama do menino acabara de publicar suas memórias. O dia 1º de março é a data do assassinato de Aleksandr II pelos *naródniki* (populistas), na cidade de São Petersburgo.

Então, o menino se chama Gueórgui e não Boris, Boris ficou assim dentro de mim, perto de mim, em lugar nenhum, como todos os meus sonhos e minhas paixões. É uma pena, se você não leu minha carta para Boris Pasternak (esqueci de lembrá-la) – uma espécie de diário cristalizado – alguns chistes – sobre Lilith (a que vem *antes* da primeira – não conta, a que veio depois da primeira: eu![21]) e sobre Eva (a esposa dele e todas as esposas daqueles que "amo" – N. B. não amei ninguém, a não ser Boris Pasternak e aquele dogue[*]) – e sobre meu ódio, mais freqüentemente, minha piedade condescendente em relação a Eva – e também sobre Boris e Gueórgui, [ou seja] que Boris teria sido a divulgação de um segredo, o aprisionamento de uma fera – Amor (o diminutivo de Boris teria sido Bársik[22]), introduzir o *Amor em minha família* – sobre meu ciúme por esse som, pronunciado por indiferentes... E também – o principal – ao chamá-lo Gueórgui, conservo meus direitos sobre *seu* Boris, o Boris *dele*, o Boris *vindo dele* – loucura? – não, sonhos para o Futuro.

E ainda lhe pedia para amar a este como a seu próprio filho (mais, se possível!), uma vez que não é minha culpa se o filho não é dele. E nada de ciúmes, pois este não é filho do gozo.

E, para terminar, com o gesto de dois braços erguidos:
"Dedico ele a você, como a uma divindade."

---

[21] Nesta carta de 14 de fevereiro de 1925, MT se identifica com Lilith, a mulher de Adão "que vem antes da primeira" e se opõe a todas as Evas que virão. Cf. capítulo 8.

[*] Em russo, *Dog* significa "alão", um tipo de cão de fila. (N. de T.)

[22] Diminutivo de *bars*, guepardo.

Não poderemos viver juntos, Boris Pasternak e eu. Sei disso. Pela mesma razão, por aquelas duas mesmas razões (Serioja e eu) pelas quais Boris não se chama Boris, mas Gueórgui: a trágica impossibilidade de abandonar Serioja e a não menos trágica impossibilidade de construir a *vida* a partir do *amor*, a partir da eternidade – do fragmentário dos dias. Não poderei viver com Boris Pasternak, mas quero um filho dele, para que *ele viva nele através de mim*. Se isso não acontecer, minha vida não terá cumprido seu desígnio. Com Boris Pasternak falei umas três vezes (neste instante, uma palavra horrível de Ália: "Coma o coração!". Ela está me oferecendo o chocolate que sobrou ainda do Natal) – lembro-me da inclinação da cabeça dele, alguma coisa no rosto entre cavalo – corcel – ou mula, sua voz surda. – Gueórgui acordou e por enquanto interrompo a carta. –

O menino está com três semanas. Cresce bem, calmo, um rostinho muito bonito, com traços regulares, a não ser o queixo, que vem de Kátia Reitlinger – pontudo. Por enquanto, não lhe dou nada além do seio. Estou cercada por um coro de mulheres que não se cansam de trombetear: "Amamente! Amamente! Amamente!". Se tivesse, digamos, dez, ou mesmo cinco anos menos, eu as mandaria todas para o diabo (uma boa parte do inferno já foi povoada aos meus cuidados!) e só de raiva acabaria com o aleitamento. Mas o pequeno não tem culpa – e se comporta tão bem. A impressão é que ele procura me agradar.

Querida Olga Elissiéevna, imploro-lhe, não compre *nada* para ele, sua primeira infância está completamente assegurada, nunca, nem Ália nem Irina tiveram um enxoval igual ao dele.

Espere um ano – as roupinhas. E mais uns dois anos – as calças. E todas essas coisinhas duram tão pouco, de qualquer maneira terão de ser dadas de presente a alguém – é uma pena.

Minha vida: durmo pouco – algum dia escreverei uns versos sobre isso – não sou capaz nem de me deitar cedo nem de dormir durante o dia, e o pequeno por qualquer coisinha acorda, cantarola – torna a dormir – e não quero mais dormir, leio, fumo. Por causa disso, de dia, uma sensibilidade exagerada, por qualquer coisa passo das lágrimas à fúria de um tigre. O pequeno é muito amável de querer engordar com esse leite. É a melhor das boas vontades.

Mas não *quero mais* um inverno em Všenory, não agüento, só de pensar nisso – sinto um arrepio na espinha. Não agüento esse desfiladeiro, esse horizonte encoberto, essa sufocação, essa solidão de cachorro (na casinha!) – não agüento. Sempre os mesmos rostos (indiferentes), sempre os mesmos assuntos (cuidadosos). No verão, tudo bem, nós iremos ao bosque com Gueórgui, Ália tomará conta do carrinho e eu ficarei zanzando. Mas, no inverno – absolutamente: a vida é difícil demais, ingrata, miserável. Ou em Praga ou em Paris. Mas em Praga, para ser honesta, não queria viver: as donas de casa, a fuligem – e depois, o "querido"[23], que sem dúvida apareceria dois dias depois da mudança e a quem eu, por fraqueza, "perdoarei". Além disso, gostaria do francês – para Ália. Mas, principalmente, em Paris viveríamos, se não juntas, ao menos perto.

---

[23] O amigo de MT, Mark Slónim.

Você tem sobre mim uma influência tão boa: você me anima, sou tão rodeada de nós e de âncoras:

> *J'étais faite pour être très heureuse, – mais*
> *Pourquoi dans ton œuvre terrestre*
> *Tant d'éléments – si peu d'accord?...**

(Lamartine[24] diz – *céleste*, mas o lamento é todo de Bachkir.)

Por que você nunca fala do Inocente? Será que vocês não se vêem? (Admiro-me por ele, não por você.) Ele sabe que tenho um filho? Como ele recebeu a notícia? Com certeza: "Eu também tenho um filho – até dois – mas sabe – (com orgulho) – não de fraldas, mas na universidade". (Conte isso a Ádia.)

Não vi ninguém da *Liberdade da Rússia*, a não ser Margarita Nikoláievna, Lébedev[25] está em Paris. O "querido", depois de me enviar suas felicitações na forma de uma elegante caixa de bombons (Ália tem sorte!), não disse mais nada. Pois é, to-

---

* Em francês, no original: "Fui feita para ser muito feliz, – mas/ Por que em tua obra terrestre/ Elementos, tantos – e tão pouco acordo?...". (N. de T.)

[24] Na verdade, os versos são de Musset.

[25] Vladímir Lébedev, marido da amiga de MT, Margarita, é um dos redatores da *Liberdade da Rússia*, a revista dos socialistas revolucionários.

dos os homens (se não são nem poetas, nem heróis, nem espíritos – e nem amigos!) em volta do berço de um recém-nascido fazem o papel de José. Um papel magnífico, não inferior ao do arcanjo, mas as pessoas são baixas e têm medo do ridículo. Um papel que, com muita nobreza, desempenhou Blok[26].

O pedido para Rosenthal[27]. Vou anexá-lo. Um pedido ou quem sabe simplesmente uma carta. Sem conhecê-lo pessoalmente, é difícil. (Estou convencida de que conheço *todas* as palavras, para cada um – há uma palavra!) Não gostaria de repetir uma ladainha, pois ele já sabe tudo de antemão – ele deve ter uma bela coleção de autógrafos! Se Rosenthal desse certo, mudaria para Paris por volta do começo de outubro – Gueórgui teria oito meses, não seria tão difícil. Tentaria (*entre nous*) conservar também a bolsa tcheca.

Penso em sua falta de dinheiro crônica e me atormento por aquelas malditas cem coroas. Prometi tantas vezes e ainda não as mandei. Já tinha separado o necessário, eu as recebi durante o período em que fiquei de cama, com aquela quantidade toda de lençóis – quando levantei, nem rastro delas; a carvoeira deve tê-las levado junto com a lenha, agora preciso repô-las. Não vou mais falar delas (as cem coroas) – sinto-me envergonhada – você se lembra do menino e o lobo:

---

[26] MT estava convencida de que o poeta Aleksandr Blok tivera um filho fora do casamento.
[27] Mecenas russo que morava em Paris.

Vivendo sob o fogo

*Wer einmal lügt, dem glaubt man nicht
Und wenn er auch die Wahrheit spricht.*[28]

Não vou escrever mais sobre isso, mas saiba que não esqueci e que as mandarei tão logo me seja possível.

Balmont – pobre Balmont! Como você o compreendeu *bem*! Um pássaro que se embriaga, que se inebria de si próprio. Um *pobre* pássaro, ingênuo e – insensato. Como se a poesia o obrigasse à falta de sentido, nela ele respira fundo. Da desrazão à falta de sentido, eis o itinerário poético de Balmont e o maravilhoso título de um artigo que – infelizmente – não poderei escrever, pois estou ligada a ele por laços quase familiares.

E então – uma nova paixão? Fico contente em saber que é judia. Não estava por acaso no Habima[29], de Moscou? Surge-me um pensamento paralelo: se Don Juan tivesse sido *profundo*, poderia ter amado todas? Esse "todas" não será a conseqüência imutável da superficialidade? Em suma pode-se amar todas – tragicamente? (Na verdade, Don Juan é risível! Escrevi sobre isso a Pasternak, falando-lhe de seu caráter eterno.) Casanova? Hesito. Mas, no caso dele, trata-se de três quartos de sensualidade, isso não é interessante, não conta – falo da insaciabilidade da alma.

Ou será que esse *trágico* todas, a tragédia do amor-total é apanágio exclusivo das mulheres? (Julgo a partir de mim mesma.)

---

[28] Em alemão, no original: "Quem mente uma vez, fica desacreditado/ ainda que diga a verdade". Versos do poeta Ludvig H. Nikolai.

[29] O teatro judeu Habima havia sido criado em Moscou, em 1918. A artista Shoshana Avivit estava em turnê em Paris durante o verão de 1924. Balmont havia lhe dedicado um poema.

ALEMANHA E TCHECOSLOVÁQUIA (1922-1925)

Boa a frase de Ália, há pouco: "É um homem, por isso ele está errado". (Isso faz eco à fórmula de Briússov: "Você é mulher – e por isso tem razão" – que ela não conhece.)

Negócios: envie-me já um cartão com o nome completo de Rosenthal. Pedir sem saber o nome da pessoa – disso não sou capaz. Escreverei uma carta e um pedido – você vai ler e vai escolher. Só que, pelo amor de Deus, responda-me logo; hoje vou me informar sobre a mesma coisa com Slónim.

M. T.

[*Acrescentado à margem:*]

Você recebeu o dinheiro por intermédio de Kátia? O complemento da bolsa de janeiro? Algo por volta de setenta.

No dia 10 de março ela escreve em seu caderno:

Se tivesse de morrer agora, sentiria terrivelmente pelo menino, a quem amo com um amor melancólico, enternecido, reconhecido. Por Ália sentiria de modo diferente e por outros motivos. Sentiria principalmente pelas crianças, por isso – humanamente – antes de tudo, sou mãe. [...]
Vou amá-lo – tal como ele for: não por sua beleza, nem por seu talento, nem por sua semelhança – pelo fato de ele *existir*. Pode ser que isso seja o maior amor de minha vida? Talvez um amor FELIZ? (Não conheço um amor assim. Para mim o amor é um grande mal.)

E à sua confidente, Olga, dois meses mais tarde (10 de maio de 1923):

Estou sozinha com Mur[30] – eu o lavei, o alimentei, o coloquei na cama, escrevo. São minhas horas favoritas. E ainda – há as primeiras horas da manhã, quatro e meia, cinco horas. Quando Murka acorda é um amor, ele repete: *"heureux, heureux"* [feliz, feliz], aqueço o leite, a manhã entra no quarto. Em geral, com Mur, sinto-me como numa ilha e hoje me surpreendi sonhando já com uma ilha com ele, uma ilha verdadeira, onde ele não tivesse *ninguém* (avalie meu egoísmo!) mais para amar além de mim. Mas ele, com certeza, haverá de amar todas as atrizes (não as "poetisas", garanto, pois ele estará cheio de mim, num *outro* sentido – terei matado sua vontade: de tanto mimo), todas as atrizes, uma atrás da outra, e, um dia, ele se tornará soldado. E, quem sabe, faça a revolução – ou a contra-revolução (que, com meu gênio, é a mesma coisa) e será preso e levarei encomendas para ele. Em uma palavra – é uma *terra incognita*. E essa *terra incognita* carrego nos braços!

MT continua a escrever seus poemas, mas sua vida social é sempre igualmente triste. No dia 14 de agosto de 1925 ela escreve a Tchernova:

Vivo sem pessoas, de maneira muito austera, muito sombria, como nunca dantes. Só a cabeça, creio, não me trai. Sei que, quando eu morrer, a última coisa será – o pensamento.

---

[30] Mur (diminutivo, Murka) é o apelido pelo qual MT chamará seu filho de agora em diante. Uma das razões de sua escolha é a personagem de Ernst Theodor Amadeus Hoffmann, o gato Murr.

Porque ele é independente de tudo. Os sentimentos precisam sempre de algum pretexto, por menores que sejam.

A idéia de tornar a passar um novo inverno na miséria e na solidão do subúrbio de Praga a assusta e ela pensa seriamente na partida para Paris, onde sua amiga poderá hospedá-la, num primeiro momento. Lá vivem muitos emigrados, muitos livros e revistas – em russo – são publicados, a cidade é um grande centro cultural e MT domina bem a língua: mais uma razão para partir. Um dos obstáculos é Serioja, que não tem nenhum motivo para mudar de país. MT escreve a Olga, no dia 7 de setembro de 1925:

A única instalação e deslocação* à qual aspiro – o trem! Mas sinto uma pena infinita por Serioja.
Agora, Serioja. É indispensável tirá-lo daqui. [...] Seus olhos doces são sempre uma faca em meu coração (*meados de setembro de 1925*).

Aos poucos, o projeto parisiense vai tomando forma.
À mesma:

Všenory, 21 de setembro de 1925.

Querida Olga Elissiéevna,
Nossa partida começa a se concretizar – oh, tão devagar! Da seguinte maneira: Mark Lvóvitch[31] pediu-nos que lhe apresentássemos sem demora nosso *prukaz*[32] (você ainda está lem-

---
* Em russo, respectivamente, *pomeschênie* e *peremeschênie*. (N. de T.)
[31] Slónim.
[32] Em tcheco, no original: carteira de identidade.

brada?) e uma dúzia de fotografias. Ália e eu fomos tirá-las, mando-as para você. Ália tem uns lábios negróides que não são os dela. Penso que dentro de um mês o passaporte e o visto estarão prontos. Agora, pense bem – você está segura de que podemos ir? Mur – vira e mexe põe-se a cantarolar em voz baixa. Além disso – estão nascendo os dentes. Neste momento, por exemplo, acredito que os dentes estejam incomodando: choraminga, acorda durante a noite *et cetera*. Tudo isso no meio de vizinhos que moram grudados a nossa casa não é coisa que dê alegria; alguns não suportam os gritos – e você? Além disso, você não está sozinha em casa – o que faremos se Mur se tornar insuportável? É uma coisa difícil – ser hóspede. (Enquanto escrevo, Mur *berra* sacudindo o chocalho – por muito tempo [*palavra ilegível*] – alto. Berro – entrecortado por choro. Ele tem meu jeito de franzir a testa, terá a mesma ruga entre as sobrancelhas. Agora está sentado. Resmunga: rápido, como alguém das ilhas, com certas entoações. E quase sempre – contra os homens. Será – "feminista". [*Falta uma palavra*] claro, mas os cílios são escuros, bem longos. Ele cresceu e seus traços estão mais definidos que na foto. Em Paris vamos tirar mais fotografias.

Agora é outono e os bons ventos derrubam as ameixas, escurece cedo (nós moramos atrás de uma montanha), a montanha está cheia de faixas, como um urso sarnento, sem pêlo e todo arranhado. É a estação dos tomates – da uva silvestre – das primeiras estufas – do último calor.

Terminei meu Briússov[33] e comecei o *Encantador de ratos*. Certos dias, mal tenho tempo de sentar, o dia inteiro atrás do carrinho, à noite minha cabeça está vazia (de tantas miudezas), sento e fico roendo a pena. Minhas manhãs, ah, minhas manhãs! Aquilo que eu – nunca – obstinadamente – jamais havia cedido a ninguém! Cabeça limpa, pensamentos bem lavados. A noite pode desencadear uma *avalanche* de inspiração, mas, para o trabalho, é a manhã. As noites – chamejarão! – em vão.

Mas há algum conforto nesta vida – o conforto do estado de órfão. Todos nós somos órfãos. Serioja, Ália, Mur e eu. Órfãos da indigência exterior, do aprisionamento num antro – da promiscuidade. O conforto das coisas simples associado ao admirável desconforto das coisas essenciais, que na verdade não o são. Se eu partir – as amarei. Eu sei. Já as amo agora – pela janela do trem. O sentimento mais forte dentro de mim é a saudade. Pode ser que eu não tenha nenhum outro.

Agora – o que levar? Levar – velharias? Há um mar delas. Partir para sempre ou por três meses? Por exemplo, há um enorme retalho descosturado de lã cinza xadrez, que nos deixou Vera Andréievna – Ália nada nele. Pode sair um ótimo vestido. – Dar-se ao trabalho? E as roupas de verão – de qualidade suspeita – jogá-las? Todas essas coisas de chita que desbotam. O caminho das impressões é o seguinte: como vestido, é de dar vergonha, mas podem sair umas calças para Ália. Não apenas um par, talvez três pares. E duráveis, inclusive. Mas não sei

---

[33] MT dedicou ao poeta Valéri Briússov um retrato-memória.

costurar, portanto, vão ter de esperar. E toda essa espera – na bagagem – tem um preço. E levar para Paris todas essas tralhas. Para Paris, onde... Será que Ália e eu – uma vez em cem anos! – não merecemos – um par de calças novas – em folha?!

Escrevo isso de propósito, para que você me despreze como desprezo a mim mesma.

E o carrinho – levá-lo? Temos dois: um – já velho, o de *Liberdade da Rússia*, de molas, enorme, bonito, onde ele ainda dorme, mas que já está pequeno demais para ele. O outro – é de madeira, com um assento, dobrável, bambo, do nosso jeito, meio descascado, mas confiável – um monstro devotado – sem molas. Ou jogar (presentear) os dois? Não me vejo andando para cá e para lá com o carrinho por Paris, daria muito trabalho. Confio em meus braços e pernas, o carrinho é uma coisa a mais. E, agora, *em detalhe*: como é o bairro de vocês? Há um jardim por perto (a que distância)? Um jardim – ou um lugar deserto, vazio, sem pessoas, onde passear? E qual é o andar? E no cômodo ao lado do "nosso" (que topete!), quem mora? É preciso passar por ele? Se for assim, não iremos, porque Mur (futuro musicista, garanto) tem um sono e um ouvido terrivelmente sensíveis. Ele acorda e se assusta por qualquer coisa.

A grande mensagem de felicitação (moralizante, além de tudo) do *outro Serguei Iákovlevitch*[34] a Dooda foi perdida no último momento. Quando a encontrarmos – será enviada. Nunca é tarde para se fazer o bem.

---

[34] A mensagem é para D. G. Riéznikov, que se casa com Natália, uma das filhas de Olga. O "outro Serguei Iákovlevitch" é o próprio Serioja Efron, quando ele é mau e egoísta.

ALEMANHA E TCHECOSLOVÁQUIA (1922-1925)

Nunca é tarde.

[M. T.]

No dia 31 de outubro de 1925, MT parte para Paris com sua família. Lá ela irá viver por cerca de quatorze anos.

IV
França (1925 – 1939)

8
Primeiros contatos

A família chega a Paris no começo de novembro de 1925 e se instala em um dos cômodos do apartamento onde mora Olga Kolbássina-Tchernova e suas três filhas, na rua Rouvet, 19º arrondissement. Na época, era um bairro operário com muitas fábricas. Viver em quatro num único cômodo e o contato permanente com estranhos tornam a vida difícil (essa situação dura até abril de 1926). As relações com os Tchernov se desgastam e MT não terá mais a antiga intimidade com sua confidente. Esse papel será desempenhado por outras mulheres. A primeira será Anna Andréieva Teskova (1872–1954), com quem MT manterá uma correspondência constante até sua partida da França. As cartas a Teskova, principalmente aquelas referentes a temas políticos e às relações entre MT e a filha Ália, foram publicadas até agora com uma série de cortes. No dia 7 de dezembro de 1925, MT escreve a Teskova:

FRANÇA (1925-1939)

O bairro onde moramos é horrível – saído diretamente do romance de *boulevard As favelas de Londres*[1]. Um canal pútrido, um céu invisível devido às chaminés, fuligem constante e barulho (os caminhões). Não há onde passear – nem um arbusto sequer. Há um parque, mas a quarenta minutos a pé e não dá para ir até lá – por causa do frio. Assim passeamos – ao longo do canal putrefeito.

A Grigóri Altschuler, o jovem médico que fez o parto de Mur, ela descreve Paris como "a cidade mais aterradora, mais insuportável do mundo". No fim do ano ela escreve a Teskova:

Paris, 30 de dezembro de 1925.

Feliz ano novo, querida Anna Antónovna!

Vivemos muito mal, enfiados que estamos em quatro num único cômodo, e não dá absolutamente para eu escrever. Penso com amargura que mesmo o mais medíocre dos folhetinistas, que não relê o que escreveu – tem pelo menos uma mesa onde escrever e duas horas de tranqüilidade. Nada disso eu tenho – nem mesmo um minuto: eternamente cercada por pessoas, no meio de conversas, sempre arrancada do meu caderno. Lembro-me quase com alegria de meu trabalho na Moscou soviética – lá escrevi três de minhas peças: *Uma aventura, A fortuna* e *A fênix* – umas duas mil linhas de versos.

Não amo a vida enquanto tal; para mim ela só começa a significar alguma coisa, ou seja, adquirir peso e sentido –

---

[1] *The slums of London* é o título de um livro de reportagens de Jack London sobre a cidade de Londres.

quando é transfigurada, ou seja – na arte. Se me levassem para além do oceano – para o paraíso – mas me impedissem de escrever, eu renunciaria ao oceano e ao paraíso. Não preciso da coisa *em si*.

Obrigada pelas lembranças e pelo carinho. E o maravilhoso vestido, para quem é? Vocês leram em *Os dias* o meu "Sobre a Alemanha"[2]? Reconheceram-me em todo aquele amor?

Aqui há muitas pessoas, rostos, encontros, mas tudo fica na superfície, sem ninguém se tocar. Serguei Iákovlevitch está sob o charme de Paris – que ainda não vi. Por enquanto, prefiro Praga, seu silêncio – apesar do ruído, ou – pode ser – através do ruído.

Beijo-a, junto com os seus. Estou muito desgostosa da vida.

M. T.

Ao mesmo tempo ela escreve a Dmítri Chakhovskói (1902–1989), que mora na Bélgica e que solicitou sua colaboração para a revista que pretende publicar (15 de novembro de 1925):

Escrevo sem esperança nenhuma, de qualquer maneira, pois sei desde que nasci que todos os lugares (*neste* mundo) já estão tomados. Só o Reino dos Céus está livre, e lá, sem dúvida, serei a primeira.

Algumas semanas mais tarde ela descreve a si própria assim (ao mesmo, em 30 de dezembro de 1925):

---

[2] Um capítulo de *Indícios terrestres*, livro de MT.

De uma maneira geral, dos famosos cinco sentidos, conheço apenas um: o ouvido. Os outros – é como se não existissem – e eles poderiam não existir! O "gosto", além do mais, tem alguma coisa de úmido. Sou seca, como o fogo e a cinza. [...] Não sou uma filósofa. Sou uma poeta que também sabe pensar (escrever prosa, também).

É ainda sobre as dificuldades da vida quotidiana e das tensões entre sua existência e sua vocação que ela escreve nesta carta a Valentin Bulgákov (1886-1966), antigo secretário particular de Tolstói, que na época morava em Praga e era o presidente da União dos Escritores e Jornalistas Russos na Tchecoslováquia:

Paris, 2 de janeiro de 1926.

Feliz ano novo, querido Valentin Fiódorovitch,
Serguei Iákovlevitch deseja-lhe que vá para a Rússia[3] e eu desejo-lhe – o mesmo que desejo a mim mesma – silêncio, ou seja, a possibilidade de trabalhar. É um anseio meu de longa data, não de quem prega no deserto, mas num mercado. Tudo é mercado – Paris como Všenory, Všenory como Paris, *a existência quotidiana inteira é um mercado*. Mas nem todo mercado é existência: o de Chiraz, por exemplo! A existência quotidiana é a *materialidade não transfigurada*. Para chegar a essa fórmula foi preciso muito chão, fui guiada pelo ódio.

Mas, então, o poeta transfigura tudo?... Não, tudo não – apenas o que ele ama. E não ama tudo. Assim, a agitação

---
[3] Bulgákov preparava-se, na época, para requerer oficialmente um visto para a Rússia soviética, a fim de participar da organização do centenário do nascimento de Tolstói. O visto lhe foi recusado.

diurna que não suporto, por exemplo, para mim é existência quotidiana. Para um outro poderá ser poesia. E a ida ao fim do mundo (que eu adoro) sob a chuva (que eu adoro), para mim é poesia. Para um outro, poderá ser a existência. Não existe a existência em si. Ela só surge do ódio que sentimos por ela. Desse modo, a materialidade que odiamos é – a existência. A existência: *o visível detestável*.

Paris? Não sei. Quem sou eu para falar de uma cidade assim? Dela poderia falar Napoleão (o Mestre!) ou Victor Hugo (não menos) ou – o último dos miseráveis a quem, embora de outro jeito, *tudo* é acessível.

Não moro em Paris, mas num bairro qualquer. Conheço o metrô, com o qual mal me arranjo, conheço os carros, com os quais absolutamente não sei me virar (a *cada* carro que não me atropelou – a sensação de uma barreira superada, e você sabe – o que custa! – o ser humano *inteiro* numa fração de segundo); conheço as lojas, nas quais me perco. E também, em parte, a colônia russa. E – *aquela* Paris, a dos meus dezesseis anos: livre, distante, cheia de bancas de livros ao longo do Sena. Isto é: minha radiante liberdade – de então. Vivi cinco meses em Paris completamente só, sem ter conhecido ninguém. Conheci Paris, então? (Andei por todos os lados!) Não – conheci minha alma, como agora. Não me foi dado conhecer as cidades.

"Em Paris o indivíduo sente-se como um grão de areia." Ele, inteiro? Não. Seu corpo? Sim. Um corpo num oceano de corpos. Mas não uma alma num oceano de almas – simplesmente porque esse tipo de oceano – não existe. Ou, se existir, não faz barulho, não oprime.

É muito difícil trabalhar: vivemos em quatro. Quase não vou a lugar nenhum, mas as pessoas vêm nos ver. O bairro é pobre, sujo e barulhento. Se eu fosse ficar aqui, iria para os arredores da cidade. Não posso viver sem árvores, e aqui não há nem um arbusto sequer. Sofro pelas crianças.

Já pedi a Slónim que cuide dos trâmites para prolongar meu "afastamento" (com a manutenção do pagamento[4]) até o outono. Morro de vontade de ver o mar. Não é longe daqui. Receio não vê-lo nunca, se não for agora. Pode ser que seja necessário voltar à Rússia (digo *seja necessário* – mas não tenho a menor vontade!*) ou alguma outra coisa... Tenho vontade de estar no meio da natureza. Não é longe daqui. Passar o verão na Tchecoslováquia – soa triste. Pois seria, de novo, nos arredores de Praga, nas colinas. Ir para algum lugar mais longe com as crianças seria difícil – a vida quotidiana já é suficientemente pesada.

Se puder, caro Valentin Fiódorovitch, cuide do assunto por mim. Sinto vergonha por lhe pedir isso, sei como está ocupado e sei também que os "assuntos dos outros" cansam terrivelmente. Mas já pedi a Slónim e não tenho ninguém mais a quem pedir. Guardo de nosso encontro uma impressão forte, humana e profunda, senão jamais teria decidido lhe escrever.

Nosso Ano Novo quase terminou em algazarra. Serguei Iákovlevitch já lhe escreveu a respeito. Festejarei o Ano Novo russo em casa.

Saudações cordiais a você e – *in absentia* – a sua esposa e a sua filha.

Marina Tsvetáieva

Estou escrevendo um artigo sobre a crítica e os críticos[5].

---

[4] Pagamento feito pelo governo tcheco.
* Em caso de mudança de regime, não de outra forma, claro!
[5] Trata-se de "O poeta e a crítica".

Vivendo sob o fogo

A presença de MT em Paris é anunciada pela imprensa russa da emigração; ela começa a publicar poemas e ensaios. As revistas falam dela e publicam seus textos. Isso lhe traz uma renda a mais, ainda que baixa, além da bolsa da Tchecoslováquia. Para suprir as necessidades financeiras ela organiza, em fevereiro de 1926, um sarau literário: será um grande sucesso, todos os bilhetes são vendidos.

Durante esse tempo, o marido, Serguei Efron, que já não tem mais rendimento algum, engaja-se cada vez mais no movimento eurasiano. Como ponto de partida, os eurasianos afirmam que a Rússia não pode ser assimilada pela Europa, que seus elementos asiáticos fazem dela uma entidade à parte. Entre os ideólogos desse movimento encontram-se filósofos como G. FlORÓVSKI e Lev Karsávin e o lingüista Nikolai Trubetzkói. Em pouco tempo, agentes de Moscou serão infiltrados no movimento, que acabará se dividindo em duas vertentes, uma "de direita", oposta à Rússia soviética, e outra "de esquerda", que se colocará a serviço do poder bolchevique. Efron já havia aderido ao movimento quando ainda vivia em Praga, mas apenas em Paris ele se torna um dos principais animadores da vertente "de esquerda". No início de 1926 ele decide fundar uma revista ligada ao movimento, com dois outros eurasianos, o filósofo e musicólogo Piotr Suvtchínski (1892–1985), que mora em Paris, e o príncipe Dmítri Sviatopólsk-Mírski (1890–1939), na época professor de literatura russa no King's College de Londres, autor de vários manuais de história da literatura russa bastante conceituados. A revista terá o nome de Verstas, como a coletânea de poemas de MT. Alguns anos mais tarde, Suvtchínski romperá com Efron e sairá do movimento; Mírski, ao contrário, impelido por seu entusiasmo pró-bolchevique, voltará para a Rússia em 1932, sendo perseguido e deportado (morre num campo de trabalho). É assim que MT descreve sua relação com o movimento em 1928 (a Teskova, em 3 de janeiro de 1928):

Festejei o Ano Novo com os eurasianos, a festa foi em nossa casa. É a melhor das ideologias políticas, mas... o que eu tenho a ver com eles?! Na verdade, sempre fui uma estranha em *qualquer* círculo – a vida toda. Entre os políticos e entre os poetas. Meu círculo – é o círculo do universo (o da alma, que é a mesma coisa) e o círculo do ser humano, de seu isolamento, de sua solidão. E ainda – esquecia! – o círculo de uma praça com um imperador (guia, herói). Para mim – isso basta.

Em março de 1926, para que ela possa ter alguma renda suplementar, Dmítri Sviatopólsk-Mírski organiza para MT uma leitura de poemas em Londres. Ao chegar, assim ela escreve a Suvtchínski.
A Piotr Suvtchínski:

Londres, 11 de março de 1926.

Querido Piotr Petróvitch,
Quanto, na vida, me falta alguém mais velho e quanto, agora – em Londres – me falta você! Está difícil. Meu interlocutor fica calado[6], logo, sou eu quem fala. E não sei absolutamente se me faço compreender e o que faço compreender. Na verdade, não sei conduzir pessoas, especialmente de perto, preciso de um pulso forte na relação, que me conduza para que o *Leitmotiv* não dependa de mim. E, como ninguém quer (talvez, nem possa!) assumir isso, deixam-me *conduzir*, a mim que, desde a nascença, sempre fui CONDUZIDA!
Daquela vez, nosso encontro não chegou a ser um encontro, no entanto, para mim você é próximo e querido, mais pró-

---
[6] Dmítri Sviatopólsk-Mírski.

ximo e mais querido. Para mim e para o que é meu, você tem um ouvido fino. Parece-me que você saberia como lidar comigo (oh, Deus sabe como é difícil! E – como nas minhas relações com os outros – me é difícil lidar comigo mesma!) – preciso da serenidade do outro e da minha própria serenidade no que diz respeito a ele. O que posso fazer com o silêncio humano? O silêncio me destrói, me oprime, me derruba, e eu o preencho com um conteúdo que pode ser totalmente inadequado. Ele se cala – quer dizer, alguma coisa está errada. O que fazer, então, para dar certo? Torno-me artificial, tensa, aparento estar alegre, mas estou completamente vazia, concentrada numa única preocupação: não deixar que o ar da sala *se cale*.

Ontem, num único sarau, eu me esforcei tanto, que me sinto completamente abatida – e a noite não ajudou! O silêncio do outro – meu inelutável desperdício, no vazio, para nada. A pessoa não fala. Não fala e observa. Eis que estou sob a hipnose *do silêncio, da observação* – das forças inimigas!

– "Não sou uma pessoa fácil. Você poderá me suportar durante duas semanas?" Longa pausa. – "E você, a mim?"

Gostaria da simplicidade, da calma, da confiança. Mas o outro não ajuda, suscitando em mim, com seu imobilismo, a complicação, a preocupação, a dúvida, algo que claramente não é meu, que me rebaixa e me faz sofrer. Você sabe quando um ar falso sopra entre as pessoas? Ele é instável, rapidamente se torna ventania.

Ah! acho que eu sei! Não suporto quando alguém está muito ocupado *comigo*. Não suporto essa responsabilidade.

Quero que se ocupem – *do que é meu, do que me é próprio*, e não *de mim*. Pois não amo a mim mesma (pessoalmente), amo *o que me é próprio*. Ou seja, a coincidência de mim com aquilo que me é próprio – é isso. Do contrário, é a solidão, o não-encontro, o faltar-se. Dois encontram-se em um terceiro – isso sim. Entretanto, os dois nunca podem se encontrar em um dos dois, ou um no outro. Se X ama Y e Y ama X = solidão. Se X ama Y e Y também ama Y = solidão. Se X ama Z e Y ama Z = encontro. Z = aquilo que coincide (para X e para Y), sendo mais que X e que Y.

Escreva para mim, [dizendo se] estou certa? E minha angústia é justificada?

A travessia foi horrível. Jamais irei à América. Londres me agrada. Deram-me um típico quartinho de poeta, no sótão. Estou tão cansada (menos por causa do mar que pelo silêncio), que dormi vestida e passei a noite rolando não sei que blocos de pedra.

Quero ir ao zoológico para ver o leão britânico, mergulhar na pureza e na paz do animal selvagem.

O sarau será amanhã, os bilhetes vendem bem. Hoje copiarei e enviarei para você o "Poema da montanha". D. S.

Mírski gosta bastante de Rémizov e ficou aborrecido por vocês não terem vindo. (Não li[7].)

Meu caro amigo, vença sua preguiça e escreva-me uma carta longa e boa. Vê-se melhor de longe.

Esta carta é só para você, não escrevo para casa, pois não quero pesos inúteis.

M. T.

Endereço: London WC1
9, Torrington Sq.
em meu nome

Falei com Mírski sobre o envio do artigo e do dinheiro.

Se você soubesse como é difícil para mim!

De volta a Paris, depois de uma semana, MT continua a escrever poemas; ela redige também seu primeiro texto teórico longo: "O poeta e a crítica". Em abril, responde a uma enquete que lhe fora enviada por Boris Pasternak e lhe manda uma nota autobiográfica que termina com estas palavras:

O que prefiro no mundo: música, natureza, poesia, solidão.

---

[7] O "Poema da montanha", tal como os textos de Rémizov, deveria aparecer no primeiro número de *Verstas* (junho/julho de 1926).

Indiferença absoluta pela vida social, pelo teatro, pelas artes plásticas, pelo visual. Meu senso de propriedade limita-se a meus filhos e a meus cadernos.

Se eu tivesse um brasão escreveria nele "Ne daigne" [Não seja condescendente].

A vida é uma estação, vou partir em breve, para onde – não digo.

A vida apertada, na rue Rouvet, torna-se cada vez mais difícil; MT decide, então, alugar por seis meses uma casa à beira-mar. Ela escolhe ir para Saint-Gilles-Croix-de-Vie, na costa atlântica da Vendéia (MT alimentava, havia algum tempo, certa simpatia pela Vendéia contra-revolucionária). Ela parte com os filhos no final de abril de 1926.

Depois do período em Saint-Gilles, MT começará a participar da curiosa aventura epistolar que se convencionou chamar de Correspondência a três, nascida de uma coincidência. Em março de 1926, Boris Pasternak está em Moscou e vive um período de profunda insatisfação – consigo mesmo e com sua existência. É nesse momento que ele recebe simultaneamente duas mensagens. Uma delas é o "Poema da montanha" de MT, enviado dois meses antes. A outra é uma carta do pai, o pintor Leonid Pasternak, emigrado, que o informa de uma carta que recebera do poeta Rainer Maria Rilke, na qual este último expressa sua admiração pelos versos de Pasternak que acabara de ler em tradução francesa. A coincidência transtorna Pasternak, que resolve responder aos dois ao mesmo tempo. No final de março, ele envia a MT uma porção de cartas extáticas, onde manifesta igualmente sua admiração pelos versos e seu amor pela autora; chega a anunciar-lhe sua ida à França para estar com ela. No começo de abril, ele escreve a Rilke para agradecer e também para lhe falar de MT, poeta de imenso talento a quem Rilke deveria enviar seus livros.

MT procura refrear o entusiasmo de Pasternak e desaconselha sua vinda. Rilke envia a MT seus livros e uma carta. MT responde-lhe imediatamente (em alemão); em maio, trocam grande número de cartas. A intensidade da escrita atinge logo o ápice. Na metade de maio, MT percebe certa reserva da parte de Rilke e não lhe escreve mais; ela não compreendeu as alusões que seu correspondente fazia a sua doença[*]. Pouco tempo depois, ela lhe conta de sua decepção. No começo de junho, Rilke responde enviando em mais de uma carta o poema "Elegia para Marina". Nesse meio-tempo, Pasternak começa a se sentir excluído da intimidade que nasce entre os dois poetas.

No dia 14 de junho, MT responde ao poema e à carta de Rilke com uma declaração de amor. Ao mesmo tempo, troca com Pasternak comentários sobre suas respectivas obras, antes de lhe pedir a suspensão da correspondência entre eles: MT tem a impressão que estão vivendo um mal-entendido e que Pasternak a toma por uma mulher com quem seria fácil ter um encontro mundano. Ela escreve-lhe logo em seguida ao nascimento de Mur (14 de fevereiro de 1925):

Boris, você se lembra de Lilith? Boris, então não havia ninguém antes de Adão?

Sua saudade de mim – a saudade de Adão por Lilith, a que veio *antes* da primeira, a primeira que *não conta* (daí minha completa aversão por Eva!).

E, em seguida, ela acrescenta (10 de julho de 1926):

---

[*] Rilke viria a falecer de leucemia em Valmont (Suíça), ainda em 1926. O fato de MT não ter percebido as alusões que o poeta fazia acerca de sua doença aparece comentado no prefácio desta obra. (N. de T.)

Compreenda-me bem: é o ódio insaciável, eterno de Psiquê por Eva, da qual nada tenho. Mas de Psiquê – tenho tudo. Trocar Psiquê por Eva! Compreenda o grau inatingível de meu desprezo. (Não se troca Psiquê por Eva[8].) A alma pelo corpo. Perdem-se a *minha* e o *dela*. Você já está condenado, não compreendo, retiro-me. [...]

Minha estrada é outra, Boris, é uma estrada que flui quase como um rio, Boris, sem pessoas, com os fins dos fins, com a infância, com tudo, menos os homens. Não olho para eles nunca, simplesmente não os vejo. Não os agrado, eles têm faro. Não agrado *ao sexo*. Deixe que eu perca algo a seus olhos: sentiram-se atraídos por mim, quase nunca me amaram. Imagine – nenhuma bala na testa.

Dar-se um tiro por causa de Psiquê! Pois ela nunca existiu (é uma forma particular de imortalidade).

Rilke, por sua vez, envia a MT sua coletânea de poemas escritos em francês, Vergers *[Pomares]. No final de julho, ele escreve novamente de forma discreta sobre sua doença; ela continua sem compreender e insiste, num tom exaltado, que o ama, que deseja encontrá-lo e não partilhar com ninguém seu amor pela Rússia; agora, ela exclui da intimidade deles Pasternak, que erra ao querer ficar com a mulher e o filho. Em sua última carta, do dia 19 de agosto, Rilke declara-se contrário a qualquer tipo de exclusão (de Pasternak e de seus amigos russos – ele pensa em Lou Andreás-Salomé) e deixa para um futuro distante a idéia de encontro. Na realidade, ele está cada vez mais doente e sua morte ocorrerá no dia 29 de dezembro de 1926; MT a anuncia a Pasternak e eles a comentarão, em seguida, em suas cartas.*

---

[8] MT escreve por engano duas vezes "Psiquê", em vez de "Eva".

Vivendo sob o fogo

As cartas de MT aos dois poetas levam até a incandescência seus temas habituais, a rejeição do mundo material e o elogio do além, da alma e da poesia. Por essa razão, amor e poesia são, no final, incompatíveis (conforme ela já escrevera a Bakhrakh, três anos antes):

O amor detesta o poeta. O amor não deseja ser magnificado (ele já é magnífico por si só!), ele se considera absoluto, o único absoluto. Em nós, ele não acredita (*a Rilke, em 2 de agosto de 1926*).

Esse mesmo sentimento está presente em outras cartas da época:

Eu sou eu mesma fora [da vida], vinda de um terceiro reino – nem céu, nem terra – de meu país no fim do mundo[*], de onde vem toda a poesia (*a Dmítri Chakhovskói*[**], *1º de julho de 1926*).

Durante o verão de 1926, MT encontrou uma nova confidente, Salomé Andrónikova (1888–1989), que deixara a Rússia em 1919. Em Paris, ela trabalha para uma revista de moda e ganha sua vida honestamente. Decidiu enviar, no final de cada mês, certa quantia fixa a MT, que não tem rendas regulares; outros amigos fazem o mesmo algumas vezes (essa pequena "subvenção" lhe foi assegurada até 1934). Em 1926, Salomé está prestes a se casar com o advogado russo Aleksandr Halpern, estabelecido em Londres.

A Salomé Andrónikova:

---

[*] Em russo, *trídeviat* (literalmente, "vigésimo sétimo", 3 vezes 9): (fig.) além dos montes e dos oceanos, no fim do mundo. (N. de T.)

[**] Dmítri Alekséievitch Chakhovskói (1902–1989), poeta e editor, tornou-se religioso em 1920. Publicou alguns poemas com o pseudônimo de Stránnik ("Peregrino"). Dedicou alguns deles a MT. (N. de T.)

Saint-Gilles, quinta-feira, 15 de julho de 1926.

Querida Salomé,
Ontem, à beira-mar, escrevia-lhe uma carta imaginária, bem escrita, bem construída, como tudo o que não é interrompido pela caneta. Eis alguns trechos dela:
Estou comovida e surpresa com sua impaciência! A mim, com minha inclinação para o Reino Celeste (lá estaremos – depois, não se sabe quando –), ela me parece bárbara e interessante. Precipitar a grinalda (aqui) – é precipitar o fim. (O amor – é como uma árvore de Natal!) Quando amo alguém, carrego-o comigo para todos os cantos, não me separo dele dentro de mim, *assimilo-o*, transformo-o aos poucos no ar que respiro e onde respiro – em todo lugar e em parte alguma. Não sei fazer tudo ao mesmo tempo, jamais consegui. Saberia – se fosse possível não morar em lugar nenhum, ficar viajando o tempo inteiro, simplesmente – não morar. Salomé, as pessoas me incomodam, os números das casas, os pêndulos que indicam dez horas ou meio-dia (às vezes, eles enlouquecem – isso é bom), minha incrível limitação, com a qual me choco, me incomoda – não, melhor, que eu descubra novamente – quando começo a viver (tento). Quando estou sem a pessoa, ainda mais inteiramente ela está em mim – e mais integralmente. Os detalhes da vida e do quotidiano, toda essa fragmentação da vida (viver – é fragmentar) no amor me é insuportável, sinto vergonha por ele, como se estivesse recebendo alguém num quarto em desordem, que ele considerasse meu. Sabe onde e como é bom? Nos lugares novos, numa ponte, numa barragem, perto de *nada*, nas horas que não confinam com nada. (Há, assim.)

Não suporto a tensão amorosa, monstruosa – para mim, essa maneira de ser apenas alguém com o ouvido voltado para o outro: será que ele está bem comigo? "Comigo", inclusive, deixa de ser ouvido e não tem mais sentido; [passa a ser] somente – *será que ele está?*

Costumam ocorrer explosões e rupturas. Estou muito infeliz. Não sei do que sou capaz, nenhum "juntos" me basta: morrer! Compreenda-me, toda a minha vida é a negação da vida, uma maneira de me subtrair a ela pessoalmente. Nela, estou ausente. Amar – é estar continuamente presente, encarnar-me, aqui, ao extremo. O que posso fazer com isso, com minha desconfiança, meu desprezo pelo aqui? Daí, meu único desejo: ir levando a guerra adiante, até o fim vergonhoso – e o mais rápido possível. Uma verdadeira paz de Brest-Litovsk[9].

(Repare que estou dizendo tudo isso agora, num momento em que não amo ninguém, em que há muito tempo deixei de amar, de esperar por alguém, em plena frieza de *força* e de *vontade*. Mas conheço também outra história, COMPLETAMENTE diferente!)

Por que motivo não estou em Londres? Seria *muito* mais fácil para você e para mim, embora de modo diferente, seria bom estar com você. Nós iríamos aos lugares miseráveis – os meus favoritos: os piores são os melhores, nós ficaríamos nas pontes... (Lugares – pontes –*). E se você viesse até aqui, ficasse por alguns dias, no lugar de Mírski? Venha me ver de perto, de Paris! É por tão pouco tempo! Venha, nem que seja por um

---

[9] Tratado desfavorável à Rússia assinado com a Alemanha em 1918.

* Em russo há o trocadilho *mestá – mosti* ("lugares" – "pontes"). (N. de T.)

dia, para um longo passeio noturno – à margem do oceano que nem eu nem você amamos – ou então pelas dunas, se você não se importar com os espinhos. Não há nada com que possa atrair você até aqui – a não ser eu.

Você. Não saia – penso – de seu lugar. É *mais digno*. Apenas com alguém *muito* grande é possível ser si própria, completamente si própria, inteiramente si própria. Não esqueça que o outro precisa de menos, porque ele é *fraco*. As pessoas têm medo do impulso: de não agüentar. A pena maior (a minha), no amor – não poder dar tanto quanto desejo. Apenas a força não se defende. A fraqueza está perfeitamente aguerrida, ao obrigar a força a *definhar*, a *não* ser ela mesma, ganha brilhantemente.

E também Salomé – e talvez o mais triste:

"*Es ist mir schon einmal geschehn!*"
– oft geschehn![10]

Por enquanto, nenhuma notícia da Tchecoslováquia. Hoje é dia 15, dia de pagamento. Há uma porção de gente cuidando disso para mim. Escrevi também aos socialistas revolucionários (são uns selvagens – isso sim!). Em poucas palavras, fiz tudo o que podia. Se você soubesse quem são os literatos que recebem e continuarão recebendo a bolsa em Praga! Escrevem-me que os tchecos se ofenderam por eu ter celebrado a Alemanha e não a Tchecoslováquia. Agora é que não vou mesmo "cele-

---

[10] Em alemão, no original: "'Já me aconteceu isso uma vez!' – muitas vezes!".

brá-la" – seria constrangedor. É constrangedor tecer louvores a quem nos sustenta. É mais fácil fazê-lo a quem nos espoliou.

Atirei-me, como quem se atira ao mar, a um grande poema[11]. Há a presença inesperada de ilhas e de correntezas submarinas. Há recifes, também. Mas há igualmente faróis. (Não se trata de metáfora, mas de uma transcrição exata.) Além do poema – a vida de cada dia, com seu acontecimento principal – o banho de mar, quase à força, pois, devido a minha imaginação desenfreada, fico logo esbaforida. Nada sei do futuro, três possibilidades: ou os tchecos não darão mais nada – então, nunca mais irei à Tchecoslováquia e não sei para onde irei; ou eles pedem que eu retorne imediatamente – irei imediatamente; ou concordam em manter a bolsa em minha ausência até outubro – aí, irei em outubro. Inútil pensar em uma prorrogação sem prazo comigo ausente. *Como estou cansada das questões de dinheiro!* Quem dos meus antepassados gastou tanto para eu ter de ficar fazendo contas e mais contas?!

Saiu *Verstas*[12]; para mim, é uma publicação maravilhosa. Faz bastante calor, aqui, todos se queixam, mas eu me alegro. Um beijo. Você só tem duas semanas, não três.

M. T.

[*Acrescentado à margem:*]
Leia poesia.

– Mais rápido que os cantos passará o dia que não correspondeu às esperanças.

(Ovídio)

---

[11] *A escada.*
[12] Primeiro número da revista com esse nome.

Serguei Iákovlevitch está mais calmo: recebeu um aviso da prefeitura, foi até lá e por enquanto tudo está bem.

Durante sua longa estada na Vendéia, MT continua a escrever poesia. Ela sintetiza seu estado de espírito em uma carta a Teskova (24 de setembro de 1926):

Nada tenho na vida além do trabalho, mas, enfim – não é preciso nada mais: a possibilidade de trabalhar. Três horas de tranqüilidade por dia.

Tirem de mim a escrita – simplesmente não viverei mais; perderei a vontade, não conseguirei mais. Na Rússia soviética, só sobrevivi graças à escrita. Todos estes anos no exterior, só vivi por meu caderno. É meu destino. Trabalho para mim e saúde para os meus – sinceramente, de nada mais preciso.

De volta a Paris, no começo de outubro de 1926, MT decide mudar-se para o subúrbio. Sua primeira residência será em Bellevue, perto de Meudon. O aluguel é menos caro que em Paris, mas o problema material persiste igualmente. Assim ela escreve à desenhista Ludmila Tchiríkova, em novembro de 1926:

Eu? A vida me empurra cada vez mais (profundamente) para o interior. Às vezes me parece que não é a vida, não é a terra – mas o relato de alguém sobre elas. Fico escutando, como se falassem de um país estrangeiro, da viagem de algum estrangeiro por países estrangeiros. Viver *não* me agrada, e eu concluo, dessa recusa decidida, que no mundo deve existir alguma outra coisa. (Claramente – a imortalidade.) Fora de qualquer misticismo. Lucidamente. Sim! Pena você não estar aqui. Com você eu passearia com prazer – à tardinha, seguindo os postes de luz, por essa linha que foge e que lhe conduz, ela também fala da imortalidade.

9
Próximos e distantes

Depois de se instalar em Paris, um dos principais centros da emigração russa, MT continua seu trabalho de escritora e publica diversos textos. Ela entra em contato com a maioria dos representantes da intelligentsia da emigração, mas o relacionamento nem sempre é fácil.

Assim mostra a carta que segue, a respeito de uma polêmica entre duas revistas publicadas pela emigração, a dos eurasianos, Verstas e os Anais Contemporâneos. Nesta última, o poeta e crítico Vladisláv Khodassiévitch publicou uma resenha crítica sobre o primeiro número de Verstas. Os agredidos contra-atacam, provocando nova réplica. Suvtchínski, um dos redatores de Verstas, e Karsávin, um de seus principais colaboradores, fizeram questão de responder novamente. A forma – entretanto – dessa resposta não agrada a MT, pois nela seu marido, Serguei Efron, é apresentado como judeu, coisa que a ela parece inadmissível.

A Piotr Suvtchínski e Lev Karsávin:

Bellevue, 9 de março de 1927.

Estimados Piotr Petróvitch e Lev Platónovitch,
Acabo de ler a "Resposta a Vichniák"¹ que ambos assinam e escrevo a vocês imediatamente, sob o impacto da leitura, sem esperar a volta de Serioja.

"Entre os mais próximos colaboradores da redação de *Verstas* há judeus..." Com isso termina a carta de vocês e começa a minha.

Como os redatores são três e seus nomes são: Suvtchínski, Sviatopólsk-Mírski e Efron, fica claro que a menção a redatores-judeus concerne a este último. Portanto:

Serguei Iákovlevitch Efron
– levo a seu conhecimento –

Serguei Iákovlevitch Efron nasceu em Moscou, na casa dos Durnovo. Travessa Gagárin (paróquia de Vlássi).

Seu pai, Iákov Konstantínovitch Efron, russo ortodoxo, pertenceu ao movimento dos *naródniki*² na juventude.

Sua mãe: Elisaveta Petróvna Durnovo.

Seu avô, Piotr Apollónovitch Durnovo, foi oficial da guarda quando jovem e figura, juntamente com dois outros oficiais (um deles é Lanskói), ao lado do imperador Nicolau I, o Príncipe Herdeiro, numa gravura nominativa conservada até hoje. Na velhice foi estaroste da igreja de Vlássi.

Meu marido é seu único neto.

Infância: babá russa, casa aristocrática, rituais.

---

[1] Mark Vichniák, redator dos *Anais Contemporâneos*.
[2] Primeiro movimento socialista revolucionário russo (*naródnichestvo*) que, na segunda metade do século XIX, apesar da abolição da servidão (1861), devia apoiar-se numa revolta dos camponeses.

Adolescência: ginásio moscovita, ambiência russa.

Juventude: casamento comigo, universidade, serviço militar, Outubro, movimento dos Voluntários.

Hoje – movimento eurasiano.

Se o filho de mãe russa e de genitores ortodoxos *nascido* na ortodoxia é qualificado como *judeu* – 1) do que valem, então, a mãe russa e a ortodoxia? – 2) Como chamaremos, então, o filho de pais judeus, nascido no judaísmo – judeu, *igualmente*?

Khodassiévitch, ao falar de um dos redatores de sobrenome Efron, foi... mais preciso.

Se vocês fazem de Serguei Iákovlevitch um judeu, ambos devem fazer de Suvtchínski – um polonês, de Khodassiévitch – um polonês, de Blok – um alemão (Magdeburg), de Balmont – um escocês, e assim por diante.

Aqui, vocês seguiram *a letra*, as letras que compõem o sobrenome Efron – seguiram-na de forma puramente polêmica, ou seja, de forma IMPURA – pois *rio-me* da idéia de que vocês pudessem seriamente – nem que fosse por um minuto – ter considerado Serguei Efron judeu.

Vocês se revelaram – considerações polêmicas à parte – mais escrupulosos do que a polícia russa, que tinha por obrigação verificar a origem russa de todos os jovens que entrassem na escola militar. Essa origem foi reconhecida a Serguei Iákovlevitch – nem poderia ter sido de outro modo.

Fazendo de Serguei Efron um judeu vocês 1) anulam *a mãe dele*; 2) anulam o fato de que ele *nasceu na ortodoxia*; 3) *sua língua, sua cultura, seu meio*; 4) a *consciência do indivíduo*; e 5) O INDIVÍDUO INTEIRO.

O sangue vertido pela Rússia no momento devido era sangue *russo* e foi vertido pelo que era *seu*.

Fazendo de Serguei Efron um judeu, vocês o fazem responder por um povo com o qual ele (*exteriormente*, em parte, e *interiormente*, em absoluto) nada tem a ver, de qualquer maneira – bem menos que eu!

O supranacional nada tem a ver; de um certo ponto de vista, Heine e Pasternak não são judeus, e, não de um certo ponto de vista, mas do mais nacionalista dos pontos de vista e do sentimento – vocês estão errados

e vocês *não têm o direito*.

Falem, portanto, em seus artigos, de misturas, de sangue misto etc., mas não se apóiem no caráter judeu de "um dos redatores", eu lhes proíbo.

Marina Tsvetáieva

P.S.: Amo os judeus mais do que os russos e teria, quem sabe, sido muito feliz se fosse esposa de um judeu, mas – que fazer – não foi o que me coube.

No começo do mês de setembro de 1927, MT recebe a visita de sua irmã Ássia, que ela não via desde 1922 (e que não verá mais). Ássia saiu da União Soviética para ir a Sorrento, na Itália, onde reside Maksim Górki, o escritor soviético mais célebre da época, para quem ela trabalha. MT admira a obra de Górki, a quem ela não conhece pessoalmente. Escreve-lhe, durante a estada de Ássia em Sorrento, mas a carta se perde; ela torna a escrever quando Ássia está em sua casa, na França:

A *Maksim Górki*:

Meudon (S.-et-O.)
2, avenue Jeanne-d'Arc
8 de outubro de 1927.

Querido Aleksei Maksímovitch,
Envio-lhe, desta vez, uma carta registrada. (Lave bem as mãos e queime a carta[3]). Na outra carta, a que se perdeu, eu falava de você na minha infância: da *palavra* Malva e do cachorro Tchelkach[4]. E ainda lhe agradecia pelo raminho de mirto, caído da carta enviada por Ássia sobre meu caderno aberto nestas linhas:

... nas moitas
o mirto – na boca os lábios!

Folha de volta à planta, mirto de volta ao mirto. (Versos retirados de "Fedra", que está sendo escrita. Como você deve estar lembrado, ela se enforcou naquela mesma árvore de mirto sob a qual costumava se sentar pensando em Hipólito.)
Volto a agradecer-lhe por Ássia e por sua bondade que apaga todos os vexames humanos.
A idéia era que Ássia lhe entregasse o meu *Tsar-Diévitsa**, eu não tinha outros livros, mas logo sairá uma coletânea minha de poemas, *Depois da Rússia*; são todos os versos líricos escritos aqui. Enviarei a você.

---

[3] MT e seus filhos acabaram de ter escarlatina.
[4] Ambos os nomes se referem a narrativas de Górki.
* *Tsar-Donzela*: nome de uma composição poética de MT. (N. de T.)

Hölderlin, você pergunta? Um *gênio*, que passou despercebido não apenas por seu século, mas pelo próprio Goethe[5]. *Um gênio* duas vezes, no nosso sentido e no sentido antigo, ou seja: seres assim mais velam pelos poetas do que propriamente escrevem. O maior poeta lírico da Alemanha, maior que Novalis. Nasceu em 1770, preparou-se, pelo que sei, para se tornar padre – não pôde – e, após diversas desventuras, foi contratado como preceptor na casa do banqueiro Gontard, apaixonou-se pela mãe de seus alunos (Diotima, a figura eterna de seus versos) – não deu certo nem podia, pois *aqui* não há como dar certo – foi embora – escreveu – vagueou e, por volta dos trinta anos, caiu numa perturbação, primeiro furiosa, depois suave, que se prolongou até sua morte, em 1842. Passou sozinho os últimos quarenta anos de loucura na cabana de um guarda florestal, que o vigiava. Passava dias inteiros tocando num teclado mudo. Escrevia. Muitas coisas se perderam, outras chegaram até nós. Na edição de seus poemas completos, esses versos encontram-se reagrupados sob o título de "Aus der Zeit der Umnachtung". (Umnachtung: o que envolve a noite, cai sobre a noite, obscuridade.) Assim os alemães, os grandes, chamam a loucura. Eis uma linha de seu último poema:

---

[5] No rascunho desta carta, há, logo depois, o seguinte trecho: "Caso de um renascimento milagroso, após mais de um século. Se tivesse dinheiro – teria enviado logo a você o livro assombroso de Stefan Zweig, *Der Kampf mit dem Dämon* [A luta com o Demônio], com três biografias, uma delas – de Hölderlin, o melhor que se escreveu sobre ele. Consiga que alguém lhe envie o livro e imagine que é de minha parte. Eis, como lembrança, dois dos versos dele de que mais gosto:
Ô Begeisterung! *so finden*
Wir in Dir ein selig Grab...
[Ó Inspiração! assim nós em ti/ encontramos uma tumba bem-aventurada...]".

Vivendo sob o fogo

Was hier wir sind wird dort ein Gott ergänzen[6] –

o *Leitmotiv* de toda a sua vida. Esqueci de mencionar o papel fatal que Schiller desempenhou na vida dele, porque não compreendeu nem a natureza de seu talento – provavelmente helênico (ele o empurrava para seu estilo de balada) – nem, o que é mais importante, a criatura infinitamente terna e vulnerável que ele era. A carta a Schiller, à qual este não respondeu, permaneceu como uma ferida eterna.

Como poeta, refiro-me ao material verbal, ele é completamente incorpóreo, *pobre* mesmo. As rimas são habituais, imagens raras e pobres – e que torrente, a partir do nada. Puro espírito – espírito poderoso. Além dos poemas, em uma vida – uma prosa *maravilhosa*. *Hipérion*, as cartas de um jovem que sonha com o renascer daquela Grécia antiga – e fracassa. A apoteose do jovem, do espírito heróico, da amizade.

Quanto a Goethe e Hölderlin: Goethe é um deus marmóreo, o outro – uma sombra dos campos elísios.

Não sei se você vai gostar. Não se trata de poesia – é a alma da poesia. Repito, é menos poeta do que gênio.

Foi "descoberto" há uns vinte anos. Enquanto estava vivo, foi publicado aqui e ali em revistas, ninguém o conhecia, ninguém o lia.

Morreu nos braços do vigia.

Até breve. Estou curiosa por saber se esta carta lhe chegará. País terrível. Na outra carta, pedia-lhe que não respon-

---

[6] Em alemão, no original: "O que somos aqui será lá completado por um Deus". Hölderlin escreve *kann* ("pode") em lugar de *wird* ("será").

desse: cartas são como negócios, exigem tempo, mas a carta se perdeu, e formular um pedido não é determinar o destino.

Enfim, se você não responder, não me ofenderei nem um pouco, mas se o fizer – ficarei muito contente.

Mais uma vez, obrigada por Ássia.

Marina Tsvetáieva

Lave bem as mãos e queime esta carta (contra este mês de outubro).

Górki, por sua vez, não gosta nem um pouco da poesia de MT, que lhe parece afetada, histérica e ao mesmo tempo impudica.

Observa-se aqui um mal-entendido comparável ao que ocorre entre MT e o poeta soviético mais em vista, Maiakóvski. Ela aprecia sobremaneira as qualidades poéticas dele e lhe dedica um texto onde o estuda, num paralelo com Pasternak. Em 1928, Maiakóvski visita Paris; MT assiste à leitura de poemas que ele faz no café Voltaire. Ela relata sua reação na revista russa Eurásia, publicada em Paris.

No dia 28 de abril, véspera de minha partida da Rússia, de manhã cedo, na ponte Kuzniétski completamente deserta, encontro Maiakóvski.

– Então, Maiakóvski, o que transmitir de sua parte à Europa?

– Que a verdade está aqui.

No dia 7 de novembro de 1928, quando, já de noitinha, eu saía do café Voltaire, à pergunta:

– Então, o que a senhora diz da Rússia, após ter ouvido Maiakóvski?

Sem hesitar, respondo:

– Que a força está lá.

Talvez essa apreciação de MT não seja inteiramente positiva (a verdade não está na Rússia, apenas a força) e ela não deixa de provocar reações negativas no seio da emigração. Maiakóvski, por sua vez, fala com desprezo da poesia excessivamente feminina de MT.

MT tem preocupações editoriais como as desta carta a Vadim Rudnióv, um dos redatores dos Anais Contemporâneos, para onde ela enviou um de seus escritos memorialísticos, A casa do velho Pimene.

A Vadim Rudnióv:

Clamar (Seine) 10, rue Lazare-Carnot.
9 de dezembro de 1933.

Caro Vadim Viktórovitch,
(e todos da Redação).
Trabalhei apaixonada e minuciosamente durante muito tempo em *A casa do velho Pimene* para poder consentir qualquer tipo de corte. A prosa de um poeta é um trabalho diferente da prosa de um prosador, nela, a unidade de medida do esforço (*do coração que colocamos no texto*) – não é a frase, mas a palavra e, freqüentemente – até mesmo a sílaba. Isso poderá ser confirmado por meus rascunhos e pelo de qualquer outro poeta. E por qualquer crítico *sério*: Khodassiévitch, por exemplo, se é que confiam nele.

Não posso romper uma unidade artística e viva, como não poderia acrescentar, por considerações *externas*, nenhuma linha supérflua no momento de terminar. É melhor que o texto fique à espera de outra ocasião mais feliz, pois ele entrará – para a posteridade, ou seja, para a herança de Mur (ele será RICO DE TODA MINHA MISÉRIA E LIVRE DE TODA MINHA SERVIDÃO) – de modo que aumente o legado de meu *rico* herdeiro, como boa parte do que escrevi na emigração e de que a emigração, na figura de seus redatores, não precisou, embora tenha se queixado continuamente da ausência de prosa e de versos de qualidade.

Estes anos tiveram um gosto mais que amargo para mim. Sou publicada desde *1910* (meu primeiro livro encontra-se na biblioteca Turguéniev) e agora estamos em 1933 e, *aqui*, continuam a considerar-me ora uma debutante, ora uma amadora – uma espécie de artista em *tournée*. Digo *aqui* porque na Rússia meus poemas se encontram nas antologias como modelo de laconismo – eu mesma as tive em mãos e me regozijei com isso, pois nada fiz *para* esse tipo de reconhecimento, mas, pelo que parece, teria feito *tudo – contra*.

Mas aqui também minha situação não é tão desesperadora: a meu favor estão – os melhores leitores e *todos* os escritores, *todos*, sejam eles Khodassiévitch, Balmont, Búnin ou qualquer um dos jovens, que confirmarão unanimemente meu direito, conquistado depois de 23 anos de publicação (e *escrevo* – há mais tempo), de uma existência sem cortes.

Não é meu hábito falar dos meus direitos ou privilégios, como não é meu hábito traduzi-los em dinheiro – conhecendo o valor de meu trabalho – nunca aumentei o preço, sempre aceitei o que recebi – e, se hoje, pela primeira vez em minha vida, reivindico meus direitos e privilégios é apenas pelo fato de se tratar da *essência* de meu trabalho e das suas possibilidades ulteriores.

Eis a minha resposta *quanto ao essencial* e *de uma vez por todas*.

Certamente – vocês me preveniram quanto aos 65 mil caracteres, mas só os ultrapassei em 18 mil, ou seja, oito páginas impressas, isto é, ao todo quatro folhas. Trata-se, para vocês – de acrescentar quatro folhas e, para mim – de desfigurar a obra inteira. Quando vocês encurtaram minha "Arte à luz da consciência", tornaram-na incompreensível, pois a privaram de nexo, transformada em fragmentos. Eliminando a infância de Max e a juventude da mãe dele[7], amputaram a imagem do poeta de toda sua primeira infância e, em primeiro lugar – amputaram o leitor.

Vocês farão a mesma coisa, por minha mão, suprimindo o meio de *Velho Pimene*, ou seja, os filhos de Ilovaiski, sem os quais – seja ele Ilovaiski ou não – a figura do velho sábio não será completa, não será acabada. Não são páginas que vocês cortam, mas uma figura. Para dizer em oito folhas TUDO desse amor familiar complicado, quanto eu mesma tive de EXTRAIR, e vocês querem aniquilar esse trecho também?!

De meu *Velho Pimene* poderia ter saído um romance inteiro; *eu* ofereço – uma curta Pintura lírica: um POEMA LONGO. Já encurtei a obra em nome de uma força maior que a dos redatores: a força da necessidade interior, do senso artístico.

Caso se trate apenas da despesa – há uma saída: não me paguem essas oito folhas, que sirvam para pagar as despesas tipográficas: sempre me compadeço da falta de dinheiro, o corte para mim não é *este* – não está lá a amputação.

---

[7] Do texto dedicado a Maksimílian Volóchin, *De vida à vida*.

Se, ao contrário, vocês acharem que a obra é demasiado longa em seu interior e que se prolonga sem justificativas e que as oito folhas são supérfluas para o leitor – O velho Pimene fica comigo (e eu com ele), e para vocês, por aqueles trezentos francos de adiantamento que já me deram e pelos quais sou cordialmente grata, escreverei qualquer tipo de coisa. Quanto dá, em caracteres tipográficos?

Cordiais saudações

Marina Tsvetáieva

No decorrer desses mesmos anos, MT empenhou-se realmente em outra forma de escrita, a das Memórias líricas e subjetivas. Além de A casa do velho Pimene ela consagra, de um lado, uma boa quantidade de textos em prosa a suas lembranças de criança, à mãe, ao pai; de outro lado, a amigos, poetas e artistas de cuja morte ela fica sabendo: Volóchin em 1932, Biéli em 1934 e Kuzmin em 1936.

As posições políticas de MT permanecem as mesmas: de uma maneira geral, ela se coloca acima de facções e de partidos. Isso não a impede, entretanto, de ter suas simpatias e antipatias. Encontra-se o eco disso em sua correspondência.

Sou sábia demais para odiar a burguesia – ela está CERTA, pois para ela sou uma ESTRANHA, muito mais *estranha* que o pior anticomunista. (N. B.! O contrário do burguês é o poeta e não o comunista, pois o poeta é a NATUREZA e não uma visão de mundo. O poeta é o CONTRABURGUÊS.) (*a Vera Nikoláievna Búnin, em 4 de maio de 1928*).

Alguns de seus textos poéticos – seu poema Perekop ou aquele sobre "A família do tsar" – assumem o ponto de vista dos combatentes brancos; mesmo assim isso não os torna mais facilmente aceitos pela emigração.

Ninguém precisa dele ["A família do tsar"]. Aqui, não passará por causa do "esquerdismo" (da "forma" – as aspas são devidas à ignomínia das palavras), lá – ele simplesmente não passará, fisicamente, como todo o resto e mais ainda – menos, portanto – que todos os meus outros livros. "Para a posteridade?" Não. Para aliviar minha consciência. E, ainda, porque tenho consciência de minha força: do amor e, se quiser – do dom que tenho (*a Raíssa Nikoláievna Lomonóssova, 1º de fevereiro de 1930*).

Ela escreve igualmente a Nanny Wunderly-Volkart, grande amiga de Rilke, com quem entrou em contato após a morte do poeta.

Entendo-me mal com a emigração russa, pois não pertenço a ela. Para falar a verdade, não sou absolutamente uma emigrante. Deixaram-me sair porque minha filha (de três anos) havia morrido de fome e também porque, em mim, de acordo com as palavras de um comunista, "há menos [espírito] pequeno-burguês que em qualquer um de nós". – "Por acaso vocês conheceram algum poeta que fosse pequeno-burguês?" – respondi. "Pequeno-burguês não, apenas feudal*" – declarou o comunista – e deu-me o passaporte, embora soubesse perfeitamente que meu marido, desde o primeiro dia, estivera no Exército Branco.

---

* Em russo, *Feodálni*. (N. de T.)

Peguei minha outra filha, de oito anos (agora ela tem dezessete), e parti.

Então, entendo-me mal com a emigração russa, vivo quase que só com meus cadernos – e minhas dívidas – e, se vez ou outra minha voz faz-se ouvir, é sempre *a verdade*, sem cálculo nenhum. [...] Estou completamente sozinha, tanto na vida quanto no trabalho – como em todas as escolas de minha infância: no estrangeiro – "a russa", na Rússia – "a estrangeira" – com muitos amigos que nunca vi e não verei jamais. Completamente sozinha – com minha voz (*17 de outubro de 1930*).

E também:

Na emigração tudo é visto em termos de partido e eu não pertenço a partido algum (*29 de dezembro de 1931*).

Estou muito afastada de qualquer *círculo* (falo de círculo de pessoas), portanto, de círculos literários que aqui estão muito mais absorvidos pela política que pela literatura, ou seja, gritam e odeiam *muito mais* que calam (escrevem) e amam (*22 de novembro de 1932*).

Refletindo sobre suas relações com o poder bolchevique quando ela ainda vivia em Moscou, MT anota em seu caderno:

Não vivi a Moscou de 1918-22 com os bolcheviques, mas com os Brancos. (Por sinal, Moscou inteirinha, a minha e a *deles*, dizia: os Brancos, ninguém dizia – os Voluntários. Ouvi a palavra Voluntários, pela primeira vez, na boca de Ássia, que chegava da Criméia, em 1921.) Quanto aos bolcheviques, de certa forma, eu não havia reparado neles, *fitando o Sul* reparei apenas indiretamente, com o canto do olho da mesma maneira como, sem que o saiba a vontade e mesmo a consciência, reparamos no que é casual, fortuito (existe um canto assim também no ouvido) – os havia antes percebido do que notado. Sim, as filas de espera, sim, não há isso, sim, não há aquilo – mas, HÁ ISSO! Posso dizer também que havia braços que cortavam árvores, serravam, transportavam – sozinhos, sem se preocupar com quem os ensinasse [*embaixo*: quem os dirigisse] sozinhos – sem olhos.

Por isso, talvez, essa ausência de *ódio* verdadeiro contra os bolcheviques. Como se todo o sentimento que me foi dado tivesse sido totalmente absorvido pelo meu amor *pelos outros*. Para o ódio – não sobrava o suficiente. (Amar alguém – significa odiar um outro. Para mim, amar alguém – significa não ver o outro.) Odiava os bolcheviques com o mesmo canto do olho com o qual os via: os poucos restos que não haviam entrado no amor não podiam ser abrigados no amor – como no olhar: de lado, de viés.

Mas se eu *os olhava* – às vezes também *os amava*.

É possível que (sublinho!) – para amar: *não* o comunismo (insisto!), mas os túmulos na Praça Vermelha, *meus* dezoito anos desvairados, os jovens chefes da guerra com a Polônia e muitas outras coisas, tenha-me atrapalhado meu notório e imediato amor pelos Brancos, que vinha de antes de Outubro, a previsibilidade da derrota – deles e da causa deles, eu estava completamente tomada, *antes mesmo de aquilo começar* [*escrito por cima*: preenchida].

Impediu-me de amar os bolcheviques minha fé – imediata – antes que isso começasse – fé em sua vitória definitiva, da qual tantas vezes – e quão profundamente – eles mesmos duvidaram.

(Nota de 1932. Não retrabalhada.)

Vladisláv Khodassiévitch (1886–1939) é uma figura importante da emigração russa, poeta de talento e crítico influente. Sua relação com MT não havia sido das melhores, em Praga, época em que ele vivia com Nina Berbérova, nem em Paris, época das polêmicas com os eurasianos. Mas, tal como aconteceu no caso de Maiakóvski, as diferenças políticas desvanecem diante do respeito pela qualidade poética. MT escreve a Rudnióv, o redator dos Anais Contemporâneos (19 de julho de 1933):

Apesar de seu monarquismo (??) e do meu apolitismo: *humanismo*: MAKSISMO[8] em política, ou, mais simplesmente: dar completamente as costas (aos jornais) – assim mesmo, Khodassiévitch e eu, como diz Rostand, na transmissão de Chtchépkina-Kupérnik, pertencemos à mesma família, "Monsieur de Bergerac"! Isso ocorre comigo em relação a todos os meus inimigos "políticos" – conquanto sejam eles poetas ou – amem os poetas.

Uma vez amiga de Khodassiévitch, assim MT escreve para ele:

15 de abril de 1934.

Quando, há alguns anos, fui pela primeira vez a Londres, levava-o inteirinho dentro de mim – completo e acabado: no

---

[8] Alusão a Maksimílian Volóchin (afetivamente, Max), que, no seu refúgio de Koktebel, acolhia tanto Brancos quanto Vermelhos.

Vivendo sob o fogo

começo, matinal, depois noturno, chuvoso, com suas reverberações, com o Tâmisa, que ao mesmo tempo se joga ao mar e escorre dele, Londres toda, com o Tâmisa *aller et retour**, com Lord Byron, Dickens, Oscar Wilde – que coexistem, Londres de todos os Charles e Richards, de A até Z, Londres inteira, encerrada na *imagem* que eu fazia dela, fora do tempo e de todos os tempos.

Quando cheguei a Londres, não a reconheci. Era uma manhã clara – mas onde estava a Londres da neblina? É preciso esperar até a noite; mas onde estava a Londres dos postes de luz? Na abadia de Westminster, vejo um lado só – mas onde ela estava, inteira – com todos os lados de uma vez?

Instantâneos: os lugares no ônibus, as tabacarias, as moedas caídas no aquecedor, as casualidades do tempo perdido e de seu próprio estado, e – em todo lugar, o rosto de X, inesperado em minha Londres.

A cidade desfazia-se em migalhas, dia após dia, hora após hora, desfazia-se nas próprias pedras com que ela fora construída, eu não reconhecia nada, havia demasiado de tudo, e tudo era nítido demais e fino demais – como um míope que subitamente põe os óculos e vê três quartos de *supérfluo*.

Londres, sob os meus olhos, desfazia-se – em pó. E só quando não a vi mais (afastei-me dela por cerca de uma hora) foi que pude revê-la, ela começou a surgir a cada volta de carroça que me levava para longe – totalmente, mais completa, mais harmoniosa; e, quando tive a idéia de fechar os olhos, eu a vi de novo – *minha*, inteira, com o Tâmisa *aller et retour*, com o Hyde Park encostado na abadia de Westminster, com a rai-

---

* Em francês, no original "ida e volta". (N. de T.)

nha Elisabete de braço dado com Lord Byron, Londres única no tempo, única no espaço, Londres fora de qualquer tempo.
Claro – esse é um sobrevôo. Se eu ficasse lá, vivesse lá, *sem* visitas aos museus e às abadias, *escondida* em algum lugar, *sem* olhar para nada, mas percebendo a cidade ao meu redor – ela penetraria por todos os meus poros, como penetro – por todos os seus poros de pedra.
Há três possibilidades de conhecimento.
A primeira – *com as pálpebras fechadas*, sem olhar, apenas no interior – esta é a mais plena e verdadeira.
A segunda – quando a cidade se esfarela – não é conhecimento, mas ignorância, sobrevôo na alma de outrem, *turismo*.
A terceira – aderir à coisa, ter paciência, suportá-la, não se ocupar com ela, mas ser atravessado por ela.
Assim – não se surpreenda, caro Vladisláv Filitsiánovitch, eis por que, quando você falou em sua carta de encontro, de conversação, fiquei pensativa.
Sem aspirar, de modo algum, "inteira e plenamente" a você, a esse conhecimento criativo que, ao mesmo tempo, esgota o sujeito e permanece inesgotável, conheço-o mesmo assim, a sós, por suas entoações em meus ouvidos, pelas letras de sua carta, mais, melhor, mais inteiramente, mais plenamente do que se tivéssemos ficado conversando num café aonde você chegaria vindo de sua vida e eu da minha – e, pior ainda: cada um de seu *dia*, que nunca tem nada a ver com a vida.
Se, como as pessoas de antigamente, quando ainda havia tempo para a amizade, ou antes – quando a amizade era considerada o pão de cada dia, quando *era preciso* ter tempo para ela, mesmo se fosse às quatro horas da manhã... assim, vamos falar simplesmente [*palavra ilegível*] – se esse café tivesse um futu-

ro, um amanhã, uma duração, eu diria *sim* (não a você, eu não o diria desse jeito, mas *dentro* de mim!) – eu simplesmente transferiria *aquela* comunicação para – *esta*, o *lá* – para o *aqui* (ainda que isso seja para mim extremamente difícil *sempre*, não estou acostumada com apertos e, *na vida*, nunca se tem a liberdade plena e extrema que se tem dentro de si – é impossível)...

Oh, claro, a vida, por mais dura que seja, tem *sua* beleza e sua *força* – nem que seja tão-somente sua voz viva, toda uma série de pequenas coisas imperceptíveis, impossíveis de serem imaginadas.

Mas, assim, como para um turista, num sobrevôo... Olhar que horas são (eu seria a primeira a fazê-lo, só pensaria nisso...).

Para tanto é preciso ser um citadino, sociável, disciplinado, blindado, em parte até comercial, invulnerável com toda sua indiferença – em relação às almas e – aos rostos.

Não tenho nada disso, mas tudo – ao contrário.

Minha Paris é a de outra época (de 1909, aliás!), não vejo ninguém, todos os meus relacionamentos reais com as pessoas, de uma maneira fatal (e essa *fatalidade* – sou eu, ou seja, tudo o que é meu – o que vem de mim) – se destroem, ou melhor – se desfazem, como os dias, e, nos últimos anos – *anos* – não encontrei absolutamente ninguém – aconteceu assim, naturalmente – e sei por quê: a ligação com a casa, a distância de Clamart, minha falta de hábito ao "calor" feminino – isso é o que todo mundo procura e não:

O fogo leve, dançando no cabelo.
O sopro – da inspiração...[9]

---

[9] Últimas linhas de um poema de MT, de 1918.

Mesmo assim, estou com vontade de vê-lo, ainda que seja apenas para lhe comunicar as últimas dúvidas da redação dos *Anais Contemporâneos* sobre minha prosa – e outras coisas também... *Você* não poderia vir até em casa – por volta das quatro? É bem simples! O bonde 89 vai até Clamart-Fourche e, em Fourche – a primeira rua à esquerda (um minuto).

Há também a estação Montparnasse, com tudo o que há de mais costumeiro, como os trens. Aí está – a indicação precisa, não há como errar. Responda *quando* e qual trem. Meu filho e eu esperaremos na estação. Vamos para minha casa e lá conversaremos tranqüilamente. Não há outro jeito de nos encontrarmos.

M. T.

A relação com Pasternak, sempre intensa, terá outros altos e baixos (ainda insuficientemente conhecidos); a correspondência entre eles, reconstituída a partir dos rascunhos, foi publicada em russo em dezembro de 2004. Em 1926, é MT quem prefere manter distância. Em 1927 ela imagina um novo encontro, talvez em Londres; dessa vez é Pasternak quem a faz compreender que ele não pode partir. A recusa inspira uma carta de MT na qual ela analisa ao mesmo tempo seu destino e a relação entre ambos (as palavras entre parênteses foram supridas pelo editor do original).

A Boris Pasternak:

11 de maio de 1927.

Boris! Você nunca pensou que existe um mundo imenso, maravilhoso, proibido à poesia e no qual se abrem – se abririam, leis tão imensas! Assim, hoje, enquanto andava pela rua, pensei: não é estranho que o homem dê de beber e caia aos pés da mulher como de uma fonte? Aquele que dá de beber, bebe! – *Verdade* dessa transformação (reviravolta). Mais ainda: por acaso, dar de beber – não é a única possibilidade de viver? Aquilo que se aprende a dois – assim eu chamaria isso, assim isso se chama. Boris, não se conhece a dois (esquece-se – tudo!) nem honra, nem Deus, nem árvore. Apenas seu *corpo, ao qual você não tem acesso (não tem entrada)*. Pense, então, que coisa estranha: toda uma região da alma aonde eu (você) *não posso ir sozinha*, NÃO POSSO SOZINHA. E não é preciso um deus, mas um homem. O devir – através do outro. *Sesam, [öffne] dich auf!*[10]

Penso que, se eu estivesse com um ser de quem gostasse muito – o que é pouco! – do herói do poema também gostava muito[11], não, digamos, com um Cristóvão Colombo – da interioridade, como eu – diria, ou melhor – aprenderia, constataria, afirmaria, descobriria uma série de coisas surpreendentes – indizíveis apenas porque nunca foram ditas. Iluminação brusca: eu inteiramente (não pela metade), meu segundo eu-mesma, meu outro eu-mesma, meu eu-mesma terrestre, se eu tivesse vivido por não sei o quê – não me conheço, sim, apesar do "Poema do fim". Aquilo foi atordoamento... pelo fato de ser amada (nunca ninguém ousara me amar daquele jeito, não interessa qual!), foi fascinação pela fascinação *do outro*, foi asfixia pela asfixia do outro – um acerto de contas nas montanhas – ("Poema da montanha"). Contágio e explosão* – a forma mais aguda

---

[10] Em alemão, no original: "Abre-te, Sésamo!".

[11] Alusão a Konstantin Rodziévitch, que inspirou o "Poema do fim" e o "Poema da montanha".

* Trocadilho entre *Zarájenoct* ("contágio") e *Zariájennost* ("arma carregada"). (N. de T.)

de receptividade da alma, que encontrou palavras terrestres daí em diante. Boris, é terrível dizê-lo, mas nunca fui um corpo, nem no amor, nem na maternidade, tudo foi um reflexo, através de, como tradução de (ou como tradução para!). Parece-me esquisito escrever isso a você, um desconhecido (como se você estivesse aí por algum motivo) e, ainda por cima, do outro lado do mundo. Raramente pensei em você assim – como pequenas queimaduras – não para (durar). Mas neste último ano... você se tornou o irmão caçula de Rilke, não termino por superstição. E hoje? Uma pena tão pungente pelo que não irá acontecer, não irá acontecer! Pois trata-se de um mundo inteiro (descoberto!) que irá para o fundo! (Ora, que poderia ter explodido.) Um mundo inteiro que não voltará do fundo. Eu teria encontrado palavras tão puras: (o leitor poderia pensar, naturalmente, que estou falando de Reino dos Céus, quando, agora, [graças a] Boris e a [Rilke], estou convencida da [verdade] mesmo que seja apenas por este poema: [*segue o poema "Indícios"*[12], *datado de 29 de novembro de 1924*]).

Você, Boris, já conheceu esse mundo (esse do fundo) com *Minha irmã, a vida* – a pureza chamejante, a chamejante limpidez desse livro! Quando eu escrevia (mal, por sinal), eu o raptava, como um segredo. Mas você não o acorrentou à noite, você o distribuiu em círculos de dia, você [colocou] nele as árvores, as nuvens. Você o dispensou, o crucificou. Todo mundo viu isso em seu livro. Não estou falando dos *Liebeslieder*[13], falo das linhas. Há linhas idênticas, equivalentes.

---

[12] Em russo, *Primiéty*.
[13] Em alemão, no original: "Cantos de amor".

Você sabe bem a que ponto essas linhas são maravilhosas para as descobertas suas e minhas. Que tesouro de semelhanças (correspondências).

Aquele outro mundo, Boris, é a noite, a manhã, o dia, a tarde e a noite com você, *são – vinte e quatro horas!* E depois...

Não me compreenda mal: eu não vivo para escrever versos, eu escrevo versos para viver. (Quem, então, pode se colocar como fim último escrever versos?) Não escrevo por saber, mas *para saber*. Enquanto eu não escrever sobre uma coisa (não olhar para ela), ela não existe. Meu meio de conhecimento: a enunciação, o conhecimento imediato que jorra da pena. Enquanto eu não escrever a coisa, não penso nela. (Aliás, você também.) A pena – curso habitual da verdadeira experiência, mas dormente. Assim é a Sibila, que, antes das palavras, não sabe. A Sibila sabe no imediato. A palavra é o fundo da coisa em nós. A palavra é o caminho para a coisa, não *o inverso*. (Se fosse o inverso, precisaríamos da palavra, e não da coisa, ora, o objetivo último é a coisa.)

Preciso de você, Boris, como o abismo, do infinito, para que exista aonde atirar e não escutar o fundo. (Os poços dos castelos antigos. Uma pedra. Uma vez, duas, três, quatro, sete, onze... É isso.) Para que exista onde amar. Não posso amar (AS-SIM) um não-poeta. Você também não pode. Seu sonho secreto e o meu, na verdade, é sermos despojados de tudo. Ora, que despojamento poderia ser esse, se em você (querendo ou não) há algo de superior? Compreenda [o preço] de sua derrota, da minha, se houver. [Infligida] não por uma divindade, não por qualquer um, mas por um igual (co-divindade ou co-qualquer-um no outro mundo!). O sonho da igualdade é o sonho da derrota infligida por um igual. A igualdade – como liça...

Amar você, é claro, eu o amarei mais do que quem quer que seja, mas não na minha escala. Na minha escala (eu inteiramente, eu – no outro, em todo [falta uma palavra]) – é pouco demais. De alguma maneira, arrasto para o amor alguma coisa que faz com que ele não se realize, se disperse, se desfaça. (Nas outras pessoas ele se desenvolve duas vezes: como desenvolvimento [progressão] e como *desenvolvimento* (sedução [perversão]), depois volta para mim em fiapos, seguindo sempre o círculo da ruptura: do céu, das árvores, da direita, da esquerda, esses braços estendidos debaixo de meus pés [debaixo da terra – feito grama].) (O outro me ama – eu – amo tudo. O outro me ama – eu – todos. *Nele*, que seja, mas TUDO E TODOS.) Mas o que você tem a ver com isso? Lá, na fronteira com o além, com um pé já no outro mundo, não podemos, não está nisso o milagre do além, de não podermos daqui não (!) informar Deus da direção para onde vamos? Não posso me apresentar de outra forma e sei que, tão logo chegue a hora– tornar-me-ei – outra. Eu outra – é você. É só se apresentar...

Com isso volto à primeira metade da carta.

– Ora, pode ser – justamente Deus???

M.

Alguns anos mais tarde, MT volta a considerar sua relação com Boris Pasternak numa carta a uma amiga comum.

A Raíssa Lomonóssova:

Meudon (S.-et-O.)
2, avenue Jeanne-d'Arc
13 de fevereiro de 1931.

Cara Raíssa Nikoláievna! Os acontecimentos projetam a própria sombra à frente deles – disse alguém, talvez Homero.

Assim: tarde com um amigo de Boris, o poeta francês Vildrac. Eu tinha sido convidada para "ver Pilniák"[14], recém-chegado de Moscou. Apresentamo-nos, ele se sentou perto de mim.

Eu: – E Boris? Está bem de saúde?

P.: – Perfeitamente.

Eu: – Graças a Deus!

P.: – Ele vive em minha casa agora, na rua Iámskaia.

Eu: – Ele foi expulso de seu apartamento?

P.: – Não, separou-se da mulher, de Gênia.

Eu: – E a criança?

P.: – A criança está com ela.

Eu: – Mas onde fica essa rua Iámskaia? Conheço a Tverskáia-Iámskaia.

(Cinco minutos de topografia, passamos a falar da ida para o exterior.)

Eu: – Por que recusaram a saída a Boris?

P.: – Porque ele se dirigiu exatamente ao lugar onde *apenas* recusam. Nesses últimos meses ele havia se ocupado bastante com a ida de Evguênia (esqueci seu sobrenome) e de Génetchka para o exterior, mas foi aí que surgiu Zinaida Nikoláievna, e Gênia, então, recusou-se decididamente a partir[15].

---

[14] Boris Pilniák, escritor soviético, nascido em 1894 e executado em 1937.

[15] Evguênia (Gênia), nascida Lurié, pintora, foi a primeira mulher de Boris Pasternak. O filho deles é Gênetchka (Evguêni). Zinaida Nikoláievna é, na época, esposa do grande pianista e amigo de Pasternak, Heinrich Neuhaus. Em 1934, ela se torna a segunda mulher de Pasternak.

Entre mim e Boris, há oito anos (de 1923 a 1931), existe um acordo secreto: vivermos até [chegarmos] um ao outro. Mas a Catástrofe de um encontro era continuamente adiada, como uma tempestade que se esconde além das montanhas. De vez em quando – os roncos dos trovões, depois novamente, vamos – vive-se.

Compreenda-me bem: conhecendo-me, eu jamais teria deixado os meus por Boris, mas se deixasse – seria apenas por ele. Eis *minha* maneira de sentir. Nosso encontro real teria sido, antes de tudo, um grande mal (minha família – a família dele, minha *pena, a consciência* dele). Agora, esse encontro simplesmente não existirá. Boris já não está com Gênia, que ele encontrou antes de mim, Boris – sem Gênia e não comigo, *com essa outra que não sou eu* – não é *meu* Boris, é apenas – o melhor poeta russo. Logo, eu renuncio.

Sei que se eu estivesse em Moscou – ou ele no exterior – se ele me encontrasse – tão-somente uma vez, não teria havido nenhuma Zinaida Nikoláievna, graças à lei imensa da *semelhança em todos os rostos*: MINHA IRMÃ VIDA[16]. Mas estou aqui e ele lá, só há cartas e em lugar das mãos – manuscritos. Aí está o "Reino dos Céus" onde eu teria vivido minha vida. (Do modo como vejo agora, minha carta precedente era inteiramente sobre Boris: o acontecimento que eu ignorava então, mas que *havia ocorrido*[17].)

---

[16] Coletânea de poemas de Pasternak.
[17] Em sua carta precedente, de 10 de fevereiro de 1931, MT escreve: "Posso dizer que vivi minha vida como no Reino dos Céus – ou de memória – sem prova nenhuma de que ele está – na terra, que do calor da terra, do calor da vida – tão curto! – nunca me vali".

Perder – sem ter possuído.

Gênia, pense nela, você que a conheceu. Sei apenas que não eram muito felizes juntos. "Gênia é triste e difícil", assim me escrevia sobre ela minha irmã, que vê as coisas como eu. Simplesmente – ela não deve ter suportado. "Separaram-se." Talvez ela – tenha partido. Neste exato momento ela está naquela mesma rua Volkhonka[18] com seu filho. Boris está no apartamento vazio de Pilniák ("Iámskaia"). Acabou de terminar *Spektórski* (poema longo) e *Salvo-conduto* (prosa)[19]. – Que Deus esteja com ele. – O importante é que ele viva.

Eu vivo. Era minha última aposta no ser humano. Mas resta o trabalho e as crianças e o puchkiniano: "Não há felicidade neste mundo, mas serenidade e *vontade*"[20], que Púchkin empregava como "liberdade", e eu, no sentido de vontade de qualquer coisa: de trabalho sempre. Em suma, o soviético "Heróis do TRABALHO". Tenho isso no sangue: papai e mamãe eram assim também. O dever – o trabalho – a responsabilidade – nada para si – e tudo isso é *de nascença*, a mil léguas de distância de qualquer dogma revolucionário – ambos eram monarquistas (meu pai era recebido pelo tsar).

Não sei se escreverei a Boris. O poder de minhas palavras, de minha voz é grande demais. "VIVA, TÃO-SOMENTE", como me disse outrora um judeu.

Há cinco anos, eu teria minha alma dilacerada, mas cinco anos – são tantos dias, e cada um deles me ensinou, me

---

[18] O domicílio da família Pasternak em Moscou.

[19] As duas obras serão publicadas ainda em 1931. MT inspirou a personagem principal de *Spektórski*, Maria Ilina; *Salvo-conduto* é dedicado a Rilke.

[20] Em russo, *vólia* tanto pode significar "vontade" como "liberdade".

demonstrou – sempre a mesma coisa. Resultado: o Reino dos Céus – entre frigideiras e meu caderno.

Quanto a D. P. S. M.[21] (parece uma sigla, não é verdade?) – "Ser meu amigo é impossível e amar-me já não pode"[22] – eis que tudo terminou numa indiferença premeditada e num esquecimento forçado. Ele me trancou dentro dele a sete chaves – por ocasião de suas viagens a Paris, vê a todos, menos a mim – só me encontra por acaso e sempre no meio de outras pessoas. E, no entanto, amou-me (dá vontade de colocar entre aspas).

Fui a primeira a mostrar-lhe, ou seja, fazer com que ele reparasse que o Tâmisa na hora das marés (alta ou baixa?) corre no sentido inverso, e isso não é um dos meus arranjos poéticos:

O MARULHO DAS TELEGAS CIGANAS,
DOS RIOS QUE FOGEM EM SENTIDO INVERSO –
O MARULHO...

(A propósito, Boris começou a amar-me a partir desses versos. São ainda de 1916, mas ele só os leu depois de minha partida para o exterior, receio que para sempre, em 1922. Lembro-me da primeira carta dele – e da minha.)

Nós vagueamos por Londres durante três semanas, ele [o príncipe] e eu, ele queria o tempo todo ir ao museu, e eu – ao

---

[21] Iniciais do ex-amigo de MT, professor em Londres, príncipe Dmítri Sviatopólsk-Mírski.
[22] São os primeiros versos de um poema de MT, do ciclo "O comediante" (1918).

mercado, andar sobre uma ponte, *embaixo* de uma ponte. Parece que lhe ensinei a vida. E que o obriguei a gastar com três maravilhosas camisas azul-celeste (uma bege); até hoje ele não me perdoou – devido à sua feroz avareza *consigo próprio* – e também não as vestiu. Naquela época, ele devotava a Boris e a mim um amor igualmente frenético, mas Boris era um homem e estava do outro lado do mundo – e assim não deu.

Enquanto ele e eu estivemos separados pela prosa natimorta de Mandelstam, ele adorava e eu abominava – "O Ruído do tempo", onde só os objetos estavam vivos, onde a essência[*] estava morta.

Foi assim que terminou.

———

Escrevo hoje mesmo a Alec Brown[23]. Aqui está seu endereço:
Fressingfield
Nr Diss
Norfolk
Alec Brown.

Se – depois, um dia – as ilustrações da Gontcharova puderem ser úteis, as enviaremos a *você*. Mas você tem meu *Mólo-*

---

[*] Em russo: *viechtch*, que significa também "coisa". (N. de T.)
[23] Escritor inglês que traduziu *Mólodiets* [O jovem]) de MT. A tradução permanecerá inédita. Gontcharova havia ilustrado a versão francesa do mesmo poema (*Le gars*), realizada pela própria MT e publicada apenas após a morte da poeta.

diets? Mando um exemplar, em todo caso. Talvez eu descubra alguma outra coisa, praticamente quase não tenho exemplares de meus livros. Estou lhe escrevendo enquanto cai uma nevasca imensa: os flocos se fundem antes de chegarem ao chão. É a FORÇA DA VIDA. Aprendamos com as fura-neves. Um abraço.

M. T.

Peço-lhe que encaminhe, por favor, querida Raíssa Nikoláievna, a nota para Brown que incluí em sua carta.

Em junho de 1935 acontece em Paris um Congresso Internacional para a Defesa da Cultura, inspirado pelo poder soviético: ele reúne escritores e artistas de convicções antifascistas, preocupados com a ascensão do nazismo na Alemanha. No início, a delegação soviética não incluía nenhum autor conhecido no Ocidente. Gide e Malraux intervêm na embaixada soviética em Paris para que Bábel e Pasternak sejam igualmente convidados. Justamente nessa época, este último estava num hospital curando-se de uma depressão nervosa; entretanto, após receber ordens do Kremlin, vai a Paris em 23 de junho de 1935. O encontro com MT, tantas vezes mencionado, afinal se realiza. Em vez de êxtase, contudo, decepção, e, no dia 28, MT parte de Paris com Mur para passar o verão em Favière, na Côte d'Azur.

O que se passou exatamente? Alguns dias depois da partida, MT constata numa carta a Anna Teskova: "o encontro com Pasternak (ocorreu – mas que não-encontro)" (2 de julho de 1935). Ela transcreve seus sentimentos um pouco mais longamente numa carta a Nikolai Tíkhónov, poeta soviético que também participou do congresso e com quem ela simpatizou:

Boris inspira-me um sentimento confuso. Eu não fico à vontade, pois tudo o que para mim é um direito, para ele é – seu vício, sua doença, dele, Boris.

Como aconteceu desta vez [...] – em que ele disse, em resposta às minhas lágrimas: – Por que você chora? – *Eu* não choro, são meus olhos que choram. – Se eu não choro agora é porque decidi reprimir em mim, de todo jeito, a histeria e a neurastenia. (Fiquei tão surpresa que parei de chorar naquele mesmo instante.) – Você – irá gostar dos *kolkhózy*! [...]

Mas eu chorava porque Boris, o melhor poeta lírico de nosso tempo, diante de meus olhos traía a Poesia Lírica e tachava a si mesmo e a tudo dele – de doença (6 *de julho de 1935*).

É possível, desse modo, reconstituir a conversa ocorrida entre os dois poetas: MT crê sempre na poesia. Pasternak sabe que ele tem a mesma inclinação, mas considera aquilo um vício, uma doença. É isso que a faz chorar, e Pasternak a consola: se ela estivesse na União Soviética, ela também deixaria de amar a poesia e glorificaria os kolkhózy... Dez anos mais tarde, no dia 26 de novembro de 1945, Pasternak transcreve suas próprias impressões:

Vi Marina Ivánovna no exterior apenas em Paris, em junho de 1935, por ocasião do congresso antifascista do qual participei, mesmo doente (tinha uma insônia que durava havia seis meses, no limite da doença mental).

Na época, eu via todos os dias MT e sua família.

Dez anos mais tarde, em seu ensaio autobiográfico "Pessoas e situações", escrito em 1956 e destinado à publicação na União Soviética, ele volta ao assunto:

Durante o verão de 1935, quase fora de mim, no limite da doença mental devido a uma insônia que durava havia quase um ano, eu estive em Paris, no congresso antifascista. Lá encontrei o filho, a filha e o marido de Tsvetáieva. Amei como a um irmão aquele homem encantador, refinado e firme.

Os membros da família de Tsvetáieva insistiam para que ela voltasse à Rússia. O que os levava a isso era em parte a saudade da pátria, a simpatia pelo comunismo e pela União Soviética e, em parte, a idéia de que a vida de Tsvetáieva não era vida e que ela definhava no vazio, sem leitores e sem nenhuma repercussão.

Tsvetáieva perguntou-me várias vezes o que achava daquilo. Eu não tinha opinião formada sobre o assunto. Não tinha idéia do que lhe aconselhar e receava muito que, para ela e sua notável família, a vida na Rússia pudesse ser difícil e atribulada. A tragédia de toda a família superou infinitamente os meus receios.

O mal-entendido é total. Em primeiro lugar, político: MT não pode imaginar as pressões às quais estão submetidos os escritores soviéticos e supõe que Pasternak tenha renunciado ao lirismo (passando a considerá-lo, então, uma "doença") por vontade própria e defenda o serviço à causa pública, daí, os kolkhózy. Ele, por sua vez, já não pode exprimir-se livremente diante de MT e sobretudo diante de Serioja e de Ália, ambos transbordantes de entusiasmo pela União Soviética. Mas será que ele pensa realmente ser necessário impedir o retorno? Falta-lhe lucidez, coragem ou preocupação pelo destino de outras pessoas? São sempre o marido e a filha de MT que o acompanham em seus passeios diários por Paris, até a partida dela e da sua própria, em 4 de julho de 1935. A essa incompreensão política se acresce o equívoco sentimental: Pasternak pede a MT que o acompanhe a uma loja onde ele pretende escolher um vestido para sua mulher, fato que MT considera uma ofensa (ele prefere Eva a Lilith ou Psiquê!).

Uma vez superado esse "não-encontro", MT escreve a Pasternak uma carta da qual só o rascunho foi conservado. Nela lê-se (agosto de 1935):

Eu defendia o direito de ficar isolada – não num quarto, para escrever, mas – no mundo, e disso não abro mão.

Você me propunha *faire sans dire*[*], pois sou sempre pelo *dire* que já é um *faire*: brigo por isso!

Você me diz – as massas, e eu digo – os indivíduos isolados que sofrem. Se as massas têm o direito de se afirmarem – por que o indivíduo não o teria? Com efeito *les petites bêtes ne mangent pas les grandes*[**] – e não estou falando dos capitais.

Tenho o direito, por viver apenas agora e uma única vez, de não saber o que é um *kolkhoz*, da mesma forma que os *kolkhózy* não sabem – o que sou – eu. Igualdade – isso é que é a igualdade.

Eu me interesso por tudo o que interessou Pascal e *não* me interesso por nada do que *não* interessava a ele. Não tenho culpa de ser tão sincera, nada me custaria responder à pergunta: – Você se preocupa com o futuro do povo? – Oh, sim. Ao contrário, respondi: – Não, porque, sinceramente, não estou interessada em futuro nenhum e de ninguém, para mim é uma questão vazia (e ameaçadora!).

---

[*] Em francês, no original: "Fazer sem dizer". (N. de T.)
[**] Em francês, no original: "Os animais pequenos não comem os grandes". (N. de T.)

Que coisa estranha: que você não me ame – para mim tanto faz, mas veja – é só lembrar dos seus *kolkhózy* e – lá vêm as lágrimas. (Agora mesmo, estou chorando.) [...]

Sinto-me envergonhada por ter de defender, diante de você, o direito ao isolamento, uma vez que todas as pessoas de valor eram solitárias e eu – sou a menor entre elas.

Sinto-me envergonhada por ter de defender Michelangelo (a solidão) – por isso, choro.

Você me dirá: os sentimentos cívicos de Michelangelo. Também tive sentimentos cívicos – quer dizer, sentimentos heróicos – o sentimento de ser um herói – ou seja, do fim inelutável. – Não é minha culpa se não suporto o idílico que está atraindo tudo. Celebrar os *kolkhózy* e as fábricas – é o mesmo que celebrar o amor feliz. *Não consigo*.

Na resposta a uma carta de Pasternak em que ele explica por que não pôde ver seus pais durante a viagem ao exterior, MT escreve-lhe, relembrando uma frase de Rilke, que reprovava sua dureza e que a havia ferido (fim de outubro de 1935):

Agora, na hora das conclusões, vejo: minha crueldade aparente não passava de forma, contorno do essencial, fronteira indispensável da autodefesa... *contra* a suavidade de vocês, Rilke, Marcel Proust e Boris Pasternak. Porque, *no último minuto*, vocês soltavam minha mão e me deixavam, a mim, há tempos excluída da família dos homens, frente a frente com minha humanidade. Entre vocês, os não-humanos, eu era *apenas um ser humano*. Sei que sua raça é superior, e é a *minha* vez, Boris, de dizer, com a mão no peito: "Oh! não é você: *eu* é que sou o proletário". – Rilke morreu sem ter chamado nem a mulher, nem a filha, nem a mãe. No entanto, *todas elas* – amavam. Ele cuidou de *sua* alma! Quando eu estiver para morrer, não terei tempo de pensar nela (quer dizer, em mim), demasiado ocupada que estarei em saber se os que vão me acompanhar à minha última morada, os meus queridos, já comeram, se não gastaram tudo o que tinham com todos aqueles remédios, e talvez, no *melhor* dos casos (o egoísta), se os meus rascunhos não serão perdidos.

10
O ofício

A partir dos anos 1930, MT começa a duvidar de que seu trabalho consiga um dia encontrar leitores: sua obra não é conhecida nem na Rússia nem fora da Rússia. Assim:

Conclusão de muitos *anos* (hoje estamos em 25 de fevereiro de 1931). [O manuscrito de *Perekop*] terminado no dia 15 de maio de 1929 dorme — *ele jaz*: *Os Números* não o aceitaram, *Liberdade da Rússia* não aceitou, os *Anais Contemporâneos*[1] não o aceitaram. Vildrac, Muselli, Parain[2] conhecem minha versão francesa de *Mólodiets* (trabalho de seis meses) com as ilustrações da Gontcharova[3] e o livro *jaz*.

---

[1] Revistas russas publicadas na emigração.
[2] Quanto às relações de MT com os literatos franceses, cf. próximo capítulo.
[3] Natália Gontcharova (1881–1962), pintora russa, instalada no Ocidente desde 1915.

Um ano de trabalho jaz e *anos de trabalho* vão jazer.

A *Nóvaia Gazieta*[4] – que sairá em 1º de março – não aceitou meu artigo "O novo livro para crianças", com o pretexto de que lá[5] também há muitos livros ruins para as crianças (N. B.! mas nós não temos aqui *nenhum* bom: mesmo *Huckleberry Finn*, mesmo *Max e Moritz*[6] não foram reeditados!)

(N. B.! O artigo foi publicado mais tarde em *Liberdade da Rússia* como matéria polêmica.)

(E parece ser esta a verdade, toda – a verdade: minha pena só serviu mesmo às minhas visões.)

... Aqui sou dispensável, lá – impossível.

Em volta, o vazio, meu círculo de vazio, eterno, desde a infância. *Nada* de amigos, no futuro – a miséria (um dia os que ajudam se cansarão – deixarão de ajudar), mas isso – quanto à vida quotidiana, moralmente (para a alma) – é pior, não há simplesmente – nada.

E. A. Izvólskaia, aquela mesma que poderia ter se tornado minha amiga (não houve tempo!), vai – se casar – para sempre.

Todos têm sua vida, ninguém nunca tem tempo ("sábado à noite costumamos nos reunir para beber e não temos tempo de lhe contar"[7]), o tempo livre – é para o amor, não me amam, nem amam – as belas – mas as elegantes. Tenho vestidos e também maquiagem. Não tenho é *vontade*. Pelo visto, não sinto vontade de amor ou daquilo a que chamam amor.

---

[4] A *Nova Gazeta* literária, biebdomadário de curta duração que tinha acabado de ser criado sob a direção de Mark Slónim.

[5] Na União Soviética.

[6] Álbum do humorista alemão Wilhelm Busch.

[7] Alusão a um episódio que foi relatado por MT em outro lugar: ela está à procura de testemunhas dos combates em Perekop; as que ela encontra – velhos combatentes – não têm tempo para lhe contar suas memórias.

Amo as coisas pela beleza *delas*, não em vista da minha, nem pela minha beleza quando as uso. De uma maneira absoluta. A prata – *sem prata**. Talvez mesmo – em meu detrimento. ("O marrom não lhe cai bem", certo, mas – vou a ele com minhas pernas – meus braços que estendo para ele.)

Na curta estação de minha beleza (cabelos dourados, bronzeado, faces rosadas) – depois de exame, reflexão e temor, houve – um movimento de recuo. Agora, o que esperar com *meu* rosto, meus cabelos, tudo – cor de cinza – de fato, sujo de poeira da lareira! Ninguém gosta *do cinza* (por fora!).

Mas amo – (alguém)? Não. Mesmo Ramon Navarro[8] (em azul-marinho) não amaria, caso o conhecesse – digamos, em Toulon. Eu sorriria – como se visse uma flor. *Nunca* me permiti amar as flores (por causa da evidência de sua beleza e ainda porque – *todos* as amam), eu amaria – as árvores, sem a evidência de sua sedução.

A família? O talentoso, indomável, próximo de mim pelo temperamento e maneiras, temo-o (poderia ser melhor?) *novo* – *difícil* – Mur.

Indolente, dorminhoca e quando não dorminhoca – então, risonha, idílica, a passiva Ália – sem grandes linhas e sem um único *ângulo*.

S(erioja), o impetuoso.

Quando Mur estiver crescido (como Ália) – não poderei nem sequer pensar *naquela* função. Em dez anos estarei absolutamente só, na soleira da velhice. E terei tido – do começo até o fim – uma vida de cão.

---

* Em russo, *serebró* pode ter o sentido de "prata" ou "dinheiro". (N. de T.)

[8] Ramon Navarro, célebre ator norte-americano do cinema mudo.

25 de fevereiro de 1931.

E alguns meses mais tarde:

MEU DESTINO
– *enquanto poeta* –

na Rússia pré-revolucionária é o da voluntária, enquanto, às vezes, minha exclusão do círculo literário é *in*-voluntária, devido a meu casamento precoce com um *não*-literato (N. B.! o caso é raro!) e a uma precoce e apaixonada maternidade, mas principalmente – devido a minha aversão inata em relação a todo e qualquer espírito de círculo. Encontros com poetas (Ellis, Max Volóchin, O. Mandelstam, Tikhon Tchurílin) não – com o poeta, mas com o ser humano e mais ainda – com a mulher: a mulher que ama a poesia *desvairadamente*. O leitor não me conhecia porque depois de meus dois primeiros livros, infantis – impressos por minha conta, *sem* editora – sempre em razão de meu isolamento literário, mas também de minha particularidade: eu detestava, por exemplo, os poemas das revistas – não me publicavam em lugar nenhum. Meus primeiros poemas numa revista – *Os Anais do Norte**, porque foram muito solicitados pelos editores, que muito me agradaram – foram cedidos *por amizade*. Repercussão favorável imediata entre os poetas. Não chegou ao grande círculo porque a revista era nova – e terminou logo. *Tudo* terminou logo.

A Revolução. Em 1918, leio meus versos no Café dos Poetas. Apresento-me uma vez na *soirée* das poetas. Sucesso – ine-

---

* Em russo, *Siéverni Zapíski*. (N. de T.)

gável – principalmente de *Stienka Rázin*[9]: "E tinem-retinem, tinem-retinem os braceletes: – Afundaste tu – felicidade de Stienka!".

Antes de deixar a Rússia, publico, junto a Arkhípov (não estou inventando!), um livrinho *Verstas* (breve coletânea), e a Gosizdat[*] publica o meu *Tsar-Donzela* e as outras *Verstas*, as maiores.

No exterior:

Em 1922, em Berlim, ainda antes de minha chegada, saíram dois livrinhos meus (na verdade, extraídos de *O ofício*) – *Poemas a Blok* e *Separação*.

Quando cheguei, publiquei *O ofício* (poemas de 1921 a abril de 1922, ou seja, a data de minha partida da Rússia), o *Tsar-Donzela* – com *monstruosos* erros de impressão, e *Psiquê* (uma coletânea tida como romântica), que Grjébin havia comprado ainda na Rússia. Depois, em Praga, em 1925 – *Mólodiets*. Em seguida, em Paris – creio que em 1927 – *Depois da Rússia* (pelo qual não recebi nem um copeque).

Não há leitores na emigração. No máximo – *cem* amadores. (N. B. Poderia haver muito mais, entretanto, 1) não os conheço e não os vejo; 2) eles nada poderiam fazer por mim – nem se fossem milhares! – pelo simples fato de que na emigração o leitor não tem voz. Para ser completamente justa, devo

---

[9] Ciclo de poemas datado de 1917, dedicado ao chefe de uma revolta camponesa russa do século XVIII.

[*] Edições do Estado. (N. de T.)

dizer que nas minhas *soirées de hábito* – precisamente, *soirées – de leitura*: sem nenhum outro atrativo! a não ser eu mesma, que subo ao palco e declamo – durante anos e anos vieram sempre aquelas oitenta ou cem pessoas. Eu conhecia os rostos de minha sala. [Alguns desses *rostos* desapareciam de vez em quando: morriam. Vanves, 1938.])

Meu eterno azar literário exterior vem de minha exclusão do círculo literário, da ausência de alguém, a meu lado, que se ocupe de meus negócios.

Meu fracasso interior – não, este também é exterior! – pois, internamente, só tive sucessos – vem de meu surgimento fora de época – pelo menos vinte anos cedo demais.

Meu tempo – como força ativa – me arremessou para cá e para lá e assim me arremessaria – em qualquer país (menos num país imenso e em alguns pequenos muito numerosos – ainda numerosos!). Não sou ideologicamente conveniente para ele – da mesma forma como ele não me conveio. "Impossível o encontro, ocupamos regiões diferentes[10]." Eu – o campo dos isolados, ele – um deserto com guardas a postos cada vez mais espalhados (em breve – simples fossos – cheios de ossos*). Mais que isso, ele me derrubou e, naturalmente, me fez falar em voz alta**, muitas vezes tive de falar (gritar) na língua *dele* – com a voz *dele*, "uma voz emprestada", à qual prefiro – a minha, à qual prefiro – o silêncio.

---

[10] Verso de "Anno Domini", poema de Anna Akhmátova.
* Trocadilho entre *kust* ("arbusto") e *kost* ("osso"). (N. de T.)
** Novamente, trocadilho entre dois neologismos: *ovrágilo* (de *ovrág*, que significa "barranco") e *ogrómtchilo* (de *grómko*, que significa "em voz alta"). (N. de T.)

Vivendo sob o fogo

Meu fracasso na emigração: sou uma *não*-emigrada, no espírito, isto é, pelo ar que respiro e pela envergadura – estou lá, venho de lá, vou para lá. Quanto ao meu conteúdo, devido à natureza homérica das dimensões, a emigração nada reconheceu. Aqui só tem sucesso o que é apagado – seria estranho esperar alguma outra coisa!

E ainda: ausência total de pessoas que amem meus versos, ausência delas em minha vida de todos os dias: ninguém para quem ler, ninguém para quem perguntar, ninguém com quem se regozijar. *Todos* (poucos) estão ocupados – com outra coisa. Terrível solidão criadora. Tudo – *auf eigene Faust*[11]. Do *tema* da obra a uma *dada* sílaba (falo exatamente de sílabas). Odeio os pequenos círculos, mas gostaria muito – de ter amigos.

Caráter sufocante de minha existência quotidiana. Ela me estrangula.

Não sei quanto tempo ainda me resta viver, não sei se poderei um dia ainda voltar à Rússia, mas sei que até a última linha escreverei *com força*, versos fracos – não produzirei jamais.

Mas sei também que, se comparada – mesmo que com o jorrar da lírica tcheca (1922–1925), sequei, esgotei – estou na miséria. Mas é a secura, o esgotamento do espírito, não do verso. Profundamente criativos e não coisas de caderno.

Sei também que basta eu pegar a pena...

Sei também que a pego cada vez mais raramente.

(N. B. Falo aqui da lírica, ou seja, dos poemas líricos esparsos que chegam – e, sem serem terminados – vão-se... 1938.)

Senhor, conceda-me ser até o último suspiro um HERÓI DO TRABALHO:

---

[11] Em alemão, no original: "de próprio punho".

– E que assim seja, Deus!
Meudon, 3 de junho de 1931.

Em 1935, MT relê seus cadernos e se dá conta de que muitos de seus poemas não estão terminados. Em uma carta à amiga Vera Búnin, MT faz este retrato de si mesma (28 de agosto de 1935):

La Favière, par Bormes (var)
Villa Wrangel
28 de agosto de 1935.

Querida Vera,
[...] Aí está, neste verão resolvi – terminar meus escritos. Simplesmente: retomei meu caderno – começando da primeira página. Alguma coisa consegui fazer – acabar. Isso quer dizer que, agora, há uma série de poemas que – *existem*. Mas ao longo desses anos – reparei – que minha exigência aumentou: tanto no som como no sentido, Vera! *Durante um dia inteiro* (à mesa, sem mesa, na praia, enquanto lavo a louça – ou o cabelo – etc.) procuro um *adjetivo*, quer dizer UMA ÚNICA palavra: *um dia inteiro* – e, às vezes, *não* a encontro – e receio – mas isso, Vera, entre nós – de acabar como Schumann, que, de repente, começou a ouvir (noite e dia) *em sua cabeça*, em seu crânio – trompas *en ut bemol** – chegou mesmo a compor uma sinfonia *en ut bemol* – para acabar com aquilo – mas, depois, começaram a aparecer-lhe anjos (auditivos) – e ele esqueceu que tinha mulher – Clara, e seis filhos, *ele esqueceu – tudo* – de vez, e pôs-se a tocar ao piano – coisas de bebê, se não

---

* Em francês, no original: "em dó bemol". (N. de T.)

— de louco. E ele se atirou ao Reno (infelizmente — o resgataram!). E morreu como uma grande coisa que já tinha deixado de ter serventia.

Isso existe, Vera, o esgotamento *do cérebro*. Eu também — sou uma candidata. (Se você *visse* meus rascunhos, você não desconfiaria de que eu esteja imaginando coisas. Apenas sou muito consciente e conheço meu ponto fraco.)

Por isso — tenho de me apressar. Por enquanto, sou *eu* ainda que — domino meu cérebro, e não ele — a mim, não *aquilo* — a ele. Ao ler o fim de Schumann, reconheci — tudo. Para ele, apenas mais forte e mais terrível porque — é a *música*: o som autêntico.

Alguns meses mais tarde, ela anota em seu caderno (16 de fevereiro de 1936):

Se eu tivesse de escolher — *nunca mais* rever a Rússia — ou *nunca mais* ver meus cadernos de rascunho (ainda que fosse este aqui, com as variantes de A *família imperial*) eu o faria imediatamente, sem hesitar. E o porquê, *é claro*.

A Rússia arranja-se sem mim, meus cadernos — não.

Eu me arranjo sem a Rússia, sem cadernos — não.

Porque não se trata de modo algum de viver e escrever, mas de viver-escrever, e escrever — é viver. Quero dizer que *tudo* se realiza e mesmo se vive (se compreende) apenas no caderno. Pois, na vida — o que há? Na vida — a economia doméstica: arrumar, lavar, aquecimento, cuidados. Na vida — função e ausência. Que os outros tomam ingenuamente por presença máxima, da qual a *minha* está tão distante quanto minha conversa (que dizem brilhante) está dos meus escritos. Se, ao menos, eu estivesse presente na vida... Não, a vida que teria suportado minha presença não existe.

Ao mesmo tempo em que faz o balanço de sua atividade, MT reflete sobre a própria natureza da obra poética, tanto em suas cartas quanto em seus cadernos. Ao escrever a Evguênia Tchernosvítova (a secretária de origem russa de Rilke), após a morte deste, ela observa (15 de janeiro de 1927):

[...] Você quer uma verdade sobre a poesia? Cada verso é uma colaboração com as "forças superiores" e o poeta é *muito* se ele é secretário! – A propósito, você já pensou na beleza desta palavra: secretário (*secret**)?

E a Nikolai Grónski, jovem poeta russo que ela encontrou em Paris (21 de setembro de 1928):

Você ainda se nutre do mundo exterior (tributo ao sexo: os homens são geralmente mais exteriores que as mulheres), enquanto o alimento do poeta é: 1) o mundo interior; 2) o mundo exterior filtrado pelo interior. Você ainda não compensa o vivível dentro de si, você o dá tal como ele é.

Em seus cadernos:

SOBRE O POETA
O poeta não pode servir o poder – porque ele mesmo é poder.

---
* Em francês, no original: "segredo". (N. de T.)

Vivendo sob o fogo

O poeta não pode servir a força – porque ele mesmo é – força.

O poeta não pode servir o povo – porque ele mesmo é – povo.

– e, por isso mesmo, poder – de uma ordem superior, força – de uma ordem superior etc.

O poeta não pode servir, porque ele *já* serve, ele serve integralmente.

———

... uma vez que o poeta não pode servir *nem mesmo* a si próprio!

———

A única pessoa a quem o poeta pode servir neste mundo – é um outro poeta, maior que ele.

———

Goethe não tinha ninguém a quem pudesse servir. Então, ele servia a Carlos Augusto!

———

Por que os reis não servem os poetas? Luís XIV – Racine? Por acaso Luís XIV estava acima? Por acaso Luís XIV podia realmente pensar que estava acima?

*Droit divin**, mas o poeta é maior, mais manifesto que o *droit divin* – sobre o homem: *droit divin* – sobre o próprio poeta: *droit divin* de Andersen, que o tirou do *túmulo* que lhe serviu de berço, de Heine tirado da multidão dos comerciantes judeus, de nós todos – [faltam uma ou duas palavras] – tirados e postos de pé (*10 de julho de 1931*).

O poeta não pode celebrar o Estado – não importa qual – pois ele é uma manifestação da força da natureza e o Estado – todo Estado – é um freio a essa força.

Assim é a natureza de nossa raça, que faz com que reajamos mais diante de uma casa incendiada que de uma em construção. [...]

Bandido ou mocinho** – são o mesmo elemento. Na Rússia, celebramos – o bandido.

Permito à minha consciência "organizar minhas paixões", ou seja, apenas a Deus. Em que o Estado seria *superior* a mim, *mais moral* que eu, para que seja ele a organizar minhas paixões?

*Il faut obéir à Dieu – plutôt qu'aux hommes**** (São Paulo[12]).

---

* Em francês, no original: "direito divino". (N. de T.)
** Em russo, *bogatyrstvo,* de *bogatyr* (herói da epopéia russa). (N. de T.)
*** Em francês, no original: "Deve-se obedecer a Deus – antes que aos homens". (N. de T.)
[12] Atos dos Apóstolos (5, 29).

Vivendo sob o fogo

[...] Não quero *novidades*, quero *verdades* (*16 de fevereiro de 1932*).

Deixem-me, abalos, guerra etc. Tenho *meus* acontecimentos: meu talento e minha ferida – oh, por ele, não por mim. A crônica de meu destino. Meu auto-acontecimento. As guerras e os abalos tornar-se-ão pontos indistintos nas escolas, como as guerras estudadas antigamente – por nós, mas o que é meu – cantará eternamente (*verão de 1932*).

Em 1932 MT retorna a uma reflexão sobre a arte e a poesia que ela já havia abordado em 1926, no estudo "O poeta e a crítica". Ela redige um ensaio bastante longo, do qual publica dois fragmentos: "O poeta e o tempo" e "A arte à luz da consciência". Esse esforço é levado adiante nos anos seguintes através de estudos sobre as vertentes épicas e líricas da poesia russa contemporânea, em 1933, e sobre os poetas com ou sem evolução interna, em 1934. Nessa mesma época, ela escreve a um correspondente não identificado, residente, provavelmente, na Bélgica.

A V. A. A. (*meados da década de 1930*):

[*Falta o começo da carta.*] O poeta: uma estrutura espiritual bem definida aliada a um talento verbal bem definido.

O poeta: uma estrutura espiritual bem definida que só se realiza na palavra (que canta).

O poeta sem poema (ou seja, apenas a estrutura espiritual) não é poeta. O poema sem poeta (ou seja, o dom verbal puro) não passa de linhas rimadas.

Pode-se ser poeta "na alma"? E musicista? E pintor? E engenheiro? O que você diria de um engenheiro que construísse "uma ponte na alma"? Ou de um piloto que – na alma – voasse? Se você é engenheiro – construa, senão não será engenheiro, mas o sonho de um engenheiro.

O poeta não tem outra via de acesso a uma *concepção* da vida, a não ser pela palavra, e nisso ele se diferencia do não-poeta, para o qual – tudo (a não ser) [*palavra incompreensível*]. *Nomeando* – ele *concebe*. Aqui vai uma anotação viva (iluminação súbita, na qual acredito) – viva, por ser repentina, pois não pensava nisso – na margem deste caderno:

COMPREENDO UMA COISA DEFINITIVAMENTE APENAS ATRAVÉS DA PALAVRA (PESSOAL).

A palavra é para o poeta uma unidade de valor completamente autônoma. Não é um som (caso contrário, nos satisfariam a-e-i e as outras), mas um dado som que corresponde a um dado sentido. Ao procurar a palavra, o poeta procura o sentido.

O poeta fracassa infalivelmente na procura de qualquer outro caminho que leve à plenitude. Familiarizado (por sua própria conta) com o absoluto, ele exige da vida o que ela não pode dar, pois ela é *aquilo a partir do que* e não *aquilo que*. Existem, por sinal, poetas bígamos: Goethe, por exemplo, ou Tiútchev, que souberam conciliar ambos. Mas eles não eram apenas poetas, talvez fossem mais, Goethe – infinitamente mais.

O poeta não é o que há de maior: ele é o mais alto grau na escala dos ofícios e o mais baixo a contar do ponto onde estão geralmente dispostos os ofícios. Pois a oração (a santidade) não é um ofício, enquanto os poemas, mesmo assim, o são. Um *artisan du chant**, eis o que é, afinal, um poeta. Um mestre da palavra cantora.

---

* Em francês, no original: "artesão do canto". (N. de T.)

E mais ainda. A esfera do poeta é a alma. *Toda* a alma. Acima da alma há o espírito, que não necessita dos poetas, se há algo de que ele precisa – é de profetas.

A profecia no poeta é co-presença, não essência – tal como a poesia no profeta. "Que grandes poetas são os profetas", quando se diz isso – degrada-se o profeta. "Que grandes profetas são os poetas", quando se diz isso – magnifica-se o poeta.

A palavra "poesia" em geral é magnificada e envolta em neblina. Por que você chama "poesia" (outros dizem – "música") o que há de melhor no mundo e no ser humano? Deus, no homem – sim. Isso é, de fato, incomparavelmente maior e mais preciso. Deus, no seu embrião, mas não a poesia. Tornar-se-á poesia quando você manifestá-lo nos versos.

Amo a prosa quase tanto quanto a poesia e não lhe dou o sentido ultrajante geralmente admitido.

"A prosa do vivido" – não a conheço. A prosa é a vida passada pelo crivo da palavra. Ou seja, como toda realização, um sobre-a-vida. Como a ponte de vocês: sobre-o-rio. (As pontes caem e os livros passam, mas, sob um certo aspecto – eles são a eternidade; a vitória sobre o caos – das almas e dos rios.)

A poesia se diferencia da prosa pelo elemento rítmico, que às vezes está presente na prosa – mas de outro modo. (O ritmo da poesia e o da prosa não são concordes, mas inimigos. Não se fundem.) Associo a prosa mais ao consciente; a poesia, ao inconsciente (do qual se tomou consciência!), não é à toa que *os primeiros poemas* são fórmulas de encantamentos.

E ainda: a prosa de um poeta é uma prosa excepcional, os versos de um prosador – versos execráveis, pois se os pudesse escrever, ele os teria escrito desse único jeito. (Exceção: sempre Goethe, que, de maneira geral – é sempre uma exceção.)

A prosa de Púchkin é uma prosa de poeta. Os versos de Gógol são versos de um prosador. O poeta que aborda a prosa tem a escola do absoluto que é o verso, que o prosador que aborda a poesia não tem. "Tenho de enfiar tudo nessa linha." Para o prosador a linha não é contada, em todo caso – não a sílaba.

O trabalho do prosador desenrola-se, principalmente, no pensamento e não nas palavras, no desígnio e não na palavra – o pensamento é traduzido em palavras; no poeta, o pensamento e as palavras nascem ao mesmo tempo, o trabalho todo se desenrola na palavra; não se pode pensar em prosa e escrever em verso, impossível transpor em versos – coisa que, por sinal, fazem os versejadores medíocres. Uma coisa é escrever versos; outra, escrever em verso. Em toda a Itália do século XVIII trocavam-se sonetos, os poetas, entretanto, contam-se nos dedos. É preciso não se poder dizer algo a não ser em versos. Aí sim, serão – versos.

E mais uma coisa: não há versos sem feitiço. (Não enfeitiçados, mas feitos de feitiço*.)

A prosa pode ser perfeita, todo o Tolstói, por exemplo. Entenda-me corretamente: tomo a palavra "feitiço" não como um enfeite, mas como um princípio, como uma das forças elementares, a força da natureza. Se não há feitiço – não há versos, há linhas rimadas. "E pelo mágico cristal..."[13] (Púchkin). Não é por acaso que Púchkin, que sabia disso perfeitamente, disse um dia a alguém: "Se eu pudesse (materialmente falando) só escreveria versos". E – que prosador ele foi! O feitiço como

---

* Trocadilho entre *otcharóvany* ("enfeitiçado") e *tchárovany* ("que contém o feitiço", "marcado pelo feitiço"). (N. de T.)

[13] Citação aproximada do capítulo VII do romance em versos *Evguêni Oniéguin* de Púchkin.

Vivendo sob o fogo

fonte de talento do prosador está em Gógol (o antípoda de Tolstói!) [...] [*Falta o final da carta.*]

No começo da década de 1930, MT conhece Iúri Ivask (1907-1986), poeta e crítico russo que mora em Revel, na Estônia, admirador de sua poesia. Em 1933 ele lhe envia um longo ensaio a ela consagrado. MT responde-lhe, detalhadamente.

A Iúri Ivask:

Clamart (Seine)
10, rue Lazare-Carnot
4 de abril de 1933.

Prezado Senhor Ivask,

Escrever-lhe uma carta sem fim, em resposta à sua, significaria renunciar a tudo: conheço-me – eu começaria, como todas as vezes em que escrevo – por procurar a fórmula certa, e o tempo passaria, e eu não tenho tempo – para nada – e, no final das contas – num remoto final de muito remotas contas – teríamos um artigo lírico, mais exatamente, uma de minhas inúmeras prosas líricas da qual ninguém precisa aqui e que – devido ao constrangimento por ter-me atrasado tanto – nem chegaria fisicamente até o Senhor.

Abro seu artigo e vou anotando, à margem, todos os meus reparos e réplicas imediatos.

O Senhor fala e eu – interrompo.

Está bem assim?

Pág. I – Brilhante definição do estilo (e do vocabulário) dada por Chíchkov[14]. Sinto essas linhas como uma epígrafe a minha própria língua.

Pág. II – (abaixo) Nunca estive sob a influência de Viatchesláv Ivánov – como, aliás, sob a de ninguém. Comecei pela escrita e não pela leitura de poetas.

Pág. III – Talvez lhe interesse saber que os dois *Gueórgui* – o de Kuzmin e o meu – surgiram ao mesmo tempo, sem que um soubesse nada do outro[15]. *Há*, sim, alguma coisa em comum entre mim e Kuzmin, uma espécie de eco, só que ele está cansado desde que nasceu e eu ainda tenho energia para 150 milhões de vidas. Nunca li "Fedra"[16] de Kuzmin. Minhas fontes, para "Fedra" – e, em geral, para todos os mitos de que trato: a versão alemã dos mitos para a juventude, de Gustav Schwab[17]. Mais exatamente – meu material (minhas fontes – são eu mesma, elas estão em mim). Assim como para *Tsar-Donzela* e *Mólodiets* – que provêm dos contos correspondentes de Afanássiev.

---

[14] Aleksandr Semiónovitch Chíchkov (1754–1841), escritor russo. No artigo em questão, "Reflexões sobre o velho e o novo estilo da língua russa" (1803), lêem-se as seguintes frases: "Saber mesclar com arte o estilo eslavo elevado e o estilo comum, para que a ênfase do primeiro responda agradavelmente à simplicidade do segundo"; "Saber conciliar um estilo elevado com palavras e pensamentos que não o são [...], sem que eles desarranjem o estilo e permitam conservar toda a sua importância".

[15] O poema de Mikhail Kuzmin, "São Gueórgui" (cantata), foi redigido em 1917 e publicado em 1921 na coletânea *Sarau de outros tempos*, enquanto o ciclo "Gueórgui" de MT data de julho de 1921 e será incluído na coletânea *O ofício*.

[16] "A chama de Fedra" da coletânea *Parábolas* de Kuzmin (Berlim, 1923).

[17] *Die schönsten Sagen des klassischen Alterstums* [As mais belas lendas da antigüidade clássica].

Pág. III (verso) – Ehrenburg não apenas não me é "próximo", como nunca, nem por um segundo, eu o senti como poeta. Ehrenburg – sofre influência de todos, é um *invertebrado*. Além disso: UM CÍNICO NÃO PODE SER POETA.
Pág. III (verso) – MUITO IMPORTANTE. *Psiquê* não é absolutamente importante quando se trata de esclarecer meu itinerário poético, uma vez que é *o único* de meus livros que não é uma etapa, mas uma coletânea, composta em função de atributos *claramente* românticos e, inclusive, de um tema romântico. Está quase no percurso *físico* da "capa"*. Nesse mesmo ano de 1916 tive poemas (e medidas) devido aos quais *hoje* meus cabelos se arrepiam.
Pág. IV – Não entendi nada dos "Metros complexos" pelo simples fato de que nunca entendi nada de teoria, simplesmente não sei se o Senhor tem ou não tem razão. Escrevo exclusivamente de ouvido. – Mas estou vendo que seu trabalho é sério.
Pág. IX-X – Se Outubro é para o Senhor o símbolo da revolta, mais ainda – das forças da natureza –, é muito bom que me tenha colocado dentro (como dentro – de um incêndio!). Obrigada por não ter me posto no rol dos "filhos da burguesia" – os futuristas. Sempre estive nas antípodas do "utilizar" ou "gozar" qualquer coisa – inclusive a vida.
Pág. XI (verso) – *Muito* bem quanto a Pasternak (SUSPIRO LEVE). E MUITO RUIM (não se ofenda), quanto a mim: COLAR, TÚNICA** – isso é uma piada! O Senhor NÃO encontrará, cha-

---

* A "capa" ou o "manto" são temas românticos de MT. (N. de T.)

** Os termos aparecem em russo como transliteração dos termos franceses *collier* e *chiton*. (N. de T.)

mo sua atenção para isso, NEM "colar", NEM "túnica" em meus versos (nem em minha prosa). O Senhor simplesmente não empregou as palavras CORRETAS (não sei em que medida o Senhor é sensível a elas). O "colar" – ainda por cima transcrito em russo – é o símbolo *do luxo*, coisa pela qual – salvo na natureza, quer dizer, no contexto das árvores, dos riachos etc. – *dessa outra* abundância – sempre senti repugnância, DESDE QUE NASCI. A túnica, deixemo-la para Viatchesláv[18]: para o maravilhoso pseudoclássico.

Pág. XIII (embaixo) – OBJEÇÃO QUANTO AO PESO. Não é que o Discípulo tenha POUCO do Mestre. POUCO SÓ QUANDO É RECÍPROCO E NESTA TERRA. O Discípulo não está sobre a terra. O Discípulo não está sobre a terra, ele está na montanha. Só que a montanha não está na terra, está no céu. (N. B.! Não apenas essa montanha – qualquer montanha. Acima da terra, isto é, abaixo do céu. A montanha no céu.) O Discípulo é a restituição sem restituição, ou seja, a restituição total[19].

Não é que Teseu tenha pouco de Ariadna, ele tem pouco – amor terrestre, ele conhece algo maior, sendo ele mesmo maior – pois consegue ultrapassá-lo. Teseu não ultrapassa Ariadna adormecida, mas o amor terrestre – que jaz – *que jaz* adormecido. Sua observação quanto à questão do POUCO é correta, mas – não aqueles exemplos, não aquelas referências. E além disso – não é a mulher que "é seduzida" pelo Louro [Loureiro], mas é ele – que a disputa e a defende do terrestre. Isso é – diferente. E, se o Senhor quiser, apenas o Louro é-lhe *conhecido*, é apenas

---

[18] Referência a Viatchesláv Ivánov.

[19] Trata-se do ciclo "O Discípulo", dedicado a Volkónski, representado pelo "Mestre".

nele que ela confia, todos os que estão na terra não passam de fantasmas[20].

Pág. XIII (verso) – O Senhor não compreendeu muito bem a noção de "terceiro". Estou me referindo, aqui, ao IMPEDIMENTO DA PRÓPRIA VIDA. Daquilo que está *entre* e não daquilo que está *acima*. *Acima* é a saída desejável. Baco, Louro e as Multidões – há saída e vazão. Em "A Náiade", falo do IMPEDIMENTO que é *a vida* e que desaparecerá junto com ela. Falo do "terceiro" com *minúscula*, da matéria, da existência quotidiana – embora esse quotidiano – seja *promontório*: entre o olho e o horizonte[21].

Não diga: "em princípio de acordo". Procure melhor.

Muito bem: como se ele superasse a si próprio. Apenas não use "como se" – diga "supera" – simplesmente.

Pág. XIV – Auto-adoração é uma palavra ruim, pois lembra auto-satisfação. Melhor: adoração de si.

Sua definição de HOSTILIDADE é-*me* absolutamente estranha. A hostilidade é, antes de tudo, um excesso de forças, NUNCA UMA FALTA. SEMPRE – UM GASTO. (Não faz muito tempo, pensei e escrevi muito sobre isso.)

Pág. XIV – O que "precede" a Solidão? Por acaso ela não é um – balanço, o último leito de todos os rios?

Pág. XIV (verso) – Muito bom: a própria paixão sofre. O paraíso báquico: bom. Você conhece o meu *Mólodiets*?

Juntos
Unidos

---

[20] Este comentário refere-se à tragédia *Ariadna* de MT.
[21] O poema de MT "A Náiade" tem como *Leitmotiv* este verso: "Eterno terceiro no amor".

No céu
Sem fim*.

Também é bom o que o Senhor escreve sobre o céu espartano. De uma maneira geral, suas conclusões são boas. A hierarquia também: o paraíso báquico – o rochedo de Esparta – Rilke. Valeria a pena trabalhar atentamente esses capítulos.
Pág. XVI – Boa a justaposição do *último cavaleiro* – Blok e do franco-atirador (o Senhor não o diz, mas é o que se depreende) – eu.
Porém, o final da página, meu caro, é horrível. (Não se ofenda!)
"Tsvetáieva está APAIXONADA pela magnificência das formas do velho mundo, pelo mármore e pelo dourado." – DE ONDE O SENHOR TIROU ISSO??? Se o Senhor quiser saber, amo o mármore (A PALAVRA "amo" é correta) – mas não mais do que a calçada da velha Sukhárevka, amo a *pedra* em geral, o que é duro, mas não absolutamente como símbolo da época dos nobres. Ou mesmo de Roma. *O mármore é mais velho que a nobreza!* O mármore é mais velho que os tempos. O mármore é tanto o próprio tempo, quanto (em algum lugar, nos Urais) – essa verdadeira alegria do solo duro no qual você pisa. Ou, então – *eternidade* – ou *a natureza.* Mas, menos que tudo – Nikolai I. Não faça de

---

* (N. de T.) Esses versos correspondem ao final do poema *Mólodiets* (*Le gars* na tradução francesa feita pela própria MT). Em russo, os versos são extremamente sintéticos e ambivalentes:

Até – o meu		Para – casa
	ou	
No azul dos fogos		No fogo, o azul

mim um Mandelstam: sou MAIS SIMPLES e MAIS VELHA e, com isso – MAIS JOVEM.

Quanto aos "dourados"... Não tolero o ouro, é algo *físico*, até o outono, para mim, a despeito da evidência é:

A *prata* da bétula,
a vida dos rios!

Pior que o ouro, para mim – só a platina.
O ouro é a *gordura* do burguês, a platina – sua pátina mortal. Escrevi *muita* coisa *inamistosa* sobre o ouro. A menos que seja o ouro do Reno! (Se quiser mesmo *me* achar, procure *lá*.)

A ambrosia, o pó-de-arroz, o rococó – meu amigo, que SUCEDÂNEOS[*]! Que terciaridade! Detesto até mesmo o som dessas palavras (a não ser ambrosia, que num contexto qualquer ainda pode caber, embora – não como *alimento dos deuses*: um *non sens*[**], já basta o *alimento dos homens!*).

Não acredito na forma (sobre isso também escrevi *bastante*), nunca a encontrei, a não ser no aspecto de uma *casca quebrada* ou de um defunto velado há três dias. Se meus poemas sobre o outro mundo têm força é apenas porque não o senti nem por um segundo como "forma", mas sempre como algo de vivo, a vida – fosse o século XVII ou o ano de 1917 (antes de 1917!).

---

[*] MT usa o termo alemão russificado *Ersatz*. (N. de T.)
[**] Em francês, no original: "sem sentido", "absurdo". (N. de T.)

Os "vinhos preciosos" são de 1913²². A fórmula – adiante – é de todo meu destino literário (e pessoal). Eu sabia *tudo* – de nascença.

N. B.! *Nunca estive* no leito da cultura. Procure-me *mais longe* e *antes*.

Pág. xvi (verso) – Não, meu caro, "*não me esquecem*", simplesmente não me conhecem. Não me conhecem *fisicamente*. Em suma: entre 1912 e 1920, sem jamais deixar de escrever, não publiquei *um único livro* – por indiferença literária, mais precisamente, pela ausência, em mim, do *littérateur** (essa função social do poeta). Apenas alguns poemas ocasionais em *Os Anais do Norte* de São Petersburgo. Eu vivia, os livros dormiam. Ao menos três livros de poemas *grandes, bem grandes* – foram perdidos, quer dizer, nunca foram impressos. Em 1922 fui para o exterior e meu leitor permaneceu na Rússia – aonde meus versos (1922–1933) NÃO chegam. Na emigração, no começo (no momento do entusiasmo), publicam-me, depois, caem em si e me tiram de circulação, farejando alguma coisa que não é deles, mas de lá de baixo! O conteúdo parece "nosso", mas a voz – é *deles*. Depois, *Verstas* (colaboração com os da Eurásia) e, finalmente, meu banimento definitivo de todos os lugares, a não ser da *Liberdade da Rússia* dos socialistas revolucionários. Devo-lhes *muito*, pois não se cansaram de publicar – e isso durante meses – obras minhas incompreensíveis para eles: o *Encantador de ratos* todinho (seis meses!), o *Poema do ar*, o *Pequeno touro vermelho*, inspirado nos Voluntários (sendo que os

---

²² Trata-se de parte de uma linha do poema "Para meus versos escritos, escritos num repente" publicado em *Os Números*. [Cf. também p. 3 de *Indícios flutuantes*, cit. (N. de T.)]

* MT usa o termo francês russificado. (N. de T.)

Vivendo sob o fogo

socialistas revolucionários detestam os Brancos!) etc. Mas a *Liberdade da Rússia* – hoje – está acabada. Ainda há *Os Números*, que *não* me suportam; *A Nova Cidade*, que gosta de mim, mas só publica artigos, e – que o diabo os leve – os *Anais Contemporâneos*, onde a situação é a seguinte: – "Os poemas para nós são secundários. Nós queremos, em seis páginas – doze poetas." (É o que me disse o redator da revista literária, Rudnióv, *diante de testemunhas*.) E mensagens assim: "Marina Ivánovna, envie-nos, por favor, poemas, mas apenas os que são *convenientes* para nosso leitor, você já sabe...". Na maioria das vezes, *não* sei (e nem quero saber!) e não envio nada, pois por dezesseis versos – dezesseis francos, mais que isso não pagam e não envio. Simplesmente não vale a pena: os selos para postagem saem mais caros! (O Senhor não pode imaginar a miséria em que vivo, pois não tenho outros meios para sobreviver a não ser a escrita. Meu marido é *doente* e não pode trabalhar. Minha filha tricota gorrinhos, recebe *cinco francos por dia*, com os quais vivemos nós quatro [tenho um filho de oito anos, Gueórgui], quer dizer, aos poucos vamos morrendo de fome. Na Rússia, vivi assim apenas de 1918 a 1920, depois os *próprios* bolcheviques deram-me um cartão de alimentação. Durante os primeiros anos em Paris, havia pessoas que me ajudavam, depois, cansaram-se – e ainda houve a crise, ou seja, um ótimo pretexto para interromper. Mas – que vão com Deus! Nem mesmo os amava.)

Assim, aqui estou – sem leitor e, na Rússia – sem livros.
Pág. XVII – "Tsvetáieva é fraca demais para a emigração..."[23]
– ???

---

[23] Ivask, na realidade, havia escrito exatamente o oposto, "Tsvetáieva é forte demais para a emigração – isso não é uma acusação, é tão-somente a

Penso que a emigração, apesar de toda sua presunção, não teria esperado por um cumprimento dessa natureza. Pois até mesmo Boris Záitsev não é fraco demais para a emigração! Quem é fraco demais para ela? Ninguém! Todos são bons, todos estão num nível bom – de Búnin ao príncipe Kassátkin-Rostóvski, que, depois de duas décadas continua rimando vagões com galões ("Nós antes levamos galões – agora mandamos vagões" – etc.). Quem sabe o Senhor queira dizer que meu ódio pelos bolcheviques é fraco demais para a emigração? A isso respondo: um *outro* ódio, de outra natureza. Os emigrados odeiam porque lhes tiraram suas posses, *eu* odeio porque *podem* não deixar Boris Pasternak ir (isso ocorreu) à sua amada Marburg – e a mim – à Moscou, onde nasci. Quanto aos castigos – querido – todos os algozes são irmãos: tanto a pena recente infligida a um russo[24], com um processo justo e as lágrimas do advogado, quanto o tiro de fuzil nas costas da Tcheká – juro que isso tudo é a mesma coisa, qualquer que seja o nome que se lhe dê: uma coisa abominável à qual eu não me submeteria em lugar *nenhum*, como também não me submeteria a nenhum tipo de violência organizada, em nome de quem quer que fosse ou sob qualquer bandeira.

– Se estou com *Tomadas de Posição*[25]? Já me perguntaram isso e já receberam como resposta: "Lá, onde dizem: hebreu, subentendem judeu[*] – então, para mim, parceira de Heinrich

---

constatação de um fato". Ao receber a carta de MT, Ivask, surpreso, anota à margem desse trecho: "Lapso meu!!! Havia escrito 'forte demais'!".

[24] A pena de morte foi abrandada no caso do emigrado russo Pável Górgulov que havia ferido mortalmente o presidente Paul Doumer.

[25] *Utverjdiêniia*, revista russa (1931–1932).

[*] Em russo, o termo neutro para designar os judeus é *evriéi* ("hebreu"). Já *jid* ("judeu") tem conotação pejorativa. (N. de T.)

Heine*, *não há lugar*. Direi mais: nesse lugar – mal eu tivesse posto os pés, ele próprio teria me rejeitado: esse lugar cheira a depósito de pólvora – fósforo!".

Quanto à Mladoross[26] – aqui vai uma pequena cena que presenciei. Discurso do antigo redator e colaborador da *Liberdade da Rússia*, (o judeu) M. Slónim: "Hitler e Stálin"[27]. *Depois* do discurso, no início dos debates – comparecimento de todos os membros da organização, em sua totalidade. Eles estão junto às portas, "os braços cruzados sobre o peito". No final dos debates, dirijo-me à saída (moro nos arrabaldes e dependo dos trens) – de modo que estou de pé, no meio da multidão. Um murmúrio respeitoso: "Tsvetáieva". Distribuem um papel que não abro. Do alto do estrado, Slónim:

"Quanto ao que diz respeito a Hitler e aos hebreus..." Um dos associados à Mladoross (se não seu "pilar", ao menos seu *poste***) [diz] em voz alta: "Dá para entender! Ele também é judeu!". Eu, clara e distintamente: "PA-NA-CA!" (Murmúrio: não compreendem.) Eu: – "PA-NA-CA!" e, rasgando o papel ao meio, dirijo-me à saída. Alguns gestos de ameaça. Eu: – "Não deu para entender? Aqueles que em lugar de hebreu dizem judeu e interrompem o orador (uma pausa e após meditar): PA-NA-CA". Depois disso me afasto. (A CADA UM falo em SUA própria língua!)

Se sempre vivi fora do leito da cultura, talvez seja porque ele passou POR MIM.

---

* Como se sabe, Heine é de origem judia. (N. de T.)
[26] "Jovem Rússia", nome de uma organização monarquista russa surgida na emigração.
[27] O discurso ocorreu durante uma reunião em Paris, no dia 10 de março de 1933.
** Há aqui o trocadilho entre *stolp* ("pilar") e *stolb* ("poste"). (N. de T.)

Não, meu querido, nem com esses, nem com aqueles, nem com terceiros, nem com nenhum deles, tampouco com os "políticos" e nem mesmo com os escritores – com ninguém, estou só, a vida inteira, sem livros, sem leitores, sem amigos – sem círculo, sem meio, sem a menor proteção de pertencer a algo, pior que um cão, mas em compensação –
Em compensação – tudo.
Até mais ver! Quanto ao final de seu manuscrito – muito significativo – terminarei de uma próxima vez. Agora me sinto um pouco cansada e o papel está no fim. (Escrevo com tinta diluída, quase água – é um vexame!)
Se quiser que eu responda mais rápido, envie o selo (parece que no correio vendem selos internacionais) – mais vale pedir um selo que não responder – não é mesmo?
– Sobre muitas coisas muito importantes, talvez as mais importantes, ainda não disse nem uma palavra.

M. Tsvetáieva

[*Acrescentado à margem:*]
Penso que o Senhor conhece a metade do que escrevi, ora, a *integralidade* representa a metade do que escrevi, ou menos.
Apenas um alemão não se desesperaria ao escrever sobre mim *em profundidade*.
Notáveis, excepcionais, os poemas de Benedíktov[28]. Obrigada.
"A arte à luz da consciência", por exigência da redação, foi reduzido pela metade. Quando o leio – eu mesma não entendo (o nexo, que *existia*, no original).

---

[28] Vladímir Grigórevitch Benedíktov, poeta russo (1807–1873).

A partir dessa troca de correspondências se estabelece entre eles uma relação, não de encantamento a distância, como com Bakhrakh, mas de amizade, manifesta em cartas nas quais a criação literária ocupa sempre o primeiro plano. Essa amizade dura até a partida de MT para a União Soviética.

Ao mesmo:

Clamart (Seine)
10, rue Lazare-Carnot
3 de abril de 1934.

Querido Iúri Ivask,
Resposta curta porque amanhã se encerra o prazo de entrega aos *Anais Contemporâneos* (número de abril) de meu manuscrito sobre Biéli, em que reescrevo VEJA COM QUAL ESCRITA (uma vida inteira!), enquanto o manuscrito tem cerca de quatro páginas impressas.

— Estou comovida com a constância de sua atenção, tanto interior quanto exterior (embora — exterior — não exista: nem atenção, nem nada de uma maneira geral) — estou me referindo ao selo para a resposta.

Agora, rapidamente, sobre o essencial:
Pode ser que minha voz (*la portée de ma voix**) corresponda à época, mas eu — não. Detesto meu século e abençôo Deus (sei que não se pode abençoar Deus, mas é assim que eu dizia na infância e, sem pensar, é o mesmo que digo hoje) — por ter nascido no século passado (no dia 26 de setembro de 1892), exatamente à meia-noite do sábado para o domingo, no dia

---

* Em francês, no original: "o alcance de minha voz". (N. de T.)

de João Evangelista; tenho uns versos sobre isso, em *Psiquê*
– acredito:

Num cacho vermelho
A sorva acendeu-se.
Caíam as folhas.
Eu – nasci... (procure!)*

E outros: sobre o sábado e o domingo, que nunca foram publicados. A propósito: foram recusados por *As Últimas Notícias*, que me pediram, expressamente, para NÃO ENVIAR POEMAS. Assim, então, abençôo Deus por eu haver podido ainda surpreender AQUELE século, o fim DAQUELE século, o fim do reinado do homem, ou seja, de Deus, ou ao menos – da divindade: do alto, *sobre*.

Detesto meu século por ser o século das massas *organizadas*, que já não são forças da natureza, como o Dniepr, que, sem a Coruja[29], não é mais o Dniepr. Organizadas – de baixo, ou seja, propriamente, "organizadas" – e não ordenadas, isso significa limitadas e privadas de seu caráter orgânico, isto é, seu recurso *último*.

Escreva de mim o que quiser, você vê melhor, além do mais, não tenho o direito de contestar, quer dizer, de me imiscuir pessoalmente: de me postar, como um búfalo diante da

---

* Trecho de um poema de 1916, que pertence ao ciclo de "Versos a Moscou", da coletânea *Verstas 1* (1922) e não de *Psiquê*. (Cf. Marina Tsvetáieva, *Indícios flutuantes*, sel., pref. e trad. de Aurora Fornoni Bernardini, São Paulo, Martins, 2006, p. 33.) (N. de T.)

[29] Em russo, *neiasit*. Imagem dos contos maravilhosos russos e do *Dito do exército de Igor*.

locomotiva, mas *fique sabendo* de uma coisa: para mim, no presente e no futuro – não há lugar. Para mim *inteira* – nem um *palmo* de superfície terrestre, para este POUCO – em todo o imenso universo – não há nem um palmo sequer. (Fico, por enquanto, sobre o último que me resta, que não desapareceu apenas porque *estou apoiada* nele: estou firmemente apoiada – como um monumento – com seu próprio peso, como o Estilita* sobre sua coluna.)

Para mim (e para todos que se parecem comigo, ELES EXISTEM) só há a trincheira: profunda, longe do tempo, trincheira que leva às grutas de estalactites da pré-história: ao reino subterrâneo de Perséfone ou de Minos, lá onde Orfeu se despedia: NO INFERNO. Ou ao reino feliz de *Frau Holle*** (N. B.! A MESMA COISA!) (*Holle-Hölle*³⁰...).

Pois, em *seu* ar saturado de carros, aviões, por enquanto de turismo, mas, amanhã – você sabe bem, no seu ar *também* não quero.

– Mas quem você pensa que é para dizer "me", "a mim", "eu"?

– Ninguém. Sou um espírito solitário, para quem o ar é irrespirável. (Para Pasternak – também. Como para Biéli. *Nós* – estamos aqui. Mas somos os últimos.)

A época presente não está tanto contra mim (em relação a mim *pessoalmente*, ela é como todas as forças com as quais

---

* Referência a Simeão Estilita, o Antigo, nascido no século IV d.C., asceta cristão que viveu mais de trinta anos sobre uma coluna de pedra de mais de quinze metros de altura. (N. de T.)

** Em alemão, no original: "a senhora Holle". (N. de T.)

30 O nome *Frau Holle*, personagem dos contos de Grimm, evoca, em alemão, Hölle, o inferno.

cruzei em minha vida, embora a mais estranha – talvez até "benevolente") – não tanto contra mim quanto *eu* contra ela; realmente, eu a detesto, todo o reino do futuro, marcho sobre ela – não apenas no sentido militar, mas – piso duro com o pé: o calcanhar sobre a cabeça da serpente.

– Aí está –

Só considere *interiormente* tudo o que eu disse.

[*Acrescentado à margem:*]

A época não está contra mim pessoalmente, mas PASSIVAMENTE, e eu, eu estou – contra ela – ATIVAMENTE. Eu a detesto, não suporto vê-la – ela não me vê.

Eis uma fotografia. Ela também é *a última*. É por isso que peço a você *encarecidamente*: mande-a de volta! Se ela lhe agradar (é bastante fiel), mande fazer algumas reproduções e seria indelicadeza de minha parte lhe pedir *algumas* cópias? Apenas não as faça demasiado *escuras*. A que lhe envio ficou muito opaca: em geral sou bastante clara: olhos claros, cabelos claros (agora já com uma mecha branca). Perguntam-me freqüentemente se gosto de ser fotografada, não gosto e não tenho tempo – levo uma vida *muito* sacrificada.

Até breve. Envio esta minha carta sem a reler, pode ser que haja algum erro de declinação.

Ficarei contente se você me escrever.

Marina Tsvetáieva

P.S.: Recorte a cabeça como se fosse para um medalhão, sem esse quadrado esquisito do vestido que parece, além disso, um retoque artifical. É preciso – um oval.

Alguns meses mais tarde, MT escreve-lhe:

Clamart (Seine)
10, rue Lazare-Carnot
4 de junho de 1934.

"... Mas, minha alma, não a darei."* Primeira resposta: – Não preciso de outra coisa. Segunda: – não era preciso dizê-lo, uma vez que, para mim: dito – feito. Ou seja: já é nãodado (numa palavra *só*). Não dar a alma *não* é: *não* fazer alguma coisa, mas fazer – forma ativa: irremediável.

Terceira coisa, em mim (aliás, tudo – em mim). – O que isso significa? Dar. Nãodar. Por acaso *você pode* dar – nãodar? Por acaso é *você* – quem dá? Por acaso é você – o senhor e ela a cadela, você – o proprietário e ela, a coisa? É *ela* que lhe dá, que lhe *entrega* às mãos de Deus ou do homem, não – o contrário.

Quarta coisa: por não ter compreendido isso, por haver me dito *isso*, ele nada compreendeu em mim – e *não* serve. Não serve – fisicamente, efetivamente, praticamente, ou seja, seu sangue paciente, toda sua compleição servem, mas *ele*, não. Meu pedido (tomar uma montanha sobre si) devia ter sido o pedido *dele* e o conselho dele... mas, minha alma, não a darei (N. B.! simples contrato) – para minha salvaguarda: melhor não dar! – a mais pura bondade de minha parte, pois,

---

* Há poemas de MT que tratam da alma. Cf., por exemplo, *Indícios flutuantes*, op. cit., p. 124. (N. de T.)

dessa entrega, não conheci nenhum mal para a alma até agora, só bem.

[*Acrescentado entre as linhas, ao contrário:*]
(Minha expressão "melhor não dar" significa: será doloroso, mas o que não é doloroso? E depois, por acaso a dor é – mal??)
Sem alma, *fora da* alma – por acaso preciso de algo??? E o que farei com ela, se você a der para mim? Vou colocá-la num banco, ou revendê-la, ou, depois de fundi-la, bebê-la feito pérola? (ou uma aspirina?)

Nesses tempos longínquos, quando eu ainda era protagonista da vida, podia suportar qualquer coisa, menos essa palavra, esse sentimento, e nenhuma vez aconteceu – e todos os pressentimentos – as precauções, para mim, que era tão confiante, soavam exatamente o contrário: – Não a darei a você, nem – nem – nem (coloque, no lugar de *nem*, uma série de *tudo*), mas minha alma – eu a darei a você.

Para as pessoas – do modo como vejo agora – era cômodo, ou elas imaginavam que fosse cômodo, enquanto eu, que conhecia o valor da palavra, na amplidão de seu caráter terrível, sabia que recebera – tudo (o que poderia me ser dado, ou seja, o *desejo* de dar sua alma, coisa de que *jamais* duvidei). Assim, o mar nunca duvida do desejo inato do rio: desaguar, dissolver-se, e não pergunta ao rio *por que* não o fez, mas, ao contrário – o mar se compadece... (Aliás, a maioria *não* chega lá! Os rios secam ou tomam um rio maior pelo mar...) O importante, para o mar, é o desejo do rio: para as grandes águas – o desejo das águas menores (menor quantitativamente e não qualitativamente•), pouco

---

• *Grosse Gewässer, Kleine Gewässer*, tudo – é a mesma coisa.

importa; se o rio desaguou noutro ou não, o mar não será maior nem menor... E todo rio que já teve esse desejo – já *desaguou*! Assim, desaguavam em mim as almas dos humanos e eu as levo *todas*, quanto aos corpos (com seus pertences), ficavam – e continuam ficando – em algum lugar.

O rio, desaguando no mar, aumentou de todo um mar, de todo um Deus, de todo um todo.

O rio tornou-se mar.

Se *isso* o assusta...

(Um dia, nas *Últimas Notícias* ou *dans un autre mauvais lieu**, você terá, quem sabe, ocasião de ler como, aos três anos de idade, eu sonhava insistentemente que me perdia – e perdia-me de fato – na passagem Aleksandr, em algum lugar entre o urso branco e o negro de gesso pintado sobre a fonte seca. É por isso que seu medo é tão ferozmente incompreensível para mim. Foi isso o que mais quis durante minha vida inteira: perder-me•, dissolver-me *em qualquer coisa*. Quando você for ler o "Poema do fim" você compreenderá um pouco melhor.)

A autobiografia e o atestado de idoneidade** – agradam. É preciso e implacável. Bastante – penetrante. Quanto a "inundado de linfa" – é absolutamente notável. A linfa, com efeito, é – no sangue – a presença de *Letes* (não é a linfa que me agrada,

---

* Em francês, no original: "num outro lugar ruim". (N. de T.)
• Para outros, é suficiente se esfregar.
** Em russo, *Kharakterística* significa referência ou atestado de idoneidade moral que os russos levavam como documento. (N. de T.)

mas a ousadia da confissão e a precisão do toque [denominação*]). Você é – *inteligente*.

Seu presente – superestimado? Com estas palavras você lhe tira qualquer valor. Foi de propósito? De propósito ou não – é igualmente uma pena – para você. (Undset e eu não sofremos. Nós formamos – uma união[31].)

Não gosto da palavra egoísmo ("não sou egoísta" ou, ainda pior, o seu "*sou* egoísta") porque, tomada em profundidade, exige demasiados esclarecimentos, de modo que já não é mais uma *palavra*, a boa e velha palavra, pois para cada coisa deve corresponder a *sua* – e *única* palavra, no sentido elementar – e egoísmo não merece sua própria sonoridade nem mesmo ser escutada por meu ouvido. Simplesmente – evito-a. Mas, para que você me compreenda bem, vou consentir em dar algumas palavras de explicação desta vez: egoísmo não quer dizer concentração sobre si próprio, mas não-concentração sobre o bom objeto: sobre seu estômago, por exemplo, ou sobre sua chaga (física), em poucas palavras: *Selbst essen – macht fett*[32]. – A *quem* pode interessar??

O egoísmo *espiritual* – não existe. Existe – o egocentrismo, mas, nesse caso, trata-se da *vastidão* do ego e, partindo daí, da magnitude (a capacidade) do *centro*. A maioria dos egocên-

---

* Trocadilho entre *osiazánie* ("tato") e *nazvánie* ("denominação"). (N. de T.)

[31] Ivask enviou a MT, a pedido dela, o terceiro volume (em alemão) da trilogia de Sigrid Undset, *Kristin Lavransdatter: A cruz*.

[32] Em alemão, no original: "Comer sozinho engorda".

tricos – aliás, *todos* os poetas líricos e *todos* os filósofos – são as pessoas mais desprendidas e menos autólatras do mundo, elas simplesmente incluíram em *sua* dor toda a dor dos outros, melhor ainda – eles *não* a diferenciam.

(A propósito, estou lhe escrevendo com uma tremenda dor nas pernas*, estou doente há dois meses – o esgotamento provocou um abscesso eruptivo, os gânglios e as veias foram afetados. Depois de amanhã irei a uma clínica gratuita [um franco!] para os russos sem trabalho – para uma injeção, a segunda – isso significa que vou perder [ela está dura como madeira] uma das pernas. E isso, depois da *Ode à marcha a pé*[33]! Sim, amigo, esta é a prova de sua amizade por mim: estou atravessada de humanidade de ponta a ponta, quer dizer, provoco compaixão e exijo isso do outro [não para mim, para ele!] e se não a encontro – vou-me**. Se a palavra abscesso lhe suscita uma careta de desgosto, saiba de antemão que estou sorrindo: *sorriso do juiz*.)

Você me pergunta qual minha comida preferida. Será que é importante? *Detesto* a *kacha*, todas elas, menos a de trigo sarraceno, e, mesmo em Moscou, em 1920, no auge da fome – *não comia painço*. Mas, de um modo geral, sou muito sóbria e simples, como de tudo e entendo pouco do assunto, coisa que, durante nossa amizade, amargurava muito Mírski (comedor apaixonado e *gourmet*, como são freqüentemente as pessoas solitárias), que me levava aos melhores restaurantes – secretos,

---

* Às vésperas do suicídio, em Elábuga, há testemunhos escritos de que o mesmo tipo de dor nas pernas acometeu MT. (N. de T.)

[33] Poema de MT escrito entre 1931 e 1933.

** Trocadilho entre *nakhoju* ("eu encontro") e *ukhoju* ("vou-me"). (N. de T.)

para conhecedores – de Paris e de Londres. – "Você *fala* o tempo todo! exclamou ele um dia, consternado, – e para você tanto faz o que come: poderiam lhe servir *feno*!" – Mas nada de painço. – Jamais jogarei fora o menor pedaço de pão e se houver migalhas – no forno e no fogo. Um pedaço no lixo é MONSTRUOSO, tanto quanto o pãozinho virado ao contrário ou uma faca – enfiada no pão. Por isso, em casa, acham que sou sovina (os restos), mas *sei* que é outra coisa. Esse lado despretensioso vem de meu pai e de minha mãe: ela não teria aceitado, não teria concordado em ter *um prato favorito*, e ele (absolutamente – à maneira dos protestantes e dos espartanos!) nunca desconfiaria que alguma comida pudesse NÃO ser favorita.

Se como carne? *Maravilhosamente*, ou seja, "devoro" de bom grado – quando posso, e quando não posso – passo sem. (*Tudo* em minha relação com o mundo exterior, ou seja, com tudo o que pode me acontecer aqui de bom, com tudo o que há de bom – está no *sem* – nessas palavras: "passo sem" e, mesmo agora, posso dizer que, na verdade: – passei sem.)

"O Discípulo" foi escrito (para quem tinha, então, 62 anos e hoje está com 75) para o príncipe Serguei Mikháilovitch Volkónski (o neto do decabrista, o escritor) que nunca leu esses versos – e eu jamais *me atrevi*, aliás, ele não teria compreendido: existem pessoas muito profundas e muito refinadas e dotadas, mas a quem os versos atrapalham (compreender). Ele ama muito os poetas e os cita constantemente, mas – de um outro modo (não os cita de um outro modo – mas os ama de modo diferente). Temperamento *latino*. Ficamos amigos em Moscou, em 1921, e durante seis meses copiei para ele – por puro entusiasmo e gratidão por seu manuscrito – três livros grossos – COM ESTA LETRA, sem escrever uma *única* linha minha – não tive tempo – e, depois, de repente, surgiu "O Discípulo" na coletânea O ofício[34].

[*Acrescentado à margem, no verso da folha:*]
(Procure *Existir e ser*[*] de S. Volkónski e lá você encontrará uma longa introdução dedicada a mim. Então você compreenderá nossa amizade – "O Discípulo" – e tudo. O livro é acessível e pode ser encontrado em bibliotecas.)

Das minhas obras longas você não conhece o "Poema do fim" (acho que ele está na coletânea praguense *O arco*, de 1924). Foi, pelo visto, meu último amor, isto é, o primeiro e o último *daquela espécie* (absolutamente, não o mais sublime), talvez, inclusive – completamente jacente, tirando daí sua força. Oh, não tenha maus pensamentos, é um mundo inteiro, muito forte, apenas – ele está embaixo, topograficamente, linearmente embaixo, sem desprezo algum: – o mundo DO PLANO – mais calmo que a água, mais *baixo* que a grama[35] – um mundo *de beatitude*! no qual *nunca* vivi, no qual somente me imagino, pois ele é o que há de mais baixo, o nível mesmo do que está embaixo – o mar, e – pode ser – mais baixo que o nível, passando – o nível: *o caro abismo do sonho.*

Seus sonhos são tão corretos que chegam a assustar. Sempre (quando estou pela primeira vez com alguém querido) falo muito-muito e olho de lado. Este (evitar) é meu traço fundamental, meu signo pessoal. Mesmo o velho príncipe Volkónski

---

[34] O ciclo "O Discípulo" abre a coletânea *O ofício*.
[*] Em russo, *byt i bytié*. (N. de T.)
[35] Provérbio russo correspondente a "não fazer onda".

uma vez me disse: "Não falo *de você* – em primeiro lugar, você está fora de qualquer julgamento, em segundo lugar – você só fala *de perfil*". (Ele acabara de falar da necessidade de olhar para o interlocutor diretamente nos olhos. Às vezes, também olho assim – mas, então, não vejo *nada*, vejo – outra coisa, enfim – atravesso com o olhar.)

Sim, Clamart fica longe, mas Revel – fica ainda mais longe.

Assim, alivio seus ombros de...

A Torre de Babel de meus pobres escritos,
O pequeno vulcão – de minhas cartas e de outrem...

– de toda a montanha, meu amigo, de todas as montanhas, até a pequena colina de Tarussa...

Faço isso amigavelmente e até mesmo – maternalmente. (Conforme a moda caucasiana, parece que você poderia ser meu filho? Sim, minha filha fará 22 anos neste outono!)

Sem me ofender nem me decepcionar – *como sempre*.

Até mais ver – numa carta. *O ofício* é, com certeza, um *remoinho*, não – um novo cotovelo do rio ou, quem sabe, um DESDOBRAMENTO do veio criador. Não há remoinhos em minha vida. O processo é o mesmo da floresta e do rio: o crescimento, talvez?

M. T.

[*Acrescentado de atravessado na folha*:]
Em mim sempre coexistiu, me foi dado conjuntamente, desde o começo, desde os meus dois anos de idade, desde meu nascimento, desde antes de meu nascimento, desde o germe de projeto de minha mãe, que queria, decidira, ter um filho, Aleksandr (é por isso que me tornei... poeta e não poetisa). É por isso, você tem razão, que a cronologia não convém, mas, mesmo assim, ela é – a bengala do andarilho.

Não se esqueça também de que *Psiquê* é o único de meus livros a ser realmente uma COLETÂNEA, ou seja, foi composto por mim em função dos atributos do lirismo (romantismo) puro, feminino mesmo – a partir de livros e de épocas diferentes. *Não* é uma etapa, mas um balanço. Não incluí, por exemplo, todo o elemento russo, popular, que era meu naquela época – e oh, quão passado, agora!

É muito simples: Grjébin havia-me encomendado, em Moscou, em 1921, um pequeno livro. Compus, então, *Psiquê*, escolhi os poemas entre uma quantidade *enorme* de material inédito, escrito entre 1916 e 1921. Disso obtive um certo aspecto de minha *persona*, *aquele*, exatamente. (De um modo geral, seria possível tirar de mim ao menos *sete* poetas, sem falar dos prosadores, do nascimento da prosa, desde o pensamento mais árido até a pintura mais diversificada em cores. É por isso que sou realmente difícil de ser englobada, de ser apanhada – como um *todo*. No entanto, a chave é simples. Basta acreditar, basta compreender, coisa que – é um milagre.)

De aceitar.
[*Acrescentado à margem esquerda*:]

Não deixarei, numa próxima carta, de falar do artigo que você escreveu na *Terra virgem*[36], não precisa me lembrar nem me apressar: comigo nada se perde.

[*Acrescentado no alto, à margem, no verso da folha:*]
É bom que você tenha sonhado conosco num passeio, ou seja, caminhando. Eu só fico sentada para escrever: fazê-lo quando estou com alguém é um peso insuportável para mim. Sempre levo as pessoas – para fora de casa.

Eis alguns outros trechos retirados das cartas a Ivask.
No dia 12 de maio de 1934, ela descreve-lhe seus gostos literários:

E – parece que o último é o mais verdadeiro de todos – no mundo, não amo o mais profundo, mas o mais alto; por isso, mais que o sofrimento russo me é cara a alegria goethiana, e, mais que a agitação russa – *aquela* solidão.

Ela evoca aqueles que considera seus verdadeiros parceiros em poesia (8 de março de 1935):

Entre os que se igualam a mim em força, só encontrei Rilke e Pasternak. O primeiro – por escrito, seis meses antes de sua morte, o outro – sem vê-lo. Oh, não apenas em força – poética! Força *como um todo* + força poética. (De criação verbal.) Pois, *para mim*, não pode existir força *como um todo* sem força verbal. Para mim (em mim e nas minhas exigências), trata-se – de uma coisa só. *Não* posso me imaginar *muda* – como também a Rilke – ou a Pasternak.

---

[36] O artigo de Ivask dedicado a MT foi publicado em versão reduzida na coletânea *Terra virgem*.

Em resposta a uma outra pergunta de Ivask (11 de outubro de 1935):

"O elemento popular"? Eu mesma sou o povo e, fora de mim mesma, não conheci povo nenhum. Nem mesmo uma babá russa eu tive (tive alemãs, francesas e passei no exterior parte da infância – até a adolescência) e não vivi na *aldeia* russa – nunca.

Nem sempre ela é delicada com seu correspondente; é assim, por exemplo, que ela comenta outro texto que Ivask lhe dedicou (25 de janeiro de 1937):

Sobre algo tão vivo como eu e como o que é meu deve-se escrever *de forma viva*. Você, ao contrário, atribuiu a mim (nesse artigo sem salvação) toda a sua argúcia, todo o seu peso morto. Aquilo tudo não germinará na cabeça de alguém que ame minha poesia (e não germinou). De uma maneira geral, minha poesia não vem da cabeça e não é destinada à cabeça, aqui, é a voz do povo – voz divina e concordarei mais com o primeiro que amar minha poesia e logo se emocionar – que com você. [...] Você não tem o sentido da vida, do que é vivo, do que nasceu. Do que é mais simples. Você vive procurando – como é feito. Ora, o segredo é muito mais simples – [explica-se pelo] *nascimento*.

11
Escrever em francês

MT adquiriu bom domínio do francês e do alemão durante a infância graças aos preceptores e às estadas, com a família, na Suíça de língua francesa e na Alemanha. O uso que ela fará dessas duas línguas em seus escritos não será o mesmo. Sua prática pública do alemão é ligada a Rilke: as cartas que ela lhe escreve são redigidas em alemão, bem como as que ela escreve, mais tarde, à amiga Nanny Wunderly-Volkart ou à filha dela, Ruth. Quanto ao francês, às vezes ela se diverte escrevendo nessa língua a seus correspondentes russos (como, por exemplo, a Mikhail Feldstein, em 20 de setembro de 1913). Ela realiza também, em 1916, a tradução de um romance francês, A nova esperança, de Anna de Noailles, que será publicado em São Petersburgo, na revista Os Anais do Norte, naquele mesmo ano.

Pelo fato de morar na França a partir de 1925, MT recupera o domínio da língua francesa. O primeiro testemunho disso é uma carta dirigida à própria Anna de Noailles, por ocasião da publicação de uma de suas coletâneas poéticas, A honra de sofrer. MT não leu o livro exatamente, mas uma resenha sobre ele feita pelo crítico Maurice Martin du Gard na revista Les Nouvelles Littéraires*, e está irritada com o que lhe parece ser a preferência do crítico pelos poemas mais antigos da autora. Assim, então, ela escreve:

A Anna de Noailles:

Meudon (S.-et-O.), 2 avenue Jeanne-d'Arc**
Le 19 mai 1927.

Chère Madame,
Je n'ai pas lu L'honneur de souffrir *et, ne l'ayant pas lu, voici ce que j'en pense. C'est votre dernier livre et comme dernier le plus près de celui à venir, ainsi – votre presque-plus grand. C'est vous du dernier coup de minuit qui sonne: vous de déjà-demain.*
L'honneur de souffrir. Si vous aviez mis Le bonheur de souffrir, *M. Martin du Gard serait content (pourquoi pas* Contentement de souffrir?, *voilà une de ces jolies contradictions dont il vous reproche le manque). Mais vous n'auriez jamais mis* Le bonheur de souffrir. *Anna de Noailles de ses premiers livres aurait pu mettre –* La rage de souffrir. *Un peu plus tard –* L'orgueil de souffrir. *Mais Anna de Noailles d'après-guerre n'aurait su rimer* Souffrance *qu'à* Honneur.
(Bonheur et Souffrir. Comme si bonheur correspondait à souffrir. Bonheur ne correspond qu'à soi-même: suffire. Le Bonheur de suffire – voilà ce qu'il veut au lieu de l'Honneur de Souffrir. Bonheur de suffire... à M. Martin du Gard!)

---

* *Notícias Literárias*. (N. de T.)
** Reproduzimos aqui a carta em francês de MT a Anna de Noailles por ela conter uma série de expressões *sui generis* só apreciáveis no original. A tradução aparece a partir da p. 463. (N. de T.)

L'Honneur de Souffrir. Froid. Casque de Pallas sur front blessé. Double froid de front et de casque. (Noailles: casquée, jamais masquée. Vous qui savez le pourquoi d'une rime...) Si j'ai dit Noailles d'après-guerre – ce n'est pas primement à la Grande Guerre que je pense, c'est à la guerre grandissime: grande guerre de la vie, de Dieu en nous à l'homme en nous, et le dieu est vainqueur. Mais la grande guerre y est aussi pour quelque chose: reflet de métal.

Votre livre, Madame, ne sera jamais aimé. C'est bien l'heure de vous dire: "Ils ne te comprendront pas, Jean-Jacques", comme ils ne t'ont jamais compris (aimer n'est pas comprendre, puisque aimer est prier et prier est ne comprendre pas) – puisqu'ils n'ont jamais été toi (moi) – c'est au grand moi, divers et unique de Jean-Jacques, de Noailles, de toute grandeur que je parle – (pour cela ce toi, je saurai bien retrouver le vous!) – puisqu'un des meilleurs "jeunes hommes" (c'est bien lui Les Thibault? *Attristant) – ce Martin du Gard, n'a su trouver dans vos premiers livres que des "conseils" (vous – et conseil!) sinon vraiment de vie, du moins de plaisir. Imbécile (passez-moi le mot) qui vous a crue – poète – sur parole, lue – poète! au pied de la lettre, sans vous retraduire dans votre langue où toute chose n'est qu'un nom et n'est qu'une: passion, dans sa beauté double. "Il est possible, et c'est ma limite, que je juge de* L'honneur de souffrir *avec l'âge que j'avais (qu'ils son vieux, leurs jeunes yeux d'enfant!) lorsque les poèmes de Mme. de Noailles donnaient à la jeunesse..." Martin, tu es resté en nourrice, Madame a grandi. (Vous avez été nourrie au sein même de l'Etna, vous! Etna: mère nourricière. Etna: tombe d'Empédocle.) Martin, tu me fais penser à une petite chrestomathie pour enfants, où l'auteur vous reproche gentiment de ne pas vous être penchée ("penchée"... pourquoi* pas à quatre pattes!) vers l'enfance, qui regrette en vous le poète qu'elle n'a pas eu.

Madame, vous allez rire!

Mes livres, je les fais pour vous, les jeunes hommes,
Et j'ai laissé dedans...

Eh bien, l'Honneur de Souffrir – c'est la pomme qui s'en va, c'est les dents seules qui restent. Bébé pleure sa pomme qu'il a tout bêtement, tout bébément prise pour la pomme du goûter, quand c'était celle de la Vie et de la Mort.

Vie et Mort. Ces – pour vous noms, pour lui – mots – se recontrent aussi dans son... article (quelle tristesse que cette grande revue sale avec tant de protraits de bonshommes) – et qui n'en finit pas (revue) et qui n'en finissent pas (bonshommes), quelle insulte à votre unicité, à votre nom de désert et de cime, seul toujours parce que unique. Quelle fosse commune de la gloire.

Vie et Mort. "Et voilà qu'elle n'aime plus ni vivre ni mourir et qu'elle a découvert le néant." Jeune homme, puisque néant est précédé de le, il est quelque chose. Puisqu'elle a l'a découvert – il est. Et encore – ne serait-il pas, – puisque c'est elle... (Ah, Madame, le bel... article, non! le tout à dire sur Néant et Noailles. Si je pouvais vous dire dans votre langue.) Puisqu'il est (Néant), c'est encore la vie (et la mort). Amour du Néant. Se sentir ne plus sentir. Se sentir ne se sentir plus. Voilà la contradiction innée et natale que vous (Martin) déplorez si sottement de ne plus trouver dans les strophes du poète. Si vous aviez dit: "et voilà qu'elle n'aime plus rien...", vous auriez eu raison au courant de votre phrase, mais votre phrase aurait menti. Vous avez – et c'est un peu de noblesse – préféré faire une mauvaise phrase et dire vrai. Car elle l'a découvert, le Néant, comme Francesco Pizarro le Mexique!

Raison. – Petite interruption. – C'est le premier mot qui m'a sauté aux yeux, qui m'a empoigné aux yeux, après votre nom, et sans lire, Madame, l'oreille (physiquement!) dressée: "Ah! Voilà ce qui en est. Voilà qu'on lui reproche la raison, après lui avoir reproché (tout en l'admirant) sa passion. Et passion de raison, cela n'existe donc pas (de raison, de formule, de l'Absolu enfin!)".

Chère Madame, c'est l'histoire de nos premiers livres. Le roman du lecteur avec notre premier livre, – oh l'ancienne histoire! C'est l'histoire – toute récente – du plus grand des grands – de Rainer Maria Rilke, qui en s'en allant, nous a laissé son meilleur – Duineser Elegien – doucement déploré par toutes "les âmes bien nées" (c'est le pauvre Martin que je cite) comme trop... détaché, trop inimagé (pour cela inimaginable), trop, toujours ce trop qu'ils ne reconnaissent jamais – et auquel (Duineser Elegien) elles (bien nées – mort-nées) préféreront toujour Buch der Bilder l'ayant – sur parole: Bilder – cru simplement un livre d'images – Bilderbuch – comme le triste petit jeune homme mentionné la pomme. Vie – pomme – dessert.

Ah! ils veulent toujours qu'on les berce, qu'on les amuse, – effraye un peu et console beaucoup.

(Le roman du lecteur avec notre premier livre. Savez-vous, Madame, que la mère de R. M. R[ilke], vivante, à Vienne, ne lui a jamais pardonné tous les suivants, commençant par le second – puisque déjà tellement meilleur! Savez-vous que R. M. R. ayant mère (soixante-dix ans) grand-mère (quatre-vingt-dix ans) fille (trente ans) petite-fille (cinq ans) est mort seul, que personne d'entre elles n'est venu le reconduire. (Si vous l'aimez je peux vous faire parvenir son testament inédit, en vous priant – saintement – de ne le communiquer à personne.)

Et pourtant – *avec tout leur* amour, *ils ne parviendront pas à nous en dégoûter, de notre premire livre. Il a eu sa raison (nécessité) d'être. C'était la forme exacte de notre souffle (cri* – *sanglot* – *soupir d'alors). Mais* notre *premier livre n'a jamais été leur (notre) premier livre! Pour eux: promesse de faire comme fait, pour nous promesse (du dieu à nous, d'en-nous à nous!) de faire* – *mieux? non* – *ah, nous avons un beau mot en russe, ni mieux, ni pis* – pushche – *intradusible* – *crescendo* plus dans le sens de la force.

La force, voilà ce qu'il vous reproche, le Jeune homme innombrable, la force *jamais charme, jamais masque, la* Force – *face et casque.*

Votre livre que je lirai, Madame, et que j'aime non parce que je crois en vous, mais parce que je vous sais, *vous non d'hier ou d'aujoud'hui, vous toujours d'*à venir, *ne fait ni rêver ni pleurer, ni aimer, ni même penser* – *puisqu'il* l'est, pensé! – *puisqu'il est* pensée *(formule). Il ne fait rien. Formule de la force.*

Marina Zwetaewa

"... *On ne demandait pas mieux que de lire une somme de ses expériences de déesse...*" Reproche de celui qui ayant espéré une déesse, *n'a trouvé que* la déité.

[Meudon (S.-et-O.), 2 avenue Jeanne-d'Arc
19 de maio de 1927.

Cara Senhora,
Não li seu *L'honneur de souffrir* [A honra de sofrer] e, sem tê-lo lido, aqui vai o que penso dele. Trata-se de seu último livro, e, por ser o último, o mais próximo daquele que virá a seguir e portanto – o seu quase-maior. É a Senhora do *último* toque da meia-noite que soa: a Senhora do que já é amanhã.

A honra de sofrer. Se a Senhora tivesse escrito *Le bonheur de souffrir* [A felicidade de sofrer], o Senhor Martin du Gard teria ficado contente (e por que não o *Contentement de souffrir* [Alegria de sofrer]?, eis aqui uma daquelas belas contradições cuja falta ele recrimina). Mas a Senhora nunca teria escolhido *A felicidade de sofrer*. Anna de Noailles jamais poderia ter escrito em um de seus primeiros livros *La rage de souffrir* [A raiva de sofrer]. Um pouco mais tarde – *L'orgueil de souffrir* [O orgulho de sofrer]. Mas Anna de Noailles do pós-guerra jamais saberia fazer rimar Sofrimento com outra coisa que não Honra.

(Felicidade e sofrer. Como se felicidade correspondesse a sofrer. Felicidade corresponde somente a si mesma: satisfazer. A felicidade de satisfazer – eis o que ele quer em vez de Honra de Sofrer. Felicidade de satisfazer... o Senhor Martin du Gard!)

A honra de Sofrer. Frio. Elmo de Palas sobre a testa ferida. Frio duplo, da testa e do elmo. (Noailles: *armada*, jamais *mascarada*. A Senhora que conhece o porquê de uma rima...) Se mencionei a Noailles do pós-guerra – não é porque eu pense primeiramente na Grande Guerra, mas na guerra grandíssima: grande guerra da vida, de Deus em nós contra o homem em nós, e é Deus que sai vencedor. Mas a grande guerra está ali, inclusive por outra coisa: o reflexo dos metais.

Seu livro, Senhora, nunca será amado. É bem a hora de dizer-lhe: "Eles não compreenderão você jamais, Jean-Jacques", como, de fato, jamais compreenderam (amar não é compreender, pois amar é orar e orar é não compreender) – uma vez que eles nunca foram você (eu) – é ao grande eu, outro e único de Jean-Jacques, de Noailles, todo ele grandeza, que falo – (e, por isso, este *você*; mas eu saberei achar o *Senhora*!) – uma vez que um dos melhores "jovens" (é ele o mesmo dos *Thibault*? Lamentável[1]) – esse Martin du Gard não soube encontrar em seus primeiros livros mais que "conselhos" (Senhora – e conselho!) e, se não verdadeiramente vida, ao menos, prazer. Imbecil (perdoe-me a expressão) é quem a acreditou – poeta – a leu – como poeta! ao pé da letra, sem traduzi-la em sua língua, em que todas as coisas não passam de um nome e de uma paixão, em sua dupla beleza. "É possível, e este é o meu limite, que eu julgue *A honra de sofrer* pela idade que eu tinha (como são velhos seus olhos jovens de criança!) quando os poemas de Anna de Noailles davam à juventude..." Martin, você ficou com a babá, a Senhora cresceu. (A Senhora foi mesmo alimentada no colo de Etna? Etna: mãe que alimenta. Etna: o túmulo de Empédocles.) Martin, você me faz pensar numa pequena antologia para crianças em que o autor chama sua atenção gentilmente por não ter-se inclinado ("inclinado... e por que não com as quatro patas?!) para a infância, que sente falta, em você, do poeta que ela jamais teve.

---

[1] MT confunde Maurice Martin du Gard com seu primo Roger, autor de *Os Thibault*.

A senhora vai rir!
Meus livros eu os faço para vocês, rapazes
E eu deixei lá dentro...[2]

Pois bem, a Honra de Sofrer – é a maçã que se vai, são apenas os dentes que ficam. O bebê chora por sua maçã, que ele ingenuamente tomou por uma maçã a ser saboreada; na verdade, era a maçã da Vida e da Morte.

Vida e Morte – para a Senhora são nomes, para ele – palavras – que se encontram igualmente em seu... artigo (pena que uma revista grande como essa se suje com tantos retratos de bons homens) – que nunca tem fim (revista) e que nunca têm fim (bons homens); que insulto à unicidade da Senhora, a seu nome de deserto e de altura, sempre sozinho porque único. Que vala comum da glória.

Vida e Morte. "E eis que ela não ama mais viver nem morrer e que ela descobriu o nada." Meu jovem, já que o nada se encontra precedido do artigo *o*, ele é alguma coisa. Uma vez que ela *o* descobriu – ele *existe*. E, além disso – não seria por acaso – uma vez que se trata *dela*... (Ah, Senhora, o belo... artigo, não! o *todo* a ser dito sobre *Nada* e Noailles. Se eu pudesse dizê-lo à Senhora em sua língua.) Uma vez que ele *é* (Nada), ainda é a vida (e a morte). Amor pelo Nada. Sentir-se não mais sentir. *Sentir-se não mais se sentir*. Aí está a contradição inata e *natal* que você (Martin) tão simploriamente deplora não mais encontrar nas estrofes do poeta. Se você tivesse dito: "e eis que ela *não* ama mais *nada*...", você teria razão no decurso de sua frase,

---

[2] Extraído do poema "L'offrande" [A oferenda] da coletânea *Éblouissement* [Deslumbramento] (1907) de Anna de Noailles, que continua assim:
Como fazem as crianças que mordem as maçãs,
A marca de meus dentes.

mas sua frase teria mentido. Você preferiu – e isso é um pouco de nobreza – fazer uma frase ruim e dizer a verdade. Pois ela o descobriu, o Nada, tal como Francisco Pizarro, o México[3]!

Razão. – Pequena interrupção. – Esta é a primeira palavra que me saltou aos olhos, que capturou meu olhar, depois de seu nome *e, sem ler*, Senhora, [minhas] orelhas (fisicamente!) arrebitadas: "Ah! Então é isso! Eis que lhe reprovam a razão, depois de lhe haverem reprovado (mesmo admirando-a) sua *paixão*. E, *paixão da razão*, isso não existe (paixão da razão, da fórmula, do Absoluto, enfim!)".

Cara Senhora, é a história de nossos primeiros livros. O romance do leitor com nosso primeiro livro – oh, a velha história! E a história – atualíssima – do maior dos maiores, de Rainer Maria Rilke, que nos deixou o melhor dele – *Duineser Elegien*[4] – deplorado suavemente por todas "as almas bem nascidas" (estou citando o pobre Martin) como demasiado... distante, demasiado sem imagens (por isso inimaginável), *demasiado*, sempre esse *demasiado* que eles *nunca* reconhecem – e ao qual (*Duineser Elegien*) elas (bem nascidas – natimortas) preferirão sempre *Buch der Bilder*, considerando-o pela palavra: *Bilder* – tido simplesmente como um livro de imagens – *Bilderbuch* – tal como o jovenzinho mencionou a maçã. Vida – maçã – sobremesa.

Ah! eles querem sempre que a gente os embale, que a gente os divirta – que os assuste um pouco e os console bastante.

(O romance do leitor com nosso primeiro livro. A Senhora sabe que a mãe de R. M. R[ilke], que vive em Viena, nunca lhe perdoou os outros livros, a começar pelo segundo – pois ele já

---

[3] Hernan Cortés conquistou o México, e Francisco Pizarro, o Peru.

[4] *Elegias de Duíno*, livro de Rilke. *Das Buch der Bilder* [O livro das imagens], do mesmo autor. *Bilderbuch*, "livro de imagens".

era tão melhor! A Senhora sabe que R. M. R., que tinha mãe (setenta anos), avó (noventa anos), filha (trinta anos), neta (cinco anos), morreu sozinho, sem que nenhuma delas fosse acompanhá-lo? (Se a Senhora gosta dele, posso enviar-lhe seu testamento inédito, com o pedido – santo – de não comunicá-lo a ninguém.)

No entanto, com todo o *amor* que eles têm, jamais conseguirão fazer com que nós deixemos de gostar de nosso primeiro livro. Ele teve razão (necessidade) de existir. Era a forma exata de nosso sopro (grito – soluço – suspiro de então). Mas *nosso* primeiro livro jamais foi o (nosso) primeiro livro deles! Para eles: promessa de fazer como se faz, para nós, promessa (de nosso deus, de *em-nós* para nós!) de fazer – melhor? Não – ah! temos uma bela palavra em russo, nem melhor, nem pior, mas – *púchtche*[*] – intraduzível – *crescendo mais no sentido da força.*

A força, eis o que lamenta na Senhora o Jovem inumerável, *a força*, nunca charme, nunca máscara, a Força – rosto e elmo.

Seu livro, que lerei, Senhora, e do qual eu gosto não por crer na Senhora, mas por *sabê-la* não a Senhora de hoje ou de ontem, mas a do que sempre *virá*, que não faz nem sonhar, nem chorar, nem amar, nem mesmo pensar, pois ele *existe pensado!* – pois é *pensamento* (fórmula). Ele não faz nada. Fórmula da força.

Marina Zwetaewa

"... Não pedíamos nada mais que ler um conjunto de suas experiências de deusa..." Censura de quem, esperando uma *deusa*, só encontrou a *deidade*.]

---

[*] Em russo, *púchtche* significa "mais que", "mais". (N. de T.)

Como resposta, MT receberá de Anna de Noailles uma fotografia assinada pela autora.

Na mesma época, MT faz uma primeira tentativa para ser publicada em francês: ela procura despertar o interesse de La Nouvelle Revue Française [A Nova Revista Francesa] ou da revista Commerce [Comércio] (onde foram publicadas traduções de poemas de Pasternak) por textos inspirados pela morte de Rilke no final de 1926: "Tua morte"; a tentativa de MT não será bem-sucedida e o texto só aparecerá em russo. Ela tenta, também, publicar numa das duas revistas algumas traduções de poemas seus – mas o projeto também não terá êxito.

MT lê bastante em francês: ela descobre, em particular, a obra de Proust, que admira sem reservas, conforme escreve à amiga Salomé Andrónikova-Halpern, em 14 de março de 1928:

> Agora leio Proust. Depois do primeiro livro (*Swann*), leio com facilidade, como se fosse meu, e penso o tempo todo: ele tem *tudo*, o que falta?

Há situações em que ela está em companhia de franceses: muitas vezes fala-se de literatura, mas ela não se sente à vontade. É isso que ela escreve à mesma correspondente, em 28 de maio de 1929:

> É um tédio com os franceses! Ou, quem sabe – com os homens de letras franceses! E, ainda por cima, com os parisienses! Se eu fosse um francês, apostaria no camponês bretão. – Conversas sobre Balzac, Proust, Flaubert. Todos sabem tudo, compreendem tudo e não podem nada (o último que pôde – e que não pode mais[*] – é Proust).

---

[*] Trocadilho entre *smógchi* ("que pôde") e *isnemógchi* ("que se esgotou", "que não pode mais", "que sucumbiu"). (N. de T.)

Vivendo sob o fogo

Graças à iniciativa de Vsiévolod de Vogt será criado em Paris, em 1929, um grupo que procurará promover a comunicação entre escritores russos e franceses: os Entretiens littéraires franco-russes [Encontros literários franco-russos]. Entre 1929 e 1930 realiza-se uma dezena de reuniões mensais das quais participam, do lado francês, autores como Benjamin Crémieux, René Lalou e Jacques Maritain. MT está presente especialmente naquelas em que se discute Tolstói (janeiro de 1930), Proust (fevereiro de 1930) e Gide (março do mesmo ano). Eis aqui a transcrição de uma de suas intervenções[*], em 25 de fevereiro de 1930. MT intervém depois da exposição do filósofo religioso B. P. Vicheslávtsev; ela está indignada com a mornidão de seus comentários:

Eu gostaria de responder a meu compatriota, Senhor Vicheslávtsev.

Ao falar do "mundo pequeno" de Proust, o senhor Vicheslávtsev se esquece de que não há mundo pequeno: o que há são olhos pequenos...

Quanto à ausência de grandes problemas, a questão, na arte, não é a de colocar grandes problemas, mas a de dar grandes respostas. Proust inteiro é resposta: revelação.

Quanto à citação "dom de ver a superfície das coisas" eu teria dito, antes: "o *sofrimento* das coisas".

Ao comparar Proust à geração russa de antes da guerra, o Senhor Vicheslávtsev se esquece de que o fato de se tomar chá, dormir de dia e passear à noite não tem absolutamente nenhuma relação com a arte. Do contrário, seríamos todos uns Proust.

---

[*] Originalmente escrita em francês. (N. de T.)

O grande feito de Proust foi o de ter encontrado sua vida escrevendo, enquanto a geração russa de antes da guerra a havia perdido falando.

Entre outras coisas, fiquei tristemente tocada pela banalidade dos exemplos de sensibilidade fornecidos pelo Senhor Vicheslávtsev. Todos nós aspiramos um frasco de perfume e admiramos uma tarde de outono. Em relação a Proust, ele poderia ter achado e escolhido algo melhor.

Em um texto publicado em 1933, ela lembra-se de outro encontro literário onde teve novamente ocasião de defender a obra de Proust:

Quando, em qualquer reunião literária francesa, ouço uma série de nomes, menos o de Proust, digo, numa surpresa inocente: "*Et Proust?*" – "*Mais Proust est mort, nous parlons des vivants*"* – toda vez é como se eu caísse das nuvens; a partir de qual critério se estabelece que um escritor está vivo ou morto? Será realmente que X está vivo, contemporâneo e ativo pelo fato de poder vir a esta reunião, enquanto Marcel Proust está morto porque suas pernas não podem levá-lo a lugar nenhum? Só os corredores podem ser julgados assim.

É em 1930 que MT assume a tarefa de traduzir um de seus poemas para o francês. Trata-se de O jovem [em francês, Le gars], ilustrado com desenhos de Natália Gontcharova. Durante esse trabalho, ela entra em contato com o crítico Charles du Bos e com o poeta Charles Vildrac, autor do livro Le verslibrisme [O versilivrismo] (1901) e que

---

* Em francês, no original: "E Proust?" – "Mas Proust está morto, nós falamos dos vivos". (N. de T.)

encontrara Pasternak em Moscou, em 1929. Ela escreveu-lhe várias vezes, como mostra o rascunho que segue de uma ou duas cartas (que datam, provavelmente, de outubro de 1930)*.

Caro Senhor,
Recebi sua carta e seu livro e se não lhe respondi antes foi por não querer interromper suas férias literárias. Mas, uma vez que o Senhor já voltou...
O Senhor me pergunta por qual motivo eu rimo?

Sou cristão
E tenho um cão
Que come pão
De manhã.

(Jacquot, filho de merceeiro do andar térreo, seis anos.) Se o autor dessa quadra tivesse dito: – Sou batizado, tenho um cãozinho ao qual dou de comer todos os dias – isso não me diria nada, nem a ele, nem a ninguém certamente: isso não *seria* nada. É isso aí. Aí está, Senhor, por que eu rimo.

Versos não rimados são (ou dão-me, com raras exceções, a impressão de) versos ainda a serem escritos: a intenção está lá – nada mais que ela.
Para que algo assim *dure* é preciso que seja canção, canção sendo ela mesma seu acompanhamento musical, acabada em si, sem dever nada a ninguém.

---

* Originalmente escrito em francês. (N. de T.)

(Por que eu rimo? Como se para rimar – houvesse um porquê! Pergunte ao povo – por que ele rima. À criança – por que ela rima. E aos dois – o que é *rimar*.)

... Aqui vai, quem sabe, uma tentativa de resposta a sua leve censura quanto [*falta uma palavra*] do som em detrimento da palavra e do sentido em meus versos.

Caro amigo, ouvi e confiei nisso durante a vida inteira. O Senhor acertou em cheio, à primeira vista (audição!), mesmo não conhecendo nada de mim. O Senhor tem sido mais [*falta uma palavra*] que os outros, pois colocou frente a frente não apenas o som e o sentido, mas (terceira potência!) o som e a palavra. É por isso que sua censura – em vez de me indignar – ou de me entediar – ou de me entristecer – interessa-me como matéria de discussão em que eu poderia apreender mais. (*Escrevo para compreender* – é tudo o que posso dizer sobre meu ofício.)

Caro Senhor, não é meu *Gars*, não sou eu mesma, é minha causa, *uma causa* que defendo. Não confunda, então!

Se o Senhor me indicar um ou outro trecho obscuro – ou mal acabado – ou que soe mal – eu só poderei ser-lhe grata – principalmente em virtude de minha condição de estrangeira. Posso rimar mal – concordo, mas que a rima seja em si um mal – com isso jamais poderei concordar.

(Oh, sobretudo, não se ofenda! Se me empolgo dessa forma – é porque confio –)

Seu livro. Sabe que ele me lembra bastante Rilke, o Rilke

dos *Cadernos* [*de Malte Laurids Brigge*]. Seu livro⁵ – um coração desnudado, sem a defesa da forma, seu livro – dito, não escrito e conseqüentemente sentido, *ouvido*, não lido. Reli-o três vezes. Há muito de mim em seu livro (o fato de acreditar na palavra!), reconheço-me quase em todas as páginas, principalmente em "Ser um Homem" – e, principalmente, em:
"E se tu fores um dia aos que têm ouro – "
E, principalmente, em:
"Sem que estremeça a voz, dizendo: *sirvam*"
principalmente neste *sirvam* que tem, aqui, o peso de um substantivo, que eu teria colocado em itálico e que li como se estivesse em itálico.

("A Senhora está *servida*", aquela que o diz e a aquela que o é não pensam nunca nisso, mas o Senhor – eu – poetas – ouvido agudo – nós pensamos por elas: – servida por minhas duas mãos – suas duas mãos preguiçosas e cheias de diamantes – por essas duas minhas etc. É isso mesmo?)

"Une auberge" [Um albergue] é bem Rilke, "Histoires du bon Dieu" [Histórias do bom Deus], *seu* dentro das coisas. Se digo Rilke – isso significa fraternidade. Fazer como Rilke é impossível, nasce-se, *é*-se Rilke. Nesse *Livro de amor*, o Senhor é seu irmão em humanidade, seu "irmão humano...", seu irmão-árvore, irmão-lobo.

E aquilo que me toca – não sei mesmo dizer por quê, nem faria questão de sabê-lo, é essa palavra *gentil*, *gentille* [masc. e fem.], que de vez em quando volta, essa palavra tão humilde e tão inusitada em verso.

---

⁵ A coletânea de poemas *Livre d'amour* [Livro de amor] (1910) que ele parece ter enviado a MT.

... Eis um cavaleiro sem cavalo!
Nessa linha, sua escolha na vida – ou antes da vida – está feita.
Tem um cavalo quem quer, tem um breviário quem quer, mas ser (cavaleiro, padre...) sem tê-los – é o orgulho ou a recusa suprema.
Como eu o conheço bem, este cavaleiro sem cavalo.

Até mais ver, caro Senhor, decida-se se quer me encontrar. Se eu não lhe tivesse enviado meu manuscrito, me sentiria em relação ao Senhor tão livre quanto diante de seu livro: alma a alma (admire estes três *a*!), mas – pelo fato de lhe haver pedido que me leia – constranjo-me e é por isso que vou me calar até que o Senhor fale.

MZ

... Não lhe parece e não é estranho que eu tenha me dirigido, eu, rimadora apaixonada, entre todos – ao Senhor, inimigo altaneiro da rima? E não teria sido mais simples (?) ter levado meu *Gars* ao campo amigo (se é que existe) dos *rimadores*?

Em primeiro lugar e sempre: meu instinto procura, encontra e cria sempre obstáculos, ou seja, cria-os por *instinto*: na vida como nos versos.

Assim – eu tinha razão *segundo mim mesma*.

Em segundo lugar, entre nós dois existem laços familiares: Rússia, Pasternak e, sobretudo, acima de tudo – Rilke – que, conforme soube por sua carta – o Senhor também escolheu entre todos – a ele, a quem posso chamar simplesmente o Poeta. Não: a Poesia.

De modo que – eu tinha razão mais uma vez – *segundo ele*. Isso tudo para lhe dizer que irei com muito gosto, na próxima terça-feira às quatro, à rua de Seine, número 12.

P.S.: Sua gentil quadrinha sobre a tia que ao varrer o soalho encontrou uma laranja é cheia de sentido e de sol: domingo: um sol magnífico! Soalho: parquete claro! Laranja: *laranja!* – e a velha tia com a touca como Marat em sua banheira – mas lá vou eu – e irrito o Senhor.

P.P.S.: O meu Jacquot não sabe nenhum cântico pelo fato de os seus pais serem pagãos e de ele ir à escola comunal. É a rima (a necessidade de rimar com "cão") que o cristianizou. Começa-se por dizer, termina-se por fazer (ser).

Esses dois P.S. – são um pouco para rir: para fazê-lo sorrir.

P.S. 3º: Aquilo por onde eu deveria ter começado: esse cão existe de fato, Zig, devorador de imundícies.

O relacionamento com Vildrac encerra-se logo; MT escreve em seu caderno, depois de haver transcrito a carta acima:

Não deu em nada a amizade com Ch. Vildrac: não saiu da amizade. Nós nos correspondemos – a respeito de meu *Gars* – ninguém convenceu o outro – ninguém mudou de opinião – sou um poeta, ele – não (ele *também* é poeta – *à ses heures** – e

---
* Em francês, no original: "Nas horas dele". (N. de T.)

eu – nenhuma hora *sem*), nos encontramos várias vezes – no salão, com os convidados – na sala de jantar, com a família – e, depois, aquilo foi terminando – pouco a pouco. Nada sobrou.

As tentativas de publicar Le gars em francês não dão em nada. Na NRF *ela encontra Brice Parain, conforme conta à amiga Salomé em 3 de março de 1931 (cf. também a carta à Lomonóssova, capítulo 12):*

Le gars (em francês) jaz [em minhas mãos] – puseram-me em contato com Parain (talvez você o conheça? É um sovietófilo, *Nouvelle Revue Française*, casado com uma colega minha de escola, a Tchalpánova. Fui lendo, lendo e no fim confirmou-se: não ama a poesia (N. B.! *apenas os artigos!*) e não tem nenhuma relação com ela (apenas com os artigos!). Assim, fui embora, depois de ter perdido meu dia.

Ela completa sua descrição numa carta a Nanny Wunderly-Volkart, em 6 de março de 1931:

Sobre *Le gars* francês, apenas um eco: "É algo novo *demais*, incomum, fora de qualquer tradição e nem sequer é surrealista". (N. B.! Que Deus me livre disso!)

Em julho de 1931 ela recebe igualmente uma resposta negativa da revista Commerce. *Suas tentativas de verter para o francês as cartas de Rilke tampouco obtêm êxito.*

Ao mesmo tempo, ela tenta estabelecer outros contatos, como, por exemplo, com Jean Chuzeville, poeta e tradutor do russo, que ela havia encontrado em Moscou em 1909 e de quem ela espera obter aju-

da para entrar no mundo editorial francês. Ela lhe escreve na véspera de Natal, em 1930*:

Caro Jean Chuzeville,
Você ainda se lembra de mim? Você era jovenzinho, nós éramos jovens. Em Moscou. Era Natal e havia neve. Você escrevia versos. Eu escrevia versos. Nós os líamos à senhorita Elena Guedvillo[6].

Você gostava de Francis Jammes, eu gostava de Edmond Rostand. Mas nos entendíamos bem. A senhorita Guedvillo gostava dos versos e da juventude.

Quando cheguei a Paris, em 1925, não procurei ninguém – de minha mocidade. Todo passado é passado; aquele lá, então (Guerra, Revolução) era o passado absoluto, total, por não haver nunca existido.

Mas nunca ocorreu-me também ouvir mencionarem seu nome sem a visão de: Moscou – neve – Natal – óculos – juventude – visão logo traduzida em um sorriso que colocava entre mim e meu interlocutor uma distância maior que aquela que existe entre 1909 e 1930. Colocava-o ao lado de minha mocidade, o interlocutor ficava fora.

Caro Jean Chuzeville, quando a Senhora Gorodiétski[7] me transmitiu suas lembranças, tive um sentimento – não tenha-

---
* Originalmente escrito em francês. (N. de T.)
[6] Professora de francês de MT na primeira série do colegial.
[7] Jornalista e professora russa de Paris, autora de uma entrevista com MT publicada em 1931.

mos medo das grandes palavras, sempre menores diante de nossas sensações – de ressurreição: não da sua, da minha própria, de mim, em suma.
    Algo sem testemunhas jamais existiu.
    Eu – sou a coisa sem testemunhas.

Caro Jean Chuzeville, a regra de minha vida tem sido (sem que eu o tenha desejado) fazer mal a mim mesma, mais mal do que bem. Principalmente com minhas cartas. Sempre quis ser eu mesma, eu inteira – freqüentemente não era preciso mais que isso.
    Assim, pode ser que eu faça mal a mim mesma neste momento, escrevendo-lhe esta carta, em lugar de outra – amável e "simples" e nula...

Caro Jean Chuzeville. Já é Natal. Venha visitar-me. Moro no subúrbio – Meudon – escreva-me quando, para que possa esperá-lo.
    Aqui está o percurso: tome o bonde nos Invalides – ou na ponte de l'Alma – ou no Champs de Mars – ou em Mirabeau – desça em Meudon-Val Fleury – atravesse a passarela – suba a avenida Louvois e – sem dobrar nem à direita nem à esquerda, você estará exatamente diante de minha casa – 2, avenue Jeanne-d'Arc – primeiro andar à esquerda – bata.
    Por volta das quatro horas, de preferência.

Você verá minhas crianças, você viu-me criança.
M. Z.

Natal 1909 – Natal 1930
Moscou – Meudon

Uma vez que a língua francesa passa a ocupar um lugar cada vez mais importante em seu quotidiano, MT começa, então, a escrever em seus cadernos ora em russo, ora em francês. Aqui vão alguns trechos de suas notas francesas, redigidas entre junho de 1932 e maio de 1933.

Quando nasci, os lugares todos estavam tomados. Pode ser que o tenham sido sempre, mas apenas para quem o sabe.
Logo, só me restava o céu – aquele com o qual os aviões nada têm a ver. (2. aquele que nenhum avião alcança.)

Não esqueça nunca que a cada instante de sua vida você está no extremo limite do tempo e que em cada ponto do globo (lugar que seus dois pés ocupam) você está nos últimos limites do horizonte.

É você – o extremo limite do tempo.
É você – o extremo limite do horizonte.
Melhor: – É você – o extremo limite do tempo.
   É você – os confins do horizonte.
14 de junho de 1932. Clamart.

Quando vi na tela, recentemente, o reboliço na China — reconheci minha *vida*.
Pobres chineses! Pobre de mim!
Demasiados barcos. Demasiada água.

Toda a peça do mundo é representada por quatro, cinco personagens — sempre os mesmos.
A juventude não passa de uma roupa que passamos um para o outro. Não. Os uns e os outros é que são a roupa que reveste e abandona, e repõe e abandona a juventude eterna.

Meu amor nunca passou de um desligamento do objeto — desligamento em dois sentidos: distanciar-se e tirar as marcas. Começo por distanciá-lo — de tudo e de todos, depois, uma vez livre e sem marcas, eu o abandono — à sua solidão e à sua pureza.

O prazer mais vivo de minha vida tem sido o de ir rápida e sozinha, sozinha e rápida.
Meu grande galope solitário.

As francesas não têm vergonha de usar decotes (expor o peito) diante dos homens, mas têm de fazê-lo sob o sol.
(*Toilletes* à noite e roupas fechadas em pleno verão.)
                                                       14 de junho de 1932.

No dia de meus quarenta anos vou anotar em destaque: Quarenta anos de nobreza.

A criação lírica nutre os sentimentos perigosos, mas apazigua os gestos. Um poeta é perigoso somente quando não escreve.

Julho-agosto de 1932.

ANONIMATO DA CRIAÇÃO FEMININA

Não são as mulheres, é uma mulher, sempre a mesma, é o grande Anonimato feminino, o imenso Desconhecido feminino (o imenso *Mal* conhecido...*).
Nós nos reconhecemos ao menor sinal, sem o menor sinal.
... Reivindico meu direito de escritora, ela, gênero feminino, e mudo, há tanto tempo mudo.
Quando uma mulher escreve, ela o faz por todas as que se calaram – mil anos, e ainda se calam – e se calarão.
São elas que escrevem por meio dela.
– Quantas coisas eu não teria compreendido se tivesse nascido homem.
– E quantas coisas você teria compreendido.
– Quais? Tudo aquilo que um homem pode fazer, as mulheres (ou, ao menos, algumas) – a mulher – o fez: Joana d'Arc (guerra), Sônia Kovaliévskaia (matemática), ou poderá fazê-lo

---

* Trocadilho entre *inconnu* ("desconhecido") e *méconnu* ("desconhecido, mal conhecido, mal apreciado"). (N. de T.)

um dia, pois não vejo como a música (caso me censurem pela ausência de um Beethoven feminino) possa ser mais distante da mulher – que a matemática.

Um homem jamais poderá escrever as *Cartas de uma religiosa portuguesa*[8].

Apenas um o fez – Rilke, mas quem haverá de atribuir a palavra *homem* a ele, mesmo no sentido de *humano*?

Julho-agosto de 1932.

Joana não pertence nem à Igreja nem ao Estado: o Estado (Carlos VII, seu "gentil Roy" [Rei] de memória vil) abandonou-a, a Igreja queimou-a.

Joana não pertence nem à Igreja, nem à Pátria (Sociedade), nem mesmo à Cristandade – nem ao Universo. Joana pertence às vozes (que pertencem a Deus). Se suas vozes houvessem dito a ela: – Renega teu gentil Roy, passe para os ingleses – ela o teria feito.

(N. B.! 1938 – Não: ela teria renegado suas vozes: "*Essas vozes não são as minhas*".)

Ninguém tem direito de autor sobre Joana: a fé (versão da Igreja) não comporta o gênio militar, e o gênio militar não comporta a santidade.

Joana tinha fé, *portanto*, ela comandava as tropas – bobagem.

Joana amava seu país, por isso ela ouvia vozes – bobagem versão Michelet – ainda mais tola.

---

[8] Hoje se acredita que esse texto do século XVII possa ter sido escrito por um homem.

Vivendo sob o fogo

Um milagre só se explica por outro milagre.
Estamos seguros de nós mesmos apenas quando sabemos que atrás de nós há algo maior que nós.
Quando essa coisa é Deus somos infalíveis.
A voz que comanda dá também os meios (gênio militar).
A grandeza de Joana está em sua fidelidade (a fidelidade de seu *ouvido*).
– Joana é um valor pessoal?
O que é o valor pessoal? Ele existe? No que se manifesta?
Todo alto valor é impessoal.
A própria perseverança – não seria um dom?

... Santa Joana – fato e *é* menos que Joana.
Nossa Joana-das-Vitórias (Estado) – fato e *é* menos que Joana.
Ninguém tem direito de autor sobre Joana, nem direito de propriedade.

A *fé* de Joana não é nada, suas vozes são *tudo*.
24 de outubro de 1932.

A poesia é (para começar) um estado de espírito e, para não terminar, *um modo de ser* infalivelmente transposto para a escrita.

Entre "que eu desejaria" (escrever) e "não penso não" (*idem*) há todo o abismo que existe entre o diletante e o mártir.

22 de novembro de 1932.

O que importa, para o poeta, não é descobrir o lugar mais distante, remoto. Mas o mais verdadeiro.

Todos os meus esforços na vida ativa são os esforços de um náufrago que não sabe nadar.
– Nenhuma vela –

1º de dezembro de 1932.

A liberdade é a nossa reação a um estado de coisas que não escolhemos. Nunca é escolha, nunca é vontade.

Liberdade na fatalidade – (talvez *da* fatalidade) que nós não conhecemos a não ser em sonho, onde nunca nos opomos a nada, onde toleramos *tudo*, permanecendo *nós*.

Na vida, opomos a ela (à liberdade) nossa vontade, nossas pobres decisões, tão "parciais". Livre[*] como num sonho: sim, onde tudo é ditado, presumido de antemão.

Livre de ter medo, livre de sofrer etc.

Liberdade de suportar.

Nada posso mudar no curso dos acontecimentos – que quietude – que força.

N. B.! Os acontecimentos de nossos sonhos são os elementos do nosso ser, não censurados pela razão.

---

[*] Às vezes há concordâncias insólitas no francês de MT. (N. de T.)

Sonho freqüentemente que vêm me matar. Logo, quero ser morta, o eu obscuro, desconhecido de mim mesma, conhecido somente e sempre reconhecido nos sonhos. O único válido, meu mais velho, meu eterno.

Nas grandes horas de minha vida é apenas ele quem decide.

Logo –

Nada posso mudar no curso de meus *elementos*, no curso do [*falta uma palavra*] etc. que, todos juntos, me fazem, fazem minha alma.

Quero viver com a alma.

A maneira pela qual suportamos nosso mal de viver – eis a nossa liberdade.

8 de abril de 1933.

Então, tudo isso: sol, trabalho, entes queridos – então, tudo isso de nada vale por si *só*, somente para mim, o estado de meu dente (ou de meus pulmões etc.).

Abro um livro – não, não tenho nenhuma vontade de saber o que você pensa, de ver o que você vê.

Abro a janela – a mesma coisa.

Tudo isso é para os outros, aqueles que permanecem.

(N. B.! Todos partem antes, eu, por mim – partiria *bem* antes.)

A única coisa que resta é o desejo de dar prazer, como ontem, quando fui procurar uma bola para Mur (Uni-Prix) e buscar o relógio de S. (que nunca fica pronto) – é o dever (uma vez que não se deseja nada) de dar prazer.

Tenho certeza de que antes de morrer terei mais um pensamento – e mesmo muitos – completamente desinteressante (não sentimos mais o prazer que damos) para cada um dos meus e, talvez, para alguns outros. Sem experimentar nada pessoalmente que não fosse um pouco de afastamento em relação àqueles que ainda têm vontade de alguma coisa.

A poesia (a música, o pensamento) só pode ajudar no caso de uma morte violenta, antinatural, como um veredicto de morte ou uma inundação/um navio que soçobra (e assim por diante!).

Uma morte na qual ainda se está cheio de forças da alma e do corpo, uma morte-*vida* (aqueles que morreram lendo e *dizendo* Blok).

Mas uma morte no leito, uma morte sofrida – nem música, nem poesia, nem crianças – nada adianta para ela.

Não há mais nada.

Afinal, para que serve tudo o que se faz [*falta uma palavra*] pena e pessoalmente: todo o meu trabalho de mais de vinte anos, de toda a minha vida?

Para entreter os saudáveis que não ligam.

1º de maio de 1933.

A gente se aproxima, se assusta, desaparece.

Entre se aproximar e se assustar, alguma coisa se produz invariavelmente e irremediavelmente – o que será? Minhas cartas? Eu as envio tão raramente, tão – nunca.

E minha grande seriedade? Mas rio tanto – por amabilidade.

Minhas exigências? Não exijo absolutamente nada.
O medo de me prender demais? Não é isso que afasta.
O tédio? Pelo que consigo ver, eles não têm ar de entediados.
Desaparecimento súbito e total. Ele – desaparecido. Eu – só.
E é invariavelmente a mesma história.
Deixam-me. Sem uma palavra, sem um adeus. Vinham – não vêm mais. Escreviam – não escrevem mais.
Eis, então, que estou no grande silêncio, que nunca rompo; ferida de morte (ou de vida, o que é a mesma coisa) sem haver nunca compreendido nada – nem como, nem por quê.

7 de maio de 1933.

Entre o sexo e o cérebro, situados nas extremidades de nós mesmos, há o centro, a alma, onde tudo se cruza, se une e se funde e de onde tudo sai transfigurado e transfigurador.

Na mulher, ainda há o ventre: as entranhas, a maternidade ilimitada que muitas vezes lhe serve de alma e que, às vezes, a substitui definitivamente.

Tenham receio do cérebro e do sexo desunidos, sem a ponte, sem o arco-íris da alma, com o grande vazio entre eles, superado pelo mesmo grande salto mortal da sexualidade à racionalidade.

Tenham receio do homem que tem "colegas" e "amantes".

Não é Casanova, é *ele* quem a abandona e a fere mais mortalmente.

Tenhamos receio do homem que age nas horas certas.

A única mulher não maternal que amei é Marie Bachkírtsev – "não maternal": morta aos 24 anos!
"Casar e ter filhos? Mas qualquer engomadeira pode fazer o mesmo!"

Grito orgulhoso de uma pequena menina-gênio, grito *diante* da vida, *diante* do amor, grito da amazona nórdica que todas nós, russas, éramos.

Conheci uma delas que, por não querer ter filhos aos 22 anos, em plena saúde e beleza, e que – além disso – não suportava o homem (conformação física e moral), – morreu aos trinta, em plena beleza, de tuberculose, por querer ter um.

Não julguemos antes... antes do fim, do leito de morte.

Leito de amor, leito de morte.

(É possível que nenhum poeta francês ainda não o tenha dito?)

20 de maio de 1933.

Em 1932, MT conhece Natalie Clifford Barney, mulher do mundo e escritora, cantora do amor sáfico; parece que MT teve ocasião de ler Le gars, em versão francesa, em seu salão (sem sucesso algum). Quando entra em contato com os textos de Barney, MT dirige-lhe uma longa carta em francês sobre as relações entre maternidade e homossexualidade feminina; trata-se da "Lettre à l'amazone" [Carta à amazona]. Pouco depois, MT retoma as cartas que havia endereçado a Vichniák, em 1922, as traduz e adapta para o francês, dando a essa obra epistolar o título de Neuf lettres avec une dixième retenue et une onzième reçue [Nove cartas com uma décima não enviada e uma décima primeira recebida]. Nenhum dos dois textos é editado na França. Ao visitar a Bélgica, em 1936, MT tenta uma vez mais publicá-los, porém, são igualmente rejeitados. MT envia cartas a vários correspondentes franceses que aparentemente não responderam, como o poeta Pierre Mac Orlan ou, em 1935, o historiador Octave Aubry, autor de obras sobre Napoleão, Kaspar Hauser entre outras. Assim ela lhe escreve, em particular:

Je ne veux pas de ce déchirement: que deux êtres d'une seule race: lyrique *(la seule que j'honore et à laquelle j'ai l'honneur, le bonheur et le malheur d'appartenir – pieds et poings liés) – puissent penser – non sentir différemment dans une chose, non:* cause *si visiblement une. Le monde, et vous devez le savoir, et vous le savez déjà, est partagé en deux camps: les* lyriques *et les* autres, *tous les autres, qu'ils soient bourgeois, commerçants, savants, hommes d'acte et même* écrivains. *En deux camps seulement: et vous, votre* Napoléon à Sainte-Hélène, *le duc de Reichstadt, Gaspard Hauser, Wasserman et moi qui vous écris – sont du même. [...]*
Je sens que je vous dis trop, mais trop a toujours été la mesure de mon monde intérieur.

[Não quero este dilaceramento: que dois seres da mesma raça, *lírica* (a única que respeito e pela qual tenho honra, felicidade e infelicidade de pertencer – pés e mãos amarrados) – possam pensar – não sentir diferentemente uma coisa, não: *causa*, tão visivelmente una. O mundo, você deve sabê-lo, encontra-se dividido em dois campos: *os líricos* e os *outros*, todos os outros, sejam eles burgueses, comerciantes, sábios, homens de ação e mesmo *escritores*. Em dois campos somente: e você, o seu *Napoleão em Santa Helena*, o duque de Reichstadt,

Kaspar Hauser, Wassermann[9] e eu que lhe escrevo – somos o mesmo. [...]
Sinto que estou lhe dizendo demasiado, mas a medida de meu mundo interior tem sido sempre o demasiado.]

Nesses mesmos anos MT redige, em francês, algumas Memórias autobiográficas: Um incidente a cavalo *(1934),* Meu pai e seu museu *(1936). Ambas não serão publicadas. Em 1935, envia a seu amigo Mark Slónim um poema escrito em francês, "La neige" [A neve], para que saia na* Antologia da poesia soviética *(1918–1934), publicada nesse mesmo ano pela Gallimard. Ela apresenta o poema como sendo a tradução de um original escrito em 1923, mas tudo leva a crer que se trata de um novo texto que ela acabara de escrever.*

As últimas tentativas de MT para ser publicada em francês ligam-se às traduções de poemas de Púchkin que ela faz em 1936 por ocasião das celebrações do centenário da morte do poeta (1837). As dificuldades encontradas, ela as relata à amiga Teskova, em 26 de janeiro de 1937.

Há, enfim, as traduções francesas das seguintes obras: o Canto retirado do "Festim em tempo de cólera", "O Profeta", "Para minha ama", "Pelas margens da pátria longínqua", "Adeus ao mar", "Encantamento", "Indícios" – e ainda uma outra série (completa) que não consigo colocar de nenhum jeito em parte alguma. Em todo lugar – um muro: "Nós já temos traduções". (Em prosa e – *horríveis.*) Ontem, na comemoração francesa na Sorbonne, leram fragmentos de *Deus sabe o quê.*

---

[9] Jacob Wassermann dedicou um livro à história de Kaspar Hauser, o homem selvagem.

Traduzidos por "uma senhorita encantadora" e "pela esposa de um certo senhor" – pessoas que nada têm a ver com poesia. Slónim ofereceu minhas traduções ao professor Mazon – sem dúvida você o conhece – ele costuma ir a Praga – e ele respondeu: – "Mais nous avons déjà de très bonnes traductions des poèmes de Pouchkine, un de mes amis les a traduits avec sa femme...".*

E é – professor. Uma autoridade no assunto, parece.

Na mesma época ela teria enviado uma carta, a esse respeito, para Paul Valéry; eis aqui um trecho dela**:

Dizem que Púchkin é intraduzível. Por que será? Cada poema é a tradução do espiritual em material, de sentimentos e pensamentos em palavras. Se foi possível fazê-lo uma vez, traduzindo o mundo interior em signos exteriores (o que beira o milagre!), por que não seria possível transformar um sistema de signos em um outro? É muito mais simples: na tradução de uma língua para outra, o material é dado pelo material, a palavra pela palavra, o que é sempre possível.

Ao mesmo assunto é dedicado o rascunho de sua carta a André Gide, escrita na manhã seguinte à comemoração na Sorbonne, dia 27 de janeiro de 1937.

---

* Em francês, no original: "Mas nós já temos traduções muito boas dos poemas de Púchkin, um de meus amigos os traduziu com sua mulher...". (N. de T.)

** Originalmente escrita em francês. (N. de T.)

Monsieur André Gide[*],

Celle qui vous écrit est un poète russe, celui dont vous avez eu les traductions entre les mains. J'y ai travaillé pendant six mois – deux cahiers de brouillon de deux cents pages chacun – et plusieurs de ces poèmes ont jusqu'à quatorze variantes. *Le temps n'y fait rien – si, quand même, un peu – peut-être bon pour le lecteur, mais je vous parle en confrère car le temps c'est le travail qu'on y met.*

Ce que j'ai surtout voulu – c'est de suivre Pouchkine le plus près possible, sans le suivre en esclave, ce qui m'aurait infailliblement fait rester derrière le texte du poète. *Et chaque fois que je voulais me réduire à l'esclavage – le poème y perdait.* Un exemple entre tant:

   – vers, écrits...   *Pour ton pays aux belles fables*
                           Pour les lauriers de ta patrie
                           Tu délaissais ce sol fatal
                           Tu t'en allais m'ôtant la vie.

   Strophe 4:   *Tu me disais: – Demain, mon ange,*
                           Là-bas, au bout de l'horizon,
                           Sous l'oranger chargé d'oranges
                           Nos cœurs et lèvres se joindront.

Traduction textuelle: Tu me disais: À l'heure de notre rencontre – Sous un ciel éternellement bleu – À l'ombre des olives

---

[*] Aqui também, devido a uma série de explicações da poética de MT, consideramos importante a transcrição do original. A tradução aparece a partir da p. 498 (N. de T.)

– *les baisers de l'amour* – Nous réunirons, mon amie, à nouveau. Donc, en prose française:

À l'ombre des olives nous unirons, mon amie, nos baisers à nouveau.

D'abord, *en russe comme en français, on* unit *les lèvres en un baiser et non pas* le baiser, *qui* lui *est l'union des lèvres.*

Donc, Pouchkine, gêné par la versification, prend ici une "liberté poétique", que moi, traducteur, suis en plein droit de ne pas prendre, même – ne suis en aucun droit de prendre.

Second. Pouchkine parle d'oliviers, ce qui, pour un Nordique, signifie Grèce et Italie. Mais moi qui écris français pour des Français, dois compter avec la France, pour laquelle l'olivier est: Provence *(voire –* Mireille!*). Que veux-je? Donner l'image du Midi lointain, d'un midi étranger. Donc, je dirai* oranger *et* orange.

1 Variante:

> Tu me disais: sur une rive
> D'azur, au bout de l'horizon
> Sous l'olivier chargé d'olives
> Nos cœurs et lèvres se joindront.

Mais l'olivier donne l'idée d'un autre accord que l'accord amoureux: de l'accord amical, ou bien de l'accord de Dieu avec l'homme, ... jusqu'à la SDN.

Et aucunement l'accord amoureux (l'union amoreuse).

Secundo: le fruit de l'olive est petit et dru, tandis que l'orange, elle, est toujours unique et donne infiniment mieux la vision de la nostalgie (russe: toskà) amoureuse.

Vous me comprenez?

Encore un détail: l'oranger, comme le citronnier, n'existe pas en russe en un seul mot: l'arbre oranger, l'arbre citronnier.

Donc Pouchkine n'a pas voulu donner un arbre de Midi, voire Midi dans un arbre, n'a pas eu le choix et a pris le mot étranger "olivier" qu'il a transformé en mot russe "oliva". Si l'oranger avait existé, il aurait sûrement pris l'oranger.

Donc:

>   Tu me disais: – Demain, cher ange,
>   Là-bas, au bout de l'horizon,
>   Sous l'oranger chargé d'oranges
>   Nos cœurs et lèvres se joindront.

Cher ange *n'est pas dans le texte, n'est pas dans ce texte-ci, mais c'est le langage de toute l'époque, tous et toutes étaient tant qu'ils s'aimaient: Cher ange, même entre femmes, entre amis: Cher ange! Un mot sans sexe, un mot d'âme, sûrement prononcé par la jeune femme que Pouchkine reconduisait pour ne jamais la revoir. Et encore un petit détail qui vous fera sourire peut-être.*

Pouchkine n'était pas beau. Il était plutôt laid. Petit, la peau brune, les yeux clairs, les traits nègres – vivacité de singe – (c'est ainsi que l'appelaient les étudiants qui l'adoraient) – eh bien, André Gide, j'ai voulu que ce cher singe-nègre soit appelé pour la dernière fois par ma bouche : cher ange. Cent ans après – pour la dernière fois – Cher ange.

En lisant les autres traductions je suis parfaitement tranquille sur la liberté que j'ai prise.

Et voici un exemple de ma non-liberté:

Adieu à la mer. Verset 6:

Vivendo sob o fogo

> *Que n'ai-je pu pour tes tempêtes*
> *Quitter ce bord qui m'est prison!*
> *De tout mon cœur te faire fête,*
> *En proclamant de crête en crête*
> *Ma poétique évasion.*

Traduction textuelle: Je n'ai pas réussi à quitter à jamais – Cet ennuyeux, cet immobile rivage – Te féliciter de mes ravissements – Et diriger par-dessus tes crêtes – Ma poétique évasion.

Transcription première et tentante:

> *Que je n'ai pu d'un* bond d'athlète
> *Quitter ce bord qui m'est prison...*

*Pouchkine était un athlète, de corps et d'âme, marcheur, nageur etc. infatigable. (Un de ceux qui le mettront en bière: – C'étaient des muscles d'*athlète *et non de* poète.*)*

Il adorait l'éphebe. *Ceci aurait été un trait* biographique.

Secondement: bond *et* bord. *Vision tentante du demi-dieu enfin libéré, quittant le bord d'un bond, d'un seul bond – qui le mettait au milieu de la mer et de la liberté. (Vous me comprenez car vous le voyez.)*

Un Pouchkine, retenu par toute la stupidité du sort, du Tzar, du Nord, du Froid

– se libérant d'un bond.

Et, troisièmement (et ceci n'est en moi que troisièmement): le son; l'assonance des mots: bond *et* bord, *cette* presque-rime.

Eh bien, André Gide, j'ai résisté à la tentation, et, humblement, presque banalement:

Que n'ai-je pu pour tes tempêtes
Quitter ce bord qui m'est prison!

Car: 1) *athlète couvre tout, toute la strophe, – nous l'avons terminée que l'athlète bondit encore* – mon *athlète couvre tout le poète de Pochkine,* mon Pouchkine *– tout le Pouchkine. Lui, Pouchkine, – et je n'y ai point droit.* Je dois, j'ai dû *– le ravaler.*

Secondement: Ceci est un poème romantique, le plus romantique que je connaisse, ceci est le Romantisme même – Mer, Esclavage, Napoléon, Byron, Adoration, et le Romantisme ne comporte ni vision *ni mot d'*athlète. *Le Romantisme, c'est surtout et partout –* Tempête. Donc, *renonçons.*

(Ceci a été un des plus grands renoncements de ma vie de poète, je le dis en toute conscience, car j'ai dû renoncer pour un autre.*)*

Cher Gide, ma lettre est devenue longue, je ne l'aurais jamais écrite à un autre poète qu'à vous.

Parce que vous aimez la Russie, parce que vous nous connaissez un peu, et parce que mes poèmes sont déjà entre vos mains, sans que je les y ai mis, – car c'est un pur hazard (que je préfère écrire para z).

Pour vous orienter un peu sur ma personne: il y a dix ans – j'ai été amie avec Vera, la grande et gaie Vera, alors nouvellement mariée et alors parfaitement malheureuse.

Je suis et je reste la grande amie du Poète Boris Pasternak, qui m'a dédié son grand poème 1905.

Je ne crois pas que nous ayons d'autres amis communs.

Je ne suis ni blanc ni rouge, je n'appartiens à aucun groupe littéraire, je vis, agis et travaille seule et pour les êtres seuls.

Je suis la dernière amie de Rainer Maria Rilke, sa dernière joie, sa dernière Russie (sa patrie choisie)... et son dernier, son tout dernier poème
ELEGIE
für Marina
que je n'ai jamais rendu public parce que je hais les choses publiques. (Le monde – d'innombrables unités. Je suis pour chacun et contre tous.)

Si vous lisez l'allemand et si vous êtes celui à qui j'écris en toute confiance, je vous enverrai cette Élégie – alors vous me connaîtrez mieux.

―――――――

(Données officielles)
Ne connaissant pas le russe, vous ne pouvez que me faire confiance pour l'exactitude du texte russe, je ne veux pas que vous me fassiez confiance, donc je vous dirai que:
1. *Le Poète-Biographe-Pouchkiniste* Hodassévitch *(que tous les Russes connaissent)*
et le critique Weidlé
se portent garants *de l'exactitude de mes traductions.*

Au revoir, André Gide, renseignez-vous sur moi, poète, chez mes compatriotes – qui, du reste, m'aiment peu, mais m'estiment tous.

Nous savons ce que nous voulons – et valons.
Je vous salue fraternellement

Marina Zvétaïeff

P.S.: *Je ne suis plus jeune, ayant commencé très jeune c'est déjà vingt-cinq ans que j'écris, je ne suis pas une quêteuse d'autographes.*

D'ailleurs – vous pouvez même ne pas signer!

P.S.: *Ces traductions, presentées para le critique Weidlé à M. Paulhan, Rédacteur de la* NRF, *ont été refusées par ce dernier pour la raison qu'elles ne donnaient pas l'idée d'un poète génial et n'étaient, en tout, qu'un amas de lieux communs.*

S'il me l'avait dit à moi j'aurais répondu:

Monsieur Paulhan, ce que vous prenez pour des lieux communs sont les idées générales *et les* sentiments généraux *de l'époque, de tout le 1830 du monde: Byron, V. Hugo, Heine, Pouchkine etc.*

Alexandre Pouchkine, mort il y a justement cent ans, ne pouvait pas écrire comme Paul Valéry ou Boris Pasternak.

Relisez vos *poètes de 1830 et dites-m'en des nouvelles.*

Si j'avais fait un Pouchkine 1930 vous l'auriez accepté, – mais je l'aurais trahi.

[Senhor André Gide,

Quem lhe escreve é uma poeta russa, cujas traduções estão em suas mãos. Trabalhei nelas durante seis meses – dois cadernos de rascunho de duzentas páginas cada – e muitos desses poemas chegam a ter até *quatorze* variantes. O tempo nada significa – *claro*, mesmo assim, um pouco – pode ser bom para o leitor, mas eu lhe falo como parceira, pois o tempo é o trabalho que lhe dedicamos.

O que quis, acima de tudo, foi acompanhar Púchkin o mais de perto possível, não como escrava, o que teria me levado a ficar *atrás* do texto do poeta. E toda vez que eu queria me escravizar – o poema perdia. Um exemplo entre muitos:

– versos, escritos... Por teu país de tanta história
Pelos lauréis de teu país
Tu te afastavas sem memória
E me deixavas a languir*

Estrofe 4: Tu me dizias – Vamos, meu anjo.
Unir na linha do horizonte
Na laranjeira cheia de frutos
Nossos lábios e corações**.

Tradução literal: Tu me dizias: "Na hora de nosso reencontro – Sob um céu eternamente azul – À sombra das oliveiras – os beijos de amor – Nós reuniremos, de novo, minha amiga". Logo, em prosa francesa:
À sombra dos olivais, uniremos uma vez mais, minha amiga, *nossos* beijos.

---

* Trata-se de uma recriação da primeira quadra do poema de Púchkin: "Pelas margens da pátria longínqua/ Abandonaste a terra estranha/ Na triste hora, na hora inesquecível/ Chorei muito diante de ti".
Для берегов отчизны дальной
Ты покидала край чужой;
В час незабвенный, в час печальный
Я долго плакал пред тобой. (N. de T.)
** Trata-se da recriação da quarta quadra do mesmo poema: "Tu me dizias: 'No dia do encontro/ sob um céu eternamente azul/ À sombra dos olivais, os beijos de amor/ De novo, amor, reuniremos'".
Ты говорила: "В день свиданья
Под небом вечно голубым,
В тени олив, любви лобзанья
Мы вновь, мой друг, соединим". (N. de T.)

Em primeiro lugar, em russo como em francês, *unem-se* os lábios em um beijo, e não *o beijo*, uma vez que *ele* é a união dos lábios.

Portanto, Púchkin, levado pela versificação, toma aqui uma "liberdade poética" que, como tradutora, tenho pleno direito de não seguir e mesmo – não tenho direito nenhum de seguir.

Segundo. Púchkin fala de *oliveiras*, coisa que, para alguém do norte significa Grécia e Itália. Mas escrevo em francês, para franceses, e devo levar em conta o fato de que na França oliveira é *Provença* (veja-se *Mireille*[10]!). O que quero? Dar a imagem do longínquo Meridião, de um meridião estrangeiro. Logo, direi *laranjeira* e *laranja*.

1 Variante:
>Tu me dizias: numa beira
>Azulada, na linha do horizonte
>Sob as oliveiras carregadas
>Uniremos lábios e corações.

Mas a oliveira dá a idéia de um outro acorde que não o amoroso: o acorde de amigos, ou o acorde de Deus com o homem, ... até a SDN[11].

Mas de maneira alguma o acorde amoroso (a união amorosa).

Segundo: o fruto da oliveira é pequeno e compacto, enquanto a laranja é sempre única e dá infinitamente melhor a visão da nostalgia (russo: *toská*) amorosa.

---
[10] Título do poema provençal de Frédéric Mistral e da ópera de Gounoud composta a partir dele.
[11] Sociedade das Nações, precursora da ONU e existente entre as duas guerras.

O senhor me compreende?

Mais um detalhe: a laranjeira, tal como o limoeiro, não existe numa palavra só em russo: [diz-se] a *árvore* laranjeira e a *árvore* limoeiro.

Portanto, Púchkin não quis mostrar uma árvore do sul, ver o sul numa árvore; ele não teve escolha, pegou o nome estrangeiro "oliveira" e o transformou na palavra russa "oliva". Se a laranjeira existisse em russo, ele a teria certamente escolhido.

Logo:
>Tu me dizias – Vamos, meu anjo,
>Unir na linha do horizonte,
>Sob a laranjeira cheia de frutos
>Nossos lábios e corações.

Meu anjo não está no texto, não no texto de Púchkin, mas é a linguagem de uma época, de todos e todas que se amavam: Meu anjo, inclusive entre mulheres, entre amigos. Meu anjo! Uma palavra sem sexo, uma palavra da alma, pronunciada com certeza pela moça que Púchkin levava consigo para nunca mais revê-la. E mais um pequeno detalhe que talvez faça o Senhor sorrir.

Púchkin não era um belo homem. Era, antes, feioso. Baixo, tez escura, olhos claros, traços negróides – vivacidade de macaco – (assim o chamavam os estudantes que o adoravam) – pois bem, André Gide, eu quis que esse querido macaco-negro fosse chamado pela última vez pela minha boca: *meu anjo*. Lendo as outras traduções estou completamente tranqüila quanto à liberdade que tomei.

E, agora, um exemplo de minha não-liberdade.

Adeus ao mar. Estrofe 6:

> Não consegui por tua tormenta
> Deixar a margem que é prisão!
> De coração te fazer mimo
> E proclamar de cimo em cimo
> Minha poética evasão.

Tradução literal: Não consegui deixar para sempre/ Esta margem imóvel e entediante,/ felicitar-te com meus entusiasmos/ E dirigir por tuas cordilheiras/ minha fuga poética.
Transcrição primeira e *tentadora*:

> Não consegui, salto de atleta,
> Deixar a margem que é prisão...

Púchkin era um atleta, de corpo e alma, caminhante, nadador etc., infatigável. (Os que irão levá-lo ao túmulo: – Eram músculos de *atleta*, não de *poeta*[*].)
Ele adorava o *efebo*. Isso teria sido um traço *biográfico*.
Segundo: *bond* [salto] e *bord* [margem]. Visão tentadora de um semideus, finalmente libertado, deixando a margem num salto, num único salto – que o colocava no meio do mar e da liberdade. (O Senhor me compreende, pois pode vê-lo.)
Um Púchkin detido por toda a estupidez do destino, do Tsar, do Norte, do Frio

---

[*] Conforme versão corrente, o duelo em que o poeta perdeu a vida teria sido planejado pela corte. (N. de T.)

– libertando-se em um salto.

E, terceiro (e isso só é terceiro para mim): o som, a assonância das palavras: *bond* e *bord*, essa *quase-rima*.

Pois bem, André Gide: *resisti* à tentação e humildemente, quase banalmente:

> Não consegui, por tua tormenta,
> Deixar a margem que é prisão!

Isso porque: 1) atleta cobre tudo, a estrofe inteira – quando a terminamos o atleta ainda salta – *meu* atleta cobre todo o poeta de Púchkin, *meu* Púchkin – Púchkin inteiro. Ele, Púchkin – e não tenho o direito. *Tenho de*, tive de – engolir.

Em segundo lugar: esse é um poema romântico, o mais romântico que *conheço*, é o próprio Romantismo – Mar, Escravidão, Napoleão, Byron, Adoração, e o Romantismo não comporta nem a *visão* nem a palavra *atleta*. O Romantismo é principalmente e em todo lugar – *Tempestade*, tormenta. Logo, *renunciemos*.

(Esta foi uma das renúncias de minha vida de poeta, digo-o em sã consciência, pois tive de renunciar *por um outro*.)

Caro Gide, minha carta ficou longa, eu não a teria escrito a nenhum outro poeta, a não ser ao Senhor.

Porque o Senhor ama a Rússia, porque nos conhece um pouco e porque meus poemas já estão em suas mãos, sem que tenha sido eu a colocá-los – pois é um puro *hazard** (que prefiro escrever com z).

---

* Em francês, *hasard* : "acaso", "azar". (N. de T.)

Para orientá-lo um pouco quanto a minha pessoa: há dez anos – fui amiga de Vera[12], a grande e alegre Vera, na época recém-casada e perfeitamente infeliz.

Sou e permaneço grande amiga do Poeta Boris Pasternak, que me dedicou seu grande poema *1905*.

Não creio que tenhamos outros amigos em comum.

Não sou nem branca nem vermelha, não pertenço a nenhum grupo literário; vivo, ajo e trabalho sozinha e *para os seres sozinhos*.

Sou a última amiga de Rainer Maria Rilke, sua última *alegria*, sua última Rússia (sua pátria de eleição)... e seu último, derradeiro poema

ELEGIE
für Marina

que nunca *tornei público*, pois odeio as coisas *públicas*. (O mundo – de inúmeras unidades. Sou por *cada um* e contra *todos*.)

Se o Senhor lê alemão e se for aquele a quem escrevo em toda confiança, eu lhe enviarei essa Elegia – e aí o Senhor me conhecerá melhor.

(Dados oficiais)

Por não conhecer o russo, o Senhor só poderá confiar em mim quanto à exatidão do texto naquele idioma; não quero que confie em minha palavra, portanto, eu lhe direi que:

---

[12] Vera Búnin, na época, amiga de MT.

1. O Poeta-Biógrafo-Puchkinista Khodassiévitch (que *todos* os russos conhecem)
e o crítico Weidlé[13]
garantem a exatidão de minhas traduções.

Até mais ver, André Gide, se quiser saber de mim, poeta, informe-se com meus compatriotas – que possivelmente me amam pouco, mas – todos – me estimam.
Sabemos o que queremos – e valemos.
Saúdo-o fraternalmente
Marina Zvétaiëff

P.S.: Não sou mais jovem; tendo começado a escrever muito moça, já faz 25 anos que escrevo, não estou à procura de autógrafos. Aliás, o Senhor pode inclusive não assinar.

P.S.: Essas traduções, apresentadas pelo crítico Weidlé ao Senhor Paulhan, redator da NRF, foram por este recusadas por não darem a idéia de um *poeta genial* e não passarem, em seu conjunto, de um amontoado de lugares-comuns.

Se ele tivesse dito isso a mim, eu teria respondido:
Senhor Paulhan, aquilo que o Senhor rotula como lugares-comuns são as *idéias gerais* e os sentimentos gerais da época, do 1830 mundial: Byron, V. Hugo, Heine, Púchkin etc.

Aleksandr Púchkin, morto exatamente há cem anos, não poderia ter escrito como Paul Valéry ou Pasternak.

Torne a dar uma espiada nos *seus* poetas de 1830 e dê-me notícias.

---

[13] Vladímir Weidlé, russo que morava e lecionava em Paris, ajudou MT na tentativa de publicar suas traduções de Púchkin.

Se eu tivesse feito um Púchkin *1930* o Senhor o teria aceito, mas eu o teria traído.]

Uma das traduções de MT, *Os demônios*, acabará saindo em uma publicação comemorativa, em 1937. *MT escreve em seu diário, em 26 de janeiro de 1937:*

A tentativa de publicar em algum lugar meu Púchkin francês: NRF e *Mesures* não o aceitaram: *Après tout, ça ne donne pas l'impression d'un poète génial: lieux communs...**.

Duas décadas antes (em 19 de março de 1919) ela escrevia algo semelhante:

V. Hugo. – "Lugares-comuns." – Sim, se o sol for um lugar-comum.

Cinco poemas de Púchkin traduzidos por MT serão publicados em maio de 1937 na revista dos dominicanos franceses *La vie intellectuelle* [*A vida intelectual*].

---

* Em francês, no original: "Afinal, isso não dá a impressão de um poeta genial: lugares-comuns...". (N. de T.)

12
Ser e existir

A falta de uma renda regular continua a pesar no quotidiano de MT e de sua família. Seus ganhos são bastante limitados, consistindo nos magros honorários recebidos pelas publicações nas revistas russas da emigração, na reduzida bolsa concedida pelo governo tcheco e na ajuda de amigos, coordenada por Salomé Andrónikova-Halpern. Há também o que Ália ganhava por tricotar – uma echarpe, um pulôver; quanto a Serguei, ele é incapaz de ganhar dinheiro.

Pasternak sabe da situação material da família e procura ajudá-la. Em 1928 ele encontra a ocasião. Uma senhora, conhecida dele, Raíssa Nikoláievna Lomonóssova (1888–1973) saíra havia pouco da Rússia Soviética. Ao partir, deixara pessoas que lhe eram próximas e que se encontravam em dificuldades financeiras, apesar de ela não ser desprovida de meios nos lugares onde passou a residir – primeiro na Itália e, depois, nos Estados Unidos. Pasternak pede-lhe que ajude MT, em troca da ajuda que ele dará aos seus, na Rússia. Estabelece-se, assim, a relação entre MT e Lomonóssova, que permanecem, entretanto, fisicamente distantes uma da outra. O acordo continuará até 1931.

Em uma de suas primeiras cartas, MT retrata a si própria e a sua família.

A Raíssa Lomonóssova:

Meudon (S.-et-O.)
2, avenue Jeanne-d'Arc
12 de setembro de 1929.

Cara Senhora Lomonóssova, (sinto dizê-lo, mas esqueci o nome de seu pai* – na conversa ele fluía normalmente, mas assim, abstraído, ele me escapa – em todo caso. Do *sobrenome*, lembro-me.) Que pena a Senhora não poder vir a Paris e que vergonha que eu só diga isso agora, seis meses depois.

Não se trata de minha maior ou menor "disposição" para escrever, mas da *ferocidade* da vida. Levanto às sete e deito às duas, às vezes às três horas da manhã – e o que há no intervalo? – a existência quotidiana: a roupa para lavar, a comida para preparar, o passeio com o pequeno (adoro meu filhinho, adoro passear, mas se passeio não posso escrever), louça, louça, louça, remendos, remendos, remendos – e também corte de novas roupas, eu que sou tão desajeitada! Muitas vezes, num dia inteiro – não consigo encontrar nem *meia hora* para mim (para escrever), uma vez que não se pode esquecer as pessoas: as visitas – ou as que precisam de você.

Em casa somos quatro: meu marido, com quem me casei quando ele tinha dezoito anos e eu dezessete[1], – Serguei

---

* Conforme é sabido, na Rússia, a regra de tratamento consiste do nome da pessoa seguido pelo patronímico. (N. de T.)

[1] Há um engano de MT quanto às respectivas idades: na verdade ela era um ano mais velha que o marido.

Iákovlevitch Efron, antigo Voluntário; da Moscou de Outubro até Gallípoli, invariavelmente atuante, a não ser quando ficou hospitalizado – (três ferimentos) – depois, estudante em Praga, discípulo de Kondákov (de quem a Senhora certamente ouviu falar: pintura de ícones, arqueologia, uma *sumidade* de oitenta anos) – e, hoje, um dos mais ativos – não quero dizer dirigentes, não porque ele não o seja, mas porque dirigente – não é a palavra exata, simplesmente – suprimamos "um dos" – o *coração* do movimento eurasiano. A revista *Eurásia*, única na emigração (e na Rússia), é projeto dele, obra dele, sua alegria, fruto de seu suor. Em alguma coisa, em muitos aspectos e principalmente na consciência, no sentido de responsabilidade, na profunda seriedade de sua natureza ele se parece com Boris, mas – é mais corajoso. Boris é, de algum modo, a manifestação feminina da mesma essência. Isso no que diz respeito a meu marido. Há minha filha – Ália (Ariadna), a filha de minha infância, que fará dezesseis anos em breve, *moça* maravilhosa. Não é uma *Wunder-Kind*, mas uma *wunderbares Kind*[2], que passou comigo todo o episódio soviético (1917–1922). Conservo notas (escritas por ela) de quando tinha cinco anos, desenhos e poemas dessa época (os poemas de quando tinha seis anos estão na minha coletânea *Psiquê* – "Poemas de minha filha", que muitos pensam serem meus, apesar de não parecerem absolutamente com os meus). Agora está mais alta que eu, bonita, tipo mais germânico – gênero *Kinder-Walhalla**. Possui dois dons: a palavra e o lápis (não ainda o pincel). Neste inverno (pela primeira vez em sua vida), estudou no ateliê de Natália Gontcharova, quer

---

[2] Em alemão, no original: "criança prodígio" e "criança maravilhosa".
* Em alemão, no original: crianças-Walhalla. (N. de T.)

dizer, Natalia permitiu que ela *fosse* lá. – Parece-se comigo e, ao mesmo tempo, não se parece. Sim, por sua paixão pela palavra, pela *vida* que encontra na palavra (oh, não é influência minha! é de *nascença*) e não pela harmonia e mesmo pelo idílio de todo seu ser (oh, não pela idade que ela tem! lembro-me dos *meus* dezesseis anos!). Finalmente – Mur, meu Gueórgui – o "pequeno gigante", o "Mussolini", "o filósofo", "Siegfried", "o pequeno fenômeno", "Napoleão em Santa Helena", "Mon doux Jésus du Petit Roi de Rome"[*] – todos esses diversos apelidos – russos e franceses – foram pescados aqui e acolá – mas, para mim, é simplesmente *Mur*, e tal deve ser. Quatro anos e meio, o tamanho de uma criança de oito anos, pesando 33 quilos (eu peso 52) e lhe compro roupas de doze anos (N. B.! franceses) – sério em suas conversas, uma vitalidade extraordinária em seus movimentos, amor: 1) pelos animais selvagens (*todos* bonzinhos, se alimentados); 2) pelos carros (ai, ai! Eu os *detesto*); 3) por sua família. Ele nasceu no dia 1º de fevereiro de 1925, ao meio-dia, um domingo. É um *Sonntagskind*[3]. Ainda em Moscou, em 1920, eu escrevia sobre ele:

> Todas as mulheres beijam-te as mãos
> E esquecem seus filhos.
> És como a corda de um violino! Não há sombra
> do tédio eslavo – em tua beleza!

Cabelos cheios e completamente encaracolados, loiro, de olhos azuis. Esse mesmo Mur eu o levei para passear de fe-

---

[*] Em francês, no original: "Meu doce Jesus do pequeno Rei de Roma". (N. de T.)
[3] Em alemão, no original: "filho do domingo".

vereiro de 1925 até hoje. *Ele* não deve sofrer pelo fato de eu escrever versos – melhor que *eles*, os versos, sofram que Mur! (E é o caso.)
Ainda não falei de mim. Brevemente, então. Escrevi um poema longo, *Perekop*, que ninguém quer publicar pelos mesmos motivos pelos quais os Vermelhos o consideram branco, e os Brancos – vermelho. Por isso, ele está encostado. Estou escrevendo outro, cujo nome ainda não posso falar. A epígrafe para *Perekop* é *Dunkle Zypressen! – Die Welt ist gar so lustig. – Es wird doch alles vergessen*[4].

[*Acrescentado à margem:*]
Diga-me seu patronímico que eu o repetirei umas dez vezes junto com seu nome, até que flua naturalmente.
Como está seu filho? Há tempos nada sei de Boris. Li a "Novela" dele no *Mundo Contemporâneo*. – Uma maravilha. –
Neste inverno escrevi um trabalho grande sobre Natália Gontcharova (um apanhado de sua vida). Vai sair na *Liberdade da Rússia*.
Tenho uma grande amiga em Nova York: Ludmila Evguenievna Tchiríkova, a filha do escritor – mas isso nada tem a ver – que também é pintora – mas isso também nada tem a ver – é apenas uma informação. Ela é bonita, inteligente, atraente, boa, corajosa e inutilmente – em minha opinião – casada. Basicamente jovem e corajosa. Consiga o endereço dela com alguém e, na primeira oportunidade, conheça-a. Com certeza

---

[4] "Escuros ciprestes! O mundo é demasiado alegre. Mas tudo será esquecido." Esses versos de Theodor Storm (1817–1888) encerram "Frauen-Ritornelle", e MT os escolheu como primeira epígrafe de *Perekop*.

haverá de gostar dela. Ela também não tem uma vida fácil, embora, exteriormente, pareça estar bem. O amor pelo filho e pelo trabalho: a dupla *bênção* de Adão e Eva. Um abraço. Não está aborrecida comigo, está? Pois não esteja. A Senhora *também* gostaria de mim.

M. T.

Lomonóssova continua a enviar-lhe ajuda; à medida que o tempo passa, MT faz dela uma de suas confidentes.
À *mesma*:

Meudon (S.-et-O.)
2, avenue Jeanne-d'Arc
3 de abril de 1930.

Querida Raíssa Nikoláievna! Como agradecer??
Veja minha situação para ter idéia do impasse – minha falta de saída. Todo o impasse de minha gratidão. Dizem-me com freqüência, e me diziam ainda mais freqüentemente – que, em lugar do coração, eu tinha – mais uma vez, a inteligência – o que não impedia de maneira alguma – aos críticos, por exemplo – de considerarem absurdos meus versos. Minha resposta era uma só: quando sinto dor em algum lugar e sei o que é e por quê – não dói menos por causa disso, dói até mais, talvez, porque não há remédio, porque a doença, a despeito de toda a aparência do acaso, é crônica. O mesmo ocorre com os sentimentos. Você quer a palavra do maior poeta – não quero dizer da época contemporânea, esse não é meu critério – mas simplesmente o maior de todos os poetas de todos os tempos, passado e futuro – Rilke (Rainer Maria Rilke)?

Vivendo sob o fogo

– *Er war Dichter und hasste das Ungefähre*[5] – (poder-se-ia dizer também *Ungefährliche:* de *Gefahr** [risco] – ou seja, o que é inofensivo) – o mesmo vale para mim, nos meus labirintos. Desculpe-me por tão longa digressão lírica, mas você não poderia me compreender sem ela. Lamento infinitamente não ter aqui comigo nenhuma das minhas obras – impossível conseguir outras – seria tão mais fácil conversar para além do oceano. Porque cada carta é um rascunho, ainda não passado a limpo, e ao mandá-la – sofro. Mas não há tempo para retrabalhar – uma carta. Cada carta é acompanhada pelo remorso de minha consciência verbal (a consciência de quem escreve e, talvez, da própria *palavra* em mim). Essa ética *sui generis* e trágica foi-me dada – se não em troca, ao menos às expensas do outro. Trágica porque nem neste mundo, nem no outro – o que é o reconhecimento! – ela jamais terá *resposta*. Assim, por exemplo, eu poderia ter sido a primeira poeta de meu tempo, eu bem sei, pois tenho *tudo*, todos os dons, mas *meu* tempo – não o amo, não o reconheço como meu.

... Pois nasci fora
Do tempo. Em vão, à toa
Tu penas! Califa de hora:
Tempo! Eu te sobrevôo.[6]

---

[5] "Ele era poeta e detestava o aproximativo" (retirado dos *Cadernos de Malte Laurids Brigge*, de Rilke).
* MT dá, como tradução russa do termo, "irresponsável" ou "irrespondível". (N. de T.)
[6] Última estrofe do poema de MT: "Elogio ao tempo".

FRANÇA (1925–1939)

E ainda – de menor importância, mas mais certeiro[*]: eu poderia ter sido poeta, rica e conhecida – tanto lá como cá, sem ter mesmo de transigir com minha consciência, apenas recarregando-me numa fonte de energia diferente – estrangeira. Favorável, mas não vital[**] para mim. (Estrangeira – não existe!) E – sou de tal forma incapaz, de tal forma, de nascença, *ne daigne*, que nunca, nem por um minuto, pensei seriamente: e se? – assim, essa questão está tão firmemente assentada dentro de mim que nunca foi nem nunca poderá ser – uma questão.

E assim – escrevo *Perekop* (que ninguém aceita ou aceitará, pois para os monarquistas é incompreensível, verbalmente, e, para os socialistas revolucionários, inadmissível, interiormente) – e também *O fim da família* (a Família – é a do Tsar, eles eram sete), e amanhã ainda carregarei nas costas não sei qual outro fardo.

Mas há uma coisa: se existir um Juízo Final da Palavra – lá ser-me-á feita justiça.

"Rica e conhecida" – não: pobre e reconhecida, é melhor. É mais digno. É mais sereno. As coisas vingam-se: nunca gostei do que é exterior, isso vem de meu pai e de minha mãe. Desprezo pelas coisas. – Estranho jogo do azar. Minha mãe morreu em 1905[***], minha irmã e eu éramos crianças, mas começávamos bem jovens, principalmente eu, a mais velha – e este era o medo: "e se, de repente, quando elas crescerem, elas 'aderi-

---

[*] Jogo de palavras entre *miénche* ("menor") e *miétche* ("mais preciso"). (N. de T.)

[**] Jogo de palavras entre *popútni* ("propício") e *nasúchtchni* ("essencial"). (N. de T.)

[***] A revolução de 1905, na Rússia, foi considerada "ensaio" da Revolução de Outubro. (N. de T.)

rem ao partido' e derem tudo para a destruição da pátria?'". O dinheiro é colocado à disposição com a condição: não pode ser tocado antes dos quarenta anos das herdeiras. Começa outra revolução (*a nossa*). Tenho 22 anos[7] – nada mal até os quarenta. Os comunistas (conhecidos) propuseram-me: dê-nos um recibo, recuperaremos o dinheiro para vocês "antes dos quarenta anos". Condições particulares. Impossível. E, assim, desapareceram, para mim, os 100 mil rublos que não apenas nunca vira, mas que também nunca sentira como meus (quarenta anos!), sem contar ainda os 100 mil rublos ou mais – herança de minha avó, que morreu durante a revolução, e sem contar as duas casas, a de Moscou e a de minha avó, no ninho dos flagelados de Tarussa, província de Kaluga – não uma propriedade, mas uma velha casa num jardim no estilo de Catarina II: lirismo *puro*, sem contar, depois, todo o ouro, as pedrarias, as jóias e as peles que eu deixava à venda na mão de conhecidos – pareciam amigos – e que – uns e outros, desapareciam, sem esperança de retorno. *Le hasard c'est moi*[*].

E o que me alimentava, o que me tirava dos apuros, no final das contas, era apenas meu trabalho, a única coisa que nesta vida, além das crianças e de algumas almas humanas – eu amava.

Assim foi e assim será.

---

[7] MT tinha, na verdade, 24 anos, em fevereiro de 1917.
[*] Em francês, no original: "o azar sou eu". (N. de T.)

Há muito tempo não tenho nenhuma notícia de Boris. Ele escreve em intervalos. Como eu gostaria que ele saísse do país! Respirar. Também lá, "o jogo do destino" faz com que ele expie pela Rússia, justo ele que está completamente *sob o signo da flecha gótica*. Lá também, um casamento infeliz. Ele deve pagar as contas do mundo contemporâneo, quando:

> Que milênio está
> à nossa porta, meus caros?[8]

Se eu tenho a consciência da palavra, ele tem a consciência – dos prazos.

Quanto ao cheque, ele voltou durante três semanas. Assim eles me disseram, porque não havia *compte courant* [conta corrente] (*courant* para onde? Como os rios correndo para o mar? Eu estava num banco horrível, bem no meio do cruzamento horrível da Concorde. (Está bem *concorde* [de acordo] – pois tudo se separa!)

O inglês, olhando-me olhos nos olhos: "*Qui êtes-vous, Madame?*"*. Eu, *depois de pensar*: "*Une refugiée russe, Monsieur*"**. Lá se foi o cheque de novo, para o outro lado do mar.

Em breve será Páscoa. Meu marido virá do sanatório por três dias; meu sarau será em breve, quem sabe depois eu consiga partir para as montanhas. Ao lado do *château* [castelo] onde

---

[8] Versos do poema "Sobre esses versos" (1917) de Pasternak.
* Em francês, no original: "Quem é a Senhora?". (N. de T.)
** Em francês, no original: "Uma refugiada russa, Senhor". (N. de T.)

fica o sanatório, há uma casinha minúscula que Serguei Iákovlevitch está namorando para nós. Com duas cabras. Um abraço. Perdoe a falta de palavras para expressar minha gratidão.

M. T.

[*Acrescentado à margem:*]
Há pouco tempo, vi a sua Pasadena no cinema – É uma beleza. – Descreva-me a natureza e o tempo que faz.

Às vezes, uma ou outra das fontes financeiras seca temporariamente: a bolsa tcheca atrasa, a pensão de Salomé não chega. A situação torna-se rapidamente dramática.
À mesma:

Meudon (S.-et-O.)
2, avenue Jeanne-d'Arc
6 de março de 1931.

Querida Raíssa Nikoláievna! Tantas coisas para lhe contar e para lhe dizer, mas começo pelo mais pesado: estamos quase morrendo.

As pessoas que vinham nos ajudando nos últimos cinco anos pararam de repente: talvez tenham se cansado ou talvez realmente não possam mais. O mesmo aconteceu com a bolsa tcheca (350 francos mensais): desde janeiro (agora estamos em março), nada. Estamos cobertos de dívidas: na venda, com o vendedor de carvão, com todos os nossos conhecidos, vivemos sob a ameaça do corte do gás e da força e, *principalmente*, de despejo. O dinheiro que pingava ia para o aluguel. Agora acabou, já *não* há, não temos mais como pagar. O prazo é 1º de abril, temos apenas cinco dias de prorrogação. Não há dinheiro para nada, comemos o que compramos fiado na venda; não temos como ir à cidade, ora vai Serguei Iákovlevitch, ora Ália. Amanhã ninguém irá, sobrou apenas o dinheiro do selo – é o último.

Tentei vender *Perekop*. Três tentativas – três fracassos. (*Os Números, Liberdade da Rússia, Anais Contemporâneos*). Essa última revista, pelas palavras de seu redator Rudnióv – antigo prefeito de Moscou: "Para nós, a poesia é, por assim dizer, marginal*. Dê-nos alguma coisa de lírico, de curto, de uns dezesseis versos (ou seja, por dezesseis francos)". *Le gars*, em francês, não deu em nada. Eu o li – separadamente – para quatro poetas. Entusiasmo – felicitações – e ninguém mexe um dedo. Colocaram-me em contato (para comer *blini*) com um dos redatores da *Nouvelle Revue Française,* casado com uma colega minha de escola, a Tchelpánova⁹. É o protótipo do comunista francês, sovietófilo. Escutou – escutou – e "Não entendo nada de poesia, dirijo o setor de artigos sobre esse assunto. Mas – na ocasião, lhe direi. – Traga-o, mas esteja preparada para uma recusa. Além disso, de qualquer maneira, não temos dinheiro".

O mês passado inteiro batalhei por essas duas obras. Nada feito. Ora – é "a crise das editoras", ora – "a obra é nova demais" (isso – quanto ao *Le gars* em francês. Quanto a *Perekop*, simplesmente não há interesse. E ninguém o esconde).

Continuando. Anunciam a saída de uma *Nova Gazeta Literária* na França. Sou convidada. O que quiser – desde que seja

---

* Em russo: *na zadvórkakh*: "ficar à margem", "ficar no pátio atrás da casa". (N. de T.)

⁹ Trata-se de Brice e Nathalie Parain. Cf. capítulo 11.

impreterivelmente para o primeiro número. Escrevo um artigo sobre a nova literatura russa infantil. Comparo-a com os livros para crianças em idade pré-escolar de *minha* infância – e com a produção daqui. Tudo se baseia em citações. Trato do realismo e do fantástico. Do fantástico enraizado no terror (popular) e do fantástico-absurdo: os elfos *de Tambov*. Duzentas linhas – cem francos. Alegro-me. E – recusa. Sob o pretexto de que também na Rússia há livros infantis ruins (os de propaganda). Além disso, ele, o redator, amava muito *as fadas*.

Esses cem francos também sumiram.

Em uma palavra: BATALHO. Batalha também Serguei Iákovlevitch na sua escola de cinema, e debate-se Ália nos seus desenhos (num concurso de ilustrações ganhou o segundo lugar – foi "felicitada") e no tricô – cinqüenta francos por um suéter feminino tricotado à mão, com um desenho. A casa inteira trabalha e – nada. Contei-lhe que, devido a meu esgotamento geral (estive na clínica de um bom professor), perdi meia sobrancelha; ele receitou arsênico e massagens – já faz um mês que estive lá: não cresce nada, de modo que ando com uma sobrancelha e meia.

Não temos de onde esperar receber algo. O prazo termina daqui a três semanas. Ir de manhã à venda, sufocados de dívidas – é um suplício. Tal como na Rússia soviética, no período anterior aos cartões de alimentação (fui uma das primeiras a recebê-lo porque minha filha havia morrido de fome), fumo o tabaco das bitucas – tenho uma caixa cheia que havia guardado para os dias piores e eis que eles chegaram! Serguei Iákovlevitch tosse *loucamente*; sem poder mais agüentar aquilo, vou até a farmácia: – O senhor tem um xarope que não seja caro? De uns cinco francos? – Não, desses não temos. – O mais barato é de oito francos e cinqüenta centavos – devolva o frasco e terá de volta os cinqüenta centavos. – Então, dê-me um franco de farinha de linhaça.

Vou para casa e choro – não por causa da humilhação, mas da tosse, que ouvirei a noite toda. E da consciência da *injustiça* da vida.

É assim que vivo. Hoje, com os últimos tostões – um selo e pão. Uma libra. Já o comemos. (Também na Rússia não conseguia economizar – com uma libra.)

E aqui vai meu pedido. Dentro de seis ou oito meses, Serguei Iákovlevitch irá *certamente* receber um salário como operador de cinema. Mas – para que possamos, de algum modo, ir levando – talvez se você contasse a algumas pessoas sobre minha situação, quem sabe algumas delas dessem uma quantia mensal (assim me ajudavam os que agora deixaram de fazê-lo). Digo mensalmente, pois seria como uma bolsa. Nós quatro precisamos de mil francos para viver – se fossem quatro pessoas, isso daria 250 francos cada uma!

Pedi ainda em outro lugar – também a uma mulher – grande amiga do poeta Rilke[10] sobre o qual tanto escrevi, mas nada sei. Por enquanto ela não respondeu. Sinto que todos os lugares (nos corações e na vida) já estão ocupados. O topo das colunas – com certeza.

---

[10] Trata-se de Nanny Wunderly-Volkart.

Encontrei Pilniák mais uma vez. Foi muito bom comigo: pedi-lhe dez francos – ele me deu cem. Paguei pelo carvão que devia (48 francos) e com isso pude obter mais crédito. Com os cinquenta francos restantes vivemos e andamos de trem durante quatro dias.

Não pegar o trem – é impossível: Serguei Iákovlevitch e Ália estudam, e cada viagem (de trem e de metrô) custa por volta de cinco francos.

B. Pilniák falou-me de Boris: ele está feliz sozinho, escreve, mora na casa dele (de Pilniák) – uma casinha particular na periferia de Moscou – ele sabe pouco da outra mulher (N. B.! *não* perguntei), viu-a uma vez com Boris. Boris levou Pilniák a um canto e lhe disse: "Prometa-me que você não levantará os olhos para ela". "Eu, seguramente, não, mas *ela mesma os levanta!*" (Isso Pilniák disse a mim.) Pobre Boris, receio que se apaixone de novo por outra Elena (*Minha irmã, a vida*[11]).

Li uns versos maravilhosos de Boris sobre Maiakóvski, "A morte do poeta" – extremamente simples – eu estava de visita e não tive como copiá-los, mas, se os encontrar novamente, faço uma cópia e a envio para você.

Numa outra carta lhe escreverei sobre o notável sarau de Igor Severiánin[12] com que me presentearam (o bilhete).

Pela primeira vez, em nove anos de emigração, vi – um poeta.

---

[11] *Minha irmã, a vida* é perpassado pelas reminiscências do amor malogrado de Pasternak por Elena Vinograd.

[12] Poeta russo (1887–1941) que vivia na emigração desde 1918.

Um abraço.

M. T.

Chegou-lhe *Mólodiets?*

Lomonóssova consegue juntar alguns donativos e enviá-los a MT.
Esta lhe responde e continua descrevendo sua situação:
À mesma:

Meudon (S.-et-O.)
2, avenue Jeanne-d'Arc
11 de março de 1931.

Querida Raíssa Nikoláievna, ontem à tarde uma carta, hoje de manhã outra. Recebi tudo, obrigada de todo coração, de minha parte e dos meus. Ontem – alegria dobrada: sua carta e, à tardezinha, a volta de Serguei do exame de cinema – passou. Havia se preparado freneticamente, e o exame demonstrou-se extremamente fácil. Saindo dessa escola (*Pathé*), todos os caminhos estão abertos, pois, felizmente, ele tem conhecidos. Além disso, agora, ele é o melhor especialista em cinema soviético no exterior – temos *tudo* o que foi publicado lá – enviado da Rússia por amigos nossos. Além disso, ele tem prática jornalístico-editorial: em Praga ele montou a revista *Svoimi putiami*[*] (que, por sinal, foi a primeira, na emigração, a tornar a publicar a literatura soviética, depois – *todo mundo* o fez. Mas, no começo, como o difamaram! "Vendido aos bolcheviques" e assim por diante); em Paris foi um dos redatores de *Verstas* e, depois, da revista *Eurásia*, em que escrevia permanentemente. Vou enviar-lhe o

---

[*] "De nosso jeito" ou "Por nossos próprios caminhos". (N. de T.)

número da *Nova Gazeta* com o artigo dele, deve sair o número 15 – e, aí, você verá, se lhe agradar, quem sabe, cara Raíssa Nikoláivena, você consiga ajudá-lo, de alguma maneira, a entrar na imprensa inglesa. O assunto (*O cinema soviético*) é *muito novo*: dos russos, ninguém se decide, e quanto aos estrangeiros eles não podem estar tão bem informados, devido ao desconhecimento da língua e ao pequeno número de traduções. Serguei Iákovlevitch, repito, tem *todo* o material à mão, há meses não lê outra coisa. Outro artigo dele foi aceito numa revista sérvia (mas, infelizmente, o pagamento é ridículo). Ele pode escrever sobre teoria do cinema, em geral, sobre teoria da montagem, sobre as diferentes tendências da cinematografia soviética – sobre TUDO O QUE DIZ RESPEITO AO CINEMA SOVIÉTICO ou outro.

Por enquanto, não temos relações com a imprensa estrangeira (a não ser a sérvia).

Acredito mais nessa atividade (de escrever) do que no ofício de operador: ele é um doente de nascença, filho de pais relativamente mais velhos e incrivelmente sofridos (um dia contarei a você a tragédia da família dele). Aos dezesseis, ele teve tuberculose (aos dezessete, o encontro comigo, que – posso dizer – *salvou-o*) – doença de fígado – guerra – movimento Voluntário – segundo acesso de tuberculose (Gallípoli) – Tchecoslováquia, pobreza extrema, vida de estudante, finalmente Paris e trabalho obsessivo (ele é um trabalhador *obsessivo*!) para a *Eurásia* e a redação – novo acesso de tuberculose, no ano passado. Difícil acreditar que possa trabalhar num emprego permanente e regular no cinema – o trabalho é difícil, também fisicamente. *Pode* fazê-lo – como complemento. O caminho principal para onde o oriento é – sem dúvida, o do trabalho escrito. Ele pode tornar-se um dos melhores teóricos. Ele tem as idéias, o interesse e a prática. Na Tchecoslováquia, escreveu muitas coisas puramente literárias, algumas delas foram publicadas. Coisas boas. Se ele estivesse na Rússia – teria certamente se tornado escritor. O prosador (e as pessoas que têm *essa* formação fortemente social e ideológica) precisa de um *círculo* e de *terreno*, o que não há aqui, nem pode haver.

Eu – sou diferente, a vida inteira fui acusada de *insuficiência de ideologia* e a crítica soviética chegou a falar em falta de fundamento. Aceito a primeira crítica, já que em vez de uma CONCEPÇÃO DO MUNDO – tenho uma SENSAÇÃO DO MUNDO (N. B.! bem forte). Falta de fundamento? Se isso for uma alusão à *terra*, ao fundo, à pátria – meus livros são uma resposta. Se for uma alusão à *classe* social ou até mesmo ao sexo – *sim*, não pertenço a nenhuma classe, a nenhum partido, a nenhum grupo literário, NUNCA. Lembro-me, a propósito, de um cartaz nos muros em Moscou, em 1920: SARAU DE TODOS OS POETAS. ACMEÍSTAS – TAL, TAL, NEO-ACMEÍSTAS – TAL, TAL, IMAGINISTAS – TAL, TAL, ISTAS-ISTAS-ISTAS – e, bem no fim, *depois de um vazio*

– e –

MARINA TSVETÁIEVA

(como – se estivesse nua!)

Assim foi e assim será. O que amo? A vida. Tudo. Tudo – em todo lugar, talvez sempre a mesma coisa – em todo lugar.

Por ter saudado Maiakóvski nas páginas de *Eurásia* (dois anos atrás[13]), tiraram-me das *Últimas Notícias* (Miliúkov: "Ela saudou o representante do poder". N. B.! Maiakóvski sequer era comunista, não era *admitido* entre os poetas proletários!);

---

[13] Ver, neste livro, capítulo 9.

Vivendo sob o fogo

devido ao poema longo *Perekop* (o movimento dos Voluntários), que guardei dois anos na gaveta e que – movida pela necessidade – se o aceitarem, colocarei no semanário de direita (onde nada entendem de poesia) *Rússia e Mundo Eslavo*; devido a *Perekop*, então, talvez eu venha a ser excluída da única revista da qual participo já há nove anos, desde a partida da Rússia – *Liberdade da Rússia* (os socialistas revolucionários de esquerda). Mas, eles *não* aceitaram *Perekop*! (*Bête noire**, esse movimento dos Voluntários!). Nem os *Anais Contemporâneos*, nem *Os Números* – o que você quer que eu faça? Trabalhei nele sete meses, guardei na escrivaninha dois anos, não tenho do que viver, *gosto da obra* e quero que ela apareça.

Por causa de *minha* entrevista (na verdade, uma colaboradora veio me ver, fez-me perguntas e eu respondi; vou lhe enviar) na *Renascença*[14] (de direita), recusaram a Serguei Iákovlevitch um lugar como colaborador em uma editora mais ou menos de *esquerda*. Isso aconteceu antes de ontem. Isso, pelo fato de eu ser a mulher dele – etc. Em poucas palavras – questões de família!

Desculpe essa descrição tão detalhada, se é aborrecedor ler, imagine o que serão – daqui a cem anos – as *Memórias*. (Também vejo assim minhas próprias desgraças!)

---

* Em francês, no original: expressão francesa correspondente à nossa "ovelha negra". (N. de T.)
[14] Jornal dos emigrados russos (1925–1940). Em 1926, publicou uma enquete respondida por MT.

Le gars. É uma fábula russa muito simples: uma moça se apaixona por um jovem, que revela ser um vampiro – levando toda a família dela à perdição – assim como a moça. Depois, chega o senhor, vê uma florzinha – etc.

O esqueleto do conto é popular, mudei um pouco alguma coisa.

Os convidados (você pensou talvez que eles fossem os bolcheviques?) são simplesmente diabos, vindos para fazer o mal. Aproveitando-se da fraqueza do senhor, obrigam-no a levar a moça ("a mulher do senhor" – Maróssia!) até a igreja, mas, na igreja – está *ele*, o *Mólodiets* (o Jovem)!, que a protege até o último instante: Não olhe! ELE NÃO QUER QUE ELA SE PERCA.

Em síntese: é a FATALIDADE. Não há culpados.

Se nos encontrarmos, poderei mostrar-lhe essa fábula no original, eu a tenho comigo.

Quanto a Boris. Boris – está apaixonado. (A vida inteira!) E ele se apaixona – à maneira dos homens. À maneira de Púchkin. Por Gênia, ele jamais o esteve. Esteve apaixonado – por Elena (uma catástrofe) – e por muitas outras (apenas – um pouco mais de leve!) e hoje – por *aquela*. A catástrofe é inevitável, pois a moça *vê grande*. E Boris *já* está com medo: *já* perdeu.

(Você conhece *minha* "Tentativa de ciúme"[15]? E você tem meu livro *Depois da Rússia*? Caso não o tenha, enviarei.)

Está na hora de alimentar os meus, paro por aqui. Agradeço infinitamente, estou terrivelmente confusa, emocionada,

---

[15] Trata-se de um poema de 1924.

transtornada. Pelo amor de Deus – não mande mais nada, senão ficarei definitivamente aniquilada.

Um abraço.

M. T.

Como garantir sua vida material? MT transcreve suas reflexões a respeito disso em seu caderno:

Não sou uma parasita, porque trabalho e nada mais quero a não ser trabalhar: porém – fazer *meu* trabalho, não o de um outro. Obrigar-me a fazer o trabalho alheio não tem sentido, pois sou incapaz, sei fazer apenas o meu trabalho ou o trabalho pesado (carregar pesos etc.). Além disso, eu o farei de *tal forma* que serei mandada embora.

"Traduções"? Devem traduzir aqueles que não escrevem coisas próprias ou, então: (do meu ponto de vista) traduzir *aquilo* que prefiro. *Rilke?* De acordo.

Orgulho? De acordo, também. Na pobreza extrema, sob o cuspe e as injúrias dos outros há o sentimento do *sagrado*. Se há algo que me manteve na superfície *dessa poça* – foi apenas ele. E só a ele vai meu cumprimento nesta terra.

O que haverá depois? Não sei.

Ninguém se parece comigo e não me pareço com ninguém, por isso, aconselhar-me isto ou aquilo não tem sentido.

Conselho para mim mesma: aprender a calar-se (a engolir). *Com as palavras* ponho tudo a perder, seja *em casa*, seja com os outros. Talvez, se eu me calar, a vida me *tolere*.

Compreender a profunda falta de sentido da expressão, de toda expressão de *si própria*: de todo o si própria. Compreender o caráter notoriamente perdido por antecipação da luta, em que você, por mais forte que seja – se apresenta nu e o outro – por mais fraco que seja – se apresenta com um revólver, que ele não fabricou.

Vivo com leitores de jornais, com parafraseadores de jornais, e a suas *paráfrases das reimpressões* respondo com um *rascunho* SANGRANDO.

Arrogância? Simplesmente clarividência.

———————————

O que mais? Existe prisão por dívidas? (Contas de gás, de luz, o despejo que se aproxima.) Se existisse – eu estaria tranqüila. Concordaria com *dois anos* (sinceramente) de prisão solitária ("as boas pessoas" [uns pulhas] ficariam com as crianças – Serioja encontraria um jeito de se alimentar) – N. B.! com um pátio por onde poder andar e com cigarros – no decorrer dos dois anos, eu me obrigaria a escrever uma obra magnífica: minha primeira infância (até os sete anos – *Enfances*) – claro: me obrigaria a isso, não poderia *não* obrigar-me. Que digo – dois anos? – Seis meses, uma vez que lá me *deixariam* escrever. E poemas! (Quantos e de que qualidade!)

———————————

Se eu for para a Rússia – como me separar dos cadernos?

———————————

Se Deus tivesse me dado um nariz comprido e olhos lacrimejantes... Mas não, levanto meu nariz – com altivez e choro – quando estou sozinha.

Paris não quer nada, a emigração não quer nada – era o mesmo em Moscou, durante a Revolução.

Ninguém precisa de *mim*; ninguém precisa de *meu* fogo, que não serve para cozinhar a *kacha*.

Clamart, 14 ou 15 de maio de 1932 – Ponto. –

Essas dificuldades que assolam a existência quotidiana fazem com que MT aprecie cada vez mais a vida do espírito – ser, como oposição a existir. Numa carta a Nanny Wunderly-Volkart (5 de julho de 1930), ela lembra-se de outra formulação sobre a qual já escrevera, quando ainda morava em Moscou, ao ensinar o idioma francês a uma menina (cf. capítulo 3):

Sabe o que descobri, já na primeira aula? Compreendi sozinha que *être vaut mieux qu'avoir**. E isso foi para mim uma alegria infinitamente maior (e mais durável!) que as cinco libras de batatas que a mãe da menina me deu pelas aulas, pois: *être vaut mieux qu'avoir*, e minha descoberta era justamente o *être*.

Não quero ter nada (não tenho filhos – *eu mesma* sou meus filhos), quero apenas *ser* nas obras, vê-las (não como Goethe, a quem amo como um claro milagre, inaudito, uma espécie de leopardo criado por Deus), não como Goethe (com olhar profundo!) reconhecer as obras, mas, como Rilke (com um ouvido profundo – como uma trompa), ouvi-las, ouvir-me nelas, pertencer a elas, *ser – as obras*.

---

* Em francês, no original: "ser vale mais que ter". (N. de T.)

Na mesma época, escrevia em seu caderno:

Eu teria vivido minha vida em lugares casuais, com pessoas que surgissem ao acaso, sem nenhuma tentativa de correção.

O maior acontecimento (e o mais duradouro) de *minha* vida considero ter sido Napoleão.

Todos os acontecimentos de *minha* vida estão tão abaixo de minha *força* e de minha *sede*, que simplesmente não me meto com eles: o que corrigir neles?

Tudo isso: acaso de pessoas e de lugares – conhecendo perfeitamente *minha* espécie de pessoas (de almas) e de lugares, reconhecendo-os ao primeiro olhar há séculos e através dos quadros (o que *absolutamente* não quer dizer que eu tenha vivido aqui, algum dia – com eles! Falo de *outro* reconhecimento, do reconhecimento: não-relembrança!).

"Construir sua vida" – sim, se para tanto fossem dados todos os tempos e todo o mapa. Ao contrário, escolher – amigos – entre uma centena, lugares – entre uma dezena – mais vale não se meter mesmo, deixar a vida (o acaso) dirigir a coisa até o fim.

Nessa causa injusta – não me meto (*3 de julho de 1931*).

Todos os meus "não quero" foram espirituais; não tive "não quero" físicos – certamente por meu corpo ser extremamente democrático, ele se acostumou *antes* de mim...

Ora, como a preparaçao da comida – a limpeza do chão – e assim por diante – bem por diante, aliás, pois isso não tem fim – são coisas de ordem claramente física, eu as fiz, as faço e as farei – sem me queixar. Não sinto aversão por nada, a não ser – Mas isso encheria dez volumes... (*verão de 1932*).

E em seus cadernos:

Sim, sim, sim, Paris inteira está cheia de mulheres: francesas, americanas, pequenas negras, pequenas dinamarquesas etc. Jovens, graciosas, belas, ricas, elegantes, alegres, divertidas, sedutoras etc. E dizer que eu, com meus cabelos grisalhos, meus sapatos velhos de quatro anos, minhas camisas retas de dez francos (falo das de cima) compradas no Uni-Prix – teria a audácia de sonhar cativar, ainda que apenas por uma hora – um homem jovem, saudável, com uma posição e ainda *casável*: em todo lugar cobiçado, em todo lugar desejado – mas: hoje há – talvez – três poetas no mundo e um deles – sou eu (*8 de maio de 1933*).

Deus deu-me tamanha consciência de mim mesma, tamanho reconhecimento de mim somente porque sabia que a mim (COMO TAL) não me conheceriam e não me reconheceriam (*4 de julho de 1933*).

Os poetas podem viver na miséria, mas não é por isso que eles deixam de viver em um mundo superior. Ela escreve à amiga Vera Búnin (27 de novembro de 1933):

No momento, isto é, exatamente quando *é preciso*, exige-se sentir – só os tolos sentem, aqueles que precisam ver com seus próprios olhos, ouvir com seus próprios ouvidos e, principalmente, tocar com suas próprias mãos. A raça superior – *inteiramente* – é ou *vorfühlend* ou *nachfühlend*[16]. Não conheço

---

[16] Em alemão, no original: "que sente antes ou depois". [De fato, os prefixos *vor-* e *nach-* podem indicar "antes" e "depois", mas, na verdade,

ninguém que saiba ser imbecilmente feliz, simplesmente feliz, imediatamente – feliz. Toda a poesia lírica se funda nessa incapacidade (*impossibilidade*).

Em 1933, MT volta-se com mais atenção para a escrita de memórias autobiográficas romanceadas (A casa do velho Pimene, A torre de hera, O Museu de Alexandre III, A coroa de louros, A inauguração do museu, O noivo...).
Nesse meio-tempo, outro acontecimento sobrevém à vida de MT. Seu marido, Serguei Efron, antigo oficial do Exército Branco, percorreu um longo caminho político, distanciando-se aos poucos de suas antigas convicções: primeiro, foi contrário ao golpe de Estado bolchevista de 1917, depois, combatente Voluntário durante a guerra civil e, mais tarde, a partir de 1921, emigrado. Na Tchecoslováquia (1921–1925), tal como em seguida, na França, ele procurará uma "terceira via" entre os Brancos e os Vermelhos, via que ele acreditou ter encontrado no movimento Eurasiano, no qual ele se engajou apaixonadamente. A partir de 1928, ele começa a romper com seus antigos amigos "brancos" e vai se aproximando cada vez mais dos "vermelhos". Não consegue alcançar uma vida material autônoma no país em que mora e sonha, cada vez mais intensamente, em voltar à Rússia. No dia 24 de junho de 1931 ele dá o passo decisivo para isso e entra com um pedido de passaporte e de repatriação na embaixada soviética em Paris. Esse pedido não é aceito imediatamente, mas o projeto é mantido, e Serguei tenta convencer MT e os filhos a voltarem ao país. MT custa muito a aceitar essa idéia. Ela escreve à amiga Salomé, no dia 7 de setembro de 1931:

---

vorfühlen significa tentar descobrir a opinião de alguém cuidadosamente antes de fazer um pedido, sondar, e *nachfühlen* significa ser sensível aos sentimentos de alguém. (Agradecemos a Laura Rivas por esta complementação da nota original para a edição brasileira.)]

Não vou partir para a Rússia de todo o jeito?! Onde – vão me aprisionar não uma, nem duas vezes! (alegremente). *Eu não sobreviverei lá, pois a indignação é minha paixão* (e há por quê!).

Entretanto, esse projeto chega a parecer-lhe possível em alguns momentos e, com isso em vista, começa a compilar tudo o que consta em seus inúmeros diários e cadernos e que merece, a seus olhos, ser salvo e levado para a Rússia soviética. Essa idéia dará origem aos Cadernos de recapitulação, nos quais ela trabalha de junho de 1932 a agosto de 1933. Ela acaba por se convencer de que sua volta é inconcebível. Assim ela explica à amiga Salomé.

A Salomé Andrónikova-Halpern:

Clamart (Seine)
10, rue Lazare-Carnot
12 de outubro de 1933.

Cara Salomé,
1) Um enorme obrigado – e tudo, como se deve. A propósito, E. A. Izvólskaia, que havia dado início ela mesma a toda essa "ajuda à minha pessoa", hoje se recusa categoricamente, alegando minha "nomeação" para as *Últimas Notícias* (um artigo cada mês e meio, por duzentos francos) e apelando para Deus, quanto ao resto. Que vá com Deus, mas a sem-vergonhice dela é maior, pois não é franca, mas fingida.
2) Serioja está aqui, ainda não tem o passaporte e estou profundamente feliz por isso, uma vez que as cartas daqueles que partiram (fui eu mesma quem os acompanhou à estação e se despediu deles!) são eloqüentes: um deles pede incansavel-

mente traduções para o Torg-Fin (?), enquanto a outra, esposa de um engenheiro, verdadeiro este, que partiu para ocupar um lugar que lhe havia sido reservado numa usina, descreve em minuciosos detalhes como cada tarde, em lugar do jantar, eles tomam chá com açúcar e pão – na casa de uma amiga (São Petersburgo).

O que significa que Serioja não terá mais que chá – sem açúcar e sem pão – e nem mesmo – chá.

Além disso, como decididamente não irei, isso quer dizer – separar-se, e (a despeito de todas as briguinhas!) depois de vinte anos de vida juntos, não é fácil.

Não partirei, porque já *parti* uma vez. (Salomé, nós vimos o filme *Je suis un évadé**, em que um condenado volta voluntariamente à prisão – aí está!)

3) Vejo constantemente Vera Suvtchínskaia, mas sem entrar em detalhes. Vive na cidade e vem a Clamart por curtos períodos, freqüenta suas amigas judias de sempre, muito feias, que como ela se alimentam ("espiritualmente" e fisicamente) de suas conquistas masculinas – e nelas se acomodam ("isso vai me acontecer também!"). As conquistas são inúmeras, e ela se vangloria disso como se fosse uma colegial. Estar livre de Suvtchínski subiu-lhe ao corpo inteiro: ela levanta as pernas quando conversa, como se levantasse os braços: encontra-se em um estado permanente de ginástica. Não sei mais nada sobre ela. Aliás, ela tem um namorado – na Inglaterra.

---

* Em francês, no original: "Sou um fugitivo". (N. de T.)

4) Eu. O dia inteiro *aller et retour** com Mur, para a escola e da escola para casa. No intervalo estudar com ele (ou no *lugar dele*) as lições, às vezes, lá mesmo. A escola francesa é completamente idiota, quer dizer, um pecado mortal. *Tudo* – decorado: mesmo a História Sagrada. O que é pior é que eu também acabo aprendendo tudo baralhado: as tábuas de multiplicar (que para eles são *ao contrário*), a gramática, a geografia, os gauleses, Adão e Eva, apenas um número desmedido de fragmentos, sem nexo e sem sentido. É um *verdadeiro delírio*. Diante disso, nossos ginásios são um verdadeiro *paraíso*. TUDO DE COR.

Quase não tenho tempo de escrever, uma vez que meu dia é todo ele fragmentado, tal como meu cérebro.

Estou terminando a grande crônica da casa Ilováiski[17], cujo *resumo* (mesmo sistema da escola) deve aparecer nos *Anais Contemporâneos*, ou seja, apenas um osso roído.

Essa é minha vida, que NÃO me agrada!

Ália tenta vender suas ilustrações, Deus permita que ela consiga, nossa situação é bem ruim.

Agrada-me a expressão que você usa, "envelheço sem resistir", nela há mais arrojo que na raquete de tênis, à qual está tão ligada hoje a juventude. É como se fosse *você* a dominar** a "velhice" e não ela a você. Querida Salomé, por acaso você pode envelhecer?! E se você soubesse como me aborrece a "juventude"! E me emburrece.

---

* Em francês, no original: "ida e volta". (N. de T.)
[17] *A casa do velho Pimene.*
** MT usa o verbo "selar". (N. de T.)

Abraço-a, obrigada. E, conforme o método Coué: – "Tudo está bem, tudo está bem, tudo está bem".

M. T.

Seis meses mais tarde, ela escreve à mesma amiga (6 de abril de 1934):

Serguei Iákovlevitch dilacera-se entre *seu* país – e sua família: eu *decididamente não* irei, mas, quebrar uma convivência de vinte anos, mesmo com "novas idéias", é difícil. Por isso – range os dentes.

O assunto não desaparece, entretanto, da correspondência de MT, principalmente pelo fato de ela se sentir ferida pela hostilidade dos meios russos de emigrados, em Paris. Ela conta a Vera Búnin sua reação diante de uma recusa que ela acaba de receber (20 de outubro de 1934):

O que é isso, Vera, senão me empurrar com ambos os braços – fora da emigração – e para a Rússia soviética? Com *que* dinheiro vou viver? [...] De repente, no meio da sala da redação, um jorrar de lágrimas e minha própria voz, falando fora de mim (e eu – ouvindo): – Se amanhã, Senhores, ouvirem dizer que entrei com um pedido para voltar à Rússia soviética, saibam – que é devido *a vocês*: sua má vontade, *seu* desprezo e seu pouco caso! [...] Mas você, Vera, você não irá me julgar quando souber que apresentei o pedido? Bem – *espero ainda um pouco*. NÃO TENHO VONTADE!

13
A vida de família

MT viveu com intensidade suas experiências de mãe, tanto comÁlia quanto com Mur. Pouco antes do nascimento do menino, ela descreve à confidente de então seu amor possessivo (a Olga Kolbássina-Tchernova, em 2 de janeiro de 1925):

Às vezes me pegava sonhando com uma babá e dizia a mim mesma: e se de repente ele se apegar a ela mais que a mim? – e então, imediatamente: nada de babás! E, logo em seguida, a visão de manhãs *horríveis*, sem poemas, no meio de fraldas – e de novo o *cri de cœur**: uma babá! Babá, com certeza, não haverá, mas haverá, com certeza, poemas – caso contrário minha vida não seria a minha e eu não seria eu.

Depois de a criança ter nascido (em 1925), MT continua a devotar-lhe um amor exclusivo, como ela diz a outra confidente (Raíssa Lomonóssova, em 1º de fevereiro de 1930):

---

* Em francês, no original: "grito do coração". (N. de T.)

Detestarei *certamente* a mulher dele. Pelo fato de *ela não ser eu*. (*Não* o contrário.) Já me sinto triste que ele esteja com cinco anos e não quatro.

Mesmo com nove ou dez anos, Mur continua objeto de todos os cuidados de MT. Ela escreve a uma de suas correspondentes (Natália Gaidukiévitch, 6 de setembro de 1934):

Mur – viajar sozinho? Não o deixo nem mesmo ir à escola sozinho, a três casas daqui. A autonomia das crianças é *apenas* a falta de cuidado das mães. "Meu filho é tão independente" significa – "Eu decidi não lhe dar nenhuma atenção".

E, escrevendo a outra correspondente, ela conclui (a Vera Búnin, 28 de agosto de 1935):

Pois o verão foi maravilhoso (além da escrita, que é o principal: o principal – depois de Mur, o principal em segundo lugar.

Nesse meio-tempo, as relações com Ália (nascida em 1912) vão se desgastando aos poucos, apesar de terem sido extremamente intensas nos primeiros anos após seu nascimento, durante a carestia em Moscou e mesmo na Tchecoslováquia. A tal ponto que MT escreve em seus cadernos (21 de junho de 1933):

Valia a pena massacrar minha vida por ela? Pô-la no mundo quando eu tinha dezoito anos, sacrificar minha juventude por ela e, durante a Revolução – minhas últimas forças???

Em 1934 a crise entre mãe e filha se torna manifesta. MT a descreverá a algumas de suas correspondentes: a Anna Teskova (entretanto, os trechos que dizem respeito a Ália ainda não foram publicados), a Vera Búnin e a Natália Gaidukiévitch. Vera Búnin é a esposa de Ivan Búnin, o escritor russo mais conhecido na emigração, prêmio Nobel de literatura em 1933, cujo relacionamento com MT é frio; Vera é também autora de vários livros. MT se aproxima dela ao escrever o retrato da família Ilováiski, A casa do velho Pimene (a primeira mulher do pai de MT vem dessa família), família que Vera Búnin conheceu bem. A amizade que se estabelece entre ambas continuará até a partida de MT para a Rússia soviética. É uma relação reconfortante para MT, tal como ela o constata, um dia (a Vera Búnin, em 2 de junho de 1935):

Sei que poderia ter amado você mil vezes mais que amo, mas – graças a Deus! – eu soube *parar de repente*, ao primeiro, não – *antes* do primeiro passo, não dei continuidade a mim mesma, sem ter partido – minha decisão já havia sido tomada: cheguei.

Você é – talvez – o primeiro ato razoável de minha vida.

É a ela que MT confiará o relato doloroso da vida em família. A Vera Búnin:

Clamart (Seine)
10, rue Lazare-Carnot
28 de abril de 1934.

Cara Vera,
– Finalmente! –

Mas essas são – sabe – minhas primeiras linhas depois de muitas, muitas semanas. Desde o sarau de Biéli[1] (que me tocou pela força da compaixão humana) imediatamente, na manhã seguinte – copio o manuscrito e copiar significa – correção, variantes etc., significa – trabalho literalmente, o mais cativante, mas também o mais difícil. Rudnióv enviava cartas a cada cinco minutos: mais rápido, mais rápido! E, aí, fiz tudo correndo. Depois – correção das provas, cópia de duas longas passagens para As Últimas Notícias, lá também, mais rápido, mais rápido, para se adiantarem à publicação dos Anais, mas lá – *stop*: o manuscrito, durante umas boas duas semanas, fica parado em Miliúkov, como sob uma mortalha. Corre o boato de que ele voltou – inválido: não escreve, não lê e *não compreende*. (São conseqüências de um acidente de carro.) Hum... Sinto muito, é claro, embora pessoalmente não o tolere, todos os tipos como ele de insensibilidade anglicizada: a Inglaterra sem Byron e *sem* mar – toda a raça dele – contra a minha (Byron e o mar *sem a Inglaterra!*) – mesmo assim é uma pena, pois é um velho que perdeu seu filho. Claro, dá pena, mas por quê, já que ele se encontra *nesse estado*, fazer com que eu me submeta – a seu juízo? Nessa história perco seiscentos francos – dois artigos, sem contar o tempo de dois dias inteiros desperdiçados para passar a limpo, inutilmente.

---

[1] Andriéi Biéli, por quem MT teve grande afeição, morreu na União Soviética em 8 de janeiro de 1934. No dia 18 do mesmo mês foi-lhe dedicado um sarau comemorativo em Paris, do qual participou MT. Ela passará boa parte dos meses seguintes na elaboração de suas *Memórias* sobre ele, que terão o título de *O espírito cativo*. O texto será publicado em abril em *As Últimas Notícias*, cujo redator é Miliúkov. Rudnióv, por sua vez, é diretor dos *Anais Contemporâneos*.

Vivendo sob o fogo

Depois da cópia e mesmo durante: erupção de abscessos, uma grande erupção; há dois meses ando toda enfaixada, empomadada, colada; mas é impossível me vacinar, porque há uns três, quatro anos quase morri devido a um segundo "propidon" (?) e N. I. Aleksínskaia (era ela a pessoa que vacinava) me alertou para sempre quanto às vacinas, devido ao meu coração, que não é *confiável*.

Por isso suporto – rangendo os dentes.

Mas o principal, Vera, é a casa. Imagine a situação: Serguei Iákovlevitch *não* é homem de casa, ele não entende nada *de casa*, varre no meio do cômodo e dando as costas para o mundo inteiro, lê ou escreve, e ainda mais freqüentemente, dando as costas para as chuvas torrenciais, corre por Paris até a exaustão.

Ália está ausente das oito e meia da manhã até as dez da noite.

Levo a casa inteira nas costas: três cômodos cheios até não poder mais de rebotalhos, a cozinha e dois quartinhos. E há ainda – a cozinha alimentícia[*] (palavra de Mur), pois todos querem comer – quando chegam em casa. Mur depende totalmente de mim: levar e buscar na escola, passear, tomar as lições, dar banho. E, principalmente, nunca posso sair para lugar nenhum depois de um dia de trabalho tão horrível – nunca, para lugar algum, nem mesmo combinar com Serguei Iákovlevitch com uma semana de antecedência que – digamos – neste sábado sou eu quem vai sair. *Nunca* vivi desse jeito. E isso não tem saída. Preciso de alguém em casa que me substitua e que me ajude, nenhuma criada resolverá, pois quando eu sair

---

[*] Em russo, palavra forjada: *edélnaia*. (N. de T.)

à tarde preciso ter certeza de que Mur vai ser lavado e posto para dormir na hora certa. Impossível deixá-lo sozinho: o gás, a sujeira, a falta de calor de uma casa vazia – ele só tem nove anos, e as crianças são *todas* insensatas, é por isso que não ficam loucas.

Ora, alguém em casa [tem que ganhar] – dinheiro, no mínimo 150 por mês, não os tenho nem terei, pois não tenho renda regular: contava com As *Últimas Notícias*, mas Miliúkov "não gostou" (já é a quinta vez!).

Ália se afastou definitivamente de casa; ela dedica-se, *na casa dos outros*, a um trabalho bem mais difícil, que não fazia em nossa casa, um trabalho que ocupa *todo* o seu tempo, *todo* o seu dia, quando em casa ela tinha uns bons três quartos do tempo somente para si. E, ainda por cima, ela trabalha admiravelmente, enquanto em casa deixou uma imundíce homérica que descubro aos poucos, na medida em que vou arrumando: *pilhas* de coisas embaixo de cada cama, todas emboladas, sujo e limpo misturados, como se vivêssemos numa toca, não vou continuar descrevendo – me dá náusea.

Basta dizer que há três dias estou queimando na estufa suas roupas cortadas em retalhos, saias, blusas, bonés e mais uma porção de coisas de Serguei Iákovlevitch, do tempo de Praga, de quando ainda era bolsista, calças, coletes, completamente comidos pelas traças – nenhum dos dois quer ouvir falar em naftalina, eles zombam de mim, vão enfiando nas arcas roupas sujas e não embaladas, e resultado – ninhos vivos de traças, depósitos de larvas – e coisas furadas *de uma ponta à outra* que só queimando mesmo, na hora. A água ferve – é preciso lavar, mas não há onde secar nada, a não ser na janela da cozinha. No intervalo, corro atrás de Mur e levo-o para passear – e eu mesma respiro sobressaltada, pensando no "canto" que ainda não vasculhei de onde vão aparecer: um pé do fogão, uma alpargata solitária (onde estará a outra?), um bolo de cabelos de Ália que caíram e ela guardou!!! "Roupa de baixo" dela em estado indescritível e cinco sacos de sanduíches que eu dava a ela na hora do lanche – manteiga *podre*, carne *podre*, pão *podre* (tudo isso ela ia jogando aos poucos, preferindo, pelo visto, o "croissant" do café – sou tão fácil de enganar!). Dá para imaginar, Vera, tudo *isso* – em todos os cantos, em todas as prateleiras, atrás de todos os armários, embaixo de todas as mesas. Sem fim.

E que efeito horrível isso tem sobre Mur: estou eternamente no meio da sujeira, eternamente com a vassoura e a pazinha na mão, sempre apressada, sempre nos cantos, no meio da desordem, no carvão[*] – uma lixeira *ambulante*. E com os "diabos!" de praxe. – "Ah! diabo! isso, ainda! Di-a-bo!", e não dá para eu me conformar, pois isso tudo não é feito em nome de algo superior, mas *inferior*: a preguiça e a sujeira de alguém.

Mur – com seus São Luíses – e Felipes – e eu – do meu canto, da minha poça. Dueto contínuo, incessante.

Conformar-me? Mas em nome de quê? Todos, sem exceção, me acham "poeta", "desprovida de senso prático", tonta – no dia-a-dia, moralmente – um tirano, e aqueles que estão à minha volta são vítimas, e não vêem que não consigo sair da sujeira dos outros, que estou *de joelhos* (*fisicamente*, na imensa poça de roupa e de louça para lavar), servindo – não se sabe a quem!

---

[*] Jogo de palavras entre *uglákh* ("cantos"), *uzlákh* ("emaranhados") e *ugliákh* ("carvões"). (N. de T.)

Caso se tratasse de uma reclusão solitária, de um convento – haveria uma regra, a tranqüilidade! Caso se tratasse de uma vida de cozinheira ou lavadeira – então, haveria um *rio e o que queimar*! Melhor ainda – o próprio fogo! É isso que direi a Deus no Juízo Final. Pecado?? Expiação? Oh, oh!

Mas, de resto, sou muito quieta, meus "diabos" são apenas um refrão, quem sabe um *Leitmotiv*. Não são diabos assustadores, têm o rabo sem pêlos, são de casa, dão pena.

Sinto uma terrível vontade de escrever. Versos. E – em geral. Chega até a doer. Ontem – um encontro maravilhoso no correio com um chinês que não dizia nem entendia uma única palavra de francês. Vera, *em alemão*! Completamente inocente.

E a moça do correio (ele vendia porta-níqueis e flores de papel) – *C'est curieux comme le chinois ressemble à l'anglais!* E eu: *Mais c'est* allemand *qu'il vous parle!*[2].

Assim, tornei-me a intérprete do meu chinês. De repente: "Você, russa? Moscou? Leningrado? Bem!". Acontece que ele vinha da Rússia. Despedimo-nos apertando a mão, num amor total. E Mur, que tinha presenciado a cena:

---

[2] Em francês, no original: "É curioso como o chinês se parece com o inglês". "Mas é em alemão que ele fala a você." A esse episódio MT irá consagrar o conto "O chinês", publicado em outubro de 1934.

— Mamãe! Os chineses são tão mais russos que os franceses!

Cara Vera, como eu teria gostado de partir e vender portaníqueis com esse chinês ou, melhor ainda, pegá-lo como babá para Mur e para mim – para consolo da minha alma! Como ele lavaria bem e como passaria, e como prepararia coisas *horríveis* para comer, e como passearia com Mur pelos bosques de Clamart, e jogaria bola com ele!

Meus *bem-amados*: os chineses e os negros. Quem mais detesto: os japoneses e as frances*as*. Minha maior desgraça é não ter me casado com um negro; eu teria agora um Mur cor café ou, quem sabe – verde! Quando, às vezes, um negro fica ao meu lado no metrô, sinto-me feliz, magnificada.

A propósito, o meu *não*-verde Mur estuda divinamente, fica cada vez mais inteligente não de um dia para outro, mas de uma hora para outra, não se deixa desacorçoar pelos montes de sujeira. (– Mamãe, deixe para lá! Vá escrever! Uma traça, e daí? As sujeiras de Ália, e daí?... – O que você tem com isso???)

Lavei o casaco dele, de quando era pequeno, de lã de camelo, e o pendurei na janela. – "Olhe, Mur, veja seu casaco de camelo de quando você era pequeno. Está vendo os pêlos?" E ele, compenetrado: – "De camelo mesmo??? (Preocupado.) – Mas onde estão as corcovas?".

Depois da cena lamentável das traças e da naftalina:

– Está vendo, Mur, o que significa esta desordem? Dá até medo!

– Que horror! E ainda vai ter morcego[*] voando!

---

[*] MT usa a expressão francesa *chauve-souris*. (N. de T.)

Recebi, cara Vera, *Thérese*[3]. Terei cuidado com ela e a devolverei a você. Mas receio apenas que a invejarei. Amar a *Deus* é um destino invejável!
De tanto cuidado curvou-se Deus

    e calou.
    Mas eis que sorri, eis que cria
    muitos anjos santos
    De corpos irradiando
    luz.
    Há de asas gigantes
    Mas sem asas, também...
    Se choro demais,
    É porque –
    Mais do que a Deus, amei
    Seus anjos enlevantes.
                        (Moscou, 1916)

Agora, porém, já deixei de amar até mesmo os anjos!
Um abraço. Escreva.

[*Acrescentado à margem:*]
    Esta carta foi escrita a jato. Não repare nos erros que houver. Corro para buscar Mur.

Nessa mesma primavera de 1934, MT cria laços de amizade com outra mulher, também: Natália Gaidukiévitch (1890–1978), que na época vive em Vílnuis, na Lituânia (parte da Polônia, naquele tempo).

---

[3] A autobiografia de Thérèse de Lisieux.

Gaidukiévitch, que trabalha como professora de línguas estrangeiras, escreveu a MT por terem tido conhecidos comuns na Moscou pré-revolucionária e por ela admirar seus poemas. MT responde-lhe longamente, e entre as duas mulheres, que jamais se encontrarão, instaura-se uma intensa correspondência. É precisamente essa distância que parece permitir a MT falar livremente de si própria e das dificuldades que ela tem com seus filhos.

A Natália Gaidukiévitch[4]:

Clamart (Seine)
10, rue Lazare-Carnot
1º de junho de 1934.

Se você concorda comigo que a melhor forma de gratidão é a alegria que envolve o dom (e o doador!) gostaria que você tivesse visto a minha – justamente, que tivesse visto com seus olhos – em primeiro lugar, quando abri o pacote, não – antes de abri-lo, como eu já estava admirada com seu peso (quanta felicidade assegurada!) depois – com seu aspecto: o papelão azul de embalagem no qual estavam arrumadinhos os dois tomos sobrepostos – maravilhada, em seguida – com a escrita gótica (que adoro!) e depois – com os nomes nórdicos, noruegueses, tão amados[5].

E, então, veja: fiquei dando voltas até a noite do dia seguinte, abstendo-me não apenas de lê-los e folheá-los, mas até

---

[4] Para esta carta e a seguinte, © *Lettres du grenier de Wilno*, Paris, Syrtes, 2004.

[5] Em uma carta anterior, MT havia pedido a sua correspondente que lhe enviasse, se possível, a obra *Die Juwikinger* de Olav Duun, em dois volumes.

de tocá-los: coloquei-os na cabeceira da cama (como faz o cão
– com seu osso favorito!) e tive o cuidado de não roçá-los e
mesmo, quem sabe como um cão, rosnei bem baixinho – como
prova da alegria pressentida: um festim, *Schmaus*[6]!
(Da mesma forma, desde criança, nunca lia logo as cartas.
Agora – as leio, uma vez que a maioria delas é do redator dos
Anais Contemporâneos – o último prefeito de Moscou – Rudnióv – com mais uma obscenidade, seja – sobre os honorários,
seja sobre o manuscrito, mas, no fundo, sempre a mesma coisa: ou os honorários foram reduzidos, ou o manuscrito deverá
ser encurtado. Leio *essas* cartas [indecentes] imediatamente:
como um cão avança sobre algo suspeito.)
Agora, vamos ao livro (pois você – em parte – é também
o autor!). Até agora, cheguei a um terço do primeiro volume.
É uma verdadeira torrente. A torrente da *estirpe*, o sangue formando e reformando aqueles mesmos rostos sobre as margens
imóveis dos tempos. Não há rostos, há um único rosto – o da
estirpe. (Você se lembra? Você me escreveu a respeito daquela
primeira Varenka e depois, da segunda: "Não creio na simplicidade dessa família" – quer dizer: desse sangue! Significa –
que você conhece essa força. Como me sinto tranqüila, segura,
como é *natural* para mim – escrever-lhe!) O rosto – da estirpe
e o rosto – da natureza. Apenas um homem poderia ter escrito, composto um livro assim (não um livro, mas um tijolo!),
eu – não poderia (Undset, meu *igual* em força, também não
pôde). Para mim, cada um é uma pessoa dada, irrevogável, e
mesmo eu, tão submersa nos antepassados, não consigo sentir
– no lugar deles. Eles, todos eles, juntando-se (cruzando-se,

---

[6] Em alemão, no original: "festim". (N. de T.)

misturando-se), geraram a mim. Depois de mim – não haverá mais. A estirpe termina – em mim, embora eu tenha filhos. (Minha filha não puxou a mim – nem a eles: nem a *isso*; ela saiu como a família do pai, meu filho é *meu* – unicamente pela *força*, mas uma força cujo conteúdo é outro: *não é* lírico. Meu filho é um rebento de minha *força*, não de minha *essência*: um ramo que soube se afastar bem longe e cobrir com sua sombra uma *outra* terra.)

Em Olav Duun – ao contrário, em um terço do primeiro volume apenas, chega-se talvez até o último da linhagem – o pai – igual ao filho – igual ao neto – igual ao tataraneto – de modo que, no final das contas, lemos sempre sobre a mesma pessoa.

As paisagens são magníficas. Como é pobre o rico sul frente ao pobre norte! Agora conheço quatro pessoas do norte: Andersen, Lagerlof, Sigrid Undset e Olav Duun – e todos são da mesma linhagem: frutos da terra. Cada um deles é mais forte e mais rico que o outro. (Em cada um deles, a terra é *uma vez mais* a mais forte!) Esqueci Hamsun – também uma força amada que conseguiu superar (como, aliás, sua genial contemporânea Lagerlof) o fim do século passado (fatal para a criação). O mais mágico – Andersen, a mais original – Lagerlof, a mais humana – Undset, o mais determinado (obstinado) – Olav Duun. (Todos eles são mágicos, todos – originais, todos – humanos, falo somente daquilo que domina – sobre o fundo da mesma *força*.)

Mas perdoe-me por esta "resenha nórdica"; em primeiro lugar ela é uma espécie de volta natural à fonte (você); em segundo, o norte é minha paixão, absolutamente não "literária", mas uma paixão ardente, sincera, vital, essencial, o norte inteiro, com seus Nibelungos, finlandeses, fiordes e aquela natureza que nunca vi nem nunca verei, mas que é *minha*. Que eu – reconheço.

O norte é o amor com um obstáculo, o sul é simples demais de amar, quem não o ama? (Eu mesma – como o amo!) É como amar um gato siamês. (Dá até vergonha, é um amor obrigatório, notório.) Oh, como eu gostaria de viver ainda cem vidas (*no passado*, não no futuro!) para travar conhecimento com tudo o que eu já sabia, ver com meus olhos tudo o que eu via – de olhos fechados! A miséria de minha vida – há anos! Você *não* conseguiria imaginar. Miséria, ou seja, simplesmente a falta de impressões. Depois de cinco verões (e invernos também, mas o verão – é particularmente doído), sempre os limites da "floresta" de Clamart – com caixas de sardinhas e jornais gordurosos, com grama incansavelmente pisada. Entretanto, a esta miséria – como me agarro! Não deixam de ser – folhas. Pois – ou era Paris o ano inteiro, ou – isso (uma aparência de natureza e liberdade). Aí está, escolhi isso, novamente (por acaso isso é uma escolha???). Quer dizer, aluguei um apartamento no sexto andar (sem elevador, mas – a falta do elevador – assusta os outros, é do elevador que – tenho medo! Além disso, com elevador seriam com certeza mil francos a mais por ano), e assim, sem elevador, bem abaixo do teto, no verão é o quarto de chumbo de Edgard Poe e, no inverno – uma geleira, apesar de a zeladora alegar que é uma estufa. Com duas varandas a prumo, estreitas, esquisitas como saídas de um pesadelo, varandas que, lirismo à parte, assustam-me por causa de meu filho, que não consegue ver nenhuma sacada sem nela pôr os pés – será necessário colocar alguma rede, quer dizer, transformar a varanda em gaiola (N. B.! com isso você não vira pássaro!). Dá para prever uma mudança *horrível*: carregar tudo na mão, pois a casa fica ao lado; na mão, até o sexto andar, quando, justamente, tive um azar incrível: depois de dois meses de abscessos contínuos chegou-se à conclusão de que meus gânglios e tendões já estavam tomados: agora, a cada dois dias vou à cidade, a uma clínica gratuita para desempregados (cinco francos por cada consulta), e a cada dois dias dão-me uma injeção, ora numa perna, ora na outra; a dor é tanta que mal consigo andar de um quarto a outro, e ainda falta uma porção de injeções. Mas – desculpe-me por ter mudado de assunto.

A miséria das minhas impressões (ou seja, sua *total* ausência: zero, nada!) e minha profunda solidão, no meio da dezena de pessoas de sempre (os meus, incluídos) com a qual vivo. – "É o que você queria." (É isso que *todos* vivem me dizendo, com maldade – inclusive). Oh, não. Não era isso. Eu não queria nada. Tudo saiu assim (ou *não* saiu?). E, mesmo que eu quisesse alguma coisa – *não* seria isso, mas a solidão completa atrás de um grande muro (de uma fortaleza? de um mosteiro? – *do passado!*), uma pequena lucarna, uma grande escadaria, uma grande vista, um grande jardim, um grande silêncio. E não ser jogada no meio das pessoas, exasperada, esmagada, vacilante num apartamento com suas "comodidades" duvidosas e, para mim, completamente inúteis: a água sai da torneira e o fogo pode ser aceso a qualquer hora. Na Tchecoslováquia, eu ia até o poço e no balde eu carregava – a lua; na Tchecoslováquia transportava os feixes de gravetos nas minhas costas – e que maravilha quando queimavam, que satisfação – mesmo quando soltavam fumaça! Evidentemente eu me aborrecia quando soltavam fumaça, mas isso era uma coisa viva: dessa minha briga com o fogo ou com os tocos de lenha eu nunca me queixava. E quando saía – era a floresta. Profunda, confiável, sem pessoas de boné à toa, sem bitucas, nua (quer dizer, toda cheia de plantinhas!), uma floresta sem gente. E de nossa casa – de nossa cabana – a última do vilarejo – partiam logo dez caminhos, todos eles para as montanhas, cada um para uma montanha diferente. E havia uns gansos dos quais eu tinha um medo terrível, mas hoje choro de saudade. Mais que tudo – havia os riachos!

... Além de meu caráter não dissimulado, fatalmente diferente de todos, minha pobreza e minha situação familiar afastaram as pessoas de mim. Pobre – sozinha – ainda passa, mas pobre – "em grupo"... Nem mesmo o calor da família, do círculo familiar, existe; todos somos diferentes e todos (e tudo) nos desencontramos; não é apenas comigo que as pessoas não gostam de ficar, é *conosco* (não existe nenhum "conosco"). Ao menor pretexto (o gás está forte demais, o pano de chão sumiu etc.) – ou seja, por razões profundas e fundamentais, lá vêm os gritos: – Vá viver sozinha! Ou (eu): – Pego Mur e vou-me embora! Ou (minha filha): – Não pense que eu vá passar toda a minha vida lavando a louça para *você*! (N. B.! trata-se apenas do prato dela, que ela deve lavar – pois janta às *dez horas da noite*, quando volta do trabalho, e eu, que passei o dia inteiro lavando, já não agüento mais, e *não quero*.) Apesar disso – não nos separamos, ninguém tem coragem, apesar de tudo, meu marido e eu temos mais de vinte anos de vida em comum, e ele – à moda dele, me ama, mas – não me suporta, como eu – a ele. Em algumas grandes linhas: a espiritualidade, a maneira desinteressada de ser, o desprendimento – concordamos (ele é um ser maravilhoso), mas na educação, na organização e no ritmo de vida – somos completamente diferentes. Quando me casei, eu era (por sinal, desde nascença) um ser amadurecido, ele – não; só que depois desses vinte anos de formação contínua ele amadureceu – num outro sentido, muitas vezes – inconcebível. Diferença principal: seu lado social e sociável – e o meu gênio (de lobo) solitário. Ele não consegue viver sem jornais e eu não consigo viver em uma casa e em um mundo onde o ator principal é o jornal. Estou completamente por fora desses acontecimentos nos quais ele está completamente mergulhado. Eu havia encontrado um garoto solitário (dezessete anos) maravilhoso que havia acabado de perder a mãe adorada e o irmão quase da mesma idade que ele. É este o motivo pelo qual me "casei", para ser uma barreira contra a morte. De outra forma, dificilmente eu teria alguma vez tido um "marido". Agora posso dizer: casar cedo é uma perdição. Mesmo com alguém de sua idade.

Há muitos, infelizmente, que se parecem comigo, não sou a única, mas se esses muitos são muitos no mundo, na vida – eles são poucos, e estão sempre sozinhos, cada um deles está só. Se há muitos deles no espaço (lugar e tempo), não o são em número, nem sequer há dois ao mesmo tempo! Cada um deles é envolvido – pelo círculo da solidão. Exatamente como se fossem membros de uma conspiração mundial, que *não devessem* se encontrar. É por isso que eu gostaria tanto de me encontrar com você – na vida. Senão, que diferença haveria com o outro mundo? Lá também – vozes...

E depois – há tanto tempo não gosto de ninguém, não me alegro com ninguém, não espero ninguém – nem *nada!* Oh, para mim tanto faz: um homem, uma mulher, uma criança, um velho – conquanto eu ame! Que seja *eu* a amar. Antes, era só disso que eu vivia. Ouvir música, ler (ou escrever) versos, ou simplesmente – ver uma nuvem que passa no céu – e logo surgiria um rosto, uma voz, um nome a quem *dirigir* minha melancolia. Mas agora – e há quanto tempo – há anos! *Ninguém* aparece. E minha nuvem deita-se sobre mim com todo o seu peso. – É por isso que me identifico, entro plenamente em livros tão grandes. Obrigada pelo seu.

Escreva. Desculpe se a entristeci. Não tenho ninguém mais a quem contar tudo isso. Só tenho uma única amiga – entre toda essa gente – já de uma certa idade – a viúva de Leonid Andréiev[7], da qual sou bem próxima desde a Tchecoslováquia, mas ela tem os seus problemas: quatro filhos – cada um para um lado. Além dela, não há alma viva, em toda Paris. Fora de Paris – no mundo – em Moscou, há minha irmã e Boris Pasternak. Havia Rilke, mas ele morreu e agora ele também – é uma voz.

Você chegou a ler meu *Biéli*? Vou tentar enviar-lhe um exemplar pelas mãos de alguém de confiança. Uma coisinha saiu também no último número dos *Encontros* – "Os flagelantes": é um pedacinho de minha infância.

Abraço-a.

M. T.

Nosso endereço continuará o mesmo até 1º de julho.

– Se eu me pareço com a foto que lhe enviei? (o "Leão" se parece[8]?)

[*Acrescentado à margem:*]
Escreva-me, por favor, o seu sobrenome paterno.

---

[7] Trata-se de Anna Andréieva.

[8] MT enviou uma foto dela mesma diante do "leão" da Exposição Colonial de 1931.

E, no final do verão, MT volta ao mesmo assunto.
À mesma:

Vanves (Seine)
33 rue Jean-Baptiste-Potin
29 de setembro de 1934.

Cara Natacha,
Sua carta, apesar do 31, chegou assim mesmo, coisa por sinal completamente surpreendente, uma vez que não existe ninguém tão sem faro (ou interesse) como um carteiro francês. Mas em Clamart somos uma espécie de celebridade: mudamos freqüentemente, e os carteiros, de tanto nos procurarem para nos entregarem as cartas, estão sempre com os braços (e as pernas) bambos. Lembre-se, então, o número é 33, e não 31 – e isso vale para o inverno inteirinho, até que, na primavera, não nos baixe novamente a vontade de novos lugares. Como nos nômades e nos cachorros (vadios. Outros, não tive.)

Querida Natacha, vamos sonhar um pouco – sobre o verão. Antes de tudo, porém, é preciso esclarecer: o que você quer, a mim ou a Paris? Ou – a mim e a Paris? Ou – a Paris e a mim? Isso porque, infelizmente, em julho pode ser que eu torne a ir a alguma estância próxima – por causa de Mur e por Mur, e não apenas devido à saúde – mas, *por sua alma,* já *perigosamente* citadina e ressecada pelas atrações visuais: os caleidoscópios das propagandas, os anúncios, as vitrines, toda essa barafunda gratuita e perversa de *muros* que escondem – a essência.

Pode ser que não dê certo, pois ele está crescendo claramente como alguém de sua época e de mim só tem *a força,* um ser: invulnerável. Também sou invunerável, mas somente por ter passado pela vulnerabilidade de tudo: pela sensibilidade de tudo e não pela insensibilidade. Por isso, *não* vejo esse muro (dos anúncios, da prisão): vejo através dele; ele simplesmente não existe; há apenas a coisa e eu, sem o muro no meio. Derrubo-o *com o olhar*! (Entretanto, quanto – o detesto: coberto de cola, de cuspe, com as marcas de todas as vontades!) Já para Mur, aquilo é o paraíso: – "Mamãe! Um novo anúncio! Mamãe! Um novo *avis**". Em uma palavra, como na peça que há tempos escrevi sobre Lauzun[9]:

– Tudo, tudo é do gosto dele – conquanto seja novo!

O único derivativo são – *as vacas*. E eu, Natacha, quando era criança, não gostava das vacas; aquilo de que eu gostava no campo não eram as vacas, mas – as árvores: minha própria alma. As atrações visuais (tudo o que era preciso *olhar*) eu detestava desde criança: a ópera, o balé, o *Centenaire du Canton de Vaud*** – que sacrifício! Ficar sentada – e olhar. Da mesma forma que detestava – os jogos; achava aquilo besta e sentia vergonha – até hoje não posso engolir – inclusive o tênis, com a bola e a rede, Natacha, também não posso. É por isso que fiquei *sozinha* a vida inteira (no amor, também) e quando estava com alguém gostava apenas de conversar – e de andar, com passos grandes, pela grande natureza. Qualquer outra coisa sempre me pareceu insuportável – *entediante* e *besta*. Isso, tanto quanto consigo lembrar. Em Mur – não reconheço nada disso. Ele tem duas paixões: o ESTUDO e a DIVERSÃO, meus dois grandes aborrecimentos, pois estudar também – eu detestava, nunca estudei nada, nunca aprendi nada, o que sei – veio sozinho:

---

* Em francês, no original: "anúncio, propaganda". (N. de T.)

[9] Trata-se de *A fortuna* (1919).

** Em francês, no original: "Centenário do Cantão de Vaud". (N. de T.)

entrando plenamente na coisa, *soldando-me* a ela. Foi assim que conheci Goethe, Napoleão, as mulheres do século XVIII, agora – a Noruega e, talvez a única coisa que eu conheça realmente – a alma humana: forte e solitária. Sempre senti aversão pelos jornais; Mur – se compraz neles e eu *nada* posso fazer, uma vez que nossa casa está repleta de jornais e não é possível arrancá-los das mãos dele – *todos* os dias. Ele tem uma biblioteca infantil (juvenil) *divina*, os *melhores* livros – franceses e russos – mas ele *não* gosta de reler: "já li duas vezes"; ele não *vive* um livro, ele galopa dentro dele, ele o devora – e está pronto para outro. Só que esse "outro" – são os romances de aventuras, tanto nas mãos quanto nos olhos (nas vitrines) e todo o seu vocabulário vem de lá, como: *le sang giclait* (que obscenidade!) *de son crâne fracassé** – seguem-se tiradas inteiras, bem escolares. Luto *sozinha*, se eu estivesse *sozinha* com ele, teríamos chegado a um acordo, mas *não* estou só, o pai deixa-o fazer *tudo*: em primeiro lugar – é menos cansativo, em segundo – ele mesmo é completamente consumido pela coisa pública, *todo* mergulhado nos jornais, ele diz: "os romances de aventuras – são o romantismo da infância". Só que Mur tem nove anos e meio. Compreenda-me bem: como posso ser contra – a Aventura? A Aventura – sim, mas com letra *maiúscula*, em *primeira* mão: Júlio Verne, sim; Dumas – sim, mas não "uma legião de nomes", *não* subliteratura para encher o bolso – de editores e escritores medíocres. Mur se alimenta de lixo e tenho de ficar olhando. Pois é só eu dizer uma palavra e o pai: "Você é uma tirana, você estraga-lhe a infância, você é um *gendarme* [policial], você

---

* Em francês, no original: "O sangue esguichava de seu crânio esmagado". (N. de T.)

não o deixa respirar..." e assim por diante. *Na frente dele.* Por isso, Mur – tem uma espécie de condescendência em relação a mim: "Pobre mamãe, você não consegue compreender nada disso aqui!". (Nem os jornais, nem a técnica, nem os esportes, nada daquilo pelo qual ele vive.) Sem compreender que é justamente lá que está a minha *força*, e não minha fraqueza, pois, para "compreender" o tênis ou a enésima mulher cortada em pedaços ou a enésima queda de um ministério culpado de malversação – não é preciso ter uma grande esperteza. Não quero saber de nada disso! E Mur, com jeito de quem se compadece: "Pobre mamãe!". Ele fica me *julgando* o dia inteiro, nas coisas mínimas e nas coisas importantes: não o estou educando como se deve – "Você tem medo de tudo – é ridículo!" e eu não sei como ir da rua Victor Hugo à rua de Paris, *e escrevo de um jeito que ninguém quer publicar*, e não quero levantar a cabeça para nenhum dos aviões que passa (ele cai em cima de mim!), em poucas palavras, sou "desatualizada", e *amanhã* ele dirá "desinteressante". Ele tem razão, porque comigo ele se aborrece: não joguei nunca, não sei, de nascença; só sei conversar e o que interessa a ele é o *Concours technique Lépine**, as palavras cruzadas das *Últimas Notícias* ou uma nova marca de carro. De *Sans Famille* (com certeza você o conhece?) ele *não* gosta, *Lord Fauntleroy*** – ele não suporta, e fico sozinha com seus (meus!) livros de criança. Desde que nasceu – e, mesmo estando com ele continuamente – jamais exerci a menor pressão. Ele é uma

---

* Concurso instituído em 1902 pela prefeitura de polícia de Paris para premiar a melhor invenção técnica ou científica. (N. de T.)
** *Sem família* e *O pequeno Lorde Fauntleroy*, livros clássicos infanto-juvenis, respectivamente de Hector Malot (1830–1907) e Frances Burnett (1849–1924). (N. de T.)

pessoa já feita com gostos já definidos – e bem pior. *Vejo o caráter desesperado da situação, mas, mesmo assim, luto – por mim e por ele. E – não ganharei.* Com Ália, pior ainda. (Mur – pelo menos tem o meu físico – e minha *força – o meu material*.) Ália, antes de qualquer coisa, é "a criatura harmoniosa" que nunca fui e da qual *nunca* gostei: moderação em tudo, mesmo na inteligência – moderação, apesar de ser muito inteligente, mas sem ter (como eu) uma inteligência combativa e sim amável, complacente. Ela encanta *a todos* (sem exceção!). "Que moça ajuizada, suave, tranqüila. E – como ela é inteligente! E – tão talentosa. E – como tricota bem: mãos de fada! E como sabe brincar bem com as crianças..." Etc. Nada de *angular*, nada de *cortante*. Na infância amava-me *loucamente*, era uma *doença*, agora passou. Ela me *julga* incessantemente: não a deixei cursar o secundário (dei-lhe seis anos de escola de pintura), arruinei sua infância e juventude (toda manhã, das dez horas ao meio dia passeava com Mur – no *maravilhoso* parque de Bellevue e depois no bosque de Meudon e lavava a louça sem o menor cuidado) – durante longos anos, sustentei todos *sozinha* e *não podia* passear pela manhã. No outono passado, quando ela quis de qualquer jeito arrumar um emprego – difícil, mal remunerado e totalmente incompreensível: ajudante de dentista – eu disse a ela: "Ália, você sabe quem sou e quanto valho. Preciso de duas horas de manhã, para escrever. Não tenho ninguém que me ajude. Você me condena, com seu emprego, a não escrever. *Pense nisso*". Resposta: "Então você pensou que eu iria trabalhar a vida inteira aqui como *femme de ménage*?"*. E – a

---

* Em francês, no original: "empregada doméstica". (N. de T.)

minha resposta: "Como *femme de ménage* você trabalha MAL demais. Só as filhas trabalham assim".

E assim ela foi – por trezentos francos, sem comida (depois passaram a seiscentos francos) das oito e meia da manhã até as nove da noite, trabalhar até cair de cansaço – só para não ficar em casa: para não acompanhar Mur à escola e não lavar a louça. Enquanto o resto do dia era – para ela: ia aonde quisesse, desde os treze anos tinha uma liberdade quase total. Não, *eu* é que era insuportável com minha pretensão de não me parecer com ninguém e de julgar interiormente tudo o que não fosse de PRIMEIRA categoria. Comigo – é *moralmente* difícil. E, além disso, as eternas queixas: em nenhuma casa se lava a louça com água fria. – Em nenhuma casa se prepara comida por dois dias. – Em nenhuma casa se comem bolinhos de carne cinco dias por semana. – (Serioja e Ália – em coro) – Sem compreender que *para mim* seria bem mais simples lavar a louça com água fervendo – servir cada dia alguma coisa de "novo" – em lugar dos bolinhos, que levam um tempão para serem preparados; por exemplo uma *tranche de veau*[*] ou então, simplesmente presunto. E que *não* se trata de "sovinice", mas de falta de dinheiro. E tudo isso cria exasperação – da parte deles e da minha. Eles se sentem melhor fora de casa e eu me sinto melhor com todos do que com eles.

Ouça até o fim. Um exemplo: Serioja derrubou alguma coisa embaixo da mesa e fica tateando o chão para encontrá-la. (Ele é *muito* alto e a cozinha é apertada.) Mur, sem pestanejar, continua comendo. Eu: "Mur, pegue o que caiu! Como você pode ficar sentado enquanto seu pai está procurando? – Se-

---

[*] Em francês, no original: "corte de vitela". (N. de T.)

rioja, pare de procurar!'". Serioja não pára de procurar e Mur continua a comer, tranqüilamente – e de nos informar quanto às últimas bisbilhotices* das *Últimas Notícias*. Nem uma palavra que reforce o que digo, ao contrário, freqüentemente, uma – que me rebaixa. Ou então: "Não me intrometo na educação dele. Aquilo que você faz é – monstruoso". (*Na frente dele.*) Ora, o que é "monstruoso" é que eu, finalmente, não mais agüentando o prato *cheio* e a boca cheia *de palavras*, pego a colher e a enfio na boca dele. Então – um escândalo furioso. Acontece que Mur fala continuamente durante as refeições: o jantar (sopa e bolinhos de carne) dura *uma hora*. Na escola, ele se porta admiravelmente, pois, como toda *força*, aspira ao *poder* acima dele. Já em casa, é a anarquia, e, em casa, ele *se queixa*: "Que família horrível é a nossa!".

E isso – o dia inteiro. Ou, melhor: assim é meu dia. E quando Ália voltar (agora está na praia) – vai ser ainda pior, já me sinto gelada só de pensar no tom ousado e glacial como seu olhar (ela tem *imensos* olhos azul-claros) – por toda a sua invulnerabilidade: *não* a minha. Ela não se rebaixa até mim. Sou *vieux jeu***, sou uma pobre mulher "doente", que hoje, pelo visto, não dormiu direito novamente. "Seria melhor que você fosse deitar mais cedo." Tenho medo de *não* amar os filhos dela, quando os tiver – ninguém me ofendeu tanto assim. O ano passado inteiro foi um verdadeiro suplício. Tanto mais que o pai toma o partido dela: *eu* arruinei a vida dela, *eu* a privei de sua juventude transformando-a em babá (sendo que eu, a não ser

---

* A palavra *feuilleton*, tanto em russo quanto em francês, tem aqui este sentido. (N. de T.)
** Em francês, no original: "jogo velho", usado aqui no sentido de alguém ultrapassado. (N. de T.)

entre as dez e meio-dia, sempre estive com Mur, desde que nasceu, o dia *inteiro*), *todo mundo* me evita, sou a anedota do bairro – e tudo isso na frente dela. E ela ouve *friamente*. Sem ceder.

E depois: "Mamãe! Como a senhora declamou bonito!". (Num sarau.) "Mamãe, como a senhora estava bonita!" "Mamãe, que lindo o que a senhora falou do verão 'rubro e suave'..." Por – quê? Por que – *isso*? Isso – é julgar *a si própria*. Sou a mesma pessoa, no palco – e na cozinha com os bolinhos. Pois foi a mesma pessoa, o eu-dos-bolinhos-de-carne que escreveu aquilo que o eu-do-palco leu.

É verdade – possuo uma sensibilidade exagerada para os ruídos. A Mur: "Pare de assobiar!". (Eu mesma quase assobio de tanta exasperação.) E a Ália: "Pare de cantar!". E a resposta (dela): "Que é isso, mamãe! Nem cantar pode? Por acaso nós (arrastando a voz) estamos numa prisão? – Eu trabalho. – Mas, mesmo na prisão, que eu saiba, não é proibido cantar, ou é? – E no seu serviço? – Por acaso em casa a gente está no serviço?". E assim por diante.

Digo baixinho: – É um inferno.

> A mim inteira, com o verde
> Daquela – modorra –
> Insidiosa e lenta
> devorou-me – a masmorra.[10]

(A chave do enigma é que Serioja morre de vontade de voltar à Rússia, de ser um novo homem, ele adotou tudo – de lá e vive apenas disso, e me arrasta, mas não quero, não posso,

---

[10] Poema inacabado de 1928.

detesto o mundo novo – com *todas* as suas manifestações, *eu* vou até ele, mas ele não vem até mim, não se trata de política, mas do "homem novo" – inumano, meio-máquina, meio-macaco, meio-carneiro, de uma maneira geral – um touro: um *tourcarneiro* (isso existe!).

Natacha, *não tenho futuro*. Depois da mudança de casa, nem sequer os retratos – Mur criança, Boris Pasternak, Rilke – pendurei. – "Por pouco tempo, não vale a pena." E isso não pelo fato de termos, talvez, mais uma vez, de mudar para um novo apartamento, mas – para um novo país, ESTRANGEIRO, onde morrerei logo em seguida: sozinha, contra 160 milhões. Lá, perderei Mur completamente e para sempre. Ália – *já a* perdi. (Ela tem *vinte e um* anos e, como ela diz, não é "criança".) Estou completamente sozinha. Serioja sente por mim um "velho hábito" – um resto de ligação: ele não havia ainda completado dezessete anos quando nos encontramos e tinha acabado de perder (tragicamente) a mãe e o irmão. Quanto a escrever, é a *minha função*, uma função em mim – como respirar. Aqui, sinto-me feliz e serena. E o que há neste lugar são papéis.

Então – como será o verão? Você quer ir comigo à estância? Quanto ao mar, tenho pouca esperança.

Meu filho e eu – lugar algum:
Os mares todos – uma lacuna:
Quem tem mil réis cortado ao meio
Para o oceano – não tem meios!
                          (1933)

Jamais pude decidir: uma nota de cinco – ou de dez rublos*.
Mas – pode ser... Naturalmente, seria uma bênção – o mar. Eu o amo particularmente no outono, quando todos já foram embora. Há uma pequena ilha *não cara*, a *Île d'Yeu (Dieu)*, é lá que vão freqüentemente os russos de poucos meios. É na Vandéia. Lá só há pescadores. Poderíamos ir juntas. Quanto a Paris, a vida lá não é cara. É possível encontrar um quarto por cem francos – só que (como Blok) "rente ao telhado". Você também poderia – se não tem medo da *banlieue* [subúrbio] – viver em nossa casa, em Vanves – caso nós já estejamos na estância. Moramos a dez minutos a pé do metrô. Mas há bastante tempo – decidimos depois. As aulas de Mur terminam no dia 1º de julho – e as suas, quando?!

Terminei minha prosa *Mamãe e a música*, agora estou escrevendo uns poemas – DOS QUAIS NINGUÉM PRECISA.

Um abraço.

M. T.

[*Acrescentado à margem:*]
O tempo, agora, está maravilhoso. Como passearíamos bem, juntas! Não pelo tempo em si, mas para revivescer.

Tenho um presente incrível para você, mas não pode ser *enviado*: a alfândega. Será que não haveria um jeito? Não se esqueça de me responder.

Não, não direi o que é, mas – *maravilhoso*.

---

* Traduziu-se *deciátchka*, nome popular russo para a nota de dez rublos, por "mil réis". (N. de T.)

Esperar até o verão – é tempo demais.
Um presente – para a vida inteira.

Não fale de mim (de minhas agruras) COM NINGUÉM. Mesmo a Ássia, nas minhas cartas a Moscou, não escrevo nada: odeio a transparência. Escrevo-lhe porque você não me conhece – e me conhece, porque com você eu me sinto plenamente livre – DA ILUSÃO.
Biéli e eu nada temos em comum, a não ser a parte trágica que cabe ao poeta: uma vida de cão, a solidão. Realmente, não há poetas, há – o poeta. Um único, em todos eles. Nós éramos ISSO, ele e eu...

Pelo que ouvi, você tem um cão *maravilhoso: Psichtchê*! Li isso até para Mur. Mande-nos a foto. Que cruzamento magnífico! Quando eu era criança, devido a minha fidelidade e ferocidade, haviam-me apelidado de "pastor-alemão".
E "não-me-toques" – *naturalmente*. Um dia contarei.

Nessa mesma época, Vera Búnin continua sendo sua fiel amiga e confidente. MT conta-lhe a continuação da história.
A Vera Búnin:

Vanves (Seine)
33, rue Jean-Baptiste-Potin
22 de novembro de 1934.

Cara Vera,
Todas as minhas cartas são "entre nós", mas esta é "completamente entre nós", porque é – meu fiasco, e eu não quero

que sintam pena de mim. Hão de julgar-me, de qualquer maneira.

Minhas relações com Ália, como você sabe, foram cada vez mais se deteriorando nestes últimos anos. A linha que ela adotou era – ação sem palavras. Tudo em oposição e tudo em silêncio. (Houve palavras também, terrivelmente insolentes mesmo, mas o tom ainda era moderado. Palavras – sem grande importância, nenhuma delas definitiva.)

O pai a apoiava em tudo, ela sempre estava certa e eu, errada, inclusive quando ela pisou no saco de areia para o gato e, depois de espalhá-la, obviamente, por todo lado, ficou semanas sem recolhê-la com a vassoura, pisando na areia sem parar, pois o saco estava junto à porta de entrada. A areia – "um grãozinho de *areia*", *tudo* era assim.

Neste verão ela esteve na praia com uma família de judeus alemães e, quando ela voltou, portou-se bem por uns dez dias – por inércia, automaticamente. Mas, depois, voltou ao que ela é realmente: preguiça, insolência, recusa de qualquer tipo de trabalho, visitas ininterruptas a todos os seus conhecidos, fuga diante de tudo o que há de sério, de seus próprios desenhos (havia pedidos para desenhos de moda), ou mesmo de lavar sua blusa. Depois que ela voltou, no fim do verão, eu lhe propus um ou dois anos de liberdade, sem trabalho algum, para ela poder terminar a escola de pintura (depois de três anos de estudo, de repente saiu para trabalhar com Gravónski, onde trabalhou tanto que passou a ter desmaios contínuos devido à anemia e à magreza esquelética: isso ela herdou do pai). Então, ofereci-lhe terminar a escola (onde ela era a melhor aluna e não pagava nada) e receber o diploma. – Sim, ótimo, telefonarei sem falta... (Variantes: irei, escreverei...) Passaram-se sete semanas

— nem uma visita, nem um telefonema, nem uma carta. Todas as noites ela saía – ou para visitar alguém, ou para ir ao cinema, ou – para ir à cartomante, ou para ir a não sei qual debate em um lugar qualquer, e voltava à uma hora da manhã. De manhã, não se levantava e à tarde estava sonolenta e agressiva, importunando a todos. Para terminar, eu lhe digo: – Ália, ou você vai à escola ou encontra um emprego: continuar assim – não dá, todos trabalhamos, todos – trabalham e você – está abusando.

Dois dias mais tarde ela volta depois de se encontrar com não sei quais pessoas novas que lhe haviam prometido não sei o quê. Ela vai ao seu quarto e senta-se para escrever uma carta. E eu – a ela: "Então? Como foi? Há esperança de ganhar alguma coisa?". E ela, do outro quarto: "Sim, eles vão precisar de ilustrações e, às vezes, de pequenos artigos. Quinhentos francos por mês. Mas, para isso, tenho de alugar um quarto na cidade".

Engulo aquilo e continuo por inércia (prática e maternal): "Mas com quinhentos francos não dá para você viver. O quarto em Paris não ficará por menos de duzentos francos, sobrarão trezentos – para todo o resto: comida, transporte, lavanderia, calçados, – etc. Para que pagar um quarto se é um trabalho que você pode fazer em casa? Você só terá de entregá-lo". "Não – estarei ocupada o dia inteiro e depois sempre há algum trabalho para fazer na casa." (N. B.! Se você visse o abandono em que se encontra a nossa casa, saberia como sou pouco exigente.) E isso... me tira a concentração.

Vera, nem uma palavra, nem um pensamento *para mim*, nem um mínimo gesto. "Alugar um quarto." Ponto.

Ela nunca viveu só – no ano passado ela tinha um emprego, mas morava em casa; neste verão esteve na casa de uma *família*. Ela compreende perfeitamente que não se trata de se instalar num quarto, mas de sair de casa – *para sempre*: dos "quartos" – não se retorna. Teria bastado uma palavra: "Quero experimentar viver sozinha". Ou, então: "O que você me aconselha, ficar com este lugar?". (Lugar, acho, não há nenhum, mas, mesmo se houvesse...) Não – nada. Apenas um muro, com a decisão tomada.

Vera, até os quatorze anos ela me amava – perdidamente. Eu *tinha até medo* de tanto amor, pois eu VIA que, se morresse – ela também morreria. Ela vivia somente por mim. E *depois disso*: depois de toda a sua infância e de minha juventude também, depois de todo o horror que partilhamos da Rússia soviética, toda a maravilhosa Tchecoslováquia juntas, a infância de Mur, o parque de sonho de Meudon, os anos felizes (o verão) na praia, todo nosso pobre bosque de Meudon-Clamart; depois da miséria que amargamos juntas, seus encantos (os presentes baratos, os pinheiros mirrados e mágicos, as compras proveitosas nas feiras etc.) – nem sequer um gesto.

A Chirínskaia me prejudicou muito (seria mais correto dizer, *a* prejudicou), insuflando-a de maneira contínua e imperceptível contra a minha "tirania" e inundando-lhe os ouvidos e a alma com bisbilhotices e mexericos, levando-a a encontrar não sei quem, arrastando-a para o partido de Chirínski[11] – ela precisava de Ália como ornamento e, talvez também, como minha filha – *depois de tê-la adulado* com todas as suas forças, depois de ter aprovado (esse era o sistema!) *tudo* que era dela, sonhando tingi-la de vermelho. Como eu farejasse alguma coisa ou simplesmente *vendo* o efeito sobre Ália, há pelo menos seis

---

[11] Iúri Alekséievitch Chirínski-Chákhmatov (1890–1942), emigrado em Paris desde 1920, era, em 1933, um dos organizadores do primeiro congresso dos representantes das tendências "pós-revolucionárias".

Vivendo sob o fogo

meses, rompi qualquer relacionamento com Chirínskaia, apesar de suas numerosas tentativas de mantê-lo. (Ela precisa de *todos*.) Mas Ália continuou a ir lá e a se anular. Houve também esse trabalho com Gavrónski e a amizade com sua assistente meio tonta, ex-Volkónski (por parte de seu marido). Uma colegial histérica e besta que se apaixonou por Ália com um amor de colegial – cheio de ciúmes, de lágrimas, de telegramas, de vaticínios em comum etc. (Ela tinha 36 anos, Ália – apenas – 21.) Depois – PARIS: a rua, o boné de lado, os galanteios no metrô, as mulheres fatais nos filmes, *Vu et Lu*[12] que glorifica tudo o que é soviético, quer dizer, "livre"...

Vera, entenda-me: se ela tivesse um *romance*, um *amor*, mas não – nada, ela quer simplesmente se divertir: novos conhecidos, cinemas, cafés – Paris, em liberdade. *Tenho certeza* (não tenho essa preocupação) de que ela não terá problema algum para se casar: ela agrada *a todos* – sem exceção – é muito bem dotada, em *todos* os sentidos: pintura, escritura, trabalhos de agulha, sabe fazer *tudo* – e ganhará logo mil francos, com certeza. Mas ela irá perder a saúde e, talvez – a alma.

Agora julgue você mesma.

Eu não me intrometo mais na vida *dela*. Uma vez que – não há o menor gesto, também não o farei. (Nem exteriormente – tampouco inadvertidamente.) Os remédios normais não curam um caso – pouco normal. Nosso caso era assim, talvez até mesmo – único. (Guardo seus cadernos.)

---

[12] *Visto e Lido*, revista ilustrada bimestral publicada em Paris.

O sentimento maternal que eu tinha em relação a ela – também era pouco comum. Mas, mesmo assim, permaneço eu mesma. Não tome este "pouco comum" como um elogio; sobre os milagres o povo diz: "O milagre é assim: nem bom nem ruim". Se me disserem: "Acontece sempre, com todos" – isso nada me explicará, pois durante dois "setênios" (e isso é mais sério do que os "qüinqüênios") não acontecia como sempre, como com todos. Um caso fora do comum e que acaba como todo mundo. *Aí* está o mistério. E – "como todo mundo" é a estúpida maioria, porque quando existe algo de bom, e há algo de bom – não se age dessa forma. Que crueldade! Mudar de quarto, reduzir tudo a uma mudança. *Eu*, Vera, que durante toda a vida tive a reputação de ser cruel, não *os* deixei – nunca, em toda a vida, embora, às vezes, BEM que o quisesse! Desejo de uma outra vida, desejo de ser si própria, de liberdade, de ter toda a medida de si, de estar livre, simplesmente de – uma manhã feliz, sem nenhuma obrigação. Em 1924, não, minto – em 1923! Um amor desvairado, o mais forte de toda a minha vida[13] – chama-me, ardo de vontade, mas, *naturalmente*, fico: pois – Serioja – e Ália, *eles*, a família – como ficarão sem mim?! "Não poderei ser feliz andando sobre cadáveres" – essa foi minha última frase. Vera, não estou me queixando. Era – *eu*. De outra forma, simplesmente não poderia fazer. (O outro, eu o amava loucamente.) Quando, aos quatorze anos, li *Anna Kariênina*, sabia por antecipação que não deixaria "Serioja". Amar Vrónski e ficar com "Serioja". Pois não-amar é impossível, eu *também* sabia disso, principalmente no que me diz respeito. Mas a família era uma evidência tal em minha vida, que eu nunca a

---

[13] Trata-se de Konstantin Rodziévitch.

colocaria em jogo. Pegar a Ália e ir viver com alguém – era para mim tão monstruoso que eu teria deixado de apertar a mão a quem me tivesse sugerido algo assim.

Conto-lhe isso para que você veja como Ália me custou caro (Ália e Serioja). Passaria a vida inteira ardendo de vontade de me desprender deles – e não por um outro: por mim mesma, para me encontrar, encontrar minha solidão de mocinha dos Três Tanques[14] – tão curta! E, mesmo assim – para *poder* amar a quem eu quisesse! Talvez – todos. (Isso não teria dado certo, mas digo – *poder*, poder – dentro de si.) Recebi um dom terrível ao nascer – a consciência: a impossibilidade de suportar a dor dos outros.

Pode ser (como fui boba!) que eles tivessem sido *felizes* sem mim: bem mais felizes que comigo! Agora digo isso – com segurança. Mas quem poderia ter me convencido disso *naquela época*? Eu tinha tanta certeza (eles também acreditavam!) de ser *insubstituível*: de que sem mim – eles morreriam.

E, agora, sou para eles, principalmente para Serioja, pois Ália já se desvencilhou – um fardo, um fardo, um castigo dos céus. A vida é um total desencontro. Mur? Meu ponto de interrogação já é uma resposta. *Nada* sei. Todos eles querem *viver*, agir, *comunicar-se*, "construir a vida" – mesmo que seja apenas a própria (como se fosse um jogo de cubos! Como se ela se construísse assim! A vida deve surgir de dentro – *fatalement* [fatalmente] – ou seja, ser uma árvore e não uma casa. Como estou sozinha nisso – nisso, também!).

Vera, também tive vinte anos, inclusive, tinha dezesseis, até, quando estive em Paris pela primeira vez, *sozinha*. Não

---

[14] Rua de Moscou onde ficava a casa de MT.

trouxe de volta de lá nenhum chapéu, mas um *autêntico* autógrafo de Napoleão (foi roubado por conhecidos – na Revolução) e um busto *autêntico* do Rei de Roma[15] em porcelana de Sèvres. E vinte quilos de livros – em lugar de vinte quilos de vestidos. E uma pena interior muito grande pelo fato de uma certa professora da Aliança Francesa não gostar de mim *o suficiente*. Aí está minha Paris – com toda liberdade. Não tinha "amiguinhas". Quando as mocinhas davam risadinhas cutucando-se – eu me levantava e saía.

Vera, este episódio passa-se neste momento. Serioja e Ália se fecham na cozinha para que eu não possa entrar e conversam em voz abafada (planejam o futuro dela). Escuto: "... Então, quem sabe, as relações com sua mãe melhorarão". Eu: *"Não*, elas não melhorarão". Ália: "A 'mãe' está escutando". Eu: "Você tem coragem de falar assim? Pondo 'mãe' entre aspas?" "O que você tem, quer fazer lingüística: claro que é mãe, não é pai." (Era preciso ouvir esse "mãe" – zombeteiro e triunfante.) Eu – para Serioja –: "Então, você escutou, agora? O que você sente ao ouvir isso?". Serioja: *"Na-da"*.

(Acredito que nele haja uma espécie de ódio inconsciente em relação a mim, enquanto suposto obstáculo para sua nova vida, em sua forma definitiva. Isso apesar de eu dizer já há muito tempo: "Amanhã, se você quiser. *Eu* – não o seguro aqui".)

Sim, e diante de Ália ele diz que sou a rediviva A. A. Ilováiskaia e que é por isso que a descrevi tão bem.

---

[15] O Rei de Roma, filho de Napoleão Bonaparte, também aparece nos textos de MT como *l'Aiglon* ou o duque de Reichstadt.

Não, não sou A. A. Ilováiskaia ressuscitada, sou o retrato – de minha mãe. Para *abraçar* (como todas as mulheres!) depois do *insulto* – estou lá em posição de sentido ou com as mãos atrás das costas: para não matar. E é todo dia, toda hora, Vera, que eles me insultam em minha própria casa. Histérica. Tome valeriana. Precisa dormir mais, não está bem (N. B.! Quando, todas as noites, espero até à uma hora que Ália – volte de suas saídas, não consigo, é claro, adormecer imediatamente, não antes das duas, sendo que tenho de levantar às sete para levar Mur à escola. Khodassiévitch até me presenteou com bolinhas tapaouvidos, mas elas me impressionam: são meio sinistras e as deixei lá, cor-de-rosa, na bandejinha preta, ao lado da cama.) Ália puxou às irmãs de Serioja, que me detestavam e que deixaram morrer minha segunda filha, Irina (ela não tinha três anos). Quero dizer que, por não terem ficado com ela durante um mês, enquanto eu me mudava, condenaram-na a morrer de fome, num orfanato. – E como elas amavam as crianças! (Morta em 2 de fevereiro[16], dia da Apresentação de Nosso Senhor, em 1920, depois de cerca de dois meses no orfanato.) As irmãs trabalhavam na estrada de ferro e estavam muito bem instaladas, tinham de tudo, só que pensavam que Serioja tivesse morrido no exército.

É um dia maravilhoso, Vera – sol e passarinhos. À tarde irei com Mur à casa de alguém onde haverá uma Senhora que, quem sabe, possa achar um lugar para publicar meu manuscrito francês[17]. Se eu tivesse dinheiro – deixaria os dois aqui, Serioja e Ália, e seria eu a ir embora – para algum lugar, com Mur.

---

[16] De acordo com o novo calendário, a data da morte de Irina é 15 de fevereiro.

[17] Trata-se do ensaio "Lettre à l'amazone" de MT, que não será publicado.

Mas assim – é preciso ficar esperando as coisas acontecerem e chorar as últimas lágrimas e exaurir as últimas forças. Pela primeira vez, nestes dias, meu coração deu sinais de fraqueza – se ele não é duro como uma rocha, é ao menos fielmente dedicado! Não consigo andar depressa, mesmo em lugares planos. Eu, que a vida inteira – voei. Lembro-me de meu pai, que tão insolitamente, pela primeira vez – andou devagar comigo, pela nossa rua dos Três Tanques, atrapalhando-se com a minha rapidez. Foi o último passeio juntos – íamos até Maria Luísa, comprar uma manta para mim (a manta sobreviveu). Ele morreu dez dias depois. Agora Andrei também já não está. Nem os Três Tanques (a casa). Às vezes, parece-me que – eu também não. Mas, *com certeza*, eu me calejei.

M. T.

Numa outra carta (a Vera Búnin, em 10 de janeiro de 1935), MT evoca, rapidamente, o desgaste da vida familiar.

Em casa as coisas estão muito difíceis para mim, até mesmo (assim seriam para um outro!) insuportáveis. [...] Tudo me é estranho. A única coisa que continua intacta é a consciência da qualidade de Serguei Iákovlevitch e aquela piedade devido à qual, naquele tempo, tudo começou. Ália – falarei dela em uma próxima carta, talvez seja melhor não, pois é um verdadeiro veneno. E o pobre Mur, nós o atormentamos, e sua única salvação – a escola. Porque nossa casa se parece demais com um hospício.

Nesse meio-tempo, MT não pára de escrever: poemas, mas também, cada vez mais, prosa de memórias, sobre pessoas próximas como

Andriéi Biéli (O Espírito cativo) ou sobre sua infância (Mamãe e a música, "Os flagelantes", "O conto de minha mãe") ou, ainda, de episódios da vida corrente ("O chinês", "Seguro de vida", "O milagre dos cavalos" – este último, escrito em francês ["Le miracle des chevaux"]). No dia 2 de fevereiro, depois do começo da crise mais aguda, Ália deixa definitivamente a casa. Alguns dias mais tarde, MT faz o balanço da ruptura.
À mesma:

Vanves (Seine)
33, rue J.-B. Potin
11 de fevereiro de 1935.

Querida Vera,

Em primeiro lugar e com urgência: com Zeeler – tudo arranjado, ou seja, ele se sentiu muito ofendido e me deu 150 francos. Os únicos a receber *mais* que isso foram apenas o cego Plechtchéiev, o cego Anfiteátrov e Mirónov[18] – para as exéquias.

Com efeito, alguém (que por educação ele não nomeou, mas que *me parece* ser I. Mandelstam) havia assegurado a Zeeler que eu recebera trezentos ou quinhentos francos de um círculo de *bridge*. Naturalmente, Zeeler se perguntou – se não seria o caso de me dar mais. Entretanto – e isso para mim é o mais importante – parece que ele e as "damas" (Tséitlin, Eliachévitch[19] e mais algumas de minhas *bêtes noires*) – são com-

---

[18] Vladímir Zeeler era o secretário da União (parisiense) dos escritores russos; Plechtchéiev, Anfiteátrov e Mirónov eram autores russos da emigração.

[19] M. S. Tséitlin e F. O. Eliachévitch são membros de um Comitê de ajuda aos escritores russos.

pletamente diferentes: eu que me indignava pelo fato de *elas* não quererem dar (com que direito?!), eu que queria envergonhá-*las*, enquanto elas nada tinham a ver com esse assunto. Culpado disso tudo é um bisbilhoteiro desocupado e mesmo, *um mentiroso*.

— No final de tudo, até fiquei amiga de Zeeler: ele também se parece com um urso — ou mesmo com (*ursos de Kamtchátka no gelo...*)[20].

— Significa que tudo está tranqüilo. Agradeço-lhe pela ajuda solícita.

Em segundo lugar: agora estou exteriormente presa e interiormente livre: Ália foi-se, e, com ela, uma ajuda relativa (e forçada — nestes últimos dois anos!), mas também tudo o que havia de insuportável nessa oposição e derrisão permanentes. Ela partiu — já faz dez dias — ainda tenho de esvaziar vários cantos e esconderijos da sujeira disfarçada, de tudo aquilo que *durante anos* foi escondido de meus olhos míopes e confiantes. Alguns lugares, na cozinha, jamais haviam visto a vassoura. *Quilos* de teias de aranha (tive de pôr os óculos!) — e todo o resto. Essa foi — a maneira mais cruel, ao mesmo tempo secreta e patente, de fazer pouco da casa. A sujeira era simplesmente varrida (ao longo de meses!) para debaixo da cama, os trapos apodreciam etc. — Ai! —

Ela partiu "para a liberdade", brincar em não sei qual "ateliê", viver um pouco aqui, um pouco ali — para alguns, tricotar,

---

[20] Versos (sutilmente modificados) do poema "Saudades da pátria" de MT.

para outros, varrer (o que me revolta mais, depois de uma casa *como esta!*) – encantando a todos... Pois ela é redonda e lisa – sem nenhuma angulosidade.

Quanto a mim, Vera, hoje *pude*, pela primeira vez, sentar-me à mesa às seis horas, quando comecei esta carta – com a ameaça do jantar próximo. *Desde a manhã*, já limpei três estufas, carreguei o carvão, varri, esvaziei e trouxe de volta a lixeira, fervi e tirei (do fogão) a chaleira, para não gastar o gás, dei quatro voltas com Mur (*total – deux heures*[*]), preparei a comida, lavei a louça, lavei o chão da cozinha, de novo bati e sacudi... Tudo está coberto de cinzas, minhas mãos estão cobertas de carvão de uma forma indelével.

Entretanto, agora estou livre da oposição e dos julgamentos de Ália, seus bonés de banda, sua preguiça cínica, suas sentenças e suas tendências atuais, enfim, daquilo que me é *estranho*, para não dizer mais.

A rua da Paris de hoje não está mais *dentro de casa*.

Ela foi embora bruscamente. De manhã, havia lhe pedido que saísse atrás de um remédio para Mur – era o dia de minha leitura de Blok e eu não havia relido os manuscritos nenhuma vez – ela resmungou: "Sim, sim...". E, depois de dez minutos, de novo: "Sim, sim...". Eu a via – consertando suas meias, depois lendo os jornais, simplesmente – *não indo.* – "Sim, sim... Quando tiver acabado isto e aquilo – irei..."

Aquilo passou dos limites. Quando eu lhe disse que era uma vergonha zombar daquele modo de mim no dia de minha apresentação, ela: "De qualquer maneira, você já está ridicularizada". – O quê? – "Pior não pode ser. Ouça o que dizem de você."

---

[*] Em francês, no original: "total – duas horas". (N. de T.)

Mas *podia* – ser pior. Depois de tê-la advertido dez vezes para que parasse – caso contrário lhe daria um bofetão – na décima primeira vez e à frase: "Todos conhecem a sua falsidade" – eu o fiz. "Não porque você é minha filha já crescida, mas faria o mesmo a qualquer pessoa que tivesse me dito isso – Presidente da República, inclusive." (Isso – eu juro.)

Então, Serguei Iákovlevitch, enfurecido (CONTRA MIM), disse a ela que não devia ficar nem mais um minuto aqui e deu-lhe dinheiro para as despesas.

Ela voltou várias vezes para apanhar suas coisas. Só não pegou livros – nenhum. – Respiro. – Essa partida é para sempre. Viver com ela, *nunca mais*. Suportei até o limite. Mas, Vera, não sou Elena de Balmont[21] para minha filha cuspir-me literalmente (e talvez até fisicamente!) na cara. Sou lúcida, no final das contas: PARA QUÊ?

Minha filha é a primeira pessoa que me DESPREZA. E, certamente – a última. Quem sabe, os filhos *dela*.

O parentesco para mim não é *nada*. Quero dizer – *interiormente*. Mesmo tolerando *durante anos*, dentro de mim não suportava e não desculpava – nada. E isso nos leva de volta ao "avozinho" Ilováiski.

– Vera! Graças a minha intermediação, Ólia vai receber uma grande herança. Sim, sim, graças à *Casa do velho Pimene*.

Foi assim. Durante o verão, recebi uma carta de um advogado de Paris, que eu não conhecia, que me propunha um encontro. Fui com meu acompanhante de sempre, ou melhor, com meu acompanhamento: Mur.

---

[21] Elena é a terceira mulher do poeta Konstantin Balmont e vive na emigração, pobre e doente.

— Tenho uma boa notícia para a Senhora. Sei que a Senhora está em grandes dificuldades. A Senhora é herdeira de uma fortuna razoável.

— Eu??? Mas não tenho mais ninguém – daquela época – todos já morreram. – A senhora é neta de D. I. Ilováiski? – Não. – Como assim? (Explico). – Então quer dizer que li errado... Que pena! O fato é que Dmitri Ivánovitch havia deixado aqui alguns papéis sobre os quais uma senhora de Nice declarou ter direitos... (relato de uma *indiscutível* aventureira)... mas eu sabia, pela sua obra, que havia uma neta – apenas tinha entendido que era a Senhora.

— Não apenas uma neta, mas uma filha – Ólia Ilováiskaia, na Sérvia, e também uma tataraneta – Inna, filha de seu neto, Andrei. E também outra neta – Valéria. Três gerações de mulheres: Olga – a filha; Valéria – a neta, e Inna – a tataraneta. Eu – não sou nada.

E novamente o *refrain* [refrão] "que pena"...

Ele revelou-se um homem de coração e nos separamos como amigos – ele lamentava o tempo todo que *Mur* não receberia nada. (Mur o encantou com sua seriedade e com sua voz grave.)

———

Escrevi a Ássia – para que procurasse saber o endereço de Valéria e dos avôs poloneses dessa mesma "Inna" – Andrei havia se casado com uma polonesa. Não recebi resposta.

E na minha leitura de Blok – lá estava ele de novo. Por que será isso? Mas onde estarão essas herdeiras? Aquela senhora não desiste.

Hoje mesmo comunicarei a ele o endereço de Ólia. Não se surpreenda se não informei a ela em primeiro lugar: para mim era importante colocar-me em contato, *antes*, com aqueles da Rússia, talvez pela dificuldade da coisa – eu sabia que seria fácil encontrar Ólia e eu queria – todos, ao mesmo tempo. Vou escrever *mais uma vez* a Ássia – por metáforas, claro.

Mas, de qualquer maneira, Ólia vai receber e – por ser filha – a maior parte. E a aventureira – nada. (Porque nós duas não somos netas!)

Eis aqui – o meu segredo.

Mas que fique em segredo – para afastar o mau olhado, simplesmente, o olho gordo – antes da hora não é bom falar. Então, quando ela receber – ela mesma vai anunciá-lo...

Mas, mesmo assim, Vera, isso é ótimo – graças ao *Velho Pimene*. Terá servido – o santo.

Perdoe minha letra. (A sua é magnífica! Não há nada a desculpar, mas a agradecer: PERSONALIDADE.)

Fico satisfeita por saber que você gostou de *Mamãe e a música*. E de minha mãe como pessoa, gostou? Devo-lhe *tudo*.

Você vai escrever? Escreva, Vera! *Jamais* temos tempo, mas escrever – é preciso, pois é o único momento em que escapamos dele, só assim ele *fica*!

Desejo a Ivan Alekséievitch que se restabeleça logo – que pena! Um forte abraço e meu amor. Obrigada por tudo.

M. T.

E você? Não *virá*, nunca?

Assim termina aquilo que MT chamou, em uma carta a Ivask (8 de março de 1935), "dois anos de convivência insuportável". Um pouco mais tarde ela escreve à Gaidukiévitch (24 de abril de 1935):

— Aos poucos, durante o outono, e definitivamente, em fevereiro – minha filha saiu de casa – não para a casa de alguém, mas para se *afastar* de mim. Já fazia algum tempo que a convivência era insuportável: ela fazia *de tudo* para contrariar. E ela não era – uma locatária dentro de casa. Vê-la daquele jeito – *eu não* podia: tratava-se de *minha* filha. Assim – preferi *não* vê-la de vez. [...] Sei de uma coisa: nunca mais viverei com ela. Em casa – fui esmagada por ela. *Durante anos*. E, por causa dela, suportei coisas cuja lembrança me é atroz. Ela agrada a todos – que viva com eles então (todos). Ela NÃO precisa de *mim*. Já nem sinto mais amargura. – O vazio. –

E alguns meses mais tarde (14 de agosto de 1935):

Alguma coisa se quebrou dentro de mim: corro atrás de todos os dias e fico *contente* quando acabam. Talvez – porque não tenho futuro algum, porque tudo – *foi*. O que esperar? Netos? Mas *este* meu coração já foi apagado. [...] Tenho MEDO de Mur.
É preciso dar tudo aos filhos, sem esperar nada – nem mesmo que eles voltem a cabeça para nós. Porque – é preciso. Porque não pode ser de outro jeito – *para si*.

Essa prova dolorosa não altera, entretanto, a idéia que MT faz da experiência maternal. Ela encontra como que um emblema disso no poema francês que menciona a muitos de seus correspondentes, como, por exemplo, a Anatoli Steiger (30 de setembro de 1936):

Existe o materno – apesar de tudo, a despeito de tudo. Há uma antiga balada francesa – sobre o coração da mãe que o filho deixa cair no chão por ter tropeçado quando ia oferecê-lo à bem-amada:

> *Et voilà que le cœur lui dit:*
> *– T'es-tu fait mal, mon petit?*[*]

Depois de sair de casa, Ália se torna cada vez mais apegada ao pai, com quem partilha convicções pró-soviéticas; ela participa também de suas atividades públicas ou clandestinas e sente-se orgulhosa por isso. Encontra trabalho em Paris, mas deseja voltar à União Soviética. Seu desejo se realiza no dia 15 de março de 1937: ela pode, finalmente, subir no trem que a levará a Moscou. É assim que MT relata essa partida em uma carta a Anna Teskova (2 de maio de 1937):

Ela obtenve o passaporte – um livrinho (às vezes são folhas soltas) e organizou imediatamente seus preparativos. Todo mundo – a ajudou: a começar por Serguei Iákovlevitch, que gastou com ela tudo o que tinha, até minhas amigas, uma das quais nunca a conhecera. [...] No vagão dei-lhe meu último presente – uma pulseira de prata e um broche – com um camafeu, e ainda – uma cruzinha – nunca se sabe. A partida foi alegre – como para uma viagem de núpcias, talvez ainda mais.

---

[*] Em francês, no original: "Eis que seu coração lhe diz:/ – Você se machucou, meu petiz?". (N. de T.)

> Ela estava de roupa nova, muito elegante, dos pés à cabeça [...], falava com todos, conversava, brincava...

Quando chegou a Moscou, Ália foi morar com a irmã de seu pai e começou a trabalhar nas edições soviéticas em idiomas estrangeiros, ou seja, com traduções do francês. As cartas à família que ficou na França são prova de que seu entusiasmo não esmoreceu. Em agosto de 1937, *Notre Patrie* [Nossa Pátria], órgão da União de Repatriamento com sede em Paris, onde trabalha o pai de Ália, publicou um breve ensaio dela, assinado "Ália", em que ela relata suas impressões de Moscou. É um elogio ditirâmbico da vida soviética. Irina Lébedeva, uma das amigas mais próximas de MT na época, descreve, em uma carta datada de 8 de agosto de 1937, a reação de MT após a leitura do ensaio: "Marina Ivánovna estava completamente indignada com o êxtase de Ália".

A própria Ália terá ocasião de evocar, em duas oportunidades, a relação com a mãe, na metade da década de 1930. Na primeira delas, ela está na prisão da NKVD, em Moscou, respondendo às perguntas que lhe são feitas pelo juiz de instrução (novembro de 1939):

> Nessa época, minha vida pessoal estava completamente desgastada. [...] Em casa, as coisas também não iam bem: eu me opunha continuamente à minha mãe. [...] Um pouco mais tarde, por intermédio de alguns amigos, consegui um lugar de atendente num consultório de dentista. O emprego foi a causa de minha ruptura definitiva com minha mãe. Ela se recusava a me ver trabalhar fora, pois necessitava de minha permanência e de minha ajuda em casa, e me disse para escolher entre meu trabalho ou a casa. "Se você escolher o trabalho, tudo estará terminado entre nós." Escolhi o trabalho. [...]

Esse período de minha vida foi o mais duro. Minha tentativa de ser independente fracassou de forma lamentável. [...] Meu patrão, depois de haver me explorado durante algum tempo, aproveitou-se de minha doença para me pôr na rua. "Voltar" para casa (mesmo que na prática eu nunca a tivesse deixado, pois continuava morando com a família), reconhecer para mim mesma e perante os outros que minha mãe tinha razão, era impossível. Eu já tinha quase 21 anos e não era capaz, não apenas de viver de forma independente, mas até mesmo de ganhar o necessário para suprir minhas necessidades, sem mencionar as de minha família. [...] Não vendo outra saída, decidi morrer. [...] Aproveitando um momento em que estava sozinha em casa, abri o gás. Meu pai, que havia voltado por acaso, tirou-me da cozinha quando já estava praticamente inconsciente e fez-me voltar a mim.

O segundo texto de Ália tem a data do ano de sua morte (primavera de 1975).

Durante minha vida inteira nunca amei ninguém como amei mamãe – nem meu pai, nem meu irmão, nem meu marido, e não tive filhos. Sempre a amei, mas houve um tempo, em minha juventude, em que quis incluir nesse amor moços, moças, o cinema etc., e mamãe desprezava meu ecletismo não seletivo. Eu não estava, naquela época, à altura de minha mãe. Foi preciso viver muito e sofrer muito para crescer, até chegar a compreender a minha própria mãe!

14
Um amor na Suíça

Com o fim do outono de 1923 e da paixão por Rodziévitch, a vida amorosa de MT torna-se bem menos movimentada. Em primeiro lugar, o relacionamento com o marido Serioja é vivido em um plano diferente – o da solidariedade e da lealdade, não do amor. Certa vez, ela envia um dia a Rodziévitch (5 de agosto de 1930), que se tornou um simples amigo, esta descrição de Serguei:

Durante minha vida inteira, ele me persuadiu de que não podia viver sem mim e, desse modo, me levou a perder grande parte de meus – poucos – dias maravilhosos.

As "aventuras amorosas" tornam-se cada vez mais raras. Em 1928, MT encontrou o filho de uma família amiga, Nikolai Grónski, dezessete anos mais jovem que ela. O rapaz, a quem ela trata um pouco como filho, escreve poemas e devota-lhe grande admiração; eles moram no mesmo bairro e se vêem freqüentemente. Durante o verão, MT parte para Pontaillac, perto de Royan, para passar as férias. A correspondência entre os dois intensifica-se devido à separação, apesar de Grónski manifestar inclinações homossexuais. Depois de Serguei voltar para Paris, Grónski planeja visitá-la, mas acaba desistindo para ficar com seus pais, que estavam se separando. Sabendo disso, MT vê reproduzida aí a marca de seu próprio destino (1º de setembro de 1928):

Minha lei – a não-realização, a recusa. Nosso não-encontro, nosso desencontro, nossa não-realização, vem apenas exteriormente de você. *Minha* lei – que não se realize.

Essa amizade irá continuar até 1931. MT terá ocasião de escrever mais tarde a Ivask (8 de março de 1935): "Eu era o primeiro amor dele, e ele terá sido – parece – meu último". Grónski morre em 1934, vítima de um acidente de metrô; MT dedicará muitos textos aos poemas dele.

Como vimos, mulheres são freqüentemente objeto das paixões de MT. Assim, no mesmo dia 1º de setembro de 1928 em que ela escreve a Grónski, também envia uma declaração de amor à amiga Vera Aleksándrovna Gutchkova (1906–1987), na época, casada com o Eurasiano Piotr Suvtchínski; a carta não tem conseqüências ulteriores. Em suas cartas a Grónski, na mesma época, ela escreve (7 de setembro de 1928):

Amo as mulheres como nenhum homem jamais poderá amá-las; para elas sou *l'amant revê* [amante almejado], elas *se aninham** junto a mim.

E, ao descrever seu corpo (16 de setembro de 1928):

---

* Apegam-se (fisicamente). (N. de T.)

Enfim – a essência masculina de um corpo feminino (ou antes: a versão feminina de um corpo masculino). A natureza hesitou, decidiu no último momento.

Alguns anos mais tarde, ela sente uma atração amorosa pela amiga Salomé Andrónikova-Halpern, que, já havia alguns anos, a ajudava a sobreviver.
A Salomé Andrónikova-Halpern:

Clamart (Seine)
101, rue Condorcet
12 de agosto de 1932.

Querida Salomé, hoje eu a vi em sonho com tanto amor e saudade, com um amor e uma saudade tão loucos, que meu primeiro pensamento ao acordar foi: onde estive esses anos todos para chegar a amá-la a esse ponto (uma vez que, evidentemente, eu a amava a tal ponto)? Primeira coisa que faço ao acordar – é contar a você isso: ao mesmo tempo o último sonho de minha noite (sonhei já de manhãzinha) e meu primeiro pensamento da manhã.

Havia muitos amigos em sua casa. Você estava doente, mas de pé, e muito bonita (enternecedora, empolgante), luz crepuscular, tudo levemente matizado para que minha saudade (pois o amor é saudade) fosse a única a brilhar.

Eu ficava me perguntando *quando* iria ver você – sem todas aquelas pessoas – tinha vontade de desabar sobre você, como do alto de uma montanha sobre um abismo, e o que acontece com a alma não sei, sei apenas que *ela* quer, pois o corpo = instinto de conservação. – Tratava-se de um passeio, ou mesmo de uma *promenade*[*] – uma espécie de cerimônia – você estava rodeada (nós estávamos separadas) por algumas amigas (o coro grego ou quase) – confidentes, cujos rostos não lembro, mas que não os via tampouco, era seu cenário, seu coro – e isso me incomodava. E, ainda, havia um cachorro com você, bem perto, a seus pés – aquele cachorro cinza que morreu. Lembro também que você era mais alta de uma cabeça que todos e que as amigas que a haviam protegido e ocultado – não conseguiam escondê-la. (Tenho o sentimento de ter visto sua alma, em sonho. Você, vestida de branco, uma roupa larga, flutuante, que caía harmoniosamente, um vestido criado para seu corpo: o corpo de sua alma.) A lembrança que tenho de você nesse sonho é como a de uma alga na água: *seus* movimentos. Você era balançada suavemente por um mar que me separava de você. – Nenhum acontecimento, apenas sei que a amava com tamanho ímpeto (mudo), que queria ir até você com tamanha abnegação, que me sinto agora completamente extenuada (preenchida).

Aonde vou com isso tudo? Em sua direção, pois *jamais* acreditarei que a gente possa se enganar em sonho, que o sonho se engane, que eu possa me enganar em sonho. (Em qualquer outra circunstância sim – não em sonho.) Como prova disso, há uma nota – que escrevi muito antes do sonho: – meu melhor meio de comunicação é o sonho[1]. O sonho sou eu em plena liberdade (infalibilidade), é o ar que me é indispensável para respirar. É o *meu* tempo, o *meu* nascer do dia, a *minha*

---

[*] Termo francês russificado. (N. de T.)
[1] No dia 19 de novembro de 1922, MT escreve a Boris Pasternak: "Meu meio de comunicação favorito tem a ver com o além: o sonho, ver em sonho".

hora, a *minha* estação, a *minha* latitude e longitude. Apenas nele – eu sou eu. O resto é acaso.

Querida Salomé, se eu estivesse em sua casa agora – com você – mas é inútil continuar: você não sonhou comigo assim, de modo que há pouca chance de que você (esta *daqui*) possa me compreender (*aquela*, ainda, *aquela*!). Mas aquela outra você, *aquela* me compreendia e se não respondia logo, quando e onde, se ela ainda protelava e demorava, ela o fazia com uma ternura tão penetrante que eu jamais a teria trocado por um *quando* e um *onde*.

Cara Salomé, é inacreditável, foram precisos sete anos de conhecimento recíproco, você, a mais racional das criaturas – eu, a mais racional das criaturas...

Se eu estivesse com você, neste momento, com certeza – nem a razão nem os sete anos, nem o absurdo evidente do sonho à luz do dia – *rien n'y tient!*[*] – é certo – eu me conheço! – me afundaria em você, me sepultaria em você, me abrigaria[**] de tudo em você: do dia, do século, do mundo, de seus olhos, e dos meus, que não são menos impiedosos. – A consciência é (às vezes): não-reconhecimento, desconhecimento, esquecimento.

Salomé, obrigada, depois dessa noite estou mais rica, maior, mais *distante* de toda pena: de toda mim mesma.

Dá medo ler esta carta? Não tive medo de escrevê-la. Foi tão natural – vivê-la.

---

[*] Em francês, no original: "nada me seguraria". (N. de T.)
[**] Aqui há o jogo entre as formas verbais: *vrýlas* ("me afundaria"), *zarýlas* ("me sepultaria"), *zakrýlas* ("me fecharia"). (N. de T.)

Salomé, um estremecimento corre-me pela espinha, repare: as confidentes, o coro grego, o ritual do passeio neoclássico, minha visão noturna de você é a visão exata que Óssip Mandelstam teve de você[2]. Significa que, antes de mais nada, é o *poeta em mim* que sonha você assim – significa que é verdade, você é aquela, aquela você – existe. Não podemos estar nos enganando ambas: uma sonhando, a outra, desperta. (*Duas* poetas, como, em geral, POETAS (no plural) não existem, só existe *um*: sempre o mesmo.)

Nesta noite você tinha exatamente o rosto de minha saudade, que havia tanto tempo não tomava rostos emprestado: nem masculinos, nem femininos. E – iluminação repentina: ah, eis por que há sete anos D. P. Sviatopólsk-Mírski não queria nos apresentar uma à outra. Mas de onde ele tirou (conheceu) meu rosto – aquele que, mesmo em meus versos, não atravessa a noite, que a transpõe apenas em meus sonhos, que – entretanto – ele não conhecia, não me conhecia em meus sonhos: eu – fazedora de sonhos? E como ele era perspicaz em seu ciúme (sete anos antes!) e como ele estava terrivelmente enganado – pois amar tanto, tanto, tanto, como eu a amei no sonho desta noite (tão – *impossível*) – eu jamais poderia – imagine, ele! – amar ninguém, nem mesmo ele, nem outra realidade. Apenas uma mulher (o que é meu). Apenas no sonho (em liberdade).

Porque o rosto de minha saudade é feminino.

---

[2] No poema "A haste de palha" de 1916.

Vivendo sob o fogo

Cara Salomé, esta carta é profundamente inseqüente. O que fazer com isso, na vida? E mesmo que eu soubesse – o que fará a vida com isso? (Lá vão uns versos:)

Consciência? Presciência
– e depois:
Presciência de consciência
– e ainda:

A pré-ciência (ciência – prévia) é o contrário da presciência[3] (*post factum*, isto é, póstuma), jogo não de palavras, mas de sentidos – e, de jeito nenhum, jogo.

Deram-me hoje para ler no jornal o artigo de Adamóvitch[4] sobre poesia, em que ele diz que, embora eu, Marina Tsvetáieva, escreva bem, *meu caminho não é caminho para ninguém*. Salomé, ele está totalmente certo! Porém, para mim isso não é nenhuma falta, e sim a maior das louvações, ou seja, a verdade sobre mim, que disse a verdade dos poetas: "*A verdade dos poetas é uma senda que se cobre de pegadas*". Assim é a minha (esta verdade onírica sobre você), esta verdade de mim em relação a você, um dia ou outro se cobrirá de pegadas, mas recuso-me deliberadamente a ir, fico plantada no meio de meu sonho

---

[3] MT utiliza aqui a palavra composta *do-znánie* (*do* = "pré"; *znánie* = "conhecimento"), que significa "enquete, indagação". Literalmente pode significar também "o que leva o saber até o fim".
[4] Crítico russo da emigração que costumava ser hostil a MT.

como no meio de um bosque, com a sensação, na espinha, de que a outra – você (TU – você!) ainda está lá (aqui).

Salomé, você é seca, você é a secura desmedida (o cacto), e a *minha* secura, diante da sua, é um poço no mar. Nunca, nem uma única vez em sete anos, eu a vi amar alguma coisa até o esquecimento de si, mas, uma vez que vi você, justamente você, sem nenhum motivo exterior, sem pensar em você e mesmo – *tendo-a esquecido* – eu a vi, precisamente *aquela* você, a *outra* você, uma outra você – existe. Caso contrário, sou eu inteira, com meus versos e meus sonhos, quem não vale *nada*, eu, inteira quem está ao lado.

Termino no meio da tempestade, sob os mesmos estrondos de trovão que sinto internamente, sob os estrondos cruzados do coração e do trovão, sob os mesmos relâmpagos que o relâmpago de minha visão restabelecida – você: eu em direção a você. Pois – aprecie o tato de meu coração, apesar de seus estrondos. – No sonho você não me amava da mesma maneira (dois se amarem assim – é impossível, não há lugar!).

– Salomé, a força foi cortada, só há os relâmpagos! Escrevo-lhe na escuridão do temporal – e assim: você, no meu sonho, não me amava, você simplesmente caminhava, encantada com meu amor, *caminhava* para que eu a *olhasse*, você simplesmente se exibia, não com a ostentação habitual das belas éguas, mas com a beleza da criatura amada e impossível.

Vivendo sob o fogo

Querida Salomé, a carta não acaba, ela é a única, a primeira e a última de mim (em toda a extensão da coisa) a você (em toda a sua extensão – que apenas você conhece). E mesmo quando ela acabar – como o sonho de hoje à noite e, agora, o temporal – interiormente ela não terminará – durará por longo tempo. Eu continuarei a caminhar e a lhe dizer – sempre esta mesma palavra inútil, inconseqüente, impotente e divina.

Querida Salomé, é melhor que você não responda. O que pode se responder a isso? Pois não se trata de uma questão – nem de um pedido – é apenas um retalho do *céu do amor*. Dou-lhe – em troca do todo que você deu – você – naquele sonho (já – *passado*!).

Sei mais alguma coisa: sei que num próximo encontro nosso – dentro de um dia ou dentro de um ano – ou dentro de um ano e um dia (o prazo para se achar um objeto perdido e o prazo proibido de todos os contos!) – sozinhas ou com outras pessoas, em qualquer lugar e em qualquer tempo que ele ocorra, eu (dentro de mim) verei você como *outra*, diferente da que vi durante estes sete anos, pode até ser que eu venha a baixar os olhos – por impossibilidade de *dissimular* – por desespero de *dizer*.

Marina

P.S.: – *14 de agosto de 1932*.
Mesmo assim, porém (tenho consciência da fraqueza de minha alma), quero saber de você, Salomé: onde você está e o que faz e como está e com o que se alegra e se você se alegra.

Pois não posso perdê-la de uma vez (dois dias se passaram) – perdê-la – totalmente. Veja – o habitual arranjo com a vida.

Mais uma coisa: você se lembra de como lutou uma noite inteira com um lenço (para o pescoço) cujo charme estava como que em seu aspecto casual, negligente. – Eu não posso vestir coisas que fiquem soltas! – Você disse, creio eu, e, no fim, você o arrancou – com raiva. Lembrei-me do fato quando me lembrei daquela roupa – a de seu cortejo noturno (ao longo de minha alma!) – que, é claro, não era sua, uma vez que, certamente, havia sido jogada sobre seus ombros. E você, Salomé, em meu sonho, estava em liberdade, naquela liberdade que não apenas você não procura na vida – mas que você *não suporta*.

Ah! E no finzinho – da folha e do sonho – compreendi: eram apenas os *Campos Elíseos*, não os daqui – os de lá, e, se durante sete anos seguidos não vi nada, não significa que eu não tenha escutado o *sentido da palavra*.

[*Acrescentado à margem:*]
(N. B.! O que tem a ver – Théodore Deck?![5])

O relacionamento com Salomé não haveria de mudar devido a essa carta. Ela continuará a sustentar financeiramente MT até 1934 (e manterá o contato com a poeta até a partida para a União Soviética).

---

[5] A carta de MT foi escrita em um papel cujo cabeçalho era "3, villa Théodore Deck. XVe" (rue de Paris).

MT tem freqüentemente a impressão de que toda sua vida amorosa não passava de um fracasso. Assim ela escreve em seu caderno, em 1º de setembro de 1932:

PORQUE AS PESSOAS (OS HOMENS) NÃO ME AMAVAM

Porque eu não amava as pessoas.
Porque eu não amava os homens.
Porque eu não amava os homens, mas amava as almas.
Não as pessoas, mas em volta, em cima, embaixo.
Porque eu dava demasiado.
Exigia pouco demais.
Não exigia nada.
Esperava demasiado (de tudo) – e nada para mim.
Esperava com demasiada *paciência* (quando não vinham).
Jamais me defendia.
Sempre perdoava.
Perdoava tudo, menos as blasfêmias contra o Espírito Santo, ou seja – a Ehrenburg não perdoei suas blasfêmias contra um *herói*[6], a Helicon[7] – (sua incompreensão, sua cegueira e surdez quanto a) Vrubel e Beethoven – etc.
Eu perdoava tudo – pessoalmente, nada – que está acima.
Eu perdoava tudo – enquanto era pessoal, perdoava tudo – enquanto me dizia respeito (mas onde termina o – eu??); por outro lado, na medida em que compreendesse, tivesse consciência de quem (ou o quê) insultavam ou humilhavam em

---

[6] Trata-se de Gumiliov, poeta fuzilado pelos bolcheviques, cuja memória teria sido ferida por Ehrenburg, em seu romance *O aproveitador*.
[7] O editor Vichniak.

mim, então eu não perdoava mais nada, eu retomava (retirava) as mãos, *inteira*.

A razão (do *medo*): medo de "amarrar-se".

Porque "amarrar-se" daquele jeito, simplesmente – não dá.

"Desamarrar-se" – não dá.

(N. B.! Ao contrário, eles levavam a melhor nisso também!) Porque tenho – um nome (e isso é apreciado).

Tinham medo de minha língua afiada, de minha "inteligência masculina", de minha verdade, de meu nome, de minha força e, parece, mais que tudo – de minha intrepidez –

– e –

o mais simples:

– tão-somente eu não agradava. "Como mulher." Quer dizer, agradava pouco, pois – dessa mulher – havia pouco. E, se eu agradava, era infinitamente menos que a primeira que aparecesse, que amavam infinitamente mais.

E – com razão.

E, alguns anos mais tarde (16 de fevereiro de 1936):

Minha *tentativa* de estar presente sempre rompeu – não a vida (graças a Deus! qualquer empregadinha é capaz disso), mas o próprio ser da vida. – Não é a vida, mas como que um sonho... Com você não é possível viver, apenas paira! (Ou, então, "queimar-se") – e essas palavras me eram ditas de modo *diferente* que a uma empregadinha ou a uma atriz, porque já não havia *alegria* nelas, mas temor, um encantamento assustado – e o *terror* ganhava, ou seja, o homem se soltava das garras da águia do *encantamento* comigo: do encantamento – ele escapava – ou eu mesma o soltava – e – ele se quebrava? *Não*, arranhava a testa ou a nuca – e dobrava-se como se fosse feito de borracha. E continuava sua vida. E eu continuava a minha – quer dizer, continuava a escrever. Esta é a história de cada um de meus amores.

Durante o verão de 1936, MT teve uma nova paixão. Anatoli Steiger (1907-1944), um jovem poeta russo da emigração, envia-lhe um livrinho de poemas; ela responde-lhe; ele escreve e envia-lhe um longo relato de sua infância. Steiger está doente, com tuberculose, e está infeliz, fato que não deixa de despertar a afeição de MT, meio maternal, meio amorosa. Ele mora na Suíça, e ela passa o verão com Serguei e Mur nos Alpes franceses, no castelo d'Arcine, na casa de amigos russos que gerem lá uma pensão e que compartilham a sovietofilia de Serguei. Ela nunca encontrou Steiger, mas, como acontecera com Bakhrakh, a intensidade dos sentimentos aumenta a cada carta, principalmente quando ela deixa de ter notícias dele.

Não se admire da gigantez do passo que me leva a você: eu *não* tenho outro,

escreve-lhe ela no dia 8 de agosto de 1936, e no dia seguinte (9 de agosto):

Enquanto eu pensava hoje no quarto em que nós ficaríamos e o media mentalmente – e rejeitava – um após o outro – todos os quartos conhecidos e desconhecidos, compreendi, de repente, que esse quarto não existia porque devia ser um *não*-quarto: uma negação de quarto, o inverso dele, ou seja: o quarto do sonho, crescendo e diminuindo, surgindo e sumindo de acordo com a ação interior com – quando necessário – uma porta e quando *não* – a impossibilidade de uma porta. O quarto do sonho (você sonha?), esse quarto que nós reconhecemos imediatamente – e com o qual se parecem *um pouco*, em nossa memória, os quartos de nossa infância.

Alguns dias mais tarde ela explica-lhe (21 de agosto de 1936):

Como tive filhos (falo do meu filho; de Ália – falarei noutra ocasião), sou *obrigada*, enquanto ele tiver necessidade de mim, a preferi-lo a tudo: aos poemas, a você, a mim mesma – a todas as vastas extensões de minha alma. Preferi-lo – na prática e fisicamente. É assim que compro (comprei durante minha vida inteira!) a minha liberdade interior – incomensurável. *É apenas por isso que escrevo esses poemas.* É *nessa* liberdade que nós, você e eu, estaremos e viveremos. Nosso reino (seu e meu) *não é* deste mundo. [...] Saiba que cada vez em que joguei – sempre fui posta – em jogo: a imortalidade de minha alma, inclusive.

Uma semana mais tarde, MT conta-lhe a visita a uma cartomante. A Anatoli Steiger:

St. Pierre-de-Rumilly (Haute-Savoie), Château d'Arcine
29 de agosto de 1936, três horas da tarde.

(Retirado de meu caderno de rascunho, onde anoto – tudo.)

Para fazer notas sobre Fausto (desta vez – não o de Goethe, mas o do *Livro popular*): Historia von Doktor Johann Fausten, dem weitbeschrieenen Zauberer und Schwarzkünstler, wie er sich *dem Teufel auf eine gewisse Zeit verschrieben, was er hierzwischen für seltsame Abenteuer gesehen, selbst angerichtet und getrieben, bis er endlich seine wohlverdienten Lohn empfangen.* – 1587[8].

– Aponto meu lápis e dando a volta no castelo adormecido em sua sesta – e dos cães que dormem – devido a um calor tão terrível que até os pinheiros crepitam como se os fritassem, vou com meu livro – aonde me levam meus passos, ou seja, já sei mais ou menos que irei até o banco no alto do caminho para Saint-Laurent. E de repente – compreendo que irei até a cartomante. Para tanto, porém, devo encontrar aqueles rochedos onde dizem que ela vive. Há muitos rochedos: acima – abaixo – mais longe – mais perto – onde será? Do alto, vejo um amontoado de pedras – não deve ser aquilo, sem casa alguma, *mais abaixo* e – sabendo que é preciso subir – desço. Há três grandes pedras, abaixo – Borne (tal como está escrito na ponte: *Le Borne, der Born, Oheim Kühleborn, Ondina*[9]). Não é lá.
– Dou meia-volta e subo pelo mesmo caminho, em direção à calçada que se eleva, íngreme. Acima de minha cabeça – se a levanto muito – um morro com uma vaga crista rochosa. Subo pelos entornos de uma casa isolada, por um declive recém-aberto, desmatado, que com certeza pertence à casa e, apoiando-me à parede de pedra, não muito alta mas incômoda – ouço vagamente a voz de um homem: – *En voilà encore une qui...**

---

[8] Em alemão no original: "História do doutor Johann Faust, ilustre mágico e necromante, de como ele se vendeu por certo tempo ao diabo, de quais aventuras extraordinárias ele foi testemunha durante esse tempo, permitidas ou provocadas por ele mesmo, até ele finalmente conseguir sua merecida recompensa. – 1587".

[9] *Oheim Kühleborn*, literalmente "o tio fonte fria", é o nome de uma personagem de *Ondina*, novela de Friedrich de la Motte-Fouqué.

* Em francês, no original: "Lá vem mais uma que...". (N. de T.)

(ora, essa *uma* – roupa larga, fora de moda, de cor azul e com uns babados – e tem cabelos *brancos*). E pula *feito cabra*: sem dificuldade) – assim, apóio-me ao muro e para não confundir ainda mais – a voz e seu interlocutor, ou seja, atravessar sem hesitação como uma cabra – procuro uma brecha no muro e, pedra após pedra, ultrapasso o obstáculo. Uma nova subida, mais íngreme, dessa vez – arborizada. Subo e sinto que – *é aquilo*. Meu coração bate e ecoa (posso ouvi-lo): tum! tum! tum! – mas – é uma coisa agradável – sem que minha respiração seja cortada, apenas por causa da emoção. (Por sinal, assim aconteceria – se ele não agüentasse.) Quase no topo, descubro um atalho no bosque que me havia acompanhado o tempo todo, mas decido terminar como havia começado – indo pelo caminho íngreme. Chego ao topo. *Aqueles* rochedos. (O suor escorre e seca. Lambo uma gota – salgada feito lágrima. O sangue também – é salgado. O homem não pode ser *alegre*.)

Vou por uma senda que se desenrola por entre os rochedos como uma cobra, por lugares – escadas. A altitude, a distância, o Born abaixo, nada e ninguém. A senda contorna a parte baixa do rochedo – sigo-a também, dócil, apenas *de ouvido*, e até o último momento não vejo coisa alguma (prossigo por uns cinco minutos entre as rochas e os pinheiros) – e chego à casa. Uma velha estância. (*Hof*.*) Passo por uma porta – fechada (com certeza, um estábulo) – uma outra – também fechada – e uma terceira também (parecem ser todas de construções diferentes), mas a quarta está aberta. Está escuro.

Uma velhinha bem velhinha, de rosto redondo e faces rosadas. passa a ferro uma saia preta numa mesa preta (de tão

---

* Em alemão, no original: "pátio". (N. de T.)

Vivendo sob o fogo

velha) e limpa (de tanto uso). – *Bonjour, Madame... On m'avait dit – pardonnez moi si je me trompe... – C'est bien Vous – la tireuse de cartes? – C'est moi, c'est moi, entrez, Madame.* [– Bom dia, Senhora... haviam-me dito – perdoe-me se me enganei... – É a Senhora – que lê cartas? – Sou eu, sou eu, entre Senhora.] (Em sua voz – a serenidade – *de quem sabe*, na minha – intranqüilidade *de quem quer saber.*) – *Les autres m'avaient dit que vous tiriez très bien les cartes... Et je suis venue comme les autres.* [– Os outros haviam me dito que a Senhora lê tão bem as cartas... E eu vim como os outros.]

Passamos para o *quarto* (estávamos na cozinha) – sentamo-nos. Sobre a mesa há um maço de cartas espalhadas – *Je viens de commencer un très beau jeu de cartes. Ça nous portera chance.* [– Acabo de começar um jogo de cartas muito bonito. Isso *nos* trará sorte.] – Sentamos uma em frente à outra, olhamos uma para a outra, no meio – o maço. – *Madame, avant de commencer à faire les cartes pour moi* [– Senhora, antes de começar a pôr as cartas para mim] (sinto súplica em minha voz e esforço-me para dominá-la: não apavorar, pois assim só se pergunta – de um crime – quando não de uma absolvição)... *je voudrais vous demander: est-ce que Vous pourriez aussi faire les cartes pour un absent?* [eu gostaria de perguntar: a Senhora poderia tirá-las também para alguém que não está aqui?]

O rosto dela, imperceptível e subitamente – pôs-se em guarda. – *Mais ce ne sera pas pour rire? Je n'aurais pas d'ennuis? Ça ne sera pas pour me moquer? – Non, c'est très sérieusement. D'ailleurs – il ne se moque jamais.* [– Isso é alguma brincadeira? Não terei dores de cabeça com isso? Isso é para zombar de mim? – Não, é muito sério. Além disso – nunca é para zombar.]

(Relato de como a verdade lhe pregou uma peça — ela tirou as cartas para uma jovem que queria saber de seu amado — e descobriu que o amado não pretendia se casar, mas — só assim... ela contou à jovem e a jovem, ao amado — e ele — negou. O amado enfezou-se e foi ter com a cartomante *et m'a démoli deux chaises* — "*Et ce soir on publie les bans*" [e me destruiu duas cadeiras — "E hoje à noite correrão os proclamas"] (dela — com outro).

Ceci c'est pour vous ou pour l'asbsent? [Isto é para você ou para o ausente?] (Eu, querendo ser a primeira a saber — não sei — o quê). — *Ceci, c'est pour moi* [Isto é para mim].

— *C'est comme ça qu'on brasse* [— É assim que se embaralha]. (Ela embaralha as cartas três vezes.) *Ensuite — vous coupez* [Depois — corte]. — Repito exatamente. (As cartas são pesadas e difíceis de embaralhar.) Corto e — diante de um vago gesto meu a ela: — *Oh, non, non, non! Je n'ose plus y toucher!* [Oh, não, não, não! Não ouso mais tocar nelas!]

(Deixo de lado — o que ela adivinhou de mim.)

Pour l'Absent

— *Comment c'est son petit nom? — Je le lui dis. — Elle le répète. — Il y a beaucoup de jeux — car ce n'est pas le même jeu — c'est le grand cours des jours.*

Le grand cours des jours

Fatigué, voyagé, souffrant. Des parcours dans des hôpitaux. — Voilà la lettre des grandes surprises! — Il est guéri, en ce moment.

— *Tout c'monde! Tout c'monde!* — *Il a* très *souffert, c'est un brave garçon, un très bon garçon. Il a eu beaucoup d'argent, ça lui reviendra un peu, il est très intelligent.* — *Voilà la lettre!* — *ça le baisse un peu, la maladie, il est très nerveux. Il aime beaucoup une dame* (*l'air embarassé et décidé*): *il Vous aime beaucoup, et Vous l'avez vu* — *il y a bien dix mois* — *il y a dix cartes* — *ou c'est y dix ans?*

Il Vous est cher, il est parent avec Vous. Il avait beaucoup maigri, mais il a un peu repris. Le petit cher — *l'as de cœur. Il a très bonne conduite, c'est* le *bon garçon. Très.*

Il a été délaissé de tout le monde, Vous êtes venue vers lui — *il était bien en danger* — *il est hors de danger. Pas de mort* — *il l'aurait désirée, passé un moment. Non! non! non! Ce n'est pas la mort. Il lui reste encore de beaux jours à vivre.*

C'est quelqu'un qui Vous aime, c'est un parent, c'est comme Votre fils. *Ne me dites rien, ne me dites rien!*

— *Voilà la lettre!* —

(*Ce retard, cet homme, cet ami fidèle...*)

Je l'ai à côté de Vous. Mais c'est lui — *le petit valet de cœur! Il y a des événements nouveaux qui Vous mettent près de lui: Vous ne resterez pas dix ans sans vous revoir.*

Il y a un autre jeune homme; il est auprès de lui? Oh nom d'un gueux!

Il y a une autre dame qui a peiné pour lui, malade elle-même... grande surprise, grand bonheur...

... Il n'écrit pas, mais c'est parce qu'il est un peu insensé après sa maladie. On ne fait pas ce qu'on veut dans un hôpital. Très nerveux, un peu insensé. Je vois bien une lettre, mais ce n'est pas encore pour demain. C'est peut-être pas lui qui Vous écrira, c'est un infirmier.

(Longa pausa.)

— *Vous avez bien tout dit? — Il ne faut pas tout dire. Il y a des choses qu'on doit garder. Il ne faut dire que le trois par trois. Trois par trois. Je Vous en ai déjà trop dit.*

— *Alors, Vous avez bien fini? — Bien fini, et ne Vous mettez pas en peine: il guérira. — Alors, Vous ne direz plus rien? — Chère dame, je Vous en ai dit long.*

— *Alors, c'est moi qui Vous dirai: il est dans un hôpital, il vient d'être opéré, il ne m'écrit pas, je ne connais pas ses parents... et je n'ose pas trop souvent lui écrire — et je ne sais rien sur lui — et c'est pourquoi je suis venue — Vous demander à Vous — qui savez.*

Ela, apontando para a dama de paus, abaixo, com ar de pena: — *pauvre gars! je le savais: j'étais à côté*

... *Qu'est-ce que je vous dois? — C'est toujours ce qu'on veut. Je suis toujours contente*

Ponho o dinheiro na mesa. — *Oh c'est trop, c'est bien trop! Vous allez être gênée...*

— *Prenez. Vous m'avez fait beaucoup de bien.*

— *Il y a beaucoup de jeux. C'est le premier. Et j'aurai beau ne pas Vous reconnaître — quand Vous reviendrez — il en vient tant! — je Vous reconnaîtrai à Votre jeu. Vous aurez beau avoir un grand manteau blanc, et avoir les cheveux arrangés par le coiffeur, et être maquillée — je Vous reconnaîtrai à Vos cartes. Ça sera toujours le second jeu. J'aurai beau Vous oublier, comme j'ai oublié Vos cartes — les cartes me diront. Il y a le grand cours des jours. Il y a le cours des jours — qui vont et viennent. Il y a le trois par trois. Et tant d'autres encore...*

— *Qui Vous a appris à faire les cartes? Vous avez ça dans la famille?*

— *Non, Madame. J'ai commencé à dix-sept ans. J'étais avec une dame qui savait faire les cartes. Mais elle les faisait pour elle.*

Un soir elle m'a envoyée en commission – où j'ai eu peur. Le matin en faisant les cartes elle m'avait dit – Je vois quelqu'un courir – et c'est moi qui ai dû courir, car le soir elle m'a envoyée dans de mauvais lieux, et je lui ai dit que c'étaient des voyous qui étaient après mois – mais c'était bien le contraire. *Si j'avais su tirer les cartes – je n'y serais pas allée...*
Despedimo-nos. *– Je reviendrai. Je reviendrai pour faire mon second jeu, nos seconds jeux. –* Soyez hereuse, chère Dame, et tâchez de profiter un peu, et grand merci à Vous.

[Para o Ausente]

[– Qual o nome dele? – Digo-lhe. – Ela o repete. – Há muito jogo – porque não é o mesmo jogo – é o grande curso dos dias.]

[O grande curso dos dias]

[Cansado, viajado, sofredor. Estadas em hospitais. – Aqui está a carta das grandes surpresas! – Ele está curado, neste momento. – Toda essa gente! Toda essa gente! – Ele sofreu muito, é um bom rapaz, um ótimo rapaz. Teve bastante dinheiro e voltará a tê-lo, um pouco, ele é muito inteligente. – Aqui está a carta! – isso diminui um pouco a doença, ele está muito nervoso. Ele ama muito uma mulher.] (com ar embaraçado e decidido): [ele ama muito a Senhora e a Senhora o viu – já faz dez meses – há dez cartas aqui – ou faz dez anos?]

[A Senhora lhe quer bem, um parente seu. Tinha emagrecido muito, mas agora recuperou um pouco de peso. O querido – ás de copas. Porta-se muito bem, é o *bom rapaz. Muito*.

Ele foi abandonado por todos, a Senhora o procurou –

ele estava em grande perigo – está fora, agora. Nada de morte – ele a teria desejado, havia pouco. Não! Não! Não! Não é a morte. Ainda tem belos dias para viver.

É alguém que ama muito a Senhora, um parente, como um *filho*. Não me diga nada, não me diga nada!

– Aqui está a carta –

(Este atraso, este homem, este amigo fiel...)

Eu o tenho aqui ao lado da Senhora. Mas é ele – o pequeno valete de copas! Há novos acontecimentos que a levam para perto dele: a Senhora não ficará dez anos sem revê-lo.

Há um outro jovem; está perto daquele? *Oh, nom d'un gueux**!

Há uma outra mulher que sofreu por ele, ela também é doente... grande surpresa, grande felicidade...

... Ele não escreve, mas é porque está um pouco atordoado depois da doença. Não podemos fazer o que queremos num hospital. Muito nervoso, um pouco atordoado. Vejo bem uma carta, mas ainda não é para amanhã. Pode ser que não seja ele a lhe escrever, mas o enfermeiro.]

(Longa pausa.)

[– A Senhora disse tudo? – Não se deve dizer tudo. Há coisas que devem ser guardadas. Só se pode a cada três. A cada três*. Já falei demais à Senhora.

– Então, a Senhora terminou? Terminei, e a Senhora não se atormente: *ele vai sarar*. – Então, nada mais a dizer? – Cara Senhora, eu já falei muito.

---

* Em vez de "pelo nome de Deus", proibido pela Igreja. [Aqui, a personagem, em lugar de *Dieu*, usa o quase homófono *gueux*, "pobretão", "mendigo". (N. de T.)

* A expressão corresponde à nossa "aos poucos". (N. de T.)

– Então, serei eu a falar agora: ele está num hospital, acabou de ser operado, não escreve, eu não conheço os pais dele... e eu não me atrevo a lhe escrever com muita freqüência – e não sei nada sobre ele – é por isso que eu vim – perguntar à Senhora – que sabe.]

Ela, apontando para a dama de paus, abaixo, com ar de pena: [– pobre rapaz! Eu sabia: *eu estava ao lado*].

[... Quanto lhe devo? – Quanto quiser. Fico sempre satisfeita].

Ponho o dinheiro na mesa. [– Oh, é demais. Não se sinta constrangida...]

[– Fique. A Senhora me fez muito bem.

– Há muito jogo. Este é o primeiro. Talvez não a reconheça – quando voltar – vem tanta gente! – pelo jogo a reconhecerei. Mesmo que venha com uma grande capa branca e com o cabelo arrumado por um cabeleireiro e maquiada – eu reconhecerei a Senhora pelas suas cartas. Será sempre o segundo jogo. Poderei esquecê-la, como poderei esquecer suas cartas – as cartas me dirão. Há o grande curso dos dias. O curso dos dias – que vão e que vêm. Há o pouco por vez. E tantas outras coisas...

– Quem lhe ensinou a pôr cartas? A Senhora tem isso de família?

– Não, Senhora. Comecei quando tinha dezessete anos. Eu estava com uma senhora que sabia pôr as cartas. Mas fazia isso só para ela. Uma noite ela me mandou a algum lugar – e eu fiquei com medo. De manhã, ela havia me dito ao pôr as cartas – Vejo alguém correndo – e fui eu que tive de correr, pois ela me havia mandado para um lugar ruim e eu disse a ela que uns vagabundos estavam atrás de mim – mas era *o contrário*. Se eu soubesse pôr as cartas – não teria ido...]. – Despedimo-nos.

[– Eu voltarei. Voltarei para fazer meu segundo jogo, *nossos* segundos jogos. – Seja feliz, cara Senhora, e trate de aproveitar um pouco, e muito, muito obrigada.]

[*Acrescentado à margem:*]
Anotado diretamente na casa dela, enquanto ela falava, palavra por palavra, no dia 29 de agosto de 1936, no alto dos rochedos sobre Saint-Pierre, sábado, às três horas da tarde.

M. T.

A saúde de Steiger continua a ser, para MT, uma grande e constante preocupação.
Ao mesmo:

St.-Pierre-de-Rumilly – Haute-Savoie – Château des Arcine,
31 de agosto de 1936 – imediatamente após ter recebido sua carta, na segunda-feira.

Meu filho! Vamos diretamente aos *fatos*! Você fez muito bem em não vir. Você agiu como um bom animal inteligente que vai descansar em seu covil. (Se você tivesse vindo desta vez – teria sido um choque de alegria que nem consigo imaginar. Estou sempre com o sentimento – de que eu morreria de alegria – ou de medo.)
Porém – deixemos sua não-vinda para falar – de sua vinda.
Paralisada pelo seu silêncio, sua insistência, seu *tamanho* e seu *peso* – sobre mim, cada vez maiores, paralisada exterior e interiormente, nada empreendi de definitivo – e nada poderia ter empreendido. Procurei me informar na casa para saber

quanto tempo eu ficaria aqui e também – e também – com uma amiga minha – se ela poderia me emprestar por certo tempo a quantia pedida. Até quando – ainda não sei, mas a quantia estará lá a qualquer momento (à sua disposição, em caso de necessidade – qualquer que seja – lembre-se disso). *Tudo* depende agora 1) de sua recuperação; 2) da duração de minha estada aqui, pois não sou eu quem pode decidir isso.

– Eu sei, meu pombinho, que estou apenas contornando *a questão*, mas é que, *quanto a ela,* nada posso fazer (por enquanto) – pois não conheço o estado *exato* de seus pulmões e, em geral, de seu organismo: resistência, capacidade *alimentar*, capacidade de assimilação, não conheço seus dados físicos – seja meu amigo, escreva-me de maneira séria e detalhada – e não caprichosa.

(Exemplo: "Cortaram-me alguma coisa perto do fígado".
– Que resposta é essa? Parece até que isso não lhe interessa – que coisa! E se isso não lhe interessa – será que você não compreende, será que você ainda não compreendeu até hoje – *que para mim* – *você é* – inteiro – com seus poemas e – com seus intestinos.) Então – passemos para os fatos: escreva-me *tudo* o que você sabe de seu estado – e se não souber o suficiente – trate de aprendê-lo, para ensiná-lo – a mim. Só então – poderemos começar a falar.

Outra coisa: suponhamos que você não consiga vir aqui me ver até o dia 15 de setembro – seja pelo fato de você não ter ainda recuperado suas forças, seja pelo fato de eu talvez ter de partir mais cedo – há duas escolhas possíveis, você é quem vai decidir.

Ou vou visitá-lo neste outono em Schwendi – e, desta vez, não apenas por uma hora (agora seria, na melhor das hipóteses, por *uma hora* – admitindo-se que seja pensável – em um dia – Arcine-Schwendi – em um dia – sendo impossível pernoitar, pois *não* tenho meu passaporte internacional e não *posso* obter o visto) – desta vez, não por uma hora, mas por alguns dias. Deixei meu passaporte internacional em Paris e lá tenho amigos que me ajudarão com o visto. Apenas – detalhe importante – onde poderei me alojar em Schwendi? *É possível* se hospedar em algum lugar? Há (além do sanatório) vida? Alugarão quartos? Os preços são astronômicos ou viáveis? (Embora a Suíça toda seja astronômica e apenas os isqueiros sejam acessíveis.) E se não for em Schwendi – então, onde? Para que a gente se veja todos os dias. Mas será que podemos – nos ver todos os dias?

Segunda opção: *você* quer – vir este outono a Paris? – Eis por quê. Tenho uma amiga[10] – uma senhora – russa – médica e um ser humano admirável – de um talento médico incrível (um *génie* [gênio]). Em 1929 – quando ninguém achava nada nos pulmões de um amigo próximo – ela foi a primeira a descobrir algo e a dar o alarme, e conseguiu que ele partisse imediatamente para o lugar de onde escrevo. Ela é muito precisa e, ao mesmo tempo, tem *le grand coup d'œil* [o grande golpe de vista], ou seja, ela nunca examina um doente apenas sob o ângulo de *determinado* órgão doente – ela considera invariavelmente o conjunto da pessoa, físico e espiritual – as correspondências entre tudo. Não apenas tenho absoluta confiança nela (de que valem "tenho" – e "confiança"?), mas sei – pelos quatorze anos de experiência, os meus e os de todos os meus

---

[10] Trata-se de Margarita Lébedeva.

amigos e conhecidos e mesmo estranhos – que *não* pode haver médico melhor.

Se você quiser – nós iremos vê-la. Ela dirá toda a verdade – todas as suas possibilidades e impossibilidades – e perspectivas – e proibições – e colocará todo seu eu físico na palma de sua mão. Ela é muito querida (e gosta muito *de mim*) e é completamente original, com o mesmo *génie* tanto moral quanto médico. (Ela é uma emigrada ainda dos tempos do tsar, está em Paris há vinte anos e jamais deixou de praticar; trabalha com os maiores professores e tem acesso a todos os médicos mais renomados (as estrelas) que *sempre* – sem uma única exceção – confirmam seu diagnóstico.) Além do mais, ela é uma pessoa querida e vai vê-lo como alguém querido também.

– Você quer? Então *você* virá à minha casa, arrumarei um lugar para você em Vanves, bem perto de mim, e estaremos juntos sempre que você quiser e puder. (E de manhã passarei para cumprimentá-lo.) Você será meu *hóspede*. De onde moramos a cidade está bem próxima: sete minutos a pé até o metrô e outros tantos até o ônibus.

Mas – você consegue andar? (Quantas perguntas – quando seria tão mais simples...) Ou melhor – como você conseguia andar antes da operação? Ficava sem ar? (Agora estou contente por ter acompanhado sua irmã – como se – um pouquinho – fosse você.) Você suporta as subidas – e quais? Há alguns casos em que você *não* possa subir? (Não falo das montanhas, mas me refiro às que há numa cidade de colinas e vales. A propósito, junto ao metrô há um ponto de táxi, e basta um minuto para chegar – de carro – até nossa casa. Mais precisamente: você sente *imediatamente* que está na montanha? (O olho não percebe certas alturas.) Em suma: o que têm seus pulmões?

Com precisão. (Há pulmão direito e esquerdo, uma parte superior e outra inferior – e, certamente, uma mediana, de modo que, o *que* há – em cada um deles e com cada um deles???)

Então, decida – o que for melhor para você. E decida-se – um pouco antes, mesmo que seja ainda como projeto. Eu gostaria muito de mostrar você a ela. (Chama-se Margarita Nikoláievna e sua casa é a única em Paris aonde vou sem ser convidada – posso ir a qualquer hora do dia – ou da noite – a qualquer hora da alma.)

Então, com a ajuda de Margarita Nikoláievna esclareceremos *tudo*: todo você – assim tudo será mais fácil – para você e para mim.

Sobre *mim*, por outro lado, não quero – agora – lhe escrever, guardo para mim. Esses dias (os de seu silêncio) estão entre os mais penosos de minha vida. (Saiba, de uma vez por todas, que eu *não* aumento *nada*, mas *minimizo* tudo.)

Por enquanto apenas *uma coisa* é importante: a sua saúde – e a minha em relação a você – apenas na medida em que eu posso ajudá-lo, ajudá-lo e fazer com que você se distraia.

E mais uma coisa: não me deixe assim – tanto tempo – sem notícias, *pelo amor de Deus!* Existem – cartões-postais. *Duas* palavras apenas, para que eu não mais me atormente como nesses dias. (Como – você jamais poderá saber. Eu mesma, por sinal, não sabia que era possível – tanto. Cada minuto de cada dia inteirinho e *com toda a minha força* – e os dias – eram tantos!)

Mas *você* esqueça isso e me responda:

Vivendo sob o fogo

1) O que mostrou a chapa?
2) Existe, em função disso, a *esperança* de sua vinda a Saint-Pierre antes do dia 15, ou mais tarde (mais tarde – receio – terei partido)?
3) O que você decide: minha Berna ou sua Paris?
4) Se for Berna, isto é Schwendi – como encontrar lá alojamento? (Os preços.)

Ao todo são quatro perguntas, e eu *imploro* que me responda o mais cedo possível e da forma mais precisa: pode-se fazer isso em oito linhas, exatamente.

5) Você está conseguindo andar? (Então – serão dez linhas.)

Agora, espere – a partir de amanhã – uma série de coisas agradáveis, todos os dias, pois não lhe escrevi apenas porque *não sabia* se você *precisava* disso, se não seria *demasiado* ou *demasiado difícil* para você – eu inteira (embora eu tenha tentado diminuir meu peso – como na infância – fisicamente – dezessete verstas numa carruagem, sobre os joelhos de alguém – sem me apoiar, sem pesar, inteiramente sobre os músculos de um medo íntimo).

Convença-me de que sou *necessária* para você. (Senhor, tudo está nisso!) Convença-me, de uma vez por todas, ou seja, faça com que eu acredite de uma vez por todas e então *tudo* estará *bem*, porque, então, poderei fazer – um milagre.

Assim, espero – uma resposta concreta e você, espere – uma série de alegrias *seguras*.

(Você conhece o soneto de Goethe que se chama:

Sie kann nicht enden...[11]

É genial que ele *comece* assim! E é genial que se trate da forma *mais acabada* – o soneto.

Sobre os seus versos (reparei somente agora, depois do intervalo com Goethe, que o tratei por você o tempo inteiro) escreverei em detalhe, separadamente.

Faço tudo (escrevo, traduzo, leio, ando, falo) *e* não tenho outro pensamento na cabeça a não ser sua saúde.

Você pensa que é "por acaso" que eu não escrevi a você? Por que eu estava "ocupada" com alguma coisa? O fato de não escrever a você custou-me mais esforços que todos os meus escritos juntos: *outro* tipo de esforços; *outros* músculos trabalhavam: o *inverso*.

Bem, espero, abraço, amo – não é por nada que não gosto dos verbos (que grosseria terrível!), mas para se livrar deles – é preciso *a poesia* ou *a presença*. Haverá uma coisa e outra.

E amanhã – uma verdadeira alegria estará à sua espera.

M.

[*Acrescentado à margem:*]
Não quero mais chamá-lo de Monsieur – que *Monsieur*? – você é muito mais *Herr* que *Monsieur* – apenas recorde os derivados: *herrisch, herrlich, Herrlichkeit* – e *Heer*, por vizinhança (*himmlische Heere*)[12].

---

[11] Em alemão, no original: "Ela não pode terminar...".

[12] Em alemão, no original: *Herr*, "Senhor"; *herrisch*, "autoritário"; *herrlich*, "magnífico"; *Herrlichkeit*, "esplendor"; *Heer*, "exército"; *himmlische Heere*, "o exército celeste".

Vivendo sob o fogo

No dia 2 de setembro de 1936, ela vai para a Suíça, onde passa algumas horas; de volta à França, ela conta sua viagem, numa carta, a Steiger:

MINHA GENEBRA

3 de setembro de 1936.

Nossa viagem de ontem a Genebra convenceu-me definitivamente da improbabilidade de nosso encontro pessoal. – E, de repente, lembrei-me da frase, estranha por sua crueldade, de um jovem soberano[13] – aos membros das assembléias locais, se não me engano: "Não tenham a audácia de sonhar". (E eles – a tiveram.) Assim compreendi, depois da viagem de ontem, que nem mesmo a audácia de sonhar eu poderia ter. Agora, ouça-me com atenção, pois, conforme você já pôde notar, em mim vive aquele todo-poderoso deus pasternakiano dos detalhes – e eu me definiria como alguma *"miniaturiste en grand"* et *même – en geant – et même en immense*[*].

De forma que, na véspera, me haviam perguntado: "Você quer ir a Genebra amanhã?". E eu tinha dito que sim, porque tinha de enviar umas coisas para você e não queria vê-las passar de mão em mão – nem que outra pessoa preenchesse o recibo. E – coisa igualmente importante, visto que *não* sou egoísta – eu queria mostrar Genebra a Mur, ou seja, dar a ele a possibilidade de se gabar disso na sala de aula, já próxima – agora.

---

[13] Alusão à declaração feita por Nikolau II diante dos nobres e das assembléias locais no dia 17 de janeiro de 1885: "Não alimentai sonhos insensatos de participação no governo dos negócios do interior".

* Em francês, no original: "'Miniaturista em grande [escala]' e mesmo – em [escala] gigante – e mesmo em [escala] incomensurável". (N. de T.)

Na manhã seguinte – durante a manhã inteira – ocupei-me em empacotar suas coisas e em criar, para Mur e para mim, uma aparência mais ou menos suíça. Espero o carro que deverá passar às dez, com apreensão: os sapatos ainda não foram limpos, a carteira de *identité** ainda não saiu, Mur ainda não se lavou – etc. Dez horas, onze horas, meio-dia e – nada de carro. Saio de casa – para saber das notícias lá embaixo, no parque. O filho do dono da casa (aquele que escreve sobre Ráditchtchev – amigo meu, do ponto de vista intelectual[14]): "Marina Ivánovna, a senhora irá apenas com Mur para Genebra – nem mamãe nem Vera irão com a Senhora. – Então, também *não* irei – pois não sei achar nada em Genebra – nem mesmo o lago – e ainda que o encontre, ficarei lá plantada, pois, de qualquer maneira, não encontrarei o carro. O que vou fazer sozinha, com Mur, numa cidade estranha, sem passaporte e *sendo quem sou*??? Corro para contar a Mur. Ele fica desanimado, mas não o aparenta. Mas, como sempre, em minha vida – levo tudo a sério – e ponha sério nisso – que aquilo, aparentemente, não passava de palavras vagas. Vou ver a dona da casa e tento discretamente convencê-la (sei apenas de uma coisa: *eu preciso enviar sua encomenda*!). Ela recusa e concorda ao mesmo tempo, indecisa. Já é uma hora, já é o almoço (interminável) – duas horas – nada de carro. Para encurtar o assunto e não cansar sua vista e sua atenção – o carro chegou às quatro (em vez de às dez!) – nós o havíamos reservado por telefone, do correio, e houve uma confusão qualquer – de modo que embarcamos – com todos os pertences – às quatro e meia da tarde. A estrada era

---

* Em francês, no original, "identidade". (N. de T.)
[14] Mikhail Strange (1907–1968).

Vivendo sob o fogo

maravilhosa, mas eu pensava em meus pacotes já prontos, com o endereço e tudo. Todos me aconselham – a tirar a cordinha que os amarrava, mas eu protesto, pois o fato de estar amarrado significa que já é uma coisa sua e seria o mesmo que violar uma de minhas próprias cartas. Há três fronteiras: a do posto de gasolina, a francesa e a suíça. – *Pas de marchandise?* – *Rien*[*]. (Pois – não vendo nada!) – Passamos. Nova preocupação: desde 1903 não voltei à Suíça – e naquela época *não* mandei pacote algum – saberei fazer uma expedição de um correio estrangeiro? E – terei coragem de manter por minha causa um carro parado cheio de pessoas – diante de uma agência do correio? Pela estrada mostram-me o *Jardin Anglais* [Jardim inglês], a *Rade* [enseada] o *lago*, mas não reparo em nada – mando Mur olhar. Nova etapa – superada. (Na Suíça, as pessoas respondem tão gentilmente quanto pergunto.) *Agora posso voltar para casa.* Mas – começam os *Uni-Prix*, as galerias, em uma palavra, aquele inferno doméstico feminino de sempre. Logo Mur pede que lhe compre uma *stylo*[**] e uma porção de outras coisas. Faço-o continuamente multiplicar por cinco, a dona do castelo (uma russa-suíça – adorável) escolhe golas para suas filhas que estão na Rússia (ela as envia pelo correio, dentro das cartas), o coronel-dono do castelo quer cerveja, Mur *não* consegue multiplicar por cinco – enfim, uma hora parados diante das coisas, imersos – até a goela – nos detalhes que odeio – em resposta ao excesso de chocolate não compro nada (para você, com certeza, depois

---

[*] Em francês, no original: "Alguma mercadoria [a declarar]? – Nada". (N. de T.)
[**] Em francês, no original: "caneta-tinteiro". (N. de T.)

da operação, isso é proibido, e a senhoria comprou para Mur). Sentamos num café: dentro, calor infernal. Enquanto escrevo um cartão para você, Mur aproveita para pedir uma incrível caneca de cerveja (*Gargantua*!) – e, de novo, *Uni-Prix* – e, de novo, a insistência para comprar a *stylo* (ele já tem – duas), e depois, ainda, os carrinhos de quarenta a 75 centavos suíços – nós fazemos as multiplicações – (em cada nova loja os donos da casa dirigem-se apenas – para o setor de alimentação: compram produtos para a pensão) – e quando, finalmente, Mur e eu saímos de lá – não há ninguém. Passa o tempo. Absolutamente nada. Imploro a Mur que procure o carro. Depois de ter passado por cinqüenta – ele o encontra (jamais o reconheceria, pois para mim todos têm o mesmo aspecto: desumano) – absolutamente não no lugar onde havia sido combinado. Vejo um *Tabac*[*] e compro um isqueiro, maravilhoso, por um franco suíço – mas como já tenho um e sei que haverá a alfândega na fronteira – enfio-o no peito – o mais fundo possível. Depois, corro até o carro super-aquecido e espero. Mur vai e vem: ora aparece, ora desaparece, eu tenho medo dos carros, saio, olho, volto a sentar. Sete, sete e meia. Vez ou outra o motorista se aproxima. – *Et alors, Vous n'avez pas vu le colonel?* – *Non.* – *Et moi, non plus*[**]. Depois, leva Mur para tomar cerveja. Todas as lojas fecharam. Oito horas. E – preste bem atenção – começo a sentir alguma coisa que queima. Na verdade, já está queimando havia algum tempo, desde o primeiro instante. Na região do peito, onde se separam as costelas. E aquilo queima – que é

---

[*] Em francês, no original: "tabacaria". (N. de T.)
[**] Em francês, no original: "E então, a Senhora não viu o coronel? – Não. – Nem eu". (N. de T.)

uma beleza. *Ele*. O isqueiro. Como por castigo, cheio de fluido. Tento tirá-lo, mas – como? Tirá-lo por cima – a roupa é muito apertada (é presa nas costas) – por cima, impossível. Em poucas palavras – acredite, se puder: para retirar o isqueiro seria preciso tirar – a roupa. Além disso, tenho a sensação de que ele se enraizou; com a mão, tento deslocá-lo – por cima: nem se mexe. Começo a refletir – a julgar a situação – poderia ou não acender-se? Isto é, o fluido – devido ao calor de meu corpo. Na verdade, há leis para isso. Quer dizer, sabe-se *precisamente* se ele pode ou não. Mas eu as desconheço e posso esperar *qualquer coisa*. Tento me tranqüilizar (e aquilo queima – dói – é insuportável) dizendo a mim mesma que nunca ouvi falar de um caso semelhante. Talvez porque ninguém guarde o isqueiro cheio apertado desse jeito junto ao corpo, durante duas horas. E se de repente pegar fogo – na fronteira, justamente? Comigo – tudo pode acontecer. (A roupa, o carro, e a fronteira queimando!) De vez em quando (já são nove horas passadas) verifico com a mão, por cima, se por acaso minha roupa não estaria começando a pegar fogo – e farejo – se há cheiro de queimado. Não! Mas cheira a fluido. Como se me tivessem mergulhado nele. E nossos companheiros de viagem continuam desaparecidos, e Mur continua tomando cerveja com o motorista, depois os dois voltam – e vão-se embora de novo; o outro grupo nos espera em Annemasse desde as sete horas. – E agora já são mais de nove. Será que eles se perderam? Mas a Senhora é nativa de Genebra. O que terá acontecido? – Ai, como isso queima!

Às nove e quinze aparece o coronel: a mulher passou mal no Uni-Prix – ela caiu – ele a levou até o médico, fizeram-lhe uma aspersão (no coração), ele nos procurou em não sei qual *Molé* (?), onde teríamos combinado de nos encontrar com o motorista – etc. Vamos de carro – buscá-la – no médico. Ela não está nada bem, tivemos praticamente de carregá-la, e tomamos o caminho da volta. A fronteira. Primeira, segunda, terceira. *Rien à déclarer?*[*] Mur estende seu automovinho de quarenta centavos e duas garrafas de chocolate – ambas de vinte centavos – ele está sério, os guardas riem – a dona da casa – com uma mão insegura – estende seus *raisins secs* [uvas passas] e eu – nada, pois o que poderia e deveria mostrar – nesse momento não pode ser mostrado de uma maneira civilizada. Ah, sim! mais uma coisa: antes de partir, peço ao motorista que guarde consigo meus cigarros (já tenho alguns – em minha cigarreira) e penso: ele não irá me devolver, ele – irá esquecer e eu não lhe lembrarei, pois os cigarros são uma coisa masculina e não feminina e não se deve tirar os cigarros dos homens – mesmo que eles lhe pertençam. (Não há cigarros *próprios para as mulheres*.) (N. B.! Eu estou escrevendo umas bobagens para você – já são três folhas – mas já estamos na sexta-feira, dia 4 – e até agora *não recebi* resposta alguma àquelas minhas perguntas, portanto – não posso falar de você: não sei simplesmente nada: um branco, e espero diverti-lo um pouco, distraí-lo.) As fronteiras – acabaram. O motorista – me devolve o pacote. E eu, atordoada pelo fato de ele se lembrar, absolutamente confusa pela gratidão – e para compensar de algum modo essa alegria – *Gardez*. – *Merci alors*[**], digo-lhe, fazendo um gesto com a mão.

Ambos fumamos: ele me oferece um cigarro, e eu não recuso, é claro. Em Annemasse recolhemos nossos companheiros de viagem, desesperados. O caminho é estupendo. Ar fresco. Todo

---

[*] Em francês no original: "Nada a declarar?". (N. de T.)
[**] Em francês no original: "Pode ficar. – Obrigado, então". (N. de T.)

o calor do dia, dos carros, dos chocolates, das compras etc. se concentrou num único lugar: o isqueiro. Mas, se aquilo já queimava havia duas horas e meia sem pegar fogo – não iria acontecer agora. Acontecimento: surge a lua. (Mas há outra versão:

Was niemand sieht und sah: Monduntergang[15]) –

Sobre a crista negra da montanha – um fio de ouro. (Não de ouro – de cobre.) E, de repente – voltamos à superfície, ou será que a montanha sumiu? – o globo inteiro, no céu: vermelho. Uma voz, saída da carroceria do carro: "Não é verdade, Marina Ivánovna, que a lua se parece com uma bela mulher russa?". Eu, amável: "Sim, muito". (Para mim, a lua é o símbolo próprio da solidão. De toda a não-humanidade da solidão. Não a sinto como poeta, mas como lobo.)

A estrada dá umas voltas, fumamos, todo mundo dentro do carro está calado e, de repente: – Ai! Um gato na frente dos faróis. Fecho os olhos. E, três quilômetros adiante – meus vizinhos, filosofando: *Vous auriez mieux voulu que ça soit nous?* [Você preferiria que fôssemos nós?] Mais um quilômetro adiante: *D'ailleurs – il n'est pas tué, il a passé entre les roues. J'en ai tué deux cette année. Ça aurait fait le troisième.* [Aliás – ele não morreu, passou por entre as rodas. Já matei dois este ano. Esse teria sido o terceiro.] – A forma dentada das folhas – e mesmo o dente da torre. Os plátanos, imensos. *Nossa* Bonneville. Enfim, depois de algumas curvas desesperadoras sobre o caminho estreito – com os galhos das árvores quase arrancando

---

[15] Em alemão, no original: "O que ninguém vê ou jamais viu: o ocaso da lua".

nossa cabeça – lá está o castelo. Subo correndo e – uma das faces do isqueiro está – inteirinha *colada*. Arranco-o, apesar da dor: em carne viva. Uma queimadura enorme – e dois isqueiros (eu o havia deslocado – uma vez).

Agora posso dizer, por experiência própria (a da carne viva): o isqueiro cheio de fluido e encaixado no peito 1) não se inflama; 2) mas queima tudo em que encosta.

Aqui está, meu amigo, minha Genebra, e – com certeza – não haverá uma segunda.

– Não contei a você meus pensamentos da viagem (em surdina devido à queimadura do isqueiro): eu teria aceitado ser queimada assim pelo resto de minha vida (eu me acostumaria) se – em lugar do motorista, ao meu lado, estivesse sentado – você. Mas – lucidamente: – Então, ele deveria saber dirigir um carro e, se ele soubesse, talvez eu não quisesse sentar ao lado dele. – Mas – quem dirigiria, então, senão ele? – Bem – ninguém. O carro ficaria *parado*. Em seguida, pensei que você poderia ter sentido frio e eu teria me preocupado com você, pois nada tinha de quente comigo para lhe dar. (Além do isqueiro, *dentro*.) Depois, pensei que sempre podemos dar um abraço para aquecer. Visão do Pólo Norte. Todas as expedições polares numa única visão: dois seres abraçados, o mais velho aquecendo o mais jovem com seu corpo. (Quando chegaram – o jovem ainda estava vivo.) Meu companheiro de viagem com certeza estaria pensando na sua casa, na sua corrida do dia seguinte e em nós todos: um fica doente, de súbito – outro desaparece, de repente – outro, sem mais, oferece cigarros. – *Drôle de gens, les Russes, mais bien gentils quand même...* [Gente esquisita, os russos, mas bastante gentis, assim mesmo...]

Vivendo sob o fogo

O que nos resta, a nós *Russes* ou não-*Russes* – senão sermos *bien gentils* – uns com os outros – *até* a solidão do planeta Lua?
4 de setembro de 1936.

M.

As cartas de MT continuam, sempre igualmente apaixonadas, evocando ora em Paris, ora na Suíça, um futuro reencontro, até que, no dia 15 de setembro de 1936, MT recebe uma mensagem de Steiger que lhe revela a extensão de suas ilusões: ela responde-lhe logo para anunciar sua decepção. Ele compreende muito bem que os sentimentos de MT se dirigiam não a ele, mas a uma personagem criada pela imaginação de sua correspondente; ele lhe escreve: "Você é tão rica e forte, que as pessoas que você encontra, você as recria por sua conta, a sua maneira; quando o ser delas, autêntico, verdadeiro, assoma à superfície – você se admira com a nulidade daqueles que tinham acabado de receber o reflexo de sua luz – porque este já não mais os ilumina". A própria MT descreve longamente sua decepção em uma carta a Anna Teskova (datada de 16 de setembro de 1936), mas mesmo assim envia ainda algumas cartas a Steiger, em que encontramos esta análise que ela faz de si própria (30 de setembro de 1936):

Só vivo plenamente em meus poemas – não com as pessoas, e menos ainda (por mais estranho que possa parecer) com as que amo – estar e viver. Os amigos não sofrem por nossa causa, podemos dizer a eles *toda* a verdade, sem ter medo de atingir a carne viva. Eu queria você não apenas como um filho, não apenas como meu amado, mas ainda – como meu amigo: meu *igual*. É tempo, porém, de compreender que não devemos querer nada para nós próprios, nem mesmo sentir alegria pela plenitude de alguém, pois seria também amor por si próprio ("seu próximo – como *você mesmo*" – não: seu próximo – como *ele mesmo*); é tempo de admitir que o amor é o único e definitivo "não-ser" que temos nesta vida: não seja, senão *obrigará* outra pessoa *a ser* – "você a impedirá de viver" (de não-ser).

Sua amargura é grande: no final do ano, numa carta a Ivask, ela procura a explicação do fracasso (18 de dezembro de 1936):

Podemos dar apenas a quem já tem e ajudar apenas ao forte – eis a experiência de minha vida inteira – e a deste verão.

Um ano mais tarde, ela volta ao tema da dificuldade de amar e de ser amada em uma carta à nova amiga Ariadna Berg (17 de novembro de 1937):

Minha mãe queria um filho, Aleksandr, nasci – eu, mas com a alma (e a cabeça, também) do filho Aleksandr, isto é, votada – digamo-lo honestamente – ao não-amor masculino – e ao amor feminino; pois os homens não souberam me amar – e pode ser que eu também – a eles: amava os anjos e os demônios que eles não eram – e *os filhos* – que eles eram para mim!

15
O crime de Serguei Efron

Nesse meio-tempo, a família de MT continua a pressioná-la para que ela também volte para a Rússia. Ela resume a situação em uma carta à confidente tcheca, Anna Teskova:

Vanves, 15 de fevereiro de 1936.

Querida Anna Antónovna,
Quando li *Furchtlosigkeit** – senti um arrepio na minha espinha: *intrepidez*, a palavra que, nos últimos tempos, pronuncio dentro de mim e às vezes até em voz alta – como o último baluarte: a primeira e a última palavra de minha natureza. A palavra que me une – a quase todos! Boris Pasternak, para quem, durante *uns bons anos* – além de centenas de verstas – eu me voltava como para uma segunda eu mesma, me cochichou num murmúrio, no Congresso dos Escritores: "Não ousei

---
* Em alemão, no original: "intrepidez". (N. de T.)

não vir, veio a minha casa o secretário de Stálin, fiquei com medo". (Ele não queria de jeito algum vir sem a bela esposa, mas meteram-no no avião e o trouxeram até aqui.)

... Por acaso, querida Anna Antónovna, você conhece uma boa vidente em Praga? Pois, sem vidente, não creio que possa escapar dessa. Tudo agora converge para um único ponto: partir ou não partir. (Se partir – será para sempre.)
Em poucas palavras: tanto Serguei Iákovlevitch quanto Ália e Mur – morrem de vontade. À nossa volta – ameaça de guerra e de revolução, em resumo – acontecimentos catastróficos. Viver sozinha – aqui – eu não teria como. A emigração não gosta de mim. As *Últimas Notícias* (o único lugar que paga: com uma página por semana, eu poderia ganhar, sem esforço, 1800 francos por mês) – As *Últimas Notícias*, dizia eu (Miliúkov), me prejudicaram com intrigas: não vão mais me publicar em lugar nenhum. As senhoras patrocinadoras de Paris não me toleram – devido a meu temperamento independente.

Enfim – Mur não tem a menor perspectiva aqui. Eu bem vejo todos esses moços de vinte anos – estão num *beco sem saída*.

Em Moscou, há minha irmã, Ássia, que me ama – talvez mais ainda que a seu único filho. Em Moscou – apesar de tudo – tenho um círculo de escritores autênticos, não de desgraçados. (Os escritores daqui não gostam de mim, não me consideram um deles.)

Enfim – a natureza: o espaço.
Isso – a favor.

O contra: Moscou tornou-se Nova York, uma Nova York ideológica – nem campos, nem outeiros – só lagos de asfalto com pavilhões de alto-falantes e anúncios colossais; não, não comecei pelo essencial: *Mur*, que esta Moscou irá logo me absorver totalmente – da cabeça aos pés. E, em segundo lugar, outra coisa importante: eu, com minha *Furchtlosigkeit*, eu, *que não sei* não responder, que não posso assinar uma carta de saudação ao grande Stálin, porque *não* fui *eu* quem o qualificou de grande e – mesmo que ele seja – não se trata de minha grandeza e – talvez o mais importante – detesto qualquer tipo de igreja oficial triunfante.

Além disso – estarei mais longe de você: da *esperança* de reencontrá-la! – de A. I. Andréieva e da família Lébedev (não tenho mais ninguém).

– Aí está. –

Estarei sozinha lá, sem Mur – *nada* me deixarão, em primeiro lugar, porque tudo é questão de tempo: aqui, depois da escola, ele é meu, está comigo; lá será todo deles, pioneiro, brigadista, no juizado da infância, no verão – no acampamento, e tudo – cheio de atrações: o tambor, a educação física, os clubes, as bandeiras e assim por diante.

[*Faltam cinco páginas*]

... Pode ser que tenha de ser assim. Pode ser que seja a última (quem sabe?) *Kraftsprobe*[1]? Mas com que finalidade então – desde os dezoito anos – criei meus filhos??? A lei da natureza? – Isso não me consola.

Por acaso levanto os olhos agora e vejo na parede, na moldura de prata, o rosto de Sigrid Undset – *un visage revenu de*

---

[1] Em alemão, no original: "prova de força".

tout* – sem ilusão alguma! E eu lembrei – Kristin, como todos os seus filhos, um após o outro, a deixaram, e como outras crianças – você se lembra, ela ia em peregrinação – tão parecidas com as dela! – a cobriram de injúrias.

Aí está. O que fazer, sem vidente? Consulte uma a meu respeito, por mim. (Não acredito nas francesas: elas vêem bem – apenas os artigos das vitrines!)

A situação apresenta dois sentidos diferentes. Hoje, por exemplo, declamo no grande sarau dos poetas emigrados (todos os parisienses, até a ruína que é Merejkóvski, que outrora também escreveu poemas). Amanhã, ao contrário (não sei – quando), atendendo ao pedido dos meus, eu o farei em não sei que sarau dos militantes para a volta (N. B.! aqueles mesmos poemas – e em ambos os casos – graciosamente) – e isso pode parecer indelicado.

Tudo isso me atrapalha e não permite que me ocupe seriamente com nada.

Interrompo a carta para enviá-la logo. Poderia escrever-lhe sem pausa por mais duas horas – mas farei isso de uma outra vez; minha carta de hoje é apenas um eco à sua.

M. T.

A morte de Evgueni Zamiátin, cuja posição em relação à União Soviética e à emigração parece a MT semelhante à sua própria, faz com que ela sinta mais ainda a dificuldade em encontrar um lugar para si: "Ele também, tal como eu, não era nem nosso, nem de vocês", escreve a Vera Búnin em 11 de fevereiro de 1937. Ou, ainda: "Os meus

---

* Em francês, no original: "um rosto que renunciou a tudo". (N. de T.)

Vivendo sob o fogo

são aqueles – e eu sou uma deles – que não são nem nossos nem de vocês" (aos Khodassiévitch, em 13 de março de 1937).

Mas a realidade, de fato, é muito mais grave. Aquilo que ela não sabe é que o engajamento de seu marido não é mais apenas ideológico. Depois de ele receber a resposta negativa para a obtenção da cidadania soviética, em 1931, sugeriram-lhe provar de maneira diferente sua aptidão para servir o Estado comunista: as autoridades soviéticas o envolveram em um trabalho para elas em Paris. Foi assim que ele entrou para o serviço da polícia política de Moscou, designada ao longo dos anos por diferentes siglas: Tcheká, GPU, ou ainda NKVD (Comissariado Popular dos Negócios do Interior).

Em 1954, sequiosa por ver seu pai reabilitado, Ariadna Efron requer a esse mesmo serviço, então chamado KGB, um certificado onde constam os serviços prestados por seu pai. Ela obtém o seguinte documento oficial:

Em 1931, Efron foi recrutado pelos Órgãos do NKVD; ele dava informações sobre os Eurasianos, a emigração branca; acatando a ordem dos Órgãos, ele aderiu à loja maçônica russa Gamaiun. Durante alguns anos, Efron serviu como chefe de grupo, indicador e recrutador ativo. Graças a sua participação, foi recrutado um bom número de emigrados brancos. Seguindo as instruções dos Órgãos, ele realizou um grande trabalho de recrutamento e de envio de voluntários para a Espanha, vindos das fileiras dos antigos Brancos. No final da guerra civil na Espanha, Efron pediu para ser enviado, ao lado dos republicanos, para lutar contra as tropas de Franco, mas isso lhe foi negado devido a razões operacionais.

No outono de 1937, Efron foi enviado com urgência à União Soviética por se arriscar a ser preso pela polícia francesa, que suspeitava de sua participação no assassinato de Reiss. Na União Soviética, Efron viveu sob o nome de Andréiev, às expensas do NKVD, mas não era solicitado – na prática – para nenhuma atividade secreta. Em seu trabalho para os Órgãos do NKVD, Efron era visto positivamente; na França, ele estava ligado aos antigos colaboradores do serviço estrangeiro do NKVD, Jurávlev e Glínski.

Recrutado em 1931, Efron parece ter começado realmente a trabalhar para os Órgãos apenas em 1933. Acontece, então, uma mudança em seu comportamento: ele se torna mais reservado e menos empenhado em suas tentativas de encontrar um ganha-pão (sem dúvida, no começo, trabalhou sem remuneração alguma). Sua tarefa consistia inicialmente em recrutar novos agentes; no decorrer de seu interrogatório na Rússia, em 1940, menciona 24 pessoas que teria alistado, entre as quais Rodziévitch, o ex-amante de MT, ou a amiga comum Vera Suvtchínskaia-Gutchkova (casada com um comunista escocês, certo Traill). Além disso, esses agentes participam de uma organização oficial, a União de Repatriamento, que os acoberta. Efron passará a receber um salário da União e a situação da família apresentará melhoras, graças a essa renda regular: enquanto de 1931 a 1933 a família passa as férias de verão no subúrbio de Paris, a partir de 1934, todos viajam regularmente; as queixas de MT quanto à situação de necessidade tornam-se mais raras.

Essas atividades públicas de Efron dissimulam outras, menos confessáveis; em primeiro lugar, vigiar e neutralizar certos meios hostis à União Soviética. Isso significa, por um lado, os emigrados brancos, igualmente agrupados em organizações (infiltradas, há muito, pelo NKVD); por outro lado, os trotskistas, os emigrados de convicções radicais, próximos aos comunistas. Assim, em 1936, a rede de Efron orga-

niza a vigilância do filho de Trótski, Sedov, antes de este ser liquidado em uma clínica de Paris. A partir de 1936, o grupo passa a se ocupar com o envio de voluntários russos para a Espanha (uma atividade proibida, na França) e com a logística dos agentes do NKVD que lá operam. Durante esses anos todos, Efron pede para voltar à União Soviética, mas a resposta é de que ele é mais útil onde se encontra.

Em 1937, MT mergulha em seu trabalho sobre Púchkin (traduções, ensaios) e mais tarde na História de Sónetchka. Nesse mesmo momento as coisas vão mal para Efron, por ocasião do caso Reiss. Ludvig Poriétski, chamado Ignace Reiss, é um agente do Komintern*, a serviço da polícia soviética, que decidiu romper com seus empregadores. Já havia algum tempo suscitara suspeitas, e a rede de Efron é chamada para vigiá-lo. Efron entrega o caso a um de seus subordinados, um amigo recrutado por ele, Mikhail Strange (com quem passou temporadas, em companhia de MT e de Mur, no castelo d'Arcine, em 1936), que será o chefe da operação. O caso precipita-se quando, no dia 17 de julho de 1937, Reiss envia uma carta à embaixada soviética em Paris, em que manifesta sua condenação do stalinismo. Seu destino está selado. Sua execução exige a participação de uma série de pessoas, todas elas pertencentes à rede de Efron: alguns cuidam de vigiá-lo, outros servem como auxiliares; finalmente, dois homens do NKVD encarregam-se do assassinato: François Rossi (chamado também Rolando Abbiate, Dr. Benoit e Victor Pravdin) e Charles Martignat (chamado Boris Afanássiev e André) cobrirão de balas o corpo de Reiss, na noite de 4 para 5 de setembro de 1937.

Nem todos os que participam dessa ação são tão profissionais como os matadores que desaparecem sem deixar rastros, e a polícia suíça prende rapidamente certa Renate Steiner e depois, graças à con-

---

* Internacional Comunista (1919–1943). (N. de T.)

fissão dela, dois outros membros do grupo de vigilância, Pierre Ducomet (ou "Bob") e Dmítri Smiriénski (chamado Marcel Rollin). Prendem também o motorista, Vadim Kondrátiev. Todas essas pessoas têm um traço em comum: foram recrutadas por Efron ou trabalham para ele.

A polícia francesa realiza inquirições, por sua vez, no meio dos emigrados russos, em particular depois do seqüestro do general "branco" Miller, no dia 12 de setembro de 1937. Lá também os indícios levam a Efron e a seus amigos, os Klepínin, Nikolai e Antonia. Alguns anos mais tarde, Mur conta em seu diário (7 de novembro de 1941): "De repente, o caso Reiss explode como uma bomba. Papai esconde-se em Levallois-Perret, na casa de um motorista emigrado, comunista". Os serviços russos tomam, então, a decisão de tirá-lo da França, apesar de confirmarem, com isso, que ele seria culpado. Mur relata: "Fuga de carro, a toda a velocidade, com papai e os Balter, que o acompanham. Em Rouen, nos separamos". (Os Balter, Pável e Hedy, são emigrados russos, colaboradores de Efron.) No dia 10 de outubro de 1937, Efron e Klepínin chegam a Le Havre, onde embarcam num navio soviético que os levará a Leningrado.

MT, que havia passado férias de verão com Mur, em Lacanau, tem uma longa conversa com Serguei antes de sua partida, à qual ela assiste. Entretanto, ela provavelmente ainda desconhece os detalhes da natureza do envolvimento do marido; de fato, Mur descreve assim a relação dela com tais atividades: "Mamãe não sabe praticamente nada daquilo tudo, ela vive sua vida, mas o adora". No dia 22 de outubro, MT recebe a visita da polícia francesa, que realiza uma perquirição do apartamento; na sede da Segurança Nacional*, ela dará o seguinte depoimento:

---

* *Sûreté Nationale.* (N. de T.)

Vivendo sob o fogo

Vivo do exercício de minha profissão; colaboro com as revistas russas *Os Anais Russos* e *Anais Contemporâneos*. Recebo de seiscentos a oitocentos francos por mês. Quanto a meu marido, que é jornalista, ele publica artigos em uma revista chamada *Notre Patrie*[*]. Esse periódico é editado pela União de Repatriamento, cuja sede fica na rue de Buci, em Paris. Creio estar ao corrente do fato de meu marido ir todos os dias à sede desta sociedade, penso que desde sua fundação. Minha filha Ariadna, nascida no dia 5 de setembro de 1913, em Moscou, também trabalhou lá, como desenhista. Ela deixou o posto no mês de abril passado para voltar à Rússia. Atualmente ela está em Moscou e trabalha nos escritórios de uma revista francesa que é publicada nessa cidade e que se chama *Revue de Moscou*[**].

A União de Repatriamento, conforme seu nome indica, tem por objetivo facilitar a volta à Rússia de nossos compatriotas refugiados na França. Não conheço nenhum dos membros que dirigem essa associação, entretanto, há um ou dois anos, conheci certo senhor Afanázov, que era membro dela e que voltou à Rússia faz pouco mais de um ano.

Conheci esse meu conterrâneo devido ao fato de ele ter vindo visitar meu marido. Meu marido havia sido oficial do Exército Branco, mas, desde nossa chegada à França, em 1926, suas idéias evoluíram. Ele foi redator da revista *Eurásia*, que circulava por Paris e era publicada, creio, em Clamart ou arredores. Posso dizer aos senhores que ela não é mais publicada. Pessoalmente não me ocupo de política, mas me parece que

---

[*] Em francês, no original, "Nossa pátria". (N. de T.)
[**] Em francês, no original: "Revista de Moscou". (N. de T.)

há dois ou três anos meu marido já estava em sintonia com o regime russo atual.

Após o começo da revolução espanhola, meu marido se apaixonou pela causa dos Governamentais, e essa paixão aumentou durante o mês de setembro último, quando estávamos passando as férias em Lacanau-Océan, na Gironda, onde tivemos ocasião de presenciar a chegada em massa de refugiados vindos de Santander. A partir dessa época meu marido manifestou o desejo de ir para a Espanha governamental e lá combater. Deixou Vanves no dia 11 ou 12 de outubro último, e desde então não tenho notícias dele. Não posso, portanto, lhes dizer onde ele se encontra agora e ignoro se ele partiu só ou acompanhado.

Entre os conhecidos de meu marido não sei de ninguém que responda ao apelido de "Bob"; não conheço igualmente nem Smiriénski, nem Rollin Marcel.

No final do verão em 1936, em agosto ou setembro, fui passar minhas férias na casa de conterrâneos, a família Strange, residentes no castelo d'Arcine, em Saint-Pierre-de-Rumilly (Alta Sabóia), junto com meu filho Gueórgui, nascido no dia 1º de fevereiro de 1925, em Praga.

O casal Strange mantém, no endereço citado, uma pensão familiar. Eles têm um filho chamado Mikhail, que tem entre 25 e trinta anos e que é escritor. Mikhail Strange não mora habitualmente em Paris, mas reside com os pais. Não saberia dizer quão freqüentemente ele vem a Paris e ignoro se mantém contatos constantes com meu marido.

Meu marido quase não recebia pessoas em nossa casa e não conheço todos os seus amigos.

Entre as numerosas fotografias que me foram apresentadas pelos senhores, só reconheci a Kondrátiev, que encontrei junto a amigos comuns, o casal Klepínin, residente em Issy-les-Moulineaux, 8 ou 10, rue Madeleine-Moreau. Esse encontro data aproximadamente de dois anos atrás; naquela época, Kondrátiev tinha intenções matrimoniais para com a senhorita Anna Suvtchínski, que havia sido contratada como babá pela senhora Klepínin.

Meu marido e eu ficamos surpresos ao saber, pela imprensa, do desaparecimento de Kondrátiev, por ocasião do caso Reiss.

Reconheci igualmente o Senhor M. Pozniakóv em uma dessas fotografias. Esse senhor, que exerce a profissão de fotógrafo, realizou, a pedido meu, uma série de ampliações. Ele conhece meu marido também, mas ignoro suas opiniões políticas, nem sei quem ele teria se tornado.

Meu marido e eu só comentamos o caso Reiss com indignação; ambos reprovamos qualquer ato de violência, venha ele de onde vier.

Tal como acabo de dizer, não conheço os amigos de meu marido, a não ser aqueles que freqüentavam nossa casa, e não posso lhes dizer se ele conheceu a senhorita Steiner ou as outras pessoas por quem os senhores parecem se interessar.

Parti para Lacanau, juntamente com meu filho, no dia 17 de julho de 1937 e voltamos para a capital no dia 20 de setembro. Meu marido veio nos encontrar por volta do dia 12 de agosto e voltou a Paris no dia 12 de setembro de 1937.

Durante nossa estada em Lacanau, ficamos hospedados na casa de campo "Coup de Roulis", avenue des Frères-Estrade. A casa pertence ao senhor e à senhora Cochin.

Meu marido permaneceu em minha companhia, durante suas férias, sem jamais se ausentar.

FRANÇA (1925-1939)

Meu marido ausentava-se, de vez em quando, por diversos dias, mas nunca me dizia aonde se dirigia e o que ia fazer. De minha parte, jamais lhe pedi explicações, ou antes, quando lhe pedia, ele me respondia que viajava a negócios. Não saberia, portanto, lhes dizer os lugares de seus deslocamentos.
Leitura realizada, confirma e assina
M. Zvetaïeff-Efron

É possível notar, nesse documento, algumas imprecisões devidas, provavelmente, ao embaraço da ocasião, sobretudo quanto às datas. Ao mesmo tempo, ao dizer que Serguei estivera com ela em Lacanau durante toda a permanência deles no local, MT está mentindo para forjar um álibi ao marido: chegando lá no dia 17 de agosto de 1937, Serguei teria partido, no máximo, no dia 30 de agosto. Da mesma forma, ao declarar que ela ignora tudo o que se refere a sua partida, sugerindo que ele teria ido para a Espanha, ela dissimula a verdade para protegê-lo. Uma carta a sua grande amiga e confidente do momento, Ariadna Berg (1899-1979), descreve sua reação:

Vanves, 65, rue J.-B.-Potin
26 de outubro de 1937.

Minha querida Ariadna,
Se não lhe escrevi até agora – foi porque não tive como. Mas sempre pensei em você, através e além de tudo.
Saiba que estou junto com você na sua terrível desgraça[2].

---

[2] No dia 12 de outubro de 1937, Ariadna Berg perdeu sua filha mais velha devido a uma septicemia.

Vivendo sob o fogo

Não posso escrever mais longamente, por enquanto, pois encontro-me completamente aturdida por acontecimentos que também são uma *desgraça*, mas não uma *culpa*. Direi a você o mesmo que disse durante meu interrogatório:
– *C'est le plus loyal, le plus noble et le plus humain des hommes.* – *Mais sa bonne foi a pu être abusée.* – *La mienne en lui* – *jamais*[*].
Abraço-a e – se for pela última vez – por carta e na vida – saiba que, enquanto eu viver, pensarei em você com amor e gratidão.

Marina

Três dias mais tarde, no Renaissance^{**}*, jornal russo de Paris, aparece um artigo anônimo, bem informado, que traz, em detalhes, as atividades de Efron enquanto funcionário do* NKVD. *MT escreve novamente a Berg:*

Vanves, terça-feira, 2 de novembro de 1937.
65, rue J.-B.-Potin

Ariadna querida,
A *rãzinha*³ com certeza é *sua*: por acaso você pensou que eu poderia recebê-la – e aceitá-la se não fosse sua? Essa rã-

---

* Em francês, no original: "É o mais leal, o mais nobre e o mais humano dos homens. Mas a boa-fé dele pode ter sido violada. – A minha nele – jamais". (N. de T.)
** Em francês, no original: "Renascença". (N. de T.)
³ Trata-se de um anel chinês que MT havia visto na casa da cunhada de Ariadna Berg. Ela tinha pensado que iriam oferecê-lo a ela e havia proposto "trocá-lo" por um colar de lápis-lazúli.

zinha, a sua, protegeu-me durante o verão inteiro, foi comigo para a praia, escreveu comigo a história de Sonetchka e *queimou* comigo (o matagal queimou e nós estávamos no círculo de fogo), e tudo isso era – *você*.

Vejo diante de mim seu rosto severo, aberto, destemido, e digo-lhe: qualquer que seja a coisa desabonadora que você venha a ouvir ou a ler sobre meu marido – não acredite, como não acredite em nem *uma única* pessoa, não apenas entre aquelas *que o conheceram* (inclusive as mais "de direita"), mas – entre aquelas que o encontraram. Uma delas disse-me recentemente: "Se Serguei Iákovlevitch entrasse neste momento em meu quarto – não apenas ficaria contente, mas, sem a menor hesitação, faria por ele todo o possível". (Isso, em resposta ao artigo anônimo na *Renaissance*.)

Quanto a mim: você sabe muito bem que nunca fiz nada (coisa que, por sinal, sabe também o pessoal da *Sûreté*, onde ficamos retidos, Mur e eu, um dia inteiro), e isso, não apenas por causa de minha cabal incapacidade, mas, também, de minha profunda aversão pela política, que considero *em sua totalidade*, com raríssimas exceções, uma grande *sujeira*.

Cara Ariadna, escreva-me! (Você não arrisca nada: Mur e eu somos completamente livres.) – Escreva-me sobre tudo: sua dor, seu futuro – próximo e remoto, suas filhas, sua alma... Eu a amo como a uma irmã: eu ainda não havia dito *essa* palavra a nenhuma mulher.

Meu endereço continua o mesmo: a mesma ruína da qual não me mudarei por enquanto – não posso nem quero: poderiam dizer ainda – ela se esconde ou – ela fugiu. O inverno começa difícil – mas, paciência.

Não precisava me pedir meu endereço eterno, porque você não *poderia não tê-lo* – por acaso você acha que eu desapareceria assim – sem deixar rastros – queimando tudo – atrás de mim? Sou uma pessoa cuja gratidão é *eterna*.
Oh, Ariadna, que *paraíso* – aqueles seus jardins! Eu ainda os descreverei, algum dia.
Espero notícias e a abraço,
Sua, sempre,

                                          Marina

[*Acrescentado à margem:*]
Não pense que não me lembro de sua dor: é uma *faca permanente* em meu coração.

Sua pequena rã foi – meus últimos dias felizes. Por sinal, devido ao mar e ao fogo, de azul que ela era se tornou prateada – isto é, tornou-se completamente *sua* (não diga isso a Olga Nikoláievna, mas você não dirá!).

Depois do relato de testemunhas, alguns amigos contam em detalhes a MT no que consistiam as atividades de seu marido. As revistas russas também continuam com suas revelações, de modo que ela não pode mais ignorar nada de seu passado recente. No dia 27 de novembro de 1937 ela é novamente convocada à delegacia de polícia, onde dá o seguinte depoimento:

Já fui ouvida no dia 22 de outubro corrente, em virtude de uma comissão rogatória, datada do dia 21 do mesmo mês, do senhor M. Béteille, juiz de instrução em Paris, sobre a atividade política de meu marido. Nada tenho a acrescentar àquela primeira declaração.

Meu marido partiu para a Espanha para servir nas fileiras dos Governamentais, no dia 11 ou 12 de outubro. Depois dessa época, não recebi informação nenhuma da parte dele.

Sabia que, antes de seguir para a Espanha, ele facilitava a partida de seus conterrâneos que tivessem manifestado o desejo de lutar nas fileiras dos Governamentais espanhóis, mas não conheço o número de pessoas. Entre eles posso citar dois nomes: o de Henkin Tsirill e o de alguém chamado Liova (Leão).

Declaro ignorar que meu marido, no decorrer dos anos de 1936 e 1937 (começo), tenha se ocupado com a organização da vigilância de indivíduos russos ou de outra nacionalidade com a ajuda da senhora Steiner Renée, de Smírensk Dmitri, de Tchistóganoff e de Ducomet Pierre. Ignoro igualmente se meu marido manteve ou não correspondência com esses indivíduos.

Não assumo pessoalmente poder reconhecer que o telegrama datado de 22 de janeiro de 1937, cuja cópia fotográfica me foi mostrada, tenha sido escrito pela mão de meu marido.

A pedido dos Senhores, entrego-lhes nove documentos (cartas, envelopes e um cartão-postal) escritos pela mão de meu marido.

Leitura realizada, confirma e assina
M. Zvetaïeff-Efron

Todas as pessoas por ela mencionadas trabalham no NKVD.

Não se pode ter certeza quanto à sinceridade de MT, quando ela escreve a um amigo, Vadim, filho do escritor Leonid Andréiev:

Vivendo sob o fogo

Sábado, 4 de dezembro de 1937.
Vanves (Seine)
65, rue J.-B.-Potin

Caro Vadim,
Muito obrigada pela lembrança e por sua vinda. Sinto terrivelmente que você não tenha me encontrado – eu teria contado a você uma porção de coisas – ao mesmo tempo terríveis e engraçadas.
Se conseguir – procure encontrar – onde for – *O processo* de Kafka (o maravilhoso escritor tcheco que morreu faz pouco) – era eu – naqueles dias. E esse livro foi o último que li – *antes*. Li-o em Océan – sob o ruído, o rumor e a batida das ondas – mas as ondas se foram e o processo ficou. Chegou inclusive a se realizar.
– Quando nos veremos? Se realmente agora o metrô vai até sua casa – eu e Mur poderíamos dar um jeito de ir até aí. Se for você a vir – mas somente se combinarmos – eu ficaria sinceramente contente.
Por enquanto – minhas lembranças cordiais a você e aos seus! E, mais uma vez – obrigada.
M. T.

Que Serguei Iákovlevitch não está de maneira nenhuma implicado nos crimes, *com certeza* você sabe.

LEIA *O processo*!

Antes do fim do ano, MT começa a pensar seriamente em voltar com Mur para a União Soviética, a fim de se reunir com o resto da família. Ela obtém um passaporte soviético da embaixada e aceita se submeter às instruções que lhe serão transmitidas. A troca de correspondência com a família transitará agora pela mala diplomática, duas vezes por mês; todas as cartas recebidas devem ser destruídas imediatamente após a leitura. Ela não deve mais colaborar com a imprensa da emigração russa (todas as suas fontes de renda são, então, cortadas); ela receberá uma indenização da embaixada e passará a residir nos endereços que lhe serão indicados. Quanto à sua partida, a data ser-lhe-á comunicada convenientemente mais tarde.

16
Em sursis

MT não tem nenhuma atividade pública. *Os meios literários franceses jamais se interessaram por ela, os da emigração russa a rejeitam como a mulher (a cúmplice?) de um agente do* NKVD, *um inimigo da causa deles. Os representantes do poder soviético, por sua vez, a mantêm desinformada sobre seu destino. Sem saber por quanto tempo permanecerá na França, ela tira Mur da escola e o mantém, o dia inteiro, junto dela, no apartamento em Vanves. Enquanto espera pela partida, ela recomeça (como em 1932–1933) a copiar e a resumir seus cadernos. Ariadna Berg, que vive em Bruxelas, continua sendo uma de suas confidentes.*
A Ariadna Berg:

Vanves (Seine) 65, rue J.-B.-Potin
15 de fevereiro de 1938.

Minha querida Ariadna,
Acabo de ler (reler) a vida de Isadora Duncan e sabe qual sentimento me inspira essa vida aparentemente *de todo* preen-

chida? O vazio. A vaidade das vaidades. Como se não houvesse *nada*.

Ainda estou procurando – e para quê? (N. B.! Esta carta responde àquela em que você me diz que reparou não conseguir nem rejeitar nem aceitar ninguém completamente.) Essa mulher tinha *tudo*: genialidade, beleza, inteligência (com um ponto de interrogação, pois muitas vezes era de um mau gosto *delirante*, mas tinha algo que, numa mulher, *peut (en) tenir lieu et (en) tient lieu**, digamos, a congenialidade com tudo o que há de grande), ela conheceu *todos* os países, a natureza e sua diversidade, *todos* os livros, encontrou-se com os maiores entre os seus contemporâneos – e, de repente, compreendi o que ela não teve: ninguém a havia amado nem ela havia amado ninguém, nem Gordon Craig, nem seu Lohengrin[1], nem o pianista genial, nem – nem – nem – ninguém. Em seu livro há uma ausência impressionante – de compaixão. Ela amava – da mesma forma que bebia e comia. Às vezes – ela lia (Stanislávski). Às vezes saciando-se, às vezes aprendendo, nunca – amando *o outro*, ou seja, compadecendo-se do outro e servindo-o. É por isso que a morte de seus filhos é tão mais terrível; eles eram a única coisa viva nela: grande e dolorosa. (E é óbvio que ela também não amava Essiénin: é o idílio típico da americana movida pela curiosidade + a última esperança de uma mulher que envelhece. Aceitar tudo de alguém ainda não quer dizer ter pena de sua sorte.)

Saí desse livro – completamente vazia: tantos nomes, tantos países e acontecimentos de toda espécie – e *nada* a dizer.

---

* Em francês, no original: "pode ocorrer e ocorre". (N. de T.)

[1] Gordon Craig, diretor de teatro britânico, e Paris Singer, apelidado "Lohengrin", industrial; ambos, amigos de Isadora Duncan.

Vivendo sob o fogo

Além disso, a arte dela é, *sem dúvida*, individual – um *milagre* individual, e o que ela queria era uma escola – de milagres. Ela queria – milhares de Isadoras Duncan. Isso significa, principalmente, que ela *não* havia entendido o caráter milagroso de sua presença. E tinham razão – os vienenses levianos que haviam gritado para ela: *Keine Schule! Keine Vorträge! Tanz uns die schöne blaue Donau! Tanz, Isadora, tanz*[2]!

– *Pena*, pois o livro em si é tão vivo – que você o vive por ele mesmo, sem poder mudar nada. Um dia eu cruzei com o tal Raymond[3], um almofadinha, na casa de uma americana. Estava sentada e, de repente, alguém encostou o cotovelo em meu pescoço e o empurrou. Virei a cabeça bruscamente e o cotovelo se desequilibrou. Um minuto depois – a mesma coisa. Levanto-me – diante de mim está um homem de "roupa branca", cabelos compridos etc – afasto-me da cadeira: "*Monsieur, si Vous ne pouvez pas Vous tenir debout – voilà ma chaise. Mais je ne suis pas un dossier*"*. E ele deu um sorriso *besta*. Afastou-se e eu me sentei de novo. E dizer que esse Raymond desempenhava para ela o papel do rei Édipo e construía com ela, na Grécia, o templo de Agamemnon. Detalhe: eu estava sentada junto a uma mesa de chá e ele falava à pessoa que estava à minha frente – do outro lado da mesa – e, para sentir-se mais *à vontade* se apoiava com o cotovelo nas minhas costas. (Particularmente esquisito – por se tratar de um dançarino da escola de Isadora.)

---

[2] Em alemão, no original: "Nada de escola! Nada de tratados! Dance para nós o *Belo Danúbio Azul*! Dance, Isadora, dance!".
[3] Raymond Duncan, irmão caçula de Isadora, pintor e dançarino.
* Em francês, no original: "Senhor, se o senhor não consegue ficar em pé, aqui está minha cadeira. Mas não sou encosto". (N. de T.)

– Desculpe-me, querida Ariadna, por um começo de carta tão *distante*: me choquei, me aborreci, realmente com esse livro (essa vida).

Então, você virá a Paris por volta de 1º de maio? Como estou feliz! Mas já estou vendo que será uma felicidade misturada com tristeza: curta e constrangida pela necessidade de conciliar tudo (o que é essencial e pode sê-lo) na última hora. Ao passo que seria tão bom – se eu vivesse na Bélgica, como outrora vivi na Tchecoslováquia, aquela vida pacífica que tanto amo... ("E ele, sombrio, procura a tempestade..."[4] – mas não foi escrito para mim, realmente, e ainda: "Feliz daquele que visitou este mundo – Em seus fatais minutos..."[5] – com certeza, *feliz*, não!) – com meus poucos amigos, entre os quais você é a primeira... Nossa amizade não seria (*tudo* está no condicional) – tempestuosa, sem nenhuma catástrofe, simplesmente, sua casa seria minha casa, minha casa seria – a sua e cada uma de nós poderia acordar a outra a qualquer hora da noite – sem medo de ofender. Talvez eu tenha amado mais que tudo em minha vida – o monastério, não o *Stift: Stiftsdame, Stiftsfraülein*[6], com liberdade condicional e prisioneira (voluntária) condicional. Procurei essa regra desde meus quatorze anos, quando eu mesma fui para uma série de internatos, naquela mesma Moscou onde eu tinha família e casa, afirmo, internatos: cada ano – era um... A regra, para mim, é o conforto supremo, en-

---

[4] Verso do poema "A vela" de Lérmontov.
[5] Citação do poema "Cícero", de Tiútchev.
[6] Em alemão, no original: "convento: a freira, a noviça".

quanto a "liberdade" é uma palavra vazia: um deserto. A vida inteira – esforcei-me para alcançar essa regra, e você vê aonde isso me levou?

Sobre mim. Vivo no frio ou na fumaça: tanto faz. Quando está frio (como agora), prefiro – a fumaça. Estou com as mãos completamente queimadas: toda a camada superior está queimada, pois não há tiragem, o carvão apaga-se continuamente e é preciso, de cima, empurrar os pedaços – assim funciona – ou melhor – *não* funciona. Mas a primavera já está chegando, e o pior – esperemos – já passou. É o primeiro inverno – de minha vida, acho – em que nada escrevi, quero dizer – nada de novo. Há uma série de razões para isso, mas a principal é: *à quoi bon?**. Tento viver como todos – mas não tenho muito êxito, alguma coisa me incomoda. Sim, claro, vou anotando coisas, mas, por enquanto, não tenho coragem nem tempo talvez de começar: que montanha erguer??? Quase todo o meu tempo é comido pela vida do dia-a-dia, antes, apesar de tudo, era um pouco mais fácil. Há as alegrias singelas: embaixo de nossas janelas estão demolindo uma praça; todo o caminho que vai do metrô à nossa casa é agora iluminado do alto por grandes postes; de uma maneira geral – na rua é melhor que em casa. Mas – falarei de novo disso e de mim, em particular.

Quero saber de você. Qual foi a doença das crianças? Como estão agora? E o estudo de Vera, como vai? Como está crescendo e se desenvolvendo Liúlia? Tem alguém para tomar

---

* Em francês, no original: "para quê?". (N. de T.)

conta dela ou é você sozinha? De qual livro você fala que há um divórcio entre a obra e o autor? Parece-me que é o que você está traduzindo, mas – de que se trata? Quem são seus amigos e seus conhecidos? Você ouve música? O que você lê – para a alma? (Se você ainda não leu *Ma vie* [Minha vida] – de Duncan – leia-o, obrigatoriamente. O começo é muito bom: a pobreza, o litoral deserto, a mãe estranhamente ausente, sua primeira viagem a Paris, isto é, toda a *virtualité* [virtualidade] duncaniana...)

Ariadna, em Bruxelas há uma janela que é *minha*: ela dá para uma espécie de vale. Estávamos andando, Olga Nikoláievna[7] e eu, quando de repente gritei: "Olhe, a *minha* janela!". Ela levou um susto. Era de noite e a janela cintilava sobre moitas escuras. Ficava em algum lugar alto, visto que depois descemos bastante por uma espécie de escadaria. A casa onde estava minha janela era muito antiga e na parede inteira havia aquela única janela, e árvores imensas cresciam no barranco. Se você tiver ocasião de vê-la, um dia – irá reconhecê-la imediatamente. *Eu* – jamais a esquecerei.

Quanto ao casaco, aqui os de suedine *média* estão por volta de 250 francos – quando feitos sob medida. Ficarei muito agradecida se você descobrir quanto custam naquela loja. Seria importante eu saber *o quanto antes*. Da mesma qualidade de que é feita a jaqueta do *réclame* [propaganda] deles: superior. Para mim (nessa qualidade superior), só há uma cor: marrom-

---

[7] Uma parenta de Ariadna Berg.

chocolate, *tirant sur le rouge* [puxando para o vermelho] (*não cor-de-azeitona!*). Procure saber e escreva, ficarei muito, muito agradecida. *Evasé vers le bas, complètement croisé, longueur cent vingt* [rodada embaixo, completamente fechada, comprimento cento e vinte] – você está lembrada? E com *emmanchures* [cavas] – *bem* grandes. Não encomende, porém, por enquanto, informe-se do preço e escreva logo para mim.

Bem, vou terminando e volto para a minha cozinha glacial. Mur porta-se muito bem e, principalmente, não perde a coragem. Desenha muito bem. Já está bem mais alto que eu e usa calça comprida. Envia-lhe lembranças, inclusive às crianças. Abraço-a de todo coração e – espero suas notícias.

M.

Dois meses mais tarde, outra carta a Berg:

Vanves (Seine) 65, rue J.-B.-Potin
Terça-feira, 19 de abril de 1938.

Querida Ariadna,
Esta não é bem uma carta – é um pequeno bilhete.

Não sei o que fazer com meu Thiers[8]: seu irmão não veio buscá-lo na quinta-feira e nada me respondeu da carta que lhe havia enviado já faz um tempinho, antes mesmo de eu receber a sua. Eu lhe pedia – caso não pudesse vir na quinta – que marcasse o dia e a hora. Pois bem – já se passou uma semana – e nada.

Escrevi a este endereço: 91, rue Erlanger, XVIe.

---

[8] MT havia vendido ao irmão de Ariadna Berg, por intermediação desta, a sua *História da revolução* de Adolphe Thiers, em três volumes.

Não me decido a escrever-lhe uma segunda carta: pode ser que ele tenha mudado de idéia, não poderia parecer insistência de minha parte?

No entanto, gostaria realmente de saber se ele vem pegá-lo ou não – pois esse Thiers é um dos meus maiores "trunfos" para venda.

Espero que Lucien se restabeleça logo[9]. Mas, [quanto a] encontros ou desencontros, cartas ou silêncios – em primeiro lugar: os acontecimentos já se adiantaram a mim; em segundo – não se deve seguir meus conselhos – *sempre* – me prejudiquei, nesse tipo de coisa – intencionalmente ou quase mal intencionalmente – se é que se pode falar em – prejuízo.

Testei o outro (o grau de seu apego), testei a mim mesma (o grau de meu *des*-apego, ou seja, de minha renúncia), ergui montanhas e despejei mares entre mim e ele – e, no final (bem rápido) – perdi.

Não se deve – me ouvir. *Pode-se* – quando a coisa *já* está perdida.

Não, Ariadna, queira Deus que *nisso* você não se pareça comigo! (Mas *com certeza* você se parece, pois não há semelhança que não seja em todos os aspectos.)

No amor, só fui capaz de uma coisa: sofrer feito um cão – e cantar. Sequer soube esperar – como a Akhmátova: "Só fiz

---

[9] Lucien de Neck é um amigo de Ariadna Berg. MT havia-lhe enviado, em 1936, um posfácio à sua "Lettre à l'amazone" (Carta à amazona). Ele não respondeu.

esperar e cantar". De uma maneira geral, não soube fazer outra coisa: *viver*. Agora, na medida em que você arruma – *a vida...* (Eu sempre desarrumei – todas as vidas, oh! não a de outrem: apenas a minha – com o outro. Mas *amar* eu sabia – como *ninguém*, e *ninguém* percebeu! Ninguém, por sinal, irá perceber: não é por nada que eu não tinjo os cabelos...)

Bem, termino e a abraço, esperando notícias – e um conselho: o que fazer com meu Thiers? Informe-me, por favor, quanto ao patronímico e ao sobrenome de seu irmão, não tenho certeza do seu: é Gueórguevna? *Não se ofenda comigo, é claro* – para mim você é um nome.

Aquela que a ama e a acompanha por todos os caminhos.

M.

Espero com impaciência notícias da saúde de Vera.

É possível saber, pela correspondência de seus amigos, os Lébedev, que MT resiste ainda à idéia de retornar à União Soviética; no entanto, as condições materiais a sufocam. Em julho de 1938, ela tem de deixar definitivamente seu apartamento de Vanves e passará a ser alojada pela embaixada soviética num hotel em Issy-les-Moulineaux. Depois de um mês ela é enviada à Normandia, em Dives-sur-Mer, para passar férias. De lá, ela escreve a Ariadna Berg (18 de agosto de 1938):

Penso em ficar aqui umas três semanas, de modo que – espero! – ainda nos veremos. Mas *esta* vez será a *última*. (Oh, Deus, Deus, Deus! *o que* estou fazendo?!)

Ela acrescenta, duas semanas mais tarde (a Ariadna Berg, 3 de setembro de 1938):

Há tempo que eu não vivo – porque esta vida – não é vida, mas uma *protelação* sem fim. Preciso viver o dia de hoje – sem direito a um amanhã: sem direito ao sonho do amanhã! Eu, que sempre, desde meus sete anos, vivi da "perspectiva" (minha palavra de quando era criança e que eu imaginava como um *panorama* – coisa também de minha infância.)

De volta a Paris, em setembro de 1938, MT e Mur são hospedados no hotel Innova, no Boulevard Pasteur, número 32, XVe; este será seu último endereço parisiense. A correspondência com Serguei e Ália praticamente não foi conservada, mas dispõe-se deste fragmento, escrito num cartão-postal com a igreja de Dives-sur-Mer (Calvados) e com o número um, com a letra de MT (o final se perdeu). A fórmula "o ser determina a consciência" que figura no escrito é o postulado básico da doutrina marxista, tal como ela era ensinada na União Soviética.
A Serguei Efron:

Terça-feira, 20 de setembro de 1938.

Querido L. – K[10]. Finalmente, duas cartas (a última data do dia 28). Espero que Ália tenha lhe feito chegar as minhas. Voltamos no dia 10; naquele hotel não havia lugar, encontramos um quarto muito melhor na cidade: grande, com gás butano, no quarto andar e com vista da torre do relógio. Bem perto de onde ficou Ália, na cidade – no bulevar. Alugamos por um mês, ou seja, até o dia 15 de outubro. (Estou lhe escrevendo no meio da grande preocupação com a Tchecoslováquia, com

---

[10] "L." se refere a Leão (apelido dado por MT a seu marido); quanto a "K", não há certeza de que a inicial tenha sido decifrada convenientemente.

plena consciência e firme lembrança. Depois disso, continuo:) Querido L., o ser (no sentido de existência quotidiana, conforme se costuma dizer) *não* determina a consciência, é a consciência que determina o ser. Lev Tolstói *senior* – só precisava de uma mesa vazia – para apoiar seus cotovelos; já Lev Tolstói *junior* – de uma mesa posta (com bronzes e cristais – e toalha – e pelúcia) – ora, o ser (a existência) era o mesmo, de que se trata, então? Da consciência. Tomada de consciência dessa existência quotidiana. – Isso – aproveitando o ensejo – em resposta a uma frase sua. E – exemplo modesto – *minha* existência quotidiana foi sempre ditada por minha consciência (na minha linguagem – por minha alma), e é por isso que ela, em todo lugar, foi e será a mesma: isto é, tudo está no chão, *jogado aos nossos pés* – salvo os livros e os cadernos que merecem alta consideração. (Olho à minha volta e fico horrorizada por ver como essa existência está jogada ao chão; não há aqui nenhuma prateleira, nem um único prego, por isso todos os utensílios estão no chão, mas já há tempo que não ligo para isso.)

Vivemos – em suspenso. Em meus sonhos – até agora – estou voando, mas esta é outra história. Materialmente, tudo está bem, até bastante bem, mas: a consciência determina o ser! E a consciência de que tudo isso é por uma hora – que talvez se prolongue – tal como se prolongou durante um ano inteiro – mas não é por isso que deixou ou deixará de ser uma hora – impede de se regozijar verdadeiramente, de apreciar verdadeiramente qualquer tipo de coisa. Foi assim com nosso Dives-sur-Mer.

Durante o outono inteiro, MT acompanha com inquietação as negociações internacionais a respeito da Tchecoslováquia, da qual ela fala como de uma segunda pátria (os acordos de Munique datam de setembro de 1938). Pela primeira vez em sua vida, ela lê avidamente os jornais; em novembro ela escreve um ciclo de poemas dedicados àquele país. Ao mesmo tempo, MT escreve a Ariadna Berg:

> 32, boulevard Pasteur, Hôtel-Innova, quarto 36, Paris xv^e
> 26 de novembro de 1938.
>
> Cara Ariadna,
> *Isso* – não deve[11] e isso, de qualquer modo, não irá acontecer: não é sua missão nesta vida (nem a sua nem a minha). Olhe para seu rosto – e leia. Você e eu somos fadadas à coragem. Às voltas com você mesma, alguma coisa dentro de você *não* irá querer. Quando me falam de minha "magnífica coragem" – de minha renúncia – de minha intrepidez – tanto interior – quanto exterior – rio-me: com efeito – estou fadada a tudo isso, quer queira, quer não, de modo que – melhor é querer: concordar. *Quält Dich in tiefster Brust – Das harte Wort – Du musst – So macht Dich eins nur still – Das stolze Wort: ich will*[12]. (Infância – Freiburg im Breisgau – a *Spruch*[13] por mim escolhida.) E isso é "ser dono de si próprio", ou melhor, todo esse "domínio sobre si" não passa de um acordo consigo mesmo: acordo que você não escolhe – e talvez nem escolhesse. A vida inteira senti inveja, no início – das *jeunes filles* [moças] simples, que tinham noivo, lágrimas, dotes etc., depois – das

---

[11] Em uma carta precedente, escrita na véspera, Ariadna Berg confidenciava a MT sobre seu estado moral desgastado, próximo da depressão.

[12] Em alemão, no original: "Enquanto atormentar teu coração – a dura palavra – 'tu deves' – devolve-te a paz – a altiva palavra 'eu quero'".

[13] Em alemão, no original: "divisa", "mote".

Vivendo sob o fogo

jeunes femmes [jovens mulheres] simples – com seus idílios simples e mesmos *sem* eles – a vida inteira invejei as que não eram eu, agora (parece ridículo, mas é assim mesmo) – principalmente – Elvire Popesco (entre todas – minha atriz predileta: não me envergonho de dizer que corro para vê-la em todos os cinemas – dos que ficam perto aos mais *distantes*), temos a mesma idade, ela e eu – mas compare, por favor: o que temos em comum? Nada, a não ser minha inveja – e minha compreensão. Direi mais, ainda – no amor – quantos esforços não fiz para que me amassem – como se eu fosse uma qualquer – quer dizer: de modo insensato, louco – e – será que consegui isso, ao menos uma vez? Não. Nem mesmo por uma hora. *J'avais beau oublier qui j'étais (ce que j'étais!) – l'autre ne l'oubliait – jamais* [Por mais que eu esquecesse quem era (o que era!) – o outro não esquecia – jamais].

Um outro exemplo: fiquei *um ano* sem escrever poemas – nenhum verso, muito tranqüilamente, quer dizer: os versos vinham e iam: *sobre*vinham – e saíam: eu não anotava e *não* havia poema. (Você escreve, logo, sabe muito bem que não existem poemas improvisados, não apenas não *anotados*, mas não *escritos*: que isso é um trabalho, e que trabalho!) E, de repente – os acontecimentos da Tchecoslováquia. Durante um mês, um mês e meio mesmo – eu me subtraio, *tampo* os ouvidos, *não* quero de novo escrever e me torturar (pois isso – é um tormento), quero lavar e remendar de manhã até a noite: *não* ser! Tal como *não* fui – durante um ano inteiro – e – como ninguém escreveu nem escreverá – foi preciso escrever – eu. A Tchecoslováquia quis assim, não eu: *ela* me escolheu: não eu – a ela. E, *depois de escrever*, senti que uma montanha saía de meus ombros, meus ombros – aliviados de todas as montanhas que os amputaram! – Não todas: ainda resta a montanha que contém o primeiro rádio do mundo – mas eu não tenho guia e ninguém sabe como se chama essa minha montanha: alguns dizem "*Monts Metalliques*" [Montes metálicos] (Ferrosos?), outros – os contrafortes Riesengebirge (Krkonoše)[14], para mim ela é a montanha dos Curie: Marie e Pierre Curie: *a deles*. Escrevi para a Tchecoslováquia para saber o verdadeiro nome e aqui estou – esperando. (O que significa para mim a Tchecoslováquia, em parte você o sabe pelo meu "Poema da montanha": "Qual rugido do urso e dos doze apóstolos...". O rugido do urso *de Praga* (com os ursos russos, trazidos em legiões da Sibéria) – e os apóstolos de Praga: João de cachos negros e Judas, o ruivo – e os outros dez – rodeando a torre – ao meio-dia e à meia-noite... Mas não somente *isso* – a Tchecoslováquia, são *tantas outras coisas* – ainda! Embora seja – o primeiro rádio. E Goethe, carregando seixos – de seus passeios... E o Gólem... E apenas vinte anos de liberdade...)

Volto a você: para você, Ariadna, foi e será assim, a mesma coisa e começará com *não*: *não* – à fraqueza da alma, *não* – ao mundo, *não* – à rotina, *não* – a tudo o que não lhe é dado – nem que seja por um momento, mesmo – por um piscar de olhos. E com esses *não*, primeiros *não* – um dia, virá inevitavelmente o primeiro *sim*. Toda a minha Tchecoslováquia, na verdade – começou com um *não* – e que *sim* resultou! (Para ser mais clara: com o *não* a tudo – o que acabaram lhe fazendo!) Senti – por mais estranho que possa parecer – que era preciso defendê-la. Não foi por nada que toda Praga, naquela noite do

---

[14] Nome tcheco dos "Montes dos Gigantes", que durante certo tempo pertenceram à Tchecoslováquia.

dia 20 para o dia 21 de setembro, se transformou, em um único grito: "Abandonaram-nos! Não temos ninguém para nos defender!" E aí está de novo a velha história:

Et s'il n'en reste qu'un – je serai celui-là.*

E aqui está um general francês que passa a servir a Tchecoslováquia. Um oficial isolado que não entregou suas armas: seis balas – no ar; a sétima – para si próprio; alguns escritores e compositores, Madame Joliot-Curie (ela se lembrou do *rádio* materno) – alguns russos – antigos estudantes da universidade tcheca, *que choram* – por não poderem ter morrido pela Tchecoslováquia – e eu. Isso – somos *nós*. Concordo apenas com *este* nós.

... Ariadna, *também* quero dormir.

*Und schlafen möcht ich, schlafen –
Bis meine Zeit herum!*[15]

Mas *não me é dado* dormir, porque alguém deverá dizê-lo, esse sono. *Como* queria dormir Chamisso – para dizer isso, mas – não dormiu, pois – o disse!

... Ariadna, com as chuvas que começaram de novo e essa partida continuamente adiada – como se *todos* os navios tivessem partido! *Todos* os trens tivessem partido! Da manhã até

---

* Tirado do poema "Última verba" de Victor Hugo. Em francês, no original: "E se sobrar apenas um – serei eu". (N. de T.)

[15] Em alemão, no original: "E dormir, gostaria de dormir –/ Até chegar minha hora!". Retirado de um poema de Adalbert von Chamisso.

a noite, só quero *uma coisa*: dormir, *não* ser. Mas – basta-me entrar numa sala onde há pessoas (é raro, mas acontece), que eu – com surpresa – vejo que *todas* dormem – menos eu – *todas essas pessoas* que pensam viver e governar o mundo. E já ouço a minha voz: – Não. Assim *não*. É falso. É injusto. É sem sentido. É criminoso. – Deus! *Até que ponto* – não durmo!

Exatamente como se tivesse dado minha *palavra* – de não dormir até *aquele* sono. Exatamente como se não estivesse *no direito* – de dormir: dormir fisicamente, numa cama. Quando, *na infância*, despertava – às nove horas – ficava *com vergonha*, e assim foi a vida inteira. E agora, se por acaso chego a dormir por oito horas (coisa que não costuma nunca – ocorrer), fico mais sombria que uma nuvem negra: como se tivesse feito algo de sujo. Uma exceção – os sonhos. Quando sonho, ou seja, quando me *lembro* – sinto-me – orgulhosa como nunca fiquei, mesmo no dia em que terminei uma obra de 2 mil versos – porque o sonho – é feito *sem* a minha participação, ele é ele mesmo, dado, oferecido a mim, é a *atenção* de alguém, a prova de que – apesar de tudo – eu valho...

... Para terminar:

> A vida toda quis ser como tantos,
> Mas o mundo – no seu encanto –
> Não prestou ouvidos ao meu lamento
> Pois quis ser – como eu aparento.
> (Boris Pasternak)

– Isso quer dizer que ele me provava incessantemente – e me impunha – meu alto destino, no qual estou – *por nada*.

Estou lhe escrevendo isso tudo — porque você é como eu. Não diga *não*. *Sim*. O estado em que você se encontra hoje é natural. Você carregou peso com os braços, quando o que você queria — é que *não houvesse nem braços*! — Isso costuma acontecer. — Para mim foi assim a vida inteira. No fim da história, para *receber* é necessária não menos plenitude — e força — que para *dar*. Se você se dirigir de mãos vazias (pedintes) ao encontro de alguém — como todos — como todas as mulheres — seu vazio será aceito. Apenas os *deuses* não temem os *presentes*. Encontre — um deus.

Você o reconhecerá pelo vazio inesgotável de suas mãos que recebem: pelo inesgotável de sua fome — de oferendas: uma febre do coração. Deus é devorador. Satisfeitos, apenas os homens. Seu Lucien (todos os meus Luciens — há muitos deles — é uma raça!) enganará você — nós — com uma fome e uma sede falsas: as sombras do Hades só precisavam de uma *gota* de sangue fresco: *nós* lhes demos — *todo* o nosso!

Mas você e eu, Ariadna, nós nos reconhecemos — pelo caráter inesgotável de nossa *oferenda*, que só se extingue (se é que ela se extingue) com a vida. Por isso, os Luciens acabam, e nós — não. Não se ponha no mesmo nível: você *não* é ele, você é o contrário dele. Coloque-o diante de você, como uma pedra, um obstáculo — contra o qual você tão-somente — se chocou (uma outra vez!) — no caminho de sua oferta — aos deuses. Ame-o, naturalmente, mas como este naturalmente se parece com finalmente, não porque (etc. e uma porção de et ceteras), mas porque você — é você, e não sua sorridente vizinha de apartamento que lhe teria dado — justamente, nem pouco nem muito — de sua pobreza de espírito a ela e de sua enfermidade a ele.

Perdoe minha crueza! Esse gênero de espectros – me torturou, mas, mesmo assim, prefiro-os a todos os "reais e normais".

Inacabado e não enviado[16].

Duas anotações do diário íntimo de MT, datadas de janeiro e de maio de 1939, permitem imaginar seu estado de espírito:

Em volta de mim – os mares ameaçadores do desconforto – mundial e de cada um; nós somos – Mur e eu – uma pequena ilha e podemos até ser aqueles viajantes distraídos que acendem uma fogueira no dorso de uma anaconda. Mur é meu conforto e minha *sécurité* [segurança]: seu bom senso, seus desejos insaciáveis e obsessivos, sua alegria, em geral, sua vontade (de toda a sua natureza) de alegrar-se apesar de tudo, a vida que se vai num dia, numa hora – num instante! – "o rancor dele domina o dia" – seu apetite insaciável (cruzemos os dedos!), seu Barnum[*], a força de suas atrações e de suas aversões, mais simplesmente – (novamente, cruzemos os dedos!) sua insaciável força vital.

No momento, sua mania é a *Brillantine du docteur Rojà* [brilhantina do doutor Rojà] (uma porcaria horrorosa, perfumada ao óleo de castor, anunciada na T.S.F.[**]) – sonhou com ela, inclusive: "Hoje eu tive um sonho horrível, você conhece

---

[16] Escrito a lápis por MT. No entanto, a carta foi enviada pouco tempo depois. [Jogo de palavras entre *koniétchno* ("é natural") e *kóntcheno* ("terminado"). (N. de T.)]

[*] Possível referência ao empresário norte-americano de espetáculos colossais, Phineas Taylor Barnum (1810-1891). (N. de T.)

[**] Transmissão sem fios (rádio). (N. de T.)

alguns *présages* [presságios]?". "Sim, claro, de que se trata?" "Eu sonhei com a *Brillantine du docteur Rojà*. Eu não conseguia encontrar um jeito de comprá-la: ora não tinha dinheiro, ora não conseguia achá-la, ora ela se tornava minúscula."

De noite, jogamos apaixonadamente (ele – [joga] por dois!) o jogo do *Oie* [ganso] e ele ganha *sempre* de mim, porém, no jogo de damas estamos iguais: isso não é uma vantagem para mim, mas é uma grande para ele (vista sua total inaptidão para matemática, por enquanto – aritmética).

Ontem, ele comeu todas minhas pedras pretas (que, por "superstição", sempre escolho – para mim) – e *não* o deixei ganhar, poupando-o para os outros jogos, não comigo (com *não*-eu!). No *Coffret* [caixa de jogos] há *doze* jogos!!! Mas há alguns que não compreendemos e para outros é preciso mais jogadores: de três a quatro.

Aprendi por minha conta a andar de elevador, pela primeira vez *em minha vida*, sozinha, até o sétimo andar. Mas somente naquele que eu conheço. Dos outros tenho medo, como antes (e os evito, como antes), especialmente os que têm portas de correr.

Um velhinho e uma velhinha: *camarades de malheur* [companheiros de infortúnio]. (O pior *malheur* é quando um deles está à procura de um *camarade de bonheur* [companheiro de felicidade].)

Quando, em uma casa, não há o *culto* da mãe, a mãe é uma escrava. Não há igualdade, e nem deve haver.

(A respeito de mim mesma – e de outras, também – 9 de fevereiro de 1939.)

Encostada ao balcão do café, olhando o patrão (um *bel homme* [bonitão]) se pavonear e ouvindo-o – com meus próprios ouvidos – dizer:

– *Vous n'avez pas de gueules cassées**?

– De repente, tive consciência de que *durante a vida inteira* vivi no exterior, totalmente isolada – estrangeira à vida dos outros – como um expectador: curioso (nem tanto!), compadecido e conciliador – mas *nunca* aceito na vida dos outros – sem *nada* sentir como eles e eles – como eu, e – mais importante que as sensações – tínhamos motores completamente diferentes: o que para eles é um motor – simplesmente não existe para mim, e inversamente (e quão inversamente!).

O amor – onde tudo sempre esteve por um fio, por um fio de cabelo – o da entoação, o da sobrancelha erguida pela perplexidade (minha e de outrem) – a espada de Dâmocles desse fiozinho

---

* Literalmente: "Você não tem goelas quebradas?". A expressão tornou-se comum após a Primeira Guerra, como referência aos "mutilados faciais" ou aos sobreviventes dessa guerra. Hoje, a expressão adquiriu o sentido de "maus elementos". (Agradecemos a Pascal Ruesch pela complementação da informação para esta nota.) (N. de T.)

– e o amor deles: trocar beijos – rapidamente (como fazemos negócios!) e, ao mesmo tempo, em dez dias, firmar um acordo. (E se, de repente, eu não tiver vontade? (de beijar). Ou eles – *sempre* têm vontade? "Sempre prontos".)

– e o apartamento – a carreira – e assim por diante, quer dizer, a inquebrantável confiança em si próprio e no outro: a confirmação sobre a pedra – daquilo que para mim havia sido um vôo onírico e fugaz em direção ao sétimo céu – seguido de uma queda.

E não apenas aqui, no estrangeiro: na Rússia era a mesma coisa, sempre e em todo lugar foi e será, e isso porque é a vida, enquanto *o resto* (isto é, *eu*) foi (é e será) – outra coisa.

Como chamá-la?

Paris, Pasteur, 9 de janeiro de 1939.

E, apesar de tudo, sei que sou eu – a vida: eu, e não eles, apesar de *tudo* me provar o contrário.

Tal como um animal selvagem, farejo os olhares e como um animal selvagem – me volto para eles – fito-os – e me viro. Desse jeito, *ninguém* me olha duas vezes (curiosidade impune).

(– *Ce qu'elle doit être méchante, celle-là!*[*])

---

[*] Em francês, no original: "Como deve ser má, aquela lá!". (N. de T.)

FRANÇA (1925-1939)

_____

Afrontei Paris (sua paciência, sua moda – seu gosto) – de todas as maneiras: por não usar maquiagem, pelo grisalho de meus cabelos, pelos meus passos apressados, pelo tamanho enorme de meus calçados e pela ausência de seda e mesmo de lã (sem falar de moda!) – e – e – e.

Apesar disso, ninguém até hoje (cruzo os dedos), 28 de maio de 1939 – em quatorze anos de estada – jamais riu de mim. Pois nisso tudo havia algo de tão sério – e estranho – e *devido* (predestinado)...

Depois de ter estado em Paris, posso dizer: Paris é bem educada.

(De cabeça. Domingo, 28 de maio de 1939 – dia da Santíssima Trindade.)

No começo de março as tropas alemãs invadem a Tchecoslováquia; nos meses seguintes, MT escreve um novo ciclo de poemas consagrados a esse país. A situação internacional parece-lhe desesperadora. Finalmente, no final de junho, chega a ordem de partir: MT e Mur devem comparecer ao porto de Le Havre, sem avisar ninguém, e embarcar no navio soviético que os levará a Leningrado. Pela última vez, MT escreve livremente a seus amigos fora da União Soviética.

A Anna Andréieva:

Ainda Paris, quinta-feira, 8 de junho de 1930.

Querida Anna Ilínitchna!
Adeus!

Nós não conseguimos nos despedir – tudo se passou num relâmpago.

Obrigada por tudo – desde Všenory até Vanves (aonde você me acompanhou e depois você mesma – partiu, mas não me queixo: "A casa era feito uma caverna..."[17]).

Obrigada pela maravilhosa primavera com Max[18], pelos passeios – por tantas sebes em flor – você se lembra de nosso passeio na floresta – já faz tanto tempo – você vestia sua roupa de oncinha e eu – "qualquer coisa" – e Mur, que, com todas as suas forças, batia os pés numa poça, depois do temporal...

Eu me lembro – e me *lembrarei* – de tudo.

Parto com o enorme, bom, sábio e severo Mur – você se lembra de quando ele nasceu? ("A gente logo vê que os pais dele são da *intelligentsia*!" – você disse então, admirada com o traço de seu perfil de recém-nascido). Fomos amigas durante quatorze anos e meio – o espaço de duas mudas de pele... (N. B.! a *segunda*, envelhecida!) Porque *nunca* deixamos de ser amigas, mesmo sem nos ver – apenas a separação (inexorável) aconteceu *antes* da partida, talvez seja melhor assim, para você e para mim...

Jamais encontrarei um ser humano mais interessante, mais atraente, mais caloroso, mais *talentoso*, mais inesperado, e, de certa forma, mais (*profundamente*) VERDADEIRO.

---

[17] Citação de um poema de Adámovitch.
[18] Trata-se da primavera de 1933, quando MT escreve seu ensaio sobre Maksimílian Volóchin, *De uma vida a outra*.

Leia na casa de M. N. Lébedeva meus poemas sobre a Tchecoslováquia – eles são os meus *prediletos* e já foram para Beneš com esta nota: – Com fé inquebrantável, como uma fortificação.
É uma pena partir. Fui muito feliz aqui.
Desejo a você e a Savva uma boa América. Dê-lhe minhas calorosas lembranças. Eu o apreciei *muito* e sempre conto dele (e de você) CONTOS DE FADA que são VERDADE.
Abraço-a e não a esquecerei JAMAIS. Minha lembrança, do *coração*, você a conhece.

M.

A Nadiéjda Tukalévskaia:

Domingo, 11/12 de junho de 1930 – meia-noite.

Querida Nadiéjda Nikoláievna[19],
Quando Mur e eu voltamos, às onze horas, não havia nada embaixo da porta: ambos havíamos – num gesto habitual – olhado para lá, e quando – um minuto depois – olhamos de novo, a carta estava lá. Um minuto antes – não havia nada. Nenhum ruído – atrás da porta.
Obrigada, de coração – também por ter notado – meu último olhar: no caso, sem nenhuma esperança (minha cegueira).

Você é a última a quem escrevo. Mur dorme, a casa dorme...
... Só uma *baba*[*] ainda não dorme,

---

[19] Atriz, amiga de MT e que morava em Paris.
[*] Usa-se *baba* para indicar uma mulher simplória e/ou de certa idade, além de seu significado original de "camponesa". (N. de T.)

Sentada na minha pele
(etc. – "O Urso"[20])
a *baba*, sou eu.

Quanto aos ursos – eles estão lá. E uma porçaaão deles! Mas garanto-lhe que serei a *única baba*... no meio de tanto urso.

Vou terminando. É *preciso* dormir, senão perderei todos os meios de transporte. O *despertador está* – *na mala* (de tanto receio de esquecê-lo!). Sou o meu próprio despertador.

Agradeço-lhe por ter-nos tirado da dificuldade de modo tão tocante. Obrigada por *tudo*: pelo maravilhoso Dives[21] – por aquela igreja aonde, afinal, não retornamos, por nossos passeios no cemitério – lembra-se? – pelo vestido mais bonito de minha vida – o azul – por *todas* as calças de Mur (e elas foram m-u-u-itas: como meus futuros ursos) – pela casa, que para mim foi – como a minha própria, pela certeza de que, em quaisquer circunstâncias que eu volte – serei feliz: mesmo que seja apenas por minha confiança em você, por sua amizade inesgotável, por seu caráter ativo (não há – a amizade: há

---

[20] Conto popular russo que MT já teve ocasião de mencionar a Vera Búnin, em 1933.
[21] Dives-sur-Mer, localidade onde MT passou suas últimas férias na França.

– o amor; ou, o amor não existe – há a amizade; de qualquer maneira, há *uma única coisa* e não duas, e esta *única coisa* – *existiu*).
– Não dá para enumerar tudo – por *tudo*.

É isso.
Abraço-a de todo coração, desejo-lhe saúde, tranqüilidade, descanso, um ótimo verão, ótimos *verões*[22] – de liberdade!!!
Obrigada pelo café. Obrigada pelas camisas. Obrigada pelo livro – você me *cobriu* de presentes.
Parto – com você.
Farei de tudo para que você tenha – notícias minhas.
Quem sabe! – Queira Deus!

M.

E um último pedido ("Quantos pedidos tem sempre a amada..."[23]) – *O encantador de ratos*. Escrevi-o durante todo o período em que Mur era bebê, na isbá tcheca – como éramos felizes então, com a Tchecoslováquia! Colhíamos cogumelos...
Se puder – ainda farei um aceno, de Le Havre...

A Ariadna Berg:

---

[22] Em russo, "verões" e "anos" têm a mesma grafia no genitivo plural.
[23] Citação aproximada de um poema de Anna Akhmátova.

Vivendo sob o fogo

Segunda-feira, 12 de junho de 1939.

Querida Ariadna,

Partimos hoje – estou lhe escrevendo de manhãzinha – Mur dorme ainda, e acordei com o mais seguro dos despertadores – meu coração. (*Coloquei na mala* o verdadeiro: para não esquecer. N. B.! Para que preciso de um despertador??? É como, por exemplo, o aspirador de pó da pintora Gontcharova: ele *estava coberto de pó* e ela o evitava – como se se tratasse de uma grande serpente gorda, adormecida.) – Minha última manhã parisiense. Leia no meu *Perekop* (seria *bom* copiá-lo à máquina num papel *melhor*, este aqui está virando poeira! Infelizmente não tenho a quem confiá-lo e é melhor nem mostrá-lo) o capítulo – "A véspera"; como, ao partir, eles lançam um olhar pela última vez a seu abrigo...

Lascas de vida
De soldado...

– Como eu. –
Utilizo (verbo horrível) a hora matinal para ficar alguns minutos com você. Deixei-lhe na casa de M. N. Lébedeva (a filha dela, Irússia, prometeu entregá-lo à sua mãe) – meu ícone, duas velhas *Croix Lorraines* (*et Jehanne, la bonne Lorraine qu'Anglais brûlèrent à Rouen...*[24]) para Vera e Liúlia, e uma fita Saint-Georges – amarre-a ao ícone ou ponha-a entre as pági-

---

[24] Trecho tirado de *Grand testament* de François Villon. [Duas velhas cruzes da Lorena ("e Joana, a boa moça da Lorena que o inglês queimou em Rouen..."). (N. de T.)]

nas de *Perekop*. Você terá também O *encantador de ratos*, mas deverá pegá-lo com M. N. Lébedeva na sua próxima viagem, porque ele ainda não está lá. Não deixe de avisar – antes de ir à casa da Lébedeva.

Tenha *sempre* o endereço dos Lébedev (pode ser que dentro de um ano eles partam para a América) e comunique-lhes sempre tudo o que ficar sabendo a meu respeito – escrever *a eles* certamente não poderei. Se for escrever a você, chamarei *Macha* – Marguerita Nikoláievna.

Partimos sem despedida: como diz Mur – *ni fleurs ni couronnes*[*] – eu, com tristeza (e de modo grosseiro) digo – como cães. Não deixaram, mas meus amigos mais próximos sabem – *interiormente* nos acompanham.

Sei que você também, invisível, estará no cais, hoje. *Por enquanto* não fale com ninguém de minha partida. Enquanto as pessoas não começarem a falar por conta própria. Abraço-a, agradeço por tudo, desejo-lhe felicidade.

M.

[*Acrescentado à margem:*]
Abraços às crianças.

No dia 12 de junho de 1939, MT e Mur embarcam no trem que deverá conduzi-los ao porto de Le Havre. A última carta dela, escrita na França, data desse dia.

A Anna Teskova:

---

[*] Em francês, no original: "nem flores, nem coroas". (N. de T.)

12 de junho de 1939, ainda no cais.

Querida Anna Antónovna! (Escrevo apoiada na palma de minha mão, por isso a escrita tão infantil.) Uma estação enorme, de vidros verdes: um jardim verde assustador – nada cresce dentro dele! – Antes de partir, conforme o velho costume, sentei-me com Mur por um momento, persignamo-nos diante do lugar vazio do ícone (está em boas mãos, ele viveu e viajou conosco desde 1918, mas chega o dia em que é preciso se separar de tudo: *realmente!* E esta – é uma lição, para que depois não seja tão terrível e nem mesmo – estranho...) Acabam-se dezessete anos de vida. Como eu era feliz, então! Mas o período mais feliz de minha vida foi – lembre-se! Mokropsy e Všenory, e também *minha* querida montanha. Curiosamente – ontem, na rua, encontrei o herói dessa montanha[25], – que eu não via fazia anos. Ele veio correndo por trás e, sem explicação nenhuma, pegou-nos pelo braço, Mur e eu – ele, no meio – como se fosse a coisa mais natural deste mundo. E ainda encontrei – outro milagre – o velho poeta louco[26] e sua mulher – na casa de pessoas que ele não visitava *havia mais de um ano.* Como se todos – tivessem pressentido. Continuei encontrando – todo mundo. (Agora ouço, retumbante e ameaçador: *Express de Vienne*... [Expresso de Viena] e lembro-me das torres e das pontes que nunca mais verei.) Gritam: – *En voiture, Madame!* ["No vagão, senhora!"] – expressamente para mim, para me levar de todos os lugares anteriores de minha vida. Inútil gritar – eu sei. Mur faz estoque de jornais (nesse instante o trem se move).

---

[25] Rodziévitch.
[26] Balmont.

— Aproximamo-nos de Rouen, onde outrora a gratidão dos homens queimou Joana d'Arc. (Mas foi uma inglesa, quinhentos anos depois, que fez erigir um monumento naquele mesmo lugar.) – Passamos Rouen – *racte dàl*[27]! – Aguardo notícias de vocês todos, transmita minhas lembranças cordiais a toda a família, desejo a todos saúde, coragem e uma longa vida. Sonho com um encontro no país em que Mur nasceu, que me é mais caro que o meu. Quando ouço seu nome, viro-me – como se fosse o meu. Eu tinha – está lembrada? – uma amiga, Sónetchka, e todos me diziam: "a sua Sónetchka". – Parto com *seu* colar no pescoço, com *seus* botões no casaco, e no cinto – com *sua* fivela. Por tudo isso – simples e incrível amor, levarei tudo comigo ao túmulo, ou queimaremos juntos. Até mais ver! Agora o mais difícil passou, daqui em diante é – o destino. Abraço-a, você e os seus, cada um separadamente e todos juntos. Com meu amor e minha admiração. Acredito em vocês como em mim mesma.

M.

(*Postada na estação do Le Havre, em 12 de junho de 1939, às 16h30.*)

---

[27] Em tcheco, no original: "Queira entrar!", que MT emprega no sentido de "Vamos em frente".

V
União Soviética (1939 – 1941)

17
A volta

O navio deixa o porto de Le Havre no dia 12 de junho de 1939. Durante a travessia, MT mantém uma espécie de diário de viagem:

Navio *Mária Uliánova* – 16 de junho de 1939, 10 horas e 15 minutos da noite (acabamos de adiantar nossos relógios em uma hora e o sol acaba de se pôr – o céu está ainda todo cor-de-framboesa).
– Ao pôr o pé na passarela, tive a percepção exata: era meu último palmo de terra francesa.

Os espanhóis (que, com Mur e eu, são toda a carga) dançavam já antes de o navio partir. Um deles encontrei no salão de música, onde ficaram temporariamente nossos pertences, tentando cortar (com um lápis) as páginas do meu Exupéry – *Terre des hommes* [Terra dos homens]. O capítulo "Les hom-

mes" estava desfigurado. Arranquei-o de suas mãos. – Tome cuidado! Os espanhóis se ofendem facilmente! – Eu também.
    O navio partiu às sete e quinze. O único passageiro russo, além de nós, um senhor de certa idade, encanecido e saudável, exclamou: – Agora nenhuma força poderá nos deter. – Todos ergueram os punhos.

    Segunda-feira, dia 12 de junho de 1939, às sete e quinze. As últimas coisas que fiz – comprar *Terre des hommes* (milagre! eu mesma o encontrei, apesar de a vendedora me dizer que não havia) e escrever quatro cartões-postais.

    Nos dias 13 e 14 – o navio balançou (não muito), eu me deitei logo e fiquei dois dias e duas noites seguidos sem me levantar; trouxeram-me a comida, li muito e dormi, tomei o remédio uma única vez – no dia 14, meio grama. Mesmo sem ele, porém, não vomitei, de modo que fiquei sem saber – se isso se devia ao remédio ou ao fato de eu ter ficado deitada. Mur, que durante o primeiro dia inteirinho ficou pulando sem ligar para o balanço, no segundo, ficou mareado, sem poder comer. Dei-lhe o remédio. Todos os espanhóis passaram mal – todos – e metade das espanholas. – Mesmo assim eles vão comer (foi o que disse a *serveuse* [camareira] bem informada): comer e vomitar – e depois dançar – e vomitar de novo.

— É só passar o Mar do Norte — e será mais fácil.

No dia 15, ontem, desde a manhã — calmaria absoluta, o motor bate como meu coração. Acontecimentos do dia: por volta das três horas — à esquerda — a Suécia; à direita — a Dinamarca. A Suécia — telhados vermelhos, tudo novo, acolhedor, feito brinquedo. Começou pelas montanhas, por um perfil abrupto de montanha que se perde no mar, depois — regularmente, muitas cidadezinhas ou aldeias.

A Dinamarca — primeira impressão: *de matagal*. Bosques feéricos, acinzentados, *dos quais emergem* velhos telhados. Um imenso moinho de vento. Igrejas. A Dinamarca — sinal de igualdade — um conto de Andersen, tudo vem do interior, tudo é escondido ("escondido — não esquecido")... O bosque cresceu — e casas foram construídas... Depois, a Dinamarca apareceu uma segunda vez — Copenhague (a não ser que eu me engane) é impressionante, à beira d'água, um castelo-templo-fortaleza, com telhado verde como na Tchecoslováquia, esse verde especial que é o verde dos anos. De qualquer lado que se olhe — ela é bonita, um lado mais bonito que o outro. Torres. Uma arquitetura — desconhecida (por mim) e inesquecível. (N. B.! *Até* ver Copenhague, entenda-se.) Fiquei de pé, contemplei-a e, com *toda minha alma*, saudei Andersen — que navegou por estas mesmas águas. Do lado da Suécia — uma porção de velas: vermelhas, verdes, velhas — *não* de propósito. Havia um naviozinho a vapor que parecia de brinquedo, gracioso. Eu passava continuamente de uma borda à outra, saudando ora Selma Lagerlof, ora Andersen. Mas a *Dinamarca* roubou meu coração. Fiquei olhando-a até ela ir embora e só saí quando ela desapareceu.

À tarde (todas as tardes), a bordo há danças e canções. Mur está no sétimo céu, eu não vou, não quero incomodá-lo e – não sei, sinto-me melhor sozinha. As mulheres (espanholas) têm a testa curta e uma voz muito alta. As crianças (e os homens, também) se parecem com os ciganos.

Hoje, às três horas, apareceu um bosque imenso, negro. Pareceu-me ver – nós navegávamos muito ao longe – um rebanho que vinha beber a água do mar (!) – com certeza eram casas – ou qualquer outro tipo de construção. Tive uma esperança: a Noruega! (Não sou boa em geografia.) Tratava-se, afinal, da "Ilha de Gotland*" (Jutlândia**) – Gott-Land, *das Land Gott**** (Rilke). A Jutlândia – à primeira vista – é bastante pobre. Nenhuma cidade. Ou melhor, havia uma – na extremidade direita – um punhado de casas.

Eu gostaria de ter nascido na Jutlândia e ter escrito um livro: o Jutlândio****.

---

* Em russo, *Ostrov Gotland*.
** Região continental da Dinamarca, plana e baixa, coberta por pradarias, charnecas e florestas. (N. de T.)
*** Em alemão, no original: "a terra de Deus". (N. de T.)
**** Ou "juto". "Jutlândio" é nome forjado por MT. (N. de T.)

Hoje, entre as cinco e as seis horas – como ontem, no mesmo horário, ouvi clara e demoradamente – com atenção – em todas as suas variedades – os sinos tocarem. Em todas as tonalidades. Por *muito* tempo. Heine – o *Nordsee*[1] – não ouviu também o bimbalhar dos sinos? Dois dias seguidos, no mesmo horário – estranho. Só *reparei* neles depois de tê-los ouvido durante muito tempo. Então comecei – a escutá-los.

Ontem, dia 15, um pôr-do-sol divino, com uma nuvem imensa – como uma montanha. A espuma das ondas era cor-de-framboesa, enquanto no lago esverdeado do céu havia inscrições douradas. Fiquei um tempão tentando decifrar – o que estava escrito! Porque – fora escrito – *para mim*. Senti muito que Mur não as tivesse visto. Ele só chegou correndo e falou: – Sim, muito bom (muito bonito) – e saiu correndo de novo.

Hoje, dia 16, acompanhei de novo o sol, ele se pôs num céu *puro*, o mar o engoliu, e já não houve aquele incêndio; vê-se que – a *nuvem* tingia tudo.

O mar Báltico (sim, é o Báltico) é de um azul-escuro maravilhoso: azul-cinza e não azul-verde, como o Mediterrâneo, a cor do Oká no Outono, ela me agrada incrivelmente. Não compreendo absolutamente aquele sueco, o doutor Axel (não lembro o sobrenome[2]) que partiu para ficar *para sempre* em Capri. Amar o sul é banal demais, a única coisa permitida aos

---

[1] Em alemão, no original: "mar do Norte", última parte do *Livro dos cantos* de Heine (1927).

[2] Axel Munthel (1857–1949), escritor sueco, autor de *O livro de San Michele*.

nórdicos é – sonhar com ele. De outro modo – há toda a baixeza da traição.
(Ah! compreendi! A Dinamarca – é o *salgueiro prateado* – tenho certeza de que são salgueiros: algo folhudo, cinza e doce, algo como a *fumaça* e, saindo dela – os tetos pontiagudos e as pás dos moinhos.)
Mais uma observação: o horizonte não esconde nenhuma altura: tudo – cada árvore é mais alta que qualquer outra, cada campanário – é contado. Uma vez que existe o horizonte – não há como esconder nenhuma altura. Do mesmo modo, também nós (os relegados, os confinados) seremos descobertos, um dia: recolocados em nosso lugar.
Digo inclusive que o horizonte desmascara qualquer altura. É – uma observação *precisa*.

Andei pela ponte, depois fiquei lá em pé e – não faz mal se parece ridículo! Mas *não* é ridículo – percebi *fisicamente* Napoleão indo para Santa Helena. Pois se tratava da mesma ponte: de tábuas. Na época dele, porém, havia velas, e viajar era mais assustador.
Napoleão.
Santa Helena.

... Muitos sonhos. Tema – o irrevogável. Vou para algum lugar procurar não sei o quê – depois de alguma coisa, apresso-me, alcanço. De um [sonho] lembro-me bem: estou à procura

Vivendo sob o fogo

de um disco de Maurice Chevalier (meu favorito), "*Donnez-moi la main, Mamzelle... Donnez-moi la main**" – com aquela ternura *canaille* [canalha] indizível – aquela que (outrora!) mais me arrebatava – mas o navio já está longe: léguas e léguas. E digo a Mur – no bote você vai se marear, muito melhor – em pé (*no mar*), ciente do incômodo da coisa, mas preferindo-a ao balanço (confio mais em minhas pernas do que no barco).

Hoje, 17, *frio*. Hoje, 17, a nova *serveuse* (não a havia visto ainda) me diz: "Que filho grande a senhora tem! Ele é um gigante! Bem do tamanho do homem das cavernas" – mas ela diz isso muito séria, como uma constatação, não por querer me agradar. Quanto a Mur – desapareceu sem deixar rastro! Volta correndo – num segundo. Mal se vê (no camarote) que já sai voando. É bom que a partir de agora, *de repente*, tenha me mostrado... meu futuro.

O navio – pensou ele?
Travessia – das almas.**

Penso sempre em Margarita Nikoláievna[3], somente nela. Como gostaria que ela estivesse aqui, com sua calma, sua benevolência e sua compreensão de tudo. Viajo completamente

---

* Em francês, no original: "Dê-me a mão, senhorita... Dê-me a mão". (N. de T.)
** Jogo de palavras entre *parakhod* ("navio") e *perekhod* ("travessia"). (N. de T.)
[3] Trata-se de sua amiga, Lébedeva.

UNIÃO SOVIÉTICA (1939-1941)

só. Eu e minha alma. São sempre duas coisas: minha cabeça e eu; meu pensamento e eu, pergunta e resposta, o interlocutor interior. E – meu coração (fisicamente) e eu. E – meu caderno (este pobre caderno, rasgado) – e eu.

Li em *Les Nouvelles Littéraires* – algo notável sobre *O paraíso* de Dante[4]. E eu que pensei – que fosse um tédio. Fico contente de ter meu velho Dante – uma tradução em prosa, *avec texte en regard**. Vou ler *O paraíso*.

Hoje de manhã adiantamos nossos relógios em uma hora, ainda, e à noite faremos o mesmo.

No porão do navio**:	*Aqui*
1. A cesta grande	A valise grande
2. A cesta pequena	1 preta
3. A arca	1 preta
4. Um saco	1 amarela
5. Um saco	1 cestinha
6. A T.S.F.	O gramofone
	Os discos
No porão: 6	No camarote: 7

---

[4] Trata-se de um artigo de Louis Gillet (1876-1943), intitulado "Dante e a Itália".

* Em francês, no original: "Com o texto [original] à frente". (N. de T.)

** Aqui, MT está, provavelmente, preparando o elenco de seus pertences para a alfândega, no desembarque próximo. (N. de T.)

Colocar o boné no lugar devido, guardar os artigos de toucador, pegar um lenço pequeno, dar o isqueiro a Mur.

Dia 18 de manhã – domingo.
Ontem, na ponte, escutei os espanhóis falando com o capitão – havia um mapa desenhado a giz na lousa: *Leningrad – Mosca** e não sei por que eu escutava o tempo todo: Kattegat, Kattegat**... Em seguida, os espanhóis dançaram; um deles, fantasiado, fazia caretas... A mais bonita de todas era uma menininha que dançava para si própria – com a saia rodando – e, depois, sentou-se novamente.

Cantaram a canção do Fronte Popular, da qual deu para eu entender: *Allemanta – Itália****. Não estavam tristes – havia neles contentamento e até mesmo alegria. Viajam com um traje verde e um deles tem sapatos de verniz. Eles estão muito alegres. Pensei nos tchecos.

Estamos nos aproximando. Na hora do almoço passamos Kronstadt. Um edifício enorme, com cúpula – uma cúpula imensa – em formato de buquês (de árvores). O mar está animado: navios de guerra, a vapor, paquetes com passageiros, barcos a motor.

---

* Em caracteres latinos, no original. (N. de T.)

** Em caracteres latinos, no original. Refere-se ao mar da Dinamarca, com esse nome, que se comunica com o mar Báltico por três estreitos. (N. de T.)

*** Em caracteres latinos, no original. (N. de T.)

UNIÃO SOVIÉTICA (1939-1941)

Aproximamo-nos da capital – parece. Dizem que faltam trinta quilômetros. Não será o Nevá, será um canal. Mas Leão[5] estará lá? Logo a alfândega. Tudo está pronto.

Dia 19 de manhã, segunda-feira.
– nove horas da manhã. – Em breve, parece, Moscou. Uma aveleira.
A alfândega foi interminável. *Todas* as bagagens foram esvaziadas até o fundo, cada mínima coisa, apertada como uma rolha prestes a espocar, foi manuseada. Treze pacotes, dos quais um é uma cesta bem grande, dois sacos enormes, uma cesta de livros – bem cheia. Os desenhos de Mur fizeram grande sucesso. Foram recolhidos sem perguntas, sem cerimônia e sem explicações. (Ainda bem que não gostaram assim – dos manuscritos!) Nada perguntaram – sobre os manuscritos. Questões sobre Mme. Lafarge, Mme. Curie[6] e o *Exilado* de Pearl S. Buck. O chefe do pessoal da alfândega era bem desagradável: frio, sem humor nenhum, os outros – bonachões. Eu brincava e, ao mesmo tempo, estava incrivelmente apressada: *não* conseguia tornar a fechar minhas bagagens, e o trem estava esperando. Um ajudante subalterno me ajudou e um outro resolveu a questão dizendo que a última mala (a grande, preta) já tinha sido verificada: o que não era verdade, e *todos* sabiam disso. Mas o trem não podia esperar mais tempo, mesmo que

---

[5] Apelido de Serguei Efron.
[6] Dois livros que MT está lendo: as memórias de Marie-Fortunée Lafarge, *Horas de prisão*, e a biografia de Marie Curie, escrita por sua filha Eva (1938).

Vivendo sob o fogo

quatro quilômetros adiante ele tenha sido obrigado a fazê-lo até as onze e meia da noite – diante de um *tas d'ordures* [monte de lixo] que tanto incomodava os espanhóis. Mur saiu de caminhão com os espanhóis para visitar Leningrado, eu fiquei o dia inteiro no vagão, cuidando de nossas "miudezas" e lendo até não mais agüentar, Casteret[*] – *Dix ans sous terre* [Dez anos sob o chão] (as grutas subterrâneas, a embocadura do Garonne etc.).

Os espanhóis – camaradas de Mur – são encantadores: carinhosos, educados e sem nenhum fanatismo! Ao deixar Leningrado e vendo os edifícios escuros de fumaça: – Em nossa terra, na Andaluzia – as fábricas são brancas, são caiadas duas vezes por ano. Um outro quer trabalhar *"la terre"* [o solo]. Falam perfeitamente o francês, quase sem sotaque, e pronunciam perfeitamente o russo, com um ouvido raro. Não queriam dormir, à noite, para poder olhar pela janela. Um deles sentia não ter "abraçado" a *serveuse* russa para dizer adeus – mas ela estava com um marinheiro. O outro começou a rir, e o primeiro: – *Embrasser – ce n'est pas un crime!* [Abraçar – não é crime!]

Pena que eles vão embora. Senso artístico: ao ver um charco: – *Qu'elle est belle, cette eau! Elle est presque bleue!* [Que bonita essa água! Quase azul!]

De noite li Wang – um livro sobre a China sem interesse algum.

Esta manhã, ao acordar, pensei que meus anos eram – contados (virão – os meses...)

    Adeus, vertentes!
    Adeus, poentes!

---

[*] A autora escreve "Castoret". (N. de T.)

UNIÃO SOVIÉTICA (1939-1941)

Adeus, *minha!*
Pátria minha!

Será uma pena. Mas não apenas para mim. Porque ninguém amou – como eu – isso tudo.

Depois de passar pela alfândega, sem ter recebido de volta todas as suas bagagens, MT e Mur tomam o trem para Moscou, aonde chegam no dia 19 de junho. Para grande surpresa deles, é Ália quem os espera na estação, acompanhada de seu novo namorado, Samuel Guriévitch, dito Múlia. Ele trabalha nas edições russas em línguas estrangeiras (é anglófono) e foi lá que conheceu Ália; por ela deixou mulher e filho. Ao mesmo tempo ele trabalha para o NKVD e é bem possível que tenha sido encarregado de observá-la, depois que ela voltou da França. Ália, por sua vez, também permaneceu em contato com os agentes da polícia política, aos quais ela reporta regularmente suas impressões: entretanto, os dois apaixonados não sabem que trabalham para o mesmo empregador. Serguei não foi porque está doente. É nesse momento que MT toma conhecimento da detenção e da deportação, dois anos antes, de sua irmã Ássia – notícia que lhe haviam escondido com cuidado.

A família se reúne em Bolchevo, nas proximidades de Moscou, em uma casa destinada aos agentes do NKVD repatriados da França – além de Efron há o casal Klepínin. Ália e Múlia os visitam freqüentemente, assim como uma outra amiga de Paris, Emília Litauer (Mília). Todos esses informantes e agentes observam-se uns aos outros com a maior atenção. MT não está acostumada com a vida coletiva e sofre com a promiscuidade e com os trabalhos pesados da vida cotidiana. Ela escreve em francês no diário que mantém em Bolchevo, no dia 22 de julho de 1939:

Experimento, aqui, minha própria miséria, que se alimenta de restos (dos amores e das amizades de todos os outros). Lavar a louça durante o dia inteiro (19 de junho a 23 de julho), 34 dias longuíssimos, das sete da manhã até uma da madrugada. "Isso não é nada, não é por muito tempo!" Mas são, assim mesmo, 34 dias de *minha* vida, de *minha* cabeça, de *meus* pensamentos... Apenas eu, sozinha, despejo a água da louça no jardim para que a bacia embaixo da pia, cheia até as bordas, não suje o chão. Sozinha, sem nenhuma ajuda... Sozinha – simplesmente.

Todos à minha volta estão absorvidos por problemas sociais (ou parecem absorvidos): idéias, ideais etc. – a boca cheia de palavras, mas ninguém vê injustiça no fato de que a pele de minhas mãos descasque – devido a um trabalho que ninguém aprecia.

MT continua sem ter recebido as malas com seus manuscritos. Graças a Ália, encontrou um pouco de trabalho: traduz poemas de Lérmontov para o francês. No dia 21 de agosto recebe seu passaporte soviético.

No dia 27, Ália vai visitá-los e é lá que será detida pelos agentes do NKVD. *Um ano mais tarde, MT assim descreve o desenrolar dos acontecimentos:*

Retomo este diário no dia 5 de dezembro de 1940, em Moscou. Chegada à Rússia, 18 de junho. Dia 19, em Bolchevo, reencontro com Serioja, doente. Desconforto. Corrida atrás de querosene. Serioja compra maçãs. O coração se apertando aos poucos. Martírio pelo telefone. Ália enigmática, sua alegria postiça. Vivo sem documentos, não apareço para ninguém. Gatos. Meu preferido é um adolescente arisco – gatinho. (Tudo isso anotado para *eu* lembrar e ninguém mais: Mur, se for ler, não reconhecerá nada. Além disso, ele nada lerá, pois ele foge – *disto aqui*.) Tortas, ananás não fazem – você se sentir melhor. Passeios com Mília. Minha *solidão*. Água da louça e lágrimas. O harmônico – e o sub-harmônico de tudo – a angústia. Prometem-nos uma parede divisória – os dias passam, uma escola para Mur – os dias passam. Inabitual paisagem de floresta, ausência de pedras: de um lugar para sentar. Doença de Serioja. Medo de seu medo por causa do coração. Fragmentos de sua vida sem mim – não tenho tempo de ouvi-lo: carregada de coisas para fazer, escuto, peça de uma engrenagem. Porão: cem vezes por dia. Escrever – quando??

A pequena Chura[7]. Pela primeira vez – sensação de estar na cozinha *de outrem*. Calor infernal, no qual nem reparo: rios de suor e lágrimas na bacia da louça. Não há ninguém em quem se apoiar. Eu começo a compreender que Serioja é completamente impotente, em tudo. (Eu, desembrulhando alguma coisa: "Por acaso você não viu? Umas camisas tão boas! – Eu estava reparando em você!".)

(Remexo na ferida. Carne viva. Enfim:)

Na noite do dia 27, detenção de Ália. Ela está alegre, palmas para a sua atitude. Leva na brincadeira.

Ia esquecendo: última visão feliz dela – uns quatro dias atrás – na Exposição da Agricultura, vestida de "kolkhoziana"*, com o lenço vermelho da Tchecoslováquia – que eu havia lhe dado de presente. Brilhava. Vai embora sem se despedir. Eu:

---

[7] Jovem empregada.
* Em russo, *Sielskolkhoz*. (N. de T.)

Vivendo sob o fogo

"Como assim, Ália vai embora desse jeito, sem se despedir de ninguém?". Ela, em lágrimas, fazendo sinal para que me afaste – por cima do ombro. O comandante (velho, com bondade): "Assim – é melhor. Adeuses longos – são lágrimas inúteis...".

Eu. Todos acham que sou corajosa. Não conheço pessoa mais *medrosa* que eu. Tenho medo – de tudo. Dos olhos, do escuro, dos passos e, mais que tudo – de mim mesma, de minha cabeça – se foi a cabeça – que me serviu com tamanha abnegação no meu caderno e que me aniquilou a tal ponto – na vida. Ninguém vê – ninguém sabe – que há um ano (aproximadamente) procuro com os olhos – um gancho, mas não há, pois há luz elétrica demais... Não há um único lustre... Há *um ano* que tiro as medidas – da morte. Tudo – é monstruoso e – terrível. Engolir – a mesquinharia, saltar – a hostilidade, a imemorial aversão *pela água*. Parece que já – de maneira póstuma – tenho medo de mim mesma. Não quero – *morrer*, quero – *não ser*. Bobagem. Por enquanto precisam de mim... Mas, Senhor, posso tão pouco, não posso *nada*!

Findar a vida – da áspera losna
Amargar seu bocado –

Quantos versos perdidos! Não anoto nada. Com isso – está acabado.

Nikolai Nikoláievitch[8] trouxe-me traduções do alemão. É o que prefiro, isto é: canções populares alemãs. Pequenas canções. Oh, quanto amei isso tudo!

---
[8] N. N. Vilmont, tradutor amigo.

Os moradores de Bolchevo aguardam aflitos a continuação do caso. Efron terá tido consciência da armadilha em que caiu e para onde arrastou a mulher e os filhos? Sua vez de ser detido chega no dia 10 de outubro. O inverno se aproxima, a casa de Bolchevo é mal aquecida. Os Klepínin são detidos em 7 de novembro. No dia seguinte, MT e Mur deixam o local, agora deserto, e se refugiam em Moscou, no minúsculo alojamento de Lília, irmã de Serguei. É uma solução certamente provisória, não apenas pelo fato de o cômodo ser minúsculo, mas por Lília trabalhar em casa (ela ensina recitação a atores iniciantes). MT e Mur são, portanto, obrigados a passar o dia inteiro fora. MT envia um pedido de ajuda a Fadiéev, o presidente da União dos Escritores (da qual ela não é membro): ele a orienta para que procure o Litfond, organismo de ajuda aos escritores, que a autoriza a alugar um quarto em Golítsyno, um vilarejo nos arredores de Moscou, e a fazer suas refeições na Casa dos Escritores próxima. É lá que ela se instala em dezembro e é nesse momento que MT decide se dirigir aos governantes do país para tentar ajudar os membros de sua família. No começo, pensa em enviar uma carta a Stálin, mas depois decide-se por Béria, o chefe do NKVD.

A Lavrenti Béria:

Golítsyno, estrada de ferro da Bielo-Rússia, Casa de Repouso dos Escritores, 23 de dezembro de 1939.

Camarada Béria

Dirijo-me ao senhor por questões referentes a meu marido, *Serguei Iákovlevitch Efron-Andréiev*, e minha filha – *Ariadna Sergueievna Efron*, detidos: minha filha – em 27 de agosto e meu marido em 10 de outubro deste ano, 1939.

Vivendo sob o fogo

Antes de falar deles, entretanto, devo dizer ao senhor algumas palavras a meu respeito.

Sou a escritora *Marina Ivánovna Tsvetáieva*. Em 1922 viajei para o exterior com passaporte soviético e permaneci no exterior – na Tchecoslováquia e na França – até julho de 1939, ou seja, dezessete anos. Nunca tomei parte na vida política da emigração – minha família e meus escritos eram minha vida exclusivamente. Colaborei sobretudo para as revistas *Liberdade da Rússia* e *Anais Contemporâneos* e, durante certo tempo, fui publicada na revista *As Últimas Notícias*, mas dela fui afastada por ter abertamente saudado Maiakóvski. De uma maneira geral, na emigração fui e tive a reputação de ser uma pessoa isolada. ("Por que ela não volta à União Soviética?") Passei todo o inverno de 1939 traduzindo para um coral revolucionário francês (*Chorale Révolutionnaire*) canções revolucionárias russas, novas e antigas, entre as quais – a Marcha Fúnebre ("Vós fostes vítimas de um combate fatal"), e, entre as soviéticas – a canção de *Jovens alegres*[9], "Poliúchko – chiróko pólie"* e muitas outras. As minhas canções – foram cantadas.

Em 1937, readquiri a cidadania soviética e, em junho de 1939, obtive a autorização para voltar à União Soviética. Voltei com meu filho de quatorze anos, Gueórgui, em 18 de junho de 1939, a bordo do navio *Mária Uliánova*, que comboiava um grupo de espanhóis.

As razões de minha volta ao país – a aspiração apaixonada de toda a minha família para retornar: a de meu marido – Serguei Efron, de minha filha – Ariadna Efron (foi ela quem

---

[9] Filme soviético de sucesso (1934).
* Em russo, "Planície, vasta planície". (N. de T.)

partiu primeiro, em março de 1937) e de meu filho Gueórgui, nascido no exterior, mas que, desde a infância, sonhava com a União Soviética. O desejo de dar-lhe uma pátria e um futuro. O desejo de trabalhar em minha terra. E minha total solidão no meio de uma emigração à qual, já fazia tempo, nada mais me ligava.

No momento em que meu visto foi reconhecido, fui informada verbalmente de que jamais houvera o menor obstáculo quanto à minha volta.

Se for necessário falar de minhas origens – sou filha do professor emérito da Universidade de Moscou, Ivan Vladímirovitch Tsvetáiev, filólogo de renome europeu (ele descobriu um dialeto antigo, o trabalho dele tem o título de *As inscrições de Ossa*), fundador e responsável pelo *Museu de Belas-Artes* – hoje Museu de Artes Plásticas. O projeto do Museu é – projeto seu, e todo o trabalho de criação do museu consistiu na pesquisa dos meios, na reunião das coleções originais (entre elas, uma das mais belas coleções de pintura egípcia, conseguida por meu pai do colecionador Móssolov), na escolha e na ordenação de moldes e máscaras, em toda a instalação do museu. O trabalho de meu pai foi um trabalho generoso e amoroso nos últimos quatorze anos de sua vida. Uma de minhas primeiras lembranças: meu pai e minha mãe partem para os Urais para escolher os mármores para o Museu. Lembro-me das amostras de mármore que eles trouxeram de volta. O apartamento funcional que cabia a meu pai, como diretor, depois da abertura do Museu, foi por ele recusado e transformado em quatro apartamentos para empregados subalternos. Foi velado por Moscou inteira – por seus incontáveis ouvintes da Universidade, dos Cursos do Ensino Feminino Superior e do Conservatório e pelos empregados dos dois Museus (durante 25 anos ele foi o diretor do Museu Rumiántsev).

Minha mãe – Maria Aleksándrovna Tsvetáieva, nascida Meyn, era uma grande musicista, a primeira colaboradora de meu pai na criação do Museu e teve morte precoce.

Isso – é o que me diz respeito.

Agora, sobre meu marido – Serguei Efron.

Serguei Iákovlevitch Efron é o filho da famosa militante de *A Vontade do Povo*, Elisaveta Petrovna Durnovo ("Lisa Durnovo" – para os correligionários) e de Iákov Konstantínovitch Efron, militante do mesmo movimento. (A família conservou uma fotografia dele jovem na prisão, com a tabuleta oficial: "Iákov Konstantínovitch Efron. Criminoso do Estado".) Piotr Alekséievitch Kropótkin, que voltou à Rússia em 1917, falava-me sempre de Lisa Durnovo, com entusiasmo e amor. Dela fala-se também no livro de Stepniák, *A Rússia subterrânea*, e no Museu Kropótkin há um retrato dela.

A infância de Serguei Efron transcorreu numa casa revolucionária, no meio de perquirições e detenções. Quase a família inteira passou pela prisão: a mãe – na fortaleza São Pedro e São Paulo, os filhos mais velhos – Piotr, Anna, Elisaveta e Vera Efron – em diversos lugares. O filho mais velho, Piotr – fugiu duas vezes. A pena de morte o ameaça e ele emigra, vai para o exterior. Em 1905, Serguei Efron, rapazinho de doze anos, já recebe de sua mãe instruções para participar de missões revolucionárias. Em 1908, Elisaveta Petrovna Durnovo-Efron, ameaçada de prisão vitalícia na fortaleza, emigra com seu filho mais novo. Ela morre tragicamente em Paris, em 1909. Seu filho de treze anos, açulado pelos companheiros de escola, suicida-se e, depois disso, ela também. No *L'Humanité** da época há menção à sua morte.

Em 1911 encontro Serguei Efron. Temos respectivamente dezessete e dezoito anos. Ele está tuberculoso. Alquebrado pela morte trágica da mãe e do irmão, é muito sério, para sua idade. Decido, naquele momento, que, não importa o que aconteça, jamais me separarei dele e, em janeiro de 1912, casamo-nos. Em 1913 Serguei Efron ingressa na Universidade de Moscou, na faculdade de filologia. Mas a guerra tem início e ele se alista como enfermeiro no fronte. Em outubro de 1917, mal terminada a Escola de oficiais de Peterhof, ele luta em Moscou nas fileiras dos Brancos e vai logo em seguida para Novotcherkassk, sendo um dos primeiros duzentos que lá chegam. Durante todo o período de Voluntariado (1917-1920) ele permanece nas fileiras, sem intervalos, nunca no Estado Maior. É ferido, duas vezes.

Acredito que isso tudo já seja conhecido pelos inquéritos anteriores que foram feitos sobre ele, aqui está, porém, algo que não é sabido: não apenas ele nunca fuzilou um único prisioneiro de guerra, mas salvou do fuzilamento todos os que pôde – levando-os para seu grupo de metralhadores. O momento da mudança em suas convicções foi a execução de um comissário – sob seus olhos – o rosto com que esse comissário enfrentou a morte. – "Nesse momento compreendi que nossa causa não era a causa do povo."

– Mas de que maneira o filho da militante da *Liberdade do Povo*, Lisa Durnovo, foi parar nas fileiras dos Brancos e não dos

---

* Famoso jornal da esquerda francesa. (N. de T.)

Vermelhos? – Serguei Efron acha que esse foi o erro fatal de sua vida. Acrescento que ele, então muito jovem, não foi o único a cometer esse engano, mas muitos e muitos, que já eram homens feitos. Ele havia visto no movimento dos Voluntários a salvação da Rússia e a verdade, mas, quando se convenceu do contrário – ele o abandonou definitivamente – e nunca mais olhou nessa direção.

Mas volto à biografia dele. Depois do Exército Branco – fome em Gallípoli e em Constantinópolis e, em 1922, mudança para a Tchecoslováquia, para Praga, onde ele entra na Universidade para terminar a faculdade de filologia e história. Em 1923 ele funda a revista estudantil *Por nossos caminhos*[*] – à diferença dos outros estudantes que se portavam como estrangeiros – e funda, ao mesmo tempo, a União dos Estudantes Democratas – em contraposição à dos Monarquistas, já existente. *Em sua revista, primeiro a fazê-lo em toda a emigração, ele passa a publicar a prosa soviética (1924)*. A partir desse momento, seu "esquerdismo" será crescente. Após a mudança para Paris, em 1925, ele adere ao grupo da Eurásia e se torna um dos redatores da revista *Verstas*, para a qual se volta toda a emigração. Se não me engano – desde 1927 Serguei Efron foi batizado de "o bolchevique". E isso continuou. Depois de *Verstas* – a revista *Eurásia* (justamente aquela em que eu saudava Maiakóvski, quando ele se apresentou em Paris), da qual a emigração dizia tratar-se de propaganda bolchevique ostensiva. Dá-se uma cisão no movimento eurasiano: os de direita – os de esquerda. Os de esquerda, liderados por Serguei Efron

---

[*] *Svoími Putiámi*. (N. de T.)

deixam logo de existir, depois de sua fusão com a União de Repatriamento*.

Quando, precisamente, Serguei Efron começou suas atividades soviéticas concretas – ignoro, mas deve constar dos inquéritos precedentes que lhe dizem respeito. Acredito que tenha sido – por volta de 1930. Porém, o que eu sabia e sei com toda a certeza – é o que diz respeito ao seu sonho apaixonado e constante sobre a União Soviética e ao seu empenho apaixonado em servi-la. Como ele se alegrava ao ficar sabendo, pelos jornais, de cada nova realização soviética, cada sucesso econômico, por menor que fosse – como ele irradiava felicidade! ("Agora nós temos isso... Em breve *nós* teremos aquilo...") Tenho uma testemunha importante – meu filho, que cresceu à sombra de exclamações desse gênero e que desde os cinco anos nada ouviu de diferente.

Mesmo doente (ele tem tuberculose e uma doença no fígado), ele saía de manhã cedo e só voltava tarde da noite. Consumia-se, sob os nossos olhos. As contingências do quotidiano – o frio, a desordem de nosso apartamento – para ele, não existiam. Da mesma forma, não existiam para ele assuntos outros, que não os da União Soviética. Sem conhecer os detalhes de suas atividades, conheci, contudo, a vida de sua alma, dia após dia; tudo se passava sob meus olhos – o completo renascer de um homem.

Quanto à quantidade e à qualidade de suas atividades soviéticas, posso reportar as palavras de um juiz de instrução parisiense que me inquiriu após a partida dele: "*Mais M. Efron*

---

* *Soiúz Vosvrachtchênia na Ródinu.* (N. de T.)

menait une activité soviétique foudroyante!"*. O juiz de instrução tinha o dossiê dele sob os olhos e conhecia tudo aquilo melhor que eu (que sabia apenas da União de Repatriamento e da Espanha). O que eu conhecia e conheço, entretanto – é o caráter absoluto de seu devotamento. Por sua natureza, um homem como ele só poderia se entregar por inteiro.

Tudo terminou de maneira inesperada. Em 10 de outubro de 1937, Serguei Efron partia precipitadamente para a União Soviética. No dia 22 irrompiam em meu apartamento com um mandado de perquirição e levavam a mim e a meu filho de doze anos à Prefeitura de Paris, onde ficamos retidos o dia inteiro. Disse tudo o que sabia, ou seja: que ele era o homem mais nobre e mais generoso do mundo, que ele amava apaixonadamente o seu país, que trabalhar para a Espanha republicana não era um crime, que eu o conhecia – havia 26 anos – de 1911 a 1937 – e que eu não sabia mais nada. Depois de algum tempo, outra convocação à Prefeitura. Mostraram-me cópias de telegramas em que não reconheci a letra dele, liberaram-me de novo e não me incomodaram mais.

De outubro de 1937 a junho de 1939, mantive correspondência com Serguei Efron pela mala diplomática, duas vezes por mês. Suas cartas da União Soviética eram completamente felizes – pena não terem sido conservadas, mas eu tinha de destruí-las imediatamente após a leitura – só lhe faltava uma coisa: seu filho e eu.

Quando, em 19 de junho de 1939, depois de quase dois anos de separação, entrei na *datcha* de Bolchevo e o vi – vi um

---

* Em francês, no original: "Mas o senhor Efron desenvolvia uma atividade soviética fulminante!". (N. de T.)

homem *doente*. Nem ele nem minha filha haviam me escrito da doença dele. Uma grave doença do coração, diagnosticada seis meses antes da chegada à União Soviética – uma neurose vegetativa. Fiquei sabendo que praticamente o tempo todo, durante esses dois anos, ele havia estado doente – e acamado. Mas, com nossa chegada, reanimou-se – nos dois primeiros meses ele não teve nenhuma crise, o que prova que sua doença do coração era, em grande parte, provocada pelo fato de não estarmos aqui e pelo medo de que a guerra, que podia estourar, nos separasse para sempre... Ele recomeçou a andar, a sonhar com um *trabalho*, sem o qual *fenecia*, a combinar encontros com alguns de seus chefes, a ir à cidade... Todos diziam que ele realmente havia ressuscitado...

E – no dia 27 de agosto – a prisão de nossa filha.

Agora, nossa filha. Nossa filha, Ariadna Serguéievna Efron, foi a primeira, de nós todos, a voltar para a União Soviética, precisamente no dia 15 de março de 1937. Antes disso, ela havia passado um ano na União de Repatriamento. É uma pintora e uma jornalista muito talentosa. Mais – é um ser humano totalmente leal. Em Moscou, ela trabalhava na redação de uma revista francesa, *La Revue de Moscou* (alameda Strástnoi, 11) – todos estavam contentes com seu trabalho. Ela escrevia (textos de literatura) e ilustrava e havia traduzido admiravelmente em versos um poema longo de Maiakóvski. Estava muito feliz na União Soviética e jamais se queixou da menor dificuldade do dia-a-dia.

Depois de minha filha – no dia 10 de outubro de 1939 – exatamente dois anos após sua partida para a União Soviética – meu marido também foi detido, completamente doente e atormentado pela desgraça que se havia abatido sobre *ela*.

Minha primeira remessa de dinheiro foi aceita: para minha filha – no dia 7 de dezembro, ou seja, três meses e onze dias depois da prisão, para meu marido – no dia 8 de dezembro, ou seja, quase dois meses depois da prisão. Minha filha [*inacabado*]... No dia 7 de novembro, nessa mesma *datcha*, foi detida e presa a família Lvov[10], nossos co-locatários, e meu filho e eu ficamos completamente sozinhos, trancados numa *datcha*, sem lenha para o aquecimento, numa angústia terrível.

Dirigi-me ao Litfond e nos conseguiram um quarto por dois meses, próximo à Casa de Repouso dos Escritores em Golítsyno, com pensão na Casa de Repouso – depois da detenção de meu marido, fiquei completamente sem recursos. Os escritores conseguem para mim uma série de traduções do georgiano, do francês, do alemão. Ainda em Bolchevo (estação Bolchevo, estrada de ferro do Norte, aldeia Novy Byt, *datcha* 4/33), traduzi para o francês uma série de poemas de Lérmontov – para *La Revue de Moscou* e *Littérature Internationale*. Parte deles já foi publicada.

Não sei de que acusam meu marido, mas sei que ele é incapaz de traição, de duplicidade, de perfídia. Conheço-o há quase trinta anos – 1911–1939 – mas, o que sei dele, já o sabia desde o primeiro dia: é um homem de uma grande pureza, um grande espírito de sacrifício e senso de responsabilidade. Tanto seus amigos quanto seus inimigos dirão a mesma coisa. Mesmo na emigração, no meio mais hostil, nunca ninguém o acusou de ser corrupto, e explicavam seu comunismo como

---

[10] Nome secreto dado pelo NKVD ao casal Klepínin (Efron foi chamado Andréiev).

"um entusiasmo cego". Mesmo os funcionários que vieram perquirir nosso apartamento, surpresos com a pobreza do lugar onde morávamos e com a dureza de sua cama ("Como, é numa cama assim que dormia o senhor Efron?"), falavam dele com uma espécie de deferência, e o juiz de instrução – simplesmente me disse: "O senhor Efron era um entusiasta, mas também os entusiastas podem se equivocar...".

Quanto a *se equivocar*, aqui, na União Soviética, ele não podia, pois esteve doente durante os dois anos de sua estada e nunca foi para lugar nenhum.

Termino apelando para o seu senso de justiça. Esse homem serviu de corpo e alma, tanto em palavras quanto em atos, sua pátria e a idéia do comunismo. Está muito doente – não sei quanto lhe resta viver – principalmente depois de um choque como este. Seria horrível se ele morresse sem que lhe fosse feita justiça.

Caso se trate de denúncia, ou seja, de informações recolhidas de forma pouco escrupulosa e mal intencionada – verifique quem o denunciou.

Caso de trate de um erro – *imploro-lhe*, repare-o, antes que seja tarde.

Marina Tsvetáieva

Essa carta ficará sem resposta. (Será simplesmente acrescentada ao dossiê de Efron.) A mesma coisa ocorrerá com os outros pedidos de informação feitos por MT. Seis meses mais tarde, ela escreve novamente a Béria, para pedir o direito de visitar o marido; ela acrescenta (em 14 de junho de 1940):

Ele está gravemente doente, vivi com ele trinta anos de minha vida e nunca encontrei nenhum homem tão bom quanto ele.

Sempre sem resposta, MT continuará a ir até as prisões de Moscou para tentar enviar pacotes ou dinheiro aos seus presos e obter algumas informações. Eles não estão no mesmo endereço: Ália está presa na Lubianka; Serguei, nos Butýrki. No dia 3 de outubro de 1940, MT escreve a Lília, irmã de Efron:

Querida Lília,
Apresso-me a informá-la: Serioja está sempre no mesmo lugar. Hoje, eu estava jogada na sala de espera, porque no dia 30 [*de setembro*] haviam me dito, no guichê, que ele não constava mais na lista (antes, diziam-me que o dinheiro era muito, mas, dessa vez – claramente: ele *não* está na lista). Então, fui para o setor de *Perguntas e respostas* e perguntei, no verso do requerimento: estado de saúde, local onde se encontra. Marcaram para hoje. O colaborador me reconheceu e me chamou logo pelo nome, apesar dos quatro meses desde a última vez que nos vimos – e, na medida do possível, me tranqüilizou: temos bons médicos e, em caso de necessidade, serão prestados os cuidados de urgência. Meus dentes batiam tão forte que nem pude articular um "obrigado". ("A senhora não tem motivo para ficar tão preocupada" – de uma maneira geral, tenho a impressão de que conhecem Serioja e, por causa disso – a mim também. Na sala de espera, surpreendem-se com a demora de sua permanência em Moscou.)

UNIÃO SOVIÉTICA (1939-1941)

Uma nota, em um caderno, com a data do começo de 1941, evoca uma outra visita:

Ontem, dia 10 [*de janeiro*], no bonde, eu já batia os dentes – muito tempo antes. Assim, involuntariamente. Ouvindo-os bater (de cujo som tive consciência, ou que, talvez, tenha acabado por *compreender*), entendi que estava com medo. E *quanto* medo eu tinha. Quando me receberam no guichê, me deram uma senha (nº 24) – e minhas lágrimas começaram a rolar, como se só esperassem por aquilo. Se não tivessem me recebido – eu não teria chorado.

O que MT não ficou sabendo foi que o processo dos casos de Ália e de Serguei seguia seu curso nesse meio-tempo. As prisões obedeciam a um plano (esclarecido há pouco tempo, graças aos arquivos do NKVD, *consultados pelos pesquisadores russos V. Chentásliski e I. Kudrova). Ália fora detida antes para que fornecesse elementos que pudessem incriminar seu pai. Quinze anos mais tarde, em maio de 1954, numa petição ao procurador geral da União Soviética, é assim que ela descreve sua experiência de 1939:*

Depois de minha prisão, o processo exigiu de mim: 1) a confissão de que eu era uma agente do serviço francês de informação; 2) a confissão de que meu pai tinha conhecimento daquilo; 3) a confissão de que eu sabia que meu pai pertencia ao serviço francês de informação. Bateram em mim desde o início.

Batiam-me com "interrogadores para senhoras", feitos de borracha; durante vinte dias me deixaram sem dormir, me interrogaram "em cadeia", 24 horas por 24, me encerraram num cárcere gelado, sem roupa, em pé, me fizeram passar por simulacros de execução.

Vivendo sob o fogo

Por fim, alquebrada pela tortura, ela assina as confissões em 27 de setembro de 1939:

Por não querer esconder nada ao processo, devo informar que meu pai Efron, Serguei Iákovlevitch, e eu mesma somos agentes do serviço secreto francês.

Os inquisidores do NKVD *obtiveram o que queriam. A continuação do caso obedece à rotina das condenações políticas na União Soviética. Apesar das retratações de Ália em março de 1940 quanto às atividades de seu pai, a acusação contra ela será levantada em maio de 1940: no dia 7 de julho do mesmo ano ela será condenada a oito anos de campo por suas atividades de espionagem e anti-soviéticas. Chega ao campo, no Grande Norte, em fevereiro de 1941; MT ainda poderá lhe escrever.*

Depois disso: em 1943 é transferida para um campo disciplinar em regime severo; no fim de um ano, Múlia (que nesse meio-tempo voltara para junto da mulher e de seu filho), ao tomar conhecimento de seu destino, consegue fazer com que lhe mudem o campo. Em 1947, é libertada e passa a viver na cidade de Liázan; mas será detida novamente em 1949 (fevereiro) e condenada à prisão perpétua na Sibéria. Em agosto de 1950, Múlia cai em desgraça. Ele será preso, acusado de espionagem e fuzilado em 1952.

Depois da morte de Stálin e da execução de Béria, Ália será libertada: ela obterá sua reabilitação em 1955 e passará a viver em Moscou. Lá ela se dedicará ao trabalho de tradutora e, progressivamente, ao de fazer publicar as obras de sua mãe na União Soviética. Morrerá em julho de 1975.

Até o fim da vida, permanecerá fiel ao ideal soviético a que se dedicou desde a adolescência.

UNIÃO SOVIÉTICA (1939-1941)

MT ficará sem saber nada do destino de Serguei. Vale lembrar que, por ocasião de sua volta precipitada para a União Soviética em outubro de 1937, ele havia sido assumido pelo NKVD, mas não lhe atribuíram nenhuma outra missão. Ele passou alguns meses num sanatório, entre 1937 e 1938, antes de ir para Bolchevo com seus colaboradores parisienses, os Klepínin. Depois da prisão, foi submetido a interrogatórios, que foram confrontados com os de sua filha e de outros agentes soviéticos na França, que ele mesmo havia recrutado e que, em seguida, o entregaram. Mas, contrariamente aos outros acusados, Efron atém-se estritamente à verdade e não "confessa" nada. Pedem-lhe, também, que entregue sua mulher.

Inquiridor: – Que trabalho anti-soviético era realizado por sua mulher?

Efron: – Minha mulher nunca realizou nenhum trabalho anti-soviético. Durante toda a vida, só escreveu poemas e prosa. Mesmo que, em algumas obras, ela tenha expressado idéias não-soviéticas...

Inquiridor: – As coisas não são de maneira nenhuma como o senhor as apresenta. Sabemos, por exemplo, que em Praga sua mulher participou ativamente de jornais e revistas publicados pelos socialistas revolucionários. É verdade?

Efron: – Sim, é verdade. Ela era uma emigrada e escrevia para esses jornais, mas nunca empreendeu nenhuma atividade anti-soviética.

Inquiridor: É incompreensível.

Efron: Não nego que minha mulher tenha publicado textos na imprensa da emigração branca, mas ela nunca realizou nenhum trabalho político anti-soviético.

Vivendo sob o fogo

Essa falta de colaboração acarreta a Serguei interrogatórios ainda mais truculentos. Testemunha disso é sua transferência para o hospital da prisão no dia 19 de outubro, com o diagnóstico: "crises freqüentes de angina pectoris, miocardite crônica, neurastenia aguda" e a recomendação de espaçar os interrogatórios. Entretanto, eles são retomados.

Em 7 de novembro, depois de um novo interrogatório, ele é recolhido ao serviço psiquiátrico da prisão, onde, em 20 de novembro, é estabelecido o seguinte relatório:

Internado a partir do dia 7 de novembro de 1939 no setor psiquiátrico da prisão de Butýrki, devido a alucinações reativas agudas e a uma tentativa de suicídio. No momento, sofre de alucinações auditivas, pensa que escuta falar dele pelos corredores, que sua mulher morreu, que ele ouve o título de um poema conhecido apenas por ele e por sua mulher etc. Apresenta-se ansioso e pensa em suicídio. Sente-se oprimido, assustado, como quem aguarda alguma coisa de horrível.

A assinatura deformada de Efron nos interrogatórios seguintes testemunha a degradação de seu estado. No entanto, continua não admitindo ter sido um espião francês, um trotskista, ou um agente duplo, a serviço dos Brancos; admite seu pertencimento apenas aos serviços do NKVD.

Na prisão dá provas, portanto, de uma força de caráter que lhe havia faltado durante toda a vida.

Por esse motivo, o processo de Efron e de seu grupo é sempre adiado. O último interrogatório data de 5 de julho de 1940, sendo que o processo irá se realizar apenas um ano mais tarde, no dia 6 de julho, depois da invasão alemã na União Soviética. Os seis indiciados (os outros cinco são: o casal Klepínin, Emília Litauer, Pável Tolstói e

UNIÃO SOVIÉTICA (1939-1941)

Nikolai Afanázov) são acusados de espionagem e condenados à morte. Litauer e Nikolai Klepínin reconhecem-se culpados; os outros negam a acusação. Efron declara:

Não fui um espião, fui um agente honesto do Serviço de Informação Soviético. Só reconheço uma coisa: a partir de 1931, toda a minha atividade foi sempre dirigida em proveito da União Soviética. Peço-lhes que analisem meu caso objetivamente.

Todos, a não ser Efron, serão executados no dia seguinte ao processo. Por razão desconhecida, ele, o "chefe do grupo", só será fuzilado no dia 16 de outubro de 1941, ou seja, um mês e meio depois da morte de MT.

Qual será a razão do processo e da execução de agentes devotados do NKVD? Em 1956, no decorrer da revisão de seu próprio processo, um outro membro da Tcheká afirma:

O serviço estrangeiro do NKVD não dispunha de dados quanto ao pertencimento do casal Klepínin e de Efron a redes de serviços estrangeiros que trabalhassem contra a União Soviética. É por isso que membros de nosso serviço ficaram indignados com sua prisão. Ignoro se os dirigentes de nosso serviço chegaram a pedir oficialmente esclarecimentos quanto à detenção não fundamentada dessas pessoas... O casal Klepínin e Efron eram considerados, como agentes, de uma maneira totalmente positiva.

Uma das razões prováveis da acusação é que, após dezembro de 1938, o chefe do NKVD, Ejov, foi substituído por Béria. Existe o costume de que cada novo dirigente dos Órgãos liquide os colaboradores de seu predecessor, uma vez que estes últimos não devem a ele sua promoção.

Outra razão provável é que Efron estava destinado a desempenhar um papel central em um novo processo (depois do de Bukhárin e Rýkov, em 1938) contra outras personalidades soviéticas de primeiro plano, que viriam a ser acusadas de atos anti-stalinistas e de espionagem. A resistência de Efron impede a realização desse projeto. Após a invasão alemã, foi necessário esvaziar as prisões e os indiciados são então julgados e executados mesmo sem confissão; o processo projetado perdeu sua atualidade.

18
Tentativa de vida

MT e Mur permanecem no vilarejo de Golítsyno até junho de 1940. Mur vai à escola soviética, mas está quase sempre doente. MT ganha a vida com suas traduções – ela reescreve em versos traduções literárias feitas a partir de diversas línguas (alemão, inglês, francês, búlgaro, polonês, tcheco, ucraniano, georgiano, iídiche...), em particular o clássico georgiano Váia Pchavela (1861–1915), trabalho que ela conseguiu graças à intervenção de Pasternak e de outros amigos. Na Casa dos Escritores, ela estabelece relações de amizade, como com Liudmila Veprítskaia, por exemplo, autora de livros para crianças, a quem ela escreve, em 9 de janeiro de 1940:

> Aqui, a não ser você, ninguém gosta de mim e, sem isso (o amor), sinto fome e frio, não tenho vida. [...] Sim! Muito importante: você não me limitou à poesia; quem sabe até você prefira a mim (viva), a meus versos. Por isso, sou-lhe infinitamente grata. Toda vida "me" amaram: copiaram, citaram, guardaram todas as minhas anotações ("autógrafos"), mas, a *mim* –

amaram tão pouco, tão – *debilmente*. Nada lisonjeia meu amor próprio (*não* o tenho) e *tudo* lisonjeia meu coração (tenho: só tenho isso). Você lisonjeou meu coração.

Na mesma carta, ela descreve as conversas que tem com suas colegas:

Houve ainda uma discussão (mas, dessa vez, discuti *dentro* de minha boca) com o camarada Sánnikov, quanto à possibilidade de se escrever um poema sobre a resina sintética. Ele afirmava que sim, que ele estava escrevendo um, porque *tudo* é tema. ("Parece-me que a resina precisa de usinas, não de poemas" – objetava eu, mentalmente.) Somente aquilo de que ninguém tem necessidade precisa de poesia. *É o lugar mais pobre de toda a terra.* E esse lugar é sagrado. (Tenho muita dificuldade em imaginar que se possa escrever um poema como aquele – com total pureza de coração, da alma e para a alma.)

Ao mesmo tempo ela conhece Evguêni Taguer, crítico literário, por quem sente um começo de paixão. Ela lhe escreve, em 11 de janeiro de 1940:

Atenção e penetração – eis minha única via de acesso a alguém, isto é, o começo do caminho cujo fim é a *imersão* no ser humano e, na medida do possível, a submersão (na medida do impossível – a dissolução) nele.

E ainda: se amo alguém, quero que graças a mim ele se sinta melhor – mesmo que seja por conta de um botão que costurei. Do botão pregado a toda a minha alma.

Alguns dias mais tarde, ela se explica mais longamente.
A Evguêni Taguer:

Hoje, 22 de janeiro de 1940, dia de nossa partida.

Meu querido! Venha sem falta – mesmo que não tenhamos um quarto para você – as minhas paredes, no entanto (minhas *não* paredes!), estarão lá – e eu conduzirei você não com um fio – mas com minha mão! Pelo labirinto de meu livro: de minha alma de 1922 a 1925, de minha alma – de então e de sempre.

Venha de manhã, quem sabe a gente tenha a sorte de um quarto vazio – e possa hospedá-lo por uma noite, então falaremos à vontade, de tudo. É importante para mim, e necessário, que você saiba com certeza de algumas coisas – e mesmo de alguns fatos – que o tocam diretamente.

Com você devia logo ter agido de modo diferente – muito amigável e ternamente – agora sei disso – devia ter tomado tudo a meu cargo! – (E não deixar você fazê-lo.)

Uma única coisa você não levará consigo: um gosto de prazer efêmero. Não *houve nada* disso. Houve uma fonte viva.

Agradeço-o pela primeira alegria – aqui, pela primeira confiança – aqui, pela primeira confidência – aqui, depois de muitos anos. Não quebre a cabeça para saber por que esta *datcha* desabitada abriu justamente para você todas as portas, e janelas, e terraços e clarabóias e por que justamente sobre você – ela fechou todas as portas, e janelas, e terraços e clarabóias. Saiba apenas: a confiança de um objeto há muito tempo inanimado, a gratidão de uma coisa – que encontrou de novo sua alma. ("Dê o que beber – e ela se põe a falar!") Quantas coisas já estou querendo dizer!

UNIÃO SOVIÉTICA (1939-1941)

Você se lembra de Anteu, que recuperava as forças ao (mais leve) contato com a terra e que era mantido suspenso no ar – pela terra? E as almas do Hades, que só falavam após terem bebido o sangue da vítima? Isso tudo – e a terra de Anteu e o sangue do Hades – é a mesma coisa – é aquilo sem o qual *eu* não vivo, *não* sou *eu* – quem vive! É a única coisa que está *fora* de mim, que não tenho o poder de criar e sem a qual *não existo*...

E também: quando ela está ausente, eu a esqueço, vivo sem ela, exatamente como se ela jamais tivesse existido (substitua em todo lugar "ela" por "amor vivo"), chego até mesmo a recusar sua existência e a provar a qualquer um, como dois e dois são quatro, que não passa de um absurdo; mas, quando ele está aí, ou seja, quando volto a cair em seu leito – *sei* que apenas ele existe, que eu mesma só existo quando *ele* existe, que minha outra vida é uma vida ilusória, a vida das sombras do Hades que não beberam o sangue: uma *não*-vida.

Talvez seja assim que se deva interpretar a frase de Aquiles: – Preferiria ser arrieiro no mundo das bestas que soberano no mundo das sombras.

Mas isso tudo: Aquiles, o Hades, Anteu desparecem diante do fato vivo e incontestável de que hoje, pela última vez, sentei à mesa com você e que já não haverá mais onde fazê-lo – com todos esses Aquiles e Hades e Anteus, que meus braços, aonde tudo isso ia – eu ia – inteira – estão cortados.

(Tenho a sensação de que nós, você e eu, nem sequer começamos!)

Seja o primeiro a escrever. Dê-me seu endereço exato. Se quiser vir – avise-me. Venha só. Não me partilho com ninguém (a mim, para você). Sozinho, por um dia inteiro – e por uma noite muito longa.
Obrigada por tudo.
Abraço-o, querido.

M.

Mas Taguer era um homem casado, e a relação com ele não evoluí. Sobram, porém, outros bons relacionamentos com conhecidos, essenciais para MT; como ela escreve a uma amiga (a Olga Motchalova, em 29 de maio de 1940): "Não tenho amigos – e, sem eles, é a morte".
Terminado o período escolar de Mur, MT volta a Moscou. Instala-se, para o verão, no apartamento provisoriamente livre de um casal moscovita que saiu de férias. Consegue, finalmente, reaver as caixas que havia enviado de Paris, mas não sabe onde colocá-las; a falta de um endereço permanente angustia-a. Em agosto de 1940, ela escreve a Lília, irmã de Serguei.
A Elisaveta Efron:

Agosto de 1940.

O amigo de *Známia*[1] recusou guardar os livros (quatro caixas – a quinta, vamos vendê-la), porque ele mora com os pais da mulher. Existe uma *última* esperança – com um outro amigo, mas, nesse caso, não se trata de a casa ser *dele* – mas de saber se sua família estará de acordo???

---

[1] Trata-se de Anatoli Kuzmitch Tarassiénkov (1909–1956), crítico literário e bibliófilo, que às vezes trabalhava para a revista *Známia*.

De uma maneira geral – não temos onde pôr os pés. Os dias – passam. E os outros vão voltar, parece-me, no dia 28. Múlia, com sua estranha credulidade (ou – leviandade), terá desempenhado em nossa vida – um papel fatal.

Não vivo mais. Não escrevo, não leio. Quero continuamente fazer alguma coisa, mas não sei – o quê? Hoje preparei a lista dos livros a serem vendidos, mas são livros antigos, para colecionador – será que alguma loja vai aceitá-los?

Se não os aceitar – colocarei a caixa na calçada. Já o *teria* feito, mas ela é intransportável: pesadíssimos *Miseráveis*, Buffon, Napoleão, Cristóvão Colombo, Dickens, Dumas, Andersen e tudo isso em encadernações de um quilo, *eternas*... E isso é apenas – a *quinta* caixa! (Entre *outros* – *Documents d'art japonais Hira T'Shé – Le livre des dix mille dessins*[*].)

A história é simples: havia – uma casa; havia – uma vida, havia – um corredor grande *para nós*, onde se podia colocar – *tudo*, e agora – não há NADA – e TUDO parece ser demais, excesso.

Para o subúrbio, com uma bagagem desse tipo, *não* irei: vão me matar! – E o subúrbio, em geral, é um túmulo. *Tenho medo* do subúrbio, suas terraças envidraçadas, suas noites negras, suas casas cegas, isso – é a *morte*, por que levar *tanto tempo* para morrer?

Morei no subúrbio e posso dizer que – isso *não* é vida.

---

[*] *Documentos de arte japonesa Hira T'Shé – O livro de dez mil desenhos.* (N. de T.)

Hoje telefonei (sem esperança alguma!) a Alekséi N. Tolstói (conselhos *atrasados* de Múlia!) – ele "partiu". Quando e para onde – não dizem. Não é possível alcançá-lo. *Não para mim.*
É isso. Parei de arrumar o quarto e *mal* lavo a louça: dá vontade de vomitar – disso e de tudo! – além disso, uma caixa inteira de fósforos explodiu na minha mão – todos os palitos queimaram – e na mão – uma bolha – uma queimadura no queixo (o queixo não é nada – só falei por falar).

Mur vende todos os seus livros e volta alegre. Aceitaram-no na escola 167, mas – *de onde* ele irá lá???
Por enquanto ainda estamos "em casa". Trancamo-nos. Temos as chaves. Até breve. Estou morrendo.

M.

O fim do mês se aproxima sem nenhuma solução à vista para o problema da habitação. MT *expõe novamente todas as suas dificuldades ao secretário da União dos Escritores, Pávlenko.*
A *Piotr Pávlenko:*

Moscou, 6, rua Herzen, apartamento 20 (Severtsov)
27 de agosto de 1940.

Muito estimado camarada Pávlenko,
Quem lhe escreve é um ser numa situação desesperada.
Hoje é 27 de agosto – pois bem, no dia 1º de setembro, meu filho e eu, com nossos pertences e nossa biblioteca inteira

estaremos na rua, porque os proprietários do local que alugamos durante breve tempo estarão de volta.

Começarei pelo começo.

No dia 18 de junho de 1939, há pouco mais de um ano, voltei à União Soviética com meu filho de quatorze anos e me instalei em Bolchevo, no vilarejo de Novi Byt, na metade da *datcha* onde morava minha família que havia chegado dois anos antes. No dia 27 de agosto (faz um ano hoje), nessa mesma *datcha* minha filha foi detida, e no dia 10 de outubro – meu marido. Meu filho e eu ficamos completamente sozinhos. Continuamos a morar lá e nos aquecíamos com os gravetos que juntávamos no jardim. Dirigi-me a Fadiéev para conseguir ajuda. Ele me respondeu que não havia um único metro quadrado para me oferecer. Viver na *datcha* tornou-se *absolutamente* intolerável, nós simplesmente *congelávamos*. Assim, no dia 10 de novembro, depois de termos fechado a chave a *datcha* (N. B.! Ninguém nos tirou nossa superfície habitável* e eu estava registrada lá, com meu filho, no nome de meu marido) – e assim, depois de termos fechado a porta a chave, meu filho e eu partimos para Moscou, para a casa de uma parenta onde, durante um mês, dormimos no *hall* de entrada sem janelas, em cima de nossas malas e passávamos o dia fora, porque ela dava aulas de dicção e nós a incomodávamos.

Depois, o Litfond nos instalou na Casa de Repouso de Golítsyno, mais exatamente, vivíamos *ao lado* da Casa de Repouso onde – fazíamos nossas refeições. À exceção dos primeiros dois meses, sempre pagamos pelo quarto – 250 rublos por mês – um pequeno quarto com uma divisória de madeira com-

---

* No original, *bolchévskaia jilplóchad*. (N. de T.)

pensada que não chegava até o forro. Meu filho, que não estava acostumado com esse clima, ficava *sempre* doente, e eu também, cheguei a cuspir sangue, na primavera. A vida era muito pesada e lúgubre, com aquelas lamparinas a petróleo que não iluminam, a água trazida do poço com o gelo para ser rompido, noites negras infindáveis, as doenças contínuas de meu filho e os medos contínuos durante a noite. Passei o inverno inteiro sem dormir, sobressaltando a cada meia hora, achando (esperando!) que já fosse de manhã. Havia vidro demais (todos esses terraços envidraçados), escuridão e angústia demais. Nunca ia à cidade e quando isso acontecia – me preocupava em voltar logo para casa, com medo de perder o trem. Esse inverno ficou gravado em minha memória como uma noite polar. Todos os escritores da Casa de Repouso tinham pena de mim e tentavam me animar...

Passei o inverno inteiro traduzindo. Traduzi duas baladas inglesas sobre Robin Hood, três poemas longos de Váia Pchavela (mais de 2 mil versos), do russo para o francês um grande número de poemas de Lérmontov e depois, no verão, do alemão para o francês, o grande poema de Bécher[2] e uma porção de poemas búlgaros. Trabalhei sem parar – sem descansar um único dia.

Em fevereiro, de Golítsyno, anunciamos no *Moscou da Tarde** para alugarmos um quarto em Moscou. Uma cidadã nos responde e nos tomou 750 rublos por um semestre de antecipação – e já faz *seis* meses que nos propõe um quarto *sem nunca mostrá-lo* e nos dá endereços e nomes falsos. (Durante

---

[2] Johannes Bécher (1891–1958), poeta comunista alemão.
* *Vetchérnaia Moskvá*, jornal da época. (N. de T.)

esse tempo todo ela nos "ofereceu" *quatro* quartos, mas só nos mostrou um, onde não nos deixou entrar porque lá viviam uns parentes dela.) Vivia alegando uma "cota" especial que devia receber – mas está claro que não passava de uma escroque.

– Continuo. –

Se não me engano, no final de março, já no primeiro calorzinho, passei por minha casa de Bolchevo (onde haviam ficado todos os meus pertences, meus livros e meus móveis) – para ver – em que estado se encontravam e descobri que a porta da *datcha* havia sido arrombada e que na minha parte (dois cômodos, um de dezenove e outro de sete metros quadrados) havia se instalado o diretor do soviete do lugarejo. Dirigi-me então ao NKVD e voltei uma segunda vez à *datcha*, acompanhada por dois agentes, mas, tão logo chegamos, só pudemos constatar que um dos arrombadores – a saber, o chefe da polícia – *havia se enforcado* e encontramos apenas seu túmulo e ele – dentro do túmulo. Todos os meus pertences haviam desaparecido, só restavam meus livros, e, quanto aos móveis, os arrombadores servem-se deles até hoje, pois não tenho *para onde* levá-los.

Não posso contar com o ressarcimento pela moradia que me foi tirada pelos arrombadores: a *datcha* foi incorporada pela Exportmadeira*; mesmo durante minha estada lá, ela era objeto de litígio, não se sabe bem a quem pertencia; agora, por juízo, foi entregue à Exportmadeira.

Foi assim que terminou minha superfície habitável em Bolchevo.

---

* *Eksportliés*. (N. de T.)

– Continuo. –

Em junho, apesar das doenças incessantes (pneumonia, gripes e toda espécie de doenças contagiosas), meu filho havia terminado muito bem seu sétimo ano na escola de Golítsyno. Mudamos, então, para Moscou, para o apartamento do professor Severtsov (na Universidade), por três meses, até o 1º de setembro. No dia 15 de julho, finalmente, por ordem do NKVD, recebi integralmente minha bagagem, bastante volumosa, que havia ficado por um ano, aproximadamente, bloqueada na alfândega, uma vez que ela estava no nome de minha filha (eu não sabia, ao deixar Paris, onde iria morar e dera o nome e o endereço dela). Toda nossa roupa, nossa louça, nossa roupa de cama e banho, todos os meus arquivos literários e toda minha *enorme* biblioteca. Agora tudo isso está comigo, em minhas mãos, num único quarto, do qual *devo* sair no dia 1º de setembro, com *todas* as coisas. Dei de presente um grande número de livros, joguei-os fora, tentei vender, mas aceitam um e me deixam vinte – é a mesma coisa que deixá-los no meio da rua! – *cinco* caixas de livros. De qualquer maneira – é um peso enorme, uma vez que no Consulado Russo em Paris haviam-me autorizado a transportar *todos* os meus bens, e eu vivi no exterior – durante dezessete anos! –

Dessa forma, estou *literalmente* na rua, com todos os livros e todas as minhas coisas. Aqui, onde estou agora, não sou registrada (na Universidade). Moro sem autorização já há duas semanas.

No dia 1º de setembro, meu filho irá à escola 167 – mas de onde?

A ajuda particular de meus amigos e todos os seus esforços não deram em nada.
A situação é sem saída.
Não voltarei ao subúrbio, porque lá *morrerei* – de medo e de escuridão e de solidão completa. (E com uma bagagem como esta – vão me matar.)
Não sou uma histérica, sou uma pessoa simples, perfeitamente sã, perguntem a Boris Leonídovitch[3].
Mas a vida, neste ano – vai me dar o golpe de misericórdia.
Não vejo nenhuma saída.
Peço que me ajudem.

Marina Tsvetáieva

Nesse mesmo dia, tresloucada, envia um telegrama a Stálin:

Ajude-me, estou numa situação desesperadora. A escritora Marina Tsvetáieva.

No final do mês de agosto, MT e Mur voltam ao quartinho de Lília. MT relata a situação em que se encontra a uma velha conhecida, Vera Aleksándrovna Merkúrieva, ela própria tradutora, com quem ela reatou contato.
A Vera Merkúrieva:

Moscou, 31 de agosto de 1940.

Querida Vera Aleksándrovna,
Recebi o livro e a carta, mas, infelizmente, já não estava mais em casa, de modo que não vi sua amiga. É uma pena.

---
[3] Pasternak.

Ninguém é um estranho para mim: com qualquer pessoa – começo pelo fim, como nos sonhos, onde não há tempo para preâmbulos.

Minha vida vai muito mal. Minha não-vida. Deixei ontem a rua Herzen, onde estávamos muito bem alojados, por um pequeno quarto vago no momento, na rua Merzliákov. Toda nossa carga (colossal, ainda desmedida, apesar de um mês inteiro vendendo e presenteando) encontra-se na rua Herzen – no quarto vazio de um dos professores até o dia 15 de setembro.

– E depois??? –

Dirigi-me ao vice de Fadiéev – Pávlenko –, um homem encantador que compartilha de nossa aflição, mas nada pode nos dar: os escritores de Moscou não têm *nem um único metro quadrado*, e eu acredito nele. Ele propôs ir para o subúrbio, e eu expus meu argumento fundamental: *uma angústia danada*, ele compreendeu e não insistiu. (Pode-se viver no subúrbio quando se é uma grande família unida, em que um ajuda o outro, o substitui e assim por diante – mas lá, com Mur na escola, e eu, de manhã até a noite – sozinha com meus pensamentos (lúcidos, sem ilusões) – e meus sentimentos (delirantes: *pretensamente* delirantes – mas, na verdade, proféticos), e as traduções – basta um inverno, para mim.)

Dirigi-me ao Litfond, prometeram me ajudar a encontrar um quarto, mas me preveniram que a uma "escritora com filho" qualquer senhoria haveria de preferir um homem só, que não cozinha, que não lava nem passa etc. – Como posso rivalizar com um homem sozinho?

Resumindo, Moscou não tem lugar para mim.

Não acuso ninguém, nem a mim mesma, pois este era meu destino. Apenas – como terminará tudo isso?

Escrevi o que tinha de escrever. Claro, poderia continuar, mas posso perfeitamente *não* fazê-lo. Já faz mais de um mês, por sinal, que não traduzo nada, simplesmente não toco em meu caderno: a alfândega, a bagagem, as vendas, os presentes (o quê – para quem?), a correria por causa dos anúncios (anunciei quatro vezes – e não deu *em nada*) – e agora – a mudança... E – até quando?

Bem, não sou a única... Sim, mas meu pai ergueu o Museu de Belas Artes – o único do país inteiro – ele o fundou e reuniu suas coleções – é *seu* trabalho, quatorze anos – não vou falar de mim, mas, mesmo assim, direi – pelas palavras de Chénier, suas *últimas* palavras: – *Et pourtant il y avait quelque chose là*...[4] (apontando para a sua testa) – que não posso, sem transigir com minha consciência, me identificar com um kolkhoziano qualquer – ou odessita – para quem *igualmente* não se encontrou lugar em Moscou.

Não posso arrancar de mim o sentimento – de um *direito*. Sem mencionar o fato de que o antigo Museu Rumiántsev contém *três* de nossas bibliotecas: a de meu avô, Aleksandr Danílovitch Meyn, a de minha mãe: Maria Aleksándrovna Tsvetáieva, e a de meu pai, Ivan Vladímirovitch Tsvetáiev. *Nós* presenteamos – Moscou. E ela me joga fora: me vomita. E quem é ela, para bancar a orgulhosa comigo?

---

[4] André Chénier, morto no cadafalso. [Em francês, no original: "No entanto, havia alguma coisa, lá...". (N. de T.)]

Vivendo sob o fogo

Tenho amigos, mas eles são impotentes. Mesmo pessoas que nem sequer conheço se compadecem de mim (coisa que, por sinal, me perturba, me faz pensar). E isso é o pior de tudo, pois, à menor palavra de comiseração – à menor entoação – derreto-me em lágrimas como uma pedra sob a água de uma cascata. E Mur fica bravo. Ele *não* compreende que não é uma mulher que chora, mas a *pedra*.

Minha única *alegria* – você vai dar risada – é um âmbar do oriente muçulmano, que comprei há dois anos no mercado de pulgas de Paris – completamente morto, resinoso, coberto de bolor, que, dia após dia, revivesce sobre mim: ele renasce – brilha e irradia, de dentro. Levo-o comigo junto ao corpo, ninguém o vê. Parece uma sorva.

Mur entrou numa boa escola, hoje já foi ao desfile e amanhã será seu primeiro dia de aula.

... e se no deserto da alma,
Deserto – até o fundo dos olhos,
Algo o fizer sentir dó – filho:
Lobinho – mais lobo do que...[5]

(São – versos antigos. Na verdade, todos o são. Novos – não há.)

Com todas essas mudanças de casa, perco aos poucos o senso da realidade: meu *eu* – fica cada vez menor, como aquele

---

[5] Versos de MT retirados de um poema de 1935.

rebanho que a cada cerca ia deixando um tufo de lã... Só fica meu *não* fundamental.

Mais uma coisa. Por natureza, sou muito alegre. (Pode ser – outra coisa, mas não há outra palavra.) Bastava-me *muito* pouco para ser feliz. *Minha* mesa. A saúde de meus queridos. Qualquer tempo livre. Toda a liberdade. – Tudo. – E aqui está – para conseguir essa felicidade infeliz – ter de se descabelar tanto – nisso não há apenas crueldade, há estupidez. A vida deveria regozijar-se – com as pessoas felizes, encorajá-las por terem esse talento *raro*. Porque de um ser feliz – emana a felicidade. E de mim – emanava. Emanava que era uma beleza. Eu brincava com os fardos dos outros (que caíam sobre mim), como um atleta com seus halteres. De mim emanava – a liberdade. Caso alguém se atirasse pela janela, ficava sabendo, de repente, que cairia *em pé*. As pessoas voltavam a viver, comigo, como o âmbar. Elas mesmas se punham a brincar. Não estou no meu papel – como pedra embaixo da cascata: da pedra que, junto com a cascata, *cai* em cima das (consciências) pessoas... As tentativas de meus amigos me tocam e me afetam... Sinto vergonha: por ainda estar viva. Como devem senti-la as velhas (sábias) de cem anos de idade...

Se tivesse dez anos a menos: não – cinco! – parte desse peso seria absorvido por *meu orgulho* – por aquilo que chamamos, para simplificar, de charme feminino (falo de meus amigos homens) – mas assim, com meu cabelo grisalho – não tenho a menor ilusão: tudo o que fazem por mim – fazem-no *por mim* – e não por si próprios... E isso – é amargo. Estava TÃO* acostumada – a presentear!

(N. B.! Eis aonde nos levou – nosso "quarto".)

Meu azar é que para mim não há coisas *exteriores*, tudo é coração e destino.

Lembranças para seus lugares maravilhosos e tranqüilos. Não tive verão, mas não me lamento; a única coisa russa, em mim – é a minha consciência; ela não teria permitido que eu me alegrasse com o ar, com o silêncio, com o azul do céu, sabendo que não é possível esquecer nem por um segundo sequer que um outro, neste mesmo segundo, sufoca de calor dentro da pedra.
Teria sido – um tormento a mais.
O verão foi bom: fiz amizade com uma ama de 84 anos que viveu sessenta com a mesma família. E houve um gato *maravilhoso*, caçador de ratos, egípcio, de patas altas, um monstro, mas também uma divindade. Eu daria – *a alma* – por uma ama e por um gato desses.

---

* Sublinhado três vezes. (N. de T.)

Amanhã irei de novo ao Litfond ("ainda muitas e muitas vezes"*) – para saber do quarto. *Não* acredito. Escreva-me neste endereço: Moscou, travessa Merzliákov, 16, apartamento 27; enderece a Elisaveta Iákovlevna Efron (para M.I.T.).
Não estou registrada lá, de modo que é melhor não escrever a meu nome.
Abraço-a e agradeço de todo o coração por lembrar-se de nós. Minhas saudações cordiais a Inna Grigórievna.

M. T.

Insatisfeita com a reação de Merkúrieva, ela esboça em seu caderno o rascunho de uma nova carta, onde afirma seu direito a um alojamento. Em 14 de setembro de 1940, MT escreve:

Comecemos pelo geral. O homem, desde que nasce, tem direito a cada pedaço do globo terrestre, uma vez que ele não nasceu apenas num país, numa cidade, numa aldeia, mas – no mundo.
Ou: nascido num dado país, numa dada cidade, numa dada aldeia, ele nasceu – por extensão – no mundo. [...] Não tenho pretensões, na verdade, de ter uma estação de metrô batizada com meu nome, nem uma placa comemorativa (colada a nossa casa, que foi demolida) – aspiro a uma mesa de trabalho de madeira branca, com um chão embaixo e um teto em cima e, em volta dela, quatro paredes.

Finalmente, em setembro de 1940, MT consegue sublocar um apartamento, em Moscou. Será o último. No final do mês, escreve em seu caderno:

---

* Refrão de conhecida canção cigana.

... Tarassiénkov, por exemplo, começa a tremer diante de cada uma de minhas páginas. É um bibliófilo. Mas no fato de que eu, a fonte (de todas essas páginas!) – corre por Moscou com a mão estendida feito uma mendiga: "Dêem-me um quarto, pelo amor de Deus!" – e fique na fila, no empurra-empurra e volte sozinha, alta noite, pelas ruas escuras – nisso ele não pensa...
... – Senhores! Estão ocupados demais com sua própria vida, não têm tempo de pensar na minha, porém – valeria a pena... (Não "senhores", não, melhor – "cidadãos"...)

Hoje, dia 26 de setembro pelo velho estilo (São João Evangelista), faço 48 anos.
Para mim mesma, felicitações: 1) (cruzemos os dedos!) por ter sobrevivido inteira; 2) (e talvez) por esses 48 anos de alma não interrompida.

Minha *dificuldade* (para mim – a escritura dos versos e, quem sabe, para os outros – a compreensão) está na impossibilidade de minha tarefa. Por exemplo, dizer em *palavras* (ou seja, em portadores de significados) o *gemido*: á-a-a. Dizer em palavras (significados) o *som*. Para que nos ouvidos só fique á-a-a.
Para quê (tarefas assim?)

E um pouco mais tarde (em 26 de outubro de 1940):

UNIÃO SOVIÉTICA (1939-1941)

Parece que o que mais amei na vida foi – me sentir à vontade (*sécurité*). Isso foi-se embora sem volta de minha vida.

Mur pode novamente voltar à escola; MT mergulha de novo em suas traduções, que ela não sabe fazer depressa e são sua única fonte de renda. Anima-a, entretanto, um outro projeto: publicar uma coletânea de seus poemas. Ela tem consciência da dificuldade da empresa e escolhe cuidadosamente poemas que tem a intenção de reunir: eles não devem chocar a sensibilidade soviética, mas não podem também lisonjeá-la demasiado (ela não inclui na coletânea seus poemas abertamente "antifascistas", consagrados à invasão da Tchecoslováquia). O primeiro poema da coletânea é uma declaração de amor e de fidelidade a Serguei, que, naquele momento, estava preso nas cadeias do NKVD. Entretanto, um parecer interno da editora descreve o livro como "uma representação hostil do mundo em que vive o homem soviético" e o projeto é posto de lado. O trabalho realizado por MT para produzir seu livro inspira-lhe a seguinte reflexão:

Iluminação repentina: N. B.! Melhor que qualquer outro poeta, escrevo uma *física da alma* ("física" não ciência, mas o contrário de "psicologia").

Nessa época, MT passa a ter uma nova paixão, dessa vez pelo poeta Arseni Tarkóvski, a quem ela dedicará seu último poema; é assim que ela se descreve, em uma carta que endereça a ele, em outubro de 1940: "Todo manuscrito é indefeso. Sou toda um manuscrito". Durante esse período, ela vive outra atração por uma jovem (casada, como, aliás, Tarkóvski também) que ela encontrou em Golítsyno.

A Tatiana Kvanina:

Moscou, 14/5 al. Pokróvski, apto. 62
Domingo, 17 de novembro de 1940.

Querida Tânia,
Hoje, quando acordei, disse mentalmente a você: "Se você morasse a meu lado – se nós morássemos uma ao lado da outra – eu seria duas vezes mais feliz". É verdade. Ontem, antes de você, veio me visitar uma mulher que eu havia encontrado uma vez – durante uma hora – em 1918. Ela havia sido acompanhada por Balmont, era uma poeta principiante e escrevia poemas sobre a cenoura (juro a você!) – e ela mesma era rosada feito uma cenoura – cheguei a me admirar. Eis que no ano passado, em Golítsyno, 21 anos depois, recebo uma carta dela – com uns poemas (poemas bons, já *não* sobre cenouras – que começavam assim: "Alma em cascata! Por ti creio em meu país...") e, depois disso, mais algumas cartas, e ontem, finalmente, encontramo-nos, ela e eu. – Eu não sabia absolutamente *quem* iria ver, sentia tanta vontade – de amar! Pois bem, fiquei três horas com ela. Falamos de nossos amigos e do tempo passado, somos (digamos) pessoas do mesmo mundo, ela é inteligente, me admira muito, escreve versos e – Tânia! *não* senti absolutamente nada, nem a menor perturbação, nem a menor atração, minha voz era glacial, racional e razoável. (Tânia, neste momento você sente pena por ela. Não, você devia senti-la *por mim*, pois, de todo modo, ela – é feliz, uma vez que ela me ama, e *toda* a questão consiste em que sejamos *nós* a amar, nós a sentir o coração batendo – mesmo que ele se quebre em pedaços! *Sempre* me quebrei em pedaços, e todos os meus versos – são aqueles mesmos cacos prateados de meu coração.

UNIÃO SOVIÉTICA (1939-1941)

Tânia, com a minha convidada de ontem tenho raízes em comum: somos da mesma idade, ela também escreve versos e – Tânia, não senti nada, e por você – desde a primeira vez – tudo.

Mas ainda vai chegar a hora desse tipo de conversa. A não ser que nunca ocorra – não dê certo – nem chegue – a acontecer. Se tivéssemos ocasião, você e eu, de passarmos uma hora *bem longa*, ao ar livre, num parque imenso e vazio (conheci parques assim!) – essa conversa seria possível – involuntariamente, inevitavelmente, pela própria força das coisas, pela força de todas as árvores do parque – mas assim – entre quatro paredes – em não sei qual andar (Tânia! amo você com ternura também por você ter medo do elevador, isso para mim ontem foi um presente, como uma oferta em meus braços).

Aqui, não temos nem tempo, nem lugar.

... Ah, sim, outra coisa. Tenho uma amiga de nome Natália. E digo sempre – Tânia, Mur se exaspera: "Ela não se chama Tânia!". E toda vez explico: "Sim, Tânia não é ela, ela não se chama Tânia, conheci uma *Tânia* – mas passou".

Tânia! Não tenha medo de mim. Não pense que sou inteligente ou sei lá mais o quê etc. (ponha lá todos os seus medos). Você pode me dar – infinitamente – muito, pois apenas aquele por quem meu coração bate é quem pode me *dar*. É meu coração que bate, que me dá. Quando não amo – não sou eu. Há tanto tempo – eu não sou eu. Com você – eu sou eu.

Até breve. Saiba e lembre-se apenas de uma coisa. Que sempre, a qualquer momento da vida e do dia – dormindo ou acordada, traduzindo Franko[6] ou lavando (por exemplo, como

---

[6] Ivan Franko (1856–1916), escritor ucraniano.

hoje: *salsão* – *dentro de uma bacia*), você, a sua voz, são para mim – alegria.

E isso, parece-me, não posso dizer a ninguém aqui.

– ... "Se eu puder ser útil"... – "Sim, você pode ser-me muito útil" – disse eu, quase com ironia (não para mim, não para você, mas para o próprio mal-entendido da vida) – tanto o seu "ser útil" não coincidia com a sua – utilidade para mim...

A utilidade de uma pessoa para mim, Tânia – é o amor. *Meu* amor e, se tal milagre se realiza, *seu* amor, mas isso – como um milagre, da ordem miraculosa, maravilhosa *do milagre*. A utilidade do outro para mim – Tânia – a utilidade que ele tem para mim é sua necessidade (e, se for possível, absoluta necessidade) – de mim, compreenda-me de uma vez por todas e inteiramente – é a possibilidade, para mim, de amá-lo na *minha medida*, isto é, *sem* medida.

– Preciso de você como do pão de cada dia – não posso imaginar nada de melhor vindo de alguém. Sim, posso: *como do ar que respiro*.

Mas para isso (sempre e em todos os casos, mas, particularmente – no nosso) há – um obstáculo: o tempo e o lugar. E sou levada como que por uma onda ao começo desta carta, às primeiras palavras sonolentas de meu despertar: "Se morássemos perto, uma ao lado da outra". Tão simplesmente perto como vivo agora – desse casal estranho – que nada tem a ver comigo e para quem sou – tanto uma escritora *esquisita* (o tempo inteiro secando legumes etc.) – quanto uma dona de casa *esquisita* (o tempo inteiro atendendo os telefonemas das redações)... É tão simples – perto. Presença atrás da parede. Um passo no corredor. Às vezes – toc, toc na porta. Essa *consciência* da proximidade que é, em si, a proximidade. O ar da casa, repleto de alma. Que bom, duas horas livres! Vamos? (Na verdade, pouco importa para onde, qualquer lugar serve. Não há Campos Elíseos (não os de Paris, os outros), mas qualquer campo pode sê-lo, cada terreno baldio, *cada nuvem*!)

Não há necessidade nenhuma, realmente, de nada de extraordinário a nossa volta, se o interior – for extraordinário. Contudo, algo é necessário. E esse algo – é o tempo e o lugar.

É tão simples: viver e costurar* junto.

A alegria dada pela presença de alguém, Tânia, é uma raridade incrível. Quase todo mundo – me cansa até a morte e se me alegra – é *parce que j'y mets les frais*** para não morrer *eu mesma*. Mas que solidão quando, depois de um desses momentos juntos, de repente a gente se vê na rua, com o som da própria voz (e da risada) nos ouvidos, sem levar consigo nenhuma palavra – a não ser apenas as próprias.

Mas o que fazem comigo? Chamam-me para que eu leia meus poemas. Sem compreender que cada verso – é amor, que se eu tivesse passado toda minha vida lendo os poemas desse jeito – não teria escrito nem uma estrofe sequer. "Que versos lindos!" Não são os versos infelizmente – que são lindos.

Sim, recentemente, uma dessas admiradoras de minha poesia disse-me, olhando-me com seus grandes olhos azuis: "Ah, como é que você é tão... indiferente, tão – sensata... Como pode ter escrito versos assim – e ser tão...".

---

* Trocadilho entre *jit* ("viver") e *chit* ("costurar"). (N. de T.)
** Em francês, no original: "É porque ponho toda minha energia". (N. de T.)

— Sou *assim* apenas com você — respondi mentalmente — porque *não* a amo. (E — em voz alta — algo bem conveniente.)

Esta carta vem de longe. Já faz um ano inteiro que ela foi escrita — depois de certo passeio — com certa árvore (um pinheiro — redondo?), graças ao qual você reconheceu *den Weg zurück*[7] — "Uma árvore tão especial"... Então, Tânia, se bastou a você, a seus grandes olhos — por *sua* peculiaridade — pode ser que baste — a mim também.

Quanto ao que se refere às árvores, eu lhe digo com toda a seriedade que todas as vezes que alguém me mostra: um *certo* carvalho — por seu porte reto — ou um certo bordo — por sua folhagem luxuriante — ou um certo salgueiro — por seus choros — eu me sinto lisonjeada, exatamente como se *me* amassem e *me* elogiassem, e, quando era jovem, minha conclusão era imediata: "Essa pessoa não pode não me amar — a mim".

(Neste momento, um bando de passarinhos atravessou o céu, na altura de minha cabeça. Que bom!...)

Até breve, Tânia, ou esta carta não vai terminar nunca.

Uma vez que ela foi escrita na ortografia antiga — não a mostre a estranhos. Mas eu nunca poderia ter escrito uma carta como esta na nova ortografia. Quem escreve a você — na verdade — a velha eu — aquela de vinte anos atrás — exatamente como se não tivessem existido esses vinte anos!

---

[7] Em alemão, no original: "O caminho da volta".

A eu – Sónetchka[8].

Em janeiro de 1941, ela escreve em seu caderno:

O que me resta, senão me preocupar com Mur (saúde, futuro, os dezesseis anos que chegam, com passaporte e responsabilidades)? [...] *Medo. De tudo*. [...] Feriram, ensangüentaram dentro de mim minha paixão mais forte: a justiça.

Em fevereiro de 1941, à margem de suas traduções, ela anota:

De nascença – como toda a nossa família – sempre me esquivei desses dois [*conceitos*]: *a fama e o dinheiro*. Senão, por que iria eu me esforçar tanto hoje por... ontem, por... amanhã, por... e, de uma maneira geral, por poetas fracos, inexistentes – tanto quanto por poetas verdadeiros, por Knapheis[9] – tanto quanto por Baudelaire?
Em primeiro lugar: impossível. Impossível fazer de outra forma. Um hábito – da vida inteira. Não somente da minha: da vida de meu pai e de minha mãe. No sangue. Em segundo lugar: meu nome. Sou eu quem vou – assinar. Meu nome, isto é: minha boa reputação. – "Como é que a Tsvetáieva pôde fazer uma droga dessas?" Impossível trair – a confiança.
(A boa reputação não conhece a simples – reputação.) A reputação: que falem de mim. A boa reputação: que *não* falem de mim – mal. A boa reputação: um dos aspectos de nossa modéstia – e toda a nossa honestidade.

---

[8] Alusão de MT à sua amizade com Sónetchka Holliday entre 1918 e 1919.
[9] Poeta iídiche da Bielo-Rússia que MT está traduzindo.

O dinheiro? – Não preciso dele. Penso nisso apenas quando não há. Tê-lo é natural, pois *comer*[10] é natural (pois é natural – comer). Eu poderia ganhar duas vezes mais. E então? Então, haveria duas vezes mais notas no envelope. Mas o que resta para mim? Se me for tirada esta minha última e calma... alegria.
É preciso estar morto, para preferir o dinheiro.

Em janeiro de 1941, Ália foi enviada para um campo para cumprir sua pena. MT escreve-lhe sem receber resposta. Por isso, ela repete sempre as mesmas informações; finalmente, uma carta de Ália chega-lhe, em Moscou. MT reassume, então, seu papel de mãe protetora e consoladora, e tenta encorajá-la (a Ália, em 18 de março de 1941):

Tudo vai ficar bem, tudo vai ficar – bem, e tudo o que for bem – será. [...] Iremos nos reencontrar. O pior já ficou para trás.

Em suas cartas, ela relata fielmente os últimos acontecimentos. A Ariadna Efron:

Moscou, 14/5 al. Pokróvski, apto. 62 (entrada 4)
22 de março de 1941, dia do equinócio da primavera.

Querida Ália! No dia do equinócio da primavera tento escrever para você uma primeira carta – seis cartões já foram enviados ao endereço correto, oito – dois de parte de Mur. Antes disso, escrevi a Kniájni Pógost, mas isso não conta. Em todas as minhas cartas escrevi a mesma coisa, ou seja:

---

[10] O verbo em russo tem dois significados: "ser" e "comer".

UNIÃO SOVIÉTICA (1939-1941)

Não recebi seus dois cartões enviados ao endereço de Lília – casualidade infeliz. A primeira notícia sua foi uma palavrinha escrita na carta para Múlia, que por enquanto recebeu duas cartas suas. Ele escreveu-lhe muito e enviou-lhe telegramas várias vezes. Em cada recibo a ser reenviado eu anotava meu endereço e meu *telefone* – para qualquer eventualidade. Mas de nada serviu. Quanto a mim e a Mur: no dia 8 de novembro de 1939 saímos de Bolchevo – para sempre. Vivemos um mês com Lília, sobre as cinzas de sua lareira, eu – sobre seu cobertor verde, e Mur – sobre sua velha mala laranja (nela, por sinal, tudo está intacto: as traças nada comeram e dentro de alguns dias ela me será entregue para que eu a guarde; fomos à casa de Lília, mas nem ela nem Zina[11] estavam em casa). O Litfond nos ajudou bastante e graças a ele pudemos alugar um quarto perto da Casa dos Escritores, em Golítsyno, estrada da Bielo-Rússia. Fazíamos as refeições na Casa e durante os dois primeiros meses tudo nos foi pago. Eu comecei logo a traduzir. Mur foi para a escola regular e todos gostaram dele. Você não o reconheceria: ele está magro, quase transparente, os braços como duas hastes (ou dois caniços, ele está muito fraco), todos falam de sua fragilidade. Em Golítsyno, ficou doente o tempo todo: gripes contínuas, caxumba, rubéola; depois, pegou pneumonia (o inverno foi terrível). Foi admitido na oitava série sem exames – por sua doença e pelos seus resultados. Passamos o verão em Moscou, na Universidade, e ficamos procurando um quarto, sempre com a ajuda do Litfond e finalmente – depois de provações infindáveis, casebres, cafundós, proprietários confusos (indescritível!) – encontramos – esse do qual lhe es-

---

[11] Zina Chirkiévitch, a amiga que mora com Lília.

Vivendo sob o fogo

crevo: 12,5 m², sexto andar, elevador, gás, luz e até mesmo uma varandinha (mas para chegar lá é preciso passar pela janela porque a porta fica – no vizinho) – por dois anos, com contrato, extremamente caro, mas, por enquanto, os escritores deram um jeito: nem em sonho teria esperado uma quantia dessas.

Mur vai à escola nº 4 (a nº 3 ficava na rua Tvier, uma escola-modelo), está na oitava série. Ele é brilhante em todas as matérias de ciências humanas, em literatura – ele é excelente, melhor que qualquer outro de sua classe no conhecimento da língua, faz composições em que exprime suas opiniões etc. É igualmente bom em desenho técnico e em todo o resto – na medida de suas forças; mas como ele se esforça *bastante* (ele passa uma hora e meia, até duas, numa tarefa entre cinco), mal tem tempo de respirar: de manhã até as três – escola, das três às nove – tarefas. Ele está bem esgotado. Interiormente é sempre austero e solitário e – digno: nunca uma queixa, por nada. Acostumou-se comigo, como um gato. Sinto uma pena infinita por ele e posso lhe dar tão pouco, a não ser – um docinho. Ou o livro de sempre, de presente. Por exemplo – *História da diplomacia* ou uma coletânea de artigos de Kirpótin. Entre os poetas, ele gosta de Maiakóvski, Assiéiev e Bagrítski – coleciona as edições mais variadas.

Minhas traduções: o poeta georgiano Váia Pchavela: *Gogotur* e *Apchina*, *A pantera ferida* (publicada pela *Amizade dos Povos*) e *Eteri*, tudo junto – 3 mil versos (rimados!).

E – Depois de tudo: folclore alemão, búlgaros contemporâneos (leram-nos na rádio, com referências elogiosas), franceses, o alemão Bécher (do alemão para o francês) – poloneses, liakhs (são um povo à parte, próximo aos tchecos) e, agora, um volume inteiro de judeus da Bielo-Rússia. Ah, sim, esquecia os ingleses: as baladas sobre Robin Hood. Estou trabalhando na *Literatura Internacional*, no Goslitizdat – setor da Amizade dos Povos. Tratam-me muito cordialmente e com bastante respeito, alguns – simplesmente gostam de mim. Uma coletânea de poemas meus faz parte do plano do Goslitizdat, mas não sei o que acontecerá, há muitas restrições neste momento e – se trata de um livro puramente lírico...

Vivo – assim: de manhã, escrevo (traduzo) e preparo o almoço; para minha felicidade de manhã estou completamente sozinha, Mur chega às três, e nós almoçamos – depois, vou ao Goslitizdat ou cuido de outros assuntos e, por volta das cinco, seis horas – torno a escrever, depois – o jantar. Aos concertos e ao teatro nunca vou – não sinto vontade. Mur deita cedo, ninguém nos visita. No verão de 1940 – quer dizer, no do ano passado – recebi toda a nossa bagagem e todos os meus manuscritos e todos os nossos livros e – também eles foram poupados pelas traças e pelos ratos, tudo estava perfeitamente conservado. Apenas o preço do depósito foi alto: mais de mil rublos – cem rublos por mês. Quer dizer – *não* é caro, mas, para mim – sim. Tudo o que mandei para você vem de lá. Ah, sim, uma coisa importante. Múlia e eu temos algo para você: um casaco novo, preto, forrado de lã, feito por um alfaiate, na minha medida; ele é perfeito, muito quente e *não* é pesado; botas de feltro cinza com galochas, minhas polainas de foca *La Parisienne*, amarelas – elegantes e quase novas e uma porção de botinas de cano alto, além disso – da parte de Múlia – uma série de retalhos, lenços de cabeça e uma porção de coisas que ele mesmo comprou. Da lista que você nos enviou, você receberá – tudo; tenho muitas coisas, já – e o que não tiver, compraremos. Mas você nada diz do cobertor. Tenho – à escolha: meu cobertor tricotado (muito colorido), leve e quente – e o xale espanhol azul-marinho, com franjas, o que é bom, pois, além de xale, pode servir de cobertor. *Responda sem falta.* Quando você tiver se instalado – levaremos um outro. Múlia vive só por você, ele ficou um pouco mais alegre depois de suas cartas, assinou um contrato para um trabalho grande e se prepara ansiosamente para vê-la. Ele tem sido nosso amparo fiel e incansável – desde o minuto em que levaram você. Aceitaram o pacote do dia 10 para papai, nada sei dele depois do dia 10 de outubro de 1939. Lília e Nina vão escrever para você. Ontem estivemos com Nina, pois era o dia de seu aniversário e dei-lhe de presente uma pequena xícara antiga de estanho – uma xícara de café, você se lembra dela, com certeza. Tomamos vinho, brindando a sua saúde e a sua volta e ela lembrou como havia passado esse dia com você. Ela está muito magra e vive doente, mas é uma pessoa de valor – uma pessoa autêntica.

Temos amigos, poucos, mas devotados; contudo, a gente se vê pouco – todos estão terrivelmente ocupados – e nem haveria onde. Acostumei-me com a rotina e vou sozinha para todo lado – Ália, nisso sou até boa! Comemos bem, em Moscou há realmente de tudo, mas nossa família é uma família de bolinhos de carne, e, se passamos um dia sem eles (os de Moscou – cinqüenta copeques a unidade), Mur reclama que lhe dou porcarias para comer. Como sempre ele tira os pedaços de verdura de sua sopa – durante o outono, sequei uns legumes verdes (cenouras, salsão, salsinha) para o ano inteiro. Por acaso *você* precisa – de verdura seca? Pode-se despejar água quente sobre as cenouras, se não houver onde cozê-las. Responda: 1) o cobertor ou o xale?; 2) você quer meus produtos secos?

UNIÃO SOVIÉTICA (1939-1941)

Mur fez dezesseis anos no dia 1º de fevereiro. Há dois meses, ele trata de conseguir seu passaporte – sozinho. Já passou por quatro instituições e pelo médico – para estabelecer sua idade. Tudo está em ordem e prometeram convocá-lo. Mur é uma pessoa extremamente responsável; de uma maneira geral, ele já é um adulto, com exceção dos trapos tricotados com os quais costuma dormir, que, como sempre, devo recolher por todo lado. Múlia vai lhe levar uma montanha de víveres, diga-nos exatamente – do que precisa. Tenho alho, mas pode ser que você não o coma? – Alho fresco. – Ah, sim, você precisa de terrinas ou de bacias? Múlia vai lhe levar uma de cobre – mas eu não tenho certeza. Responda!

Anexo o envelope com a folha. O dinheiro já lhe foi enviado há algum tempo, logo depois de sua primeira carta a Múlia.

Aqui faz bastante frio, a primavera chegou e foi embora; ontem, ao voltarmos da casa de Nina, Mur e eu ficamos completamente transidos, o frio era de arrepiar os cabelos. Não se preocupe com as coisas: vai receber *tudo*, para você e seus camaradas – tenho a minha lista e Múlia – tem a dele. Beijo-a e desejo-lhe coragem, agüente!

Mamãe

[*Acrescentado à margem:*]
Sua segunda carta para Múlia (com a minha) chegou em cinco dias.

Outras cartas se seguem. Em maio de 1941, ela escreve novamente a Ália:

Vivendo sob o fogo

16 de maio de 1941.
Moscou, 14/5 al. Pokróvski, apto. 62 (entrada 4)

Cara Ália! Acaba de chegar – sua longa carta do dia 2 de maio, levou quatorze dias. Passei a manhã inteira respondendo a você – uma carta de quatro páginas com letrinhas miúdas, espero que ela chegue – já foi postada. No dia 26, foram-lhe enviados dois pacotes de produtos, pesando dezesseis quilos cada um – há tudo lá, inclusive o extrato de fígado. Regale-se e regale os outros também, nós os mandaremos regularmente. Múlia continua tratando da viagem, mas, pelo visto, é preciso conseguir a permissão aqui. Ele está cuidando disso. Eu também irei, só que mais tarde. Não apenas Múlia não se apartou, mas se jogou (como Lília) com nós todos, no fogo. As coisas de papai foram entregues, o pacote que lhe mandamos no dia 10 foi aceito, mas dele nada mais sei. Mur fará os exames daqui a alguns dias, mandei-lhe a foto de identidade dele na carta. Ália, se você soubesse como sinto falta de você e do papai. Já não tenho mais vontade de viver, mas quero viver até o fim dessa guerra mundial para compreender: o que e para quê. Temos rádio e escutamos todas as noites – ele pega umas estações bem longe e às vezes eu me vejo aplaudindo feito uma idiota – principalmente – quando há alguma manifestação de bom senso. Isso – é coisa rara e tenho notado que eu mesma – sou feita de bom senso. É a própria – POESIA. Não fique doente e, por favor, aguarde. Recuperei minhas coisas oficialmente, no verão de 1940, mas não esperaram o julgamento, me devolveram antes. Você precisa de um casaco de couro, discreto, com um forro bem quente e completamente impermeável? Responda! Um beijo e escreva. Eu escrevo.

Mamãe

UNIÃO SOVIÉTICA (1939-1941)

Porém, sua última carta a Ália, datada de 29 de maio, trai sua falta de ânimo:

Estou chegando à conclusão de que o afeto pelas pessoas é uma questão de tempo. Para a gente se apegar a alguém, é preciso conviver, e para isso eu já não tenho nem tempo, nem vontade, nem força.

19
O fim

No dia 22 de junho de 1941, a Alemanha invade a União Soviética. O exército alemão avança rapidamente, e, em julho, Moscou começa a ser bombardeada. Mur, que já passou dos dezesseis anos, faz parte da proteção civil anti-aérea e passa a noite sobre os telhados dos prédios, para perscrutar o céu. MT fica apavorada por seu filho e decide abandonar Moscou com um grupo de escritores que estão sendo levados para longe do fronte. MT e Mur partem no dia 8 de agosto, de barco a vapor, rumo à república tártara. Uma parte do grupo desce em Tchistopol, uma pequena cidade; os últimos passageiros, entre os quais MT e Mur, desembarcam na vila de Elábuga, no dia 18 de agosto.

MT vai à procura de um trabalho e de moradia. No começo nada encontra. No dia 20 de agosto é convocada pelo escritório local do NKVD, onde lhe propõem trabalhar como tradutora do alemão. Ela declina a oferta. Em seguida consegue encontrar um quarto junto a moradores da vila, para onde vai com Mur.

Em 24 de agosto, MT volta a Tchistopol de barco, com a esperança de poder instalar-se e encontrar trabalho. Nesse dia, Mur escreve em seu diário:

Seu estado de espírito é assustador, extremamente pessimista. Propõem-lhe um trabalho como educadora, mas quem ela poderá educar? Nada entende do assunto. Seu humor é suicida: "O dinheiro acabou, não há trabalho". Daí sua viagem a Tchistopol.

Em Tchistopol ela não recebe uma resposta clara para seus pedidos de emprego. Ao ficar sabendo que o Litfond abriria uma cantina, ela resolve se candidatar e escreve este pedido, um dos documentos mais deprimentes da história da literatura russa.
Ao Soviete do Litfond:

Peço dar-me um emprego como lavadora de pratos na cantina a ser aberta pelo Litfond.

M. Tsvetáieva
26 de agosto de 1941.

A direção do Litfond hesita em empregar a antiga emigrada, casada com um inimigo do povo; sem esperar pela resposta definitiva, MT toma o barco de volta a Elábuga, aonde ela chega em 28 de agosto. Recebe outra convocação do NKVD. *Parece ser nesse momento que ela decide pôr um fim a seus dias.*
A idéia do suicídio está presente no espírito de MT, não apenas depois da prisão de Serguei, conforme ela diz em setembro de 1940, mas já muito tempo antes. Em seu diário de 1919, no dia 14 de março, ela escrevia:

Imagino que um belo dia deixarei definitivamente de escrever poemas. [...]

Essa história dos poemas — meu primeiro passo para o nada.

E o pensamento: uma vez que terei deixado de escrever poemas, quem sabe um dia eu possa deixar de amar. Então, morrerei. [...] Acabarei, com certeza, me suicidando, pois todo o meu desejo de amor é um desejo de morte. É bem mais complicado que "quero" e "não quero".

E, um ano mais tarde, em 18 de junho de 1920:

Rápido — rápido — rápido — nem com a pena nem com o pensamento consigo alcançar — penso na morte.
A ferida: um pequeno furinho, através do qual se esvai — a Vida.
A morte será para mim a libertação de um excesso, dificilmente se consegue morrer de todo.
Eu, mais que qualquer outro, mereço morrer pelo sangue (*ein Blutstrahl!*[1]), penso, com tristeza, que inevitavelmente morrerei num nó corrediço.

Esse pensamento volta a ser-lhe familiar depois do retorno à Rússia. Assim, em agosto de 1940, por ocasião das grandes dificuldades para encontrar um lugar onde morar, em Moscou, Mur anota em seu diário:

Mamãe diz: "Só resta se enforcar" (*22 de agosto de 1940*).

---

[1] Em alemão, no original: "jato de sangue".

UNIÃO SOVIÉTICA (1939-1941)

Mamãe vive numa atmosfera de suicídio e fala disso sem parar. Ela chora e vive falando das humilhações que tem de suportar na busca de um quarto e de um lugar onde pôr nossos pertences. [...] Mamãe diz: tudo está perdido, vou me enforcar, e assim por diante (27 de agosto de 1940).

No dia 31 de agosto, um domingo, os camponeses com quem ela mora saem, e Mur também. Ela aproveita esse momento para escrever três cartas de adeus.
Às testemunhas:

Caros camaradas!
Não abandonem Mur. Imploro que alguém de vocês o acompanhe a Tchistopol, na casa de N. N. Assiéiev. Os barcos a vapor são terríveis, imploro-lhes, não o deixem ir sozinho. Ajudem-no com a bagagem – a prepará-la e a levá-la até Tchistopol. Conto com a venda de meus pertences.
Eu quero que Mur viva e estude. *Comigo ele estaria perdido.* O endereço de Assiéiev está no envelope.
Não me enterrem viva! Verifiquem direito.

A segunda carta é endereçada ao poeta Nikolai Assiéiev, refugiado em Tchistopol, cuja poesia MT aprecia e com quem mantém relações de amizade. Ele vive com a mulher, nascida Siniákov, e com duas irmãs dela.
A Nikolai Assiéiev e às irmãs Siniákov:

Caro Nikolai Assiéiev!
Caras irmãs Siniákov!

Suplico-lhes, cuidem de Mur em Tchistopol – *simplesmente como um filho* – e que ele *estude*. Para ele nada mais posso fazer e só o destruo.

Em minha bolsa há 150 rublos e se tentarem vender todas as minhas coisas...

Na mala há alguns cadernos de poemas manuscritos e uma pasta com provas, em prosa.

Eu as confio a vocês, cuidem de meu querido Mur, sua saúde é muito delicada. Amem-no como a um filho – *ele merece*.

Quanto a mim, perdoem-me – *não suportei*.

Não o deixem *jamais*. Ficaria louca de felicidade se ele vivesse com vocês.

Se partirem – levem-no junto.

Não o abandonem.

M. T.

A última carta é para seu filho.

A Gueórgui Efron:

Murlyga! Perdoe-me, mas teria sido cada vez pior. *Eu estou muito doente*, já não sou mais eu. Amo você loucamente. Compreenda que eu já não podia mais viver. Diga a papai e Ália – se você os vir – que os amei até o último minuto e explique-lhes que eu *estava num beco sem saída*.

Ao chegar em casa, Mur encontra a mãe enforcada. Alguns dias mais tarde ele escreve em seu diário (5 de setembro de 1941):

UNIÃO SOVIÉTICA (1939-1941)

Nos últimos dias mamãe falava muito em suicídio, pedindo que a "libertassem". Ela pôs um fim à sua vida. [...] M. I. estava em plena saúde no momento de seu suicídio.

Mur falará mais longamente sobre tudo o que aconteceu em duas cartas escritas no dia 11 de setembro de 1941. A primeira é para sua tia Lília:

Creio que a senhora já deve ter ficado sabendo do suicídio de M. I., ocorrido no dia 31 do mês de agosto, em Elábuga. A causa do suicídio é um estado de nervos muito grave, uma situação sem saída – a impossibilidade de trabalhar no seu campo; além disso, M. I. suportava muito mal as condições de vida em Elábuga – a sujeira, a monstruosidade, a estupidez. No dia 31 ela se enforcou. Muitas vezes tinha-me falado da intenção de pôr um fim à vida, como a melhor solução que ela podia encontrar. Eu a compreendo plenamente e dou-lhe razão. Realmente, conforme ela me escreveu em sua carta de adeus, "teria sido cada vez pior". Mais adiante, teria sido um sucedâneo de vida, "um arrastar a vida". Ela está enterrada no cemitério de Elábuga.

Até hoje não se sabe em que parte do cemitério se encontra o túmulo de MT.

A segunda carta é endereçada ao melhor amigo de Mur, Mítia Sezeman, filho de Nina Klepínin, e está escrita em francês. Ela começa assim:

Mítia, meu velho,
Escrevo-lhe para dizer que minha mãe se suicidou – se enforcou – no dia 31 de agosto. Não quero me estender sobre isso: o que está feito está feito. Tudo o que posso dizer é que ela fez bem, ela teve motivos para se suicidar: era a melhor solução e dou-lhe plena e inteira razão.

Assiéiev não aceitará os arquivos de MT (é Mur quem irá levá-los de volta a Moscou), como, igualmente, não se ocupará do destino de Mur. Em 1943, este se matriculará na Faculdade de Letras de Moscou. Ele lê muito, escreve em seu diário sempre e narrativas de ficção em russo e em francês. Em fevereiro de 1944, é convocado a servir no exército. Chega ao fronte em maio de 1944. Guéorgui Efron, dito Mur, morrerá em combate no dia 7 de julho de 1944.

Em 1940, evocando seu próprio destino póstumo, MT resume-o neste verso um pouco modificado de Anna de Noailles, tirado do poema "Les regrets", que ela copia em seu caderno:

Et ma cendre sera plus chaude que leur vie*.

---

* Em francês, no original: "E minhas cinzas serão mais quentes que sua vida". (N. de T.)

BIBLIOGRAFIA

1. OBRAS DE MT EM RUSSO

Sobránie sotchiniéni [Obras reunidas]. 7 vols. Moscou, Ellis Luck, 1994-1995.
Neízdannoe, Svódnie tetrádi [Inédito, Cadernos reunidos]. Moscou, Ellis Luck, 1997.
Neízdannoe, Semiá: istória v písmakh [Inédito, Família: histórias em cartas]. Moscou, Ellis Luck, 1999.
Neízdannoe, Zapisníe kníjki [Inédito, Cadernos de notas]. 2 vols. Moscou, Ellis Luck, 2000-2001.
Písma k Konstantinu Rodziévitchu [Cartas a Konstantin Rodziévitch]. Uliánovsk, Uliánovski, 2001.
Písma k Natálie Gajdukiévitch [Cartas a Natália Gajdukévitch]. Moscou, Rússki put, 2002.
PASTERNAK, Evguêni. "Boris Pasternak i Marina Tsvetaeva posle Rilke" [Boris Pasternak e Marina Tsvetáieva depois de Rilke]. Em LOSSKY, Véronique & PROYART, Jacqueline de (orgs.). *Marina Tsvetaeva et la France: nouveautés et inédits*. Paris, YMCA, 2002, pp. 109-23.
TSVETÁIEVA, Marina & GRÓNSKI, Nikolai. *Nieskolko udárov siérdtsa* [Algumas pancadas do coração]. Moscou, Vagrius, 2003.

II. Obras citadas, contendo inéditos de MT ou
documentos que a ela estão relacionados

Chentálinski, Vitali. *Les surprises de la Loubianka: nouvelles découvertes dans les archives littéraires du* kgb. Paris, Robert Laffont, 1996.
Efron, Gueórgui. *Písma* [Cartas]. Moscou, Dom-muzéi mt, 2002.
_____. *Dniévniki* [Diários]. 2 vols. Moscou, Vagrius, 2004.
Huber, Peter & Kunzi, Daniel. "Paris dans les années 30: sur Serge Efron et quelques agents du nkvd". *Cahiers du monde russe et soviétique.* Paris, ehess, 32 (2), pp. 285-310, 1991.
Kudrova, Irma. *Gíbel MT* [A morte de MT]. Moscou, Nezavíssimaia gazieta, 1995.
Pasternak, Boris. "Liúdi i polojénia" [Pessoas e situações]. Em *Sobránie sotchiniéni* [Obras reunidas]. t. iv, Moscou, Khudójestvennaia literatura, 1991.
Saakiants, Anna. *Jizn MT* [A vida de MT]. Moscou, Centrpoligraf, 2000.
Schweitzer, Viktoria. *Byt i bytie MT* [Existência e ser de MT]. Moscou, Molodáia gvardia, 2002.

III. Textos e documentos de MT escritos em francês,
que não figuram nas edições russas citadas
anteriormente

"Les entretiens franco-russes". *Cahiers de la Quinzaine.* Paris, xx (5), pp. 50-1, 1929-1930.
Mon frère féminin (*Lettre à l'amazone*). Paris, Mercure de France, 1979.
Neuf lettres avec une dixième retenue et une onzième reçue (*Les Nuits florentines*). Paris, Clémence Hiver, 1985.
"Lettre à Paul Valéry". Em Tsvetáieva, Marina. *Tentative de jalousie et autres poèmes.* Trad. de Ève Malleret. Paris, La Découverte, 1986.
"Lettre à Octave Aubry". Em Nivat, Georges. "Le mythe de l'Aiglon (À propos des archives genevoises concernant Marina Tsvetaeva)". *Marina Cvetaeva : Actes du 1 Colloque international* (Lausanne, 1982). Berne, Peter Lang, pp. 397-404, 1991.
"Lettre à Anna de Noailles". Em Struve, Nikita. *Marina Tsvetaeva, un chant de vie.* Paris, ymca, 1996, pp. 371-9.

Vivendo sob o fogo

"Lettre à André Gide". Em ETKIND, Efim. *Marina Tsvetaeva, un chant de vie*. Paris, YMCA, 1996, pp. 380-7.

IV. OUTROS ESCRITOS ÍNTIMOS EM TRADUÇÃO FRANCESA

PASTERNAK, Boris ; RILKE, Rainer Maria & TSVETÁIEVA, Marina. *Correspondance à trois*. Paris, Gallimard, 1983.
Indices terrestres. Trad. de Véronique Lossky. Sauve, Clémence Hiver, 1987.
Quinze lettres à Boris Pasternak. Trad. de Nadine Dubourvieux. Sauve, Clémence Hiver, 1991.
Lettres à Anna Teskova (Prague, 1922 – Paris, 1939). Trad. de Nadine Dubourvieux. Sauve, Clémence Hiver, 2002 [*Lettres à Anna*. Trad. de Eveline Amoursky. Paris, Syrtes, 2003].
Lettres du grenier de Wilno (a Natália Gaidukiévitch). Trad. de Eveline Amoursky. Paris, Syrtes, 2004.

V. SOBRE MT

Entre as numerosas obras consagradas a MT, os livros já referidos de Anna Saakiants (uma crônica bastante completa da vida de MT) e o de Viktoria Schweitzer (uma obra de fundo) são os mais importantes, em russo. Acrescente-se a esses um volume de recordações dos contemporâneos (vários autores):
MNUKHIN, Lev & TURTCHINSKI, Lev (orgs.). *Vospominánia o MT*. Moscou, Soviétski pissátel, 1992.
Em francês, a obra mais completa é:
LOSSKY, Véronique. *Marina Tsvetaeva, un itinéraire poétique*. Malakoff, Solin, 1987.
O livro de Biélkina Maria, *Skreschenie sudiéb* [Cruzamento de destinos] (Moscou, Kniga, 1988), é uma pesquisa sobre os dois últimos anos da vida de MT; foi traduzido para o francês, por Wladimir Berelowitch e Lydia Epschtein-Diky, com o título de *Le destin tragique de Marina Tsvetaeva* (Paris, Albin Michel, 1992, [edição abreviada]).

ÍNDICE ONOMÁSTICO

Adamóvitch, Gueórgui, 591, 665n
Ádia Cf. Ariadna Tchernova
Afanássiev, Aleksandr, 430
Afanázov, Nikolai, 633, 706
Akhmátova, Anna, 57, 189, 225, 236, 239, 418n, 650, 668n
Aleksandr II, 339n
Alekséiev, Volódia, 138
Ália Cf. Ariadna Efron
Altschuler, Grigóri, 326, 329, 330, 335, 356
Andersen, Hans Christian, 101n, 141, 142, 424, 549, 677, 714
Andreás-Salomé, Lou, 368
Andréiev, Leonid, 86 e n, 225 e n, 326n, 554, 640
Andréiev, Savva, 336, 666
Andréiev, Vadim, 640, 641
Andréieva, Anna Ilínitchna, 326, 327, 329-331, 336, 554n, 627, 664
Andréievna, Vera, 350

Andrónikova-Halpern, Salomé, 369, 370, 372, 468, 476, 507, 517, 532-535, 587, 589-594
Antókolski, Pavel, 138
Arkhánguelski, Aleksandr Andréievitch, 284
Arnim, Bettina von, (nascida Brentano), 186, 195
Artsibáchev, Mikhail, 84
Ássia Cf. Anastassia Tsvetáieva
Assiéiev, Nikolai, 737, 746, 749
Átila, 266
Aubry, Octave, 489
Avvakum, 94

Bábel, Isaak, 406
Bachkírtsev, Marie, 110, 111, 186, 488
Bagrítski, Edvard, 737
Bakhrakh, Aleksandr, 34, 35, 261, 263, 272, 295, 296, 306, 307, 314, 319, 369, 441, 597

ÍNDICE ONOMÁSTICO

Balantchin, Gueórgui, 39
Balmont, Elena, 578
Balmont, Konstantin, 158n, 175, 177, 189, 191n, 193, 332, 345, 379, 386, 578n, 671n, 729
Balmont, Mirra, 191
Balter, Hedy, 632
Balter, Pável, 632
Balzac, Honoré de, 468
Barney, Natalie Clifford, 39, 488
Baudelaire, Charles, 91, 734
Bécher, Johannes, 717, 737
Beethoven, Ludwig van, 150, 250, 482, 595
Benedíktov, Vladímir, 440
Benois, Aleksandr, 236
Berbérova, Nina, 263, 392
Berdiáiev, Nikolai, 39, 294
Berg, Ariadna, 624, 636, 637, 643, 648-651, 654, 668
Béria, Lavrenti, 54, 55, 68, 690, 700, 703, 706
Bernhardt, Sarah, 95
Biéli, Andriéi (pseudônimo de Boris Bugáiev), 199, 235, 246, 281n, 290n, 388, 441, 443, 540, 554, 565, 575
Blok, Aleksandr, 23, 189, 223, 235, 236, 238, 246, 344, 379, 417, 434, 486, 564, 577, 579
Bogenhardt, Antonina, 242
Bogenhardt, Vsevólod, 242
Briússov, Valéri, 346, 350
Brown, Alec, 405, 406
Bruno, Giordano, 14, 94
Buck, Pearl, 684
Buffon, Georges Louis, 714

Bugáiev, Boris *Cf.* Andriéi Biéli
Bukhárin, Nikolai, 707
Bulgákov, Valentin, 358, 360
Bulgákova, Maria, 326
Búnin, Ivan, 39, 386, 438, 539
Búnin, Vera, 388, 420, 504, 531, 536, 538, 539, 565, 574, 628, 667n
Burnett, Frances, 220n, 558n
Busch, Wilhelm, 414
Byron, George, 150, 173, 248, 263, 393, 394, 496, 498, 503, 505, 540

Carlos Augusto, 423
Carlos VII, 482
Casanova, Giacomo, 138, 245, 306, 345, 487
Chagall, Mark, 39
Chakhovskói, Dmítri, 357, 369
Chamisso, Adalbert von, 657
Chestov, Lev, 39
Chevalier, Maurice, 681
Chíchkov, Aleksandr, 430
Chirínski-Chákhmatov, Iúri, 568
Chirkiévitch, Zina, 736n
Chuzeville, Jean, 40, 476-478
Colombo, Cristóvão, 397, 714
Corday, Charlotte, 150
Cortés, Hernan, 466n
Craig, Gordon, 644
Crémieux, Benjamin, 469
Curie, Marie, 656, 684
Curie, Pierre, 656
Cuvillier, Maia, 108n

D'Annunzio, Gabriele, 96, 97
Dante Alighieri, 682
Delaunay, Sônia, 39

Dickens, Charles, 220n, 329, 337, 393, 714
Dickinson, Emily, 23
Dobujínski, Mstislav, 236
Dostoiévski, Fiódor, 109, 195-197
Du Bos, Charles, 40, 470
Ducomet, Pierre, 632, 640
Dumas, Alexandre, 103n, 557, 714
Duncan, Isadora, 643, 644n, 648
Duncan, Raymond, 645n
Durnovo, Elisaveta, 105, 378, 693, 694
Durnovo, Piotr, 378
Duun, Olav, 547n, 549
Dzerjínski, Féliks, 50

Eckermann, Johann, 256, 257
Efron, Ariadna (Ália), 18, 21, 29, 32, 33, 43, 45-47, 51-56, 61, 62, 64, 65, 71, 73, 74, 106, 109, 111, 115, 119, 120, 122, 124-127, 132, 139, 147-154, 156, 157, 159-182, 192, 194, 199, 200, 203-212, 215-217, 219, 220, 223, 232, 235, 242-245, 254, 311, 321, 322, 324, 327-329, 333, 336, 341-343, 346, 349, 350, 351, 355, 408, 415, 507, 509, 518, 519, 521, 535, 537-539, 541-543, 545, 559-563, 566-577, 582-584, 598, 626, 629, 633, 652, 686-691, 698, 701-703, 735, 739-742, 747
Efron, Elisaveta (Lília), 127, 129, 133, 134, 181, 218, 690, 693, 701, 713, 720, 726, 736, 739, 741, 748
Efron, Gleb, 220n
Efron, Gueórgui (Mur), 29, 46, 47, 51, 52, 58, 61, 62, 64, 65, 325, 327, 329, 330, 334, 337, 339-342, 344, 347, 349-351, 356, 367, 385, 406, 415, 430, 437, 485, 510, 511, 535, 537, 538, 541-546, 552, 555-565, 568, 571, 573, 574, 577-579, 581, 597, 615-620, 626, 627, 631, 632, 634, 638, 641-643, 649, 652, 660, 664-672, 675, 676, 678, 679, 681, 683-686, 688, 690-692, 709, 713, 715, 720, 721, 723, 728, 730, 734-741, 743, 745-749
Efron, Iákov Konstantínovitch, 105, 378, 693
Efron, Irina, 18, 21, 132, 133, 137, 147-153, 157, 161-163, 168-170, 172, 175, 176, 178-183, 219, 220, 333, 341, 573
Efron, Piotr (Piétia), 125, 127, 173, 693
Efron, Serguei (Serioja; Lev), 18, 21, 29, 32-34, 36, 43-46, 49, 51-53, 55, 60-62, 65, 103, 105-107, 111, 113, 114, 117, 119, 120, 122-129, 131, 132, 134, 137, 146, 147, 153, 155, 173, 174, 179, 180, 203, 211, 213n, 215-217, 220, 225, 231, 239, 242, 245, 254, 267, 271, 291, 302-304, 306, 307, 311, 322-330, 332, 335, 337, 341, 348, 350, 351, 357, 358, 360, 361, 374, 377-380, 408, 507-509, 517-523, 525, 528, 532, 533, 534, 536, 541, 542, 560-563, 570-574, 578, 582, 585, 586, 597, 625, 626, 632, 636, 638, 641, 652, 684n, 686-688, 690, 691, 693-698, 701-705, 728, 744
Efron, Vera, 106, 129, 134, 176, 693

ÍNDICE ONOMÁSTICO

Ehrenburg, Iliá, 217, 222, 223, 231, 235, 276, 279, 290, 431, 595
Ehrenburg, Liubov, 281, 286
Ellis (pseudônimo de Lev Kobylinski), 91, 98, 416
Ermolova, N. N., 269
Erofiéev, Aleksandr, 172

Fadiéev, Aleksandr, 690, 716, 721
Feldstein, Mikhail, 106, 108, 457
Flaubert, Gustave, 468
Flóróvski, G., 361
Franko, Ivan, 730

Gaidukiévitch, Natália, 538, 539, 546, 547, 581
Gênia *Cf.* Evguênia Lurié
Gide, André, 9, 40, 406, 469, 491, 492, 494-498, 501, 503, 505
Goethe, Johann Wolfgang, 117, 197, 214, 230, 249, 256, 265, 305, 382, 383, 423, 426, 427, 529, 557, 598, 614, 656
Gógol, Nikolai, 273, 323, 428, 429
Gontcharova, Natália, 39, 405, 413, 470, 509, 511, 669
Gordon, Nina, 739, 740
Górki, Maksim, 38, 236, 380, 381, 384
Gorodiétski, Nadiejda, 477
Griboiédov, Aleksandr, 298n
Grimm, Jakob e Wilhelm, 443n
Grjébin, Zinovi, 282, 417, 453
Gróński, Nikolai, 35, 422, 585, 586
Guedvillo, Elena, 477
Gul, Roman, 235, 245, 255, 257, 259, 260, 262, 265-267

Gumiliov, Nikolai, 236, 268, 312, 595n
Guriévitch, Samuel (Múlia), 686, 703, 714, 715, 736, 738-741

Hamsun, Knut, 549
Hauff, Wilhelm, 82, 150
Hauser, Kaspar, 489, 490
Heine, Heinrich, 117, 263, 271, 380, 424, 438, 439, 498, 505, 679
Helicon *Cf.* Abraham Vichniák
Henkin, Tsirill, 640
Hesse, Hermann, 86n
Hitler, Adolf, 64, 439
Hoffmann, Ernst Theodor Amadeus, 347n
Hölderlin, Friedrich, 25, 382, 383
Holliday, Sónetchka, 138, 734n, 631, 638, 672, 734,
Hugo, Victor, 359, 498, 505, 506, 558, 675n

Iakubóvitch, Ignati, 275, 292
Ígor (príncipe de Kiev), 267
Ilováiskaia, Ólia, 339, 578-580
Ilováiskaia, Varvara, 118
Ilováiski, Dmítri, 387, 578, 579
Iurkiévitch, Piotr (Piétia; Pontik), 82, 84, 86-97, 129, 130, 132, 161, 162
Iurkiévitch, Serguei, 86n
Ivánov, Viatchesláv, 71, 189, 190, 199, 201, 222, 224, 430, 432
Ivask, Iúri, 429, 437, 438, 441, 448n, 454, 455, 481, 486, 624
Izvólskaia, Elena, 414, 533

Jammes, Francis, 477
Joana d'Arc, 14, 26, 145, 201, 481, 672
Joliot-Curie, Eva, 657

Kafka, Franz, 641
Kandínski, Vassíli, 39
Kanneguisser, Leonid, 225, 227
Kanneguisser, Serioja, 225
Karsávin, Lev, 361, 377
Kátia *Cf.* Kátia Reitlinger
Kerenski, Aleksandr, 134
Khodassiévitch, Vladisláv, 39, 263, 377, 379, 385, 386, 392, 505, 573
Kirpótin, Valéri, 737
Klepínin, Antonia (Nina), 632, 635, 748, 686, 690, 699n, 704, 705, 706, 748
Klepínin, Nikolai, 632, 635, 686, 690, 699n, 704, 705, 706
Knapheis, 734
Kobylinski, Lev *Cf.* Ellis
Kolbássina-Tchernova, Olga, 318, 321, 322, 325, 326, 332, 339, 341, 347, 348, 355, 537
Kondákov, Nikodim, 334, 338, 509
Kondrátiev, Vadim, 632, 635
Kórkina, Elena, 5, 73, 76
Kovaliévskaia, Sofia (Sônia), 481
Kravsnov, Piotr, 323
Kravtchínski, Serguei *Cf.* Stepniák
Kropótkin, Piotr, 693
Kuzmin, Mikhail, 224-230, 388, 430
Kvanina, Tatiana (Tânia), 728-733

La Motte-Fouqué, Friedrich de, 599n
Lafarge, Marie-Fortunée, 684

Lagerlof, Selma, 677
Lalou, René, 469
Lamartine, Alphonse de, 343
Lann (pseudônimo de Evguêni Lózman), 202, 211, 213, 214, 216, 222
Lariánov, Mikhail, 39
Lauzun, Antonin, 556
Lébedev, Vladímir, 343
Lébedeva, Irina, 583
Lébedeva, Margarita, 333, 343, 610n, 612, 666, 669, 670, 681n
Lênin, Vladimir Ilitch, 20, 142, 267
Lérmontov, Mikhail, 99n, 122n, 263, 646n, 687, 699, 717
Ligne, Charles Joseph, 188
Lília *Cf.* Elisaveta Efron
Lindbergh, Charles, 316
Litauer, Emília (Mília), 686, 688, 705, 706
Lomonóssova, Raíssa, 307, 389, 400, 401, 406, 476, 507, 508, 512, 517, 522, 523, 537
London, Jack, 180, 356n
Lózman, Evguêni *Cf.* Lann
Luís II da Baviera, 117
Luís XIV, 423
Lurié, Evguênia, 401
Lvov (pseudônimo de Antonia e Nikolai Klepínin), 699

Mac Orlan, Pierre, 489
Maiakóvski, Vladímir, 31, 38, 384, 385, 392, 521, 524, 691, 695, 698, 737
Mallarmé, Stéphane, 40
Malot, Hector, 558n

ÍNDICE ONOMÁSTICO

Malraux, André, 406
Mandelstam, Ossip, 129, 130n, 229, 247, 288, 405, 416, 435, 575, 590
Mann, Heinrich, 95, 97
Maritain, Jacques, 469
Martignat, Charles, 631
Martin du Gard, Maurice, 457-459, 463, 464
Maupassant, Guy de, 117
Max *Cf.* Maksimílian Volóchin
Mazon, André, 491
Merejkóvski, Dmítri, 334, 628
Merkúrieva, Vera, 720, 726
Meyerhold, Vsevólod, 231
Meyn, Aleksandr, 116, 722
Meyn, Maria, 80, 693
Michelangelo, 410
Michelet, Jules, 482
Mília *Cf.* Emília Litauer
Milioti, Vassíli, 190, 202, 271
Miliúkov, Pável, 524, 540, 542, 626
Mírski *Cf.* Dmítri Sviatopólsk-Mírski
Mistral, Frédéric, 500n
Mnúkhin, Lev, 75, 76
Motchalova, Olga, 713
Múlia *Cf.* Samuel Guriévitch
Munthel, Axel, 679
Mur *Cf.* Gueórgui Efron
Muselli, Vincent, 413
Musset, Alfred de, 193, 343n

Napoleão Bonaparte, 25, 81, 88, 90, 93, 115, 118, 150, 241, 359, 489, 503, 530, 557, 572, 680, 714
Napoleão II, duque de Reichstadt, 17, 88, 89, 118, 313

Navarro, Ramon, 415
Neck, Lucien de, 650, 659
Nekrássov, Nikolai, 151n
Nietzsche, Friedrich, 195, 331n
Nijínski, Vatsláv, 39
Nikolai I, 111, 434
Nikolai, Ludvig, 345
Nilender, Vladímir, 95, 98
Nina *Cf.* Nina Gordon e Antonia Klepínin
Noailles, Anna de, 9, 40, 186, 457-460, 463-465, 468, 749
Novalis, Friedrich, 382

Orwell, George, 63

Paganini, Niccolò, 250
Parain, Brice, 40, 413, 476, 518n
Parain, Nathalie, 518n
Parnok, Sophia (Sônia), 43, 127, 128, 129, 173, 224, 227, 302
Pascal, Blaise, 409
Pasternak, Boris, 29, 36, 37, 57, 60, 66, 73, 246, 248-251, 253, 255-257, 259, 261, 266n, 269, 306, 321, 327, 334, 336, 339-341, 345, 365-368, 380, 384, 396-410, 431, 438, 443, 454, 468, 471, 474, 496, 498, 504, 505, 507, 509, 511, 516, 521, 526, 554, 563, 588n, 625, 658, 709, 720
Pasternak, Evguêni (Gênetchka), 401
Pasternak, Leonid, 366
Pasternak, Zinaida, 401, 402
Paulhan, Jean, 498, 505
Paulo, São, 424
Pávlenko, Piotr, 715, 721
Pchavela, Váia, 709, 717, 737

Vivendo sob o fogo

Piétia *Cf.* Piotr Efron e Piotr Iurkiévitch
Pilniák, Boris, 401, 403, 521
Pizarro, Francisco, 460, 466
Platão, 266
Plutser-Sarn, Nikodim, 132
Poe, Edgar Allan, 550
Pontik *Cf.* Piotr Iurkiévitch
Popesco, Elvire, 655
Poriétski, Ludvig *Cf.* Ignace Reiss
Possart, Ernst, 117
Pra *Cf.* Elena Volóchina
Prokófiev, Serguei, 39
Proust, Marcel, 60, 410, 468-470
Púchkin, Aleksandr, 23, 99, 124, 199, 225, 230, 292, 403, 428, 490, 491, 498-503, 505, 506, 526, 631

Quinton, René, 102n

Rachmáninov, Serguei, 39
Racine, Jean, 423
Ráditchtchev, Aleksandr, 616
Rázin, Stenka, 417
Reiss, Ignace (pseudônimo de Ludvig Poriétski), 50, 630-632, 635
Reitlinger (ou Reitlingerova), Kátia, 300, 325, 328, 341, 346
Rémizov, Alekséi, 39, 269, 335, 365
Renée *Cf.* Renate Steiner
Rilke, Rainer Maria, 36-40, 60, 66, 73, 74, 298n, 338n, 366-369, 389, 398, 403, 410, 422, 434, 454, 457, 461, 466, 468, 472-474, 476, 482, 497, 504, 512, 513, 520, 527, 529, 554, 563, 678

Rodziévitch, Konstantin, 36, 49, 296, 302, 303, 306, 307, 321, 326n, 397n, 570n, 585, 630, 671n
Rolland, Romain, 108n
Rosenthal, Léonard, 344, 346
Rossi, François, 631
Rostand, Edmond, 88, 313, 314, 392, 477
Rousseau, Jean-Jacques, 459, 464
Rózanov, Vassíli, 109, 123, 124, 197
Rubinstein, Anton, 117
Rudnióv, Vladímir (Vadim), 385, 392, 437, 518, 540, 548
Rýkov, Alekséi, 707

Saakiants, Anna, 73
Saint-Exupéry, Antoine de, 675
Savonarola, Girolamo, 14
Schiller, Friedrich von, 117, 383
Schumann, Clara, 420
Schumann, Robert, 420, 421
Schwab, Gustave, 430
Sedov, Lev, 631
Serguei *Cf.* Serguei Efron
Serioja *Cf.* Serguei Efron
Severiánin, Ígor, 521
Sezeman, Dmítri (Mítia), 748
Shakespeare, William, 117
Shelley, Percy Bysshe, 193
Slónim, Mark, 235, 318, 342n, 346, 348n, 360, 414n, 439, 490, 491
Smiriénski, Dmítri, 632, 634
Sologub, Fiódor, 191, 194, 200, 236
Sónetchka *Cf.* Sónetchka Holliday
Sônia *Cf.* Sofia Kovaliévskaia e Sophia Parnok
Staël, Germaine de, 185, 186, 192

ÍNDICE ONOMÁSTICO

Stakhóvitch, Alekséi, 146
Stálin, Joseph, 29, 54, 64, 439, 626, 627, 690, 703, 720
Stálinski, Evséi, 333n
Stanislávski, Konstantin, 644
Steiger, Anatoli, 35, 582, 597, 598, 608, 615, 623
Steiner, Renate (Renée), 631, 635, 640
Steiner, Rudolf, 337
Stepniák (pseudônimo de Serguei Kravtchínski), 92, 693
Stepun, Fiódor, 326
Storm, Theodor, 511n
Strange, Mikhail, 616n, 631, 634
Stravínsky, Ígor, 39
Struve, Gleb, 259
Stuart, Mary, 48, 150, 160
Suvtchínskaia, Vera (Gutchkova), 534, 586, 630
Suvtchínski, Anna, 635
Suvtchínski, Piotr, 361, 362, 377-379, 534, 586
Sviatopólsk-Mírski, Dmítri, 361, 362, 365, 371, 378, 404n, 449, 590
Swedenborg, Emmanuel, 265

Taguer, Evguêni, 710, 711, 713
Taírov, Aleksandr, 129
Tamara (rainha da Géorgia), 94
Tamburer, Lídia, 148, 150-154, 158, 159, 164, 165, 170
Tânia *Cf.* Tatiana Kvanina
Tarassiénkov, Anatoli, 713n, 727
Tarkóvski, Arseni, 69, 70, 728
Tchékhov, Anton, 197
Tchelpánova, Nathalie, 518

Tchernosvítova, Evguenia, 422
Tchernova, Ariadna (Ádia), 262, 321, 325, 328, 336, 339, 343
Tchiríkova, Liudmila, 239, 260, 330, 374, 511,
Tchistiakov, Mikhail, 150
Tchistóganoff, 640
Tchukóvski, Korniéi, 236, 237
Tchurílin, Tikhon, 20, 129, 247, 271, 416
Tencin, Claudine de, 103
Teskova, Anna Andréieva, 51, 337, 355, 356, 361, 374, 406, 490, 539, 582, 623, 625, 670
Thérèse de Lisieux, 546n
Thiers, Louis Adolphe, 649-651
Tíkhon *Cf.* Tíkhon Tchurílin
Tíkhonov, Nikolai, 406
Tiútchev, Fiódor, 426, 646n
Tolstói, Alekséi, 235-237, 267, 715
Tolstói, Lev, 196, 197, 198, 358, 428, 429, 469, 653
Tolstói, Pável, 705
Trótski, Lev, 20, 142, 631
Trubetzkói, Nikolai, 361
Trukhatchov, Boris, 119, 181, 211, 214, 221
Tsétlina, M. S., 242, 317
Tsvetáiev, Andrei, 80, 85, 88, 118, 120, 121, 142, 574, 579
Tsvetáiev, Ivan, 80, 109, 111, 692, 722
Tsvetáieva, Anastassia (Ássia), 80, 85, 88, 110, 111, 114-116, 118-123, 131, 134, 173, 202, 203, 210, 211, 213-215, 220, 221, 380, 381, 384, 390, 565, 579, 580, 626, 686
Tsvetáieva, Valéria, 80, 118, 121, 579

Vivendo sob o fogo

Tukalévskaia, Nadiéjda, 666

Undset, Sigrid, 448, 548, 549, 627
Urítski, M. S., 225n

Valéry, Paul, 491, 498, 505
Van Gogh, Vincent, 16
Veprítskaia, Liudmila, 709
Verbítskaia, Anastassia, 92
Verne, Júlio, 557
Vicheslávtsev, B. P., 469, 470
Vicheslávtsev, Nikolai, 202
Vichniák, Abraham (Helicon), 34, 39, 73, 239, 245, 252, 258, 259, 271, 276, 314, 488, 595
Vichniák, Mark, 378
Vildrac, Charles, 40, 401, 413, 470, 475,
Villon, François, 669n
Vilmont, Nikolai, 689
Vogt, Vsiévolod de, 469
Volkónski, Serguei, 189, 213, 215, 222, 254, 259, 309, 323, 334, 339, 432, 450, 451

Volóchin, Maksimílian, 98, 99, 102n, 103, 105, 106, 212n, 216, 221-223, 303, 387n, 388, 392n, 416, 665n
Volóchina, Elena (Pra), 98, 107, 108, 212n
Vrúbel, Mikhail, 595

Wallenstein, Albrecht von, 116, 117
Wassermann, Jacob, 490
Weidlé, Vladímir, 497, 498, 505
Wilde, Oscar, 393
Wunderly-Volkart, Nanny, 389, 457, 476, 520n, 529

Záitsev, Boris, 211, 212, 438
Záitseva, Vera, 211, 212, 335
Zaks, G. B., 204, 205
Zamiátin, Evgueni, 628
Zavádski, Iúri, 138, 334
Zinovieva-Hannibal, Lídia, 195
Zola, Emile, 117
Zviaguíntseva, Vera, 172, 178
Zweig, Stefan, 382n

ESTE LIVRO FOI COMPOSTO EM FAIRFIELD
PELA NEGRITO PRODUÇÃO EDITORIAL PARA
A MARTINS EDITORA EM ABRIL DE 2008